Die Aschenbrennerin

Birgit Hermann lebt mit ihrem Mann in Titisee-Neustadt, ist gebürtige Schwarzwälderin und liebt die blauen Höhen und dunklen Wälder ihrer Heimat. Die Mutter dreier erwachsener Kinder arbeitet als Naturparkführerin und als medizinische Fachangestellte in einer Klinik und hat bereits mehrere erfolgreiche Romane veröffentlicht.

Birgit Hermann

Die Aschenbrennerin

Historischer Schwarzwaldkrimi

emons:

Bibliografische Information der Deutschen Nationalbibliothek
Die Deutsche Nationalbibliothek verzeichnet diese Publikation in der Deutschen Nationalbibliografie; detaillierte bibliografische Daten sind im Internet über http://dnb.d-nb.de abrufbar.

FSC
www.fsc.org
MIX
Papier aus verantwortungsvollen Quellen
FSC® C083411

Umschlagmotiv: schiffner/photocase.de
Umschlaggestaltung: Nina Schäfer
Gestaltung Innenteil: DÜDE Satz und Grafik, Odenthal
Lektorat: Susann Säuberlich, Neubiberg
Druck und Bindung: CPI – Clausen & Bosse, Leck
Printed in Germany 2021
ISBN 978-3-7408-1322-2
Historischer Schwarzwaldkrimi
Originalausgabe

Dieser Roman wurde vermittelt durch die
Literaturagentur Beate Riess, Freiburg.

Wie ein Geistesblitz sah er plötzlich das Gesicht der jungen Aschenbrennerin vor sich. Die Bedrohung verstärkte sich. Konnte es sein, dass er Unheil spürte? So etwas durfte er nicht glauben, das war Aberglaube, Zauberei! Hatten Cajetanos Dämonen seinen Geist vergiftet?

Kapitel 1

Sie musste eingeschlafen sein. Ihr Nacken schmerzte, der Kopf war zur Seite gerutscht.

Mit einem leichten Seufzen setzte sich Marie aufrechter auf den Stuhl, zog die Decke zum Kinn und massierte ihren Hals. Was hatte sie, außer der misslichen Schieflage, geweckt?

Im Raum war es kühler geworden, das Feuer im Ofen musste erloschen sein. Sie konnte weder das Knacken der brennenden Holzscheite noch das Sieden des Wassers im Kessel in der Küche nebenan vernehmen. Wie lange hatte sie geschlafen?

Sie blickte durch das Fenster zum Gasthaus gegenüber, dort war das Licht bereits gelöscht worden.

Neben ihr, in seinem Bett, lag Onkel Theis. Er hatte sich am Abend unwohl gefühlt und sich kurz darauf vor Schmerzen gekrümmt. Schmerzen am ganzen Leib, die er nicht genau benennen konnte.

Marie lauschte in die Dunkelheit. War er aufgewacht? Sein Atem ging gleichmäßig. Der Trunk, den sie ihm verabreicht hatte, schien beruhigend und lindernd gewirkt zu haben.

Sollte sie es wagen, nach nebenan zu gehen, ins eigene Bett? Dort, wo ihr Sohn Jakob schlief? Es war gemütlicher und wärmer, und morgen wartete ein langer Arbeitstag.

Was diese seltsame und plötzliche Erkrankung ausgelöst hatte, wusste Marie nicht. Sie vermutete, dass Theis wieder einmal mit irgendwelchen fragwürdigen Mitteln experimentiert hatte. Er war der Aschenbrenner im Glasmacherdorf Äule bei Schluchsee im Schwarzwald.

Das Brennen der Pottasche war inzwischen die wichtigste und arbeitsreichste Tätigkeit eines Aschenbrenners. Viel aufwendiger und wissenschaftlicher war aber die Herstellung der Rezepturen. Jede Hütte hatte ihre eigenen Zutaten. Sie waren geheim, den jeweiligen Örtlichkeiten geschuldet. Aufgrund der natürlichen eingeschlossenen Eisenoxide im Quarzsand war das Waldglas aus dem Schwarzwald grundsätzlich grün. Durch Experimentieren war es den findigen Alchemisten unter den Glasmachern im Laufe der Jahrhunderte gelungen, die Farbe des Glases zu beeinflussen. Den Grünton auszuwaschen. Dazu benötigten sie unterschiedliche Erze.

Arsenik war solch ein Stoff. Nicht ungefährlich. Theis litt schon lange an der sogenannten Hüttenkrätze, einem Ausschlag, einhergehend mit Blutarmut und einer körperlichen Auszehrung, ausgelöst durch die schleichende Vergiftung des Körpers. Seit der Erfindung der Pottasche vor einigen Jahrzehnten wurde dieser giftige Stoff kaum noch gebraucht. Weißes Glas ließ sich nun ungefährlicher herstellen; die einfachen Waldhütten waren imstande, das edle und reine Muranoglas der Venezianer zu imitieren. Mit dem Nachteil des immensen Raubbaus am Wald. Man brauchte ein Vielfaches an normaler Holzasche, um sie zu Pottasche zu brennen. Kalzinieren hieß dieser Vorgang.

Seit weißes Glas leichter verfügbar war, schien es den Herrenhäusern nicht mehr erlesen genug. Es war alltäglich geworden. Geschliffene und gefärbte Gläser waren nun die Objekte der Begierde. Kobaltblau beispielsweise, selten, edel, teuer. Äule war dabei, sich den Wünschen anzupassen. Die Verzierungen waren eine der Neuerungen im Glasmacherdorf. Allen voran das Rutschen, wie man das mühevolle Einritzen von Motiven auf den Gläsern nannte. Eine andere beliebte Methode war das Auftragen und Einbrennen von Farbmotiven.

Auf Geheiß des Klosters St. Blasien waren die Hütten Grünwald und Windbergtal vor zwei Jahren, im Jahr 1716, zusammengelegt worden. Der Abt fungierte als Lehens- und Landesherr der Glasmacher. Sie mussten Pachtzins für die Güter, die sie bewirtschafteten, bezahlen, zusätzlich Glas im Kloster abliefern. Früher waren dies Kelche, Gläser und Flaschen, heute tausendfünfhundert flache Glasscheiben pro Jahr. Seit dem Zusammenschluss hatten sie eine Streck- und eine Glasschneidehütte. Eine weitere Neuerung. In der ersten Hütte wurde das heiße Glas gewalzt und in der zweiten zugeschnitten. Die Glasscheiben waren einfacher in der Ausarbeitung und billiger als die Fenster aus runden verbleiten Butzenscheiben, die man schon im Mittelalter verwendete.

Das Kalzinieren hatte Theis in die Hände seiner Nichte gelegt. Offiziell durfte Marie den Beruf der Aschenbrennerin noch nicht ausüben, sie war zu jung. Das *aetas legitima*, das Alter der Geschäftsfähigkeit, hatte ihr Abt Augustinus mit Erreichen des fünfundzwanzigsten Lebensjahres oder dem heiligen Stand der Ehe zugestanden. Zur ersten Bedingung fehlte noch ein halbes Jahr. Die zweite hatte sie mit Theis' Hilfe erfolgreich ihrem Vater und dem Auserkorenen verweigert.

Dank Theis' Cousin Bruder Stephanus, dem Sekretarius des Abtes zu St. Blasien, existierte eine beglaubigte Urkunde, die Marie die Nachfolge zusicherte. Früher war diese unter einer losen Platte in der Aschenküche versteckt gewesen. Seit der Aussöhnung mit ihrem Vater lagerte sie bei ihm. Michael Sigwarth war der Glasvogt, der Vorsteher der Glasmacher.

Vor einigen Tagen war ein fremder Händler ins Dorf gekommen, hatte am Aschenhaus angeklopft und den Aschenbrenner sprechen wollen. Allein. Marie war sein Wiesentäler Dialekt aufgefallen. Das harte, ja fast gutturale *ch*, das an die Sprache der Eidgenossen erinnerte. Jenes Tal lag auf der anderen Seite des Feldbergs und öffnete sich Richtung Basel.

In den Folgetagen war Theis oft stundenlang verschwunden gewesen oder hatte sich in seiner Giftküche – wie er das Laboratorium nannte – verschanzt. Ein neues Rezept, hatte er schelmisch grinsend verraten, als sie ihn darauf ansprach.

Gestern hatte er sich wieder den ganzen Tag im Laboratorium eingeschlossen. Nach dem Abendbrot klagte er zunehmend über Schmerzen in der rechten Hand. Schmerzen, die bis in die Knochen reichten. Zunächst erkannte man nicht viel, dann wurde die Haut weiß, als läge Raureif über ihr. Ab da ging es ihm stündlich schlechter. Nichts brachte Linderung, weder die Umschläge mit Beinwell noch eine der ihr bekannten schmerzstillenden Tees oder Tinkturen, der Schmerz breitete sich auf den ganzen Körper aus. Da war Marie auf ein altes geheimes Mittel umgestiegen, von dem nur noch wenige wussten – Bier mit einigen Samen Bilsenkraut. Ein Hexenkraut. Sie hatte um die Giftigkeit des Nachtschattengewächses gewusst, auf dessen narkotische Wirkung gehofft.

Theis schien in einen tiefen Rausch gefallen zu sein. Leise stand Marie auf, löschte die Kerze auf dem Nachttisch und schlich in völliger Dunkelheit in ihr eigenes Bett.

War es der Hauch der erloschenen Kerze, der ihr in die Nase stieg? Nicht nur, da war ein seltsamer süßlicher Geruch, der den ganzen Raum durchzog. Sie konnte sich dessen Herkunft nicht erklären.

Plötzlich glaubte sie, seinen Blick im Rücken zu spüren; hielt inne und traute sich kaum zu atmen. Ihre Nackenhaare sträubten sich, die Luft knisterte förmlich; dabei überkam sie das Gefühl, als stünde jemand neben ihr. Sie erstarrte.

»Marie, es geht zu Ende mit mir. Ich muss dir etwas anvertrauen.«

»Theis? Du bist wach?«, fragte sie mit einem leisen Zittern in der Stimme, wandte sich um, doch da war nur Stille. Hatte sie sich das eingebildet? Sie lauschte, schüttelte den Kopf und setzte ihren Gang in die eigene Schlafkammer fort.

»Ich war fast drüben«, hörte sie nun klar und deutlich, »es war wie fliegen, Marie. Ich habe den Wald von oben gesehen.«

Sie blieb stehen. Theis war von seinem Rausch aufgewacht.

»Das kommt vom Bilsenkrautsamen, es sind keine realen Träume.«

»Ich habe dich gesehen. Du verwandelst Glas in eine schimmernde Blumenwiese«, flüsterte er.

Marie trat erneut an sein Bett und entzündete die Kerze. Sie erschrak bei seinem Anblick, er hatte sich verändert. Die Augen waren blutunterlaufen, die Stirn glänzte schweißnass, die Haut fahl und blass. Totenblass. Sprach er im Fieber?

Die folgenden Worte ließen keinen Zweifel, dass er noch Herr seiner Sinne war: »Das Rezept für die Ätzsubstanz glaube ich entschlüsselt zu haben. Finde heraus, woher die Steine stammen; es ist Flussspat. Du musst sie zerreiben und mit rauchender Schwefelsäure mischen. Gehe morgen in die Laborküche und löse den Stein im Boden, dort, wo wir deine Urkunde versteckt hatten.«

»Welches Rezept?«, fragte sie leise.

Theis schloss die Augen, sie lagen tief in ihren Höhlen und wirkten furchterregend. Er ließ sich auf das Kissen sinken, stöhnte.

»Für die Blumenwiese«, flüsterte er, »aber pass auf, es ist ätzend. Es ist mir auf die Hand getropft, jetzt frisst es sich bis in meine Eingeweide. Meine Todesstunde ist nahe.«

Zum Beweis hob er seine gefrostete Hand. Marie erschrak. Sie sah gespenstisch aus.

»Nein, Theis«, sagte sie unter Tränen, »ich will mit dem Zeug nichts zu tun haben.«

»Heule nicht wegen eines alten, unvorsichtigen Mannes. Meine Tage waren gezählt wie die Zeiten des Waldglases, das weißt du.« Er war nun wieder ganz bei sich und schaute ihr beschwörend in die Augen. »Bleiben wir auf dem alten Stand, stirbt die Glashütte wie die Wälder ringsum. Wir müssen Kostbares und Begehrliches schaffen. Wenn jemand das kann, bist du es. Erzähle niemandem von meinen Versuchen, auch nicht Rupert, so heißt der junge Mann, von dem ich das Mittel habe. Es wird Flusssäure genannt. Ich habe von Glasmachern in Böhmen gehört, die damit arbeiten und gut verdienen. Es sind nur wenige. Schau mich an und du weißt, warum. Frage in den alten Bergarbeitersiedlungen hinterm Feldberg nach dem Gestein. Du erkennst es an seinem Leuchten. Versprich mir, dich darum zu kümmern.«

Theis schloss die Augen. Marie wusste, die Schmerzen waren zurück, seine Mundwinkel zuckten. Sie strich ihm sacht über die Stirn.

»Ich verspreche es.«

Seine Atmung wurde allmählich gleichmäßiger, er schien wieder zu schlafen.

Ihr war das Zubettgehen vergangen, sie ließ sich auf dem Stuhl nieder und zog erneut die Decke über sich. In Bälde würde der Morgen grauen.

Ihr Kopf schwirrte, was sollte sie von dem Gerede halten? Waren seine Sinne vernebelt? Flusssäure! Sie hatte noch nie davon gehört.

***

»Mama!«

Jakob riss Marie aus wirren Träumen. Die Erschöpfung hatte sie übermannt, sie musste sich erst orientieren.

»Jakob? Was brüllst du so?«, fragte sie verstört und rieb sich die Augen. »Oh, ich muss eingenickt sein.«

Sie strich dem Sechsjährigen wie jeden Morgen über die wilden blonden Locken, um sie zu bändigen. Der Bub sah besorgt aus und deutete auf das Bett.

»Ist Onkel Theis tot?«

Mit einem Schlag war Marie hellwach. Theis! Sie sprang vom Stuhl und beugte sich über ihn. Der Tag dämmerte und ließ schemenhaft die Umgebung des Raumes erahnen. Die Augen ihres Onkels waren geschlossen, ein schmerzverzogenes Lächeln beherrschte sein eingefallenes Gesicht. Sie griff an seine Halsschlagader. Nichts.

»Jakob«, ihre Stimme klang belegt, »ich glaube du hast recht, Onkel Theis' Seele ist auf dem Weg zum lieben Gott.«

Sie fühlte sich traurig, wütend und alleingelassen, er war gegangen, während sie geschlafen hatte. Ohne großen Aufwand, so wie er im Leben gewesen war, hatte er sich davongemacht.

Sie verharrte eine Weile, zündete wie in Trance die Kerze an, bekreuzigte sich und sprach ein Gebet. Jakob fiel in das halblaute Gemurmel ein.

Marie faltete Theis' Hände über dem Leib, die rechte wirkte

wie eingefroren, band ein Tuch unter dem Kinn des Toten bis über den Schädel und zurrte es fest. Die Leichenstarre hatte noch nicht eingesetzt, der Körper war kaum merklich abgekühlt. Er musste eben erst gestorben sein. Sie wollte verhindern, dass Jakob sein verzerrtes Antlitz zu sehen bekam, wenn die Muskulatur sich zusammenzog und der Schlund sich öffnete.

»Warum bindest du sein Gesicht ein, Mama?«

»Damit ihm nicht kalt wird und er lächelt, wenn er die Himmelspforte betritt. Geh und schiebe das Küchenfenster einen Spaltbreit auf, so findet seine Seele den Weg.«

Der Junge lief in die Küche. Er kam kurz darauf unverrichteter Dinge und mit ängstlichem Gesichtsausdruck zurück.

»Was ist? Klemmt das Fenster?«

»Nein, da war jemand.«

»Wo?«

»Beim Küchenfenster, ich habe ihn nicht erkannt, ein Mann wie ein schwarzer Schatten. Mit einer Kapuze über dem Kopf. Und er hat komisch geschaut.«

»Ein Mann? Wie hat der geschaut?« Marie lief ein Schauer über den Rücken, Jakob erfand solche Dinge nicht.

»Mit ganz großen weißen Augen. Ist das der Tod, der ihn holen will?«

Sie überlegte, wer das gewesen sein könnte, es fiel ihr niemand aus dem Dorf ein. Sie durfte vor dem Jungen nicht in Panik verfallen.

Mutiger, als sie war, schlich sie in die Küche und schob mit einem Ruck das Fenster auf. Da war niemand. Sie lauschte in die Dämmerung. Es war still, unheimlich still.

Als sie sich wegdrehte, knackte ein Ast. Hinter dem Haus des Aschenbrenners stieg ein Pfad in den Wald an. Ein Tier, beruhigte sie sich.

»Da ist keiner. Alles gut, du brauchst dich nicht zu fürchten.«

Jakob nickte, sowohl er als auch Marie wussten, dass das nicht stimmte.

Maries Aufgabe war es, in die kleine hölzerne Kapelle zu

gehen und die Totenglocke zu läuten. Was, wenn jemand dort draußen auf sie lauerte?

Warum sollte dieser Jemand das tun, fragte sie sich. Vielleicht hatte ein hungriger Landstreicher einen Blick in das Haus geworfen, weil ein schwacher Kerzenschein zu sehen gewesen war.

Sie beschloss zu warten, bis der Tag vollends anbrach. Mit dem ersten Morgenlicht würde das halbe Dorf auf den Beinen sein; die Glasmacher würden in die Glashütte gehen, um das Gemenge abzufeimen, wie man das Abschöpfen von Verunreinigungen der aufgeheizten flüssigen Glasmasse nannte. Die Schürbuben hatten in dieser kühlen Nacht sicherlich ordentlich eingeheizt und durften bald nach Hause in ihre eigenen Betten. Die Frauen würden ihre Ziegen und Schweine versorgen.

Jakob stand noch wie versteinert. Marie beschloss, Normalität aufkommen zu lassen.

»Wir sollten Feuer im Ofen machen, es ist kalt, findest du nicht? Wenn die Sonne über den Berg kommt, verjagt sie die Gespenster der Nacht und die herumlungernden Landstreicher. Sobald sie auf die Kapelle scheint, werden wir für Theis die Glocke läuten.«

Jakobs Züge entspannten sich, er schichtete dünne Späne in das Ofenloch, oft hatte er zugeschaut und wusste, wie man das Feuer schürte.

Marie schaute durch das Fenster auf den Dorfplatz, die ersten Umrisse der Hütten waren im aufkommenden Tageslicht zu erkennen. Das helle Orange der feuerspeienden Glasöfen entwich durch die Spalten der Glashütte, es wirkte von Weitem, als brenne der ganze Dorfmittelpunkt. Ein beruhigendes Bild, es gehörte zum Glasmacherdorf wie der Brunnen inmitten des Platzes. Erlosch das Feuer, starb das Dorf. Dann zogen die Glasmacher weiter. Griff es wild um sich, kam der Brunnen ins Spiel.

Sie versuchte sich vorzustellen, wie die Bewohner Äules reagieren würden, wenn sie nachher die Glocke läutete. Theis' Tod würde die meisten überraschen, zumal er gestern noch gesund gewirkt hatte.

Es war üblich, ins Haus des Verstorbenen zu kommen, sein Beileid zu bekunden und am Totenbett zu beten. Am Todestag ruhte im Haus die Arbeit. Es durfte nur leise gesprochen werden.

Kämen die Äulemer aus echter Trauer oder aus Neugier? Vermutlich aus beiden Gründen. Theis war bei allen gleichermaßen beliebt gewesen, außer beim Vogt. War der Schwager ihm doch in den Rücken gefallen und hatte die schwangere Tochter bei sich aufgenommen, um sie so vor einer erzwungenen Heirat zu schützen.

Ihr Augenmerk fiel auf die seltsam entstellte Hand des Toten, sie würde Fragen aufwerfen. Fragen, die sie nicht beantworten wollte, um sein Geheimnis nicht preisgeben zu müssen. Sie zog das Leintuch darüber, suchte den Rosenkranz in seiner Nachttischschublade und wickelte ihn über dem Stoff um die gefalteten Hände. Auf diese Weise war nichts zu sehen. Dass sie seine Hände zugedeckt hatte, würde man ihr als junge, in solchen Dingen unerfahrene Frau zugestehen.

Es war keinem entgangen, dass ein fremder Händler nach Theis, dem Aschenbrenner, gefragt hatte. Marie nahm sich vor, den Namen des Mannes vorsichtshalber nicht zu nennen. Wollte unbehelligt nachfragen, ob man wisse, wer er war.

Da fiel ihr das Versprechen ein, das sie ihrem Onkel gegeben hatte. Sie musste nachsehen, womit er experimentiert hatte; was es mit der Blumenwiese auf sich hatte, die sie auf Glas bannen sollte.

Das Rezept! Sogleich dämpfte sie ihre Hoffnung, sie würde keine Anleitung finden. Theis war des Lesens und Schreibens nicht fähig gewesen. Als »unnötiges Zeug« hatte er ihre Mühen, die Buchstaben nach den Vorgaben seiner Schwester – einer ehemaligen Ordensfrau – zu zeichnen, abgetan. Mühevoll hatten sie und Jakob die Schnörkel in einer Sandkiste nachgezogen, die Wiltrudis vorgeschrieben und als Buchstaben benannt hatte. Im Frühjahr war sie zu einer Pilgerreise nach Rom aufgebrochen.

Das Feuer im Ofen prasselte inzwischen und riss sie aus ihren Gedanken. Jakobs' Wangen glühten wie die Holzscheite. Marie lobte und beauftragte ihn, gut darauf aufzupassen, sie müsse nur schnell hinüber in die Giftkammer von Onkel Theis, um zu sehen, ob er alles aufgeräumt und abgeschlossen hatte. Jakob wusste, dass Theis vergesslich war und die Kammer gelegentlich offen stand, was angesichts der darin gelagerten giftigen Substanzen verboten war. Die Aschenküche musste verschlossen sein, das war ein ungeschriebenes Gesetz im Glasmacherdorf.

Jakob ließ sich nicht ablenken, er senkte den Kopf und jammerte: »Kann ich nicht mitkommen? Ich will nicht allein sein.«

Marie seufzte und hielt ihm auffordernd die Rechte hin. Mit klopfendem Herzen und dem Jungen an der Hand ging sie hinüber in die Giftküche, die einige Schritte vom Wohnhaus entfernt lag. Vorsichtig schaute sie zum Hang hoch, konnte nichts Ungewöhnliches entdecken oder hören. Die Tür war nur angelehnt. Hatte Theis vergessen abzuschließen, oder war jemand in der Kammer?

Marie lauschte, gab dem Gedanken keine Nahrung und zündete eine Kerze an, die neben dem Eingang auf dem Fenstersims bereitstand. Sie beleuchtete den Vorraum mit den unterschiedlichen Aschengruben, schlich auf leisen Sohlen in die eigentliche Küche. Dort stellte sie das Licht auf den Boden vor den Herd. Die Küche der Aschenkammer hatte zum Glück kein Fenster, nur einen Abzug über dem Herd, der nach oben ins Freie führte. So konnte sie niemand unbemerkt beobachten.

Langsam hob sie die besagte Platte an. Zwei in Stoff eingewickelte Scheiben lagen in der Vertiefung. Sie schlug das Tuch zur Seite.

Eine war aus reinstem weißem Glas mit matten filigranen Gravuren. So etwas hatte sie noch nie gesehen. Die Ausarbeitungen waren exakt und hatten einen edlen Schimmer. Die Blumenwiese!

Auf der anderen Platte war ein wachsartiger dunkler Überzug erkennbar. Die Vertiefungen waren dagegen genauso mit matten Ornamenten überzogen.

Marie konnte sich keinen Reim darauf machen. Vorsichtig fuhr sie mit den Fingern darüber. Die Ätzungen waren von einer gleichmäßigen Struktur, keine groben Schleifstellen, keine Untiefen.

Ein plötzlicher Gedanke ließ sie die Hand zurückziehen. Was, wenn die Verzierungen auch ihre Hand zerfraßen? Sie besah zuerst die Finger, dann das Glas. Alles war trocken.

Behutsam legte sie die Schätze in das Bodenloch zurück, dabei entdeckte sie ein Fläschchen und zerkleinerte Steinchen in einer Schale. Die Kiesel waren fast durchsichtig mit einem violetten Schimmer. Sollte dies das Leuchten sein, von dem Theis gesprochen hatte?

Ob das Behältnis die besagte Flusssäure enthielt? Marie schüttelte es, nahm ein Tuch von der Ofenstange und schraubte das Gefäß vorsichtig auf. Sie hielt es weit von sich entfernt, damit nichts auf ihren Körper tropfen konnte. Sie zögerte kurz, dann schaute sie hinein. Sogleich wich sie zurück. Ein stechender Geruch breitete sich aus. Was sollte sie damit anfangen?

Sie legte die Flasche in die Spalte zurück. Hatte Theis diese Flüssigkeit hergestellt? Oder hatte er die Säure von dem Fremden erhalten?

Nichts im Versteck deutete auf eine Antwort hin. Marie beschloss, das Geheimnis vorerst zu wahren, und schob die Bodenplatte über die Vertiefung. Sie sah in das fragende Gesicht ihres Sohnes.

»Das war Onkel Theis' Geheimnis, und nun ist es unseres. Wir dürfen keinem davon erzählen. Die Flüssigkeit hat Theis krank gemacht. Du musst mir versprechen, sie nie zu öffnen.«

»Mama, das verspreche ich dir. Ist das Stinkezeug genauso giftig wie das Arsenikpulver? Warum hat Onkel Theis die Flasche aufgemacht? Hat er es nicht gewusst?«

»Er wusste, dass es gefährlich ist, darum hat er uns nichts gesagt, sicherlich wusste er nicht, *wie* gefährlich es ist. Man kann die kostbaren Glasplatten damit verzieren, wie du gesehen hast. Das dürfen wir keinem verraten, hörst du?«, wiederholte sie und beschloss, die »Warum«-Frage erst gar nicht aufkommen zu lassen. »Sonst wollen es alle haben, und das ist nicht gut.«

»Sterben die anderen dann auch?« Seine himmelblauen Augen waren vor Entsetzen geweitet.

»Ja. Und das wollen wir doch nicht, oder?«

Jakob schüttelte bedächtig den Kopf.

***

Marie suchte mit Jakob das Haus des Glasvogts auf. Sie hatte beschlossen, ihren Vater als Ersten zu informieren.

Herbstlicher Nebel hing über den Hütten, der Bergrücken Richtung Menzenschwand verschwand im Einheitsgrau des beginnenden Tages. Die obersten Baumwipfel trugen weißen Raureif. Aus der Glashütte drang nicht nur der Feuerschein, auch die Wärme kroch aus allen Ritzen und Spalten der Bretterwände. War das Gras andernorts gefroren, lagen vor dem Eingang Tauperlen auf den letzten Halmen. Der Winter kam früh und heftig in den höheren Regionen rund um den Feldberg. Seit Tagen blies ein kalter Wind. Heute würde die Sonne länger brauchen, bis sie durchkam.

»Vater?«

Marie schob die Tür auf und betrat den langen dunklen Flur des größten Hauses am Platz. Der Vogt lebte mit ihren Stiefschwestern allein. Er war seit zwei Jahren Witwer.

Ein mächtiger Schatten baute sich hinter ihr auf.

»Du suchst nach mir? Dann muss es wahrlich wichtig sein.«

Michael und Marie hatten sich zwar ausgesöhnt, aber dass seine Tochter lieber bei seinem Schwager lebte und arbeitete, als seine Wünsche zu respektieren, ärgerte ihn noch immer. Er konnte seine Gefühle nicht verbergen.

»Vater, Theis ist tot.«

Wortlos ging er an ihr vorbei, ließ sich am Tisch nieder, wo sein Haferbrei dampfte, und bedeutete ihr, sich zu setzen. Als sei nichts gewesen, schaufelte er den Brei in sich hinein.

Der hungrige Blick Jakobs entging Marie nicht. Ans Essenmachen hatte sie heute früh nicht gedacht.

Die zwölfjährige Franziska – die mittlere ihrer drei jüngeren Stiefschwestern – trat schweigsam aus dem Halbdunkel am Herd und stellte den Besuchern eine Schüssel hin.

»Erzähl«, sagte schließlich der Vogt.

Sie berichtete vom überraschenden Tod des Aschenbrenners in den frühen Morgenstunden. Von den Experimenten und der Bodenplatte sagte sie nichts. Jakob schwieg ebenfalls.

»So plötzlich? Na, der Gesündeste war er schon lange nicht mehr. Hm, wir werden ihn wohl bestatten müssen. Ich schicke nachher einen Boten nach St. Blasien zu Bruder Stephanus und einen nach Schluchsee. Danach sehen wir weiter.« Mehr fiel Michael dazu nicht ein.

Michaels Halsschlagader schwoll an, ein untrügliches Zeichen, dass es in seinem Innern kochte. Theis' Tod passte ihm nicht in den Kram, das wusste Marie. Die Glashütte brauchte dringend einen Nachfolger.

Woran ihr Vater dachte, ahnte sie: an das halbe Jahr bis zu ihrer Geschäftsfähigkeit, welches der Abt als Klausel eingesetzt hatte. An dieser Klausel war der Vogt jedoch nicht ganz unschuldig. Hatte er doch gehofft, sie bis dahin mit einem Glasmacher verehelicht zu haben.

Konnte es sein, dass er ernsthaft überlegte, im Kloster Widerspruch einzulegen, um sich an dem Verstorbenen und seiner Tochter im Nachhinein zu rächen? Er würde sich nur selbst schaden, denn wer sollte die Asche brennen? Der alte Greiner, der ehemalige Aschenbrenner aus Grünwald, war dazu nicht mehr in der Lage. Das wusste der Glasvogt. Der Grünwälder war »wisslos« geworden, wie man alte Menschen nannte, die in die Nebel des Vergessens eingetreten waren.

Da Marie mit keiner weiteren Anteilnahme seitens ihres Vaters rechnen konnte, verabschiedete sie sich, um in die Kapelle zu gehen und ihre Pflicht zu tun.

***

Der Wind fegte am Folgetag über die Grabreihen in der kleinen Gemeinde Schluchsee, als wolle er die Äulemer vom Gottesacker verjagen. Zur Beerdigung hatten sich die Bewohner der Glasmachersiedlung auf den weiten Weg von Äule auf die andere Seite des Sees zum Gotteshaus und zum Friedhof aufgemacht.

Bruder Stephanus von St. Blasien war direkt über den Blasiwald nach Schluchsee gekommen, Theis' Cousin und Maries Fürsprech im Kloster. Man war gespannt, ob er eine Nachricht vom Abt übermittelte, die die Zukunft des Aschenhauses regelte.

Marie stand mit ihrer Familie neben dem Grab und blickte durch einen Tränenschleier, wie die Äulemer – Windbergtäler wie Grünwälder – am offenen Grab Abschied von Theis nahmen. Sie verneigten sich vor dem ins Erdreich hinuntergelassenen Sarg, bekreuzigten sich und tauchten den Weihwassersprenkler in den kleinen Kessel, um den Sarg zu benetzen.

Als die letzten Trauergäste mit der Abschiedszeremonie fertig waren, kam Bruder Stephanus auf Marie zu und nahm sie zur Seite. Unter der kritischen Zurkenntisnahme der Umstehenden.

»Marie, herzliches Beileid. Wie geht es euch, dir und dem Jungen? Kommst du allein klar in der Aschenhütte? Wenn es Ärger gibt, du weißt, ich bin für dich da. Es ist nur noch ein halbes Jahr bis zur offiziellen Anerkennung als Aschenbrennerin. Das dürfte kein Problem sein, wenn dein Vater hinter dir steht.«

»Danke, Stephanus, Ihr habt schon genug für mich getan. Man wird sich daran gewöhnen müssen, dass ich in Äule ab heute alleinige Ansprechpartnerin im Aschenhaus bin. Was meinen Vater betrifft, bin ich mir noch nicht sicher, ob er mir wirklich den Rücken stärkt. Er redet nicht darüber. Ihr kennt ihn ja.«

»Ja, er ist ein alter nachtragender Sturbock. Ich werde in den nächsten Tagen bei euch vorbeikommen und nach dem Rechten schauen. Eine Respektsperson aus dem Kloster kann nicht schaden, was meinst du?«

»Das kann ich nicht verlangen, Bruder Stephanus.«

Ein plötzlicher Tumult ließ sie aus ihrem Gespräch aufschauen. Die Menschen riefen wild gestikulierend durcheinander. Sie stürmten vom Friedhof.

Marie und Stephanus brauchten eine Weile, bis sie mitbekamen, was die Menge aufgebracht hatte. Eine dicke dunkle Rauchwolke stand über dem See. Sie kam aus dem Wald, von dort, wo Äule lag.

»Es brennt!« Jakob kam angerannt. »Mama, unser Dorf brennt!«

***

Beim Erreichen der kleinen Hochebene von Äule erkannte Marie als Erste, dass das Aschenhaus seinem Namen alle Ehre machte – es lag in Schutt und Asche. Die Giftküche, ein Steingebäude, stand noch. Kein anderes Gebäude schien beschädigt zu sein.

Mit zitternden Knien ging sie auf das Laboratorium zu, gefolgt von den neugierigen Augenpaaren der Anwohner. Die Tür war aufgebrochen worden, sie stieß sie ganz auf und erschrak. Alles war kurz und klein geschlagen, die Fläschchen, die Tiegel. Die Erz- und Aschegruben vermengt und verstreut. Marie schielte auf den Boden neben dem Herd. Die Bodenplatte schien unberührt.

»Da hat jemand etwas gesucht«, stellte Michael Sigwarth lapidar fest und schaute in die teils verschwiegenen, teils betroffenen Gesichter der Glasmacher. Einige senkten beschämt ihr Haupt. »Die Urkunde liegt bei mir, und dort ist sie sicher. Merkt euch das. Ich habe im Dorf das Sagen, und ich warne euch. Ich finde den Übeltäter«, verkündete er in seiner Eigenschaft als Glasvogt und zeigte damit, dass keine Widerrede geduldet wurde.

Bruder Stephanus und Marie tauschten fragende Blicke.

Michael Sigwarth nahm sich noch die Schürbuben vor. Sie hatten mit ihren höchstens zwölf Jahren einen Heidenrespekt vor dem Glasvogt und wollten nichts gesehen haben. Michael ging ins Gasthaus.

»Theis soll ein ordentliches Fest haben. An der Brandruine

lässt sich heute eh nichts ändern. Wir vertagen das Thema ›Aschenhaus‹ auf morgen«, beschloss Michael.

Er war seit dem Tod seiner Frau und des Neugeborenen ruhiger geworden, früher hätte er getobt, bis der Täter – oder der, den er dafür hielt – vor seinen Knien um Vergebung gewimmert hätte.

Marie blieb stehen und schluckte trocken. War das eben ein Schulterschluss gewesen? Die Anerkennung seiner Tochter als Aschenbrennerin? Sie konnte es kaum glauben. Michael hatte tatsächlich gedroht, den Übeltäter zu finden, eine Warnung ausgesprochen. Thomas Raspiller aus Grünwald galt als Aufrührer im Glasmacherdorf. Er gehörte nicht zu denen, die bei den Anschuldigungen beschämt zu Boden gesehen, sondern provokant aufgeschaut hatten. Marie und die Sippschaft des Glasvogtes waren ihm ein Dorn im Auge, hatte Marie damals doch seinen Bruder als Gemahl abgelehnt.

Niemand der Umstehenden widersprach, alle waren durchgefroren und freuten sich auf den Leichenschmaus. Trotz des Freibieres, das der Vogt seinem Schwager zum ewigen Gedenken spendete, war die Stimmung gedämpft. Und das lag nicht an der Trauer um den Aschenbrenner. Befand sich ein Verräter im Dorf? Gab es einen Aufstand, eine Verschwörung?

Misstrauen lag in der Luft. Kurz kam die Frage auf, was der fremde Händler – sein Name lautete wohl Rupert – neulich so lange mit Theis zu bereden gehabt hatte.

Marie bemerkte, dass Thomas Raspiller sich kurz räusperte, wohl aber die feindliche Stimmung, die ihm entgegenschlug, spürte und schwieg. Es war nicht der richtige Zeitpunkt, Anschuldigungen gegen den verstorbenen Aschenbrenner Theis vom Zaun zu brechen.

Niemand hatte den Fremden zuvor gesehen. Er käme wohl von den Bergbausiedlungen überm Berg, raunte einer, ohne Genaueres zu wissen.

»Oder ein Spitzel der Aufständischen aus dem Hauensteinischen«, murrte einer der Alten.

Dass es unter den südlich von St. Blasien gelegenen Untertanen – in der alten Grafschaft von Hauenstein – gegen das Kloster brodelte, war nichts Neues. Immer wieder keimten die Widerstände gegen das strenge Regiment von Abt Augustinus auf. Aber gehörten deshalb die Glasmacher als Pächter des Abtes zu der Zielgruppe der Aufrührer? Diese hatten sich vor allem unter der Einung der Salpetersieder zusammengeschart.

Marie hörte scheinbar gelangweilt zu, sog aber jedes Detail in sich auf. Sie erfuhr jedoch nicht mehr, als sie von Theis schon wusste.

Die Dunkelheit kroch den Hang herunter. Die meisten hatten zur vorgerückten Stunde dem Alkohol gut zugesprochen, als sich Marie unbemerkt davonschlich. Jakob war bei ihren Schwestern auf der Wirtshausbank eingeschlafen.

Sie musste wissen, ob die geheimen Utensilien noch im Versteck waren, und huschte ins Laboratorium hinüber. Sie verzichtete darauf, ein Licht zu entzünden, und tastete sich im Dunkeln zur Bodenplatte. Vorsichtig schob sie diese zur Seite. Das Fläschchen, die Schale samt Granulat, alles war noch da.

Erleichtert ergriff sie das Tuch und schlug es auf, um die Glasplatten zu befühlen, dabei schnitt sie sich an den Scherben. Sie waren zerbrochen und fein säuberlich wieder eingepackt worden! Jemand hatte die Luke geöffnet, alles inspiziert, aber nichts gestohlen. Eine Warnung?

Marie erschrak, als sie das Quietschen der Tür vernahm. Schritte kamen vom Vorraum Richtung Küche. Sie drückte sich in die dunkle Ecke und hielt den Atem an.

***

Mit schwerem Gepäck erreichte Borromäus die Gaststube von Aftersteg, einer Siedlung mit ein paar Höfen und einigen alten Bergarbeiterhäusern, die vom Glasmacherdorf Äule aus auf der anderen Seite des Feldbergs gelegen war.

Über die Bedeutung des Ortsnamens gingen die Meinungen auseinander. Während die Gelehrten »hinter« – was althochdeutsch *aftero* heißt – als Ursprung des Namens *Aftersteg* ansahen, wobei als Steg die Brücke über den Stübenbach gemeint war, glaubten die Einheimischen nur an eine Verunglimpfung der Aussprache im Laufe der Jahrhunderte seit der Bergbauzeit. Sie meinten, *Uffdstieg*, also »auf der Steige«, herauszuhören. Womit die Steighilfen des Ortes hoch zum Stollen neben dem tosenden Hangloch-Wasserfall zwischen Todtnauberg und Todtnau gemeint waren. Inhaltlich stimmten beide Varianten.

Aftersteg gehörte seit dem 14. Jahrhundert zur Talvogtei Schönau und unterstand dem Kloster St. Blasien. Das Kloster war, neben der Glasherstellung in den bewaldeten Gegenden, vor allem am Silberbergbau diesseits des Bergmassivs interessiert gewesen. Kaiser Maximilian I. von Österreich, ein großzügiger Förderer des Bergbaus, war es nicht gelungen, den Niedergang im 16. Jahrhundert aufzuhalten. Die oberflächlichen Gruben waren ausgebeutet, die Stollen mussten immer tiefer in die Erde getrieben werden, was zu Streitigkeiten mit dem Bergvogt wegen der höheren Kosten geführt hatte. Letztendlich kam das Haus Österreich über Tirol und Böhmen leichter an Bodenschätze. Nach der Entdeckung Amerikas überschwemmten die billigen Silbereinfuhren den Markt und legten den Bergbau größtenteils lahm. Die Bergarbeitersiedlungen im Schwarzwald waren infolge zu armseligen Bergbauerndörfern verkommen.

Einzig die Händler zogen noch durch, auf ihren Wegen vom Schwarzwald in die Rheinebene. Allen voran die Glasträger, die die Märkte an den Rheinstädten aufsuchten.

Borromäus war in die andere Richtung unterwegs, er wollte noch vor Wintereinbruch hoch in den Schwarzwald.

»Gibt es bei euch ein ordentliches Mahl und ein gutes Bett für einen Reisenden?«, fragte er in Richtung Küche und stellte seine schwere Krätze auf dem Boden vor der Theke ab. Der Geruch von Suppe und Bier stieg ihm angenehm in die Nase und ließ hoffen, das Gewünschte zu erhalten. Der Raum selbst wirkte wenig einladend, er war düster und niedrig. Borromäus, von großer Statur, musste den Kopf einziehen, um unter den Deckenbalken durchzukommen.

Erst nach und nach gewöhnten sich seine Augen an die Dunkelheit. Die Gaststube war nicht leer, wie sie im ersten Moment gewirkt hatte. In der dunklen Ecke saßen schweigend Einheimische, ihre Aufmerksamkeit galt der Musterung des Neuankömmlings.

»Kann Er das Bett und die Suppe im Voraus bezahlen, kann Er bleiben«, kam die Antwort der Wirtin aus der Küche.

Borromäus zählte die Münzen für den üblichen Preis auf die Theke und suchte sich einen Sitzplatz an der Wand. Er mochte es nicht, mit dem Rücken zur Gaststube oder zur Tür zu sitzen. Eine Eigenart aus seiner Zeit als Soldat.

Es dauerte nur bis zum Auftragen der einfachen Mahlzeit, bis die Männer nach seinem Namen, seiner Herkunft und seinem Ziel fragten. »Wer bisch, wo chunsch her? Wo wötsch ane?« Das Gasthaus war das einzige Sprachrohr in die Welt.

Borromäus hatte gelernt, in fremden Gasthäusern mit Durchreiseverkehr nichts von sich preiszugeben. Die Krätze, zwischen seinen Beinen unter dem Tisch abgestellt, beinhaltete alles, was er in den letzten beiden Jahren erarbeitet hatte. Das Wertvollste aber befand sich sicher verschlossen in seinem Kopf: das Wissen um die Herstellung von Kobaltfarbe. In seinem Rucksack ruhte lediglich die Erstausstattung für sein neues Geschäft im Wert des Gesteins, das er einst mühevoll in mehreren Etappen in die Blaufärberei getragen hatte.

»Ich trag en Sack voll Schtei über d' Berg«, antwortete er Richtung Stammtisch.

Ein missmutiges Gemurmel folgte. Sie glaubten, dass er sie auf den Arm nehmen wollte. Dabei war es nicht einmal gelogen, die Steine waren nur im verarbeiteten Zustand – als Farbpigmente – in seiner Krätze verstaut, und über den Berg, den Feldberg, wollte er tatsächlich. Sein Ziel war die Glasmachersiedlung Äule.

»Wenn mir dir it fein gnueg sin, hocksch halt allei«, bemerkte ihr Wortführer und wandte sich ab.

»Könnt langwiilig werre, es schmeckt noch Schnee«, meinte die Wirtin.

Mit ihrem schweigenden Nicken stimmten die Stammtischler der Wirtin zu, auch sie hatten den kommenden Schnee gerochen.

Borromäus löffelte seine Suppe aus und erbat sich noch einen Nachschlag. Nebenbei lauschte er den Gesprächen am Nachbartisch, die sich um die Händler drehten, die mit ihren Waren ins Elsass gezogen waren. Wohlwollend nahm er wahr, dass man auf edles Glas setzte, vor allem in den größeren Städten wie Straßburg. Vorbei waren die Zeiten, in denen die Venezianer das Monopol gehabt hatten. Die Glashütten auf dem Wald hatten sich den Wünschen der gehobenen Gesellschaft angepasst und moderne Verfahren ausprobiert. In Äule hatte man gleich beim Zusammenschluss der beiden Hütten mit neuen Techniken experimentiert. Mit ausdrücklicher Billigung des Klosters. Das wusste er von seinem letzten Besuch vor zwei Jahren.

Die Tür ging auf und wehte eine Handvoll trockenes Buchenlaub herein. Den Blättern folgten zwei vermummte junge Männer, die sich am Nachbartisch niederließen. Sie redeten leise mit den Einheimischen und drehten sich immer wieder zu ihm um. Es war offensichtlich, dass sie sich über ihn unterhielten.

Es ärgerte Borromäus, dass er die Annäherungsversuche der Einheimischen vorhin so unwirsch abgewimmelt hatte. Während er überlegte, wie er ihre Gunst zurückgewinnen konnte, wandte sich einer der Neuankömmlinge an ihn.

»Schtei tragsch du über d' Berg? Darf ma wisse, wa für Schtei?«

Diese Frage war Borromäus' Chance. Er rückte zum Nachbartisch auf. »Blaue.« Wollte er in das Gespräch der Einheimischen einbezogen werden, musste er sich nach den Gesetzen der Schwarzwälder öffnen. Langsam und ohne Überheblichkeit.

»Kobalt?«

»Schmalte.« Er lehnte sich zurück und wartete ab, ob die Anwesenden etwas mit dem Begriff anzufangen wussten. Doch sie schwiegen abwartend.

Um den Farbstoff Schmalte oder Smalte, wie er andernorts hieß, zu gewinnen, benötigte man Kobaltoxid, das in einem Gemisch namens Zaffer vorhanden war, das durch das Rösten von Kobalterz geschaffen wurde. Die Herstellung von Kobaltfarbe war schon in der Antike bekannt gewesen, die Entdeckung in Nordeuropa hatte angeblich erst um 1540 in Böhmen stattgefunden. In einer Glashütte.

»Woher?«, fragte schließlich der junge Bursche.

»Aus einer Blaufärberei«, antwortete Borromäus genauso vage.

»Die näscht isch in Wittichen. Du chunsch vu d' falsche Richtig«, merkte einer der Älteren an.

Wittichen lag in Kaltbrunn bei Rottweil, tatsächlich kam Borromäus aus der falschen Richtung. Zwar war das Dorf sein letzter Aufenthaltsort gewesen, aber er hatte auf dem Heimweg einen Abstecher nach Freiburg gemacht. Dort saß die Landesvertretung des habsburgischen Kaiserreichs, zu dem die St. Blasianischen Gebiete gehörten. Mit den Zeugnissen seines Meisters und dem Gesellentitel eines Blaufärbers hatte er gewagt, neue Papiere zu beantragen. Die Kriegszeiten waren vorbei. Das Land brauchte Handwerksgesellen für den Aufschwung. Auf die Frage, warum er sein Heer verlassen habe, hatte er angegeben, beim Wasserholen verschleppt worden zu sein. Nach all den Jahren interessierte sich keiner mehr für die Einzelheiten, zumal ein ausgebildeter Handwerker vor den Regierungsvertretern stand. So erteilte man ihm den nötigen Stempel, und aus dem geflüchteten Infanteristen wurde der ehrenwerte Handwerksgeselle Borromäus Spindler. Zur Feier des Tages hatte er einen Schneider in der Stadt aufgesucht und sich neu ausstaffieren lassen. Diese Kleidung hatte er ganz unten in seiner Krätze verstaut, sie wäre eine Aufforderung für jeden Straßenräuber gewesen.

»Ich habe nicht behauptet, direkt aus Wittichen zu kommen«, sagte er.

»Rupert.« Der junge Kerl reichte ihm die Hand.

»Borromäus.«

»Kobaltfarbenhändler also – und wohin soll's gehen? Der Winter steht bevor.«

Borromäus zuckte die Schultern, als wisse er es nicht. Er konnte die Männer noch nicht einschätzen und wollte nichts verraten. Die Konkurrenz unter den Glashütten wurde mit den neueren Verfahren größer. Er wollte Äule, und damit Theis und Marie, die neuen Färbeverfahren angedeihen lassen, um in der Gunst des Glasvogtes zu steigen. Einer, der gelernt hatte, Kobaltfarben herzustellen, war sicherlich nicht uninteressant für das Glasmacherdorf Äule.

»Kennt Er sich auch mit Flussspat aus?«, fragte Rupert.

»Flussspat? Ihr meint das violette Mineralgestein?«

»Ja.«

»Es ist meines Wissens wertlos, oder?«

»Das weiß ich nicht«, sagte Rupert ausweichend, »ich dachte nur, weil es auch farbig ist.«

»Woher kennt Ihr es?«

»Man findet es hin und wieder in den alten Stollen. Ihr habt wohl recht. Es taugt zu nichts.« Rupert blickte sich zu seinem stummen Begleiter um. »Komm, Kleiner, Zeit heimzugehen.«

»Zwei Glücksritter«, erklärte der Wortführer aus der Gruppe der Einheimischen, als die beiden gegangen waren. »Die Brüder Abele auf der Suche nach einem Geschäft. Wollten neulich schon einem böhmischen Händler ihre Mineralien aufschwatzen.«

Als die Männer beschlossen, nach Hause zu gehen, war der Wind, der in die Gaststube fegte, deutlich kälter geworden. Borromäus nahm seine Krätze und suchte im oberen Stock seine gemietete Kammer auf. Diese war zwar teurer, dafür aber sicherer. Im öffentlichen Schlafraum trieben sich genug neugierige Nasen herum, die keine Skrupel hatten, das Eigentum von anderen zu untersuchen oder sich nützlicher Dinge zu bemächtigen. Noch wusste er nicht, welche Bekanntschaft er gemacht hatte.

***

Mit schweißnassen Fingern umklammerte Marie die Steine des Mauerwerks. Die Schritte hatten die Giftküche erreicht. Die Person blieb stehen. Marie hörte, wie der Feuerstein geschlagen wurde und kurz darauf der Zunderschwamm knisterte. Ein warmer Kerzenschein flackerte auf, der Lichtkegel kam näher.

»Marie?«, rief eine Männerstimme. »Bist du hier?«

Im Türrahmen erschien eine Gestalt mit einer Kapuze, sofort fiel Marie Jakobs Beobachtung ein. Erleichtert erkannte sie unter der Kopfbedeckung die kleinen Äuglein des Bruders Stephanus, seine runden Wangen. Es war nicht der Tod unter der Kapuze gewesen, den Jakob glaubte gesehen zu haben.

»Ihr habt mir einen gehörigen Schrecken eingejagt«, rügte sie den Gottesmann. »Was führt Euch hierher?«

»Deine Schwester Franziska hat mir verraten, wo sie dich vermutet. Ich habe mich um dich gesorgt. Erst verlierst du deinen Onkel, zu allem Unglück brennt kurz danach die Aschenhütte ab.«

»Sie wurde abgebrannt, Bruder Stephanus, da versucht mir jemand das Handwerk zu legen, und ich habe keinerlei Rechte und Handhabe. Mir fehlt offiziell ein halbes Jahr. Kann der Abt nichts daran ändern? Ich bitte Euch«, flehte Marie.

»Der Abt ist auf Reisen, mit einer Urkundenänderung kann ich dir nicht helfen. Ein halbes Jahr kann die Glashütte nicht stillstehen. Im Frühjahr wird man das Aschenhaus wieder aufbauen. Sicherlich kannst du so lange bei deinem Vater wohnen. Die Äulemer brauchen dich, und letztendlich werden sie dich akzeptieren. Wichtig ist: Dein Vater muss ein Machtwort sprechen. Das hat er heute Nachmittag doch schon ganz gut gemacht, findest du nicht?«

»Ja, hat er, aber mir will jemand Angst machen, Bruder Stephanus.«

»Warum glaubst du das? Gibt es außer den Brennrechten andere Dinge, die man dir missgönnt? Dinge, die jemand haben will? Ich habe im Gasthaus von einem fremden Händler gehört, er soll Theis aufgesucht haben.«

Marie räusperte sich verlegen. Wenn sich der Mönch darüber Gedanken machte, würden es andere auch tun. Es war nur eine Frage der Zeit. Wusste jemand von Theis' Experimenten? Wollte der Brandstifter eigentlich nicht die Aschenhütte zerstören, sondern die Flusssäure finden? Ein Zeichen setzen? Ein Spion aus einer anderen Glashütte? Der Fremde, den Jakob für den Tod gehalten hatte!

Warum hatte der Unhold die Schätze nicht mitgenommen?

Er konnte nichts damit anfangen. Er wollte das Rezept. Mit Sicherheit. Und er glaubte, sie habe es. Er würde wiederkommen.

Maries Herz klopfte bis zum Hals. Konnte sie sich Stephanus anvertrauen? Theis hatte viel von ihm gehalten. Sie musste es versuchen.

»Stephanus, es ist etwas anderes, Ihr habt recht. Es geht um ein neues Rezept. Ich kenne es nicht. Theis hat mir nur verraten, dass er daran gearbeitet hat. Man braucht dazu ein besonderes Gestein, Flussspat. Ich muss es zuerst finden, es war Theis wichtig, und ich habe ihm versprochen, mich zu kümmern und keinem etwas darüber zu verraten. Kann ich auf Euch zählen?« Sie hatte ihn unmerklich an seiner Kutte gepackt.

Stephanus legte seine Hände auf die ihren. »Gemach, du solltest jetzt nicht den Kopf verlieren. Wie willst du das anstellen? Wo willst du suchen, und wer soll deine Arbeit machen?«

»Meine Schwester Franziska hat mir oft beim Aschebrennen geholfen. Sie könnte für ein paar Tage die Produktion aufrechterhalten. Überzeugt meinen Vater, ich werde noch heute Nacht mit Jakob aufbrechen.«

»Das kann ich nicht zulassen. Wohin willst du?«

»Auf die andere Seite des Berges. Ich bin es Theis schuldig.«

»Über den Feldberg? Du bist wahnsinnig, es könnte zu schneien beginnen.«

»Wenn ich mich beeile, schaffe ich es vor dem Wintereinbruch, und wenn ich zurückkomme, trete ich in Theis' Fußstapfen. Versprochen. Es war ihm wichtig. Ich muss das Gestein finden und den Handel besiegeln, bevor es ein anderer tut. Außerdem muss ich das Rezept fertig entschlüsseln. Dieser Händler kam von den Bergbausiedlungen drüben am Feldberg, ich werde ihn suchen. Er weiß sicherlich mehr. Bruder Stephanus, ich danke Euch.«

»Ich habe noch nicht zugestimmt. Und nichts getan, wofür du dich bedanken müsstest.«

»Ihr habt mir die Augen geöffnet. Ich packe. Könntet Ihr dafür sorgen, dass mir keiner folgt? Ich kenne meinen Widersacher nicht.«

Stephanus schnaubte. »Ich würde dir gern Geleitschutz geben, mir fällt auf die Schnelle niemand ein. Kennst du den Weg überhaupt?«

»Das lasst meine Sorge sein.«

Bruder Stephanus stöhnte auf. »Marie, du hast den berüchtigten Dickschädel der Glasmacher, du würdest nicht zugeben, dass du den Weg nicht kennst.«

Er kniete sich auf den Boden, nahm eine Handvoll Asche aus dem umgeworfenen Korb und strich sie glatt.

»Hier ist Äule, du musst über den Kamm nach Menzenschwand. Folge dem Bach hoch bis zum Wasserfall, umgehe diesen, oberhalb erkennst du die Klusen-Moräne. Laufe weiter am Wasser entlang bis zum Maria Loch, der Albquelle. Von dort musst du steil ansteigen, bis du auf einen einfachen Saumweg stößt, er ist die einzige Verbindung, außer ein paar einsamen Hirtenpfaden. Der Weg ist kaum begangen, du kannst auf keine Hilfe hoffen und musst alles allein zu Fuß gehen. Ist dir das klar?«, fragte er eindringlich.

Marie nickte.

»Gut. Folge dem Pfad nach links dorthin, wo die Sonne untergeht, er führt hinunter ins Wiesental bis Todtnau, dort überquere den Fluss, die Wiese und biege rechts zu den Bergarbeitersiedlungen ab. Beim großen Hangloch-Wasserfall gibt es einen Steg. Aftersteg ist der erste Ort nach dem Steg. Im Gasthaus kennt man jeden.«

»Vergelt's Euch Gott, Bruder Stephanus.«

»Ich kann dich nicht zwingen hierzubleiben. Bedenke, der Weg ist weit und anstrengend, mit Kind nicht in einem Tag zu schaffen. Lass Jakob bei deiner Schwester und deinem Vater. Es wird schwierig werden, den Pfad zu finden. Falls es schneit, unmöglich. Der eigentliche Handelsweg geht von St. Blasien über die Hohe Wacht bei Bernau und von dort ins Prägtal nach Todtnau, er wäre sicherer, aber dazu brauchst du mindestens zwei Tage länger.«

»Ich nehme die Abkürzung und Jakob mit. Ich kann nicht einfach verschwinden, ohne dass er weiß, wo ich bin. Niemand darf von meinem Aufbruch erfahren. Noch nicht.«

Marie verschwand, um die Vorbereitungen zu treffen. Sie würde vor Sonnenaufgang losziehen.

Stephanus nickte widerwillig, obwohl sie schon zur Tür raus war. Dieses Mädchen behandelte ihn wie einen Vertrauten, nicht wie eine Respektsperson aus dem Kloster. Er mochte sie und hatte ihr versprochen, darauf zu achten, dass ihr niemand folgte. Nach den Benediktinischen Regeln müsste er ins Kloster zurück, ausnahmsweise würde er im Gasthaus ein Zimmer nehmen. Zum einen war der Weg zurück nach St. Blasien weit und bei Nacht nicht ungefährlich, zum anderen war Theis sein Cousin und Marie in gewisser Weise sein Mündel. Der Abt war unterwegs. Wer sollte ihn zurechtweisen?

Stephanus wollte gehen, als er die lose Bodenplatte unter seinen Füßen spürte. Er bückte sich, hob sie hoch und entdeckte einen Hohlraum. Vorsichtig schlug er die Tücher zurück. Geätztes Glas! Zerstört! Das also war das Geheimnis. Marie hatte richtig vermutet: Jemand war hinter dem Rezept her.

Ihm fiel ein, wer sich brennend für diese Neuerung interessieren würde. Seine Nackenhaare stellten sich auf.

***

In dieser Nacht schlief Borromäus sehr unruhig, der Sturm heulte, und der Wind ließ die Fensterläden an den Rahmen krachen.

Gegen Morgen stand er auf und öffnete die Flügel für einen kurzen Moment. Die Wirtin hatte recht behalten, draußen tobte ein Schneesturm. Früh in diesem Herbst, aber nicht ungewöhnlich.

Borromäus legte sich wieder hin und zog die Decke über die Ohren. In der Dunkelheit war das ganze Ausmaß des Wintereinbruchs noch nicht abzusehen. Er würde bei Tagesanbruch entscheiden, ob er die Überquerung angehen sollte oder nicht. Vielleicht war es besser, nach Todtnau hinunterzuwandern und den Händlerweg über die Hohe Wacht zu benutzen. Was waren zwei Tage mehr bei den zwei Jahren, die er schon unterwegs war?

Er drehte sich um und schlief endlich ein.

Als er wieder erwachte, war die Stille im Raum fast unheimlich. Hell leuchtete es zwischen den Streben der Fensterläden. Er hatte verschlafen.

Schwerfällig stieg er aus dem Bett, die gestrige Tour steckte ihm in den Knochen, und die schlaflose Nacht trug das Ihre dazu bei. Vorsichtig schob er die Läden erneut auf, eine ganze Schneewand brach weg und stürzte auf den eingeschneiten Misthaufen unter seinem Fenster.

Das grelle Licht blendete ihn. Ausgebreitet wie ein weißes Himmelbett, lag das Tal zu seinen Füßen. Die Sonne schien und spiegelte sich in Abermillionen von Schneekristallen, wenige Augenblicke später jagten düstere Wolken wie übergroße Reiter über die Matten und hauchten der Landschaft eine unheimliche Mystik ein.

Borromäus lief eine Gänsehaut über den Rücken. Reiter! Was, wenn heute Nacht die berüchtigte wilde Jagd der Heidengötter losgebrochen war? Ihr Erscheinen brachte Unheil dem, der ihr Zeuge wurde. Die Unglücksboten des alten Gottes Wotan. Es war eindeutig noch zu früh für solche Phänomene, ihre Zeit war erst zwischen den Jahren, in den Raunächten. Doch kannte er Berichte von verfrühten oder verspäteten Erscheinungen. Manchmal führten sie Seelen von kürzlich verstorbenen Familienmitgliedern mit, von Menschen, die vor ihrer Zeit abberufen worden waren und noch keine Ruhe gefunden hatten.

Ein seltsames Schweigen lag über allem. Borromäus verharrte wie gelähmt, er beobachtete Männer und Pferde, die auf dem Pfad Richtung Steg gingen, den er aber von seinem Fenster aus nicht einsehen konnte. Der Schnee dämpfte die Schritte von Mensch und Tier, und falls sie sich unterhielten, auch ihre Worte. Die Ruhe nach dem Sturm – oder kam der eigentliche Sturm erst noch?

Borromäus ließ sich von der Stille nicht irritieren. Die ruhelosen Geister hatten heute Nacht an seinem Fensterladen gerüttelt. Er war gewarnt.

»Ihr habt lange geschlafen«, sagte die Wirtin vorwurfsvoll, als er die Stiege herunterkam. »Es ziemt sich, dass die Gäste bei diesen Schneemengen helfen, den Pfad bis zum Weg freizuschaufeln.«

»Entschuldigt, ich habe schlecht geschlafen. Was kann ich tun?« Er griff sich in den Bart, der nicht mehr so lang und wild wie früher war.

Wie ein Paukenschlag trafen ihn die folgenden Worte der Wirtin: »Der Steg ist heute Nacht von einem Baum zertrümmert worden. Ihr könnt Euch behilflich zeigen. Es gibt keinen anderen Weg hinunter nach Todtnau. Und am Berg«, sie machte eine unwirsche Bewegung mit der Linken, »hat der Sturm alle Pfade zugeweht.«

***

Noch vor Anbruch des Tages war Marie mit Jakob aufgebrochen. Sie hatte Franziska – mit der sie letzte Nacht die Kammer geteilt hatte – grob in ihr Vorhaben eingeweiht. Sie würde bis zur Rückkehr Maries die Asche brennen. Martha und Klara schliefen oben unter der Dachspitze und hatten von ihrem Weggang genauso wenig mitbekommen wie Vater Michael Sigwarth, der seinen Rausch ausschlief.

Am Waldrand hielt Marie inne und schaute sich um. Bruder Stephanus stand wie vereinbart am Fenster des Gasthauses und beobachtete ihren Weggang. Er würde noch eine Weile jenen Punkt im Auge behalten, an dem sie in den Wald verschwand. Marie unterdrückte den Wunsch, ihm zuzuwinken. Sie könnte einen möglichen Verfolger auf den Mönch als Aufpasser aufmerksam machen.

»Mama, wie lange müssen wir laufen? Mir ist kalt, und ich habe jetzt schon Hunger«, jammerte der unausgeschlafene Junge an ihrer Seite.

»Wir gehen über den Berg ins Menzenschwander Tal. Wenn wir an den Höfen vorbei sind, machen wir eine Pause und essen etwas«, versprach sie und hob ihren Beutel. »Ich habe genug dabei. Und bis zum Frühstück ist dir warm.«

Es wäre einfacher gewesen, auf dem Höhenkamm zu bleiben, als erst ab- und später weiter hinten im Tal wieder aufzusteigen. Es zogen sich viele kleine Trampelpfade über den breiten Rücken in alle Richtungen. Zu viele, man konnte sich leicht verirren. Und das wäre lebensgefährlich gewesen. Dort oben lauerte das Hirschbäder Moor. Daraus gab es kein Entrinnen. Erschwerend kam hinzu, dass der Sturm der letzten Nacht Graupelkörner über den Feldberg gejagt und über Moor und Wege abgelegt hatte.

Schweigend gingen Marie und Jakob nebeneinander her, jeder hing seinen Gedanken nach. Es war beiden zu früh für eine angeregte Unterhaltung. Die Müdigkeit hing wie zäher Morgennebel in ihren Köpfen.

Am Äulemer Kreuz, dem höchsten Punkt, schnitt ihnen ein

eisiger Wind aus Westen die Luft zum Atmen ab. Das Spießhorn gegenüber trug bereits eine weiße Kuppe. Der höher gelegene Feldberg war vermutlich schon eingeschneit.

Marie nahm Jakob an die Hand und stemmte sich gegen den Wind, sie mussten die Anhöhe so schnell wie möglich verlassen, um in den Windschatten der Bergkette zu gelangen. Sie betete, dass der Wind keinen weiteren Schnee mehr bringen mochte, ehe sie über dem Pass waren.

Bald erreichten sie den oberen Weidepfad, der an den Höfen vorbei Richtung Wasserfall führte. Von da hatten sie den Verlauf der Alb im Auge und konnten ein paar Höhenmeter sparen, die sie sonst wieder hätten aufsteigen müssen.

»Siehst du die Dampfwolke dort hinten zwischen den Bäumen?«

Jakob nickte, und Marie wusste, dass er auf eine Erklärung wartete, was sich dort befinden würde.

»Es ist der Wasserfall. Du wirst staunen. Dort werden wir etwas essen, danach müssen wir hoch zum Pass. Komm, wir sind bald da.«

Jakob schien erleichtert. Marie bemerkte, wie sich seine Angst vor dem Unbekannten löste und er gespannt auf den Wasserfall zulief. Eigentlich liebte ihr Sohn solche Abenteuer.

Wäre da nicht das Wetter gewesen! Es schlug um. Wolkenberge türmten sich auf.

Als sie dem Tosen und Rauschen des Wassers immer näher kamen, wurde die Luft feuchtkalt. Sehr ungemütlich für eine Rast.

»Lass uns zwischen den Felswänden hinunterschauen und noch ein paar Schritte gehen«, sagte Marie. »Richtung Kluse ist der Bach ruhiger und die Luft nicht mehr so eisig.«

Links und rechts der Felswände hatten sich mannshohe Eiszapfen und ganze Eiswände gebildet. Kein Sonnenstrahl traf im Winter an dieser Stelle herein. Es wirkte, als hätten die Glasmacher ihre Häfen über den Felsen ausgeleert und das Glas sei erstarrt. Eine bizarre Welt, wie im Märchen.

»Mama, glaubst du, dass der Schatzhauser hier war?«, fragte Jakob staunend und zugleich wehmütig.

Diese Frage traf Marie wie ein Schwerthieb, der Schatzhauser war das Glasmännlein aus dem Märchen, das Theis ihm immer erzählt hatte. Eines Tages hatte der kleine Jakob geglaubt, ihm im Wald begegnet zu sein. Er hieß in Wirklichkeit Borromäus, wie Marie später erfahren hatte.

»Der Schatzhauser ist verschwunden, wie alle Märchenwesen es irgendwann einmal tun, wenn man älter wird«, log Marie. Sie wollte sich nicht anmerken lassen, dass sie den Waldmenschen Borromäus auch vermisste. »Komm, wir müssen weiter.« Sie zog Jakob weg und deutete an den Himmel. »Das hält nicht mehr lange, wir sollten etwas essen, bevor es hoch zum Pass geht. Dort hinter dem großen Stein scheint mir ein guter Platz zu sein.«

»Erzähl mir eine Geschichte von früher, wie Onkel Theis.« Tränen kullerten über Jakobs Wangen.

Marie nahm ihn stumm in die Arme. Das arme Kind. Sie hatte ihm keine Zeit für die Trauer gelassen. Nicht nur ihm, auch sich selbst nicht. Sie zog die Nase hoch, ihre Augen wurden ebenfalls feucht.

Theis! Wo führt dein Geist uns hin?

Kapitel 2

»Franziska!« Michael brüllte die Stiege hoch. »Wo bleibt mein Frühstück!«

»Franziska ist in der Aschenküche drüben«, rief Klara aus dem Ziegenstall nebenan.

»Was treibt die in der Giftküche?«

»Was man dort treibt, Vater, die Asche brennen.«

»Mit Marie?«

»Nein, allein. Marie musste weg.«

Michael streckte seinen Kopf in den Ziegenstall. Die Ungeduld stand ihm ins Gesicht geschrieben. »Wohin? Herrgott noch mal, muss man dir alles aus der Nase ziehen?«

»Das weiß ich nicht«, antwortete Klara gereizt, »sie hat nur gesagt, dass sie etwas erledigen muss. Bis sie wiederkommt, brennt Franziska die Asche. Jakob hat sie mitgenommen.«

»Ich bin der Glasvogt und obendrein euer Vater, mit mir hat man zu reden! Verstanden? Mit mir! Ihr gottverdammtes Weiberpack! Wo ist der scheinheilige Mönch? Ist sie vielleicht mit ihm ins Kloster, um den Vertrag auszuhandeln? Ohne mich zu fragen?« Michael stampfte wütend auf, seine Halsvene schwoll dick an.

Klara zuckte scheinbar gelassen mit den Schultern und bekräftigte, dass sie weder Bruder Stephanus noch Marie heute Morgen gesehen habe.

Wutentbrannt ging Michael hinüber ins Laboratorium, die Tür war nur angelehnt.

In der Küche herrschte noch das gleiche Chaos wie am Vortag. Die Tiegel waren umgeworfen, die Asche verstreut. Michael kratzte sich am Hinterkopf. Vor ihm lag das Wohnhaus von Theis, abgebrannt bis auf die Grundmauern, einzig ein paar Balken ragten in den Himmel. In der Aschenküche war alles zerstört. Offensichtlich hatte im Raum jemand gewütet, etwas gesucht. Diesen Jemand wollte er ausfindig und verantwortlich machen. Das war gestern gewesen, heute stellten ihn seine Mädchen vor neue Herausforderungen.

»Franziska? Bist du hier?«

Stille.

Polternd trat er in die eigentliche Küche, keine Spur von Franziska. Es sah nicht so aus, als sei sie da gewesen. Der Herd war kalt. Ohne Feuer kein Aschebrennen. Die Bütten standen bereit, die Asche war ausgelaugt. Wenn er sich richtig entsann, standen die gestern schon hier. Auf dem Herd lagen schwarze Rußkrümel, die konnten nur vom offenen Kamin stammen, der über dem Herd als Abzug diente. Es war schon vorgekommen, dass sich ein Tier in den vermeintlich warmen Schacht geschlichen hatte und heruntergefallen war. Vielleicht hatte auch der Sturm letzte Nacht durch den Schacht geblasen.

Da Michael niemand fand, ging er um die Hütte herum und entdeckte Spuren im Raureif hinauf in den Wald. Zwei Spuren. Die eine, die kleinere, war etwas verwischt. Weiter oben ging sie in eine Schleifspur über, ehe sie sich verlor. Dafür die andere etwas deutlicher und tiefer.

Wieder rief er nach Franziska, seine Worte verhallten. Irgendetwas stimmte nicht.

»Meister Michael, was brüllt Ihr so?«

Der Sekretarius des Abtes stand plötzlich hinter ihm. Erschrocken fuhr Michael herum.

»Ihr habt mir heute Morgen gerade noch gefehlt. Wo sind meine Töchter? Da steckt doch Ihr dahinter, oder?«

»Tocht*er*?«, fragte Stephanus mit Betonung auf der letzten Silbe.

»Ja, Marie und Franziska! Und Jakob.«

»Franziska? Wieso Franziska? Sollte sie nicht Marie in der Aschenküche vertreten?«

»Vertreten?«, blaffte Michael. »Aha, Ihr wisst also etwas? Dachte ich mir.«

»Darüber wollte ich mit Euch reden.« Stephanus war sichtlich unwohl, doch den Vogt beschäftigte etwas anderes. Er deutete auf die seltsamen Spuren.

»Hier ist keine Franziska. Oder sollte ich sagen, hier war einmal eine Franziska?«

Stephanus kam näher, bückte sich und begutachtete die Fußabdrücke. »Sieht so aus, als sei jemand verschleppt worden.«

Michael wurde mit einem Schlag ganz blass. »Verschleppt?«

Stephanus sprach aus, was er insgeheim befürchtet hatte. Der Gedanke war also nicht abwegig.

»Meister Michael, ich weiß nicht mehr als Ihr. Das«, Stephanus zeigte auf die undeutliche Fährte im Raureif, »sieht für mich aus, als wenn zwei Menschen, der Größe nach Mann und Frau oder ein jüngerer Mensch, Richtung Wald gegangen sind. Hier werden die Stapfen undeutlich, da zu einer Schleifspur und schließlich ist es nur noch eine. Was können wir daraus schließen?«

Michael atmete tief ein und aus. »Was glaubt Ihr?«

»Eine der beiden könnte Franziskas gewesen sein. Sie sollte die Asche brennen, oder? Ihr habt sie aber nicht gefunden. Ist Euch außer der Sauerei im Laboratorium noch etwas aufgefallen, bevor wir blindlings in den Wald und vielleicht in eine Falle rennen.«

Michael überlegte und wiegte langsam den Kopf. »Halt, die Rußkrümel auf dem Herd, als wenn ein Tier durch den Schornstein gekrochen wäre.«

»Lasst uns das anschauen.«

Sie machten kehrt und umrundeten erst einmal die Aschenküche. Hinter dem Gebäude entdeckten sie eine weitere Ungereimtheit. Die Holzschindeln auf dem tief gezogenen Dach wiesen weitere Abdrücke im Raureif aus.

»Hier! Wenn nachher die Sonne draufscheint, ist nichts mehr zu sehen. Da hat jemand durch den Kamin geschaut. Was sieht man von dort oben?«

»Vermutlich den Herd.«

Bruder Stephanus schürzte seine Kutte und kletterte auf einen größeren Stein. Oben angekommen, hangelte er an der hölzernen Dachrinne entlang und zog sich schließlich behände daran hoch. Auf allen vieren kroch er zum Kamin und lugte hinein. Er lieferte ein komisches Bild ab.

»Bruder, das macht Ihr nicht zum ersten Mal. Verschwindet man nachts so aus dem Kloster?«

»Auch ich war einmal jung, und es gab eine Zeit vor dem Kloster. Kennt Ihr einen Bub, der nicht auf Bäume geklettert ist?«

»Schon, aber mit Eurem Leibesumfang?«, antwortete Michael eine Spur versöhnlicher. »Seht Ihr was?«

Bruder Stephanus wäre ums Haar abgerutscht, fing sich im letzten Moment und zog sich abermals nach oben. Beim Blick durch den Kamin stieß er einen Pfiff aus.

Michael wurde ungeduldig.

»Wie Ihr schon sagtet, man sieht den Herd, vielleicht ist einfach nur einer der Lausebengel aufs Dach geklettert.«

Diese Aussage wurmte Michael. Er hatte das Gefühl, dass der Mönch nicht alles sagte. Kurz überlegte er, ob er selbst hochklettern sollte, verwarf den Gedanken aber wieder, um sich nicht der Lächerlichkeit preiszugeben. Was, wenn einer der Dorfbewohner die beiden Schwergewichtigen beobachtete?

»Wir sollten zwei oder drei Leute mitnehmen und die Verfolgung aufnehmen«, schlug Bruder Stephanus schließlich vor, rutschte auf den Sohlen vom Dach herunter und landete mit einem beherzten Sprung auf dem Boden.

»Gut, ich kommandiere zwei Mann ab, das Gemenge ist noch nicht aus dem Sande, vor heute Nachmittag können wir das Glas nicht ausarbeiten. Ich beauftrage Klara oder Martha, uns etwas zu essen zu richten.« Michael war in seinem Element, das Kommando zu führen, lag ihm.

»Aus dem Sande?«, fragte Stephanus verwundert.

»Sag ich doch«, konterte Michael überheblich, »rumhocken und studieren, aber keine Ahnung vom Leben. Ordensbrüder! Der Quarz ist noch nicht geschmolzen, wir können das Glas erst verarbeiten, wenn das Gemenge rein ist.«

»Man kann nicht alles wissen. Ich hole meine Sachen aus dem Gasthaus. Bin gleich wieder da.«

Stephanus wollte davoneilen, doch Michael hielt ihn zurück. »Halt, mein Freund, Ihr seid mir noch eine Antwort schuldig. Wo ist Marie?«

»Sie hat Theis versprochen, eine Arbeit zu Ende zu bringen.«

»Wo?«

»Das kann ich nicht sagen.«

»Das könnt oder wollt Ihr nicht?«

»Ich kann es nicht, sie hat mir nur anvertraut, dass sie eine Weile weg ist. Ich soll es Euch ausrichten. Wenn sie wiederkommt, übernimmt sie die Arbeit in der Aschenküche. So lange hilft Franziska aus. Ähm, sollte aushelfen.«

Michael wurde plötzlich klar, dass Franziskas Verschwinden die Arbeit in Äule zum Stillstand bringen konnte. War dies eine Sabotage am Dorf? An den Glasmachern oder der Aschenbrennerin?

***

Borromäus stand auf der anderen Seite des Feldbergs am Steg oder an dem, was davon übrig geblieben war. Quer über dem gesplitterten Holz lag eine ausgewachsene Fichte. Ihr Wurzelteller ragte senkrecht in den Himmel. Zwei Mann waren damit beschäftigt, den Stamm knapp über dem Stock abzusägen.

»Weg da, es ist Spannung drauf. Wenn wir durch sind, kracht der Teller zurück, und der Stamm schnellt nach oben.«

Kaum hatte der Mann ausgesprochen, geschah es. Borromäus konnte sich mit einem Sprung zur Seite retten. Der Baum wippte, bis er sich ausgependelt hatte und auf Brusthöhe liegen blieb. Die mächtigen Traufzweige verhinderten ein flaches Aufliegen.

»Immer das Gleiche, die Fichten taugen nichts, sie wurzeln zu flach. Ein Sturm und weg sind sie. Das wäre einer Tanne nicht passiert!«, rief der Säger seinem Kollegen zu und wandte sich an Borromäus, der ihm die Kette des Schlittens reichte. »Vielleicht lassen wir den Stamm sägen und bauen damit den neuen Steg.«

Die umstehenden Männer nickten zustimmend und machten sich daran, den Baumriesen anzuketten und mit Seilen und Haken von der Bergseite her gegen plötzliches Abrutschen zu sichern. Zuletzt spannten sie die Pferde vor.

Gegen Mittag war der Übergang frei, aber nicht begehbar. Der Stübenbach rauschte wild ins Tal und schnitt die Siedlungen hinterm Steg von Todtnau ab. Auf Wochen war kein Durchkommen mehr. Weite Umwege mussten in Kauf genommen werden, wollte man von Todtnau aus in die Bergarbeitersiedlungen aufsteigen oder umgekehrt. Die Einwohner nahmen es gelassen und witzelten, dass es ein fruchtbarer Winter werden könne, wenn die Männer nicht wegkamen.

Borromäus hatte sich schon den ganzen Morgen Gedanken darüber gemacht, wie er seine Reise fortsetzen sollte. Keiner der Pfade über den Berg wurde in der Jahreszeit offen gehalten. Hinzu kam, dass es schon wieder schneite.

Die folgenden Monate diesseits des Berges zu verbringen, konnte er sich nicht leisten. Zwei Jahre hatte er auf den Moment gewartet, um als gemachter Mann nach Äule zu kommen. Um dem Glasvogt zu imponieren, doch nicht nur ihm, auch Marie. Er hatte im Erwachsenenalter die Mühen einer Lehre auf sich genommen, für seine Ausbildung mit dem Kobaltgestein aus dem Klosterstollen bezahlt. Ein Geschenk des Abtes. Geschenk? Eher ein erpresserischer Handel. Abt Augustinus machte kein uneigennütziges Geschenk. Ein Kobaltfärber im Glasmacherdorf mehrte zwar augenscheinlich den Reichtum des Klosters, es brachte aber vor allem Borromäus zum Schweigen. Sie verband eine alte unrühmliche Geschichte.

Die Holzmacher ließen für heute von der Fichte ab und machten sich auf den Heimweg. Um den gefährlichen Übergang über den Ratschert und den Stübenwasen zum Feldberg in Angriff zu nehmen, war es für Borromäus zu spät am Tag. Er würde in die Nacht kommen. Abgesehen davon, dass es wieder schneien konnte.

Es erbot sich nur eine Möglichkeit: Er musste über die verschneiten Felder ins Tal stapfen, um von da über die Wiese nach Todtnau auf den Handelsweg zu gelangen, der noch eine Weile begehbar sein dürfte, da er mehr genutzt wurde.

***

Marie und Jakob hatten kräftig gevespert und machten sich guten Mutes an das gefährlichste Stück für den heutigen Tag.

Zunächst umrundeten sie die Kluse. Dieses natürliche Becken, das in der Eiszeit südöstlich des Feldbergs geformt worden war und mit einer Erdmoräne aus jener Zeit abschloss, wurde als Floßbachanlage genutzt. Unzählige Klafter Holz lagerten aufgestapelt neben dem Gewässer. Über den Winter sammelte man das geschlagene Scheitholz, staute im Frühjahr das Schmelzwasser vom Feldberg und ließ es durch eine künstliche Öffnung des Moränenwalls über den Wasserfall hinunter durch Menzenschwand und St. Blasien bis an den Hochrhein schwemmen. Ganze Baumstämme konnte man nicht über den Wasserfall schicken, sie wären verkantet und zerborsten.

»Wann sind wir am Pass?« Jakob blinzelte nach oben und öffnete den Mund, um die dicken Schneeflocken einzusammeln. Sie kitzelten kalt im Gaumen und auf der Zunge.

Es hatte nach der Rast angefangen zu schneien. Große Flocken fielen unaufhörlich vom Himmel und legten sich wie eine weiße Daunendecke auf die Erde.

»Hörst du das Rauschen? Wir sind gleich am Maria Loch, dort fließen viele Bächlein zusammen und bilden die Alb, an der wir immer wieder vorbeigelaufen sind«, erklärte Marie. »Wir müssen uns links vom Loch halten und steil hochsteigen.«

Neben dem mit großen Steinen befestigten Pfad wurde der Untergrund immer sumpfiger. Unzählige kleine Quellen sprudelten aus Erdlöchern und sammelten sich in dem Kessel des

Maria Lochs. Marie und Jakob rutschten öfter aus und mussten ihre Füße aus dem kalten, feuchten Morast ziehen. Die Schuhe hielten dem Matsch nicht ewig stand und ließen bald die Nässe durch.

Marie versuchte, sich an einem Ast festzuhalten und sich über die schlüpfrigen Felsbrocken zu ziehen, doch da brach der Zweig und ließ sie ungeschickt fallen. Ihr linker Fuß verhakte sich zwischen dem scharfkantigen Granit. Ein stechender Schmerz durchfuhr ihren Knöchel. Sie schrie auf, fluchte wie ein Rohrspatz und warf wütend ihren Sack mit den Habseligkeiten in den Schnee. Manchmal kam das Temperament ihres Vaters durch. Schimpfend saß sie im Schnee, öffnete ihren Schuh und massierte ihren Knöchel.

»Ist dein Fuß gebrochen?«

»Ich glaube nicht, aber heftig verstaucht bestimmt. Egal, wir müssen weiter, komm, Jakob.«

Sie biss die Zähne zusammen und hangelte sich auf allen vieren den Stieg hoch, mit dem Ergebnis, dass sie nach dem Steilstück von den Knien abwärts klatschnass war. Ihr Knöchel pochte wie das Steinklopfwerk der Glasmacher unten am Bach von Äule.

Sie mussten irgendwo einen geschützten Platz finden und ein Feuer entzünden, um ihre nassen Sachen zu trocknen.

»Mama! Komm schnell«, rief Jakob, der sich inzwischen außer Sichtweite Maries befand, »hier oben ist eine Hütte.«

Humpelnd erreichte sie die Anhöhe. Der Kamin rauchte. Sie blieb stehen. Mit einsamen Holzfällern war nicht zu spaßen.

***

Franziska fror entsetzlich, als sie wieder zu sich kam. Sie erinnerte sich nicht daran, was geschehen war. Sie lag auf einem Strohlager, die Hände auf dem Rücken gefesselt, die Augen verbunden. Es war eiskalt, die Angst schnürte ihr fast die Luft ab, ihr Schädel brummte dumpf. Krampfhaft versuchte sie, Klarheit in ihre Gedanken zu bekommen. Sie war in die Aschenküche gegangen, kurz darauf hatte sie jemanden kommen hören. Blindlings war sie nach draußen gerannt, ab da hatte es nur noch Dunkelheit in ihrem Kopf gegeben.

Sie wusste weder, wo sie war, noch, wie sie hierhergekommen war. Das Stroh roch modrig, der Wind heulte. Es zog kalt durch die Ritzen. Sie versuchte vergeblich, sich zu drehen. Sollte sie um Hilfe rufen? Oder machte sie ihren Entführer auf sich aufmerksam? Sie beschloss abzuwarten, nachzudenken.

Von fern hörte sie das Schlagen einer Kirchenglocke, drei Mal. Nachmittag. Sie musste sich in der Nähe eines Dorfes befinden, wo sonst konnte man Kirchenglocken hören?

Da war noch ein Geräusch. Das gleichmäßige Plätschern von Wasser. Ein Brunnen, ein Bächlein?

Sie verspürte Trockenheit in ihrem Mund und einen schalen eisenhaltigen Geschmack. Blut? Mit der Zunge fuhr sie über die Lippen, sie waren aufgeplatzt.

Das fließende Wasser machte sie wahnsinnig, sie hatte das Gefühl, verdursten zu müssen. Vorsichtig rieb sie ihren Kopf an der Unterlage, in der Hoffnung, die Augenbinde abstreifen zu können. Das Stroh kratzte wie Schmirgelpapier, bald konnte sie durch einen kleinen Spalt schauen. Bretterwände, eine Viehhütte vielleicht.

Da, es näherten sich Schritte. Die Tür ging auf, ein großer Schatten erschien, und ehe sie wusste, was geschah, schrie sie aus Leibeskräften. Sie prustete, schnappte nach Luft. Wasser, eisig kalt, ergoss sich über ihren Körper. Ein Eimer schepperte.

»Aufwachen, Madame! Genug geschlafen, jetzt wird geredet, kleine Aschenbrennerin. Wo ist es?«

Die Stimme klang fremd, forsch und hatte einen krächzenden Akzent.

»W-was?« Franziska zitterte wie Espenlaub, sie brachte kaum einen Laut über die bebenden Lippen.

»Das Geheimnis deines Onkels. Theis besitzt etwas, das mir gehört.«

»Ich habe keine Ahnung, wovon Ihr sprecht.«

»Darum weißt du auch nicht, was unter der Küchenplatte ist.«

»Welche Küchenplatte?«

Der Fremde erhob sich, nahm den Eimer und verschwand. Franziska hörte das scheppernde Plätschern. Er füllte ihn abermals! Sie geriet in Panik und bemerkte erst, dass sie sich einnässte, als es warm zwischen ihren Beinen wurde. Schon ging die Tür wieder auf, und der nächste Schwall Eiswasser traf sie wie ein Faustschlag in den Eingeweiden. Sie schrie aus Leibeskräften, in der Hoffnung, das Dorf zusammenzubrüllen.

»Wo hast du es versteckt, du kleines Aschenputtel!«

»Was denn, du Arschloch!«

»Das Rezept!«

»Ich weiß nicht, wovon du sprichst!«, schrie sie zurück.

Franziska war noch nie im Leben so wütend und ungehalten gewesen. Ihr Zorn überstieg die Todesangst, die sie soeben noch beherrscht hatte. Kälte und Schmerz waren weg, es gab nur noch diese unsägliche Wut.

Blitzschnell richtete sie sich auf, peilte durch den winzigen Sehschlitz den Schatten an und rammte ihrem Peiniger einen Fuß in den Unterleib.

Der Mann stöhnte auf. Wie zwei Kampfhähne standen sie sich gegenüber. Damit hatte er ebenso wenig gerechnet wie sie selbst. Langsam wurde ihr bewusst, in welch brenzlige Lage sie sich gebracht hatte. Nichts war ihr im Leben bisher wichtiger gewesen als Frieden und Gerechtigkeit.

Plötzlich lief der Mann nach draußen.

Ihre Panik wurde größer. Was hatte er vor?

***

Der eilends von Michael Sigwarth zusammengerufene Suchtrupp bestand neben ihm und Bruder Stephanus aus seinem Vetter Andreas und Thomas Raspiller, beides Glasmachermeister.

Michael ballte die Fäuste gen Himmel. Hätte ihn nicht der

vernichtende Blick des Mönchs getroffen, wären alle Heiligen dort oben ob seines drohenden Tobsuchtsanfalls vom Glauben abgefallen. Michael besaß den größten Schatz an verbalen Verwünschungen weit und breit. In Anwesenheit des klösterlichen Bruders gelang es ihm nur mühevoll, sich zu beherrschen.

Grund seiner Wut war der Wald – oder die Witterung? Der Raureif hatte nur die freien Flächen belegt, im Schatten der Bäume verloren sich daher die Spuren. Die Kälte war in der letzten Nacht nicht bis auf den Boden vorgedrungen, sondern mit ihren Eiskristallen hoch oben an den Nadeln der Tannen hängen geblieben.

Auf dem Höhenrücken angekommen, zweigten unzählige Wege in ebenso viele Richtungen ab. Die Männer schauten sich fragend um.

»Wir sollten das nächstgelegene Dorf aufsuchen«, schlug Stephanus vor. »Der Entführer – falls wir richtig vermuten – wird Franziska nicht über alle Berge geschleppt haben. Zumal es im Westen schon heftig schneit, wie man an der dunklen Wolkenfront sehen kann. Die alte Glashütte von Rotwasser liegt genau über dem Berg. Er braucht ein Versteck.«

»Wie kommt Ihr darauf, Klosterbruder?«

Michael traute dem Mönch nicht. Sein Gefühl sagte ihm, dass er mehr wusste, als er vorgab. Warum war er überhaupt mitgekommen? Was gingen die Probleme der Glasmacherfamilien das Kloster an?

»Ich werde den Verdacht nicht los, dass das Verschwinden Eurer Tochter und der Brand kein Zufall waren. Vielleicht geht es um Konkurrenz?«

»Meint Ihr mit Konkurrenz die Rotwasser Glasmacher?«, fragte Michael. Er hielt diese Möglichkeit für unwahrscheinlich. »Die Rotwasser Glasmacher sind schon vor gut zwölf Jahren ein Tal weitergezogen, nach Neuglashütten. Im alten Altglashüttendorf leben nur Bauern. Ich wüsste nicht, was die damit zu tun haben könnten.«

»Und die Glasträger? Leben nicht einige von denen im Dorf?«, fragte Thomas.

»Was willst du damit sagen?«, antwortete Michael.

»Die Glasträger sind bekannt dafür, dass sie hinter jedem Rock her sind, und sie verkehrten des Öfteren in Äule. Deine Gören, das weiß jeder, haben ihren eigenen Kopf in Bezug auf Männer, vielleicht ist Franziska nur ausgebüxt. Ich muss nur an meinen Bruder Georg denken, den deine Marie verschmäht hat.«

Michaels Halsvene schwoll verdächtig an, doch Thomas reizte ihn weiter.

»Ich wüsste schon, wie man deine eigensinnigen Weiber zur Vernunft bringen könnte. Georg hat recht gehabt, damals, als er sich in der Aschenkammer genommen hat, was du ihm versprochen hast: deine Marie. Wäre nicht die Betschwester Wiltrudis, Theis' Schwester, aufgetaucht, wäre mein Bruder jetzt der Aschenbrenner im Dorf und wir hätten kein Problem.«

Ehe Michael auf Thomas losgehen konnte, warf sich Stephanus dazwischen.

»Schluss jetzt mit den alten Geschichten! Rauft euch ein anderes Mal, wir müssen Franziska finden.«

Unwillig murrend ließen die beiden voneinander ab.

Der eisige Westwind machte das Herumstehen zu einer ungemütlichen Angelegenheit. Vom Menzenschwandertal her nahte eine weiße Schneefront. Die ersten Flocken jagten bereits durch die Baumreihen.

»Am Schwarzenbach, meine ich, steht eine verlassene Köhlerhütte, die als Viehunterstand genutzt wird. Nicht weit von hier«, sagte Andreas und lenkte die Aufmerksamkeit wieder auf den eigentlichen Grund ihrer Suche. »Wir laufen fast daran vorbei, wenn wir ins Dorf hinuntergehen.«

In stummer Übereinkunft machten sie sich auf den Weg. Der Wald lichtete sich, als sie das Schlagen der Kirchturmuhr vernahmen. Drei Schläge. Kurz darauf sahen sie die Hütte am Waldrand, hörten das Plätschern eines Brunnens.

Ein jäher Schrei ließ sie erstarren. Für einen Moment blieben sie wie angewurzelt stehen.

Schließlich flüsterte Michael: »Franziska. Das war Franziska.«
Er rannte blindlings auf die Hütte zu und brüllte ihren Namen. Eine Tür schlug.

***

Keuchend und mit einem pochenden Fußgelenk erreichte Marie die Umzäunung der Hütte. Es roch nach Feuer und Ziegenstall. Jakob war schneller gewesen und hatte die Unterkunft bereits einmal umrundet, als Marie sich am Eingangspfosten abstützte, um abzuwägen, ob sie anklopfen sollte.

Dies war nicht nötig, ein Fensterladen ging auf, und ein altes runzeliges Gesicht mit einer Pfeife im Mund schaute heraus. Marie hätte im ersten Moment nicht sagen können, ob es ein Mann oder eine Frau war – neben der Pfeife zierte ein Kopftuch das Haupt der fremden Person.

»Was sucht ihr beide bei mir oben? Das ist kein Kinderspielplatz. Verschwindet!«

»Meine Mutter hat einen verletzten Fuß, und wir müssen noch über den Pass.«

Jakob baute sich vor dem Zaun auf, um größer zu wirken.

»Das schafft ihr heute sowieso nicht mehr«, sagte die Alte und schlug den Fensterladen zu.

»Und jetzt?« Jakob sah seine Mutter fragend an.

»Wir finden etwas Besseres«, sagte Marie trotzig.

Obwohl sie sich nichts anmerken lassen wollte, spürte sie, wie die heißen Zornestränen über ihre Wangen rollten. Auch sie hatte ihren Stolz und würde nicht um Einlass betteln.

Da öffnete sich die Tür, und die Alte rief mürrisch: »Ja was jetzt? Wollt ihr in der Kälte Wurzeln schlagen, oder wartet ihr, bis der Wind meine Hütte ausgekühlt hat? Rein mit euch, aber schnell.«

Marie und Jakob leisteten der unfreundlichen Aufforderung schweigend Folge. Sie wussten, dass sie keine andere Wahl hatten, wollten sie nicht die Nacht im Freien verbringen.

Die Hütte war dunkel und warm, es roch neben Ziegendung würzig nach Heu. Die Alte schubste die neugierigen Ziegen in ihren Verschlag zurück und bot ihren unerwarteten Gästen an, in die Kammer einzutreten, die Küche, Wohn- und Schlafplatz in einem war. Ein Hund knurrte unter dem Tisch, blieb aber ruhig, nachdem die Frau ihn angeherrscht hatte.

»Zeig her, was ist passiert?« Sie forderte Marie auf, die Strümpfe herunterzuziehen.

Jakob half seiner Mutter, denn Maries Hände waren steif gefroren.

Der Knöchel war dick und blau. Die Alte, deren mürrisches Gesicht weichere Züge annahm, drückte den Fuß an verschiedenen Stellen, bog ihn und meinte: »Vor morgen kannst du da nicht mehr drauf stehen. Ich mache dir einen Umschlag, du lagerst das Bein hoch. Ihr könnt im Heu schlafen. Es wird heute Nacht stürmen. Die Wolken hängen tief und schwer. Sie müssen ihre Last abwerfen, bevor sie nach Osten ziehen. Morgen sehen wir weiter.«

»Morgen erst?«, fragte Marie resigniert.

»Selbst wenn du es bis zum Pass hoch schaffst, zu den ersten Häusern sicher nicht. Was wollt ihr überhaupt um diese Zeit über den Berg?«

»Ich bin die Aschenbrennerin von Äule und suche einen Händler, der meinem Onkel bestimmtes Gestein mitgebracht hat. Vielleicht kam er hier vorbei? Rupert heißt er.«

»So? Ich weiß nichts von einem Rupert, und Steine gibt es überall.«

»Flussspat.«

Die Alte schaute Marie warnend in die Augen. »Leuchtsteine. Lass die Finger davon. Sie gehören den Berggeistern.«

Marie blieb die Spucke weg. Die Frau kannte die Steine. »Könnt Ihr mir etwas darüber sagen?«

»Das habe ich bereits.«

»Ist das Bein gebrochen?«, fragte Jakob.

»Nein, nur verstaucht. Reiche mir den Korb da drüben. Und

dort oben«, die Alte zeigte auf das Küchenregal, »steht ein Napf, den brauche ich auch.«

Jakob tat wie ihm geheißen.

Die Frau nahm einen ordentlichen Schlag von der zähen Paste und schmierte sie um Maries Fußgelenk. Sie roch erdig und nach Schweineschmalz. Danach suchte sie ein paar Lumpen aus dem Korb und umwickelte den Knöchel. Den nassen Strumpf reichte sie Jakob und ermahnte ihn, die Socken seiner Mutter nicht zu nah an den Ofen zu hängen. Außerdem solle er ihre Schuhe mit Stroh ausstopfen und neben den Ofen stellen.

»Was ist das?« Er hielt den Tiegel mit der Paste unter seine Nase.

»Beinwellschmalz. Was glaubt ihr, wie oft sich die Ziegen versteigen und humpeln? Ich bin für ihre Gesundheit zuständig, es sind nicht die meinen. Ich habe sie nur auf der Sommerweide. Wenn ich eine verliere, muss ich dafür geradestehen.«

Es schien der Ziegenhirtin Freude zu machen, dass sich der Junge für ihre Arbeit und ihr Heilwissen interessierte.

»Ihr habt das Schmalz selbst gemacht?« Marie ging auf die Wendung des Gesprächsthemas ein, um sich die Gunst der Ziegenhirtin nicht zu verscherzen.

»Ja, es wächst überall Beinwell auf den Wiesen. Alles gedeiht da, wo es am meisten gebraucht wird. Das hat unser Herrgott so eingerichtet. Im Sommer reicht es, die Blätter zu zerreiben und aufzulegen. Für den Winter setze ich eine Tinktur aus den frischen Wurzeln an, die ich mit Schmalz zu einer Salbe koche, das lässt sich besser verstreichen. Zur Not bewahre ich immer noch ein paar Wurzeln auf. Du wirst sehen, morgen ist es wieder gut.«

»Danke, Euch hat der Himmel geschickt.«

»Ha, ich glaube eher, ihr seid geschickt worden, das heißt, wenn ihr Brot dabeihabt. Ich kann nur mit Ziegenkäse und Milch dienen. Es ist diese Woche niemand vorbeigekommen. Manchmal bringen die Talbewohner Brot, das sie gegen Käse oder ein Heilmittel tauschen. Sie haben bestimmt gedacht, dass ich schon im

Tal bin. Mir sind zwei Tiere abgehauen, ich musste sie erst suchen. Und jetzt muss ich warten, bis der Schnee wieder schmilzt.«

»Und wenn er nicht schmilzt, müsst Ihr dann verhungern?«, fragte Jakob gespannt.

»Es ist zu früh, der bleibt nicht liegen. Das passiert nur selten. Ihr werdet sehen, spätestens in zwei Tagen ist der Spuk vorbei.«

***

Franziska stand kampfbereit da, durch ihre Anspannung spürte sie die beißende Kälte, die ihre Zähne klappern ließ, nicht mehr. Jetzt hörte sie Stimmen, Menschen, die näher kamen. Hatte ihr Peiniger sie ebenfalls vernommen und war deshalb verschwunden? Hoffnung keimte in ihr auf, die gleich wieder schwand. Was, wenn er Verstärkung geholt hatte?

Jemand machte sich an dem Hüttentor zu schaffen. Hatte der Kerl es verriegelt?

Franziska ging langsam ein, zwei Schritte zurück, bis sie über das Strohbündel stolperte, auf dem sie aufgewacht war. Bisher konnte sie sich nicht erklären, was der Fremde wollte. Langsam dämmerte ihr jedoch, dass nicht sie, sondern vielleicht Marie – hatte er sie nicht als Aschenputtel bezeichnet? – gemeint war.

»Weg da! Ich ramme die Tür auf!«

Franziska glaubte, die Stimme ihres Vaters erkannt zu haben. Im selben Moment krachte es, Bretter splitterten. Durch ihren Sehschlitz erkannte sie eine mächtige Person. Weitere Schatten standen im Türrahmen.

Sie ließ sich aufs Stroh fallen und krümmte sich instinktiv zusammen.

»Herrgott noch mal, was treibst du hier, und warum bist du klatschnass?«, brüllte Michael Sigwarth mit Tränen in den Augen. Diese raubeinige Art schützte ihn vor Emotionen. Ein Glasvogt war kein Weichling. Stattdessen stemmte er die Arme in die Hüfte, als erwarte er eine Erklärung, warum seine Tochter ihm diese Umstände bereitete.

»Verdammt, Vater, vielleicht helft Ihr mir mal. Statt mir Vorhaltungen zu machen!«

Die Umstehenden schauten sich verwundert an. Keiner hatte je die sanfte Franziska fluchen hören. Sie war immer das kleine Hausmütterchen gewesen, das sich mit seinen zwölf Jahren um den Haushalt des verwitweten Glasvogtes kümmerte. Ihre zwei Jahre ältere Schwester Klara taugte für eigenständige Arbeit wenig. Sie tat, was man ihr auftrug, nicht mehr und nicht weniger. Sie fand es viel spannender, den jungen Burschen schöne Augen zu machen, was wiederum den Vater zur Weißglut brachte. Franziska war das brave Mädchen, dem man alle Arbeit überließ. Bis heute.

Sie kannte sich selbst kaum wieder und entschuldigte sich, als Michael ihr zuerst die Augenbinde und dann die Fesseln abnahm.

Bruder Stephanus reichte ihr den Überwurf seiner Mönchskutte. »Zieh die nassen Sachen aus«, sagte er, und zu den Begleitern des Suchtrupps gewandt: »Raus mit euch. Hier gibt es nichts zu gaffen.«

Er stellte sich mit dem Rücken zu Franziska in den gesplitterten Türrahmen und ließ sie, eingewickelt in den kratzigen dunklen Schafwollüberwurf, aus der Hütte treten. Die nassen Kleider hielt sie zu einem Knäuel gebunden in der Hand.

»Ich weiß nichts. Ich bin heute Morgen in die Aschenhütte gegangen und habe jemanden gehört, daraufhin bin ich hinausgelaufen und erst in dieser Hütte wieder zu mir gekommen. Der Mann hat behauptet, dass Theis etwas besitzt, das ihm gehört. Und er glaubt, ich wüsste davon. Vater, ich habe keine Ahnung, was er meint. Und wo er jetzt ist. Eben hat er noch zwei Kübel Wasser über mich gegossen, damit ich ihm alles verrate. Habt Ihr ihn nicht weglaufen sehen?«

Den Männern wurde jetzt erst bewusst, dass sie den Täter knapp verpasst hatten. Er konnte sich inzwischen überall im Wald versteckt halten, und es war unsinnig, in alle Richtungen auszuschwärmen, um ihn zu suchen.

»Wie sah er aus?«, fragte Thomas.

»Ich hatte die Augen verbunden, Herr Raspiller!« Franziska ertappte sich dabei, dass sie den Glasmachermeister gereizt anfeindete. Das hätte sie sich normalerweise nie getraut.

»Wir sollten zurück«, bemerkte Stephanus.

Allen war klar geworden, dass Theis etwas besessen oder gewusst haben musste, was große Begehrlichkeiten weckte. Da gab es jemanden, der gewaltbereit war und keine Ruhe geben würde. Die Sicherheit im Dorf war nicht mehr gewährt.

***

Borromäus versank bis zu den Knien im Neuschnee. Er hatte sein Ziel Todtnau bereits vor Augen, als das Licht schon wieder abnahm. Es schneite unaufhörlich.

Die Brücke über die Wiese schien intakt zu sein. Vom kleinen Bächlein, das am Feldberg entsprang, wurde durch die vielen Zuläufe ein richtiger Fluss, der bei Basel in den Rhein mündete. Das Tal von Todtnau nannte man deshalb das Wiesental. Von alters her waren die Siedlungen am Fuße des Feldberges dem Bergbau geschuldet, der seit Langem brachlag.

Um nicht noch mehr Zeit zu verlieren, beschloss Borromäus, auf dem besser zu begehenden Verbindungsweg weiter talabwärts bis Schlechnau oder gar Geschwend zu gelangen. Dort wollte er sich eine Bleibe für eine Nacht suchen, um am nächsten Tag den Anstieg auf die hohe Wacht zu wagen.

Er kämpfte gegen den Schneesturm an, überschritt die Brücke und folgte dem Wasserlauf rechter Hand. Sein Magen knurrte, er zwang sich, nicht daran zu denken. Hunger hatte er schon oft erlitten, wichtiger war es, vorwärtszukommen.

Als er die Gasse von Schlechnau durchschritt, legte sich die Nacht wie ein schwarzes Tuch über das Tal. Kein Mond, kein Gestirn erhellte den Himmel. Soweit er sehen konnte, schien ihm der Pfad ins nächste Dorf offen. Im Tal lag zwar weniger Schnee als oben am Wasserfall, doch das täuschte. Wenn der

Sturm sich nicht bald legte, gab es kein Durchkommen bei der hohen Wacht hinüber ins Bernauer Tal.

Borromäus beschleunigte seinen Schritt. Ein einsamer Wanderer, ein Händler dazu, war eine leichte Beute für Gesindel. Er hoffte, dass es sich in den Gasthäusern aufwärmte und nicht die Straßen unsicher machte.

Nur das Rauschen des Flüsschens Wiese sagte ihm, dass er noch auf dem richtigen Weg war. Beim Zufluss des Prägbachs musste er den Weg verlassen und ins Gewann Dürracker einbiegen. Seit 1509 tagten die Talvogteien von Schönau und Todtnau einmal im Jahr an diesem Ort. Aus diesem Grund existierte eine bescheidene Herberge, die vorwiegend von Händlern genutzt wurde. Schwaches Laternenlicht brannte über dem Eingang. Ein gutes Zeichen.

Die Gaststube war fast dunkel, als Borromäus eintrat. Man sparte Kerzenwachs. Der Dürracker hatte seinen Namen zu Recht. Die Bauern waren in dieser unfruchtbaren Gegend bettelarm. Die guten Jahre des Bergbaus waren schon lange Geschichte.

***

Jakob erwachte als Erster und schlich sich neugierig hinaus ins Freie. Er wollte die Gegend erkunden, bevor seine Mutter und die alte Sennerin, sie hieß Kreszentia, erwachten.

Der Schneefall hatte aufgehört, die Welt lag wie in Wolle gepackt. Kein Pfad war zu erkennen. Unweit der Hütte plätscherte ein Brunnen. Jakob wusch sich sein Gesicht und trank ein paar Schlucke des eiskalten Wassers. Links und rechts erhoben sich die Berge, der rechte musste der Feldberg sein und der linke der Grafenmatt, ein Vorgipfel des Herzogenhorns. Jakob hatte einen guten Orientierungssinn. Zwischen diesen Bergen, in Verlängerung der Almhütte, musste der Hirtenpfad hinunter ins Wiesental führen. Das Bächlein unweit der Hütte floss in die Richtung, aus der sie gestern gekommen waren. Sie hatten also die Passhöhe noch nicht erreicht.

Jakob stapfte am Bächlein entlang, bis es in einer Sumpfmatte endete. Hier war der Schnee geschmolzen. Das also war die Quelle. Er stand am Fuß des Grafenmatt. Die Strecke hoch zum Joch zwischen den beiden Gipfeln war etwa gleich weit wie zurück zur Hütte. Die Neugier erfasste ihn erneut, so stapfte er durch den für ihn wadenhohen Schnee. Die Luft war kalt und klar, der Himmel glatt und grau. Neben ihm rutschte eine Ladung frischen Schnees von einer mächtigen Trauftanne. Die Äste wippten erleichtert nach oben.

Er hatte die Anhöhe geschafft und glaubte, ein Gurgeln und Glucksen zu hören. Wasser! Eine andere Quelle? Er ging dem Geräusch nach und entdeckte zwischen Felsgestein ein Bächlein, das dort entsprang. Und siehe da, das Wasser floss in die andere Richtung. Er hatte die Passhöhe erreicht.

Die beiden Berge schienen nun nicht mehr beieinanderstehend, sondern wiesen eine Lücke auf, die sich in ein Tal öffnete. Hohe Wände ragten rechts auf. Vermutlich musste man links den steilen Abhang hinunter. Ob seine Mutter das schaffen würde?

Jakob beschloss umzukehren, sicher vermissten die Frauen ihn schon.

Marie nahm die Decke weg und befühlte ihren Fuß, das Pochen hatte aufgehört. Der Knöchel war abgeschwollen. Unglaublich. Vorsichtig stand sie auf. Etwas schmerzte er noch, aber es war deutlich besser.

»Jakob?«

»Der Bub rennt draußen herum«, sagte Kreszentia hinter der Bretterwand. Sicherlich molk sie schon die Ziegen. »Wie geht es deinem Fuß?«

»Es ist wie ein Wunder, ich spüre fast nichts mehr. Danke. Ich glaube, wir können weiter.« Marie ging hinaus, wo sie das grelle Weiß blendete.

Kreszentia deutete gegen den Himmel und hoch zu den Tannen. »Das Wetter schlägt um, es wird milder. Wenn der Neuschnee schwer wird, können sich Schneebretter lösen. Rechts zum Feldberg hin sind die Hänge steiler und rutschen zuerst ab. Haltet euch links. Aber vorher wird etwas gegessen, und dann solltet ihr bald zulaufen, solange es noch gefroren ist.« Sie kam mit einem Kübel frischer Milch vom Ziegenunterstand herüber.

Jakob sprang wie ein junges Geißlein durch den Neuschnee auf die Frauen zu. »Ich war oben am Pass! Es ist nicht mehr weit, aber runter geht's steil. Kannst du wieder laufen?«

Marie nickte.

Kreszentia räusperte sich. »Ihr habt nach den Leuchtsteinen gefragt, ich will nicht wissen, warum, das geht mich auch nichts an. Es gibt einen Schindelmacher in Aftersteg, man nennt ihn den Schindler-Konrad. Er ist etwas eigen, das Leben hat ihm nicht gut mitgespielt. Konrad ist ein guter Mensch.«

»Danke«, antwortete Marie.

***

Franziska lag in ihrem Bett. Sie hatte verkündet, dass sie sich nicht wohlfühle. In Wahrheit wollte sie ihre Ruhe, niemanden sehen. Sie musste nachdenken, und sie war wütend, wütend auf Marie. In was hatte ihre Schwester sie da hineingezogen? Was war der Grund ihres Verschwindens? Warum sollte sie die Asche brennen, für zwei bis drei Tage hätte der Vorrat gereicht. Wollte Marie länger wegbleiben? Wie lange? Sie hatte wahrlich noch genug Arbeit im Haushalt des Vaters zu erledigen. Aber mit der kleinen Schwester konnte man es ja machen. Denn dass der Entführer eigentlich Marie gewollt und die Mädchen im Morgengrauen verwechselt hatte, war ihr in der Hütte klar geworden. Etwas war faul – und sie das Opfer.

Im selben Moment erschrak sie über ihre schlechten Gedanken. Marie war immer wie eine Mutter zu ihr gewesen. Welcher Teufel ritt sie heute? Warum war sie so aufgebracht? War es der Schock, aus der vermeintlich heilen Glasmacherwelt herausgerissen worden zu sein? Das allein konnte es nicht sein, Macht und Gewalt hatte sie schon genug erlebt. Ihr Vater hatte sich oft nicht im Griff und schlug zu, wann immer er glaubte, seinen Stand als Oberhaupt der Familie verteidigen zu müssen. Früher war das noch öfter der Fall gewesen als heute. Seit dem Tod ihrer Mutter, Maries Stiefmutter, war er ruhiger geworden.

Zwei Frauen hatte der Vogt jeweils unmittelbar nach den Geburten verloren. Maries Mutter war dem Kindbettfieber erlegen und die ihre beim Umzug vom Windbergtal hierher nach Äule verblutet. Ein Unfall, Achsenbruch im Schneesturm. Der Sturz hatte die Geburt ausgelöst. Das Kind, ein Junge, hatte die Nacht in der Wildnis ebenfalls nicht überlebt. Die Schuldzuweisungen – vor allem von Theis – dem Glasvogt gegenüber hatten ihn erstmals nachdenklich gestimmt. Seither war Michael weniger stur, was nicht hieß, dass er nie mehr einen Tobsuchtsanfall bekam.

Franziskas Wut fühlte sich anders an, wie eine Ohnmacht. Sie zog Bilanz über ihr bisheriges Leben, über die letzten Stunden. Ein Fremder hatte Macht über sie und ihr Leben gehabt, sie war ihm ausgeliefert gewesen. Das war erschreckend!

Sie wusste, dass sie keine Opferrolle in ihrem Leben annehmen wollte. Ihre Mutter war so ein Beispiel gewesen. Immer hörig, jedem einen Gefallen tun und alles schönreden. Sich dem Willen des jähzornigen Ehemannes beugen. Genau diese Rolle hatte Franziska übernommen, geglaubt, die Mutter ersetzen zu müssen. Es war, als erwache die Rebellion, die ganz tief in ihr verborgen war. Der Ruf nach einem selbstbestimmten Leben. Plötzlich konnte sie Marie verstehen, die sich dem Willen des Vaters, endlich einen vorbestimmten Mann zu ehelichen, nicht gebeugt hatte.

Aber das war nicht alles, was sie wütend machte. Sie hatte ihre nassen Sachen ausziehen und im geliehenen Mönchsgewand hinter den Männern aus dem Dorf herlaufen müssen. Wie eine Sünderin, deren Nacktheit man mit einem heiligen Gewand bedeckt hatte. Während dieser Thomas seine zweideutigen Witze gerissen hatte. Welch eine Schmach.

Als müsse die Seele heulen, hatte sie in dieser demütigenden

Situation ihre erste Blutung bekommen. Ihr war nicht einmal aufgefallen, dass das Blut an ihren Beinen bis zu den Knöcheln hinunterlief. Ausgerechnet der Mönch hatte es bemerkt und gefragt, ob der Entführer ihr zu nahe getreten sei. Sie hatte sich geschämt und gewünscht, dass der Boden sich öffne und sie verschlucke. Was glaubte dieser Klosterbruder schon über Frauensachen zu wissen? Zum Glück hatte Marie sie über solche Dinge informiert. Gehörte die Wut auch dazu? Man verändere sich, werde erwachsen, hatte sie gesagt.

Sie wollte diese Erwachsenenwelt nicht, das konnte sie täglich bei ihrer älteren Schwester Klara beobachten. Die Männer starrten auf ihre Brüste und bekamen Beulen in den Hosen, sie fand das widerlich. Klara dagegen schien es zu gefallen. Dem Glasvogt nicht. Seine Halsvene schwoll jedes Mal an, wenn er einen Gaffer ertappte. Manch einer hatte schon unverhofft eine Ohrfeige von ihm eingesteckt. Um zu wissen, dass der Verstand ins Hirn gehörte, wie er es nannte. Klara dagegen musste zur Strafe für die Verführung der Männer stundenlang auf Holzscheiten knien und um ihr Seelenheil beten. Auch wenn sie nichts getan hatte. Oder doch?

***

Die ungewohnte Stille der Natur weckte Borromäus recht früh. Kein Lüftchen ging. Er konnte von seinem Schlafplatz neben den Ziegen den Himmel und die Baumwipfel sehen. Von Osten her wurde der Horizont schon hell.

Ein flaues Gefühl bedrückte ihn. Er hatte von Marie geträumt. Kein Tag war vergangen, an dem er nicht an sie und den Jungen gedacht hatte. Die lange Zeit der Unerreichbarkeit verstärkte die Sehnsucht noch. Ob sie auch so empfand? Er wusste es nicht. Vielleicht war die Umarmung damals auch nur aus Dankbarkeit geschehen, weil er den halb erfrorenen Jakob im Wald gefunden hatte.

Sie kannten sich kaum, aber von Anfang an war eine tiefe Vertrautheit in ihren Seelen gewesen. Oft malte er sich den Moment des Wiedersehens aus. Das schlechte Gewissen nagte an ihm, wenn er daran dachte, wie schutzlos er sie hatte zurücklassen müssen. Theis war ein alter Mann, und es liefen noch zu viele Georgs für eine junge unverheiratete Frau herum. Daran, dass sie sich in seiner Abwesenheit in einen anderen Mann verliebt haben könnte, wollte er erst gar nicht denken.

Borromäus war kurz davor gewesen, eine Antwort auf all seine drängenden Fragen zu erhalten. Wären nicht der Schneesturm und der Umweg dazwischengekommen. Glück oder Enttäuschung? Er tröstete sich damit, dass er noch hoffen konnte.

Dieser Traum eben, er war so real gewesen, dass er noch ganz benommen war. Irgendetwas war passiert, Marie auf der Flucht. Alles herum weiß und wabernd wie Nebel oder Rauch.

Er musste sich sputen, sein Gefühl sagte ihm: Marie braucht Hilfe!

Er war schon den halben Vormittag unterwegs, ohne eine Menschenseele anzutreffen, als es anfing zu nieseln. Es wurde wärmer, der Schnee unter seinen Füßen taute, wurde schwerer.

Ein tiefes Grollen ließ ihn innehalten. Er spürte ein leichtes Beben, erschrocken beäugte er die Berghänge ringsum. Ein Schneerutsch am Hang? Es war nichts zu sehen. Stille.

Mit unguten Gefühlen schritt er weiter. Es dauerte keine zwei Vaterunser-Längen, bis er um die nächste Wegbiegung kam und die Bescherung sah. Ein Murenabgang blockierte das Tal. Nicht nur Schnee, gleich ein ganzer Erdrutsch.

Borromäus' Herz pochte, ihm wurde bewusst, wie knapp er dem Tod entgangen war. Wäre er nur wenige Augenblicke früher an dieser Stelle gewesen, würde nichts mehr auf seine Existenz hindeuten.

Seine Knie zitterten. Obwohl nicht übertrieben religiös, schlug er ein Kreuzzeichen und dankte seinem Herrn.

Ihm lief ein kalter Schauer über den Rücken, noch immer rutschte nasses schweres Material nach. Ein ganzes Loch hatte sich in den Berg gefressen, mannshohe Felsbrocken waren bis hinunter in den Prägbach gerollt und begannen, das Tal anzustauen. Borromäus war klar, dass er so schnell wie möglich diesen Teil passieren musste. Der Gegenhang war nicht so steil und bewachsen. Er musste versuchen, dort entlangzustapfen.

Mit gemischten Gefühlen, den nackten Fels- und Erdrücken im Auge, keuchte er weiträumig um das Hindernis herum. Der Untergrund war nass und matschig. Die Mittagszeit war lange vorbei, als er die letzte Kehre zum Übergang unter die Sohlen nahm.

Oben angekommen, pfiff ihm der Schneewind vom Bernauer Tal entgegen. Die Hochebene lag noch unter einer geschlossenen weißen Decke. In der Ferne konnte er die ersten Höfe ausmachen. Das Licht veränderte sich bereits. Rechts neben ihm thronte der Blößling, sein Gipfel einem Talwächter gleich.

Borromäus hatte nasse Füße. Dort, wo der Goldbach in die Bernauer Alb floss, lag das Bernauer Dorf. Eine kleine Ansammlung von einfachen Bauernhäusern.

***

»Mama, was hat die Ziegenhirtin damit gemeint, dass wir die Steine in Ruhe lassen sollen?«

Jakob saß neben Marie auf einer einfachen Schlafpritsche im Pfarrhaus von Todtnau. Das Gebäude war eines der neuesten im Ort, doch der Gastraum war schlicht gehalten und spärlich eingerichtet. Da standen ein Tisch, ein Stuhl und eine schmale Schlafpritsche. Kein Bettzeug, nur eine kratzende Wolldecke. Der Raum sollte die Gäste wohl an ihre Bescheidenheit erinnern.

Draußen regnete es in Strömen, vom Schnee war fast nichts mehr übrig. Eigentlich hatte Marie gehofft, an diesem Abend schon in Aftersteg zu sein. Sie waren zunächst gut vorangekommen, der gefrorene Schnee in den Steilhängen einfach zu begehen gewesen, erst im Tal war der Untergrund weicher und rutschiger geworden. Sie waren dem gurgelnden Bächlein der jungen Wiese gefolgt, das im Laufe seines Weges immer mehr kleine Zuflüsse aufnahm und in Todtnau schon einen richtigen Fluss bildete.

Todtnau war nicht ihr Ziel gewesen. Weit oberhalb der Stadt waren sie auf den Verbindungspfad nach Aftersteg abgebogen, der sich unendlich zog, Kurven und Geländeeinbuchtungen ließen den vermeintlich nahen Wasserfall immer wieder in die Ferne rücken.

Eine herbe Enttäuschung hatte sich breitgemacht, als sie endlich vor den tosenden Wassermassen gestanden hatten. Es gab kein Durchkommen, vor ihnen gähnte der Abgrund, weit und breit war kein Steg zu sehen. Geborstene Holzplanken und ein entwurzelter Baum auf der anderen Seite ließen die Vermutung zu, dass dieser den Übergang zerstört hatte. Was nun?

Sie hatten sich auf einem Wurzelstock im Schutze einer Tanne niedergelassen, Brot und Käse ausgepackt, als ein Mädchen sich bis auf wenige Schritte genähert hatte. Sie hatte eine Ziege an der Leine. Sie formte ihre Hände zu einem Trichter und schrie gegen den tosenden Wasserfall an.

»Do chummet ihr it witter. S' goht abe über Todtnau.«

Als müsse sie ihrer Aussage, dass man nicht weiterkam und nach Todtnau hinuntermüsse, Ausdruck verleihen, machte sie kehrt und deutete mit dem ausgestreckten Arm auf den Pfad, den sie mühevoll hergekommen waren.

Bei Dunkelheit hatten sie Todtnau erreicht und im Gasthof angeklopft, doch für eine allein reisende Frau, dazu noch mit Kind, hatte der Wirt kein Zimmer gehabt und sie in den Pfarrhof geschickt.

»Die Ziegenhirtin heißt Kreszentia«, sagte Marie. »Warum wir sie in Ruhe lassen sollten, weiß ich auch nicht genau, auch nicht, welchen Nutzen die Leuchtsteine haben. Theis brauchte sie für seine neuen Rezepte. Vermutlich sind die Erze tief im Berg drin, und sie da herauszuholen, wäre gefährlich. Früher wurde Silber abgebaut. Die Bergmänner mussten dazu große Löcher schlagen, um in den Berg einzudringen. Sie haben richtige Höhlen und Schächte gebaut. Manchmal ist einer der Stollen eingestürzt und hat die Männer begraben. Da hat die Erde gebebt, und es hat gegrollt, als wenn ein Berggeist ruft.«

»Gibt es denn Berggeister?«

»Genauso wie die Glasmännlein und Zwerge. Manche Menschen sehen sie, andere nicht.«

»Aber den Schatzhauser gibt es.«

Marie spürte wieder diesen feinen Stich im Herzen, sie strich Jakob versonnen über den Kopf.

»Ich bin kein kleiner Bub mehr«, sagte er unwirsch. »Warum ist er verschwunden?« Fast war er wütend.

»Er hat Kobaltsteine entdeckt und sie in eine Färberei getragen. Die ist weit weg.«

»Meinst du, ihm ist etwas zugestoßen?«

»Das hoffen wir nicht.« Marie musste zugeben, dass sie diese Möglichkeit immer verdrängt hatte.

»Meinst du, er kommt wieder?«

»Würdest du das denn wollen?«

Das Leuchten in Jakobs Augen war ihr Antwort genug.

Kapitel 3

Einen Ort weiter bereiteten sich die Brüder Rupert und Johann Abele aus Aftersteg auf ihre nächtliche Mission vor. Inzwischen hatten Tauwetter und Regen eingesetzt. Niemand schien unterwegs zu sein. Ihr Ziel war ein alter Stollen nahe dem Wasserfall.

Sie entzündeten die Talglampen erst, als sie ein Stück weit im Tunnel verschwunden waren. Die einsturzgefährdeten Gruben zu betreten, war lebensgefährlich. Es gab nichts mehr, das man dort noch hätte abbauen können, eigentlich.

Eher durch Zufall hatten die beiden jungen Burschen auf ihren verbotenen Erkundungstouren durch die alten Stollen die Ader mit dem schimmernden Gestein entdeckt. Gebannt von dessen Schönheit, waren sie zu der Überzeugung gelangt, es könne sich nur um Edelsteine handeln. Beim Versuch, einen Stein an Reisende im Gasthaus zu verkaufen, hatten sie von einem fremden Händler aus Böhmen erfahren, dass es sich um Flussspat handelte. Als Stein wertlos. Der Händler wusste aber, dass man daraus eine Säure herstellen konnte, die Glas ätzte. In Nürnberg sollte ein gewisser Heinrich Schwanhardt diese Kunst erfunden und gute Geschäfte gemacht haben. Mehr wusste der Mann angeblich nicht. Trotzdem war er an dem Stein interessiert gewesen und hatte wissen wollen, woher die Burschen ihn hatten. Ihr Interesse war geweckt gewesen.

Zur vorgerückten Stunde hatten sie erfahren, dass er nicht ganz so unbedarft gewesen war, was dieses Geheimnis anging. Zumindest hatte er damit geprahlt, dass er keine Wegelagerer fürchte, da er eine flüssige Geheimwaffe bei sich habe. Den Burschen war sehr schnell klar geworden, dass es sich bei der Geheimwaffe um die besagte Säure handeln musste.

Am nächsten Morgen war der Mann wie vom Erdboden verschwunden gewesen. Einzig ein Behältnis mit hochkonzentrierter Säure hatte die Besitzer gewechselt.

Das Geschäft ihres Lebens, so hatten sie geglaubt, denn dass die Säure in der Welt der Glasmacher einschlagen würde wie eine Kanonenkugel, dessen waren sie gewiss. Leider hatte noch nie jemand von einer Flüssigkeit gehört, die Glas ätzen konnte. Folglich kannten sie niemanden, der in das Wissen über die Rezeptur und Handhabung eingeweiht war. Wen auch immer sie von den Weitgereisten fragten, sie schüttelten den Kopf oder lachten die Burschen wegen ihrer Leichtgläubigkeit aus. Dass sie bereits im Besitz der Säure waren, behielten sie für sich.

Ein Hoffnungsschimmer lag bei den Aschenbrennern der östlich des Feldbergs gelegenen Glashütten, die von geheimen Rezepturen wussten und sie wie ihre Augäpfel hüteten. Sie waren bekannt für ihre Glaskünste. Der weithin berühmteste Aschenbrenner war Theis Schmidt aus Äule. Ein alter Fuchs in solchen Dingen und sicher an der Methode interessiert.

Kurz entschlossen war Rupert als Händler über den Berg gereist, um das Interesse des Mannes zu wecken. Der Aschenbrenner war, wie erwartet, angetan gewesen und hatte versprochen, dass er alles daransetzen würde, das Rätsel zu entschlüsseln. Es war also nur eine Frage der Zeit, bis er Nachschub an Flussspat brauchte. Und darauf bereiteten sich die Brüder Abele nun vor. Ehe ein anderer auf die Idee kam.

Mit Hammer und Meißel ausgestattet, klopften sie das Gestein illegal in die mitgebrachten Körbe. Hatten die Erzgänge vor dreihundert Jahren noch zwei Bergbaugroßbetrieben gehört, bezeichneten sich die Grundbesitzer nun wieder als Eigentümer der wertlos gewordenen Schächte und Gänge. Von den meisten Stollen war nichts mehr übrig, die Witterung hatte die Holzkonstruktionen in den Gängen nach und nach durchnässt, sie waren morsch geworden und eingebrochen. Das Erdreich war nachgerutscht. Vielerorts zeugten nur noch Pingen, Bodenwellen, von zusammengebrochenen Stollen.

Die halbe Nacht war vergangen, als Rupert und Johann mit vollen Körben unter dem regenschweren Nachthimmel erschienen. Zuvor hatten sie die Lampen gelöscht, um nicht gesehen zu werden. Sie waren zur Linken des Wasserfalls in den oberen Eingang eingestiegen. Man nannte ihn den Gauch-Erbstollen, oberhalb des Schönenbachs.

Der Stollen führte Wasser und wurde weiter unten als Quelle gefasst. Den zugewucherten Einstieg kannte niemand, so glaubten sie. Er lag hinter Dornenhecken versteckt in einer Felsspalte. Der Grund und Boden, die Schindelhalde, ein unwirtschaftlicher Steilhang mit Gestrüpp und halbherzig angepflanzten Bäumen, gehörte einem darbenden Kleinbauern unten bei Aftersteg. Der alte Schindler-Konrad lebte mit seinem Sohn, dem jungen Schindler-Benedikt, in einer lausigen Behausung. Sie lebten davon, Holzschindeln zur Deckung der Dächer herzustellen. Die Schindlers galten als Sonderlinge, wollten mit der Welt nichts zu tun haben.

Rupert und Johann keuchten unter der schweren Last, als sie die Steilhalde hinunterstiegen. Im Schutze der Dunkelheit gingen sie in einem weiten Bogen um die Gehöfte herum, ehe sie in einem alten Schuppen am unteren Rande des Dorfes verschwanden, der ihrem Großvater gehörte, der dort sein Brennholz lagerte. Die alte Jauchegrube hinten im alten Schweinestall war halb voll mit dem violett schimmernden Gestein. Den Kupferbehälter mit der kostbaren Säure hatten sie im Schweinetrog versteckt. Bis auf eine kleine Kostprobe, die sie dem Aschenbrenner hatten zukommen lassen, war die Flüssigkeit noch unangetastet.

»Hast du schon gehört? Der Schindler-Benedikt soll verschwunden sein«, flüsterte Johann, nachdem er seine Krätze in die Grube entleert hatte.

»Wer sagt das?«

»D-die Wirtin, die weiß alles.«

»Und? Warum erzählst du mir das? Seit wann ist er fort?«

»Wohl seit ein paar Tagen, die G-geißenhirtin vom Büreten oben hat ihn gesehen, wie er über den Berg ist, dem Stübenwasen zu. H-hast nicht auch du den Weg genommen, als du zum Aschenbrenner bist?«

»Hm«, knurrte Rupert, »mir ist niemand gefolgt, außerdem hat es die Tage fürchterlich geschneit am Berg. Die Pfade sind sicherlich zugeweht. Der kommt so schnell nicht wieder.«

»W-was, wenn er Bescheid weiß?«

»Mach dir nicht die Hosen voll, Kleiner, was will uns dieser Hungerleider schon tun außer rumschnüffeln?«

»D-das wäre schlimm genug.«

»Ach was.« Rupert machte eine unwirsche Handbewegung, zog eine Schnapsflasche aus der Bretterwand und prostete seinem jüngeren Bruder zu. »Da, nimm einen Schluck. Nimmt dir die dunklen Wolken aus dem Hirn.«

»D-die wilde Jagd am Himmel? Hast du nicht die Alten munkeln hören? Ein b-böses Omen. Die Reiter der alten Götter sind bei St-sturm über den Wolken ins Tal geritten.«

»Altweibergeschwätz! Abwarten, der Aschenbrenner taucht sicherlich bald auf, oder er schickt jemanden. Das Geschäft lässt der sich nicht entgehen. Prost!«

***

Der alte Schindler-Konrad stand im Dunkel seiner Hütte, zur Sicherheit hatte er seinen Hund eingesperrt, damit er nicht anschlug und ihn verriet.

Sie waren wieder da gewesen, die Diebe, und nach Stunden schwer beladen aus dem Stollen gekommen. Seinem Stollen.

Vor zwei oder drei Wochen hatte er die Burschen vom hinteren Teil des Dorfes erstmals beobachtet, war ihnen gefolgt und hatte gesehen, wie sie im alten Stollen verschwanden. Im Gebüsch liegend, verharrte er die halbe Nacht bei Nieselregen und Kälte. Als sie kamen, hatten sie Leuchtsteine dabei.

Was wollten die damit? Wer hatte ihnen davon erzählt? Vom Mythos dieser Steine?

Die meisten Bauern in der Gegend waren bettelarm. Damals, als die Silberbergwerke ihren Abbau eingestellt hatten, waren die Einwohner geblieben. Wo hätten sie auch hingesollt? Man lebte vom Vieh, von dem kargen Acker. Hafer war das Einzige, das gedieh. Leidlich gedieh. Und der Wald, das Holz. In jeder Stube wurde winters geschnefelt. Schnefler nannte man die Heimwerker, die an den langen Winterabenden Mausefallen, Rechen, Löffel, Schüsseln, Apothekerkästchen und vor allem Dachschindeln schnitzten. Im Frühjahr zogen sie alljährlich aus, die Hausierer, und trugen ihre Waren ins Land hinunter. Ein bescheidener Verdienst.

Er, der Schindler-Konrad, konnte schon lange nicht mehr auf Tour gehen, eine schwere Krätze ins Land hinuntertragen, in Heuschobern nächtigen und den Wegelagerern ausgeliefert auf einen mageren Gewinn hoffen. Von seinen Schindeln, die er herstellte und im Ort verkaufte, konnte er sich höchstens zu Weihnachten Tabak leisten, echten Tabak, keinen mit Laub gestreckten Fusel. Tabak war sehr beliebt, zügelte er doch den Hunger – und dieser war allgegenwärtig, besonders in schlechten Zeiten. Eine gute Errungenschaft aus Übersee, dieses Rauchkraut, im Gegensatz zu den billigen Silbereinfuhren, die ihren Bergbau kaputt gemacht hatten.

Die vergangenen Kriegszeiten hatten Glücksritter aller Art ins Land gespült. Den jungen Leuten Flausen vom schnellen Geld ins Hirn gepflanzt. Erfindungen, nützliche wie unnütze, geisterten in den Köpfen der jungen Leute. So auch in den Hirnen der beiden Burschen aus dem Hinterdorf. Diese Gespinste brachten sie von ihren Handelstouren mit. Er wusste von den Geschichten, die man den Daheimgebliebenen erzählte, um sich wichtigzutun. Sollten sie. Aber nicht mit seinen Steinen! Sie waren ein Familienerbe. Ein Mythos, auf dem ein Fluch lastete.

Bald nachdem die Burschen erstmals in seinen Stollen eingestiegen waren, hatte das Unglück seinen Lauf genommen. Eine Ziege, die von einer Eibe gefressen hatte, war verreckt. Die Himmelsphänomene, die wilde Jagd. Ein weiteres schlechtes Omen. Neue Zeiten würden anbrechen, und die Geister der Berge suchten ihre Opfer. So wie damals. Unbedarft und jung war sie gewesen, als sie dem Zauber der Leuchtsteine erlag, seine Frau.

Die Schutzgeister der Steine rächten sich für begangenen Frevel. Niemand nahm ungeschoren die Erze aus dem Innern der Erde. Sie leuchteten dem todbringenden Schimmelreiter am Abendhimmel den Weg. Besser, man ließ die unheimlichen Mächte in Ruhe.

***

Das Pferd des Sekretarius ging gemächlichen Schrittes bergan zum Übergang von Äule ins Tal von Menzenschwand. Auf seinem Rücken der dösende Bruder Stephanus, der sich in den warmen Wollumhang eingemummelt hatte. Er wollte den befestigten Talweg nach St. Blasien nehmen.

Ein milder Sprühregen ließ den Schnee auf den Höhen wegtauen und verwandelte die Wege in Schlammpfützen. Auf der hiesigen Seite des Feldbergmassivs hatte es deutlich weniger geschneit als auf der westlichen. Zwischen den Bäumen hing der Nebel. Jetzt war nur unterwegs, wer unbedingt musste.

Stephanus hatte sich schon viel zu lange in Äule aufgehalten. Das ziemte sich nicht für einen Mönch, nicht einmal als Cousin des Verstorbenen. Die Probleme im Glasmacherdorf gingen ihn eigentlich nichts an. Dennoch fühlte er sich verantwortlich, es war seine Verwandtschaft. Wenigstens wusste er Franziska wohlbehalten im Dorf zurück.

Ob Marie ihr Ziel erreicht hatte? Würde es ihr gelingen, in den Besitz des Rezepts zu kommen, die Herkunft des Gesteins ausfindig zu machen?

Bruder Stephanus schüttelte leicht den Kopf und grinste. Marie schreckte vor nichts zurück, ließ sich nicht von ihrem Vorhaben abbringen. Er war stolz auf sie.

Während er überlegte, wie er sein Fernbleiben vom Kloster begründen sollte, knackte es im Unterholz. Das Pferd blähte die Nüstern und legte die Ohren an. Stephanus zog die Zügel und kniff die Augen zusammen. War da jemand?

Wieder knackte es, da erkannte er eine große dunkle Gestalt, die zwischen den Tannen erschien und im selben Moment verharrte. Für den Bruchteil eines Wimpernschlags beäugten sich die Männer wie zwei kampfbereite Hirsche. Sie waren gleichermaßen erschrocken über die unverhoffte Begegnung in der Einsamkeit.

Dann rief der Fremde: »Bruder Stephanus, erkennt Ihr mich nicht mehr? Ich bin es, Borromäus.« Er machte ein paar Schritte auf den Reiter zu, schob seinen Filzhut ins Genick.

Ein Lächeln ging über das Gesicht des Mönchs. »Wahrlich, Ihr seid es. Ihr habt Euch verändert.«

Stephanus stieg ab und begrüßte den alten Bekannten herzlich. Er hatte ihn seinerzeit in der Höhle, dem alten Fluchtstollen des Klosters, entdeckt. Ihn für einen Wegelagerer gehalten, bis er erfuhr, dass sich Borromäus mit Erlaubnis des Abtes dort versteckt hielt. Stephanus hatte sich zwar gewundert, doch der Abt hatte sich zunächst darüber ausgeschwiegen. Eines wusste er gewiss: Abt Augustinus würde nie aus reiner Mildtätigkeit einem Fahnenflüchtigen Unterschlupf gewähren. Er erwartete eine Gegenleistung oder Stillschweigen.

Wie auch immer, Stephanus hatte sich mit dem Riesen angefreundet.

»Wo treibt Ihr Euch herum, alter Freund?«, fragte er.

»Ich habe in Bernau übernachtet und bin in aller Frühe losgelaufen, ins Tal nach Menzenschwand, und da komme ich gerade her. Mein Ziel ist Äule. Und Ihr?«

»Äule? Da komme ich her. Ich will durch das Menzenschwandertal nach St. Blasien. Die Waldwege sind schlecht zu begehen.«

Borromäus zog einen Seelenwärmer aus seiner Krätze, eine eiserne Notration für den Fall, dass er bei der Kälte im Freien hätte übernachten müssen. Da dies nun nicht mehr der Fall war – Äule lag praktisch vor seinen Füßen –, lud er den Mönch auf einen kleinen Umtrunk ein. Sie hatten sich lange nicht gesehen. Er erzählte von seiner Zeit in der Blaufärberei, dem glücklichen Ausgang in Freiburg und dass er nun ein freier Bürger sei, ein Geselle dazu, und welch ein Glück er gehabt habe, war er doch knapp dem Tod entkommen, denn ein Murenabgang hätte ihn beinahe erwischt.

Nach ein, zwei weiteren Kostproben aus der Flasche ließ der frischgebackene Geselle den Mönch das feine Tuch seines neuen Gewandes ganz tief unten in der Krätze befühlen. Herausholen wollte er es angesichts der Nässe nicht. Dabei umspielte ein gewisses Lächeln seine Augen. Schließlich vertraute er Stephanus den Grund seines neuen Lebenswandels an: Marie.

Stephanus hätte sich beinahe am Schnaps verschluckt. Marie? Darauf wäre er in hundert kalten Wintern nicht gekommen. Hatte er etwas verpasst? Damals vor zwei Jahren in Äule, nach der Schandtat Georgs, als sie beide – er und der wild aussehende Deserteur Borromäus – den entlaufenen Jakob im Wald gesucht hatten?

»Sagt jetzt bloß nicht, sie ist vergeben, sonst lege ich mich unter den nächsten Baum und trinke die Flasche allein aus!« Borromäus nahm demonstrativ die Flasche an seine Brust.

»Das nicht, aber es hat Veränderungen gegeben.«

Borromäus stand die Erleichterung ins Gesicht geschrieben. Er bedeutete Stephanus, zu erzählen.

»Es tut mir leid, Eure Vorfreude trüben zu müssen – Theis, der Aschenbrenner, ist tot und Marie auf Reisen«, erzählte Stephanus.

»Auf Reisen? Zu dieser Jahreszeit? Und sie hat Euch nicht anvertraut, wo sie hinwill?«, fragte er resigniert und ließ die Schultern hängen.

Stephanus überlegte.

»Gut, Euch kann ich vertrauen. Sie sucht nach einer Zutat für ein neues Rezept. Theis ist es gelungen, Glas zu ätzen. Noch weiß niemand davon, darum bitte ich Euch, behaltet diese Information für Euch. Sie ist über den Feldbergpass zu den alten Bergbausiedlungen.«

»Und welche Zutat sucht sie?«

»Ein Gestein, Flussspat.«

»Flussspat? Welch ein Zufall, es wurde mir vorgestern von

zwei Brüdern, einer hieß Rupert, angeboten. In Aftersteg«, sagte Borromäus.

»Rupert? Das war der Händler, der Theis kurz vor seinem Tod aufgesucht hat. Ihr kennt ihn? Schade dass Ihr schon hier seid, Marie könnte sicherlich Hilfe bei den Verhandlungen gebrauchen. Ich befürchte, dass man versuchen wird, eine Frau übers Ohr zu hauen.«

»Ha! Da kennt Ihr Marie schlecht. Das Mädchen lässt sich nicht hinters Licht führen. Trotzdem, ich werde auf die Suche nach ihr und dem Jungen gehen. Über den Feldbergpass, habt Ihr gesagt? Es hat heftig geschneit auf der Westseite. Ich bin deshalb über die Wacht.«

»Das habe ich ihr auch vorgeschlagen, aber sie wollte keine Zeit verlieren und hat den kürzeren Weg genommen.«

»Ich danke Euch, mein Freund, doch bevor ich aufbreche, möchte ich beim Glasvogt vorsprechen. Es wäre mir ein Anliegen, wenn er mich als Blaufärber anstellen würde.«

»Das ist klug, vielleicht müsst Ihr auch nicht sagen, dass Ihr von mir über das Ziel seiner Tochter informiert wurdet. Er wäre sicherlich gekränkt.«

»Ich verspreche es Euch«, meinte Borromäus und verabschiedete sich.

Stephanus war nach dem Gespräch erleichtert und dankte Gott für die glückliche Fügung. Borromäus würde sich um die Glasmachersiedlung und Marie kümmern. In ein paar Tagen wäre alles im Lot, und der Produktion der edlen Gläser stünde nichts mehr im Weg. Marie könnte Theis' letzten Wunsch erfüllen und eine neue Methode der Veredlung einführen. Alles würde gut werden.

Fast, hätte da nicht noch ein dunkler Schatten im Wald gestanden, einer, von dem die beiden Freunde nichts ahnten. Ein Schatten, der den Klosterbruder seit dessen Besuch im Glasmacherdorf im Auge behielt. Leider hatte er den Weggang der wahren Aschenbrennerin verpasst. Dafür der zickigen Schwester das Fürchten gelehrt, was nicht schadete. Sollten sie ruhig wissen, dass man einem wie ihm den Speck nicht vom Brot zog.

Er hatte genug gehört, drehte sich weg, rieb die Hände und dachte: Warte nur, du entkommst mir nicht. Ich finde dich – und vor allem ist es mein Rezept. Es konnte nicht angehen, dass Rupert, dieser Halunke, ihm das Geschäft vermasselte.

***

Cajetano, der klösterliche Oberrechner von St. Blasien, hatte die Zeit der Abwesenheit seiner beiden Widersacher genutzt. Es war ihm gelungen, ungehindert in der Bibliothek zu stöbern. Vor allem die verbotenen Bücher aus dem verschlossenen Schrank hatten es ihm angetan.

Vorsichtig, als hielt er ein Heiligtum in den Händen, griff er immer wieder zu dem Werk »Malleus maleficarum« des Dominikaners Heinrich Kramer. Gänsehaut und eine kribbelnde Wollust überkam ihn besonders im dritten Teil des Buches aus dem Jahr 1486, die Anwendung der Folter. Nur vage beschrieben, ließ das Werk seiner Phantasie freien Lauf. Man musste die personifizierte Verdorbenheit gewisser Weiber mit allen Mitteln austreiben, da war er mit dem Dominikanermönch einer Meinung. Dieses Buch legitimierte die berufenen Herren, dies zum Wohle der Menschheit zu vollbringen. Zu Höherem berufen fühlte er, Cajetano, sich allemal. Ein Meisterwerk, diese Abhandlung, das ihm die Säfte aus dem Leib zog.

Falls der Abt glaubte, er wisse nicht, wo er den Schlüssel versteckt hatte, war er ein alter Narr. Cajetano wusste mehr als alle Mönche zusammen. Einschließlich des Abtes. Nichts blieb ihm verborgen. Er war nicht nur der Hüter alten Wissens, er war auch der Hüter alter Schätze. Der Abt ließ ihn gewähren, solange die Dinge in den Mauern des Klosters blieben und er die Oberaufsicht hatte. Dinge wie goldene Tabernakel, Kelche und Kruzifixe, alte bestickte Messgewänder oder Altartücher.

Eine besondere Sammlung waren seine Gläser, Schätze aus

dem Anbeginn der Glasmacherei bis heute. Vom einfachen grünen Waldglas bis zu den gefärbten und gerutschten, also gekratzten Kunstwerken. Alles war in einer Kammer neben der Gruft der Äbte aufbewahrt. Der Abt und Stephanus wussten als Einzige davon, und das wurmte ihn.

Aber jetzt war er allein und konnte tun und lassen, wie ihm beliebte. Er konnte sich an der Schönheit seiner Gläser weiden, daraus den Messwein trinken. Die unermesslich kostbaren Gewänder überstreifen, am besten auf nackter Haut, deren wertvolle Stoffe spüren, sich umschmeicheln lassen. Eingehüllt wie in den Schenkeln eines dieser verfluchten Weiber aus dem Buch, denen man die Dämonen austreiben musste.

Abt Augustinus pflegte in diesen Wochen seine angeschlagene Gesundheit bei einer Kur in Badenweiler, wo dereinst schon die Römer den Wein und die Badekultur nördlich der Alpen etabliert hatten. Cajetano war sich sicher, dass sich Augustinus beiden dieser gesundheitlichen Strapazen dem Wohlbefinden zuliebe unterwarf. Er war kein Kostverächter nach dem Motto: Wasser predigen und Wein trinken.

Sein anderer »Freund«, der Sekretarius Stephanus, hatte sich aus dem Staub gemacht, angeblich um seinem Cousin, dem Aschenbrenner aus Äule, das letzte Geleit zu geben. Vermutlich nutzte auch er die Abwesenheit des Klostervorstehers, um sich den weltlichen Genüssen hinzugeben. Das dauerte nun schon drei Tage. Ein Verstoß gegen die Regeln, den er sich merken und bei Gelegenheit seinen Nutzen daraus ziehen würde. In Cajetanos Augen waren sie alle verdorben und eines Klosterlebens, der wahren Dienerschaft Gottes, nicht würdig.

Erschrocken zuckte er zusammen, als er, auf dem Stuhl des Abtes sitzend, eingehüllt in ein besticktes Fastentuch aus dem 13. Jahrhundert – einen edlen Messwein kostend –, Schritte auf dem Flur hörte.

***

Borromäus erreichte die Glasmachersiedlung. Schwere Wolken hingen über den Tannen und ließen erahnen, dass es drüben am Berg – auf der Westseite des Feldbergs – in Strömen regnete. Ein kalter Luftzug aus der Richtung bestätigte diese Vermutung.

Ein Stich durchfuhr sein Herz, als er die Verwüstung um das Aschenhaus sah. Davon hatte der Mönch nichts erzählt. Was war passiert? Die verkohlten Dachbalken ragten in den Himmel. Aller Wahrscheinlichkeit nach handelte es sich um Mondholz. Es kohlte zwar an, verbrannte aber nicht. Dieses Bauholz schlug man um die Weihnachtszeit bei abnehmendem Mond, kurz vor Neumond. Es hielt Jahrhunderte. Brannte ein Hof ab, blieben die Balken aufrecht stehen. Wie hier.

Das Steinhaus, die Giftküche, stand wenige Schrittlängen daneben. Sie schien unversehrt.

Borromäus peilte das Haus des Glasvogts an. Ohne die schwere Krätze abzunehmen, trat er in die offen stehende Tür.

»Wer wagt es«, polterte Michael Sigwarth, als er ihn sah, »Euch kenne ich doch irgendwoher? Wer seid Ihr, und was sucht Ihr bei mir?«

Borromäus stellte sich vor, erwähnte auch, dass er schon einmal im Dorf gewesen sei – vor zwei Jahren – und nun hoffe, als Blaufärbergeselle Aufnahme und Arbeit zu finden.

Nur das Zucken in den Augenwinkeln von Michael Sigwarth verriet, dass ihm dämmerte, wen er vor sich hatte. Er griff sich an den Bart, als überlege er noch.

»Der Schatzhauser«, sagte er schließlich. »Hat nicht mein Enkel Jakob Euch so bezeichnet? Der gute Geist der Glasmacher. Wie soll ich sagen? Ihr kommt ungelegen. Der Aschenbrenner hat das Zeitliche gesegnet, in sein Haus hat der Blitz eingeschlagen, und seine Helferin ist davongelaufen.«

Hätte Borromäus nicht den Mönch getroffen, er wäre darauf hereingefallen.

Michael Sigwarth bezeichnete Marie als die Helferin des Aschenbrenners, nicht als das, was sie von Rechts wegen war:

die neue Aschenbrennerin und seine Tochter. Mit der Mitteilung, sie sei davongelaufen, wollte er ihm wohl alle Hoffnung auf eine Bleibe vergällen.

Borromäus hatte nicht damit gerechnet, vom Vogt mit offenen Armen empfangen zu werden, darum nahm er die Krätze ab und packte ungefragt aus. Zum Vorschein kamen edle blaue Kelche, ein Päckchen mit Pulver, ein Kobaltstein und seine Urkunde. Zwar konnte weder Michael noch Borromäus lesen, aber den habsburgischen Stempel erkannten beide. Ein Siegel von höchster Stelle hinterließ Eindruck. Michaels Gesicht entspannte sich merklich.

»Wer brennt momentan Eure Asche?«, fragte Borromäus beiläufig, um ihn aus der Reserve zu locken.

»Meine Tochter Franziska hat diese Arbeit übernommen, vorerst.«

»Vorerst? Das soll heißen, Ihr habt bereits einen Nachfolger? Sicherlich braucht Ihr dann meine Hilfe nicht.«

Borromäus packte seine Sachen wieder ein und lud die Krätze auf den Rücken, als wolle er gehen.

Michael Sigwarth holte tief Luft: »Setzt Euch, ich will Euch die Geschichte erzählen.«

***

Bruder Stephanus hatte das Kloster St. Blasien erreicht. Zielstrebig suchte er seine Zelle auf und eilte den Flur entlang. Er wollte sich noch reinigen, bevor er die Messe besuchte.

Plötzlich hielt er inne, sein Gefühl sagte ihm, dass in der Schreibkammer des Abtes jemand war. Es sagte ihm auch, wer: Cajetano.

Beherzt, ohne weiter über die Folgen nachzudenken, griff er zur Türklinke und trat ein. Er sah noch den Weinkelch auf dem Pult stehen, spürte einen Schlag auf den Hinterkopf und sank zu Boden.

Cajetano stieg über den mächtigen Leib des Sekretarius, nahm das verdorbene Buch vom Pult, leerte in einem Zug den Weinkelch und verschwand.

In Windeseile brachte er die Utensilien seiner Schande zurück in den verbotenen Schrank, zog den Schlüssel ab, eilte in seine Zelle und streifte die Kutte der Benediktiner über. Dann ging er zurück und traf wie zufällig auf den am Boden Liegenden, der sich den Kopf rieb und den Oberrechner verplant musterte.

»Ihr habt nicht zufällig etwas mit meiner misslichen Lage zu tun, Cajetano?«

»Oh, Bruder Stephanus, wo denkt Ihr hin? Ich hörte ein Poltern und bin sogleich hierhergeeilt. Ist Euch etwas geschehen?«

»Dann bin ich wohl auf Eurer Schleimspur ausgerutscht. Verschwindet aus meinen Augen!«

Stephanus wusste, dass er Cajetano nichts nachweisen konnte. Sogar der Weinkelch war weg. Mühsam stand er auf und ordnete sein Gewand. Hoffentlich hatte sein Schützling nichts Schlimmeres angestellt, als den Messwein zu saufen. Er war für ihn verantwortlich in der Zeit der Abwesenheit des Abtes. Theis' Tod war dazwischengekommen, und Stephanus war es seinem Cousin schuldig gewesen, an dessen Beerdigung teilzunehmen. Manche Dinge waren nicht planbar.

Dass Cajetano dem Messwein anheimgefallen war, konnte er riechen. Sie sahen sich wie zwei Kampfhähne in die Augen, umkreisten einander, schließlich ging Cajetano erhobenen Hauptes geschäftig in die Schreibstube, als hätte er es nicht nötig, dem Sekretarius Respekt zu erweisen.

Stephanus atmete erleichtert auf. Den Obergockel zu mimen, war nicht seine Erfüllung. Er hasste es, das Kindermädchen für einen Verrückten zu spielen. Verrückt war vielleicht nicht der richtige Ausdruck, Cajetano litt an wahnhaften Vorstellungen. Er hielt sich für berufen, und das machte ihn gefährlich. Nicht nur, dass er am Stuhl des Abtes sägte, er glaubte auch, die Welt vor der Verderbnis retten zu müssen. Und die begann innerhalb der Klostermauern.

Stephanus wusste, dass der Abt kein Heiliger war, dass er

dunkle Geheimnisse hatte. Man munkelte vom dubiosen Ableben zweier Weggefährten Augustinus', den Pröpsten aus Gurtweil und Bürgeln. Sie sollten auf einem Fährfloß beim Überqueren des Rheins umgekommen sein, als sie von Augustinus in die St. Blasianische Propstei Klingnau bestellt worden waren. Von seiner Cousine Wiltrudis, der ehemaligen Priorin von Berau – einem Kloster unweit der eidgenössischen Grenze –, wusste Stephanus, dass dieses Dreigestirn sich obszönen Gelagen hingegeben hatte. Die Novizinnen, die diesen Feierlichkeiten beiwohnen mussten, dazu gehörte auch Wiltrudis, unterlagen einem Schweigegelübde, und wer nicht freiwillig schwieg, wurde gezwungen. Ihnen, den Nonnen von Berau, hatte der Abt eine treu ergebene Vorsteherin verpasst und die unbequem gewordene Priorin aus dem Orden gedrängt. Inwieweit Cajetano involviert war, wusste Stephanus nicht. Dass er an diesen frivolen Treffen teilgenommen hatte, glaubte er nicht. Dazu war der Oberrechner zu bigott.

Er wollte es auch gar nicht wissen. Er war keiner, der im Sumpf anderer stocherte, um sich zu bereichern. Wenn ihn die Versuchung des Satans überfiel, verzog er sich allein in seine Zelle und bat hinterher Gott um Vergebung seiner Fleischesschwäche.

***

»Ich weiß nur, dass Marie etwas für Theis zu Ende bringen wollte«, sagte Michael Sigwarth. »Sie ist nach seinem plötzlichen Tod aufgebrochen. Hat mir nichts erzählt. Wohl aber dem Benediktiner, der zur Beerdigung im Dorf war. Hat ausrichten lassen, dass Franziska so lange die Asche brennen soll. Ich ging davon aus, dass sie gleich wiederkommt. Das war vor drei Tagen. Marie wird Theis' Nachfolgerin, ich habe eine Urkunde vom Abt. In einem halben Jahr, an ihrem fünfundzwanzigsten Geburtstag, tritt sie offiziell das Amt an. Ich sorge mich, sie hat das Kind mitgenommen. Der Winter kann jeden Tag einbrechen.«

Es klang ehrlich, fand Borromäus.

»Ich weiß, ich bin dem Mönch begegnet.« Seine Offenheit war ein Fehler, am Gesichtsausdruck des Vogts erkannte Borromäus, dass die Stimmung kippte.

»Wie? Wisst Ihr etwas über Maries Verbleib? Was hat Euch der Scheinheilige erzählt? Und wer schnüffelt bei uns herum und zerstört alles? Ihr seid wohl im Bilde? Jeder weiß Bescheid, nur ich nicht!«, sagte Michael verärgert.

»Ich weiß nicht mehr als Ihr, Glasvogt. Was meint Ihr mit ›zerstört alles‹? Wer ›schnüffelt‹?«

Michael machte eine abwehrende Handbewegung. Borromäus spürte, dass er beleidigt war und sich hintergangen fühlte. Aus ihm war nun nichts mehr herauszubekommen. »Das geht Euch nichts an. Ich will wissen, wo Marie steckt und wann sie wiederkommt. Das ist alles. Wenn Ihr etwas wisst, sprecht, ansonsten verschwindet.«

Borromäus riss der Geduldsfaden. »Ihr sitzt vor Eurem Ofen wie ein altes Waschweib und jammert. Wenn Ihr sie nicht sucht, werde ich das tun. Eine Glashütte braucht einen Aschenbrenner oder eine Brennerin mindestens genauso dringend wie einen Glasvogt.«

»Ihr? Wo wollt Ihr sie suchen?«

»Es soll ein Händler bei Theis gewesen sein. Stephanus sagte mir, dass man munkelt, er würde den Dialekt der Wiesentäler sprechen. Also von drüben am Berg«, sagte Borromäus, ohne den Mönch zu verraten. »Könnte es nicht sein, dass sie dorthin aufgebrochen und in den Sturm geraten ist?«

»So, das hat er Euch also auch erzählt? Dass ein Händler beim Aschenbrenner war.«

»Verdammt, ja. Was ist? Soll ich Euch helfen, sie zu finden, oder nicht? Wir müssen alle Möglichkeiten erwägen.«

Michael stand auf, ging im Raum auf und ab. Dann öffnete er ein Wandschränkchen und holte eine Schnapsflasche hervor. Er stellte sie auf den Tisch.

»Gut, Ihr habt mich überzeugt, seid gewiss, bei mir Arbeit zu finden, wenn Ihr mir meine Tochter und das Kind unversehrt wiederbringt. Mein Wort.«

Er bot Borromäus die Hand, der schlug ein.

***

Sie wurden länger im Pfarrhaus aufgehalten als geplant. Marie musste dem Pfarrer – der gestern Abend nicht im Hause gewesen war – Rede und Antwort stehen, glaubte er doch, eine arme Sünderin vor ihrer Verderbnis gerettet zu haben.

»Meine Haushälterin hat gut daran getan, Euch aufzunehmen. Im Gasthaus übernachten, als junge Frau«, er wiegte den Kopf, sodass sein hängendes Doppelkinn am steifen Kragen schabte, »das ist ruchlos. Ihr hättet Euch in die Hände der angetrunkenen Männer begeben und mit Eurer«, er schaute ihr abschätzend in die Augen, sein Blick streifte ihre Rundungen, »na ja, Unschuld wohl nicht mehr, bezahlt. Ihr wisst, was ich meine. Oder war das vielleicht Euer Plan? Sicherlich seid Ihr mittellos. Wo wollt Ihr überhaupt hin?«

Marie war nicht gewillt, ihm ihre Geschichte zu unterbreiten. Sie wäre für einen Gottesmann zu verrückt gewesen. Eine ledige Frau auf der Suche nach einem Mineralienhändler, die auch noch behauptet, Aschenbrennerin zu sein. Nein, das wollte sie den alten Mann nicht glauben machen. Sie wollte nur eines, so schnell wie möglich weg.

»Ich möchte einer Verwandten die Todesnachricht meines Onkels überbringen«, log sie. Unter dem Tisch stieß sie Jakob an, sich nicht zu verraten. Er hatte verstanden und stocherte scheinbar lustlos in seinem Haferbrei.

»Soso«, sagte der Gottesmann, »ihr braucht nichts für die Unterkunft und Verpflegung zu bezahlen, aber ich wünsche mir, dass Ihr dafür arbeitet, sittsam arbeitet.«

Marie sah ihn erschrocken an. »Aber ich kann bezahlen.«

»Ich nehme kein Geld von kleinen Herumtreiberinnen. Ihr bleibt und helft der Köchin beim Einmachen. Ordentliche Arbeit hat noch niemandem geschadet.« Er senkte den Kopf und sprach ein Gebet.

Marie schwieg und stimmte ein. Es sollte wohl so sein, dass sie ihre Münzen einsparen konnte.

Das Einkochen erwies sich als Tagesarbeit – einen ganzen Sack Äpfel galt es zu verarbeiten. Wenigstens bekamen sie ein Mittagessen, und am späteren Nachmittag durften sie endlich hinaus in den Regen gehen.

***

Kaum jemand im Glasmacherdorf hatte mitbekommen, dass der Glasvogt einen Gast beherbergte. Gemeinsam waren Michael, Borromäus und Franziska im Laboratorium verschwunden, um Ordnung zu schaffen, wie Michael sagte. Für Franziskas Empfinden erzählte er ihm zu viel über die Arbeit in der Aschenküche. Sie brannte nebenbei die Asche und schielte fragend auf Borromäus. Was wollte er? Hier arbeiten? Als Aschenbrenner?

Später versorgte sie ihren Vater und den Fremden schweigend mit einem einfachen Essen, richtete ein Nachtlager in der oberen Dachkammer, indem sie Martha kurzerhand zu sich und Klara einquartierte. Sie erinnerte sich sehr wohl an diesen Mann, der vor zwei Jahren den entlaufenen Jakob vor dem Kältetod im Wald gerettet hatte. Damals war er ihr unheimlich gewesen, groß und wild aussehend.

Hünenhaft war er noch immer, sein Äußeres nun gepflegt, ja sogar hübsch. Ihrer älteren Schwester Klara war das nicht entgangen, sie reckte das Kinn und versuchte, die Aufmerksamkeit des Fremden auf sich zu ziehen. Franziska war dieses Verhalten peinlich, zumal sie wusste, dass diesem Borromäus viel an Marie lag. Die beiden waren vor zwei Jahren schon vertraut miteinander umgegangen. Franziska hatte dafür ein Gespür. Er wäre der Richtige, um das Aschenhaus wiederaufzubauen.

Borromäus zeigte kein Interesse an den Töchtern, den halbwüchsigen Kindern des Glasvogts. Ihn trieb eine ganz andere Sache um: die Sorge um Marie und Jakob. Wäre er nicht todmüde gewesen und hätte der triste Nachmittag nicht bereits das Dorf verschluckt, er wäre trotz des schlechten Wetters wieder losgezogen. So ging er früh ins Bett.

Wilde Träume jagten ihn über den Berg, jähe Abgründe öffneten sich vor seinen Füßen. Todbringende Schlammlawinen wälzten sich über seinen Leib, bis er fühlte, dass etwas neben ihm lag. Die Schlammlawine?

Er tastete seitwärts, und ehe er sich's versah, umschlangen ihn fremde Arme und Beine. Er versuchte, sich zu lösen. Bemerkte, dass es ein weibliches Wesen war, das sich ihm verheißungsvoll näherte, seine Männlichkeit berührte. War er wach, oder narrte ihn das Unterbewusstsein und der Wunsch nach Maries Nähe?

Er atmete tief durch, bis sein Verstand aufklarte und er zu wissen glaubte, wer sich bei ihm eingenistet hatte: Klara, das ältere der Mädchen. Was bezweckte sie? Wollte sie ihn als Mädchenschänder vorführen und damit aus dem Dorf bannen, oder war sie auf ein Abenteuer aus?

»Was soll das, Klara?«, sagte er keuchend und hielt ihre Arme fest.

»Au, du tust mir weh!«

»Du solltest dich nicht in fremde Betten verirren, das kann bös ins Auge gehen.«

»Ins Auge? Ich hätte es gern woanders.« Sie versuchte, seine Hände unter ihr Hemd zu schieben.

Borromäus verspürte ein eigenes heftiges Verlangen, als er den mädchenhaften Körper fühlte. Wann hatte er zuletzt eine Frau im Bett gehabt? Ein Mädchen, das ihn begehrte, sei es auch nur für einen kurzen Moment. Es wäre so einfach gewesen, dem nachzugeben und es zu genießen. Sein Verstand siegte schließlich, und er schob sie sanft von sich.

»Du gehst jetzt sofort in dein eigenes Bett, verstanden? Ich bin nicht gekommen, um mit dir das Lager zu teilen und später um die Hand deiner Schwester anzuhalten. Das ist mehr als unehrenhaft.«

»Franziska? Was willst du von der dürren Geiß? Die weiß ja noch nicht einmal, wo beim Mann vorn und hinten ist.«

»Aber du?«

»Ich bin dabei, es zu lernen. Was hat Franziska, was ich nicht habe?«

»Ich meine nicht Franziska.«

»Martha ist ein Kind, von der lässt du bitte schön die Hände, sonst reiß ich dir den Schwanz ab.«

»Hehe, was sind das für Töne? Ich bin kein Kinderschänder, also raus aus meinem Bett!«

»Ich bin kein Kind mehr, ich weiß, wie das geht«, sagte Klara mit beleidigtem Unterton.

»Was du mit den anderen Burschen treibst, ist mir egal. Für mich bist du ein Kind, wie deine Schwestern auch. Ich spreche von Marie. Einer erwachsenen Frau und Mutter.«

»Die ist das Glück suchen. Wenn du mich jetzt aus dem Bett schmeißt, schreie ich.«

In diesem Moment quietschte die Türklinke. Ein schwacher Lichtstrahl traf den Bretterboden der Kammer.

Borromäus und Klara erschraken wie ein ertapptes Liebespaar, als sie den Schatten sahen, der sich durch den Türspalt schob. Im Schein der Kerze erkannten sie schließlich das Gesicht Franziskas.

»Klara, ich habe alles gehört, und wenn du nicht sofort die Kammer verlässt, rufe ich Vater. Du elendes Lumpentier!«

Als Lumpentier bezeichnet zu werden, war eine Beleidigung, galt so ein Wesen doch als hinterlistig und durchtrieben.

»Du kleines Hirfiddle, scher dich zum Teufel. Das ist allein meine Sache.«

Mit diesem Schimpfwort war das Hinterteil eines Huhns gemeint, das sich frech aufplusterte und mehr Schein als Sein verbreitete.

Zur Bekräftigung ihrer Worte schleuderte Klara das Kissen

gegen ihre jüngere Schwester. Deren Kerze schlug zu Boden. Das Wachs verteilte sich auf dem Bretterboden und fing sofort Feuer, züngelte gar zum Kissen.

Borromäus sprang aus dem Bett und trampelte die Flammen aus. Die Mädchen hielten sich vor Schreck den Mund zu, nachdem ihnen gellende Schreie entwichen waren.

Die kurze Aufregung hatte zur Folge, dass der Glasvogt im Nachtgewand – wie ein Gespenst – in der Tür erschien.

»Kann mir einer erklären, was hier vor sich geht?«

Sein Gesicht war puterrot angelaufen, seine Halsvene verdächtig dick geschwollen. Wie sah es denn für einen Vater aus, wenn sich seine halbwüchsigen Töchter leicht bekleidet bei einem Fremden in der Schlafkammer aufhielten? Eine saß sogar noch im Bett des Mannes!

Michael kam, ohne eine Antwort abzuwarten, auf die Mädchen zu, zerrte sie an den Haaren aus dem Raum und schleifte sie die Stufen hinunter. Borromäus folgte, seine beschwichtigenden Worte nahm der Wütende in seiner Rage nicht mehr wahr. Im Hausflur warf er sie wie Abschaum in die Ecke und griff zur Peitsche, die für den Weidegang mit den Kühen und Ziegen griffbereit am Balken neben der Tür hing. Er zog auf und ließ den feinen Lederriemen durch die Luft flirren. Von oben, unten, seitlich peitschte er wie von Sinnen auf seine Töchter ein. Sie duckten sich weg und hielten sich eng umarmt. Aus den Schmerzensschreien wurde ein gequältes Wimmern.

Beide hatten bereits sichtbare Striemen auf den Armen, bis es Borromäus endlich gelang, den mächtigen Wüterich zu überwältigen. Nun lagen die Männer kämpfend am Boden. Borromäus versuchte, Michael die Peitsche zu entreißen, während dieser noch immer Kraft aufwenden konnte, um zuzuschlagen. Nun den vermeintlichen Mädchenschänder treffend.

»Vater, hört auf. Er kann nichts dafür!«, schrie Klara.

»Was? Ich weiß, was ich gesehen habe!«, brüllte Michael in Rage und hieb weiter auf Borromäus ein. Er war blind vor Wut.

Franziska raffte sich auf. Wankend ging sie in die Küche, wo sie das Brunnenwasser im Eimer für den morgigen Tag vorgerichtet hatte. Sie nahm den Zuber und goss ihn über die beiden Streithähne. Was diese voneinander abhielt, um nach Luft zu ringen.

»Packt Euer Bündel und verschwindet von hier, ich kann nicht noch mehr Bastarde aufziehen«, keifte Michael Borromäus an, während er aufstand und sein klatschnasses Nachtgewand ordnete. Die Peitsche hängte er an den Haken. Blutrot gefärbtes Wasser tropfte auf den Bretterboden.

Keuchend erhob sich auch Borromäus und packte den Vogt am Kragen. »Wenn einer die Mädchen in die Arme lüsterner Männer treibt, dann seid wohl Ihr es mit Eurem Glasmacherdickschädel und Schreckensregiment. Ich habe keine angerührt, im Gegensatz zu Euch. Ihr seid fähig und prügelt Euer eigen Fleisch und Blut grundlos zu Tode. Sicher habt Ihr Euch nicht das erste Mal an ihnen ausgelassen. Und zudem, wenn Ihr mit Bastard Euren Enkel Jakob meint, ist es wohl Theis gewesen, der sich gekümmert und Marie ein Dach über dem Kopf geboten hat. Also spielt Euch nicht wie der Moralapostel auf, nicht Ihr!«

»Wagt es nicht, über mich zu urteilen, das ist meine Angelegenheit. Es sind meine Töchter, und mit denen kann ich machen, was ich will. Und wenn es nötig ist, sie zu züchtigen, tue ich das – und kein Dahergelaufener hindert mich je daran. Geht! Verschwindet aus meinem Haus und lasst Euch nie wieder sehen.«

»Das werde ich. Aber eines sage ich Euch: Es wird Euch noch leidtun, mich aus dem Haus gewiesen zu haben. Möge Äule wieder im Mittelalter versinken als Waldglashütte. Grünes Glas, wie seit Jahrhunderten. Die Zukunft für den Ort habt Ihr eben vertan, das ist Euch schon klar, oder? Keine Aschenbrennerin, kein Blaufärber. Wie wollt Ihr weiter existieren? Da könnt Ihr auch gleich alles kurz und klein schlagen. Euch werden die Glasmachermeister davonlaufen, dahin, wo sie verlockende Angebote bekommen. Die Konkurrenz schläft nicht.«

Borromäus ging erhobenen Hauptes am Hausherrn vorbei die Stiege hoch, um kurz darauf angezogen und mit Krätze versehen im Flur zu erscheinen. Sein Stolz ließ es nicht zu, vor dem mächtigen Glasvogt zu Kreuze zu kriechen.

Die Mädchen waren in der Küche verschwunden, wo sie sich gegenseitig die Wunden auswuschen. Der Gewaltausbruch des Vaters hatte sie wieder geeint. Nur so ließ sich die Schmach ertragen. Es würde Tage dauern, bis die geschwollenen und aufgeplatzten Striemen auf Gesicht und Körper abheilten. Gebrandmarkt mussten sie durchs Dorf laufen und zusehen, wie die Leute tuschelten. Die Methoden der Väter wurden auf dem Wald nicht angezweifelt, eher die Moral der Geprügelten.

Franziska reckte den Kopf, als sie den angekleideten Blaufärber im Flur stehen sah.

»Borromäus, nehmt Ihr mich mit? Ich habe kein Zuhause mehr.«

Michael sah seine Tochter entsetzt an, holte tief Luft. Er glaubte sich verhört zu haben. Doch Franziska ließ die verdutzte Klara sitzen und rannte an den nicht weniger verdatterten Männern vorbei die Stiege hoch, um ihr Bündel zu packen.

Langsam dämmerte auch dem Vogt, was das bedeutete. Mit Klara allein würde weder der Haushalt versorgt noch die Asche gebrannt werden. Sie brauchte bei jeder Aufgabe jemand, der ihr sagte, was sie tun musste. Wer wusste, wann und ob Marie wiederkam? Der Blaufärber, die eben erst gewonnene Hoffnung auf eine Neuerung in der Glasfärbung, alles zerrann ihm zwischen den Fingern. Nur einer konnte den Niedergang aufhalten: er selbst.

Kleinlaut sagte er: »Wartet.« Er verschwand in der Vorratskammer und kam mit einer Flasche Klarem wieder. »Pack schlägt sich, Pack verträgt sich. Setzt Euch.« Er goss zwei Gläser ein und reichte eines dem Blaufärber. »Auf die Zusammenarbeit.«

»Auf die Gesundheit und Unversehrtheit Eurer Töchter.«

Dann hoben beide an.

***

Marie und Jakob waren triefend nass und hungrig, als die ersten Höfe von Aftersteg in Sichtweite kamen und im Einheitsgrau der hereinbrechenden Nacht verschwammen. Nur die Anstrengung und die Hoffnung auf eine warme Mahlzeit hielten die Kälte von ihren Leibern. Unweit vor ihnen erkannten sie ein hell erleuchtetes Haus, eine Laterne schaukelte im Wind über dem Eingang. Das Gasthaus! Sie hatten es geschafft. Der Gasthof von Aftersteg, dort würde man jenen Händler Rupert kennen. Ihr Ziel war zum Greifen nahe.

Da löste sich eine dunkle Gestalt von einem übergroßen Granitblock und versperrte ihnen den Weg. Marie blieb stehen und umfasste Jakob mit festem Griff. Die Person trug eine Kapuze, war aber kein Mönch.

»Wer seid Ihr, und was wollt Ihr von uns?«, fragte Marie, allen Mut zusammennehmend.

»Es reicht, wenn ich weiß, wer du bist, Aschenbrennerin.« Der Mann kam auf sie zu und packte sie unvermittelt an der Gurgel.

Marie rang um Atem, versuchte, ihn mit der freien Hand wegzustoßen, und erntete ein heiseres Lachen.

»Nicht doch, dachtest, du kannst mir entwischen und Rupert aufsuchen? Vergiss es. Ich bin der rechtmäßige Besitzer der Mine, und wenn du mir das Rezept deines Onkels herausrückst, können wir ins Geschäft kommen, andernfalls hast du schlechte Karten. Sehr schlechte – und dein kleiner Bastard auch.« Er deutete mit dem Kinn zu Jakob.

»Lasst das Kind aus dem Spiel«, krächzte Marie, »sagt mir lieber, was Ihr wollt und wer Ihr seid. Ich kenne Euch nicht.«

»Du glaubst wohl, mich an der Nase herumführen zu können? Bist mir in Äule entwischt. Leider habe ich deiner kleinen Schwester etwas auf den Zahn fühlen müssen, aber das dumme Huhn wusste noch weniger als ich. Also, wo ist es?«

»Franziska?« Maries Stimme quietschte panisch.

Er drückte ihr weiterhin die Gurgel zu. »Franziska ist wieder bei Papa. Ich will das Rezept!«

»Dann suchen wir dasselbe.«

Endlich ließ er los, stieß sie vor sich her, am Gasthaus vorbei zu einer windschiefen Hütte. Jakob zitterte am ganzen Leib, er fror erbärmlich.

In der Hütte wartete eine weitere Person, ein alter Mann. Er hielt stumm die Tür offen, schaute sich um, ob sie jemand gesehen hatte, und schloss sie hinter den Ankömmlingen.

»Bist du sicher, dass das die Aschenbrennerin ist?«, fragte er den jungen Kerl, der sein Sohn sein musste. Die Ähnlichkeit war nicht zu leugnen.

»Ganz sicher, ich wusste, dass sie auf dem Weg hierher ist. Ich habe den Mönch verfolgt. Auf dem Höhenweg zwischen Äule und St. Blasien ist er einem Händler begegnet, sie haben sich unterhalten und mich nicht bemerkt. Das war heute Morgen, ich bin gleich los und habe sie noch erwischt, bevor sie Rupert in die Arme gelaufen wäre.«

»Mama, ich bin mir sicher, dass dieser Mann«, Jakob deutete auf den Jüngeren, »der Tod ist, der am Küchenfenster gelauert hat, als ich den Schieber aufmachen sollte. Er hat genauso geschaut wie jetzt.«

Marie bemerkte, wie der Mann zusammenzuckte, und erkannte allmählich die Zusammenhänge. Es musste eine Konkurrenz zwischen Rupert und diesen Männern geben, die sie noch nicht durchschaute. Besser, sie gab sich arglos und unwissend, um ihr Vertrauen zu erlangen.

»Ein schlaues Bürschchen hast du«, meinte der Jüngere abschätzend.

Marie entschied sich zu kooperieren. Eine Chance, zu entkommen, hatten sie ohnehin nicht. »Erzählt mir, was es mit diesem Rupert auf sich hat. Ich kannte ihn bisher nicht. Ich habe ihn zum ersten Mal gesehen, als er in Äule aufgetaucht ist und meinem Onkel, dem Aschenbrenner, etwas in einem Behälter angeboten hat. Mein Onkel ist nach dem Kontakt mit dieser Flüssigkeit gestorben. Ich will wissen, was das war und woher es kommt. Darum bin ich hier.« Sie bemühte sich, ihre Stimme fest und selbstbewusst klingen zu lassen. Angst war kein guter Handelspartner.

»Heißt das, der Aschenbrenner ist tot und du hast kein Rezept?«

Dem eh schon bleichen jungen Mann, er mochte vielleicht achtzehn oder zwanzig sein, wich die Farbe gänzlich aus dem Gesicht. Mit seinen auffallend blassen Augen wirkte er nun im Dämmerlicht der Talglampe tatsächlich wie ein Toter. Seine Augen erinnerten Marie an Pater Cajetano aus dem Kloster, den sie von den Sonntagsmessen kannte. Überhaupt ähnelte seine eher kleine Statur dem seltsamen Pater, den sie unheimlich fand. Dessen auf Latein gehaltene Predigten hatten die Gottesdienstbesucher zwar nie verstanden, anhand der bedrohlichen Aussprache und der Gestik konnten sie sich jedoch vorstellen, dass er ihnen mit der Hölle drohte.

»Nein«, antwortete sie und konzentrierte sich auf ihr Gegenüber, »das sagte ich bereits. Ich habe gehofft, in Aftersteg eine Antwort zu finden. Es soll etwas sein, das richtig angewandt für die Glasmacher nicht uninteressant ist. Eine Art Gravur. So erzählte mein Onkel, er wolle damit experimentieren, leider blieb ihm keine Zeit.«

War es zu mutig, die Katze gleich aus dem Sack zu lassen? Redete sie sich um Kopf und Kragen? Nein, ihr Bauchgefühl sagte, halte dich an den Alten.

Die beiden Männer tauschten wissende Blicke. Dann räusperte sich der ältere. »Das Kind sieht krank aus, zieht ihm trockene Sachen an. Ihr könnt vorerst bei uns bleiben. Aschenbrennerin, Ihr müsst wissen, dass dieser Rupert und sein Bruder Halunken sind. Sie sind nachts mehrfach in unseren Stollen eingestiegen und haben Leuchtsteine herausgetragen.«

Marie hielt den Atem an, sie musste an die Ziegenhirtin Kreszentia denken. Waren sie gar beim Schindler-Konrad gelandet? Sie beschloss abzuwarten.

»Leuchtsteine? Die Leuchtsteine der Berggeister?« Jakob zitterte vor Kälte.

Marie tat so, als sei das Kindergeschwätz, und machte sich daran, in ihrem Beutel nach trockener Kleidung zu suchen. Leider war alles, was sie eingepackt hatte, durchnässt. Dabei beobachtete sie die beiden Männer genau. Sie bemerkte das Zucken in den Augen des mutmaßlichen Schindlers und wusste, dass sie richtiglag.

»Genau die! Leuchtsteine. Aschenbrennerin, dein Bub gefällt mir«, sagte er mit einem Lächeln und wandte sich an den Sohn, wie sie vermutete. »Benedikt, mein Bub, hol unseren Gästen trockene Sachen. Gute Frau, hängt Eure Kleider über die Ofenstange. Ich werde Euch zeigen, was Leuchtsteine sind. Ich bin übrigens Konrad.«

»Vater! Das werdet Ihr nicht. Ihr wisst, dass sie des Teufels sind. Denkt an meine Mutter selig. Ihr habt mich losgeschickt, den Bergfrevel zu unterbinden, und jetzt das? Seid Ihr von allen guten Geistern verlassen?«

Marie drückte Jakob unwillkürlich an sich und beobachtete die Gastgeber. Für einen Moment glaubte sie, dass die angespannte Stimmung kippen würde. Dann räusperte sich der Vater.

»Im Gegenteil, mein Sohn, ich glaube, die Zeit ist gekommen, den unnützen Tod deiner Mutter zu sühnen. Sie war nicht des Teufels, sie war eine kluge Frau, nur die Welt war nicht bereit dafür.«

Er ging hinaus, und sein Sohn folgte ihm wütend.

Marie machte sich daran, die nassen Sachen aus ihrem Beutel aufzuhängen. Sie konnte den Streit zwischen den beiden zwar vernehmen, aber die Worte nicht verstehen. Es schien, als breche sich ein Familienzwist Bahn.

Schließlich rückten Marie und Jakob so nah wie möglich an den Ofen. Die Müdigkeit steckte schwer wie Granitbrocken in ihren Knochen und übermannte sie kurz, bis plötzlich Konrad mit einer Schüssel dampfender Mehlsuppe vor ihnen stand, abgetragene, aber frische Kleidung über dem Arm. Er zog einen violett schimmernden Stein aus der löchrigen Hosentasche. Es war dasselbe Mineral, das sie im Bodenloch der Aschenküche entdeckt hatte. Sie waren auf der richtigen Spur. Gespannt verfolgte sie, was es mit den Steinen auf sich hatte.

»Ich werde Euch jetzt etwas zeigen und eine Geschichte erzählen. Danach entscheidet selbst, ob Ihr diese Sache zu Ende bringen wollt oder ob Ihr sagt, der Berg soll sein Geheimnis auf ewige Zeiten wahren. Ich bin ein alter Mann, meine Tage sind gezählt. Es ist die Zeit der neuen Generation, unsere war noch nicht reif dafür. Der Hang, an dem wir leben, heißt Schindelhalde. Wir stellen seit Generationen Schindeln aus dem Holz der Lärche her, die zwischen den Steinen wächst. Daher unser Name, die Schindlers. Ehemals war oberhalb unserer Hütte ein Bergwerksstollen, er ist alt und verlassen, in Teilen zusammengebrochen. Von dort haben wir die Leuchtsteine. Ich zeige Euch, wie sie zu ihrem Namen kamen.«

Der alte Schindler-Konrad legte Jakob den Stein in die Hand, blies das Licht aus und bat ihn, ihn auf die heiße Herdplatte zu legen. Nach kurzer Zeit begann er, dunkelblau zu leuchten.

Die Augen der Anwesenden wurden immer größer, einschließlich derer Benedikts. Was Marie verwunderte. Kannte er den Zauber seines Vaters nicht?

Sie wusste nicht, wie sie diesen Benedikt einschätzen sollte, musste sie ihn fürchten, oder war er nur ein Möchtegern? Was trieb ihn um? Der Alte erschien ihr eher zurückhaltend und abwartend, aber sehr wissend. Er war jemand, der nicht alles hinausposaunte. Ein eigenwilliger Schwarzwälder halt, der erst seine Meinung kundtat, wenn alle sicher waren, einen einfach gestrickten Zeitgenossen vor sich zu haben. Er war nicht am schnellen Geld interessiert. Für ihn musste etwas Sinn machen. Er erinnerte Marie an Theis.

»Bist du ein Zauberer?« Jakob klatschte begeistert in die Hände.

»Du hast doch den Stein zum Leuchten gebracht«, sagte Konrad grinsend, »dann müsstest *du* der Zauberer sein. Wie das geschehen kann, wissen wir nicht, nur dass die Steine leuchten, wenn wir ihnen Hitze zufügen. Wie du gesagt hast, Jakob, glaubten die Menschen, dass sie verzaubert oder verhext sind. Und alle Menschen, die mit Zauberei zu tun haben, sind den Würdenträgern der Kirche ein Dorn im Auge. Das musste meine Frau leidvoll erfahren.«

»Vater?«, fragte Benedikt, als erwarte er eine Erklärung.

Marie hatte das Gefühl, dass Konrad seinem Sohn ein Familiengeheimnis verschwieg. Was bewegte ihn, sich ausgerechnet jetzt zu öffnen? Sie und Jakob waren Fremde, denen man auf dem Wald mit Argwohn begegnete. Oder spielten die beiden ihr etwas vor?

Sie traute sich nicht nachzufragen, was geschehen war. Besser, man war nicht zu neugierig, Konrad könnte sich plötzlich verschließen. Die Tatsache, dass seine Frau nicht mehr lebte, musste mit dem Mineral und seiner angeblichen Zauberkraft zu tun haben.

Konrad hob ihn mit der Kohleschaufel vom Herd und legte ihn auf eine Steinplatte am Boden. Langsam verlor der Flussspat an Leuchtkraft, bis er wieder ein nahezu unscheinbarer violetter Brocken war.

Konrad entzündete erneut das Talglicht auf dem Tisch. »Man glaubt, dass die Zaubersteine den Berggeistern gehören und jeder, der sie ihnen wegnimmt, sich den Zorn der Geister zuzieht. Bergfrevel nennt man das. Genau das machen die Brüder Rupert und Johann, sie schlagen sie ungefragt aus dem Stollen, unserem Stollen. Es soll einen Glasmachermeister gegeben haben, der mit Hilfe dieser Steine eine Säure hergestellt hat, die selbst Glas ätzte. Vor einigen Tagen nächtigte im Gasthaus ein Händler aus Böhmen, aus der Gegend, in der dieser Meister gewirkt hat. Er hat behauptet, im Besitz dieser Säure zu sein. Am nächsten Tag war er spurlos verschwunden, ohne für die Nacht und die Zeche bezahlt zu haben. Ob der Berg sich gerächt hat?«

Benedikt wurde sichtlich unruhig. Vermutlich hätte er Konrads Geschwätz am liebsten gestoppt. Marie wurde den Verdacht nicht los, dass er, ebenso wie Rupert und Johann, nur am Rezept interessiert war und nicht daran, den Frevel zu unterbinden. Es schien, als wäre ein Wettlauf um die Entschlüsselung der Säure im Gange, dem Onkel Theis auf der Spur gewesen war.

Rauchende Schwefelsäure, dachte sie. Theis hatte die Zutat kurz vor seinem Ableben genannt. Was es damit auf sich hatte und wie sie zu bekommen war, entzog sich Maries Kenntnis.

Sie beschloss, die Information vorläufig für sich zu behalten. Noch konnte sie niemandem bedingungslos vertrauen.

***

Die kalte Luft tat Borromäus gut. Sie vertrieb den Brummschädel, sorgte für klare Gedanken. Er war dem Vogt und Franziska entwischt. An Schlaf war nach dem Eklat im Hause Sigwarth nicht mehr zu denken gewesen. Also war er losgelaufen, als der Glasvogt schnarchend von der Küchenbank gerutscht und am Boden liegen geblieben war. Die Töchter hatten sich in die Schlafkammer zurückgezogen. Für sie war klar gewesen: Wenn die Männer erst die Flasche auspackten, konnte es länger dauern.

Er schritt forsch voran, um den Tag zu nutzen. Das Menzenschwander Tal lag schon hinter ihm. Er wollte hoch zum Pass, so wie Marie Tage zuvor.

Plötzlich blieb er stehen und atmete tief durch. Irgendetwas passte nicht. Hatte der Glasvogt nicht angedeutet, dass jemand herumschnüffele und alles zerstöre? Das Aschenhaus sei vom Blitzschlag getroffen worden. Um diese Jahreszeit? Wintergewitter waren zwar selten, aber nicht unmöglich; dennoch – irgendetwas schien seltsam.

War es gar abgebrannt worden? Wie war Theis umgekommen? Im Feuer? Weder der Mönch noch Michael Sigwarth hatten ihm darüber Genaueres erzählt. Er habe an der Lösung des Rätsels um die Glasätzung gearbeitet, und dann?

Es musste etwas passiert sein, von dem er noch nichts wusste. Hatte es Streit gegeben? Borromäus ärgerte sich darüber, dass er nicht nachgefragt hatte.

Er beschleunigte seinen Schritt. Er und Marie waren in weitem Bogen aneinander vorbeigelaufen, er von der Westseite des Bergs nach Osten und sie entgegengesetzt. Er beschloss, nicht ins Wiesental ab- und bei Todtnau wieder nach Aftersteg aufzusteigen, was durch das Fehlen des Stegs nötig gewesen wäre. Er wollte versuchen, die Hirtenpfade über den Berg zu nehmen, um über Büreten und Todtnauberg hinunter in den Ort zu gelangen. Da der Schnee wieder geschmolzen war, dürfte der Übergang keine größeren Probleme bereiten. Bis zum Abend konnte er es schaffen.

***

Das helle Licht der aufgehenden Sonne blendete Michael Sigwarth. Er musste sich zuerst orientieren.

Seine Glieder schmerzten, er lag auf einem harten Untergrund. Sein Schädel brummte. Als er sich an der Tischkante festhielt, um sich hochzuziehen, neigte sich der Tisch unter der Zugkraft seines Gewichts.

Die leere Schnapsflasche landete dumpf auf seinem hämmernden Schädel. Michael stieß einen Schmerzschrei aus und ließ sich erneut zu Boden sinken. Er schaute in den Hals der leeren Flasche, die penetrant nach gebranntem Kirsch roch.

Ein Würgereiz überkam ihn so plötzlich, dass er, ohne auf seine Schmerzen zu achten, hochsprang, die Haustür öffnete und dem vorbeigehenden Glasermeister Raspiller, der zu seiner Schicht in die Hütte unterwegs war, vor die Füße kotzte.

»Da sieh an, unser Glasvogt scheint zu tief ins Glas geschaut zu haben. Hat Euch der Weiberhaushalt zu schaffen gemacht? Das Geschrei heute Nacht war im ganzen Dorf zu hören. Man könnte meinen, Ihr seid nicht mehr Herr im eigenen Haus, wie wollt Ihr da noch die Glashütte führen? Der Aschenbrenner tot, die Nachfolgerin verschwunden, es wird Zeit, dass wieder Ordnung herrscht im Dorf. Es muss ein neuer Aschenbrenner her.«

Michael ging an den Brunnen und hielt seinen Schädel unter den Hahn. Nahm ein paar Schlucke und streckte sich.

»Geduldet Euch ein paar Tage, bald haben wir nicht nur eine Aschenbrennerin, sondern auch noch einen Blaufärber.« Mit diesen Worten ließ er den verdutzten Glasermeister stehen.

Im Haus empfing ihn Franziska mit verschwollenem und anklagendem Gesicht.

»Wo ist Borromäus?«, fragte sie.

»Über den Berg, vermute ich, oder siehst du jemanden?«, erwiderte er unwirsch und machte eine ausladende Handbewegung.

»Vater, seid Ihr sicher, dass er wiederkommt? Und damit Marie? So, wie Ihr Euch benommen habt?« Michael stemmte die Hände in die Hüften, baute sich vor Franziska auf und schnaubte.

Sie ließ sich nicht einschüchtern und sah ihm direkt in die Augen. »Vater, Ihr stinkt. Wascht Euch, Ihr seid eines Vogts wirklich nicht würdig, da hat Thomas recht.«

Michaels Halsschlagader schwoll an, sein Kopf wurde knallrot, sogleich klatschte er Franziska seine Rechte ins Gesicht.

Sie hielt sich am Stuhl fest, stampfte mit den Füßen auf. »Es ist genug! Wenn Ihr Euch nicht benehmt, gehe auch ich über den Berg.«

Da erschien Thomas Raspiller in der Tür. »Aha, es scheint ja wirklich nicht mehr alles beim Besten. Der Vogt verliert an Macht, wie man sieht. Braucht es Hilfe? Wir Raspillers sind bekannt dafür, dass wir des Vogts Gören zähmen.« Damit spielte er auf seinen Bruder Georg an.

Franziska hob die Schnapsflasche vom Boden auf und schleuderte sie Thomas ins Gesicht. Ehe einer der beiden Männer reagieren konnte, stand Klara hinter ihr, den Stallbesen im Anschlag.

Für ein paar Wimpernschläge zögerte Michael, schaute zu seinen kampfbereiten Töchtern und dann zur Tür. Das Großmaul Thomas hatte sich verzogen. Der Boden war ihm wohl zu heiß geworden. Zuerst den Vogt kritisieren und sich anbieten, die Töchter zu erziehen, war vielleicht zu viel gewesen.

Michael ließ die Mädchen mit einem wütenden Schnauben stehen und machte sich auf in die Glashütte. Als er die Tür öffnete, erstarben die Gespräche. Die Arbeiter senkten ihre Köpfe verlegen. Sie hatten Thomas' Angriff auf den Glasvogt mitgehört.

Thomas Raspiller war bekannt für seine scharfe Zunge, noch immer haftete ihm der Hauch eines Riigschmeckte, eines Zugezogenen, an. Er war kein waschechter Schwarzwälder, sein Vater war ein zugewanderter Tiroler Glasmacher gewesen. Es dauerte Generationen, bis man im Schwarzwald heimisch wurde. Bei Streitigkeiten standen die Ureinwohner zusammen. Doch heute verhielten sie sich schweigsam. Insgeheim gaben sie Thomas recht. Sie brauchten einen Aschenbrenner, keine Aushilfe, wie Franziska eine war. Sie konnte zwar die Pottasche sieden, mehr aber nicht. Mit Marie hätte man es wagen können, obwohl keiner der Männer sich öffentlich dazu bekannt hätte, eine Frau für fähig zu halten.

Die sonst eher gesellige Truppe der Glasmacher blieb an diesem Tag bedrückt und schweigsam. Wenn Ärger in der Luft lag, ertrug man ihn und schwieg es aus. Diskussionen ergaben sich erst, wenn die Stimmung kippte, und dazu reichte meist ein Funken.

Der Funken an diesem Tag war Martha, die jüngste und unbedarfteste Tochter des Glasvogts. Sie hatte von den Querelen anscheinend nichts mitbekommen und war von ihren Schwestern geschickt worden, die Mittagssuppe für den Vater in die Hütte zu bringen.

Alle Augenpaare richteten sich auf das zehnjährige Kind, als es die Tür öffnete. Einer der Schürbuben am Boden deutete mit dem Zeigefinger am Mund, sich still zu verhalten.

Michael Sigwarth murrte, dass sie die Suppe abstellen und verschwinden solle.

Martha platzierte den Topf neben dem Ofenloch des Vaters,

wippte auf die Zehenspitzen und küsste ihn auf die Wange. »Einen lieben Gruß aus der Küche.«

Die Ruhe hielt, bis Martha verschwunden war. Nun war es wiederum die scharfe Zunge mit den Tiroler Wurzeln, die nicht einhalten konnte. Binnen kürzester Zeit brach ein Tumult aus, die Arbeiter stürmten aus der Glashütte ins Freie.

Die drei Schwestern drängten sich im Sigwarth-Haus um das Küchenfenster, um zu sehen, was passierte. Es dauerte nicht lang, bis die Ersten raufend am Boden lagen. Gefolgt vom ganzen Hüttenvolk. Sie beschimpften sich zunächst gegenseitig, schließlich feuerten sie die Raufbolde Thomas und Michael an.

»Jetzt hat sich das Gewitter endlich entladen«, bemerkte Franziska.

Kapitel 4

In der Nacht fand Marie keine Ruhe. Jakob schlief tief und fest neben ihr im Heu. Sie hingegen lauschte den fremden Geräuschen. Weit entfernt hörte sie den Wasserfall, näher am Haus schoss eine Quelle aus dem Felsen und plätscherte pulsierend in einen Brunnen. Die Ziegen scharrten unruhig. Vor allem achtete sie auf die Treppenstufen. Sie hatten geknarzt, als die Männer nach oben gegangen waren. Ein vages Gefühl sagte ihr, sie müsse auf der Hut sein, den jungen Benedikt trieb eine innere Unruhe an.

Plötzlich schreckte sie auf. War da ein Grummeln, tief in der Erde, zu vernehmen? Die Berggeister?

Ehe sie sich räumlich orientieren konnte, wusste sie, was fehlte: Der Brunnen plätscherte nicht mehr.

Gänsehaut lief ihr über den Rücken. Etwas war passiert. Die Quelle, so hatte sie von Konrad am Abend erfahren, kam aus dem Nebenarm des Stollens.

Marie lag steif da und horchte angespannt. Im oberen Stock war alles still. Sie erhob sich leise, verließ die Stallung, die von der Wohnstube nur durch den Flur abgetrennt war, und schlich um das Gebäude herum.

Der Morgen dämmerte bereits. Das Wasserrohr zum Brunnentrog tröpfelte nur noch. Eine erdig braune Brühe machte sich im sonst klaren Bergwasser des Troges breit.

Sie musterte den Berghang oberhalb der Hütte. Nebel hing in der steinigen Halde. Es regnete heftig. Von einer Brombeerhecke etwas oberhalb lief trübes Regenwasser über die glatten Granitbrocken. Etwas oder jemand musste dort die Erde aufgetreten haben.

Im Haus war noch nichts zu hören. Marie stieg ein paar Schritte den Berg hoch. Sie hielt sich mit den Händen am Gestrüpp fest und zog sich an den Steinen nach oben. An einer Stelle tat sich in der Hecke ein dunkles Loch auf, ein eisiger Luftzug traf sie. Dann hörte sie Stimmen.

Gespannt hielt sie inne. Am Eingang des mutmaßlichen Stollens tauchten zwei Männer mit verrußten Gesichtern auf. Sie führten eine Talglampe bei sich und zogen etwas Schweres hinter sich her.

Um nicht gesehen zu werden, drückte sich Marie in die Hecke, spürte die Dornen durch das dünne Unterkleid. Ihr Überrock hing noch in der Stube an der Ofenstange. Sie hatte niemanden im hellhörigen Holzhaus wecken wollen.

Was, wenn die beiden nun zu ihr herabstiegen? Es konnten nur die Brüder sein, von denen Konrad erzählt hatte. Auf die Entfernung glaubte sie, den einen schon einmal gesehen zu haben. War es Rupert? Jener angebliche Händler, der Theis das Gefäß und die Steine verkauft hatte?

Plötzlich imitierte einer der beiden den Ruf eines Uhus. Der andere stieß ihn daraufhin an, packte ihn am Kragen, ein wörtlicher Schlagabtausch folgte, den Marie leider nicht verstehen konnte.

In der Hütte regte sich etwas. Marie glaubte, ihren Augen nicht zu trauen, als Benedikt aus der Tür trat und den beiden zuwinkte. Sie biss die Zähne zusammen und drückte sich komplett in die Dornenhecke. So weit, bis sie an der Felswand dahinter anstieß.

»Und? Was hast du erreicht? Drüben über dem Berg? Wir wissen, dass du mir gefolgt bist. Wenn du das Rezept hast, rate ich dir, es mir zu geben. Dein Vater ist ein alter Mann«, sagte Rupert drohend, als Benedikt den Eingang zum Stollen erreicht hatte.

Dem Jüngeren der beiden, es musste demnach Johann sein, schien ein Licht aufzugehen. Ihm war sichtlich unwohl.

»Rupert, Johann, seid ihr wahnsinnig? Man hat die Sprengung gespürt.« Benedikt hatte die beiden erreicht.

Marie konnte die jungen Männer nun besser belauschen, da sie direkt auf dem Vorplatz des Eingangs unweit von ihr standen. Sie hatte also richtig gehört, als sie ein Grummeln im Berg vernommen hatte.

»Das interessiert niemanden, es bricht öfter ein alter Stollen ein. Erzähl«, sagte Rupert lapidar.

»Der Aschenbrenner, dem du die Waren angedreht hast, hat sich damit verätzt. Er war ein alter tattriger Mann und hat die Säure verschüttet. Du hättest ihn warnen müssen. Nun ist er tot. Ich bin mir nicht sicher, ob ihm des Rätsels Lösung geglückt ist. Er hatte etwas unter einer Bodenplatte versteckt. Ich fand leider kein Rezept. Nur Ätzversuche auf Glas«, antwortete Benedikt.

»Was?« Rupert wich die Farbe aus dem Gesicht. »Und jetzt? Du Depp!«

Benedikt grinste. »Es gibt eine junge Aschenbrennerin, sie hat ein Kind und will das Werk des Alten vollenden. Leider fehlt auch ihr das Rezept, so behauptet sie zumindest.«

»Und wo ist sie?«

»Sie schläft bei uns im Ziegenstall, mit dem Kind.«

»Dann werden wir uns ihrer annehmen.« Rupert rieb sich die Hände. »Aber zuerst müssen wir die Ware in Sicherheit bringen. Wann bist du zurückgekommen?«

»Gestern, ich habe auf die Aschenbrennerin gewartet und konnte sie abfangen, ehe sie ins Gasthaus gegangen wäre. Außer dem Alten weiß keiner, dass sie da ist.«

»Sehr gut. Der wird nichts sagen.«

Zu dritt schleppten sie den Sack weiter bergan und verschwanden bald aus Maries Blickwinkel. Das Herz klopfte ihr bis zum Hals. Sie musste weg, so schnell wie möglich. Doch wohin? Sollte sie Konrad warnen? Sie hatte ein dumpfes Gefühl, was dessen Zukunft anging. Und sie hatte sich nicht getäuscht: Benedikt schien mit den Halunken unter einer Decke zu stecken. Ob wirklich freiwillig, da war sie sich nicht sicher.

Als sie nichts mehr hörte, schälte sie sich vorsichtig aus der Hecke. Ihre Hände waren blutig, Arme, Beine und Gesicht zerkratzt. Sie schmeckte Blut, als ihr der Regen über das Gesicht lief. Zitternd rutschte sie über die nassen Felsbrocken nach unten.

Da passierte es, ein Stein löste sich, und sie polterte die letzten Ellenlängen den Hang hinunter. Direkt vor die Füße des alten Konrad und seines Hundes.

»Sag nichts, komm mit, ich muss dir etwas zeigen.« Konrad drehte sich weg. Seine Miene verriet keine Regung. Wusste er Bescheid über die Machenschaften seines Sohnes? Arbeiteten die Schindlers und Abeles gar zusammen?

Marie konnte es nicht glauben, sie hielt zumindest Konrad für besonnener. Hier stimmte einiges nicht. Ein ungutes Gefühl machte sich in ihr breit. Was konnte sie tun? Weglaufen? Dazu war es zu spät, sie wusste zu viel, man würde ihr nachsetzen.

»Pack zusammen, der Berg hat sein Geheimnis ausgespuckt. Nimm den Jungen mit«, sagte Konrad schroff.

Vielleicht sollte sie ihm vertrauen. Sie hatte keine andere Wahl.

Jakob stand fragend in der Tür. Marie raffte sich auf, besah ihr verdrecktes Unterkleid. Zum Glück hatte sie noch ihr trockenes Tageskleid über der Ofenstange. Sie zog es herunter, nahm den Bub an die Hand und verschwand im Ziegenunterstand, ihrem Nachtlager. Schnell schlüpfte sie in ihr Kleid und suchte ihre Habseligkeiten zusammen.

»Was ist passiert, Mama, warum blutest du überall? Wo warst du?«

»Ich habe die Diebe im Stollen beobachtet, dazu musste ich mich in einer Dornenhecke verstecken. Ist nicht so schlimm, wie es aussieht. Komm, Konrad will uns etwas zeigen.«

Stumm drückte der Alte jedem einen Kanten Brot in die Hand und öffnete das Ziegengatter, woraufhin die Tiere in die Freiheit rannten. Dann deutete er Marie, einen steilen, unwegsamen Pfad nach unten zu nehmen. Der Hund ging dicht hinter ihnen.

»Es muss einen Einsturz oder so etwas gegeben haben, der Brunnen war versiegt«, sagte er, als sei dies der Grund für den seltsamen Aufbruch. »Während du hoch zum Stollenschacht gegangen bist, habe ich nach dem unteren Brunnen geschaut, beim eigentlichen Grubeneingang.« Er drehte sich zu Jakob um. »Bub, du bleibst stehen und schaust, dass keiner kommt. Pfeife, wenn du was siehst. Das kannst du doch, oder? Ich lass dir auch den Hund da. Pass gut auf ihn auf. Er ist mein treuester Freund.«

Jakob nickte eifrig.

Marie und Konrad stiegen noch ein paar Stufen ab und verschwanden hinter einen Wacholderbusch.

Marie unterdrückte einen Schrei, als sie den Toten am Boden neben dem Brunnen sah. Sein Gesicht war bläulich angelaufen und aufgedunsen. Er musste länger im Wasser gelegen haben, trug keine Schuhe und weder Jacke noch Mantel. Was seltsam war, die Schuhe konnte er verloren haben, aber ohne Oberbekleidung war man zu dieser kalten Jahreszeit eher nicht unterwegs. Seine restliche Kleidung war nass und dreckverschmiert. Der Tracht nach konnte er ein fremder Händler gewesen sein.

»Der Einsturz im Tunnel muss ihn mit der Schlammlawine herausgespült haben.« Konrad deutete auf eine kleine Mure. Braunes Schmutzwasser, das unruhig in den Brunnen am unteren Stolleneingang plätscherte, zeugte von einem erst kürzlich stattgefundenen Abgang. Ein Großteil des Wassers floss neben dem Brunnen vorbei. Das Rohr hatte sich verschoben.

Konrad schob den Toten mit der Fußspitze zur Seite. Eine klaffende Wunde am Hinterkopf kam zum Vorschein. Sie war ausgewaschen, ein großes dunkles Loch verbarg sich unter dem Hautlappen.

Ehe sich Marie gegen die aufkommende Übelkeit wehren konnte, übergab sie sich.

Konrad eilte schnell um den natürlichen Sichtschutz herum und stieg die wenigen Schritte zu Jakob hoch.

»Wir kommen sofort, müssen nur noch das Wasserrohr am Brunnen richten. Sonst glauben die Leute im Dorf, wir hätten das Wasser abgezweigt. Sie müssen ihr Vieh am Brunnen tränken«, rief er ihm zu.

»Gut, ich passe auf. Du wolltest uns aber etwas zeigen.«

»Gleich.«

Konrad stieg wieder zu Marie ab, die noch bleich wie ein Leinentuch war. »Besser?«

Sie nickte sichtlich mitgenommen.

»Sieht aus, als habe ihn jemand mit dem Beil erschlagen.« Konrad rollte den Toten wieder auf den Rücken, durchsuchte dessen ärmellose Weste, die er über dem Hemd trug, und zog eine Tabakbüchse hervor. »Die braucht er nun nicht mehr. Ich werde das Kraut trocknen. Es ist zu kostbar für den Bach.« Er grinste entschuldigend.

Vor den entsetzten Augen Maries zog Konrad an den Beinen des Toten und schleifte ihn bis zum Schönenbach. Dort warf er den Leichnam in die reißenden Fluten. Es dauerte nicht lange, bis die Wassermassen ihn mitrissen. Der Regen hatte den Bergbach heftig anschwellen lassen.

»Sollen sich die Todtnauer um ihn scheren. Ich weiß von nichts. Helfen können wir dem sowieso nicht mehr, und Ärger will ich keinen. Komm.«

Marie war unfähig, etwas zu entgegnen. Ihr Kopf hämmerte. Ihre Gedanken überschlugen sich. Konrad hätte den Toten, den er angeblich vorhin erst gefunden hatte, allein entsorgen können. Niemandem wäre es aufgefallen. Warum hatte er sie zur Mitwisserin gemacht? Brauchte er eine Zeugin, eine Verbündete? Wer war der Mörder? Wusste Konrad darüber Bescheid? Hatte er nicht erzählt, dass der Händler, der im Besitz der Flusssäure war, plötzlich verschwunden sei? Der Verdacht lag nahe, dass der Tote, der sich jetzt auf dem Weg nach Todtnau befand, dieser Händler gewesen war.

»Wo wollt Ihr hin?« Sie befürchtete, dass das Trio bald aufkreuzen und ihnen Gewalt antun könnte. Dass Konrad nicht in seine Hütte zurückkehren würde, war ihr in dem Moment klar geworden, als er die Ziegen freigelassen und sie gebeten hatte, ihre Sachen zu packen.

»Wir werden meiner Schwester oben in Büreten einen Besuch abstatten. In Aftersteg wird der Boden zu heiß für Euch.«

Marie spürte einen Stich im Herzen. Wollte er ihr den Mord in die Schuhe schieben, wenn es darauf ankam?

Konrad schnitt mit seinem Taschenmesser einen fingerlangen

Haselzweig ab und ging um den Wacholderbusch nach oben auf Jakob zu. Marie wankte zitternd hinterher. Was hatte er vor? Wollte er den Jungen aus dem Weg räumen? Sie war aufgebracht, hatte panische Angst, wusste nicht mehr, wem sie vertrauen konnte. Doch Konrad hielt Jakob Messer und Zweig hin.

»Hier, ich wollte dir doch etwas zeigen. Es ist ein ganz besonderes Gehölz, das dort unten wächst. Du kannst daraus eine Flöte bauen. Nimm das Messer und pass gut darauf auf. Ich zeige dir nachher, wie es geht.«

Sie nahmen den Weg Richtung Hangloch. Auf der linken Seite des Wasserfalls führte ein unscheinbarer Pfad steil bergan.

***

»Die Jugend ist verdorbener geworden, seit sie in die Städte absteigen, wo sie das vermeintlich leichte Leben kennenlernen. Es ist nicht so, dass wir zu unserer Wanderzeit Heilige gewesen wären, uns hat das Leben jenseits der Berge auch gereizt. Unten im Rheintal, wo es wärmer ist und der Wein wächst, lässt es sich weniger beschwerlich leben. Wir hatten aber auch unsere Verpflichtungen unseren Familien gegenüber, hielten unsere Münzen zusammen und brachten sie heim. Wir wussten noch, wie schmerzhaft der Hunger sein konnte. Damals waren die Zeiten nicht so friedlich. Die Generationen mussten sich beistehen, um zu überleben. Kriegsheere sind durchgezogen und haben das wenige geraubt, das wir zu beißen hatten. Unsere Frauen geschändet und die Felder angezündet.«

Konrad schwieg, um seinen Worten Gewicht zu verleihen und Luft zu holen.

Marie antwortete nicht. Wollte man von einem Einheimischen etwas erfahren, durfte man ihn nicht bedrängen. Das Gesagte glich einer Anklage gegen die jungen Handelsburschen. Meinte er damit speziell seinen Sohn Benedikt und die Abele-Brüder?

Sie waren unmittelbar neben dem Wasserfall angelangt, der Anstieg gestaltete sich steil und war durch die Nässe gefährlich.

Konrad konzentrierte sich auf den Felsenpfad. Das Tosen der Wassermassen machte eine normale Unterhaltung von nun an unmöglich, zumal die drei hintereinander klettern mussten. Das Anbrüllen gegen die donnernde Sturzflut hätte ihre Stimmen ins Tal weitergetragen und ihren Standort verraten.

Marie versuchte, nicht zurückzuschauen. Ihr schwindelte vor der gähnenden Leere unter ihren Füßen. Sie ignorierte das Brennen ihres Knöchels unter der Belastung, achtete auf Jakobs Tritte vor sich. Einzig der Hund sprang gezielt und scheinbar mühelos von Fels zu Fels.

Konrad blieb stehen, bedeutete ihnen zu warten, schwang sich über einen Vorsprung. Marie überlegte, wie alt er wohl war. Seine Schritte wirkten leicht und sicher. Die Bewegungen waren kraftvoll und gezielt. Der Körper hingegen dürr und ausgemergelt, sein Gesicht faltig wie das eines alten Mannes. Es war offensichtlich, dass es ihm nicht immer gut gegangen war, er ein karges Dasein führte.

Wieder kreisten ihre Gedanken um das Schicksal seiner Frau. Sie hatte das Gefühl gehabt, dass er ihr gestern Abend etwas hatte sagen wollen, aber die Anwesenheit seines Sohnes ihn daran gehindert hatte.

»Jakob, reich mir deine Hand.« Konrad war nicht zu sehen, nur sein Arm erschien über dem Felsen.

Marie schob den Buben von hinten, während er von oben gezogen wurde. Sie stieg auf den nächsten Tritt und streckte ihre Hand gen Himmel. Ein Ruck, und sie standen alle auf dem Vorsprung.

Vor ihnen öffnete sich ein breites Hochtal mit wenigen verstreuten Bauernhäusern, die sich an die Bergwände duckten. Die lang gezogenen Dächer reichten bis zum Boden. Nur talseitig zeigten sie ihr Gesicht in Form einer Fensterreihe samt Eingang. Sie sahen ähnlich aus wie im Menzenschwandertal. Der Schnee der letzten Tage hatte sich bei den milderen und regnerischen Temperaturen aufgelöst oder war zu kleinen Seen auf den Feldern geschmolzen.

Die talseitige Aussicht ließ Marie erneut schwindelig werden. Etwa zwei Fuß von ihrem Standort stürzte der Stübenbach senkrecht in die Tiefe. Er klatschte auf mehreren Felsvorsprüngen auf und breitete eine Sprühnebelwand um sich. Von Weitem sah es aus, als dampfe es aus einer Felsspalte. Der Hanglochfall, wie er wegen seines weiter links gelegenen Eingangs zum großen Gauchstollen auch hieß, war um einiges überwältigender als der Wasserfall in Menzenschwand. Jakob warf einen Stein hinunter und schaute, wie er auf der ersten Felsnase aufschlug. Marie war sich sicher, dass dies sein Abenteuerspielplatz wäre, würden sie in der Gegend leben. Daher war sie froh, dass dem nicht so war. Sie hätte ständig Angst um ihn gehabt.

Über den noch sanft daherfließenden Bach, der sich durch eine Felsnase in zwei Abstürze teilte, waren Bretter gelegt, um auf die andere Seite zu gelangen. Konrad deutete hinüber.

»Dort hinten ist der Schatzstein. Er birgt das Berggeheimnis für den, der es lesen kann. Goldgräber sind schon vor Ort gewesen und haben den Boden um den Granitbrocken umgepflügt. Sie haben geglaubt, dass die Bewohner in den Schwedenkriegen ihre Schätze zu seinen Füßen vergraben hätten. Welche Schätze hätten das sein sollen? Die Menschen in den Bergdörfern sind bettelarm.«

»Warum heißt er Schatzstein?« Jakob war Feuer und Flamme, Konrad schien ihm ein würdiger Ersatz für Justus und seinen Schatzhauser zu werden. Marie fühlte sich eher an ihren Onkel Theis erinnert.

»Es sind magische Symbole eingemeißelt. Niemand kennt ihre Bedeutung. Sie sind schon sehr alt.«

»In der Alb bei St. Blasien liegt auch ein Schatzstein. Davon hat Theis immer erzählt. Ich habe ihn sogar einmal gefunden, und er hat mir den Weg in eine Höhle gezeigt.«

Jakob war in seinem Element, der Welt der Märchen und Sagen. Damals hatte er tatsächlich einen Geheimgang des Klosters entdeckt, der in die Alb mündete und eine Zeit lang das Versteck von Borromäus gewesen war.

»Zeigst du mir euren Schatzstein?« Er blickte sehnsüchtig zu Konrad hoch.

»Natürlich, aber ein anderes Mal, wenn wir trockenes Wetter haben. Wir sollten schauen, dass wir nach Büreten zu meiner Schwester kommen.«

Konrad deutete zum Waldsaum hoch, wo sich mehrere Höfe geduckt um eine Mulde scharten. Es war noch ein ordentliches Stück zu gehen, und oben hing der Nebel in den Bäumen.

***

Borromäus hatte den höchsten Punkt des Hirtenpfades erreicht, der nun im Halbrund unterhalb des Feldberggipfels verlief und die einzelnen Schutzhütten für Vieh und Herder miteinander verband. Er stand bei einem steinernen Kreuz zwischen der Todtnauer-Hütte und der des Wilhelmer Tales. An dieser Stelle musste er den Rundweg verlassen.

Er ging auf das Kruzifix zu und sprach ein kurzes Gebet. Der Wind fegte kalt über die verlassenen Hochweiden des Feldbergs. Auf dieser Höhe lag noch eine dünne Schneeschicht, die unter seinen Schritten knirschte.

Sein Weg führte nun über die Hochfläche des Stübenwasens hinunter nach Todtnauberg. Die ehemalige Bergarbeitersiedlung lag auf einer sonnigen Hochalm über dem Hangloch-Wasserfall.

Wenn er den Stübenbach links liegen ließe, müsste er direkt wieder nach Aftersteg hinunterkommen, und wenn er Glück hatte, würde er Marie dort treffen. So seine Überlegung.

Das Glück schien nahe, wieder einmal. Guter Dinge zog er los, den eisigen Wind im Gesicht.

Der späte Vormittag zauberte ein mystisches Licht, als er den Höhenkamm des Stübenwasens erreichte. Er hatte freie Sicht hinunter über die Täler und Berge. Sogar das Rheintal war zu erahnen. In der Ferne, den Vogesen zu, konnte er vereinzelte Sonnenstrahlen erkennen, die zwischen den Wolken durchbrachen. Regenschwere Nebelfahnen hingen dagegen direkt vor ihm über dem Hochtal von Todtnauberg.

Borromäus beschloss, eine Rast einzulegen, ehe die Unwetterfront ganz den Berg hochgezogen kam. Die ersten Flocken wirbelten schon um seinen Kopf. Er befand sich an der Schneegrenze.

An einem umgekippten Baumstamm hob er seine schwere Krätze vom Rücken. Sofort fühlte er sich, als könne er fliegen, so leicht war ihm. Noch immer trug er seine ganzen Habseligkeiten mit sich herum. Wo hätte er sie auch lassen sollen? Michael Sigwarth traute er nicht.

Sein Blick schweifte einmal weit im Bogen links um die Bergkette herum. Kaum zu glauben, dass er die letzten vier Tage diese ganze Strecke gegangen war.

Er fühlte sich müde und holte Brot und Rauchwürste aus dem Rucksack. Eine Wegzehrung aus dem Hause Sigwarth, von der der Vogt nichts wusste. Er hatte tief und fest geschlafen, als Borromäus sich einen Leib von der Hange, einem Brett, das hoch über dem Esstisch hing und somit für die Mäuse und Katzen unerreichbar war, genommen hatte. Dazu waren drei geräucherte Bratwürste, die im Gewölbe über dem Herd gehangen hatten, in seine Rückenkrätze gewandert. Jede Schwarzwälder Rauchküche besaß solch ein Gewölbe, wo der Rauch aufgehalten wurde, um Wurst und Speck einzuräuchern. Der abkühlte Qualm sackte im Anschluss naturgemäß etwas nach unten und suchte seinen Weg durch die Dachsparren nach außen. Dabei wurden auch noch die Balken geschwärzt und haltbar gemacht, das Ungeziefer vergrault. Selbst den Tannenrauch ließ man im Schwarzwald nicht ungenutzt entkommen.

Nachdem er sich gestärkt hatte, streckte Borromäus seine Glieder auf dem breiten Stamm aus, er fühlte sich unendlich schwer.

Dann schlief er ein.

***

Das Trio war durchnässt, als es um die Mittagszeit in Büreten beim Hof der Schwester von Konrad ankam. Es war kalt, oben am Waldrand ging der Regen bereits wieder in nassen Schneefall über. Ein paar helle Flecken in schattigen Mulden zeugten vom letzten Wintereinbruch. Die milderen Temperaturen hatten die weiße Pracht schnell abtauen lassen, zumal der Boden noch nicht gefroren war.

Wie auf dem Land üblich, stand die Tür offen, um Dunst und Feuchtigkeit aus dem Stall, der unmittelbar an den Wohntrakt angrenzte, auszuleiten. Sie hörten das Klappern der Töpfe in der angrenzenden Küche und, was noch besser war, vernahmen den Geruch von Mittagessen.

Marie mochte kaum an ihr mulmiges Gefühl in der Magengegend denken. Den Schock über den Toten hatte sie einigermaßen verarbeitet. Die anstrengende Wanderung zehrte nun an ihren Kräften.

»Hm, das riecht gut, ob wir auch was bekommen?«, fragte Jakob und sprach damit den beiden Erwachsenen aus der Seele.

Das Klappern erstarb, man hatte den Besuch wohl vernommen. Eine rundliche kleine Frau mit nach hinten geknotetem Kopftuch erschien im Hausgang. Sie hatte dieselben auffallend hellen Augen wie Benedikt. Zwar sahen sich der alte und der junge Schindler sehr ähnlich, aber Konrad hatte dunklere Augen. Die Bäuerin hob drohend einen Kochlöffel in der Rechten.

»Halt! Wer wagt es, ungebeten hereinzukommen? Ich lass den Hund los!«

Da sie im dunklen Flur gegen das eindringende Licht schaute, erkannte sie die Besucher nicht.

»Berte, ich bin's. Dein Bruder Konrad.«

»Und das Gesindel da?« Ihr Ton war keinen Deut freundlicher geworden. Misstrauisch zeigte sie mit dem Kochlöffel auf Marie und Jakob.

»Eine Aschenbrennerin von der anderen Seite des Berges mit ihrem Buben.«

»Was suchen die hier?«

»Es haben sich die letzten Stunden Dinge zugetragen, dass ich die beiden in Sicherheit bringen muss.«

»Sicherheit? Aschenbrennerin? Da stecken doch wieder dein Aberglaube und die Berggeister dahinter. Scher dich fort mit denen, ich will nichts mit deinem Teufelszeug zu schaffen haben! Das habe ich dir damals schon gesagt.«

»Die beiden wissen nichts von der Sache. Aber vielleicht ist die Aschenbrennerin in der Lage, die Ehre meiner Lisbeth wiederherzustellen.«

Marie verstand nicht, was Konrad damit sagen wollte. Mit Lisbeth schien er seine Frau zu meinen. Welche Ehre? Was hatte sie damit zu tun? Was hatte er mit ihr im Sinn?

»Die Dämonen aus dem Berg zu wecken, ist des Teufels. Ich habe das Beste für Lisbeth gewollt, darum habe ich mich an die Kirche gewandt. So konnte ich wenigstens ihre Seele retten«, schnaubte Berte.

»Du hast im besten Glauben gehandelt, das habe ich dir nie vorgeworfen, aber Lisbeth war nicht des Teufels. Sie war dabei, das Geheimnis der Leuchtsteine zu entschlüsseln, ihre Kräfte zu nutzen. Ihr Vater selig hat seinerzeit auf der Wanderschaft in Böhmen ein Mittel kennengelernt, das Glas ätzt. Dort hat man mit denselben Steinen gearbeitet, die Lisbeth und ihr Vater später im Stollen gefunden haben. Du weißt, dass mein Schwiegervater in jungen Jahren in einer Glashütte gearbeitet hat und an dieser Methode interessiert war. Und meine Frau hat ihm geholfen, weil sie eine neugierige Person war. Sie glaubte an einen Nutzen und Aufschwung für den armseligen Ort.«

»Neugierige Person! Ein wunderfitziges Fiddle! Hätte gescheiter ihren Haushalt ordentlich geführt und dir samt dem Buben was Rechtes gekocht, als mit dem alten wisslosen Mann im Schuppen zu hocken und Steine zu kochen!«

Das unehrenhafte Schimpfwort zeigte Marie, dass diese Lisbeth nicht gerade in der Gunst der Bäuerin gestanden hatte.

»Berte, halt ein. Du versündigst dich an den Toten.«

Mit einem Schlag war die Bäuerin ruhig. Ihr Gesichtsausdruck jedoch sprach Bände. Sicher schäumte sie innerlich vor Wut, dass man ihr den Mund verbat. Vermutlich war sie sehr bigott, wenn sie sich von ihrem Bruder mit dieser Androhung zum Schweigen bringen ließ, überlegte Marie.

»Hör lieber, was ich dir sage«, herrschte Konrad sie etwas lauter an. »Seit ein paar Tagen erhitzen sich die Gemüter wieder. Ein Händler aus Böhmen ist aufgetaucht. Er hatte das begehrte Mittel dabei, das Glas ätzt. Leider ist er verschwunden. Dafür sind zwei junge Männer in den Stollen eingestiegen, haben die Steine gestohlen und zum Verkauf angeboten. Wie ich heute Morgen feststellen musste, ist mein Sohn am Geschäft interessiert. Dabei wollte er ursprünglich die beiden davon abhalten, wie er mir versichert hat. Heute Nacht hat der Berg ein Opfer ausgespuckt. Offensichtlich der verschwundene Händler aus Böhmen. Böhmen, verstehst du? Berte, ich weiß mir nicht zu helfen. Die Kerle glauben, dass diese junge Frau das Geheimnis kennt.«

»Und? Kennt sie es?« Sie sprach Marie nicht direkt an, als sei sie gar nicht anwesend.

»Nein, mein Onkel, der Aschenbrenner aus Äule, hat von einem der Männer Zutaten gekauft, mit denen man das Mittel zur Glasätzung herstellen kann. Er sollte wohl herausfinden, wie man es macht. Leider ist er an den Versuchen gestorben.«

»Auch eine Teufelsanbeterin!«

»Ich will wissen, warum er zu Tode kommen konnte und woher die Zutaten stammten. Dies herauszufinden, war der Wunsch meines Onkels auf dem Sterbebett.«

Berte schien ihr so verbohrt wie der Pater Cajetano aus St. Blasien, dem sie ebenso ähnlich sah, genau wie Benedikt. Marie überlegte, ob es da eine Verbindung gab.

Die Tür der guten Stube ging auf, und heraus kam ein breitschuldiger, kräftiger Mann, der – entgegen seiner Statur – leicht vornübergebeugt war. Marie hätte nicht sagen können, ob er nur den Kopf einzog, weil die Decke des Bauernhauses sehr niedrig war, oder ob er allgemein gebückt ging.

»Was ist das für ein Gezeter hier? Willst du deinem Bruder den Eintritt verweigern? Ich bin der Hausherr, und ich bitte die Besucher herein. Soll mein Schwager seinen Wunsch mir gegenüber äußern. Wer bei diesem Wetter zu uns hochkommt, muss einen triftigen Grund haben. Und Hunger! Soll keiner sagen, dass ich jemanden in Not wegschicke. Das ist ein christliches Gebot der Nächstenliebe.«

Er sah Marie von oben bis unten mit einer seltsamen Zufriedenheit an. Sie fühlte sich unwohl dabei. Seine Musterung war auch der Bäuerin nicht entgangen. Sie verschwand in der Küchentür und schlug diese zu. Marie konnte hören, was sie sagte:

»Nächstenliebe! Mir scheint, der Herr braucht wieder eine neue Magd!«

Der Bauer zuckte entschuldigend mit den Schultern und meinte grinsend: »Meine Berte ist manchmal etwas hitzig.«

Marie verspürte auch während des Essens das Missbehagen der Bäuerin Berte ihnen gegenüber. Doch angesichts des dicken Eintopfs – sogar mit Speckwürfeln – war ihr diese ungute Stimmung im Moment einerlei. Sie und Jakob waren von der ungewohnten Kletterei über den Wasserfall und dem lang gezogenen Weg den Berg hinauf ausgehungert und müde. Nach der wärmenden Mahlzeit machte sich eine bleierne Müdigkeit in ihnen breit. Noch vor dem Dankgebet schlief Jakob auf der Stubenbank ein.

Ohne auf das Kind zu achten, begann der Bauer, der Clewi – nach Klaus – gerufen wurde, zu beten. Alle am Tisch falteten die Hände, senkten das Haupt und fielen in das leierhafte Gemurmel ein.

Die Mägde und Knechte schienen diese langen Litaneien gewohnheitsgemäß über sich ergehen zu lassen. Nicht genug, dass vor der Mahlzeit mit dem dreimaligen »Vaterunser« und dem mehrfach wiederholten »Mariengelöbnis« Genüge getan war, man dankte auch im Nachhinein ausschweifend. Auf dem Büreten schien man noch gläubiger zu sein als auf anderen Höfen. Die Zurschaustellung der Religiosität grenzte schon an Wahnhaftigkeit. Sie war Marie nicht geheuer, und sie bezweifelte, dass sie nur der Abgeschiedenheit und der Kargheit geschuldet war.

Endlich hob Clewi das Haupt, öffnete die Augen und sprach das erlösende »Amen«. Die jungen Mädchen sprangen sofort auf, trugen den leeren Suppentopf ab und verschwanden in der Küche. Die Löffel hingegen wurden am Tischtuch, Schurz oder Hosenbein abgerieben und in ein Halterbrett an der Wand gesteckt. Teller besaßen die Menschen nicht, man hatte aus einem Topf gegessen. Es war schnell aufgeräumt, und jeder ging wieder seiner Arbeit nach.

Clewi seufzte tief. Dann musterte er abschätzend seinen Besuch, als erwäge er, wer zu welcher Arbeit tauge.

»Ihr könnt vorläufig bleiben. Konrad, du nächtigst in der Kammer beim Rossknecht, das Mädchen und der Bub können zur Agnes in die Stube. Für den Unterhalt müsst ihr mitarbeiten. Du kannst Schindeln machen. Das Schuppendach muss im Frühjahr frisch eingedeckt werden. Ziehmesser und Tannenholz findest du im Holzschopf. Das Mädchen«, er sprach Marie nicht direkt an, sondern unterhielt sich mit Konrad über sie, als sei sie unmündig, »kann der alten Agnes beim Strohschuhflechten zur Hand gehen. Der Bub hilft der Barbara bei den Ziegen.«

Barbara war die Ziegenhirtin, der sie vor zwei Tagen auf dem Weg zum Steg schon begegnet waren. Ein stilles Mädchen mit hüftlangen Zöpfen und einem leichten Silberblick. Sicherlich ein Verdingkind aus einem der ärmlichen Häuser, denn keiner hatte sich ihrer am Tisch angenommen.

Agnes, ein verhutzeltes altes Weibchen, saß noch als Einzige am Ende des Stubentisches. Offensichtlich war sie nicht mehr gut zu Fuß. Marie ging zur ihr hinüber und wollte sich vorstellen, als sie bemerkte, dass die Frau eingenickt war.

»Sie hält ihren Mittagsschlaf, lass sie in Ruhe. Du kannst so lange den Frauen bei der Wäsche helfen.«

Mit diesen Worten verließ Clewi die Stube. Im Hinausgehen hielt er Marie die Küchentür auf, damit sie sich gleich an die Arbeit machen konnte.

»Wo wird bei euch die Wäsche gewaschen?«, fragte sie in die geschäftige Frauenrunde.

Drei Augenpaare starrten sie an – Berte und zwei jüngere Frauen, deren Namen sie noch nicht kannte.

»Komm mit.«

Als sie den angrenzenden Brunnengang betraten, stellte sich ihre Begleitung als Anna vor.

»Nimm dich vor der Bäuerin in Acht und frag nicht so blöd. Jemand, der die Arbeit nicht sieht, bleibt nicht lange. Die Wäsche ist schon gewaschen.« Sie deutete auf einen Holzzuber, der auf einem Leiterwagen stand. »Wir müssen sie noch spülen, unten am Bach. Komm, hilf mir ziehen.«

Erst jetzt bemerkte Marie, dass Anna in anderen Umständen war. Als sie außer Hörweite waren, fragte sie nach dem Vater des Kindes. Eine schwangere Magd war meist unverheiratet.

»Ich habe dir doch gesagt, dass man hier nicht blöd fragen soll. Der Herr gibt's, der Herr nimmt's.«

Marie blieb stehen. »Was heißt das?«

»Das wirst du noch früh genug erfahren. Hunger ist schlimmer.«

Marie ahnte, was Anna andeuten wollte. Da lag also der Hund der Bigotterie begraben. Eine unausgesprochene Sitte auf manchen Höfen war, dass die Magd Dienerin des Bauern in allen Belangen war. »Der Herr gibt's.« Sie traute sich nicht zu fragen, was Anna mit »der Herr nimmt's« meinte.

Gänsehaut lief ihr über den Rücken. »Ist das nicht eine Sünde?«

»Sünde? Du meinst, *ich* bin die Sünderin? Ich habe schon versucht, das Nachtkästchen vor die Tür zu schieben. Es nützt nichts, er kommt trotzdem rein.«

»Ich habe damit nicht dich gemeint.«

Anna sah sie entsetzt an, als sei ihr noch nie in den Sinn gekommen, dass man ihr Unrecht tat. Sie schien ihr Schicksal als gegeben anzusehen.

Der Regen hatte aufgehört. Vom Tal her lichteten sich die Wolken. Stumm gingen die beiden nebeneinander her, bis sie am Stübenbach angelangt waren. Dort war der Bach angestaut und ein kleiner Steg angelegt worden.

»Hier sind wir.« Anna versuchte ein Lächeln. »Dein Junge, hat der einen Vater?«

»Ich bin nicht die Heilige Jungfrau Maria. Kilian, ein Glashändler. Er sagte, er sei aus Aftersteg und Mitglied der Handelskompanie. Aber man hat mir erzählt, dass das nicht stimme und er aus Lenzkirch stamme. Anscheinend soll er in Freiburg im Turm sitzen. Ich habe nie wieder etwas von ihm gehört. Er weiß nicht, dass er einen Sohn hat.«

»Was sagt deine Familie dazu?«

»Meine Mutter ist in meinem Kindbett gestorben, mein Vater wollte mich verheiraten, da hat mich mein Onkel Theis aufgenommen. Er hat keine Familie. Bei ihm habe ich das Aschebrennen gelernt. Ich komme von einer Glashütte.«

»Und warum bist du hier?«

»Theis ist tot. Ich suche den Händler, der ihm ein neues Mittel zur Glasveredelung verkauft hat. Er soll von Aftersteg kommen.«

»Was willst du damit?«

»Die Arbeit meines Onkels fortsetzen.«

»Allein?«

»Man hat mir vom Kloster die Rechte zugesprochen.«

»Einer ledigen Frau?«

»Mein Onkel hat das noch zu Lebzeiten veranlasst, sein Cousin ist Sekretär in St. Blasien.«

»Du scheinst es gut getroffen zu haben.«

»Noch habe ich das Mittel nicht.«

»Wie und wo willst du es finden?«

»Wenn ich das wüsste. Konrad scheint schon davon gehört zu haben. Mehr weiß ich nicht.«

Marie hielt es für klüger, nicht zu viel zu erzählen. Anna hielt es ebenso.

***

Als Jakob erwachte, wusste er erst nicht, wo er war. Er setzte sich auf und erschrak. Eine alte Frau, die aussah wie eine Hexe, saß am Ende des Tisches. Sie lächelte ihn an. Agnes hatte nicht geschlafen, sie tat oft so, denn so kümmerte sich niemand um sie und sie erfuhr, was geredet wurde.

»Du musst keine Angst haben, Bübchen, ich tue dir nichts, deine Mutter ist unten am Bach und hilft Anna bei der Wäsche. Anna ist unsere Magd. Ich bin die Agnes, die Tante vom Bauern Clewi. Ihr werdet die nächste Zeit bei uns wohnen und auf dem Hof mithelfen. Clewi hat gemeint, dass du sicherlich Ziegen magst. Barbara, das ist das Mädchen mit den langen Zöpfen, ist unsere Geißenhirtin. Ich glaube, sie freut sich, wenn sie nicht mehr allein für die Tiere sorgen muss und du ihr Freund wirst. Sie wohnt auch hier und stammt aus dem Dörfli. Sie ist die kleine Schwester von Anna, der Vater der Mädchen ist letzten Winter gestorben. Der Bauer hat ein Herz für Menschen in Not. Er ist ein guter Christenmensch und hat sie aufgenommen.«

»Hat sie auch keine Mutter mehr?«

»Schon, aber sie sind sehr arm, musst du wissen, und wenn die Mädchen eine Arbeit und Essen haben, müssen sie weniger Hunger leiden.«

Jakob hatte schon gehört, dass es arme Menschen gab. In der Glashütte waren manchmal Bettler vorbeigekommen. Man versorgte sie mit Almosen und sagte, sie sollten dafür ein gutes Wort beim Herrgott einlegen, und schickte sie weiter. Manche waren schmutzig und machten Ärger, andere bedankten sich herzlich.

Es gab noch mehr Menschen, die ins Dorf kamen, Händler zum Beispiel. Sie waren anders, hatten Waren dabei, die sie manchmal gegen Glas tauschten. Meist blieben sie eine Nacht und zogen weiter. Oft wussten sie Geschichten zu erzählen, und es war recht lustig. Diese Fremden mochte er.

Dann kamen gelegentlich welche vorbei, die man das fahrende Volk nannte. Diese Leute sahen fremdartig aus, waren zwar auch Händler, aber man genoss sie mit Vorsicht. Theis hatte ihm gesagt, er dürfe nicht allein zu ihnen gehen, sie würden blonde Kinder gern mitnehmen und nicht wiederbringen. Jakob hatte sich daher stets vor fremden Menschen in Acht genommen. Er traute ihnen nicht.

Sicherlich war das auf dem Hof anders. Der Bauer hatte die Mädchen ja nicht mitgenommen, sondern versorgte sie mit Essen, und dafür mussten sie arbeiten. »Von nix kommt nix«, hatte Theis immer gesagt, wenn die Bettler zu aufdringlich geworden waren und nicht hatten arbeiten wollen.

»Konrad und der Hund? Sind die auch noch hier? Oder hat der Bauer sie weggeschickt?«

»Konrad ist im Schuppen, gleich neben dem Misthaufen. Er macht Schindeln. Ich denke, er bleibt auch noch ein Weilchen hier. Das Dach muss im Frühjahr neu gemacht werden. Das ist eine Menge Arbeit.«

»Darf ich zu ihm? Oder seid Ihr einsam, wenn ich gehe?«

»Ha, du bist mir ein goldiges Kerlchen, danach hat noch niemand gefragt. Geh ruhig.«

»Ich danke Euch, Agnes.«

Sie lächelte und wiegte den Kopf. Jakob hatte ihr Herz erobert. Und Jakob fand, dass sie für eine alte Hexe eigentlich ganz nett war.

Die Schuppentür stand weit offen, Konrad saß im fahlen sonnigen Lichtstrahl, der dem Regen gefolgt war und ihn etwas wärmte. Im Schuppen war es sehr kalt.

Jakob zog das Messer und das Haselästchen aus seiner Hosentasche und hielt es Konrad unter die Nase. »Du wolltest mir etwas zeigen.«

»Stimmt. Kannst du Flöte spielen?«

»Flöte? Nein.« Jakob war erstaunt, wie wollte Konrad aus diesem Stück Holz eine Flöte machen?

»Gib mir das Messer, ich zeige dir, wie man so was schnitzt. Zum Glück war es heute recht feucht. Mit einem trockenen Stück funktioniert das nicht. Am besten sind frische Ästchen.«

Jakob setzte sich auf ein Holzscheit und schaute genau zu. Konrad brach die Haselrute in ein etwa fingerlanges Stück. Er schnitzte eine abgerundete Kerbe an der Bruchstelle ein und glättete sie, bis das Ästchen an der Stelle nur noch halb so dick war.

»Siehst du, das gibt das Mundstück.«

Er nahm es an die Lippen, um Jakob den Sinn der Kerbe zu verdeutlichen. Sie schmiegte sich an seine Unterlippe.

Auf der oberen Seite des Ästchens, etwa zwei Fingerbreit tiefer, setzte er einen kleinen Schnitt durch die Rinde bis ins Holz und zog eine zweite, nicht so tiefe Kerbe in Richtung des anderen Endes, die die Größe eines Daumennagels hatte. Weiter unten schnitt er die Rinde des Ästchens einmal im Kreis herum durch. Mit dem Griff des Messers hämmerte er von allen Seiten auf das Holzstück.

»Damit lösen wir die Rinde vom Rohling«, erklärte er dem staunenden Jakob, drehte die Rinde des abgeklopften Teils vorsichtig herum und zog sie schließlich ab. Er legte sie neben den Rohling. Sie sahen fast gleich aus. Das innere Holzstück schnitt er auf dieselbe Länge wie die Rindenhülle.

»Jetzt brauchen wir noch einen Luftkanal, damit es einen Ton gibt, wenn du hineinbläst.«

Er kappte das obere Stück des Holzteils bei der geraden Kante der zweiten Kerbe ab. Nun hatte er den Rohling im oberen Drittel geteilt. Zwischen Kerbe und Mundstück schnitzte er auf der ganzen Länge ein schmales Band aus dem Holz heraus und steckte das kurze Teil wieder in den oberen Rindenteil. Von unten schob er das längere Teil des Rohlings in die Rinde und reichte dem Jungen die Pfeife.

»Blase hinein.«

Jakob tat wie ihm geheißen. Ein schriller Ton entwich dem Pfeifchen.

Konrad zog den unteren Rohling etwas aus der Rinde heraus und forderte Jakob auf, abermals zu pfeifen. Der Ton veränderte sich.

»Jetzt kannst du eine Melodie üben.«

Jakob strahlte über das ganze Gesicht. Konrad taugte wahrhaftig zum Freund, ein schwacher Trost, denn schmerzlich wurde ihm in diesem Moment der Verlust von Theis bewusst.

***

Eine kühle Brise weckte Borromäus. Seine Glieder waren kalt und steif, er musste länger geschlafen haben. Schließlich hatte er die Nacht zuvor kaum ein Auge zugetan. Er stand auf und streckte sich.

Vor ihm lag das Hochtal von Todtnauberg mit seinen Ortsteilen, die manchmal nur aus ein oder zwei Gehöften bestanden. Wie Rütte links von ihm; der Hof lag am Stübenbach, er unterstand der Talvogtei von Todtnau, genauso wie die beiden Höfe des Ennerbachs. »Rütte« bezeichnete die gerodete Fläche unterhalb des Kohlplatzes. Ennerbach hieß so, weil es vom Hauptort Todtnauberg aus *enne* – drüben –, also auf der anderen Seite des Baches, lag. Dieser am Waldsaum noch kleine Stübenbach zog die Herrschaftsgrenze durch das Hochtal.

Der eigentliche Ort Todtnauberg, Dörfli genannt, unterlag der Grundherrschaft und Gerichtsbarkeit St. Blasiens. Dazu gehörte auch der winzige Ortsteil Büreten. Er schmiegte sich in eine kleine windgeschützte Mulde oberhalb Todtnaubergs. Sein Name ging auf einen Grubenunternehmer zu Zeiten des Bergbaus zurück.

Damals hatte ein von den Grafen zu Freiburg eingesetzter Bergvogt das Sagen und die niedrige Gerichtsbarkeit gehabt. Sein Sitz war der »Herrihof« inmitten des Dorfes über dem Eingang zum Hauptstollen gewesen. Heute bestimmte ein Geschworener des Klosters St. Blasien als Gemeindeoberhaupt die Geschicke der beiden Ortsteile diesseits des Baches. Er war für die Steuern und kleineren Streitigkeiten zuständig. Die hohe Gerichtsbarkeit – der Blutbann – unterlag den Habsburgern im fernen Wien oder deren Vertretern, den Grafen von Freiburg. Dieses Gericht war weit weg. Aus diesem Grund fanden nur selten Streitigkeiten ihre Urteile unter dem Banner Vorderösterreichs. Meist reichte das Wort des Abts, um Zwistigkeiten im Keim zu ersticken. Und dies nur, wenn der Geschworene sich nicht durchsetzen konnte.

Lediglich zehn Bauernfamilien lebten noch mit ihrem Gesinde im Hochtal. Todtnauberg hatte früher Hunderte von Bergarbeitern beherbergt. Darunter waren viele Glücksritter, Diebe und lichtscheues Gesindel gewesen, wie überall auf der Welt, wenn sich unterschiedliche Bevölkerungs- und Berufsgruppen zusammenfanden.

Der Bergbau benötigte neben Bergmännern Köhler, Pocher, Schmelzer, Säumer und Bergknappen. So war überliefert, dass der Bergvogt als Bergrichter im Jahre 1504 einen Totschlagprozess – eigentlich ein Fall für das Blutbanngericht – selbst verhandelt hatte. Die Freiheiten waren unter dem Arbeitervolk größer gewesen als unter den Bauern, die im Zwing und Bann der Klöster gestanden hatten. Die Bergarbeiter und ihre Zulieferer waren Freie, also von der Leibeigenschaft befreit. Sie konnten gehen, wohin sie wollten, und waren nicht ortsgebunden.

Todtnauberg war damals ein wichtiger Handelsknotenpunkt gewesen. Das geförderte Silber brachte man mit Saumtieren auf Serpentinenpfaden hinunter nach Todtnau zur Münzstätte oder weiter zum Silbermarkt nach Schönau, manchmal gar bis Basel. Auf der Bergseite des Hochtals führte ein steiler Handelsweg hinauf zum Ratschert. Weiter über den Sattel zur Halde des Schauinsland, dann hinunter über Bollschweil nach Freiburg. Nicht nur Silber und Mineralien fanden den Weg in die Städte von Todtnauberg aus, auch Lebensmittel gelangten so auf den Berg. Das wenige Gemüse und Getreide, das in der Höhe gedieh, reichte nicht zum Überleben. Milch- und Viehwirtschaft sicherten lediglich den Grundbedarf.

Seit dem Niedergang der Bergwerke waren die Höhenlandwirte auf Nebenerwerbe wie die der Handwerkskunst angewiesen. Nach wie vor nutzten sie die Handelswege in die ertragreicheren Niederungen. Statt Silber wurden Glaswaren, Alltagsgegenstände aus Holz und immer öfter auch Uhren gehandelt.

Borromäus stand zum ersten Mal auf dem erhöhten Plateau, das den Namen Ratschert trug. Er konnte nicht wissen, dass es eine Aushubhalde des Bergbaus war. Unter seinen Füßen befand sich ein Gewirr von unterirdischen Gängen. An dieser Stelle war im Mittelalter der Eingang zum Radschacht gewesen. Eine Radstube mit einem großen Förderrad pumpte einst das Wasser aus der Bergwerksgrube und brachte das geförderte Erz an die Oberfläche. Andererseits wurden die Bergarbeiter mit Hilfe des Förderrads in den Stollen gelassen und am Ende der Schicht wieder heraufgezogen.

Der westliche Horizont wurde immer dunkler und setzte kaum noch das Bergmassiv der Vogesen gegen den Abendhimmel ab. Borromäus hatte zu lange geschlafen, um Aftersteg vor Einbruch der Dunkelheit zu erreichen. So beschloss er, sich einen Lagerplatz nahe den Siedlungen zu suchen. Er würde bei Tagesanbruch nach Marie Ausschau halten.

Er schritt ins Tal hinunter und konnte bald die Konturen des ersten Gehöfts im Büreten ausmachen. Alles schien ruhig zu sein. Etwas abseits lag ein Schuppen, für gewöhnlich der Holzschuppen. Schritt für Schritt näherte sich Borromäus dem hölzernen Gebäude, immer darauf bedacht, keinen Lärm zu machen. Man hielt in der Einsamkeit generell Wachhunde.

Das Tor war nicht verschlossen und quietschte leicht, als er es öffnete. Er hielt inne, vernahm keine Regung vom Hauptgebäude, das er nur schwach in der Dämmerung ausmachen konnte. Entweder war der Hund alt und taub, oder er lag in der guten Stube. Jeder Wachhund hätte sonst angeschlagen.

Vorsichtig schlich Borromäus in den Schuppen. Tastend suchte er einen Platz für die Nacht. Er stolperte über Holzblöcke und Handwerkszeug. Er hielt den Atem an, um zu lauschen. Nichts. Man hatte ihn nicht bemerkt.

Der Untergrund wurde plötzlich weich. Borromäus bückte sich und griff in Holzspäne. Er roch daran, sie waren frisch. Hier war jemand beschäftigt und würde morgen sicherlich früh kommen, um weiterzuarbeiten.

Erschöpft ließ er sich nieder. Die Späne waren eine gute Unterlage.

***

In der warmen Stube des Büretenhofs saßen am Abend alle zusammen. Die Töchter Albertine und Karoline traten die Spinnräder, während Berte die ungesponnene Schafwolle kartete, das verfilzte Wollvlies ausbürstete. Die Ziegenhirtin Barbara wickelte die bereits gesponnene Wolle auf ein Knäuel, die ihre Schwester, die Magd Anna, auf die Unterarme gespannt hatte. Die Knechte schnitzten neue Zinken für die Heurechen. Jakob lag am Boden und spielte mit der Katze. Marie versuchte sich im Strohflechten, wie Agnes es ihr zeigte.

In dieser Harmonie zückte Konrad seine Tabakdose, die er unten am Stollenausgang bei Aftersteg gefunden hatte. Den ganzen Mittag über hatten die Krümel zum Trocknen in der Sonne gelegen. Er lud seinen Schwager und den Rossknecht, der Ranghöchste unter den Bediensteten, zu einer Feierabendpfeife ein.

»Fragt man sich schon, woher ein so einfacher Schindelmacher eine so wertvolle Dose hat«, bemerkte Berte garstig. Sie konnte es nicht lassen, dem Bruder zu vermitteln, dass er in ihren Augen unerwünscht auf dem Hof war, samt seinem Gefolge.

Damit stieß sie nun eine Diskussion an, die Neider und Bewunderer auf den Plan rief. Jeder wollte das Kästchen betrachten und wertschätzen. Eine Silberdose mit wundervoll eingravierten Ornamenten.

»Graviert oder geätzt?«, fragte Clewi und brachte damit das Thema wieder auf den Tisch. Nicht nur Glas ließ sich ätzen, schon im Mittelalter hatten sich die Ritter die Schwertgriffe mit diesem Verfahren verschönern lassen.

»Da hat sogar jemand was reinschrieben«, sagte der Rossknecht.

»Zeig her.« Clewi griff nach der Dose und vergewisserte sich. »Da hat nicht einer irgendwas geschrieben, das ist eine Gravur. Ein Gebet vielleicht.«

Nun wollte erst recht jeder schauen, obwohl keiner des Lesens mächtig war.

Marie brannte es unter den Nägeln, die Dose zu begutachten. Sie hielt sich aber zurück, wollte niemanden mit ihrem Können vor den Kopf stoßen und vor allem keine weiteren Spekulationen heraufbeschwören. Die Frage nach dem verschwundenen Händler könnte aufkommen. Doch sie hatte die Rechnung nicht mit der Unbedarftheit ihres Sohnes gemacht.

»Fragt doch meine Mutter, die kann lesen, und ich kenne schon mindestens zehn Buchstaben.«

Mit einem Schlag war es totenstill im Raum. Mehrere Augenpaare starrten auf Marie. Sie spürte die Erwartung auf sich lasten und hielt den Kopf gesenkt.

»Stimmt das?«, fragte Clewi.

Marie nickte.

»Hat man so was schon gehört? Gibt es in den Glashütten nichts zu schaffen, dass man Zeit für solche Dinge hat? Es ist unerhört, ja sogar eine Sünde. Nur den Klosterbrüdern steht es zu, lesen zu lernen, sie müssen schließlich das Evangelium verbreiten. Zu was muss ein Weib wie du lesen können? Und wer hat die Dreistigkeit gehabt, es dir zu vermitteln?«

»Auch die Klosterfrauen sind des Lesens mächtig«, erwiderte Marie. »Meine Tante, die Priorin von Berau, hat mich unterrichtet.« Sie hob selbstbewusst den Kopf, um zu zeigen, dass dies keine Schande war.

Stille, es schien, als warteten alle auf eine Erklärung, warum die Priorin das getan hatte. Doch Marie blieb die Antwort schuldig, stattdessen öffnete sie ihre Handfläche und blickte auffordernd zur Dose. Der Rossknecht vergewisserte sich erst beim Bauern, ob er die Dose weiterreichen durfte.

Marie rückte das Kerzenlicht näher, um die verschnörkelte Schrift entziffern zu können, und las laut vor:

»Möge Gott dich behüten auf all deinen Wegen,
für Severin Ganter, Glasmachermeister,
von deiner Mutter.«

Als sie aufsah, bemerkte sie, dass Konrad die Farbe aus dem Gesicht gewichen war. Die Augen der Anwesenden hafteten an ihm, als sei er zu einem Geist erstarrt. Berte bekreuzigte sich vorsichtshalber gleich dreimal hintereinander. Schließlich taten es ihr die anderen nach.

»Wer ist Severin Ganter?«, fragte Marie.

»Severin war mein Schwiegervater. Seine Mutter starb kurz nachdem er als junger Mann nach Böhmen ging. Ich habe die Dose nie bei ihm gesehen, als er wieder heimkam. Er hätte sie doch sicherlich in Ehren gehalten.«

»Woher hast du die Dose?«, fragte Clewi streng.

»Gefunden, heute Morgen«, erklärte Konrad tonlos.

»Hast du nicht gesagt, der Berg habe ein Opfer ausgespuckt? Einen Händler aus Böhmen? Und dass dein Sohn damit zu tun hat?« Bertes Stimme klang fast hysterisch, sodass sie weitere drei Kreuzzeichen hinterherschickte.

»Ich habe gesagt, dass er sich für den Handel der Leuchtsteine interessiert hat, nicht dass er etwas mit dem Toten zu tun hat«, sagte Konrad abwehrend.

»Woher weißt du dann von dem Toten, und wo befindet er sich jetzt?«

»Der Berg hat ihn ausgespuckt, beim Viehbrunnen. Ich habe ihn dem Bach übergeben.«

»Du hast *was*?« Clewi griff sich in den Bart. »Bei Gott, das müssen wir melden. Vielleicht war es Mord. Wir müssen die Burschen befragen.«

Schuldbewusst sah Konrad von einem zum anderen.

Marie dachte an seine Worte heute früh unten am Stollenausgang: *Sieht aus, als habe ihn jemand mit dem Beil erschlagen.*

Sie sah den Toten vor sich auf der Erde liegen, vom Wasser aufgedunsen, ohne Schuhe und Mantel und mit einem Loch im Hinterkopf. Sie versuchte, sich an alles zu erinnern. Wie alt mochte der Mann gewesen sein? Sie konnte es nicht sagen. Wie war er zu der Tabakdose gekommen? Bestand eine Verbindung zu Konrads Schwiegervater? Oder hatte der Tote die Dose irgendwo gekauft? War dieser Severin so in Nöten gewesen, dass er das Erbstück seiner Mutter verkauft hätte? Konrad hatte das bereits verneint. So ein Geschenk hielt man in Ehren. Wurde sie ihm gestohlen? In diesem Falle grenzte es an ein Wunder, dass der Mann ausgerechnet in Severins Heimat gekommen war, dazu noch mit dem Diebesgut.

Das konnte kein Zufall sein, da steckte mehr dahinter. In Marie keimte ein Gedanke auf. Sie schaute in die rätselnde Runde. Noch schien keiner dieselbe Idee zu haben. Daher schwieg auch sie.

***

»Bei Gott, man hat ihn gefunden, unten in Todtnau«, flüsterte Rupert seinen beiden Kumpanen zu.

Der eine war sein Bruder Johann, der andere der Schindler-Benedikt von der Schindelhalde. Der Hungerleider, wie ihn Rupert nannte. Alle wussten, dass er und sein Vater nur überleben konnten, weil Konrad jedes Jahr eine mächtige Lärche aus seinem Steilhang opferte. Die zersägte er zu Klötzen, spaltete sie in dünne Scheite und bearbeitete sie mit dem Ziehmesser am Schnidesel, einer Vorrichtung, auf der er wie auf einem Esel saß und die eingespannten Holzschindeln mit einem scharfen Messer in Form brachte. Schindel für Schindel wurde so verarbeitet,

Hunderte, Tausende, bis man ein ganzes Dach oder eine Hausfassade eindecken konnte. Eine teure Variante, Stroh war billiger, musste aber alle paar Jahre erneuert werden. Holzschindeln hielten doppelt so lange, wobei Lärche, mit einer Lebensdauer von fünfzig bis siebzig Jahren, die anderen Holzarten um zwanzig Jahre übertraf.

Das Schindelmachen war eine langweilige und harte körperliche Arbeit, die der junge Benedikt nicht lebenslänglich übernehmen wollte. Das konnte er später immer noch, jetzt lockten neue Aussichten. Er hatte sich von der Begeisterung der Abele-Brüder anstecken lassen. Die Flusssäure, sie würde in den Glashütten reißenden Absatz finden. Nur leider war der Mann, der das Rezept kannte, tot – und derjenige, der an der Entschlüsselung gearbeitet hatte, ebenfalls.

Benedikt wurde den Verdacht nicht los, dass sein Vater etwas wusste. Der schwieg jedoch beharrlich. Es musste einen Zusammenhang zwischen dem Tod seiner Mutter und der Verarbeitung der Leuchtsteine gegeben haben. Beinahe hätte der Alte sich gestern der fremden Glasmacherin gegenüber geöffnet.

Benedikt war dem Geheimnis ganz nahe, das spürte er. Und er würde es für sich herausfinden.

Dass der Berg den Toten ausgespuckt hatte, durchkreuzte ihre Pläne. Sie durften nicht mit dem Tod in Verbindung gebracht werden. Darum saßen die drei bei Kerzenlicht im Schuppen des verstorbenen Großvaters von Rupert und Johann und beratschlagten. Das Wirtshaus hatte dafür zu dünne Wände, wie Rupert sich ausdrückte.

»Was meinen die Leute in Todtnau zu dem Toten?«, fragte Benedikt. Rupert hatte die Nachricht von einem Tagelöhner aufgeschnappt, der auf dem Heimweg vom Städtchen gewesen war.

»Totschlag. Er hatte ein großes Loch im Schädel, wie von einem Beil«, sagte Rupert.

Betretene Stille.

»W-wie kann das sein? Er war doch nur st-sturzbetrunken, als wir ihn weggeschafft haben.« Johann wurde sichtlich nervös.

Benedikt zeigte keine Regung.

»Mach dir nicht in die Hose, du Schisser«, sagte Rupert. »Wir haben den Besoffenen doch nur zur Ausnüchterung in den Stolleneingang geschleppt. Vielleicht ist er aufgewacht, hat sich verirrt und sich den Schädel bei einem Sturz eingeschlagen.«

»E-es war nicht richtig, ihm das Fläschchen mit dem Zeug abzunehmen. V-vielleicht hätten wir einvernehmlich ein Geschäft machen können«, meinte Johann.

»Der Lump hätte uns ausgenommen wie eine Weihnachtsgans. War ja offensichtlich, dass wir das Rezept unbedingt wollten. Eine Nacht im Stollen hätte den bescheidener gemacht. Wir konnten ja nicht wissen, dass der gleich umkommt. Eine kleine Abreibung hat noch keinem geschadet und hätte die Verhandlungsbedingungen verbessert«, sagte Rupert beharrlich.

»L-leider war er am Morgen darauf v-verschwunden.« Johann war noch immer aufgebracht. Die Sache hatte ihm von Anfang an nicht behagt.

»Sah so aus, als habe er sich aus dem Staub gemacht. Jetzt liegt er tot in Todtnau.« Ruperts Tonfall war demonstrativ bedauernd.

Benedikt hielt sich zurück, er war an jenem Abend stummer Zeuge vom Gelage der Brüder und dem Fremden geworden. Hatte in der dunklen Ecke gesessen und war von ihnen nicht einmal beachtet worden, er, der Hungerleider von der Schindelhalde. Jetzt war er ihnen gut genug, denn die Aschenbrennerin wusste mit Sicherheit mehr, als sie zugab. Wäre sie sonst mit einem Kind über den Berg gekommen?

Er hatte sehr wohl beobachtet, wohin sein Vater die beiden gebracht hatte. Auf dem Büretenhof waren sie vorerst in Sicherheit vor den Abele-Brüdern.

Es musste Ruhe einkehren. Darin waren sich alle einig. Ein toter fremder Händler – allzu lange würde man sich darüber nicht den Kopf zerbrechen. Nur wenige wussten, woher er gekommen war. Was er im Schwarzwald gewollt hatte, darüber hatte sich bislang keiner den Kopf zerbrochen. Ein durchziehender Händler war keine Besonderheit.

Benedikt ging bedrückt nach Hause. Die Ziegen standen am Abend wieder vor dem Stall und meckerten. Sie waren hungrig, die Natur bot nichts mehr. Stumm öffnete er ihnen das Gatter und fütterte sie.

Der Fremde ging ihm nicht aus dem Kopf. Er war den Brüdern gefolgt, als sie den Mann in den Stollen geschleppt hatten, und anschließend selbst hineingekrochen. Er hatte versucht, etwas aus dem Kerl herauszubekommen. Den Dialekt kannte er noch von seinem Großvater Severin, der immer in diese Redensweise verfallen war, wenn er von seiner Zeit in Böhmen erzählt hatte. Meist wurde er dabei melancholisch. Zum Schluss hatte er überhaupt nicht mehr darüber sprechen wollen. Bis heute wussten Benedikt und sein Vater nicht, was sie mit dem Satz, den er am Sterbebett von sich gegeben hatte, anfangen sollten:

»Bärbele, verzeih mir und gib auf den Buben acht.«

Niemand kannte eine Bärbele. Wirres Zeug eines alten wisslosen Mannes. Wirklich?

Benedikt hätte schwören können, dass der sturzbesoffene Händler im Stollen etwas Ähnliches gelallt hatte: »Meine Großmutter, das Bärbele, hat gesagt … der Schatz des Berges ist dein rechtmäßiges Erbe, gehe hin und mach dein Glück.«

Schließlich war er weiter in den Stollen gerannt. Benedikt hatte es krachen hören, dann war es still gewesen. Vermutlich hatte der Mann in der Dunkelheit seinen Schädel angerannt und war liegen geblieben, um seinen Rausch auszuschlafen.

Es wurmte Benedikt, dass er nicht mehr nach ihm gesehen hatte. Was mochte der Mann mit diesen Worten gemeint haben? Er wusste nichts über ihn, nicht einmal seinen Namen. Ob die Wirtin vom Gasthaus in Aftersteg ihn kannte?

Er fand keine Ruhe. Er zog seine Jacke über, schaute im Kanesterle, dem Küchenschrank, nach, ob noch ein paar Münzen in der Tasse waren. Steckte sie ein und lief in die Nacht hinaus.

Am Wirtshaus angekommen, hörte er schon von außen Ruperts laute Stimme. Er mochte dieses Großmaul nicht, musste sich aber noch eine Weile mit ihm verbünden, bis er das Geheimrezept kannte.

»Ein Fremder weniger in unserer heilen Welt, wem fehlt er schon?«, lallte Rupert. Er hatte schon zuvor im Schuppen genug gebechert.

Benedikt drückte sich an den Nebentisch, um nicht aufzufallen, am Stammtisch hockten nur die wichtigen Persönlichkeiten aus dem Ort. Die Hungerleider gehörten in die dunkle Ecke, wo sie keiner sah, sie aber geduldet wurden. Die Händler ließ man meist neben der Tür Platz nehmen. Dort, wo es zog, wenn die Tür ging. Willkommenskultur kannte man nicht am Berg, nur eine Überlebensstrategie. Dazu gehörte, sich nicht dem Zug auszusetzen und sich nicht den Räxer – eine Erkältung – zu holen.

Er wurde von Rupert nicht beachtet. In der Öffentlichkeit war er nicht seine Kragenweite. Er bestellte einen Krug Bier und fragte die Kellnerin Alma, worum es in der hitzigen Debatte am Stammtisch denn gehe.

»Hast du es noch nicht mitbekommen? In Todtnau unten haben sie einen Toten aus dem Bach gefischt. Der Fremde hat die Nacht vor seinem Verschwinden bei uns im Gasthof verbracht.«

»Und wer war der Mann?«

»Hm, er hat sich mir noch vorgestellt. Hösl? Ja, Severin Hösl, er hat mich gefragt, ob es im Ort jemanden gebe, der denselben Vornamen hat. Sein Großvater habe auch so geheißen. Er suche seine Vorfahren. Nein, habe ich gesagt, da sei er falsch. Ich kenne keinen Severin.« Die Kellnerin ging lachend zur Theke. Sie war vielleicht sechzehn oder siebzehn Jahre alt. Zu jung, um den alten Severin gekannt zu haben.

Benedikt nippte stumm an seinem Bier und überlegte. Es dauerte eine ganze Weile, bis er einen Zusammenhang erkennen konnte. Severin hatte sein Großvater geheißen, wie der Händler aus Böhmen. Wohin sein Großvater für eine Weile ausgewandert war. Als ihm dämmerte, dass der Tote ein uneheliches Kind seines Großvaters und dieser Bärbele gewesen sein könnte, wurde ihm ganz heiß. Hösl musste demnach ihr Geburtsname gelautet haben. Er wäre somit sein Großcousin gewesen. Der Mann war plötzlich kein Fremder mehr. Was hatte er gesucht?

Sein Herz pochte wild. Das Bier schmeckte mit einem Mal schal, er musste sich zwingen, es auszutrinken. In Gedanken rannte er dem vermeintlich Fremden im Schacht hinterher und versuchte, ihn festzuhalten und zu fragen, was er mit seiner Aussage um das Erbe gemeint hatte. Doch die Bilder verschwammen vor seinen Augen.

Benedikt kippte vornüber, alles drehte sich um ihn. Nah an seinem Ohr vernahm er Ruperts Stimme: »Schaffen wir ihn weg.«

Kapitel 5

Auf dem Büreten wandelte sich die verhaltene Gastfreundschaft in Feindschaft. Plötzlich griff eine alte Angst durch Bertes Worte um sich.

»Dein Sohn Benedikt ist das Abbild von Severin. Man weiß nicht, mit welchen Mächten er im Bunde steht und was er mit dem Unglück zu schaffen hat. Dein Schwiegervater Severin war ein Hexer, ja, das muss man einmal sagen. Er hat seltsame Zaubereien von seiner Wanderschaft mitgebracht. Deine Lisbeth war ihm hörig und hat den ganzen Hokuspokus mitgetragen. Ein Glück, dass unser Bruder Cajetano eingegriffen und dem Spektakel ein Ende gesetzt hat. So konnte er wenigstens noch ihre Seelen retten. Ihre Leiber waren schon fast tot, als er ihnen die Letzte Ölung gab. Er hat ihnen den Teufel ausgetrieben, sie im letzten Moment ihres Lebens dazu gebracht, dem Satan und dem Bösen zu widersagen.«

Marie horchte auf. Hatte sie »unser« Bruder Cajetano gesagt? Plötzlich wurde ihr klar, warum Benedikt und Berte sie so sehr an den Mönch erinnerten. Diese hellgrauen bohrenden Augen. Diese Bigotterie der Bäuerin. Sie war familiär bedingt!

Cajetano war kein unbeschriebenes Blatt in solchen Dingen. Er galt als kirchlich legitimer Exorzist. Durfte Besessene heilen, indem er mit Kreuz und Gebeten die Dämonen austrieb. Dafür war er bekannt, nicht nur in St. Blasien. Marie hatte schon schreckliche Dinge gehört. Eine Weile hatte man ihn nach einer missglückten Anwendung – das junge Mädchen war gestorben – sogar in Klausur geschickt, wie es hieß.

»Berte, hör auf.« Konrad war blass wie ein Totenhemd. Er war sichtlich mitgenommen, und Marie befürchtete schon, er würde ohnmächtig. Doch Berte fing gerade erst an.

»Oh nein, ich hör nicht auf! Die beiden haben so lange im Schuppen experimentiert, bis sie plötzlich wie von Geisterhand krank wurden und sich vor Schmerzen gekrümmt haben. Bis Raureif ihre Hände überzog. Der Satan hat sich ihrer ermächtigt. Wäre unser Bruder Cajetano nicht zufällig unten in Todtnau gewesen, er wäre zu spät gekommen. Sie hätten sich zu Dämonen verwandelt. Er hat verhindert, dass sie uns nicht als Wiedergänger begegnen.«

Die Kinder Jakob und Barbara rutschten unwillkürlich enger zusammen. Es war, als wäre es plötzlich eiskalt im Raum geworden. Keiner sagte etwas. Wiedergänger waren verirrte Seelen, die den Weg in den Himmel nicht fanden, weil sie eine Bürde mit sich trugen, die sie nicht losbekamen. Sie suchten ein Opfer, dem sie ihre Last übergeben konnten.

Marie schluckte trocken, nicht weil sie sich fürchtete, sie hatte etwas anderes herausgehört – das Geheimrezept! Die beiden hatten es gelüftet. Ob Konrad davon Kenntnis hatte?

»Der Berg hat sich noch immer gerächt, wenn man ihm sein Innerstes herausgerissen hat wie das Herz aus dem lebendigen Leib eines Tieres. Die Bergmänner sind alle jung gestorben, manche noch als Kinder. Die Menschen waren gierig und verdorben, alle wollten sie die Schätze des Berges. Sogar den Fremden, von dem du uns erzählt hast, hat er ausgespuckt. Das sollte Warnung genug sein, endgültig die Finger von diesen Dingen zu lassen.«

Betretene Stille.

Schließlich räusperte sich Clewi. »Wir wissen nicht, was mit dem Mann passiert ist. Aber eine Mordanschuldigung ist keine Kleinigkeit. Man wird uns die Ordnungshüter auf den Berg schicken. Besser, wir nehmen uns vorher der Sache an.«

»Was genau meinst du damit, Schwager?«, flüsterte Konrad tonlos.

»Ich werde gleich morgen nach den Burschen schicken. Meine Männer«, er blickte zu den stummen Knechten, die kräftig und furchteinflößend wirkten, »werden sie auf den Hof holen. Dann klären wir die Sache hier. Für heute ist genug. Geht ins Bett, ich mache noch einen Rundgang durch den Stall.«

Berte schnaubte, Anna zuckte zusammen. Marie glaubte zu wissen, wie der Rundgang endete.

***

Borromäus hatte sich im Schuppen eingerichtet, seine Augen fielen zu, seine Ohren jedoch nicht. Er hatte gelernt, seinen Gehörsinn so weit zu schärfen, dass ihm kein Geräusch entging, wenn er sich nicht in absoluter Sicherheit wiegen konnte. Er fiel in einen oberflächlichen Halbschlaf.

Plötzlich war er hellwach. Etwas tat sich drüben auf dem Hof. Es war dunkel, irgendjemand verließ das Gebäude. Leise Schritte waren zu vernehmen.

Borromäus spähte durch einen Spalt in der Holzwand. Eine kleine Person trat zum Misthaufen und urinierte. Ein Kind? Ein Junge?

Die Wolken rissen auf, der Mond schien für einen Moment hell auf die Szenerie. Ein blonder Lockenkopf! Blitzschnell zog der Himmel wieder zu, und es war dunkler als zuvor.

Borromäus starrte wie gebannt. War dieser Junge Jakob?

Er schüttelte den Kopf, als wolle er seine Sinne ordnen, die ihm einen üblen Streich spielten. Wie hätte Jakob hier oben am Büretenhof sein können. Außerdem hatte er den Buben seit zwei Jahren nicht mehr gesehen, es lebten sicher noch mehr blonde Lockenköpfe in der Gegend.

Sein Herz ließ sich nicht mit nüchternen Überlegungen beruhigen, es hüpfte vor Freude, egal wie unwahrscheinlich es war, was er soeben beobachtet hatte. Seinen Impuls, sich zum Gehöft zu schleichen und nachzuschauen, unterdrückte er, der Hund hatte sicherlich seinen Wachposten bezogen.

Das Kind verschwand in der Tür. An Schlaf war nicht mehr zu denken.

War er ihnen wirklich so nahe? Es wäre doch denkbar, flüsterte ihm ein Schmetterlingsgefühl im Bauch ein, dass Marie und Jakob bereits auf dem Rückweg von Aftersteg waren. Vielleicht hatte sie schon gefunden, was sie suchte? Ob das Schicksal wollte, dass sie sich an diesem Ort begegneten?

Er schalt sich im selben Augenblick einen alten Narren. Marie war die letzten zwei Jahre allein zurechtgekommen und davor sowieso. Vermutlich hatte sie ihn längst vergessen. Besser, man dämpfte seine Erwartungen, als enttäuscht zu werden.

Er setzte sich auf und befühlte seinen Rucksack. Irgendwo war sein kleiner Seelentröster. Er nahm einen großen Schluck und legte sich wieder hin. Hier und jetzt konnte er nichts tun. Der Bub schien unversehrt, wenn er es denn gewesen war.

Allmählich beruhigte er sich. Die Müdigkeit übermannte ihn, von weit weg hörte er ein leises Flötenspiel, als frohlockten die Engel.

Es war Jakob, der keinen Schlaf fand. Er stand traurig in der Haustür und spielte eine einfache Melodie auf seiner neuen Flöte. Betrachtete den Mond, der sich immer wieder durch die Wolken mogelte und die Landschaft in einem bizarren Licht erhellte. Er hatte Heimweh nach Äule, nach Theis, und er wünschte sich die Zeit herbei, als er im Wald auf den Schatzhauser getroffen war. Seine Mutter hatte ihm erklärt, dass der Mann aus dem Wald nicht der Geist der Glasmacher gewesen sei, sondern Borromäus hieß. Ein Freund, der sie später verlassen hatte.

Ob er ihn wiedersehen würde, oder ob er sich doch wie ein Geist in Luft aufgelöst hatte?

Vielleicht lockte ihn die Melodie? So wie früher, wenn er ihn mit Zaubersprüchen herbeigerufen hatte. Manchmal zusammen mit Justus, dem komischen Bruder von Stephanus.

***

Marie lauschte den gleichmäßigen Atemzügen der alten Agnes. Jakob an ihrer Seite schlief inzwischen tief und fest, nur sie fand keine Ruhe. Die Erlebnisse des heutigen Tages umschwirrten sie wie Immen ihren Bienenstock. Das Leben auf diesem Hof glich einem Theaterstück, eine Vorahnung sagte ihr, sie müsse sich hüten.

Die Stille der Nacht fühlte sich bedrohlich an. Bertes Enthüllungen gaben ihr zu denken. Was sie als Verwandlung zu Dämonen bezeichnet hatte, war nichts anderes als das, was sie an Theis beobachtet hatte. Die tödliche Vergiftung durch die Flusssäure. Sie spürte, sie war dem Geheimnis ganz nahe, aber auch einer Bedrohung. Es knisterte förmlich in der Luft. Etwas würde passieren, und Marie spürte, dass es Berte war, die die Steine ins Rollen bringen würde. Wenn sie Cajetano nur annähernd ähnelte, war der Wahnsinn nicht weit.

Die Worte der Magd Anna kamen ihr in den Sinn, der Rundgang des Bauern durch den Stall. Bleierne Schwere kroch in ihrem Körper hoch. Ihr Geist wehrte sich gegen weitere finstere Visionen. Die Gedanken begannen, sich zu drehen und zu einem Einheitsbrei zu zerschmelzen. Wirre Sinnbilder folgten.

Dann hörte Marie einen Schrei und setzte sich aufrecht. Hatte sie geträumt?

Den Atem anhaltend, lauschte sie in die Dunkelheit. Da war es wieder, ein Wimmern von der anderen Seite der Bretterwand. Was war dort? Sie versuchte, sich zu orientieren und sich den Baustil des Hofes ins Gedächtnis zu rufen. Es konnte nur der Heustock sein. Katzen?

Jetzt vernahm sie Stimmen, weibliche Stimmen. Sie verstand die Worte nicht, hörte aber eine strenge und eine weinerliche heraus. Anna und Berte?

Stille. Marie glaubte schon, sich geirrt zu haben, da hörte sie ein Gemurmel, das sie an die Gebetslitanei von heute Mittag erinnerte. Was geschah hinter der Wand?

Sie schob Jakob zur Seite und erhob sich. Auf leisen Sohlen erreichte sie die Tür am Ende des Flurs. Ihres Wissens befand sich dort keine Kammer mehr, es musste der Übergang zum Heustock sein.

Es war stockdunkel, sie hörte die Stimmen nun deutlicher. Jemand weinte, jemand betete.

Schließlich vernahm sie die harschen Worte: »Spring, in Gottes Namen, und mache deiner Mutter keine Schande!«

Das war Berte.

Ohne über die Konsequenzen nachzudenken, schritt Marie in die Richtung des Geschehens, erkannte Anna am Abgrund des Heustockes stehen. Dort ging es drei Stockwerke in die Tiefe bis zu den Futtergängen zwischen den Stallungen. Ein Steinboden, soweit sie sich erinnerte.

»Nein!«

Hatte sie geschrien? Die Köpfe der beiden Frauen wandten sich plötzlich zu ihr um. Mit hassverzerrtem Gesicht kam Berte auf sie zu und schleuderte ihr etwas an den Kopf. Marie wurde schwarz vor Augen.

***

Harro, Konrads Hund, reagierte als Erster. Er lag Jakob zu Füßen, winselte und öffnete die angelehnte Tür hinaus zum Flur. Mit ihm erwachte der Junge, sah das Feuer bereits zwischen den Brettern züngeln, rannte brüllend dem Hund hinterher.

Harro biss sich an einer Person fest und zerrte sie zurück. Jakob zog sie geistesgegenwärtig aus der Gefahrenzone, bis ihm jemand die Last abnahm. Es war Konrad. Der Rossknecht hob ihn hoch und lief mit ihm die Stiegen hinunter.

Vor dem Haus hatten sich mehrere Personen versammelt und bildeten eine Menschenkette. In Eimern und Töpfen schöpften sie Wasser vom Brunnen und reichten es weiter. Verzweifelt versuchten sie, das Feuer zu löschen, es war wie ein Tropfen auf dem heißen Stein. Das Kommando hatte ein großer bärtiger Mann übernommen, den Jakob auf dem Hof noch nicht gesehen hatte. Die Dunkelheit verschluckte sein Antlitz.

Frauen schrien sich Befehle zu. Clewi kam aus dem Stall und hieb auf die Tiere ein, die mit erhobenem Schwanz den brennenden Hof verließen. Die Schweine quiekten. Sie liefen in das Feuer zurück. Pferde wieherten. Alles schien auf den Beinen, und über allem tobte das Feuer mit einer gewaltigen Inbrunst und ohrenbetäubendem Getöse.

Jakob sah, dass unzählige Menschen vom Dorf herströmten, um zu helfen. Jemand legte ihm eine Decke um. Endlich entdeckte er Konrad, an einen Holzstapel gelehnt. Er hielt eine Person umschlungen. Seine Mutter! Er lief los.

Schluchzend fielen sie sich in die Arme. Hinter ihnen krachte plötzlich der Dachstuhl zusammen, nur ein paar Balken ragten noch in den Nachthimmel, wie die Gerippe eines riesigen Tieres. Einem nächtlichen Ungeheuer gleich.

Allmählich wurde es stiller, das Feuer hatte seinen Hunger gestillt. Der Hof war zu einem Aschehaufen heruntergebrannt. Ein jahrhundertealter Hof in kürzester Zeit ruiniert. Hie und da schluchzten Stimmen auf.

Clewi ging durch die Reihen und rief die Namen der Bewohner. Aus verschiedenen Ecken ertönte ein heiseres »Hier«. Bei den Namen Anna, Agnes und Berte blieb es still.

Langsam schritt Borromäus auf die kleine, dicht beieinanderstehende Gruppe zu. Kein Zweifel, er hatte sie gefunden – Marie und Jakob! Und beide schienen unversehrt.

»Schatzhauser!«, rief Jakob mit leuchtenden Augen. Er riss sich von Marie los und stürmte auf ihn zu.

Marie sah verwundert auf, da erkannte sie ihn, seine große Statur, die dunkelbraun leuchtenden Augen aus dem rußverschmierten Gesicht in der ersten Morgendämmerung. Wie in Trance löste sie sich von Konrad und ging auf Borromäus zu. Ohne Worte ließ sie sich von ihm umarmen. Tränen rollten.

»Hast du mein Lied auf der Flöte gehört?«, fragte Jakob. Er zerrte an seinem Freund und riss die beiden aus der Welt der Seligkeit.

Borromäus hob den Jungen hoch. »Natürlich habe ich dein Lied gehört. Du hast eine Flöte?«

»Ja, Konrad hat sie mir geschnitzt. Schau, ich darf sogar sein Taschenmesser benutzen.«

Jakob zog ein Messer aus seiner Hosentasche, das er mit einer Hanfschnur am Hosenträger angebunden hatte, um die Kostbarkeit nicht zu verlieren.

Konrad! Der Name fühlte sich an wie eine Speerspitze. Borromäus versuchte, sich die Enttäuschung nicht anmerken zu lassen. Wer war Konrad? Der Mann hinter ihnen? Der eben noch Marie in den Armen gehalten hatte?

Konrad kam auf sie zu und bot Borromäus die Hand. »Man nennt mich Konrad, den Schindelmacher. Und wer seid Ihr?«

»Ein alter Bekannter von Jakob. Borromäus.« Er bot seinem vermeintlichen Konkurrenten gleichsam die Hand, während er verstohlen Marie aus den Augenwinkeln beobachtete.

Schließlich sagte sie: »Konrad, Borromäus ist nicht nur ein alter Bekannter von Jakob, sondern auch ein guter Freund von mir.« Dabei leuchteten ihre Augen wie zuvor die Jakobs.

»Guter Freund?«, fragte Konrad. »Ich habe mich schon gewundert, dass du allein unterwegs bist, Marie. Eine junge und kluge Frau wie du. Wie kommt Ihr, mein Freund, ausgerechnet heute Nacht hierher?«

»Ja, das würde mich auch brennend interessieren«, sagte Marie.

Sie sahen sich um, leichter Regen hatte eingesetzt, die Menschen verteilten sich auf die umliegenden Höfe, nur Clewi saß vor dem Aschenhaufen und starrte in die glimmenden Glutnester. Er hatte in einer Nacht alles verloren.

Der Herr gibt's, der Herr nimmt's.

Und damit war nicht der Bauer gemeint.

Am östlichen Horizont wurde es heller, der neue Tag zeigte erbarmungslos das Ausmaß des Elends.

Konrad setzte sich zu Clewi. Sie starrten stumm vereint auf die rote Glut.

Marie, Jakob und Borromäus suchten Schutz im Schuppen. Borromäus öffnete seinen Rucksack und teilte seine letzten Lebensmittel mit ihnen. Jakob drückte er zwei Stücke Brot in die Hand und schickte ihn damit zu Clewi und Konrad.

Ein peinliches Schweigen kam auf, was sollte man reden, wenn man sich so lange vermisst und nun unter solch unglücklichen Umständen wiedergefunden hatte?

Schließlich begann Borromäus zu erzählen, von dem kleinen Jungen letzte Nacht, der aus dem Haus gekommen war und ihn an Jakob erinnert hatte. Und davon, dass es ihm fast das Herz zerrissen habe, weil er nicht glauben konnte, was er sah. Von dem weiten Umweg nach Äule, den er fast umsonst gelaufen war. Auch dass er den Mönch getroffen und vom Tod des Aschenbrenners erfahren hatte.

Marie berichtete ihrerseits in knappen Sätzen von den schlimmen Begebenheiten der letzten Tage und davon, wie sie zu Konrad und schließlich auf den Hof gekommen war. Dann schwiegen sie wieder einvernehmlich. Was bedeutete ihr Schicksal schon gegen das, was diese Nacht geschehen war?

Sie spürte einen Kloß im Hals, wenn sie an die Magd dachte. Erst als Borromäus nach ihrer Hand griff und sie in seiner wärmte, bemerkte sie, dass sie weinte.

»Entschuldige bitte«, flüsterte sie, »es ist alles so schrecklich. Ich habe die drei Frauen gestern erst kennengelernt, die ihr Leben in den Flammen lassen mussten.«

Mehr wollte sie nicht erzählen. Es war nicht die Zeit für Anschuldigungen. Die Trauer lähmte sie noch.

***

Als Benedikt erwachte, war es dunkel um ihn herum, kalt und nass. Er hörte Wasser tropfen. Pling, pling. Es roch nach nasser Erde. Lag er im Stollen? Wie kam er hierher?

Er versuchte, sich zu erinnern. Die Schänke, die Brüder. Hatten sie ihn hergeschleppt?

Sein Schädel hämmerte, als habe er einen über den Durst getrunken. Er fror entsetzlich. Als er sich aufsetzte, ergriff ihn ein kalter Luftzug. Das hieß, dass es zwei Öffnungen gab.

Er raffte sich mit Mühe auf, hustete und stöhnte vor Schmerzen. Der Schleim im Mund schmeckte nach Blut. Ihm war, als habe er sämtliche Rippen gebrochen.

Langsam schleppte er sich vorwärts, stützte sich an den kalten, nassen Felswänden. Plötzlich lief ihm eine Gänsehaut den Rücken hinunter. Etwas war anders. Der Luftzug hatte sich verändert. Es zog kalt von unten. Direkt vor ihm.

Er begab sich auf alle viere und tastete den Boden ab. Da, ein Loch. Ein Schacht nach unten. Er hörte Wasser rauschen. Das war zuvor nicht möglich gewesen. Es musste die Stelle sein, an der letzte Nacht der Stollen eingebrochen war und den Toten mitgerissen hatte. Die Sprengung der Brüder!

Er tastete sich eng an der Wand entlang, an der gähnenden Leere vorbei, die er nur erahnen konnte. Nach einer Weile spürte er den Luftzug wieder waagerecht, vom Ausgang her. Ihm wurde bewusst, dass man ihn absichtlich hinter dem Abgrund abgelegt hatte, in der Hoffnung, er würde bei seinem Versuch, nach draußen zu gelangen, abstürzen. Er kämpfte gegen die aufkommende Panik an und zwang sich zur Ruhe.

Allmählich erhellte sich die Schwärze, und er entdeckte in der Ferne den Ausgang als hellen Punkt. Er ging schneller, stolperte und fiel. Was war das? Wieder betastete er den Boden, fühlte einen hölzernen Schaft. Ein Werkzeug? Nein, ein Beil. Er nahm es mit.

Draußen, er stand nur wenige Mannslängen über der Schindelhütte nahe dem Dornengestrüpp, erkannte er das Beil. Damit wurden die Holzscheite gespalten, ehe man Schindeln mit dem breiten Messer daraus ziehen konnte. Es gehörte seinem Vater. Und es war blutverschmiert.

***

Marie und Borromäus saßen noch eine Weile schweigend im Bretterverschlag.

»Komm«, meinte er schließlich, »hier in der Kälte können wir nicht bleiben. Lass uns mit Clewi und Konrad beratschlagen.

Vielleicht ist es an der Zeit, nach Äule zurückzukehren, deine Schwester ist auf die Dauer mit der Arbeit überfordert. Wir können dort weiterforschen, ich werde dir dabei helfen. Versprochen. Vielleicht kommen wir im Frühjahr noch mal. Hier hat man nun andere Sorgen.«

Marie zog die Nase hoch. Das war zwar überhaupt nicht nach ihrem Plan, aber vielleicht hatte Borromäus recht. Sie mussten sich besprechen.

Rauch hing in der Luft. Die Szenerie erinnerte sie an das Aschenhaus in Äule. Es hatte aufgehört zu regnen, die Sonne kam über den Berg und blendete. Der Tag versprach, schöner zu werden als die ganze Woche zuvor. Ein irrer Kontrast.

Clewi saß nicht mehr vor dem Aschenhaufen. Von Konrad keine Spur.

Marie rief seinen Namen. Barbara kam um den Schuppen, sie hatten drei Ziegen eingefangen.

»Wo sind die anderen hin?«, fragte Borromäus.

»Sie sind schon vorgegangen, zu Konrad an die Schindelhalde. Sie waren durchnässt und durchgefroren. Ich soll euch beiden sagen, ihr sollt nachkommen.« Entschuldigend zeigte sie auf die Tiere. »Ich nehme die Geißen mit, sie haben sonst niemanden, und meine Mutter freut sich über die Milch. Wenn schon die Anna nicht mehr kommt.« Sie schniefte.

»Und wo ist Jakob?«, fragte Marie besorgt.

»Hier«, rief er vom Schuppen, »ich habe Barbara geholfen, die Geißen einzufangen.«

»Danke für die Auskunft, Barbara, dann runter nach Aftersteg.« Borromäus schulterte seine Krätze. Marie besaß nur noch, was sie am Leib trug.

Hand in Hand machten sie sich auf den Weg. Barbara trottete hintendrein, sie hatte ein Stück weit denselben Weg.

Die Totenglocke der St.-Jakobus-Kapelle läutete, als sie die letzten Häuser des Teilorts Büreten hinter sich gelassen hatten. Die Bewohner des unterhalb vom abgebrannten Hof gelegenen Todtnaubergs machten sich auf in das kleine Gotteshaus, um der

Brandopfer zu gedenken. Die vier blieben stehen, bekreuzigten sich und suchten unter den Einheimischen nach bekannten Gesichtern. Außer dem Rossknecht erkannte Marie niemanden. Sie sprach ihn an. Er meinte, dass die Töchter von Clewi wohl drüben in Ennerbach bei einer Verwandten untergekommen seien. Clewi sei mit Konrad mitgegangen. Er wünschte ihnen Gottes Segen.

Barbara blieb im Dörfli, Marie und Borromäus machten sich mit Jakob weiter auf den Weg Richtung Wasserfall.

Merkwürdig, dass Konrad ihnen nichts von seinem Aufbruch gesagt hatte. Wollte er sie und Borromäus nicht stören? Je weiter sie abstiegen, desto mehr Zweifel kamen Marie. Konnte sie Konrad vertrauen? Sie kannte ihn kaum. Es war, als verheimliche er etwas. Das Wissen um die Flusssäure oder den fremden Toten etwa? Hatte er gar etwas mit seinem Tod zu tun?

Ihr Kopf hämmerte, während sie schweigend neben Borromäus herlief.

In der Ferne, dort, wo der Hanglochfall in die Tiefe donnerte, stieg Nebel auf. Die Sonne durchdrang die dampfende Feuchtigkeit und warf einen Regenbogen über den Taleinschnitt. Links und rechts waren die Gräser mit dicken Eiszapfen versehen.

***

»Wie, die Glashütte kann nicht genügend weißes Glas herstellen? Sie haben die Abgabepflicht, so steht es im Vertrag! Ich dachte, der Aschenbrenner hat seine Nichte zur Nachfolgerin bestimmt. Kann die das etwa nicht? Bin ich einem Scharlatan aufgesessen?«

Abt Augustinus, von seiner Heilkur zurück in St. Blasien, war erbost. Hatte er doch geglaubt, in seinem Sekretär Bruder Stephanus und seinem Oberrechner Pater Cajetano würdige Vertreter zu wissen. Und nun das. Es wurde kaum noch weißes Glas produziert. Äule war bisher seine Vorzeigeglashütte gewesen, die erfolgreichste weit und breit. Manchmal hatte man zwar Ärger mit den dickschädeligen Glasmachern, weil sie versuchten, ihre Stundenuhren zu manipulieren, um mehr – am

Kloster vorbei – zu produzieren. In regelmäßigen Abständen gingen auch Beschwerden der angrenzenden Seebauern ein, weil die Holzfäller der Glashütte unerlaubt in ihren Wäldern Holz schlugen. Doch waren ihm fleißige Glasmacher lieber als ein faules Volk, das sich dem Müßiggang hingab. Er hatte stets Strafen verhängt, die jedoch immer milde ausgefallen waren.

Das Sonderrecht der Glasmacher, Bier brauen zu dürfen, führte oft zu unliebsamen Gelagen und war ihm ein Dorn im Auge. Leider war das Privileg vor seiner Herrschaft eingeführt worden. Es den Glasmachern wieder zu nehmen, hätte einen Aufstand zur Folge gehabt. Besser, man verscherzte es sich nicht mit diesem sturen und eigenwilligen Bergvolk. Denn trotz ihrer Trinkfestigkeit waren die Äulemer auf dem neuesten Stand der Glastechnik. Ein Grund, nicht so genau hinzuschauen.

Doch jetzt gingen sie zu weit. Er musste Druck ausüben. Oder ausüben lassen. Es reichte, wenn die Hotzenwälder und Hauensteiner Ärger machten und den Aufstand gegen seine gottgegebene Herrschaft probten.

»Wie ich Hochwürden schon sagte, ist der Aschenbrenner plötzlich verstorben und die Nachfolgerin auf der Suche nach einem bestimmten Händler, der es ermöglichen könnte, ein neues Verfahren einzuführen. Ihr müsst Euch nur noch etwas gedulden, Äule wird die besten Gewinne im ganzen Hochschwarzwald abwerfen.«

»Gedulden? Ich verlange die übliche Lieferung mit weißem Glas, sonst werde ich einen neuen Aschenbrenner einsetzen. Wer macht die Arbeit jetzt?«

»Die Schwester der Aschenbrennerin, sie ist leider die Einzige im Dorf, die das Pottaschebrennen beherrscht, aber das Mädchen ist erst zwölf und muss nebenbei noch ihrem Vater, dem Glasvogt, den Haushalt führen.«

»Wird Äule jetzt von einem Haufen minderjähriger Weiber regiert? Da fällt mir ein, ist Marie Sigwarthin überhaupt schon im geschäftsfähigen Alter? Meines Wissens war da eine Klausel im Vertrag. Es wird doch bei Gott einen Aschenbrenner geben.

Was macht der Vorgänger aus Grünwald? Bevor man die beiden Glashütten zusammenlegte, hatten die Grünwälder einen eigenen Aschenbrenner. Kann man den nicht einsetzen?«

»Diese Möglichkeit haben wir auch schon ersonnen«, sagte Stephanus geschäftig. »Leider ist der alte Aschenbrenner nicht mehr bei guter Gesundheit. Er ist wisslos, um es genau zu sagen.«

Einen körperlich Gezeichneten hätte Augustinus vielleicht noch zur Arbeit zu nötigen versucht, aber einen wisslosen alten Mann, das würde er sich nicht trauen.

»Hochwürden, mit Verlaub, ich werde mich um die Angelegenheit kümmern, vielleicht ist Marie ja schon wieder zurück und die Arbeit kommt in die Gänge. Waldglas wird im vollen Umfang produziert. Nur mit der Pottasche zur Reinigung des Grünstichs hapert es momentan.«

»Was heißt hier, es hapert?« Cajetano mischte sich nun ein. »Es wurde lediglich die Hälfte der Abgaben geliefert. Da muss ich Abt Augustinus recht geben, so kann es nicht weitergehen mit dem Weiberhaufen in Äule. Wäre gelacht, wenn wir keinen Aschenbrenner bekämen. Es fragen immer wieder Glasmacher aus der Tiroler Gegend an, den Nächstbesten werde ich mir genauer ansehen.«

»Gut, bringt das in Ordnung, nächsten Samstag will ich die komplette Lieferung, sonst entziehe ich den Äulemern die Schanklizenz. Sagt ihnen das, das wirkt. Und jetzt bringt mir ein Viertele von dem guten Rebensaft, den ich mitgebracht habe. Eine neue Weinsorte, die dem Herzen guttun soll. Sagt man im Markgräflerland. Ich muss mich ein wenig schonen, meine Gesundheit verträgt diese Aufregungen nicht mehr«, sagte Augustinus versöhnlicher.

Der Abt beobachtete, dass Stephanus in die Küche lief, wo dessen Bruder Justus normalerweise aushalf.

»Stephanus, du altes Schlitzohr, wusste ich es doch, schickst deinen Bruder vor, den Glasvogt zu warnen«, sagte er halblaut zu sich selbst und goss sich einen weiteren Becher ein. »Das werde ich dir zu vergällen wissen.«

Mit der Rückkehr des Abtes von seiner Bäderkur waren auch zwei Fässer Wein der Sorte Chasselas, die man in französischen Gebieten auch Fendant und im süddeutschen Raum Gutedelrebe nannte, nach St. Blasien gelangt. Dieser Rebensaft soll einst, so die Überlieferung, um 1523 vom Botschafter des Königs von Frankreich aus Konstantinopel eingeführt und zunächst nur in Burgund kultiviert worden sein. Seit einigen Jahren fand er im Markgräflerland immer mehr experimentierfreudige Anbauer. Dass im Unterland die Reben gediehen, hatten schon die Römer herausgefunden und sich dort niedergelassen.

Als Stephanus in die Stallungen kam, um sein Pferd zu satteln, musste er feststellen, dass Cajetano dieselbe Idee hatte. Auch er stand bereit für den Ritt nach Äule.

Im fahlen Licht ritten die zwei ungleichen Mönche gen Norden der Glasmachersiedlung zu. Augustinus war es einerlei, dass beide im Skriptorium fehlten. Hauptsache, der Glasofen spuckte das edle weiße Glas aus, das das Kloster mit sechsfacher Gewinnspanne an die Herrschaftshäuser veräußerte. Das wenige, das die Glasträger verkaufen durften, war vorwiegend billiges grünes Waldglas, Tongeschirr und ab und an weißes Glas minderer Qualität. Dass sie sich nicht immer daran hielten, war auch im Kloster ein offenes Geheimnis.

Der Winter hatte es sich nochmals überlegt und zum Rückzug geblasen, dafür herrschte tristes Herbstwetter. In dicken Wollumhängen eingepackt, nahmen sie die Umgebung nur vage wahr. Jeder hing seinen Gedanken nach. Daher bemerkte auch keiner den hungrigen Begleiter im Wald, der seit einiger Zeit unsichtbar neben ihnen lief.

***

Benedikt zitterte vor Kälte, Angst und der Erkenntnis, dass im Stollen über seinem Elternhaus ein Verbrechen stattgefunden hatte. Die Ermordung eines vermeintlich fremden Händlers, der in Wahrheit ein Familienmitglied auf der Suche nach seinen

Wurzeln gewesen war. Mit dabei eine Substanz, um die sich seit einigen Tagen alles drehte: Flusssäure.

Ihm schwirrte der Kopf.

Welche Rolle spielte sein Vater? Hatte er den Fremden gekannt? Warum war sein Beil im Stollen? Weshalb beschützte er die Aschenbrennerin? Glaubte er, sie könne ihm zum Geheimrezept verhelfen, oder kannte er es gar, so wie er wusste, wie man die geheimnisvollen Steine zum Leuchten brachte?

Die Brüder Abele, vor allem Rupert – warum hatten sie ihn letzte Nacht in den Stollen geschleift? Sollte er das Beil finden, wollte man ihn gegen seinen Vater aufbringen? War geplant gewesen, ihn in den dunklen Abgrund stürzen zu lassen?

Am Eingang des Stollens angekommen, glaubte Benedikt Stimmen zu hören. Instinktiv duckte er sich und kroch ins Brombeergestrüpp, wie Marie tags zuvor. Das Beil hielt er fest umklammert.

Rupert und Johann kamen von oben und ließen sich am Seil an den Felsen herunter. Sie gingen, wie erwartet, in den Stollen. Ihre Schritte verhallten. Stille.

Lange geschah nichts. Dann vernahm Benedikt weitere Stimmen, sie kamen vom Wasserfall. Von seinem Standpunkt aus war das Rauschen des Wassers gedämpft. Zwei, vielleicht drei Personen konnte er auf dem Pfad oberhalb des zerbrochenen Stegs ausmachen. Die Kaskade hatte im Laufe der Jahrtausende einen Einschnitt ins Gelände geschaffen.

Im selben Moment hörte er die abgehackten Worte der Brüder, die vom Stollen nach draußen gelangten.

»Büretenhof … abgebrannt … drei vermisste Personen …«

Büretenhof? Der Hof seiner Tante? Waren die drei, die vom Wasserfall her kamen, die Vermissten? Leuchtsteine, Geheimrezept, Mord und nun auch noch ein abgebrannter Hof – die Dinge überschlugen sich. Wer war sein Vater wirklich?

Benedikt, der gern dazugehören, nicht immer in der Hungerleiderecke im Gasthaus sitzen wollte, hatte das Gefühl, den Boden unter den Füßen zu verlieren. Ins Nichts zu stürzen.

»Weg«, sagte Rupert, der nun nahe am Ausgang sein musste, »auch das Beil ist verschwunden.« Er kam unweit von Benedikt aus dem Berg, löschte die Grubenlampe und trat ganz heraus.

»U-und wenn er davongelaufen ist und uns m-meldet?«

Das war die zögerliche und ängstliche Stimme Johanns, der keine eigene Meinung hatte und seinem großen Bruder nacheiferte. Genau wie er es immer getan hatte.

»Hör auf zu greinen wie ein kleines Kind. Das Beil ist vermutlich mitsamt diesem Schindler-Hungerleider auf dem Weg nach Todtnau, unterirdisch.«

***

Bruder Stephanus' Pferd scheute als Erstes, daraufhin blieb auch Cajetano stehen.

Stephanus legte seinen Zeigefinger an den Mund. Gebannt lauschten sie in den Wald.

Das Unterholz knackte, kurz darauf sahen sie einen dunklen Schatten, einen Bären. Keine zwanzig Schritte entfernt. Ungewöhnlich, denn zu dieser Zeit hielten die Tiere meist schon Winterruhe.

Auf alles gefasst, trieben die Klosterbrüder ihre Pferde langsam rückwärts. Eine schnelle Kehrtwende hätte das Tier im Wald aufgeschreckt und zum Angriff animiert. Braunbären waren erstaunlich schnell.

Der Bär schaute zu ihnen, machte aber keinerlei Anstalten, sie zu attackieren. Die beiden hatten den Abstand inzwischen verdoppelt. Das Tier zog seine Hinterläufe nach, und als es aus dem Dickicht kam, sahen sie den Schaum vor seinem Mund. Es war krank.

»Die Wutkrankheit«, flüsterte Stephanus.

In der Regel griffen die erkrankten Tiere an und bissen wütend um sich. Ein Biss verhieß eine Ansteckung, die mit dem Tod endete. Dieses Tier schien schon im Endstadium zu sein. Gang- und Schlucklähmungen hatten bereits eingesetzt.

»Ein Dämon hat von ihm Besitz ergriffen«, flüsterte Cajetano zurück.

Ehe Stephanus reagieren konnte, rutschte der Pater vom Pferd und lief mit erhobenem Kreuz – das normalerweise um seinen Hals hing – auf das Tier zu.

»Neiiin!«, rief Stephanus.

Der Bär stellte sich drohend auf seine Hinterbeine, zauderte und fiel zur Seite.

Weder Cajetano noch Stephanus hatten den Schuss gehört. Erst als der klösterliche Oberförster Jos aus dem Unterholz kam, sahen sie den blutigen Einschuss im dicken Pelz des Tieres.

»Pater Cajetano!«, rief Jos zornig. »Seid Ihr des Wahnsinns?«

Cajetano stand mit erhobenem Kreuz und starrem Blick vor der Szenerie, als habe er nicht begriffen, was soeben passiert war.

Stephanus war nun auch abgestiegen, erreichte Cajetano und riss ihn an den Schultern herum. Unvermittelt klatschte er ihm die Rechte ins Gesicht.

»Ihr hättet uns dem Tod ausgeliefert!«, brüllte er seinen Mitbruder an, ehe er Jos die Hand reichte. »Tausendfachen Dank! Ihr habt uns das Leben gerettet.«

Jos erwiderte den Händedruck und fluchte leise, aber wütend in seinen Bart. Dabei schüttelte er anhaltend den Kopf über so viel Dummheit.

Cajetano schien neben sich zu stehen und die Gefahr, in die er sich und Stephanus gebracht hatte, nicht zu realisieren. Er murmelte ein Gebet. War sein Geist verwirrt? Vernahm er Wahnbilder?, fragte sich Stephanus irritiert. Es wäre nicht das erste Mal gewesen, dass er in einen kritischen Geisteszustand rutschte.

»Helft mir, dürres Geäst zusammenzutragen, wir müssen den Kadaver verbrennen, ehe ein Wildtier davon frisst und die Krankheit verbreitet. Wir hatten die letzten Jahre Ruhe vor der Wutkrankheit, nach dem Dreißigjährigen Krieg soll es viele erkrankte Wölfe und Füchse gegeben haben. Sie sind in die Dörfer gekommen und haben Schafe und Federvieh gerissen. Viele

Menschen haben damals ihr Leben gelassen. Damit ist nicht zu spaßen.« Jos schaute wütend zu Cajetano, der stumm auf einem Baumstumpf saß.

Die Männer ließen ihn sitzen und machten sich daran, ein großes Feuer zu entfachen. Sie schichteten Reisig über dem toten Leib auf. Kurz darauf loderten die Flammen.

Stephanus bekreuzigte sich.

Jos tat es ihm gleich. »Ihr solltet ihn zurück ins Kloster bringen«, sagte er und nickte dabei in Richtung Cajetano.

»Ich denke, Ihr habt recht.«

***

»Sch-schau doch«, flüsterte Johann, stieß seinen Bruder an und deutete auf den Flüchtenden vor ihnen. »Benedikt lebt.«

Diesen überkam Panik, er rutschte – das Beil noch in der Hand – auf dem Hosenboden zur Hütte hinunter, stürmte blindlings in die Behausung und legte den Balken von innen vor die Stalltür. Erst als er in der kleinen Wohnstube war, erkannte er die Personen im Raum, seinen Vater und Clewi.

Erschrocken zuckte er zusammen. »Was macht ihr hier?«

»Das könnten wir auch dich fragen, du siehst aus, als seist du einem Schlägertrupp entkommen«, sagte Konrad. »Und das Beil? Es ist blutverschmiert. Hast du etwas zu beichten?«

»Nein, nein, ich nicht! Sie sind oben am Stollen! Sie haben den Händler …«, keuchte Benedikt und ließ das Beil zu Boden gleiten.

Konrad stieß ihn zur Seite, zog den Balken zurück, öffnete die Tür und sah zum Stolleneingang hoch. Dort standen die Brüder siegessicher, die Arme verschränkt.

»Hei, Alter«, brüllte Rupert herunter, »wir haben deinen Buben im Stollen gefunden. Und schau mal, hatte er nicht ein Beil dabei? Sieht ganz so aus, als hättest du ihn zum Mörder erzogen. Hat wohl dem besoffenen Händler das Licht ausgepustet, vermutlich wollte er den Handel selbst machen und jetzt noch schnell das Mordwerkzeug entsorgen. Schade, dass wir ihn dabei erwischt haben. Oder hat er gar in deinem Auftrag gehandelt? Das Spiel ist aus, es sei denn …«

»Was?«, rief Konrad, sichtlich blass geworden.

»Das Rezept.«

Danach ging alles ganz schnell. Auf demselben Weg wie Benedikt rutschten die Brüder von oben zum Hintereingang der Hütte hinunter. Rupert stieß Konrad zu Boden, verschaffte sich Zugang zur Wohnstube, sein Bruder folgte ihm. Rupert hob das Beil vom Boden auf und reichte es Johann. Dann deutete er zum Fenster, Jakob kam auf die Schindelhütte zugerannt.

Blitzschnell öffnete er die Tür, ergriff wortlos das verdutzte Kind, hielt ihm ein Messer an die Kehle und schrie Benedikt an: »Wenn dir dein Leben und das der anderen lieb ist, lauf und fange die Aschenbrennerin ab, das ist deine letzte Chance. Sie wird bald auftauchen und ihren Sohn suchen. Wir wollen nur das Rezept, sag ihr das. Mach schon, du Idiot!«

Jakob liefen die Tränen. Johann fuchtelte wild und unkontrolliert mit dem Beil in der winzigen Wohnstube herum. Er mimte den Aufpasser, dabei war er so aufgeregt, dass er sich beinahe selbst verletzte.

Clewi saß bleich wie ein Betttuch am Tisch, Schweiß rann ihm an den Schläfen herunter. Er atmete tief und schwer. Das war eindeutig zu viel Aufregung für den armen Büretenbauern, ein wahrlich schwarzer Tag in seinem Leben.

Benedikt schaute von einem zum anderen und stolperte los, als sei der Teufel hinter ihm her.

»Das kann eine Weile dauern«, sagte Konrad, um die Situation zu beruhigen. »Sicherlich hat Marie uns noch in Todtnauberg gesucht. Wir haben uns beeilt, hierherzukommen. Seht euch den Bauern an. Er ist herzkrank.« Besorgt blickte er zu seinem Schwager.

»Oben werden sie eine Messe für die Brandopfer lesen, lasst wenigstens den Jungen so lange los.«

»Ha, du glaubst wohl, ich bin blöd, er ist mein Pfand.«

Zur Bestärkung seiner Worte drückte Rupert das Messer näher an Jakobs Gurgel. Der schluckte, sein Tränenfluss stockte. Es sah aus, als steige die Wut in ihm auf. Wie die Schatten von den gegenüberliegenden Bergen, die allmählich am Schindelhang hochkrochen und es merklich dunkler in der Stube werden ließen.

Aus den Augenwinkeln erkannte Konrad zwei Personen, die vom Wasserfall kamen. Sein Sohn Benedikt schob Marie wie eine Gefangene vor sich her. Wo war Borromäus, ihr Freund?

Als Erster entdeckte Johann das ungleiche Paar, seine Züge entspannten sich. Die Rechnung schien aufzugehen, er nickte seinem Bruder zu. »S-sie kommen«, sagte er aufgeregt.

»Gut, jetzt kann's losgehen«, antwortete Rupert.

Konrad trat zur Tür, nicht ohne sich bei Rupert rückzuversichern, dass dies in Ordnung war.

Die beiden Ankömmlinge waren nun wenige Schritte von der Hütte entfernt. Marie wirkte ängstlich, Benedikt entschlossen. Er suchte den Blickkontakt zu Konrad, sie sahen sich wie zwei Kontrahenten in die Augen. Fast unmerklich zuckte Benedikts Mundwinkel. Dann stellte er sich so, dass die Geiselnehmer im Haus seinen Gesichtsausdruck nicht erkennen konnten.

»Vater«, rief er entschlossen, »dein Spiel ist aus! Wir wissen, dass du und sie hier«, zur Bekräftigung seiner Worte drückte er Maries Arm fester auf den Rücken, »ihr beide, das Rezept habt. Her damit, oder die Berggeister verschlucken noch mehr Opfer.«

Konrad stockte der Atem. War das sein Sohn? Spielte er seine Rolle perfekt, oder hatte er sich ein weiteres Mal von Rupert kaufen lassen? Dann registrierte er, wie Benedikt für den Bruchteil eines Wimpernschlags sein Kinn leicht hoch zum Stollen reckte, zwinkerte und im harschen Tonfall rief: »Ihr könnt mit dem Kind rauskommen!«

Rupert schob den wieder heftiger weinenden Jakob vor sich her zum Eingang.

Unbeobachtet hob Konrad seinen Kopf. Dort am Stolleneingang stand Borromäus!

***

Die Dunkelheit hatte sich bereits ausgebreitet, als Bruder Stephanus und Pater Cajetano, der zusammengesunken in seinem Sattel saß und unaufhörlich betete, im Klosterhof ankamen. In einigem Abstand gefolgt vom klösterlichen Oberjäger Jos. Der Stallbursche eilte ihnen entgegen und griff nach den Pferden.

»Bruder Stephanus«, sein Blick fiel auf den entrückten Pater, »was ist passiert?«

»Ein Bär.«

»Zu dieser Jahreszeit?«

»Er hatte die Wutkrankheit.«

Der Stallbursche machte einen Schritt zurück, von den Alten hatte er von dieser schlimmen Krankheit gehört, auch davon, dass die erkrankten Wildtiere die Menschen anfielen und ansteckten. Eine tödliche Seuche. Ängstlich schaute er zu dem verwirrten Pater auf.

»Hat er …?«

»Nein«, beruhigte ihn Jos, »ich konnte den Bären rechtzeitig erlegen. Wir haben den Kadaver verbrannt. Es droht keine Gefahr.«

Der Junge bekreuzigte sich und nahm die Tiere in Obhut.

»Aber der Pater …«, flüsterte er Stephanus zu. »Was ist mit ihm?«

»Er glaubt, einem Dämon begegnet zu sein. Er fürchtet sich vor dem Teufel und kann sich nur mit Gebeten befreien. Hilf mir, ihn in seine Zelle zu bringen. Ich werde den Abt informieren.«

Jeder im Kloster wusste, dass Cajetano eine besondere Aufgabe hatte: Er war von Rom bemächtigt, Besessene zu heilen, den Teufel auszutreiben. Eine sehr gefährliche Bestimmung, denn der Dämon konnte überspringen und sich des Auszutreibenden bemächtigen.

Beklommen beäugte der Stallbursche den Pater, der sich anstandslos zu seiner Zelle geleiten ließ. Er war sichtlich erleichtert, als sich die Tür hinter Cajetano schloss.

Stephanus legte von außen den Riegel um. Das durfte eigentlich nur der Abt, aber die außergewöhnliche Situation erforderte diese Maßnahme.

»Ich danke dir, du kannst wieder zu deinen Pferden gehen«, sagte er. »Schicke mir den Oberjäger und sage ihm, wir treffen uns beim Studierzimmer des Abtes.«

»Ja, Bruder, das werde ich.« Der Stallbursche drehte sich um und suchte so schnell wie möglich das Weite.

Da hörte er Stephanus rufen: »Halt!«

Er hielt inne und drehte sich langsam um. Sein Herz pochte bis zum Hals.

»Kein Wort zu niemandem, hast du mich verstanden?«

Der Junge schluckte zweimal, seine Stimme versagte aus Furcht, er nickte und rannte davon, als sei der Leibhaftige ihm schon auf den Fersen.

Stephanus ging bedächtig den Kreuzgang entlang, die spärlichen Talglichter flackerten in ihren Halterungen in der Wand. Es war still, nur seine Schritte hallten an den Steinwänden wider. Ein leichter Wind kam auf, als er um die Ecke bog.

Die Flammen warfen bizarre Schattenfiguren an die Decke. Stephanus blieb stehen, seine Aufmerksamkeit galt dem kreuzförmigen Gewölbe über ihm. Er hatte das Gefühl, als verfolgten ihn jenseitige Geistwesen. Ein Schauer lief ihm über den Rücken, gepaart mit einem unguten, dumpfen Grummeln in der Magengegend. Er konnte nicht sagen, was es war, aber es fühlte sich bedrohlich an.

Wie ein Geistesblitz sah er plötzlich das Gesicht der jungen Aschenbrennerin vor sich. Die Bedrohung verstärkte sich. Konnte es sein, dass er Unheil spürte? So etwas durfte er nicht glauben, das war Aberglaube, Zauberei! Hatten Cajetanos Dämonen seinen Geist vergiftet?

Er schüttelte sich heftig, als wolle er die unheimlichen Wesen abwerfen, die auf seinen Schultern zu hocken schienen und ihm wirres Zeug einflüsterten.

Im selben Moment hörte er den schrillen Schrei einer Schleiereule. Eine nachtaktive Jägerin, die ihre Beute lautlos verfolgte und über ein brillantes Gehör verfügte. Sie hatte ein atemberaubendes Gespür, im richtigen Augenblick zuzuschlagen. Die Schleiereule galt von jeher als Grenzgängerin zwischen den Welten, dem Diesseits und dem Jenseits. Man sprach dem Tier besondere Fähigkeiten zu – Intuition, Weisheit und Einsicht.

Stephanus war ein praktisch veranlagter Mensch. Er hatte sich nie der höheren Geisteswissenschaft zugewandt. Umso verwirrter war er nun. Was hatten diese Dinge zu bedeuten? Welche Mächte rüttelten an ihm? Er hatte die Furcht in den Augen des Stallburschen registriert und sie bis eben als Aberglauben abgetan. Nun griff die Angst auf ihn über. War es der bäuerliche Volksglaube, der irgendwo tief in seinem Innern verankert war? Von seinen Vorfahren eingepflanzt? Oder gehörte diese Gabe zum Menschen? Wurde von der Kirche nur versucht, sie auszumerzen?

Je mehr er über das eben Erlebte nachdachte, desto absurder kamen ihm seine Gedanken vor.

Es war nur eine Anwandlung von Schwäche, beschwichtigte er sich selbst, die Müdigkeit narrt dich mit wirren Sinnbildern. Er war kein bigotter Eiferer wie sein Mitbruder Cajetano.

Stephanus atmete tief durch, um im Hier und Jetzt anzukommen, schaute sich nach dem fehlenden Oberjäger um und klopfte schließlich am Studierzimmer des Abtes an. Vielleicht war Jos schon eingetreten.

***

Schritt für Schritt schob Rupert Jakob vor sich her ins Freie. Dicht gefolgt von Johann, mit hocherhobenem Beil, als wolle er im nächsten Moment zuschlagen. Er stand bedrohlich nahe bei

Konrad und schien nur auf ein Kommando zu warten. Einzig Clewi, dem es nicht gut ging, blieb im Haus zurück.

Die Brüder bogen mit ihrer Geisel langsam um die Hausecke, wo sie aus der Deckung des Dachvorsprungs kamen und Benedikt mit Marie besser sehen konnten. Konrad folgte ihnen im sicheren Abstand.

»Jakob!«, schrie Marie, als sie das Trio sah. »Lasst meinen Jungen los! Ihr habt mich, gebt das Kind frei! Mörderbande!«

»Das kannst du sofort haben, Aschenbrennerin, du muss uns nur die Rezeptur von deinem Onkel preisgeben«, erwiderte Benedikt fordernd. »Wir wissen, dass er experimentiert hat. Er hat Glas geätzt, und er hat Versuche gemacht, die Säure selbst herzustellen. Da staunst du, was? Ich habe euch durch den Schornstein beobachtet, dich und Jakob, am Morgen nach dem Tod des Aschenbrenners. Und als das ganze Dorf bei der Beerdigung war, habe ich mich ins Labor geschlichen. Dort habe ich Schwefel gefunden, zusammen mit unseren Steinen. Wir brauchen nur die Zusammensetzung, und ihr könnt gehen. Also stell dich nicht so an, du scheinheiliges Weib! Wir können auch anders.«

»Du hast also das Glas zerstört!«, keifte Marie. »Ich sage nichts, weil ich nichts weiß, und wenn du mich erschlägst, sage ich zweimal nichts mehr.« Sie spuckte wütend vor Johann auf den Boden. Der hob daraufhin sein Beil ruckartig höher.

»Herrgott, Johann, bleib auf deinem Posten und lass mich reden!«, wies Rupert ihn gereizt zurecht.

Johann stellte die Axt langsam neben sich ab. Für den Bruchteil eines Wimpernschlags trafen zornige Augenpaare aufeinander.

Genau in dem Moment polterte ein mächtiger Stein von oben herunter. Die Köpfe der Anwesenden flogen irritiert in Richtung Felswand.

»Schatzhauser!«, schrie Jakob aus Leibeskräften.

Konrad sprang vor und schlug Rupert in der allgemeinen Verwirrung das Messer aus der Hand. Benedikt stieß Marie zur Seite und stürzte sich gemeinsam mit seinem Vater auf Rupert. Marie taumelte, fing sich und rempelte den verwirrten Johann an, sodass dieser zur Seite sprang. Zielstrebig griff sie nach dem am Boden liegenden Beil.

Ehe er wusste, was geschah, lag auch Johann auf der Erde, denn Clewi hatte sich unbemerkt herausgeschlichen und sich auf ihn geworfen.

Inzwischen war Borromäus heruntergerutscht, sammelte die Waffen ein und schickte Jakob in den Stall, um zwei Stricke zu suchen. Wenig später waren die Brüder gefesselt. Mit vereinten Kräften warfen die Männer sie vorerst in den Ziegenstall.

»Wir müssen den Bergvogt oben im Herrihof benachrichtigen«, sagte Konrad.

Wie schon zu Zeiten des Bergbaus wurde das Dorfoberhaupt Bergvogt genannt. »Geschworener« sagte niemand, obgleich dies die richtige Bezeichnung gewesen wäre. Seit St. Blasien die Dorfobrigkeit innehatte, bestimmte der Abt einen Ortsvorsteher, der seine Loyalität dem Kloster gegenüber schwören musste. Gelegentlich wurde das Oberhaupt nach seinem Stand auch mit dem Namen Schwörer gerufen.

»Die Nacht bricht herein, es ist zu gefährlich, noch hoch nach Todtnauberg zu gehen. Wir warten, bis es hell wird. So lange lassen wir die Brüder eingesperrt und bewachen sie. Er wandte sich zu seinem Sohn. »Benedikt, mein Bub, es tut mir leid, ich habe geglaubt, dass du mit den Burschen unter einer Decke steckst. Vielleicht habe ich dir Unrecht getan und mich die ganzen Jahre über zu wenig um dich gekümmert. Ich brauche dich, kann ich trotzdem auf deine Hilfe zählen?«

Benedikt nickte. Seine Augen wurden feucht.

»Bitte laufe vor ins Dorf und hole die Hebamme, sie müsste vom Berg zurück sein«, bat Konrad ihn und sah besorgt zu Clewi hinüber, der nach Atem rang und zunehmend blasser wurde. »Nur sie kann Clewi helfen. Sie kennt alle Heilkräuter. Sag ihr, dass Clewis Herz schwächelt. Los, lauf schon.«

»Gut.« Benedikt eilte humpelnd davon. Für seine eigenen Verletzungen war keine Zeit geblieben.

Borromäus äugte aus dem Fenster. »Der Mond ist aufgegangen, ich habe meine Krätze oben im Stolleneingang abgestellt. Ich muss sie holen. Ihr habt sicher einiges zu bereden.«

»Wollt Ihr nicht dabei sein?«, fragte Konrad erstaunt.

»Es ist Maries Mission, sie wird sie zu Ende bringen.«

Ohne weitere Worte ging Borromäus in die Nacht hinaus.

»Konrad«, begann Marie, »ich denke, wir sollten uns jetzt zusammentun und auf den Tisch legen, was wir jeweils wissen.«

»Du kennst es wirklich nicht? Das Rezept? Ich dachte, mein Sohn hätte dich deshalb hergebracht.«

»Nein, ich bin aus freien Stücken gekommen, weil ich glaubte, Rupert sei der rechtmäßige Händler. Ich weiß über die Sache nur so viel, dass Flussspat und rauchende Schwefelsäure benötigt werden. Das ist alles, was mir Theis sagen konnte. Er hat wirklich Glas geätzt, aber mit der Flusssäure von Rupert. Er hat sie nicht selbst hergestellt. Dazu ist er nicht mehr gekommen.«

Konrad wiegte den Kopf. »Wie meine Lisbeth selig und Severin, mein Schwiegervater.« Er machte eine kurze Pause, hing den schweren Gedanken nach. »Die Flusssäure stammte vom Händler. Es ärgert mich, dass ich mich nicht mehr um ihn und seine Versuche gekümmert habe. Ich dachte wie meine Schwester Berte: Lass den alten wisslosen Mann Steine kochen, wenn es ihn glücklich macht. Er wurde im Alter immer seltsamer und nachdenklicher.«

»Berte sagte, dass sich die beiden beinahe zu Dämonen verwandelt hätten und dass sich Raureif auf ihrer Haut gebildet hat. Konrad, genau dasselbe habe ich bei meinem Onkel beobachtet. Eure Frau und Euer Schwiegervater haben die Säure hergestellt.«

»Vielleicht kann euch mein Schwager Pater Cajetano weiterhelfen.« Clewi hustete erschöpft. Er hatte sich halb sitzend, halb liegend auf der Ofenbank niedergelassen, um besser atmen zu können.

»Cajetano?«, riefen Konrad und Marie wie aus einem Mund.

»Er hat den beiden die Beichte abgenommen. Er wäre nicht Cajetano, hätte er nicht seinen Nutzen aus der Misere gezogen. Er ist verrückt nach Glaskunst.«

»Da hast du recht. Das würde zu ihm passen«, bestätigte Konrad.

***

Abt Augustinus hatte Bruder Stephanus und den Oberförster Jos – der gleich nach Stephanus herbeigeeilt war – im Stehen empfangen, was sonst nicht seine Art war. Es sollte den abendlichen Besuchern verdeutlichen, dass die Unterredung kurz zu fassen sei.

»Gut, ich danke Euch«, sagte er und beendete die Anhörung.

Was Pater Cajetanos Verhalten anging, zeigte Augustinus keine Regung. Der Vorfall passte zu seiner derzeitigen Verfassung. Ihm war seit Längerem aufgefallen, dass der Pater und Oberrechner in anderen Sphären schwebte. Dazu gehörte eine gewisse Bigotterie, eine übertriebene religiöse Haltung, die er an den Tag legte. Meist gipfelten diese immer wiederkehrenden Phasen im Wahn. Cajetano war ein Getriebener, fühlte sich von bösen Mächten verfolgt.

»Ich werde ihn vorerst in Klausur belassen. Die Stille und Abgeschiedenheit haben ihm noch immer geholfen, wenn er in dämonischer Bedrängnis war. Er braucht die Ruhe, um sich mit seinem Schöpfer zu versöhnen. Wir kennen das von früheren Ereignissen, nicht wahr, Bruder Stephanus?«

Er sah seinen Sekretarius um Zustimmung heischend an. Als diese nicht sofort erfolgte, wandte er sich erklärend Jos zu: »Ihr müsst wissen, Pater Cajetano neigt gelegentlich zur wahnhaften Schwatzhaftigkeit.«

Damit spielte er auf die letzte, unfreiwillige Klausur des Paters vor gut zwei Jahren an. Jene Maßnahme hatte ihn zum Schweigen bringen sollen. Cajetanos Verhalten hatte damals nichts mit den Wahnvorstellungen zu tun gehabt. Eher mit Augustinus' unrühmlicher Vergangenheit, die der Pater im Begriff gewesen war auszuplaudern. Das soziale Umfeld hatte man wissen lassen, dass er sich für eine Weile im Gebet und in der Askese vom Leben zurückzog, um Stärkung im Glauben zu erfahren. Von der Einsamkeit scheinbar geläutert, konnte er sein normales Klosterleben nach gut einem halben Jahr wieder aufnehmen. Der Pater hatte gelernt zu schweigen.

Damit wollte Augustinus Jos die Verwunderung ob der radikalen Maßnahme nehmen. Dieser wusste nicht, dass Cajetano tatsächlich an Wahnvorstellungen litt. Vorstellungen, bei denen sich Dämonen der Leiber und Seelen von schwachen Geschöpfen annahmen. Meist gingen diese Phasen mit dem Glauben an Dämonenpräsenz einher, so wie heute Mittag. Kein normal denkender Mensch wäre auf die Idee gekommen, einem tollwütigen Bären den Teufel austreiben zu wollen.

Für Abt Augustinus war die Sache beendet, und er schob seine Besucher aus dem Studierzimmer. Er hasste diese späten Störungen. Die Komplet, das letzte Gebet des Tages, diente der inneren Einkehr und Buße, und danach war Nachtruhe einzuhalten. Nur in zwingenden Ausnahmefällen nahm er sich um diese vorgerückte Stunde eines Problems an. Wäre Stephanus allein erschienen, hätte er ihn weggeschickt und die Angelegenheit auf den morgigen Tag verschoben. Doch es galt, Gerüchten zuvorzukommen.

»Stephanus!«, rief er dem Sekretarius nach. »Ihr sorgt dafür, dass die Querelen im Glasmacherdorf Äule beendet werden. Ich dulde keine Ausreden, sagt das dem Glasvogt.«

»Ich reite gleich morgen in der Frühe los.«

»Nein, ich brauche Euch morgen, wir müssen erst noch die Abrechnungen durchsehen. Reitet übermorgen«, befahl Augustinus, um das letzte Wort zu haben.

Kapitel 6

Clewi lehnte sich zurück, er wirkte schläfrig.

»Nicht auch noch meinen Schwager.« Konrad schickte eine eindringliche Bitte gen Himmel und faltete die Hände. Er selbst nannte sich keinen guten Christen, hoffte dennoch, dass man dort oben endlich ein Einsehen hatte.

Seine Schwester Berte und sein Bruder Cajetano hingegen waren, was Glaubensangelegenheiten angingen, viel eifriger. Sie hatten schon in der Kindheit Mönch und Nonne gespielt und draußen unter der großen Linde die heilige Messe zelebriert. Cajetanos Wunsch, ins Kloster zu gehen, wurde von den Eltern erfüllt. Für Berte reichte das Geld nicht. Ein Orden nahm keine armen Schlucker, es sei denn, die Familie war kinderreich. Da sich Mädchen eher verheiraten ließen, begnügte sich Berte mit der zweitbesten Option – sie wurde Bäuerin auf dem Hof ihres Mannes Clewi. Zwei Töchtern hatte sie das Leben geschenkt, ehe die Fruchtbarkeit nach einer schweren Krankheit versiegt und sie nicht mehr wert als eine Magd gewesen war.

Auf den Höhen des kargen Schwarzwaldes galt eine Sonderregelung, was das Erbe im Falle eines ausbleibenden Sohnes – des Hofengels – betraf. Man setzte ersatzweise die älteste Tochter ein. Meist nicht mehr ganz jung, blieb die Schar der zu erwartenden Nachkommen geringer und daher auch die Wahrscheinlichkeit, im Kindbett das Leben zu lassen.

Die letzte Option im Leben eines erwachsenen Hochschwarzwälders war die Knechtschaft. Knecht oder Magd im besten Fall auf dem Hof des Bruders oder der Schwester. Schlimmer in der Fremde, dies kam einer Versklavung gleich. Was zählte, war ein Dach über dem Kopf und genug zu essen. Schuhe und ein neues Gewand zu Martini, vielleicht noch eine kleine Entschädigung, bevor die Dienstleute über den Winter entlassen wurden. In der kalten Jahreszeit brauchte es keine

Feldarbeiter, darum sparte man die fremden Esser am Tisch ein und schickte sie nach Hause.

Eine Steigerung des Elends gab es noch: die Hütekinder, auch Verdingkinder genannt. Sie wurden von ihren Eltern auf fremde Höfe geschickt, weil zu Hause die Nahrung nicht ausreichte. Diese Buben und Mädchen wurden vollends ausgenutzt, lagen auf Strohsäcken in zugigen Kammern und mussten nicht selten hungrig ins Bett, weil die Platten schon leer waren, bis sie endlich ans Tischende zu den niedrigsten der Angestellten kamen. Schläge, Hunger, Kälte und Demütigungen gehörten zu ihrem Alltag.

Endlich hörten Konrad, Marie und Clewi eilige Schritte, dann ging die Tür. Eisiger Wind fegte abgefallene Buchenblätter herein. Sollte es wieder zu schneien anfangen?

Benedikt war vorausgeeilt und hielt der nachfolgenden Frau die Tür offen.

Marie staunte nicht schlecht, als sie die Heilkundige sah. Es war Kreszentia, die Sennerin von der Hütte hoch über Menzenschwand.

»Ihr seid die Hebamme?« Sie war nun hellwach.

Jakob war zwischenzeitlich auf Maries Schoß eingeschlafen.

»Aha, ihr habt es über den Berg geschafft, wie ich sehe«, sagte Kreszentia. »Ja, ich bin auch Hebamme, im Spätsommer lasse ich mich von einer jungen Wehmutter aus Todtnau vertreten, wenn es am Berg Wurzeln zu ernten gibt. Ich bringe der Todtnauerin dafür ein paar Salben und Tinkturen mit. Sie kommt mit ihren fünf eigenen Kindern nicht dazu.«

Sie wandte sich an den erschöpft wirkenden Clewi. »Ich habe von dem Brand gehört. Dich hat es schwer getroffen, dein Hof, die Tiere, das Weib, die Magd und die alte Agnes. Kein Wunder, dass dich die Kräfte verlassen. Du warst schon immer etwas schwach auf der Brust, schon bei deiner Geburt. Zeig mir deine Lippen … dachte ich's doch, blau. Du bekommst zu wenig Luft.«

Sie zog ihr Hörrohr heraus, mit dem sie normalerweise die

Herztöne der Ungeborenen abhörte, und hielt es dem Bauern auf die Brust.

»Und was flüstert dir mein Herz?«

»Du hast immer noch das Rauschen. Es pumpt zu wenig Blut durch den Körper, du bist schnell müde? Manchmal wird dir schwarz vor Augen, Atemnot bei Anstrengung, zeig mal, ob deine Beine dick sind.« Sie schob ihm die Hosenbeine hoch und die Strümpfe runter und tastete.

Marie kam fasziniert näher. »Was haben die Beine mit seinem Herzen zu tun?«

»Hier«, Kreszentia drückte mit dem Daumen auf den Knöchel, dass eine Delle zurückblieb, »das ist Wasser. Sein Herz schafft es nicht mehr. Sein Kreislauf ist geschwächt.«

»Was hat das zu bedeuten?«, fragte nun auch Konrad.

»Hundert wird man damit nicht. Wenn es schlimm ist, Beine hochlegen, Oberkörper auch etwas höher. Noch rasselt deine Lunge nicht, das heißt, das Wasser ist nicht bis oben gestiegen. Tees zum Entwässern, wie Brennnessel, junge Birkenblätter, dazu abwechselnd herzstärkende Tees wie Weißdorn. Mehr kann ich nicht tun.« Sie stellte ihren Weidenkorb nahe an den brennenden Kienspan auf den Tisch. »Vermutlich gibt euer Haushalt diese Dinge nicht her. Darum habe ich Brennnesselblätter und eine Weißdorntinktur mitgebracht. Die kannst du gleich in den Tee tropfen«, sagte sie an Konrad gewandt. »Die Medizin würde ich gegen einen Packen deiner Schindeln tauschen. Mein Dach hat undichte Stellen.«

»Er ist mein Schwager und in Not. Gestern habe ich bei ihm Schutz gesucht und bin samt der Aschenbrennerin aufgenommen worden. Es ist mir eine Ehrensache. Du bekommst deine Schindeln.«

Marie drehte den Stopfen aus dem Gläschen mit der Tinktur und roch daran. »Was ist da drin außer hochprozentigem Alkohol? Nehmt Ihr Blätter, Blüten oder Beeren? Ich kenne Weißdorn, er blüht bei uns hinter dem Haus. Er verströmt einen süßen Duft im Frühjahr.«

»Alles. Du trocknest die Blätter und Blüten, im Herbst sammle ich die Beeren, stoße sie etwas an und übergieße alles drei bis vier Wochen mit dem Schnaps. Abseihen und täglich dreimal etwa zehn Tropfen. Stärkt das Herz.«

»Woher wisst Ihr das?«

»Die Heilkunst wird meist von der Mutter auf die Tochter überliefert. Hat dir deine Mutter keine Rezepte mitgegeben? Die einfachsten Mittel kennt doch jede Frau.«

»Meine Mutter ist nach meiner Geburt gestorben, und meine Stiefmutter kannte sich mit solchen Dingen nicht aus. Tante Wiltrudis war früher im Kloster, sie hat mir von den Heilkräutern erzählt. Leider ist sie nach Rom aufgebrochen. Pius studiert dort.«

»Wer ist Pius?«

»Ihr totgeglaubter Sohn. Sie hat ihn als Novizin geboren. Man sagte ihr, dass das Kind bei der Geburt gestorben sei. Der Abt hat es heimlich an eine Kaufmannsfamilie gegeben. Vor zwei Jahren hat sie davon erfahren und den Orden verlassen. Sie ist eine kluge Frau.«

»War sie die Priorin, die dir das Lesen beigebracht hat?«, fragte Clewi.

Marie nickte.

Als wäre das das Stichwort, nahm Konrad die Tabakdose aus der Hosentasche und legte sie auf den Tisch. »Wer war der fremde Händler wirklich?«

»Sein Name war Severin, er hieß wie mein Großvater. Seine Großmutter war das Bärbele, von dem er auf dem Totenbett gesprochen hat«, sagte Benedikt.

Konrad blieb der Mund offen stehen. »›Bärbele, verzeih mir und gib auf den Buben acht.‹ Mein Gott! Das hieße ja, dass Severin ein Kind hatte, aus der Zeit seiner Wanderschaft. Woher weißt du das?«

Benedikt erklärte ihm, was er im Wirtshaus von der Kellnerin erfahren hatte.

»Nun reist dieser Mann hierher, bringt das Geheimnis der

Flusssäure mit und kommt so unglücklich ums Leben. Das ist eine Schande«, bedauerte Konrad aufrichtig, stand auf, rannte über den Flur und brüllte Richtung Stalltür: »Rupert, du Sauhund, ich bring dich dafür um!«

Im dunklen Hausgang stand plötzlich Borromäus, der von seiner Tour zurückkam. Er hielt Konrad fest. »Hier wird niemand umgebracht. Die Sachlage regelt morgen der Bergvogt.«

***

Jakob schlief tief, und Clewi döste vor sich hin, er schien ruhiger und gelöster. Sein Atem ging wieder regelmäßiger, die Lippen schimmerten etwas heller. Borromäus, Marie und Konrad saßen noch am Küchentisch und flüsterten, um die beiden nicht zu stören.

Benedikt hatte sich aufgemacht, die Hebamme – die ihre Aufgabe als erfüllt angesehen hatte – wieder nach Hause zu geleiten, wie es Brauch war. Ehe sie gegangen war, hatte sie noch seine Blessuren versorgt, die er in der Nacht zuvor erlitten hatte.

»Was habt ihr nun vor?«, fragte Konrad seine Gäste vorsichtig.

Marie verstand sofort, worauf er hinauswollte, die vielen Leute sprengten die Möglichkeiten seiner Bewirtung. Er besaß nicht viel und hatte nicht einmal genug Schlafplätze. Lange konnte er sie nicht beherbergen. Außerdem mochte er den Trubel nicht.

»Wir werden die Brüder morgen der Obrigkeit – also dem Bergvogt – übergeben, wie geplant. Danach seid ihr uns vorerst los«, antwortete Borromäus. »Marie hat sich in den Kopf gesetzt, das Geheimnis zu lüften. Sie hat es ihrem Onkel auf dem Totenbett versprochen, und ihr wisst, was das bedeutet. Sicherlich sehen wir uns nächstes Frühjahr wieder.«

»Tja, nach dem Tod meiner Frau und meines Schwiegervaters wollte ich nichts mehr mit der Sache zu tun haben. Ich habe zwar nie an eine teuflische Besessenheit geglaubt, wie meine Schwester und mein Bruder. Aber – so habe ich mir damals eingeredet – es war vielleicht ein Zeichen, die Steine im Berg zu lassen. Außer den beiden hatte niemand Kenntnis darüber.« Konrad schwieg einen Moment, ehe er fortfuhr: »Die Zeit bleibt nicht stehen, und Neuerungen breiten sich irgendwann aus. Das war mir in dem Moment bewusst, als dieser Händler aufgetaucht ist. Ich hatte ja keine Ahnung, warum er ausgerechnet hierher kam. Anfangs habe ich mich nicht gekümmert, die Burschen machen lassen mit ihren Steinen, ich war auch einmal jung und euphorisch. Doch irgendwann konnte ich nicht mehr wegschauen. Es passierten seltsame Dinge. Alles begann mit dem Schneesturm, die Formation der wilden Jagd am Himmel, das Auftauchen von Marie, der Tote, die Tabakdose, jetzt der Brand. Vielleicht muss das Geheimnis gelüftet werden.«

»Kennt Ihr es denn?« Nun war auch Borromäus neugierig geworden.

»Vielleicht kannte es meine Lisbeth, aber man hat sie als besessen abgetan. Das war sie nicht. Diese junge Frau«, er blickte anerkennend zu Marie, »ist sehr klug und mutig. Sie erinnert mich an Lisbeth. Sie hat mir die Augen geöffnet. Die Zeit scheint reif, das Experiment wiederzubeleben. Denn Cajetano – sollte er im Besitz des Rezeptes sein, wie Clewi vermutet hat – rückt es sicherlich nicht heraus. Für ihn ist es Teufelszeug.«

»Konrad, Ihr glaubt auch, dass Cajetano das Rezept kennt?«, fragte Marie.

»Es wäre möglich.«

»Es gibt einen Klosterbruder, der unsere Loyalität hat: Stephanus. Er ist der Sekretarius und hat Zutritt ins Skriptorium. Vielleicht kann er auch den Abt überzeugen. Das Kloster lebt schließlich von seinen Pächtern, zu denen die Glasmacher gehören. Äule hat den besten Ruf aller Glashütten in der Umgebung. Augustinus ist offen für alles, was Gewinn bringt«, sagte Borromäus.

»Das wäre fatal, Augustinus würde seine Gewinne aus der Entdeckung schlagen. Wir Glasmacher müssen die Ersten sein, damit wir die Verhandlungen mit dem Kloster führen können«, meinte Marie.

Harro hob den Kopf, sie hörten Schritte im Hausflur. Als das Tier sich wieder legte, entspannten sich ihre Gesichter.

Benedikt trat ein. »Kreszentia ist wohlbehalten zu Hause. Vater, ich muss mich auch entschuldigen, ich habe Euch belogen. Ich wollte wirklich mit den Brüdern gemeinsame Sache machen, zumindest anfangs. Wusste nicht, woran meine Mutter und mein Großvater gestorben sind. Ich habe nur das Geschäft gesehen. Als ich bemerkte, welches Spiel die beiden spielen, da habe ich noch gedacht, ich schaffe das allein. Aber sie hätten auch mich letzte Nacht geopfert. Bitte verzeiht meine Dummheit.«

»Ich bin froh, dass du es noch rechtzeitig erkannt hast. Vielleicht solltest du dich bei der Aschenbrennerin entschuldigen, ich glaube, du warst etwas grob zu ihr.«

Benedikt nickte. »Es tut mir inzwischen aufrichtig leid, Marie, ich habe auch deiner Schwester Unrecht getan. Dachte, sie sei die Aschenbrennerin.«

»Schlaft jetzt«, bestimmte Borromäus schließlich, »wir haben morgen noch genug Aufregung. Ich übernehme die erste Wache.«

Zur Bestätigung stand er auf und horchte im Hausgang Richtung Ziegenstall. Die Brüder schienen sich dem Schicksal ergeben zu haben und schnarchten.

Todmüde kehrte Borromäus in die warme Stube zurück, ließ die Tür offen und setzte sich in Hörweite auf einen Stuhl. Harro legte sich ihm zu Füßen.

***

»Er ist eingeschlafen«, flüsterte Rupert seinem Bruder nach einer Weile zu. Sie lagen wie Schlachtvieh zusammengepfercht und gefesselt auf dem harten, kalten Boden des Ziegenstalls, der sich gleich gegenüber dem Hausflur an den Wohnraum anschloss.

»I-ich hör ihn schnarchen, was willst du tun?«, stotterte Johann, wie immer, wenn er erregt war.

»Der liefert uns morgen an den Bergvogt aus. Abhauen, was sonst?«

»Eine gute Idee, k-kannst du mir auch sagen, wie?«

»Ich habe ein Messer im Sack. Leider komme ich nicht dran, am besten, du versuchst es aus meiner Hosentasche herauszufischen. Damit schneiden wir uns gegenseitig die Fesseln auf«, schlug Rupert vor.

Johann rutschte umständlich über ihn. Die Enge des Stalls ließ keinen Spielraum, um nicht die Geißen zu wecken. Es dauerte eine halbe Ewigkeit, bis er die Hosentasche ertastet hatte. Rupert fluchte leise ob der Ungeschicktheit seines Bruders.

»Mehr links, du Idiot!«

Ebenmäßiges Reiben von Stahl auf Hanf.

»J-jetzt du, dreh dich um. G-gleich haben wir es geschafft.«

Kurze Zeit später knarzte die hintere Stalltür, und zwei gedrungene Gestalten schlichen in die kalte Nacht. Es war stockdunkel, der Himmel wolkenverhangen. Kein Mond, kein Gestirn, das den Weg nur angedeutet hätte.

Mehr tastend denn gehend kamen sie voran. Sie mussten den Trampelpfad absteigen, der ebene Weg hätte zum Wasserfall und, da kein Steg mehr vorhanden war, nur noch hoch nach Todtnauberg geführt, geradewegs in die Arme des Bergvogts. So mussten sie umständlich den Steilhang hinunter, bis sie den unteren Weg über die Matten und Äcker nach Todtnau erreichten, wo das Gewässer wieder flacher und ruhiger floss.

Das Dreiländereck war schon seit Jahrhunderten eine Handelsmetropole, dort stießen nicht nur die Ländereien der Eidgenossen auf die französischen und habsburgischen, ab Basel war auch der Rhein schiffbar.

»U-und wohin sollen wir? D-die werden uns doch suchen?«, flüsterte Johann.

»Es riecht nach Schnee, über den Berg kommen wir nicht, runter Richtung Basel. Hauptsache, weg.«

»B-basel?«

»Mach dir darum keine Sorgen, es gibt da jemanden, der mir noch etwas schuldet«, sagte Rupert etwas lauter, weil der Pfad sie näher an den Wasserfall führte und mit seinem Donnern jede Unterhaltung übertönte.

»Und w-wer soll das sein? Kenne ich den?«

»Ein Händler wie wir, hat wegen verschiedener kleiner Gaunereien in Freiburg im Turm gesessen. Er wurde später zwangsrekrutiert, konnte aber in den Wirren der Schlacht gegen die Türken fliehen. Du wirst ihn kennenlernen.«

»Und d-du bist sicher, dass er dort auf uns w-wartet?«

»Das weiß man nie, ich habe ihn vor einem halben Jahr zum letzten Mal getroffen. Damals hat er mit der Henkerstochter angebandelt.«

»M-mit der Henkerstochter?« Johann pfiff anerkennend.

Borromäus hatte sich bis auf wenige Schritte an die Burschen herangepirscht. Wer glaubte, dass er als erfahrener Soldat und in jahrelanger Einsiedelei zu dumm gewesen wäre, um zwei kleine Ganoven zu bewachen, hatte sich gewaltig getäuscht. Er war gewappnet und hätte sie in der Dunkelheit mit einem Streich erwischt. Das Seil in der Hand, hielt er jedoch plötzlich inne. Es interessierte ihn, was Rupert zu erzählen hatte. Wer war dieser Mann, der sich mit der Henkerstochter von Basel eingelassen hatte?

»Hübsch, aber verpönt. Die Henkersfamilie wird wie Aussatz vom Volk gemieden. Sie sind des Teufels. Wohnen am Kohlenberg, dort, wo nur Abschaum lebt, wie die Spielmänner, die Prostituierten und die Dolenreiniger. Menschen eben, denen man nicht über den Weg traut«, sagte Rupert.

»W-woher weißt du das? Es ist verboten, solche Orte aufzusuchen. D-das hat Großvater immer gesagt, als wir mit ihm auf Handel waren.«

»Ich bin ein freier Mann und kann gehen, wohin ich will.«

»E-es ist aber lebensgefährlich.«
»Sei kein Moralapostel, Johann. Die erleben keinen Spaß.«
»D-du machst mir Angst.«
»Du kannst bleiben und dich dem Bergvogt stellen. Oder du kannst mitkommen und noch was erleben, bevor dein Kopf rollt. Mir ist es egal, ob das hier oder in Basel passiert.«
»Und d-dein Freund lebt auch am Kohlenberg?«
»Sagen wir mal, ich habe ihn dort getroffen. Er ist aus der hiesigen Gegend, bei Lenzkirch. War Glashändler, musste aber untertauchen und wurde geschnappt. Was danach geschah, habe ich ja eben erzählt.«
»W-was hast du am Kohlenberg gesucht?«
»Das, was ein Mann dort sucht: Spaß!«

Borromäus haderte noch immer mit dem Zugriff, er glaubte zu wissen, wer dieser Mann war. Kilian, Jakobs Vater. Doch er war sich noch nicht sicher, wartete darauf, dass sein Name fiel.
Die restliche Beschreibung passte. Unvorsichtig trat er auf einen Zweig, der knackte. Sich einen Narren nennend, biss er sich auf die Unterlippe und hielt die Luft an. Stille, hatten sie ihn gehört?

Da zerriss ein jäher Schrei die Nacht. Ein dumpfer Aufprall, irgendwo tief unten im Abgrund.
Entsetzen für die Dauer eines Wimpernschlags.
»Rupert!«
Keine Antwort, nur das Tosen des Wasserfalls.
»Rupert?«
»Der ist ohne dich nach Basel, auf dem Wasserweg.«
Mit einem Griff hatte Borromäus den verdutzten Johann am Boden. Legte ihm die Fesseln um und schulterte ihn, noch bevor dieser wusste, wie ihm geschah. Dann nahm er den Anstieg hoch nach Todtnauberg.
»L-lass mich laufen, i-ich habe dir nichts getan«, stotterte Johann und hieb blindlings auf Borromäus ein. Die Schläge waren

nicht stärker als das Gezappel von Regenwürmern in der hohlen Hand des Riesen, denn er hing kopfüber. »W-was ist mit meinem Bruder passiert? D-du kannst nicht einfach weitergehen!«

»Rupert ist nicht mehr zu retten, einen Sturz in die Tiefe hat noch keiner überlebt. Aber du lebst noch, also rede gefälligst, wenn dir dein Kopf lieb ist.«

»I-ich habe keinem etwas zuleide getan, auch nicht dem Händler Severin. I-ich habe ihn nur im Stollen abgelegt, dann bin ich nach Hause.«

»So, bist du.«

»Ja.«

»Und dein Bruder?«

»W-weiß ich nicht, ich habe schon geschlafen, als er kam.«

»Aha. Woher weißt du dann, dass er kam?«

»W-weil er am Morgen in seinem Bett lag.«

»Ist dir etwas an ihm aufgefallen? Hat er was erzählt?«

»E-er hat am Kopf geblutet, sagte, er habe sich im Stollen angestoßen.«

»Du hast also, als ihr im Stollen wart, nicht mitbekommen, dass er sich gestoßen hat?«

»Ähm, i-ich kann mich nicht erinnern.«

»Weiter, was fällt dir noch ein? Du bist in meinen Augen kein schlechter Mensch. Also rede. Wir haben Zeit, bis wir oben sind, und der Steig am Wasserfall ist verdammt rutschig, ich kann dir also nicht garantieren, dass wir heil ankommen.« Borromäus deutete an zu stolpern.

Johann schrie heiser auf. »Lass mich runter! I-ich habe Angst. Ich sage dir auch alles, was ich weiß.«

Borromäus blieb kurz stehen, behielt ihn aber auf der Schulter. »Rede.«

»D-das Blut, es war auch an seinen Händen und am Hemd. Sicherlich h-hat er in die Wunde gefasst, habe ich gedacht.«

»Könnte er sich auch mit dem Beil verletzt haben?«

»N-nein, nicht mit dem Beil, das hat er vorher an der Stollenwand abgestellt.«

»So? Demnach hat er es bereits mitgenommen, als ihr mit dem Betrunkenen in die Grube seid. Wozu, wenn ich fragen darf?«

»Das … das weiß ich nicht. Es lag auf dem Spaltklotz beim Schindler-Konrad. E-er hat es halt mitgenommen. Ich habe mir keine Gedanken darüber gemacht.«

»Aber du hast gesehen, dass er es an die Wand gelehnt hat?«

»H-habe ich das? Was willst du mir anhängen? Er hat es nicht mehr berührt, solange ich im Stollen war. Das kann ich beschwören. Das war s-sicher Benedikt.«

»Hast du das gesehen?«

»D-dass der Benedikt kam? Nein, das muss später gewesen sein. Rupert h-hat es mir erzählt.«

»Wann hat er dir davon erzählt?«

»A-am Morgen.«

»So. Du bist also als Erster aus dem Stollen und direkt heim, ohne auf deinen Bruder zu warten? Hast dich hingelegt und seelenruhig geschlafen? Das kannst du deiner Großmutter erzählen.« Borromäus ging weiter und mimte einen weiteren Ausrutscher.

»Gut, gut, i-ich bin nicht gleich nach Hause. Ich habe im Gasthaus auf ihn gewartet. Er kam auch b-bald, wir haben einen Kirsch getrunken, und dann b-bin ich heim.«

»Und Rupert?«

»H-hat noch die Schankmagd angemacht.«

»Hatte er sich da schon den Kopf blutig geschlagen?«

»D-die hätte ihn so verdreckt sicherlich nicht ins Bett gelassen.«

»Also nein. Das heißt, er war danach nochmals oben im Stollen und hat den Händler erschlagen.«

»Nein, nein! D-das habe ich nicht gesagt, du verdrehst mir die Wörter im Mund. Das kann nur der Benedikt gewesen sein. Das hat der Rupert auch gesagt. Jawohl.«

»Wann?«

»A-als man den Toten in Todtnau gefunden hat.«

»Ich dachte, er hat dir am Morgen schon von Benedikt erzählt? Was jetzt?«, fragte Borromäus gereizt.

»Ja, d-da hat er mir gesagt, dass er Benedikt gesehen h-hätte, wie er in den Stollen ging.«

»Und dass er ihn verdächtigte, den Händler erschlagen zu haben, hat er da noch nicht gesagt?«

»N-nein, da wussten wir ja nicht, dass er tot ist.«

»Warum seid ihr wieder hoch? Vor zwei Tagen?«

»W-wir haben versucht, Leuchtsteine herauszusprengen.«

»Und der Fremde?«

»W-war nirgends mehr. Wir dachten, er s-sei aufgewacht und verschwunden.«

»Ich glaube eher, ihr habt Angst bekommen, der alte Konrad könnte in den Stollen gehen und den Toten finden, darum habt ihr die Leiche weggeschafft. Eine kleine Sprengung und der Leblose ist in den Wasserkanal darunter gerutscht.«

»N-nein, wir haben Steine herausgesprengt. H-hab ich doch gesagt«, antwortete Johann nun trotzig.

»So, genug der Märchen.« Borromäus ließ ihn von der Schulter gleiten wie ein erlegtes Reh. »Der Weg ist in der Dunkelheit zu gefährlich, darum warten wir, bis es hell wird. Am besten, du schläfst noch eine Nacht über die Geschichte.«

Er lockerte das Seil, mit dem er Johann gefesselt hatte, und band ihn an einer Lärche fest. Man konnte die feuchte Gischt immer noch spüren. Sie waren schon ein gutes Stück den Steig am Wasserfall entlang hochgegangen. Für den schwierigen Abschnitt über den Felsen wollte er das Tageslicht abwarten und den Buben solange zappeln lassen.

»W-was hast du vor? Warum machst du mi-mich am Baum fest? Glaubst du etwa, i-ich laufe weg?«, fragte Johann aufgebracht.

»Sicher ist sicher.« Borromäus wandte sich zum Gehen.

»H-halt, das kannst d-du nicht machen, ich erfriere hier.«

»Stimmt.« Borromäus kam zurück und zog Johann seinen Wollumhang über. »Wir brauchen deine Aussage noch. Aber erst nehme ich ein Auge voll Schlaf. Ich hole dich morgen wieder ab.«

Dann verschwand er in der Dunkelheit.

***

Pater Cajetano wippte mit dem Oberkörper vor und zurück, dabei sprach er ununterbrochen Gebete und Formeln. Er war müde bis zum Umfallen, durfte nicht aufgeben; nicht bevor die Gefahr gebannt war. Die Macht des Teufels hatte schon nachgelassen, aber wer wusste, ob er nicht lauernd in der dunklen Ecke hockte und einen Moment der Schwäche abwartete.

Seine Bestimmung war, ihm zu widersagen. Er, Cajetano, verkörperte die Macht der Kirche gegen das Böse. In Rom zum Exorzisten ausgebildet, war er ein erbitterter Feind des Satans. Seine Aufgabe war es, die schwachen Geschöpfe der Gemeinde vor dem Dämon zu bewahren. Oft war es ihm gelungen, die armen befallenen Seelen aus seinen Klauen zu befreien.

Nur einmal war der Teufel stärker gewesen, damals hatte er eine junge Frau mit einem unehelichen Kind im Leib nicht mehr retten können. Ohne das Bewusstsein wiederzuerlangen, war sie an einem Anfall gestorben.

Wochen der Seelenqual waren gefolgt, in denen er sich geschworen hatte, in Zukunft stärker zu sein als das Böse. Es war ihm in der Verwandtschaft sogar gelungen. Als seine Schwägerin samt ihrem Vater der unheimlichen Macht verfallen war. Drüben über dem Berg, im Ort nach dem Steg. Oft hatte er sich gefragt, ob es göttliche Fügung gewesen war, dass er ausgerechnet zur Zeit des Befalls in Todtnau geweilt hatte und seine Schwester Berte ihn in ihrer Not hatte rufen können.

Berte! Tränen benetzten seinen Habit. Er liebte sie mehr als eine Schwester, sein Herz verzehrte sich nach ihr. Er durfte sie nicht berühren. Es wäre eine Sünde gewesen. Sein Vater wusste oder ahnte seine Seelenpein. Hätte er ihn sonst nach St. Blasien geschickt und Berte, kaum dass sie im gebärfähigen Alter gewesen war, an einen reichen Bauern verheiratet? Weit weg von ihm? Sie waren immer ein Herz und eine Seele gewesen. Hatten sich verstanden, auch ohne Worte.

Berte.

Seine Gedanken rückten von der Besessenheit des Bären ab und verharrten bei seiner Schwester. Seine Erinnerungen gingen zurück in die Kindheit, welch ein Friede lag nun in seinem Herzen. Mit einem Lächeln kippte er vornüber und schlief ein.

Als er gegen Morgen erwachte, erschrak er ob seiner körperlichen Schwäche. Sollte er sich selbst bestrafen und auf den knorrigen Ästen knien, die er zu diesem Zwecke unter dem Bett lagerte?

Er lauschte in die Dunkelheit. Feiner Gesang waberte durch die Gänge des Klosters. »Benedictus«, der morgendliche Lobgesang. Wenig später folgte Psalm 50 im Wechselgesang, kräftiger und mehrstimmiger. Der Tag im Kloster war angebrochen. Und er, Cajetano, war ein Teil dieses Klosters.

Er kniete nieder, aber nicht auf die Strafbengel, sondern auf den nackten Steinboden in seiner Zelle, über ihm das Kreuz an der Wand. Er stimmte in den Gesang ein. Gott liebte ihn, er hatte ein Einsehen mit seinem Diener. Hätte er ihn sonst zu diesem Hohelied geweckt?

Als es still wurde, hob er sein Haupt. Die dunklen Ecken erhellten sich. Kein Dämon saß mehr da und lauerte. Er hatte es geschafft. Die Ruhe im Raum erfüllte auch seine geschundene Seele.

Er setzte sich auf sein Bett und wartete auf das Morgenmahl. Die Brüder würden sich seiner erbarmen und ihm den Haferbrei bringen.

***

Justus drückte sich bereits den zweiten Tag allein in Äule herum und wartete auf die Ankunft seines Bruders Stephanus. Sein Kopf hämmerte vom Alkohol der letzten Nacht, ihm war kalt, und sein Magen knurrte.

Stephanus hatte ihn vorgeschickt, um seinen Besuch zu vermelden. Um den Vogt über die geplante Abstrafung durch den Abt zu informieren, sollten nicht genügend weiße Gläser geliefert werden.

Genau so hatte Justus es dem Glasvogt Michael erzählt, mit dem Ergebnis, dass er ihn wie lichtscheues Gesindel davongejagt und über seine nichtsnutzigen Töchter gejammert hatte. Früher waren die Botschaften aus dem Kloster besser belohnt worden.

An wen hätte Justus sich wenden sollen? Von Marie und Jakob keine Spur, sogar das Aschenhaus war weg.

Als gestern Abend die Schicht in der Glashütte zu Ende gewesen war und die Glasbläser nach Hause gegangen waren, hatten die Schürburschen ihn aus Mitleid und Langeweile hereingerufen. Sie mussten das ewige Feuer bewachen, warten, bis das Gemenge wieder flüssig wurde, und im richtigen Moment gegen Morgen die Glasmacher wecken. Zeit genug, sie mit dem einfältigen Burschen aus dem Kloster zu verbringen. Als er erst einmal betrunken gewesen war, hatten sie ihren Spaß mit ihm gehabt.

Der Morgen war kalt, die Schürbuben lagen daheim in ihren warmen Betten und schliefen, während Justus in der Kälte hockte, Kopfschmerzen und Hunger aushielt. Sehnsüchtig wartete er auf seinen Bruder, er war schon längst überfällig.

Als er sich dazu durchringen wollte, bei Franziska anzuklopfen und um eine Schüssel Haferbrei zu bitten, kam sie mit einer leeren Krätze aus dem Haus und lief den Berg hoch. Vermutlich sammelte sie die Asche bei den Holzmachern ein.

Die Sonne kroch von Osten her über den Wald und wärmte ihn. Justus krümelte sich zusammen und schlief an der Seitenwand der Kapelle ein.

***

Marie und Konrad verschwanden unbemerkt durch den Hinterausgang der Küche zum Schuppen. Keinem der beiden fiel auf, dass weder Borromäus noch die Gefangenen da waren. Sie trieb die Neugier um: Das Fieber um die Leuchtsteine, die die Bergmänner Flussspat und die Gelehrten Fluorite nannten, hatte sie befallen. Sie suchten nach Spuren, die Lisbeth und Severin hinterlassen haben könnten, bei ihrer Entdeckung der Rezeptur.

»Ich habe alles so belassen, wie es war«, sagte Konrad.

Er schloss eine unscheinbare Tür im hinteren Teil des Schuppens auf. Dort fand Marie die ihr vertrauten Utensilien: einen Mörser, um das Gestein zu Pulver zu reiben, eine Feuerstelle mit Kupferkessel, verschiedene Gläser mit unterschiedlichem Inhalt. Sie nahm eines mit gelben Gesteinsbrocken vom Regal, öffnete es und roch vorsichtig daran.

»Das ist Schwefel, dachte ich mir.« Sie griff nach dem nächsten Gefäß mit einem weißen Pulver und verfuhr wie zuvor. »Geruchslos.« Sie feuchtete ihre Fingerspitze an, tauchte sie in das Pulver, tippte die Zunge an und verzog das Gesicht. »Bitter, das muss Salpeter sein.«

»Das hätte ich mich nicht getraut«, gestand Konrad.

»Ich kenne das Mineral, die Salpeterer aus dem Hotzenwald sammeln es in den Ställen ein. Es entsteht, wenn das Erdreich mit Jauche getränkt ist. Manchmal kommen sie auch bei uns vorbei. Sie brauchen es für die Schießpulverproduktion. Es ist ein weißes Salz, das im Gestein ausblüht. Sie kratzen es von den Wänden.«

»Hut ab, du kennst dich aus. Schießpulver? Wozu brauchen sie das?«

»Die Hauensteiner, wie die Salpeterer auch genannt werden, weil sie in der alten Grafschaft Hauenstein südlich von St. Blasien leben, sind ein aufrührerisches Volk. Ihr Konflikt mit Abt Augustinus schwelt schon seit Jahren. Sie erkennen seine Vorherrschaft nicht an. Sehen sich nur dem Kaiser untertan. Ich glaube, sie scharen sich wieder zusammen, der Abt hat das Kloster verlassen, um sich zu kurieren. Diese Führerlosigkeit und Schwäche werden sie nutzen.«

»Interessant …«

»Aber wir wissen immer noch nicht, wie die Flusssäure nun hergestellt wird. Wenn wir Schwefel und Salpeter vorfinden, müssen das die Bestandteile sein. Vielleicht kennen sich die Salpeterer aus? Es dauert mir aber zu lange, sie zu fragen.« Marie drehte sich suchend im Kreis. »Die Feuerstelle? Was wurde dort gekocht oder gebrannt? Habt Ihr nie zugesehen?«

Konrad hob bedauernd die Schultern.

Marie betrachtete den Kessel genauer, er hatte eine Art Glasbodeneinsatz, den man herausnehmen konnte. Sie hob ihn an und roch daran, dabei passte sie penibel auf, die Fläche nicht zu berühren.

Das dicke Glas hatte die Form einer Schale. Marie hielt es gegen das erste Licht des Tages. »Es sind Pulverreste darauf.«

»Kann auch Staub sein, das Zeug steht schon lange rum. Ich habe es nie angefasst, wie gesagt.«

»Vielleicht hat man die beiden Zutaten zusammen erhitzt, gebrannt, ich habe keine Ahnung. Käme auf einen Versuch an.«

Konrad sah sie entsetzt an. »Das verbiete ich dir. Meine Frau, mein Schwiegervater und dein Onkel sind bei diesen Versuchen ums Leben gekommen. Ich dulde in meinem Schuppen keine weiteren Experimente. Wir müssen anderweitig an das Rezept kommen.«

»Flusssäure ist flüssig. Das heißt, sie müssen Wasser dazugemischt haben«, stellte Marie unbeeindruckt von seinen Bedenken fest. »Konrad, vielleicht müssen wir die beiden Pulver zusammen brennen und mit Wasser versetzen? Wir sollten nur darauf achten, dass wir es nicht berühren.« Ihre Augen leuchteten.

»Nein, nicht bevor wir alle anderen Möglichkeiten ausgeschöpft haben.«

»Ihr meint Pater Cajetano?«

»Ja, Pater Cajetano. Es wäre doch sicherer, erst einmal im Kloster nachzuforschen, wie dein Freund Borromäus angedeutet hat.«

»Hm«, meinte Marie, »wir sollten lieber keine schlafenden

Hunde im Kloster wecken.« Sie vergrub ihre Hände in den Taschen, als wolle sie verdeutlichen, dass sie nichts von seinen Reagenzien berührte, obwohl es sie reizte.

***

Klara wischte sich das Gesicht mit dem Ärmel ab, zog die Rotznase hoch und jammerte leise vor sich hin. Es half nichts, wenn Vater Michael, der Glasvogt, sich etwas in den Kopf gesetzt hatte, musste es genau so geschehen. Sie solle einen Braten aufsetzen, eine Gesandtschaft habe sich angemeldet. Was diese Leute wollten, wusste sie nicht. Es interessierte sie auch nicht. Von den Geschäften verstand sie sowieso nichts.

Einen Braten, wie sollte sie das bewerkstelligen? Dazu noch an einem Freitag. Wo doch jeder wusste, dass das in den katholischen Gebieten eine Sünde war. Noch nie hatte sie sich ums Kochen gekümmert. Das war immer Franziskas Aufgabe gewesen, die ausgerechnet heute bei den Holzmachern war, um Asche einzusammeln. Sie musste dringend Pottasche brennen. Die Lieferung an weißem Glas fürs Kloster war überfällig.

Es roch verbrannt, die ganze Küche glich einer Rauchkammer. Der Braten war auf der Außenseite schwarz und innen noch roh. Sicherlich bekam sie dafür Schläge. Sie hätte verzweifeln können.

Da erregte plötzlich ein fremdes Geräusch ihre Aufmerksamkeit. Ein Knattern und Poltern verriet ihr, dass ein Gespann den Weg entlangkam. Sie eilte zur Haustür, um mehr sehen zu können.

Es waren fremde Leute; zwei Männer, eine Frau. Sie waren gut gekleidet, im Sonntagsstaat. Sollte das schon die besagte Gesandtschaft sein? Mit einer Frau?

Kaum war das Gespann zwischen Gasthaus und Glashütte zum Stehen gekommen, öffnete sich die Tür der Glasmacher. In ihrer Arbeitstracht traten sie hervor, um zu sehen, wer da wohl vorfuhr. Außer dem Glasvogt Michael wusste niemand von dem

Besuch. Er war deshalb der Einzige, der sich sauber gekleidet hatte.

Die Kunde von der Ankunft der Fremden hatte ein Holzmacher übermittelt, der der Abordnung in Grünwald begegnet war. Die Besucher kamen aus der Schweiz und hatten in der alten Glashütte bei Grünwald genächtigt. Von ihrem Herrn entsandt, waren sie unterwegs in Sachen Glaskunst. Mehr hatte der Holzmacher nicht gewusst.

Michael Sigwarth reckte seinen Bauch, als wolle er mit seiner Masse die Macht im Dorf demonstrieren, was ihm auch gelang. Einer der beiden fremden Männer ging zielstrebig auf ihn zu. »Ihr müsst der Glasermeister Sigwarth sein.« Sein eidgenössischer Zungenschlag hätte ihn auch ohne Vorwarnung durch den Holzmacher spätestens jetzt verraten.

Michael nickte wohlgefällig. »Richtig. Und Ihr seid die Abordnung aus der Schweiz?«

»Abordnung? Wie kommt Ihr darauf?«

»Man ist informiert.«

»Aha.« Der Mann deutete lachend auf den Kaminabzug der Glashütte. »Gibt man sich im Wald noch Rauchzeichen? Mein Name ist Beat Süberli. Ich komme tatsächlich im Auftrag von Johann Baptist Rusconi aus Luzern, und das sind mein Bruder Anton und mein Weib Ricarda.«

Inzwischen war die Frau ebenfalls abgestiegen, hielt ihre Nase in die Luft und bekundete: »Ich glaube, hier riecht etwas verbrannt.«

Erst jetzt sahen die Versammelten den dicken schwarzen Qualm aus der Haustür des Glasvogts aufsteigen. Klara, die sich plötzlich im Mittelpunkt fühlte, deutete die entsetzten Gesichter richtig und eilte kreischend in die vernebelte Küche, dicht gefolgt von der fremden Frau aus der Kutsche. Die war sich ihrer Sonntagskleidung nicht zu schade und hievte den gusseisernen Topf mit Hilfe von Geschirrtüchern vom Herd.

»Maidle, der ist dir aber ordentlich verkohlt. So wie ich das sehe«, sie hob den Deckel und wurde erneut eingenebelt, »ist da nichts mehr zu retten. Vielleicht sollten wir im Gasthaus nach einem Mahl fragen. Das taugt nur noch für den Saukübel.« Trotz ihrer feierlichen Aufmachung schien Ricarda sich im Haushalt auszukennen. »Mach dir nichts draus. Ist mir auch schon passiert, als ich noch so jung war wie du.«

Wenigstens konnte Michael jetzt nicht mehr über die mangelnde Kochkunst seiner Tochter klagen. Der Braten war zwar im Eimer, das ließ sich aber glücklicherweise auf das Eintreffen der Kutsche schieben.

Als Michael das Desaster überschaute, schickte er nur vernichtende Blicke zu seiner Zweitältesten. Das würde ein Nachspiel geben, so viel hatte Klara kapiert. Doch im Moment konnte er sich nicht weiter mit ihr befassen, denn der Kutscher übernahm das Kommando, indem er Michael ins Wirtshaus einlud.

Dort war man an einem hellheiteren Werktag nicht unbedingt auf hohen Besuch eingestellt, aber die Wirtin Emma ließ sich nichts anmerken. Sie hantierte sogleich in der Küche, und während sie eine Mehlsuppe einbrannte, schickte sie die Töchter zum Fischer an den Schluchsee hinunter. Er hatte seine Hütte auf halber Höhe nach Äule und das Fischereirecht des Klosters inne. Dazu gehörte die Versorgung der Glashüttenleute von Äule mit frischem Fisch an Freitagen.

»Wir haben Kunde von Eurer Glaskunst. Die Glasmacher St. Blasiens sind bekannt für ihre Arbeiten. Neulich erhielt mein Herr eine Sendung von Eurem kostbaren weißen, gerutschten Glas«, sagte der feine Herr Süberli zur Begründung seines Besuchs. »Er war voll des Lobs und wollte wissen, woher die Ware stamme.«

Leider kam er nicht weiter in seinen Ausführungen, weil die Wirtin mit in den Hüften aufgestützten Armen neben die Fremden trat und sie in ein Gespräch verwickelte. Dazu reichte sie von dem kostbaren Wein aus dem Unterland, wie man die Rheinebene bezeichnete. Dass sie nur Zeit gewinnen wollte, bis die Fische den Weg in die Pfanne gefunden hatten, ahnte niemand.

Angesichts der Verköstigung mit edlem Wein wagte keiner,

die Wirtin in ihrem Redefluss zu unterbrechen. Erst als sie die hintere Tür schlagen hörte, entschuldigte sie sich und verschwand in der Küche. Flugs servierten die Töchter die Mehlsuppe mit Rahm und Giersch. Daraufhin reichte Emma Brot mit Bibbeleskäse, der so hieß, weil man mit der gestockten Milch samt klein geschnittenen Kräutern gern auch die Küken, die Bibbele, fütterte, wie sie den Gästen erklärte.

Kurz darauf brutzelten die Forellen in Butterschmalz und erfüllten den Raum mit ihrem Duft. Dazu gab es gesottene Rüben mit Apfelmus.

Emma servierte ihre edelsten Tropfen.

Sie bemerkte bei der nächsten Bestellung Michaels fragenden Blick und deutete seine wortlosen Bedenken richtig, zeigte ihm mit einem leichten Nicken, dass die Fremden die Zeche übernehmen würden.

Unterdessen war Franziska von ihrer Tour zurück und schüttete die gesammelte Asche aus ihrer Rückenkrätze in das vorgesehene Becken des Laboratoriums. Ihr Vater Michael Sigwarth hatte die verwüstete Aschenküche – ein separates Steingebäude gegenüber dem niedergebrannten Wohnhaus des Aschenbrenners – wieder aufräumen lassen, denn die Arbeit musste weitergehen. Mit dem Aufbau des eigentlichen Aschenbrennerhauses wollte er sich Zeit lassen. Marie könne den Winter über im Sigwarth-Haus unterkommen, hatte er seinen Töchtern gesagt.

Franziska klopfte die Asche aus ihren Röcken und näherte sich dem Elternhaus. Da fiel ihr Augenmerk zuerst auf den schlafenden Justus, der sich in eine Ecke bei der Kapelle verzogen hatte. Sicherlich musste er seinen Rausch ausschlafen. Nicht weit davon entdeckte sie die fremde Kutsche zwischen Vogt- und Gasthaus. Die Pferde waren abgespannt und wurden vermutlich im Stall des Gasthofes versorgt. Für solche Fälle waren zwei Stellplätze vorgesehen. Sie hatte noch nie erlebt, dass beide besetzt waren. Hin und wieder stellte ein Händler seinen Gaul für eine Nacht unter, aber gleich zwei Pferde?

Sie konnte die Tiere und Peter, den Sohn des Wirts Hilari, durch die offene Stalltür sehen. Neugierig geworden, ging sie hinein.

»Die Herrschaften kommen aus Luzern«, vermeldete Peter, der vielleicht zwei Jahre jünger als Franziska war, wichtig. »Sie haben den Glasvogt eingeladen. Wenn die so weitersaufen, ist das Fass bald leer.«

»Und was wollen die hier?«

»Du weißt doch, dass man nicht lauschen soll.« Peter zwinkerte ihr zu. »Die Herrschaften wollen eine Glashütte gründen und brauchen jemanden, der ihnen zeigt, wie das geht.«

»Luzern? Wo liegt das Dorf?«

»In der Schweiz, weit über dem Rhein. Noch weiter als die Propstei Klingnau. Mindestens drei Tage weit. Luzern ist kein Dorf, sondern eine Stadt.«

Die Propstei Klingnau war der am weitesten entfernte Amtssitz St. Blasiens, den sich die Einheimischen noch vorstellen konnten. Die wenigsten dürften je dort gewesen sein, wussten aber, dass er jenseits des Waldes lag.

»Und mein Vater sitzt dabei, sagst du?«

Peter nickte. »Er säuft mit.«

»Ob das ein gutes Zeichen ist?«

***

»Mama!«, rief Jakob und kam zum Schuppen gerannt.

Marie und Konrad zuckten zusammen wie ertappte Kinder beim Naschen.

»Was macht ihr hier? Die Gefangenen sind fort, und Borromäus liegt im Ziegenstall und schnarcht wie ein Bär.«

»Was?«, riefen sie erschrocken.

»Benedikt und Clewi?«, fragte Konrad.

»Der Bauer schläft noch auf der Ofenbank, bei Benedikt oben war ich nicht. Ich habe Hunger.«

»Wir kommen«, sagte Marie.

Konrad schloss den unbekannten Teil des Schuppens ab und folgte Marie ins Haus. Niemand, nicht einmal sein Sohn, wusste, dass sich hinter all dem Krempel ein geheimes Laboratorium befand.

Marie war vorausgeeilt und schüttelte Borromäus heftig. Er war fast nicht wach zu bekommen. War er vergiftet worden? Wie sonst konnten die Brüder fliehen? Panik kam in ihr auf, und sie warf sich Eigennutz vor, war nur am Rezept interessiert gewesen und hatte nicht nach ihm gesehen.

Durch den Tumult geweckt, kam nun auch Benedikt verschlafen die Stiegen herunter. »Was ist denn los?«

»Sie sind geflüchtet, hast du etwas damit zu tun?« Misstrauen schwang in Konrads Frage mit.

»Halt! Lass ihn, er ist unschuldig«, rief Borromäus und fuhr durch seine Mähne, als müsse er erst richtig wach werden. »Ich habe so tief und fest geschlafen wie schon seit Tagen nicht mehr. Johann steht draußen beim Wasserfall, dort habe ich ihn angebunden. Die beiden wollten sich davonmachen. Rupert ist auf der Flucht vermutlich ums Leben gekommen. Er ist bei Dunkelheit am Wasserfall abgestürzt.«

»Mein Gott, und wir haben nichts mitbekommen.« Marie hielt sich die Hand vor den Mund. Die anderen standen wie versteinert.

»Rupert ist tot?«, fragte Benedikt entsetzt. »Was geschieht jetzt mit Johann?«

»Ich bringe ihn hoch zum Bergvogt, der wird ihn überstellen. Vielleicht kommt er mit einem blauen Auge davon. Ich glaube nicht, dass er den Händler erschlagen hat«, sagte Borromäus.

»Benedikt, vielleicht gehst du nachher mit zum Bergvogt. Ihr müsst die Sache klären, das sind wir dem Toten schuldig.« Konrad reichte seine kargen Lebensmittelreste den Gästen.

Johann wirkte wie ein Häuflein Elend. Seine Lippen waren blau vor Kälte, er zitterte wie Espenlaub, ihm liefen Rotz und Tränen übers Gesicht, als Borromäus und Benedikt am Wasserfall eintrafen. Während der Blaufärber ihn befreite, schaute Benedikt in die tosenden Fluten der Schlucht. Ihm lief eine Gänsehaut über den Rücken. Durch die Schneeschmelze der letzten Tage hatte der Wasserfall an Intensität zugenommen. Die Todtnauer würden wohl bald den nächsten Toten aus dem Fluss bergen müssen. Ein Sturz in die wilden Wassermassen war nicht zu überleben.

»Auf zum Bergvogt. Ich rate dir, keine Räubergeschichten aufzutischen und bei der Wahrheit zu bleiben, dann sorge ich dafür, dass du ein Morgenmahl mit heißem Tee bekommst. Der Rest ist Sache der Obrigkeit. Deinen Bruder kann niemand mehr retten«, sagte Borromäus.

»I-ich mache, was Ihr verlangt, bringt mich nur weg. Ich wäre b-beinahe erfroren.« Johann klapperte so sehr mit den Zähnen, dass die Worte kaum verständlich hervorkamen.

»So schnell stirbt es sich nicht«, erwiderte Borromäus barsch. »Der Händler wäre mit der Zeit in seinem Suff im Stollen auch erfroren, und daran wärst du mitschuldig gewesen. Hätte dein Bruder ihn nicht vorher erschlagen und somit die alleinige Schuld auf sich geladen.«

»*Rupert* hat ihn erschlagen?« Benedikt war davon ausgegangen, dass der Händler Severin orientierungslos in der Dunkelheit in einen Schacht gefallen sei. So wie er beinahe.

Abermals hielt er sich jene Nacht vor Augen. ›Der Schatz des Berges ist mein rechtmäßiges Erbe.‹ Ihm gingen die letzten Worte des Fremden durch den Kopf, danach hatte es gekracht. Was, wenn Severin nicht den Schädel angeschlagen, sondern das Beil seinen Grind zertrümmert hatte? Das hieße, dass Rupert zu jenem Zeitpunkt im Stollen gewesen war. Wollte er den Händler von Anfang an ausschalten oder erst, als er diesen Satz gehört hatte?

Benedikt wurde bewusst, welches Glück er gehabt hatte, nicht auch von ihm erschlagen worden zu sein. Vermutlich, weil Rupert damit hatte rechnen müssen, dass jeden Moment sein Bruder Johann zurückkommen konnte? Er fühlte sich elend, glaubte, seine Beine gäben nach, als er hinter Borromäus aufwärtsstieg. Dieser hatte Johann wie ein Opferlamm über seine breiten Schultern geworfen.

Sie kamen schnell voran, halfen sich gegenseitig über die steilen Felspassagen. Der Wasserfall stürzte einen Fußbreit nebenan in gähnende Tiefe. Nach der Engstelle durchquerten sie ein Waldstück und kamen zwischen lieblichen Matten und Wiesen dem Ort näher.

Sie blieben nicht lange unentdeckt. Die wenigen Menschen, die unterwegs waren, schauten mit offenen Mündern, andere gafften hinter den Fensterläden auf das ungleiche Trio. Keiner wagte, den stämmigen bärtigen Mann zu fragen, was es mit dem Kerl auf seinen Schultern auf sich hatte und warum der Sohn des Schindelmachers wie ein Schaf hintendreintrottete. Etwas, so war allen klar, mussten die beiden ausgefressen haben.

Als sich die drei zum Herrihof begaben, kam Leben in die Leute vom Dorf.

»Vielleicht haben die den Büreten angezündet?«, mutmaßten sie hinter vorgehaltener Hand. »Oder den Händler erschlagen, den man in Todtnau unten aus dem Wasser gefischt hat.«

Der Bergvogt vom Herrihof hatte die seltsamen Wanderer schon beobachtet, als sie aus dem Wald gekommen waren. Er stand erwartungsvoll und breitbeinig in der Haustür, seine Arme in die Hüften gestemmt. Die Pfeife zwischen seinen Zähnen dampfte unentwegt, ohne dass er sie aus dem Mund genommen hätte. Nur die Lippen bewegten sich unter seinem Bart wie die der Fische, die den Bachgrund nach Nahrung absaugten. Seine Art, sich die Aufregung nicht anmerken zu lassen. Er witterte Arbeit als Vertreter der Gerichtsbarkeit, wichtige Arbeit. Außer Streitigkeiten der Bauern um Grundstücksgrenzen oder Wasserrechte für das Vieh gab es für ihn nicht viel zu tun. Das würde sich nun ändern.

»Ihr seid der Bergvogt, hat man mir gesagt.« Borromäus entledigte sich seiner Last und rang nach Atem. Der Herrihof lag auf einem steilen Hügel hoch über der alten Bergmachersiedlung.

»So ist es. Berthold, man nennt mich auch Schwörer. Was führt Euch zu mir?«, fragte er zwischen den Zähnen durch.

»Ich bringe Euch zwei Zeugen eines Verbrechens, und wenn Ihr was aus dem Kerl da«, Borromäus deutete auf den wimmernden Johann am Boden, »herausbekommen wollt, müsst Ihr ihn erst aufwärmen und anfüttern, sonst stirbt er Euch unter den Händen weg. Das wäre schade.«

Der Bergvogt schnaubte, so redeten die Leute sonst nicht mit ihm. Er war eine Respektsperson, leider wusste er nicht, wer dieser Bär von Mann war. Vorsicht war geboten.

Schließlich bat er die Ankömmlinge herein und rief seiner Frau zu, sie solle Brot und heißen Tee bringen, ach ja, und etwas Anke – wie die Butter auf dem Wald genannt wurde.

Dann kritzelte er die Aussagen der Burschen mit Federkiel und Tinte mühsam auf Papier. Gegen Mittag hatte er sein Protokoll fertig und entließ die Zeugen, nachdem sie mit Daumenabdruck unterschrieben hatten, in die Freiheit.

Johann Abele wollte er der Obrigkeit vorführen und deren Urteil abwarten. Das konnte dauern, das hohe Gericht tagte nur, wenn ein paar Fälle zusammenkamen. Und das war momentan sein einziger Fall, er wusste auch von keinem anderen im Einzugsgebiet St. Blasiens.

Die Entschädigung der Obrigkeit für die Verköstigung während der Haft war gering. Daher würde er sich auf das, was den Gefangenen bis zur Verhandlung am Leben hielt, beschränken. Wasser und Brot. Dies tat er auch kund.

***

Justus war so tief in seine Traumwelt versunken, dass er die Kutsche, die unweit von ihm hielt, nicht bemerkte. Das Gezeter um den verkohlten Braten ebenso wenig. Erst als ein Kind ihn schüttelte und fragte, ob er die kalten Reste des Mittagsmahls haben wolle, erwachte er.

Im ersten Moment wusste er nicht, wo er war, und erschrak

fürchterlich. Er kannte das kleine Mädchen nicht, sprang auf und wollte es verscheuchen. Es war geistesgegenwärtig genug, die Schüssel wieder an sich zu nehmen, und rannte Richtung Gasthaus. Justus hinterher.

Plötzlich hielt er inne; eine Kutsche! Wie schön sie war. Er drehte sich um und suchte deren Besitzer. Als er niemanden entdecken konnte, stieg er kurzerhand auf, befühlte das edle Leder der Sitzbank, besah die blinkenden Messingteile und überlegte, ob es Gold war. Schließlich nahm er auf dem Kutschbock Platz, schnalzte mit der Zunge, als ob er einen Vierspänner antreiben wollte, und schrie laut: »Hüa!«

Da sich die Pferde bereits im Stall befanden, hüpfte er wie wild auf dem Ledersitz herum, beugte sich nach links und rechts, als würde er mit einem imaginären Gespann in steile Kurven fahren.

Es dauerte nicht lange, bis sich die Türen des Gasthofs öffneten und eine kreischende fremde Frau im Prinzessinnenkleid herausstürzte, gefolgt von drei Herren, einen davon kannte er, es war der Glasvogt Michael Sigwarth. Die Männer hielten sich die Bäuche vor Lachen, während die Frau mit einem Schirm herumfuchtelte und seltsame Flüche ausstieß, die er nicht verstand.

»Ricarda, mir scheint, du hast einen neuen Kutscher, einen Schwachkopf in Mönchskutte!«

Justus war sich seiner Rolle als Spaßvogel gleich bewusst, hielt der Frau die Tür zum Kutschbock auf, verneigte sich und sagte: »Madame einsteigen, bringe dich, wohin du wollen!«

Damit war ihm zumindest ein warmes Abendessen sicher, die Schweizer amüsierten sich köstlich. Nur der Glasvogt schnaubte und machte gute Miene zu bösem Spiel.

***

Es war bereits später Nachmittag, als Cajetanos Magen laut knurrte. Das Klosterleben hatte seinen täglichen Ablauf genommen, wie er an den Andachten hören konnte. Aber niemand war gekommen, um ihm etwas zu bringen. Hatten sie ihn vergessen?

Allmählich verließ ihn seine Zuversicht, das Vertrauen in Gott schwand. War dies ein schlechtes Omen? Sollte er den Dämon noch nicht besiegt haben?

Wieder kniete er nieder und betete. Und wieder schweiften seine Gedanken zu seiner Schwester, so als müssten sie bei ihr verweilen. Warum kam Berte ihm ausgerechnet heute in den Sinn? Er hatte lange nicht mehr so intensiv an sie gedacht. Deutlich konnte er ihr Bild vor sich sehen. Sie schien ihn zu rufen.

Erschöpft schlief er wieder ein.

Die Sonne neigte sich schon gen Westen, als er wieder erwachte. Er fühlte sich ausgezehrt, noch war keiner der Brüder gekommen. Keine Mahlzeit, nicht einmal Wasser. Augustinus wusste, dass er gegen die Macht des Teufels ankämpfen musste. Es diente dazu, seinen Glauben zu stärken. Die Askese war eine Prüfung.

Cajetano dürstete. Seine Lippen waren trocken, seine Zunge klebte am Gaumen fest. Die Sinne wurden schwächer, die Gedanken drifteten ab. Er sah wirre Bilder, Feuer, Schreie und Berte, wieder Berte! Weinte sie, oder rief sie ihm etwas zu? Er konnte sie nicht hören. Er stöhnte.

Jemand klopfte ihm die Wangen, beträufelte seine Stirn. Ein feuchter Schwamm benetzte sine Lippen. Wasser! Gierig sog er daran. Schlug die Augen auf und flüsterte: »Was ist geschehen? Berte?«

»Berte? Ihr habt geträumt, Pater, ich bin's, Bruder Mario. Augustinus schickt mich, Euch zu stärken. Eine Nacht und einen Tag ohne Essen und Trinken sollten Eure Sinne geläutert haben. Ich habe Euch eine Suppe hingestellt.«

Dann schloss sich die Tür wieder.

Kapitel 7

Jakob fütterte die Ziegen, während Marie sich mit Konrad allein in der Küche wähnte.

»Wie kommen wir an Pater Cajetano heran? Er ist Euer Bruder, habt Ihr da keine Möglichkeit?«, fragte Marie. Sie wollte endlich das Geheimnis lüften, glaubte, nahe dran zu sein.

»Das Verhältnis zu meinem Bruder ist angespannt. Er und Berte waren von klein auf ein Herz und eine Seele, sie waren fast gleich alt. Ich, das schwarze Schaf der Familie, bin vier Jahre jünger. Für sie war ich ein Eindringling und Rebell.«

»Wie kam es dazu? Zum Rebellen, meine ich.«

»Die Drohung vor dem göttlichen Strafgericht hat mich irgendwann nicht mehr eingeschüchtert.«

»Welche Drohung?«

»Vater und Mutter hatten wenig Zeit für uns Kinder. Meine großen Geschwister Berte und Cajetano – damals hieß er noch Karl – haben mir eingebläut, dass Gott alles sieht und hört, wenn ich nicht gehorche. Ich hatte Angst vor diesem allmächtigen Gott. Aber irgendwann habe ich das nicht mehr geglaubt.« Konrad grinste verwegen.

»Was war der Grund?«, fragte Marie.

So hatte Theis auch immer geschaut, wenn er eine gute Geschichte auf Lager gehabt hatte. »Ich habe einen Benediktiner bei einer Sünde beobachtet und mir gedacht, wenn der das macht, ohne dass er bestraft wird, kann Gott nicht so grausam sein. Schließlich wohnt der Mönch im Kloster, einem heiligen Ort.«

»Was hat er denn gemacht?«

»Er hat sich am heiligen Karfreitag von unserer Magd in der Speisekammer mit Würsten füttern lassen, und dabei haben beide gelacht und sich amüsiert. Am Sterbetag Jesu!«

»Eine schwere Sünde«, sagte Marie ironisch, »vielleicht haben sie sich auch sonst vergnügt?«

»Das kann ich nicht sagen, dazu war ich noch zu jung. Aber Würste am Karfreitag? Das war für mich als Kind so unfassbar schlimm wie ein Ritt direkt in die Hölle. Wir mussten das ganze Jahr darben, damit wir an den hohen Feiertagen etwas Festliches zu essen bekamen, und dieser Mönch ließ sich mit unseren Kostbarkeiten füttern. Am letzten Fastentag vor der Auferstehung Jesu. Ich weiß nicht einmal mehr, warum er bei uns war. Er kam öfter. Ich glaube, er war ein Vetter meiner Mutter. Meine Geschwister haben ihn wie einen Heiligen angehimmelt und sind vor ihm auf die Knie, wenn er ihnen über den Kopf gestrichen und ein Kreuz auf die Stirn gemalt hat. Sie haben mir gesagt, dass er im Kloster wohne, also fast bei Gott. Dass er mit Gott reden und alles erzählen könne. Ich hatte Angst vor ihm, bis zu jenem Karfreitag.«

Konrad schüttelte den Kopf und lachte. Er wirkte so viel freundlicher, fand Marie und lachte mit.

Plötzlich stand Clewi in der Küchentür. »Was gibt es zu lachen?« In seinem Gesicht lag Verwunderung. Er hatte den ganzen Vormittag verschlafen.

Die beiden schauten ihn an, als hätten *sie* sich mit den Karfreitagswürsten vergnügt. Es gehörte sich nicht, angesichts des Elends, das den Schwager getroffen hatte, zu lachen.

»Clewi! Wir dachten, du schläfst. Hoffentlich haben wir dich nicht geweckt. Wie fühlst du dich?«, fragte Konrad.

»Danke, es geht mir besser.«

»Wir haben überlegt, ob Cajetano wohl zur Beerdigung von Berte kommen wird«, log Konrad.

Marie schaute beschämt zu Boden. Ihre Wangen brannten. Das hieß, Stillschweigen bewahren. Konrad schien nicht gewillt, seinen Schwager einzuweihen, zumindest nicht jetzt in dieser schweren Zeit der Trauer.

Clewi antwortete mit einem »So?«, was bedeutete, dass er ihnen nicht glaubte, doch er ging darauf ein. »Davon gehe ich aus, der Bergvogt muss wegen der Burschen sowieso Meldung nach St. Blasien geben. Da kann er gleich dem Pater Bescheid sagen. Ich werde beim Herrihof vorbeigehen und ihn darum bitten.«

»Fühlst du dich denn schon kräftig genug?«, fragte Konrad, froh über die gelungene Ablenkung, »du kannst dich gern noch eine Weile bei mir erholen. Den Hof bringst du vor dem Winter nicht mehr aufgebaut, und deine Töchter sind versorgt.«

»Danke, Konrad, ich muss noch einiges regeln. Wir müssen die Opfer in den nächsten Tagen beerdigen. Will ich im Frühjahr mit dem Aufbau des Hofes anfangen, brauche ich die Genehmigung für den Holzeinschlag vom Kloster. Die muss mir der Bergvogt besorgen, ich brauche sie noch vor dem Wintereinbruch. Das Bauholz für die Balken muss am Thomastag, also am 21. Dezember um die Mittagszeit, geschlagen werden. Das weißt du. Bis dahin ist der Saft aus den Stämmen, und das Holz bleibt für die nächsten Generationen haltbar. Ich brauche für den Einschlag alle verfügbaren Männer aus den umliegenden Dörfern. Ich muss schauen, wo mein Vieh überall untergebracht ist. Was man aus der Brandruine noch retten kann.«

»Übernimm dich nicht«, warnte Konrad.

»Ich bin schon froh, dass Maries Begleiter sich um die Burschen kümmert. Der Hof, die Tante Agnes, meine Berte und die Magd. Das reicht. Konrad, ich mach mich auf den Weg. Ich habe keine Zeit zu verlieren.« Clewi sah Konrad abwartend an.

»Ist noch was?«

»Irgendwie hatte ich den Eindruck, dass dich«, er schaute zu Marie, »dass euch etwas bewegt. Hat es mit dem Tod deiner Lisbeth und ihrem Vater zu tun? Den Leuchtsteinen? Und damit, dass Cajetano ihnen den Satan ausgetrieben und die Beichte auferlegt hat? Berte und du, ihr habt euch seither nicht mehr gesehen. Sie hat es dir immer noch nachgetragen. Du hast dich rargemacht. Bis jetzt.« Er reichte Konrad die Hand. »Es hat mich gefreut, dass du gestern in der Not den Weg zum Büreten gefunden hast. Auf einen Neuanfang. Das Schicksal hat uns verbündet. Wenn ich dir helfen kann, sag es.«

Konrad erwiderte den Handschlag. »Das weiß ich zu schätzen. Danke.«

Dann ging Clewi, ohne sich nochmals umzudrehen – wie es die Art eines Schwarzwälders war.

Konrad betrachtete Marie lange. »Der legt uns keine Steine in den Weg. Mit Cajetano ist auch Clewi nicht Gutfreund. Sollte mein Bruder das Rezept haben, wird er uns das Geheimnis nicht verraten. Die Sache ist schließlich des Teufels – oder des Klosters. Wie man's sieht. Wir müssen einen anderen Weg finden.«

»Die Salpeterer?« Marie wog die Möglichkeit ab. »Kennt Ihr keinen aus der Einung?«

Konrad schüttelte den Kopf. »Die Salpeterer sind am Hochrhein, die kommen nicht in unsere Gegend. Ich vermute, dass die sich mit Mineralien vom Urberg eindecken, das liegt für sie näher. Dort gibt es einen alten Stollen aus dem 14. Jahrhundert, die Grube Gottesehre. Wie überall im Schwarzwald wurde dort Silber abgebaut, sie führt auch andere Erzgänge. Aber ich kenne mich da nicht aus.«

»Ich auch nicht. Ich weiß nicht, ob die Salpeterer noch andere Stoffe herstellen und ob sie sich mit rauchender Schwefelsäure auskennen? Die Bauern mögen sie nicht, denn die Salpetersieder haben die hoheitlichen Rechte, Gruben und Ställe aufzubrechen und das Erdreich abzugraben. Bei uns kaufen sie gelegentlich Pottasche ein, die brauchen sie, um die Salpeter auszubrennen. Hätte ich das gewusst, hätte ich nachgefragt. Erst vor ein paar Tagen war einer bei uns in der Aschenhütte, da hat Theis noch gelebt.«

»Du meinst den langen Friedolin, Mama?« Jakob war mit roten Wangen in die Küche gestürmt. »Die Ziegen fressen mir aus der Hand. Das kitzelt.«

»Der lange Friedolin? Ja, ich glaube, so heißt er, du kennst ihn?«

»Ja, der hat dem Onkel Theis eine Flasche mit faulem Eierwasser gegeben und behauptet, da wäre ein Geist drin. Dafür hat er einen ganzen Korb Pottasche verlangt.«

»Faules Eierwasser? Wie kommst du darauf?«, fragte Marie verwundert.

»Weil es wie faule Eier stinkt. Theis hat es aufgemacht, die ganze Aschenküche hat gestunken, und es hat geraucht. Wie der Flaschengeist, von dem er uns erzählt hat.«

Marie glaubte, ihren Ohren nicht zu trauen. Der Geruch von faulen Eiern – das war Schwefel. Ihr war, als zerplatze in ihrem Hirn eine Glaskugel und triebe Tausende von Splittern unter ihre Schädeldecke. Ihr wurde ganz schummrig.

Sie kniete sich zu Jakob hinunter. Da suchte sie wie eine Irre nach einer Rezeptur und jagte den Zutaten über alle Berge und Schneestürme hinterher, und Theis war im Besitz der rauchenden Schwefelsäure gewesen?

»Wo hat Onkel Theis die Flasche hingetan?«

»Er hat gesagt, das ist ein Geheimnis, nur dann kann der Geist wirken. Niemand darf es wissen.«

»Aber mir darfst du es doch sagen, ich muss für Theis den Flaschengeist freilassen. Er kann Bilder auf Glas zaubern.«

Jakob musterte beide abwechselnd. Schließlich flüsterte er ihr etwas ins Ohr.

***

Die Sonne stand tief, sie berührte fast den Bergrücken gegenüber von Aftersteg. In den Herbst- und Wintermonaten reichten ihre wärmenden Strahlen nur wenige Stunden ins Tal. Es war die Zeit der langen Schatten. Schleierwolken verdunkelten den Himmel vorzeitig. Ein leichter Wind kam auf.

Konrad stand vor dem Haus und betrachtete das Schauspiel. »Das Wetter kippt.«

Marie wusste, was das bedeutete. Sie mussten sich sputen, wollten sie noch rechtzeitig über den Berg.

Ihre Entscheidung dazu war gefallen. In Aftersteg konnte sie nichts mehr ausrichten. Niemand kannte das genaue Rezept. Ihr Weg war trotzdem nicht umsonst gewesen; sie glaubte nun, die

Zutaten zu kennen. Und wenn das stimmte, was Jakob ihr ins Ohr geflüstert hatte, wusste sie auch, wo und bei wem sie die rauchende Schwefelsäure einkaufen konnte. Konrad kam als Händler von Flussspat allemal in Betracht.

Sie schaute zum Pfad Richtung Wasserfall, Borromäus und Benedikt waren immer noch unterwegs. Ob es Schwierigkeiten beim Bergvogt gegeben hatte?

»Sie müssten eigentlich längst wieder hier sein.« Konrad schien ihre Gedanken zu teilen.

Harro, der Hund, spitzte die Ohren. Schließlich jaulte er.

»Ist gut, Harro, such!«, befahl Konrad ihm. »Ich glaube, er hat etwas gehört.«

Der Hund rannte los. Jakob hinterher. Marie wollte ihn zurückhalten.

»Lass ihn, Harro passt auf.« Konrad holte tief Luft und blickte nachdenklich in die Ferne.

»Was bewegt Euch?«, fragte Marie.

»Mir geht nicht aus dem Kopf, dass Cajetano das Rezept haben könnte. Was will er damit anfangen? Wollte er uns das teuflische Handeln verbieten? Er hortet Schätze, die er für wichtig hält. Was meinst du, wie würde der Abt reagieren, wenn er davon wüsste?«

Marie hatte sich die Frage auch schon gestellt. »Wenn Augustinus davon Wind bekommt, schlachtet er das Wissen für sich aus und zwingt uns weiter in die Knechtschaft. Wir Glasmachersippen wollen unsere Freiheit, wie sie uns Abt Romanus vor Jahren zugesprochen hat. Frei ist seither nur, wer nach dem Weiterzug der Glasmachersippen das gerodete Land kauft und bewirtschaftet. In unseren Höhenlagen eine Freiheit am Hungertuch. Zu wenig zum Leben und zu viel zum Sterben.«

»Hat Augustinus sich schon diesbezüglich geäußert?«

»Ihr meint, ob er uns darauf angesprochen hat, das neue Ätzverfahren zu versuchen?«, fragte Marie.

»Genau.«

»Nein.« Ihr dämmerte, worauf Konrad hinauswollte. »Ihr

habt recht. Er kann es noch nicht wissen, sonst hätte er uns bereits zur Herstellung gedrängt. Eine neue Einnahmequelle lässt sich der Abt nicht entgehen.«

»Wenn nun die Strafsache mit den Abele-Brüdern nach St. Blasien getragen wird, ist es vorbei mit der Geheimhaltung. Beim Gerichtsverfahren wird sich Johann um Kopf und Kragen reden und den Abt auf das Rezept aufmerksam machen.«

Marie schlug sich die Hand vor den Kopf. »Das haben wir nicht bedacht. Nun ist es zu spät. Es sei denn, wir sind schneller als das Gericht.«

Sie stand auf und lugte zum Pfad Richtung Wasserfall. Sie musste Borromäus dazu drängen, möglichst heute noch aufzubrechen, bis zum Einbruch der Dunkelheit konnten sie das Waldgebiet am Stübenwasen über Todtnauberg erreichen. Vielleicht fanden sie dort einen Viehunterstand für die Nacht.

Weiter kam sie mit ihren Überlegungen nicht. Mit Entsetzen entdeckte sie die kleine Gruppe, die ihr entgegenkam. Es waren vier Personen.

»Sakra«, entfuhr es dem Schindelmacher, »was hat das zu bedeuten?«

Die vier Personen entpuppten sich als Borromäus, Jakob, Benedikt und Johann Abele.

»Was ist passiert?«, rief Marie, als sie in Hörweite kamen.

Fragend nickte Konrad auf den ängstlichen Jüngling an Borromäus' Seite. Sollte er nicht in der Strafkammer schmoren, oben beim Bergvogt?

»Er ist mein Gefangener. Der Bergvogt hat ihn mir verkauft. Samt amtlichem Siegel.« Borromäus hob das Protokoll zum Beweis in die Höhe. »Er müsste ihn wochenlang durchfüttern, bis das hohe Gericht in Todtnau wieder tagt. Wenn wir sowieso über den Berg ziehen, können wir ihn direkt nach St. Blasien überstellen. Ich habe zudem den Auftrag vom Bergvogt bekommen, den Tod der Büretenbäuerin ihrem Bruder Pater Cajetano in St. Blasien zu vermelden. Clewi ist mit der Bitte zu uns gestoßen. Damit schlagen wir zwei Fliegen mit einer Klappe, und der Bergvogt ist sein Problem los.«

»Verkauft? Da hat der Schwörer vom Herrihof aber ein gutes Geschäft gemacht. Wie viel habt Ihr dem Luchs denn hingeblättert? Dafür, dass er keinen Ärger und keine Auslagen hat? Wenn Ihr so rechnet, mein Freund, kommt Ihr nicht weit in Eurem neuen Leben«, bemerkte Konrad aufgebracht.

Borromäus zwinkerte ihm zu. »Da sorgt Euch nicht, mein Freund«, sagte er grinsend und musterte abschätzend den Himmel. »Wir sollten uns auf den Weg machen, ehe das Wetter umschlägt. Hinter dem Berg sind wir erfahrungsgemäß von der Front noch ein oder zwei Tage geschützt. Was meinst du, Marie? Wie ich sehe, gibt es keinen Grund mehr zu verweilen. Wir müssen uns in deiner Angelegenheit anderweitig kundig machen – und was liegt da näher als das Skriptorium in St. Blasien?«

»Ich hatte denselben Gedanken«, sagte Marie. Borromäus schien ihr ein guter Partner zu werden.

Nur für den Bruchteil eines Augenschlags dachte sie daran, wie sie vor Jahren – damals schwanger – geglaubt hatte, hier in Aftersteg den verschwundenen Geliebten und Vater von Jakob zu finden. Sie hatte gehofft, auf eine große Glasträgerkompanie zu treffen, der er angehörte. In Todtnauberg hatte es immer nur Bergleute gegeben, im Frühjahr zogen lediglich die Glasträger auf ihrem Weg ins Tal die Säumerpfade herunter und sammelten sich im Gasthaus von Aftersteg. Jahre später war sie nun einem weitaus größeren Schatz in ihrem Leben begegnet: dem Schatzhauser Borromäus.

Sie verwarf die alten Gedanken, Kilian gehörte schon lange nicht mehr in ihr Leben. Dafür betrachtete sie versonnen das vertraute Gesicht Borromäus'. Aus seinen warmen braunen Augen strömte ein Gefühl von Sicherheit und Geborgenheit. Für ihn war sie kein Abenteuer, sondern eine eigenständige Frau, deren Ideen er respektierte und unterstützte. Wegen ihr und Jakob war er gar ein zweites Mal in das bescheidene Bergdorf auf der Westseite des Feldbergs gekommen.

»Hier finden wir die genaue Zusammensetzung nicht. Die Antwort liegt entweder bei den Salpeterern oder bei Cajetano. Bruder Stephanus hat Zutritt ins Skriptorium, wer weiß, vielleicht auch zu den Unterlagen des Paters, falls dieser überhaupt Notizen gemacht hat.«

Sie wandte sich Konrad zu, in dem sie einen Seelenverwandten ihres Onkels Theis gefunden zu haben glaubte. Sie fühlte sich ihm ebenso verbunden. »Ich denke, wir handeln damit in Eurem Sinne, Konrad.«

»Mein Vater und ich«, antwortete Benedikt anstelle seines Vaters, »hören uns um. Wir würden gern Eure Handelspartner werden.«

»Das ist Ehrensache.« Marie schlug ein, es war das erste Geschäft, das sie als Aschenbrennerin machte. Auch wenn es noch kein richtiges Geschäft war.

»W-wenn Ihr mich nicht an das G-gericht ausliefert, sage ich Euch, wo w-wir die Steine aus dem Stollen versteckt haben«, sagte Johann mit zittriger Stimme zu Borromäus.

»Da schau an, der Junge wagt seinen Hals aus der Schlinge zu ziehen.« Borromäus klatschte ihm auf die Schulter, dass er stolperte. »Verrate das Versteck seinem rechtmäßigen Besitzer, und wir werden sehen.«

Johann blickte verängstigt zu Konrad. »I-im Schuppen vom Großvater, hinten im Schweinetrog«, sagte er zögerlich, »d-dort liegt noch ein Gefäß mit einem Rest von der Säure.« Er räusperte sich. »E-es tut mir aufrichtig leid.«

»Danke, Johann, ich nehme deine Entschuldigung an und hoffe, du findest mit Borromäus und Marie auf den rechten Pfad.«

»Heißt das, wir gehen jetzt heim? Und du bleibst bei uns in Äule?«, fragte Jakob und strahlte seinen Schatzhauser an, als habe er den Geist der Glasmacher endgültig gefunden.

Borromäus legte Konrad einen viertel Gulden auf den Tisch.

»Für Eure Unkosten«, sagte er verschwörerisch.

Konrad blieb der Mund offen stehen, so viel Geld hatte er schon lange nicht mehr besessen. Beklommen sah er zu Borromäus auf.

»Kommt vom Bergvogt. Mehr oder weniger freiwillig.«

»Mir scheint, ich habe Euer Handelstalent unterschätzt, Borromäus Spindler. Heißt das, Ihr habt wirklich vor, heute noch den Heimweg anzutreten? Es wird schneien«, sagte Konrad. »Wenn Ihr meinen Rat hören wollt: Meidet die direkten Hirtenpfade über den Berg. Bei Schnee und Nebel verirrt man sich heillos da oben. Der Steg ist noch nicht passierbar. Am einfachsten, aber um einiges weiter wäre der Handelsweg über die hohe Wacht nach Bernau.«

»Oh, den Weg kenne ich bereits«, erwiderte Borromäus, »das wird nicht einfacher, dort gab es vor ein paar Tagen einen Murenabgang. Der halbe Hang ist mir regelrecht vor die Füße gerutscht. Ich hatte mehr Glück als Verstand, dass ich nicht verschüttet wurde. Ich kann nicht sagen, ob mehr nachgerutscht und eine Passage möglich ist. Das müssen wir vor Ort entscheiden. Es wird bald dunkel, und das Wetter schlägt um, das sehe ich genauso. Konrad, Ihr habt recht, wir steigen nach Todtnau ab und nehmen den Handelspfad. Wir werden einen Weg um den Erdrutsch herum finden.«

Mit wenigen Handgriffen war alles gepackt. Konrad reichte den neu gewonnenen Freunden ein kleines Rad Ziegenkäse als Wegzehrung, dazu einen Laib Brot, den letzten aus seinem Vorrat.

Marie nahm Konrads Hände in die ihren, schaute ihm fest in die Augen. »Danke für alles. Ich habe meinen Onkel Theis verloren und Euch dafür gewonnen. Ihr werdet von mir hören. Dürfen wir ein paar Gesteinsproben mitnehmen?«

»Nur gegen das Versprechen, gut aufzupassen bei deinen Versuchen. Ich weiß, dass du nicht die Finger davon lassen kannst.«

»I-ich hole ein paar Brocken aus unserem Versteck und erkläre mich bereit, sie zu tragen, a-als Dank, dass ich nicht beim Bergvogt in der Zelle darben muss«, schlug Johann schnell vor.

Zu schnell. »Bub, das ist ein guter Plan. Vielleicht nimmst du den Benedikt mit und wir treffen uns unten am Fuß des Wasserfalls«, entgegnete Borromäus, um ihn am Weglaufen zu hindern.

Darauf zog Jakob feierlich die von Konrad geschnitzte Flöte aus der Hosentasche. »Ich spiele noch ein Abschiedslied.« Sogleich ertönte eine einfache Melodie Richtung Tal. Dann wandte er sich an Konrad: »Eins müsst Ihr mir versprechen: Wenn wir im Frühjahr wiederkommen, will ich den Schatzstein sehen.«

Konrad lachte und versprach es.

Schließlich stiegen sie schweigend ab.

Konrad sah ihnen nach, bis sie am unteren Brunnen verschwanden. Er setzte sich auf die Bank vor der Tür und kraulte seinen Hund hinter den Ohren. Es war plötzlich ungewöhnlich ruhig um ihn herum geworden. Wie schnell man sich doch an den Umtrieb gewöhnte.

»Sag, Harro, ist das nicht eine verrückte Geschichte?«

Er nahm die Tabakdose seines Schwiegervaters aus der Tasche, öffnete sie und fuhr mit den Fingern die Inschrift nach. Er roch an der Dose, als könne sie eine alte Erinnerung wecken. Nur schwach konnte man den Tabak noch erahnen. Ein paar Krümel hatten sich im Scharnier verklemmt. Er popelte sie frei, da fiel ihm ein Stück des Metalls entgegen.

Die Dose hatte einen doppelten Boden! Wozu das? Es passte eigentlich nichts dazwischen. Vielleicht hatte sein Schwiegervater Geldscheine für die Reise darunter versteckt? Seltsam. Er betrachtete das Metallstück von allen Seiten. Jemand hatte mit einem spitzen Gegenstand etwas eingeritzt.

Buchstaben, Zahlen? Einen Namen? Wäre Marie noch hier, könnte sie es lesen. Vielleicht der Name seiner Geliebten in der Ferne. Dieses Bärbele?

Er wollte das Andenken, für das er es hielt, auf alle Fälle aufheben, drückte das Blättchen wieder hinein und steckte die Dose ein.

Als er seinen Sohn den Berg heraufkommen sah, vergaß er

das Behältnis. Für einen Moment schauten sie sich stumm an, dann lächelte er Benedikt an. Vater und Sohn hatten sich endlich gefunden.

»Hast du den Johann übergeben?«

Benedikt nickte und setzte sich zu ihm. Daneben legte er einen Sack mit Gestein ab. »Ich weiß, wo der Rest ist. Wir können ihn holen. Erzählt mir von meiner Mutter, Vater. Ich dachte immer, sie hätte etwas sehr Schlimmes getan. Ich habe oft genug mitbekommen, wie man im Dorf schlecht über uns geredet hat. Ich kann mich kaum an sie erinnern.«

»Es tut mir leid, ich war zu verbittert. Dachte, es sei besser, du vergisst sie, damit die Geschichte dich nicht belastet. Das war falsch. Man hat uns tatsächlich gemieden, das hast du richtig empfunden. Jeder hat geglaubt, dass deine Mutter und dein Großvater des Teufels waren. Ich habe Berte dafür die Schuld gegeben, mit ihrer Bigotterie hat sie die Sache ins Rollen gebracht. Schlimm genug, dass Lisbeth und Severin gestorben sind. Sogar den Berg und seine verhexten Steine habe ich verflucht. Und Cajetano. Weißt du, was er mir bei der Beerdigung gesagt hat? Gott straft die Ungläubigen. Cajetano und sein göttliches Strafgericht.«

Benedikt legte seine Hand auf den Oberschenkel seines Vaters.

»Nein, Gott hat uns ein Zeichen geschickt.«

***

Die ersten Flocken wirbelten kräftig um ihre Köpfe, als die kleine Gruppe bei schwindendem Licht die Herberge bei Geschwend erreichte. Borromäus kam es vor, als sei eine Ewigkeit vergangen, dass er dort genächtigt hatte. Dabei waren es nur ein paar Tage.

Er trug seine ganze Ausrüstung auf dem Rücken. Zum zweiten Mal schon schleppte er seinen Besitz auf die Schwarzwaldhöhen, ohne einen Ort für seine Zukunft gefunden zu haben.

Nein, so schalt er sich, ganz heimatlos war er nicht. Er hatte Marie und Jakob. Sie waren seine Heimat. Das sagte sein Gefühl, obwohl sie bisher bei all den Turbulenzen noch keine Zeit gehabt hatten, über ihre Zukunft nachzudenken. Heute Abend – so nahm er sich vor – wollte er sie fragen. Eine eigene Kammer mieten, nur für sie beide. Einen Gulden besaß er noch, den er dem Bergvogt für die Zusage, den Verbrecher der Obrigkeit zu überstellen, abgeknöpft hatte.

Er hatte nie vorgehabt, Johann wirklich ans Messer zu liefern. Seine Einschüchterung aber zeigte Wirkung – Johann trottete ergeben hinterher. Er würde ihm eine zweite Chance geben. Der Halbwüchsige hatte niemand mehr, nicht einmal einen großen Bruder, der ihn mit seinen Gaunereien über Wasser hielt. Im Land herumgezogen waren sie, ab und an hatten sie im Schuppen des verstorbenen Großvaters in Aftersteg gehaust. Borromäus kannte dieses Leben zur Genüge.

Ihm kamen die letzten Worte Ruperts wieder in den Sinn. Basel und Kilian. Eines Tages würde er eine Reise dorthin machen und nach Jakobs Vater Ausschau halten. Ob Marie noch an ihn dachte? Wenn ja, ließ sie sich nichts anmerken. Er zog es vor, über das Gehörte vorerst zu schweigen. Er wollte keine alten Wunden aufreißen, Marie erst einmal für sich gewinnen.

Er lenkte seine Gedanken zu seinen nächsten Pflichten. Er hatte Clewi versprochen, Cajetano die Todesnachricht seiner Schwester zu überbringen, nebenbei wollte er das Kloster darüber informieren, dass der Büretenbauer sein Recht auf Holzeinschlag in Anspruch nimmt. Beim Bergvogt würde die Anfrage bis zum nächsten Frühjahr liegen bleiben, so lange wollte Clewi nicht warten. So gesehen war der Pfad über Bernau nicht schlecht, St. Blasien lag am Weg.

Das Leuchten der Laterne über dem Eingang der Herberge begrüßte sie. Ihr Licht erschien Borromäus heller als zuvor. War eine neue Kerze darin?

Er kannte sich im Dürracker aus. Abgesehen von seiner Begleitung glich die Szenerie der von letzter Woche. Es schneite, und die Dunkelheit senkte sich über den Ort. Einzig er war nicht mehr allein, hatte gefunden, was er gesucht hatte: Marie und Jakob. Beide unversehrt.

Ein leichtes Frösteln überkam ihn, als er die Klinke drückte. Damals hatten er und die Wirtsleute die wilde Jagd – jene Unglücksboten aus alten Tagen – am Himmel beobachtet. Heute leuchtete hinter der Schneefront ein schwacher heller Streifen am Westhorizont. Er war violett, wie die Fluorite in Johanns Reisebeutel. Ein gutes Zeichen?

Sie traten ins Dunkel einer spärlich erhellten Stube, ein paar Einwohner saßen bei saurem Most am Tisch, eingehüllt in Nebelschwaden aus Pfeifenrauch.

»Herrgott nai, d' vorruckt Seckel isch wieder do«, begrüßte die Alte Borromäus. »Hän se dich im Saich ummegführt die Geischter? Un des Volk?« Ihre Frage klang eher wie eine Feststellung, als Volk wurde bisweilen auch Gesindel bezeichnet.

Borromäus nahm ihr den Wind aus den Segeln. »Meine Familie.«

Marie schluckte, Jakob grinste, und Johann schaute verständnislos drein, aber keiner widersprach. Einer Familie anzugehören bedeutete, Schutz zu genießen.

»Wieder Geißenstall und Suppe?« Ohne auf eine Antwort zu warten, stand die alte Wirtin auf und eilte der Küche entgegen.

»Einmal Kammer, zweimal Geißenstall und viermal Suppe.«

»Kann Er bezahlen?«

»Kann Er.«

Borromäus zählte drei Kreuzer hin, die Alte machte kehrt, griff nach den Münzen und beäugte sie. »Für jeden einen«, sagte sie, ehe sie erneut Richtung Küche verschwand.

Borromäus legte nach.

***

»I-ist dieser riesige Kerl dein Vater?«, flüsterte Johann, als die Buben es sich statt im Ziegenstall auf dem Boden der Gaststube in Geschwend gemütlich machten. Die Wirtin hatte gemeint, im Stall sei es zu kalt. Vermutlich fürchtete sie, die Geißen würden am Morgen ausgemolken sein.

Die wenigen Stammgäste waren längst gegangen, das Licht gelöscht. Es war ruhig im Haus. Nur die Balken knarzten.

»Nein, er ist der Schatzhauser, der Beschützer der Glasmacher.«

»D-du glaubst wohl noch an Märchen?«

»Er kann zaubern, du wirst schon sehen«, entgegnete Jakob.

Johann konnte nicht einschätzen, ob der kleine vorwitzige Sohn der Aschenbrennerin ihn auf den Arm nehmen wollte oder wirklich so naiv war. Seinen Gesichtsausdruck konnte er in der Dunkelheit nicht erkennen.

»Na, da bin ich gespannt. Wenn er nicht dein Vater ist, warum liegt deine Mutter bei ihm?«

»Vielleicht üben sie das jetzt«, antwortete Jakob unbedarft.

»Ihr von der Glashütte seid ein seltsames Volk. Gute Nacht, schlaf gut.« Johann drehte sich weg und zog die Decke über den Kopf.

Jakob blieb noch eine Weile unbewegt liegen, starrte an die dunkle Zimmerdecke.

Marie stand etwas hilflos in der Kammertür und sah auf das Bett. Hier sollte sie nun die Nacht mit Borromäus verbringen? Was hatte er vor? Würde er sie gleich auf das Bett werfen und über sie herfallen? Wie ein Wilder?

Sie dachte an Georg. Die Angst kroch wieder in ihr hoch. Sie krallte ihre Finger in den Türrahmen, versuchte, sich zu beruhigen. Doch ihr Herz raste. Plötzlich war alles wieder da – die Erniedrigung, der Schmerz, die Ohnmacht und die Wut.

»Du brauchst dich nicht zu fürchten, ich tue dir nichts. Komm, setz dich, ich will dir meine Schätze zeigen.«

Marie holte tief Luft, ließ sich auf der Bettkante nieder, um im Notfall aufspringen zu können.

Borromäus stand auf und holte seine Krätze. Er kramte Tiegel mit Pulver aus einem Nebenfach, ebenso blaue Gesteinsbrocken.

»Du kannst dich erinnern, wie du mich mit Jakob in der Höhle besucht hast? Ihr habt mir das Bärenfell zurückgebracht. In einer Ecke lagen viele Steine. Kobalt, wie sich herausstellte. Hier«, er legte ihr in die eine Hand einen rohen Stein, und in die andere ließ er das Pulver rieseln, »in den zwei Jahren meiner Wanderschaft habe ich gelernt, wie man sie verarbeitet. Vor allem, was man als Glasmacher damit machen kann. Ich möchte mein Wissen an dich weitergeben, wenn du willst.«

Allmählich löste sich Maries Verkrampfung, sie betrachtete die Dinge interessiert.

»Du willst mit mir in der Aschenhütte arbeiten?«, fragte sie.

»Ich wollte Theis fragen, nun frage ich dich. Es ist deine Entscheidung. Du bist die Aschenbrennerin.«

»Das Aschenhaus, unser Wohnhaus, steht nicht mehr, es ist abgebrannt. Nur das Laboratorium ist noch intakt.«

»Ich habe es gesehen. Man kann es wiederaufbauen.«

Marie lächelte. »Das würdest du tun?«

»Ein paar Helfer bräuchte es schon noch. Vielleicht kannst du so lange bei deinem Vater wohnen. Ich komme irgendwo unter, mach dir keine Sorgen.«

»Warum hast du uns eine gemeinsame Kammer gemietet?« Diese Frage hatte sie allen Mut gekostet.

»Damit wir in Ruhe reden und uns näher kennenlernen können. Es ist so viel geschehen in den zwei Jahren.«

Sie lächelte etwas steif, knetete verlegen ihre Hände im Schoß. »Gut, erzähle mir mehr von dir. Ich kenne dich nur als Jakobs Schatzhauser und Glasmännlein.«

»Ich war Soldat, wie du weißt.« Borromäus wartete auf ihre Reaktion. Als sie nickte, fuhr er fort: »Die Franzosen haben fünfzigtausend Mann am Rhein zusammengezogen. Auf der Gegenseite nahe einem Sumpfgebiet haben wir unter Prinz Eugen gelagert und den Feind beobachtet. Die Männer erkrankten an Fieber und Durchfall, sie starben wie die Fliegen. Da habe ich mich nachts beim Wasserholen entschlossen zu fliehen, ich wollte überleben, nicht an der Seuche krepieren.

Man nennt das Fahnenflucht, die mit der Todesstrafe geahndet wird.«

»Hast du deshalb in der Höhle unterhalb vom Kloster gelebt?«, fragte Marie.

»Ja, das kam später. Ich bin immer nachts marschiert, den Rhein entlang Richtung Heimat, um nicht erwischt zu werden. Tagsüber habe ich mich ausgeruht. Ich habe nicht einmal mitbekommen, dass Marschall Harcout zwar den Rhein überquert hat, aber kampflos wieder abgezogen ist. Vom Hochrhein bin ich die Alb hoch, nach Hause. Ins Dorf Urberg.«

»Urberg? Konrad hat mir erzählt, dass es dort einen Bergwerksstollen gibt.«

»Das stimmt, aber er ist schon lange nicht mehr im Betrieb. In Urberg angekommen, lebte niemand mehr von meiner Familie, oder sie waren weggezogen. Das Haus zerfallen. Niemand konnte mir etwas sagen. Ich bin jahrelang nicht mehr dort gewesen. Ziellos bin ich wieder über St. Blasien an die Alb hinunter. Wo sollte ich hin? Es war an einem kalten Abend, als ich nach einem Schlafplatz Ausschau hielt. Ich entdeckte den Unterschlupf am Fluss. Die vermeintliche Höhle war ein Fluchtstollen – wie ich am nächsten Tag festgestellt habe –, man hatte ihn im Dreißigjährigen Krieg gegraben, um vom Kloster aus über die Gruft nach außen an die Ufer der Alb zu gelangen. Im Tunnelsystem selbst habe ich mehrere Räume vorgefunden, einer glich einer Schatzkammer.«

»Eine Schatzkammer?«, fragte Marie, ihre Augen begannen zu leuchten.

»Eine Schatzkammer, ja. Ich habe die Dinge beim Schein einer Fackel angesehen und bestaunt, doch nichts berührt. Es gehörte nicht mir, obwohl es einfach gewesen wäre, etwas mitzunehmen. Es waren wundervolle Glaswaren, die ich so noch nie gesehen hatte, und sakrale Gegenstände. Ein Kirchenschatz – oder ein Klosterschatz? Ich wusste nicht genau, wo ich mich befand, und habe mich in der folgenden Nacht in der Gegend herumgeschlichen. Irgendwann war mir klar, dass ich auf dem Gebiet des Klosters St. Blasien sein musste. Ich habe am Morgen die Mönche beim Gang zur heiligen Messe beobachtet. Eines Tages kam einer in das unterirdische Labyrinth und verweilte in der Schatzkammer, er hat mich nicht gesehen. Es war Cajetano. Er kam mir sonderlich vor. Als ich am Abend raus bin, um zu jagen – mein Gewehr hatte ich noch –, sprang mir ein Mann vor den Lauf. Der Abt. Er hatte mich entdeckt.«

»Augustinus? Hat er dich gefangen genommen?« Marie war nun ganz im Bann der Geschichte.

»Ich wollte mich ergeben und sagte, er könne mich der Obrigkeit anzeigen, ich hätte meine Einheit verloren. Natürlich habe ich darauf gebaut, dass ein Mönch Gnade walten lässt. Augustinus fragte mich aus und schwieg. Daraufhin wollte ich wissen, wer der seltsame Mönch in der Schatzkammer sei. Er bat mich, ihm die Schatzkammer zu zeigen. Offensichtlich kannte er sie nicht, was mich sehr verwunderte. Er bot mir an, in der Höhle an der Alb unbehelligt zu hausen, dafür den Mönch im Auge zu behalten und ihm zu berichten, wenn etwas Besonderes vorfallen sollte. Mehr hat er mir nicht verraten. Eines Tages hat mich Stephanus entdeckt und später dein Junge, als ich im Wald war. Den Rest kennst du.«

Marie seufzte. »Ja, und meine Geschichte kennst du auch. Du bist es gewesen, der bei der Jagd einen Mann vor einem angreifenden Bären gerettet hat, den Theis bei sich aufgenommen hat. Kilian. Jakobs Vater. Mein Vater prügelte mich aus dem Haus, als er von meiner Schwangerschaft erfuhr. Theis hat mir Unterschlupf gewährt, bis Vater mich mit Georg verheiraten wollte.« Marie schwieg, es fiel ihr schwer, über das Erlebnis zu sprechen.

»Es ist gut, du musst nichts sagen. Ich weiß es und sehe, dass du darunter leidest. Er hat dir Gewalt angetan, dich als seinen Besitz angesehen. Das Schicksal hat ihn bestraft. Du brauchst dich nicht mehr zu fürchten, ich bin da.«

»Danke, Borromäus«, flüsterte Marie und wischte sich die Tränen aus den Augen, »verzeih mir.«

Er strich ihr sanft über das Haar, zog sie an seine Brust. Marie ließ es geschehen.

»Lass uns schlafen, morgen ist ein harter Tag«, flüsterte Borromäus und küsste sie auf die Stirn.

Marie hob die Decke und kroch darunter, Borromäus tat es ihr gleich, rutschte nahe an sie heran und legte seinen Arm um sie. Marie fühlte sich sicher und beschützt.

***

Justus erwachte am nächsten Morgen mit dem ersten Hahnenschrei. Er musste sich orientieren. Im Raum war es zwar kalt, aber er lag warm eingepackt in einem Bett. Einem fremden Bett. An der Stirnseite der Kammer stand ein kleines Fenster offen. Es war nicht verglast. Wie war er hierhergekommen?

Vorsichtig stand er von seinem Nachtlager auf. Durch das Leintuch pikste das Stroh. Die Unterlage war mit einem Holzkasten – einem richtigen Bett gleich – umrahmt. Die schwere Decke war mit Gänsefedern gefüllt, die steifen Schäfte der einzelnen Federn durchstachen den Bezug. Für ihn trotzdem Luxus. Im Kloster lag er auf einem Strohsack mit Wolldecke. Genug für einen, der nicht ganz recht im Kopf war und ein Leben als Nutznießer führte.

Er hielt den Schädel aus dem Fenster und erschrak – so hoch oben war er noch nie gewesen. Er befand sich in der Dachkammer des Gasthauses von Äule.

Schnell zog er seinen Kopf zurück, um die Kammer zu erkunden. Da war eine Schüssel mit Wasser, Seife und ein Handtuch, auf dem Stuhl lag seine Kutte. Er sah an sich hinunter, ein sauberes Nachtgewand bedeckte seinen Körper. Seltsam, er konnte sich nicht entsinnen, es angezogen zu haben.

Er roch an der Seife. Da kam ihm die Erinnerung: Die Frau mit der seltsamen Sprache und dem komischen Kleid mit Federnhut hatte so gerochen.

Ein Lächeln ging über sein Gesicht. Sie war eine gute Frau

und eine lustige obendrein. Hatte ihn zum Essen eingeladen, ihn liebevoll »ihren Kutscher« genannt und dafür gesorgt, dass er nicht draußen oder bei den Schürbuben am Feuer liegen musste. Ein lustiger Abend, sogar mit Wein. Viel Wein. Er war diesen Wein ebenso wenig gewohnt wie ein eigenes Bett.

Er setzte sich auf den Stuhl, schloss die Augen und roch noch einmal an der Seife. Im Kloster hatte er diese Waschrituale überhaupt nicht gemocht. Immer vor großen Feiertagen sollte er sich waschen und ein neues Gewand anziehen. Das Wasser war kalt gewesen, und die Seife hatte ranzig gerochen.

Er hielt seine Finger in die Waschschüssel. Über Nacht hatte sich eine dünne Eisschicht gebildet, die nun zersplitterte wie Glas. Nein, auch mit einer gut riechenden Seife würde er sich nicht freiwillig kalt waschen.

Er sah auf seine Kutte, nahm sie in die Hände und roch daran. Eigentlich, so befand er, hatte sie es nötiger, gewaschen zu werden. Kurzerhand warf er sie in die Schüssel, die Seife dazu.

Er hob und senkte das Gewand, wie er es beim Wäschereimönch gesehen hatte. Wohin nun mit der nassen Kutte?

Seine Suche führte ihn zum Fenster. Im Garten waren Wäscheseile gespannt, da entdeckte er in der Ferne einen klösterlichen Reiter. Kam er endlich? Stephanus?

Das nasse Kleidungsstück in der Hand, lief er die Stufen hinunter und zog eine Wasserspur hinter sich her. Schnell warf er im Hof die zusammengeknüllte Kutte über die Leine und rannte im Nachtgewand durch das Dorf seinem Bruder entgegen.

***

Wenig später erkannte der Glasvogt ein Pferd und zwei Personen vom Bachlauf heraufziehen. Mönche. War einer der beiden nur ein Laienbruder? Er trug unter seinem Umhang eine weiße Kutte.

Zwei Männer auf einem Pferd. Was war passiert? Er wollte am liebsten gleich vom Frühstücksbrei aufspringen und nachschauen, aber sein Stolz siegte. Wollten die Mönche etwas, so sollten sie gefälligst kommen und bei ihm anklopfen. Er würde ihnen nicht hinterherrennen.

So stocherte er lustlos in seinem Haferbrei herum, seine Aufmerksamkeit auf das Fenster gerichtet. Würden sie es tatsächlich durchziehen und ihnen, den Glasmachern, die Schanklizenz entziehen, wenn sie zu wenig weißes Glas herstellten?

»Stephanus und Justus«, sagte Franziska lapidar.

Michael zuckte zusammen. Er hatte seine Tochter, deren Stimme er aus der dunklen Ecke der Küche vernahm, nicht wahrgenommen.

»Sakrament, der hat mir gerade noch gefehlt. Wo kommt denn der Dubel wieder her? Die Süberli hat ihn doch ins Bett gesteckt, verrücktes Weib. Spielt die Samariterin, dem hätte ich den Schuh in den Arsch getreten. Hat sich wieder aufgeführt wie«, Michael suchte nach einem würdigen Wort, »wie ein Depp halt!«

Theatralisch warf er den Löffel in die Schüssel und näherte sich dem Küchenfenster, um die Ankömmlinge besser beobachten zu können. Sie hatten inzwischen den Vorplatz des Gasthauses erreicht und stiegen ab.

Was sollte das werden? Es war Usus, zuerst beim Glasvogt anzuklopfen.

Der Sekretarius ging zur Wäscheleine, zog ein Wäschestück zurecht und roch daran. Justus hampelte gestikulierend um ihn herum.

Was zum Teufel machten die beiden da? In Michaels Hirn formte sich ein weiterer Fluch, aber er ließ ihn nicht über die Lippen. Erst jetzt bemerkte er, dass Justus unter dem Wollüberhang nur ein Nachtgewand trug. Er schnaubte verächtlich und hoffte, dass die Gäste aus der Schweiz den Deppen so nicht zu Gesicht bekamen. Mit Sicherheit hatte er sich eingenässt oder gar eingekotet. Vielleicht auch vollgekotzt. Welchen Eindruck würden die Besucher mit in die Schweiz nehmen?

Niemals bekäme er den Auftrag, wenn man wüsste, dass in

Äule ein Depp sein Unwesen trieb und der Glasvogt nicht fähig war, dem Einhalt zu gebieten.

Ausgerechnet jetzt stieg Klara die Treppe herunter. Sie wirkte verschlafen und rieb sich die Augen. Das brachte das schäumende Fass zum Überlaufen.

Michael lief ihr entgegen und zog sie unsanft an den offenen Haaren. »So, hat das Fräulein auch schon ausgeschlafen? Nicht fähig, einen Braten auf den Tisch zu bringen, aber dem Bruder des Herrn Süberli schöne Augen machen. Glaubst du, ich habe nicht gesehen, dass ihr in die Aschenküche verschwunden seid? Bringst du mir auch noch ein uneheliches Kind heim, prügle ich es dir aus dem Leib! Du Hure!«

Klara blickte fragend zu ihrer Schwester, die es vorzog, unsichtbar im Dunkeln zu verharren. Sie deutete nur leicht mit dem Zeigefinger an die Stirn und verdrehte die Augen. Der beste Schutz war nun, sich dumm zu stellen und dem Vater den Wind aus den Segeln zu nehmen.

»Er wollte nur unsere Aschenküche sehen, Vater. Und er hat gefragt, wann denn wieder ein ordentlicher Aschenbrenner käme. Er selbst sei auch Aschenbrenner und würde gern mit ihm reden.«

Michael Sigwarth blieb der Mund offen stehen. Das hatte er nicht gewusst. Er hatte sich gestern nicht weiter um diesen schmallippigen und blassen Anton gekümmert. Ihn nur als Beiwerk des Gesandten Beat Süberli angesehen. Ein Aschenbrenner sollte das sein? Blass genug war er ja, wie sein Schwager Theis selig. Sein Alter war schlecht einzuschätzen, aber er hätte ihn für fast fünfzig gehalten.

Ein betretenes Gefühl breitete sich in ihm aus. »Und was hast du erzählt?«

»Dass unser Aschenbrenner gestorben ist.«

»Und Marie?«, fragte Franziska aus der dunklen Ecke.

»Die ist doch nicht der Aschenbrenner, sondern seine Nichte. Der Anton hätte mir sicher nicht geglaubt, dass die Marie so was kann.«

»Der Anton. So. Du nennst ihn schon beim Vornamen, was hast du noch mit ihm im Aschenhaus getrieben? Herumgehurt! Meine Weiber und dieser Klosterdepp bringen mich um Ehre, Verstand und nun auch noch um meine Zukunft. Sodom und Gomorrha. Herrgott Sakrament!«

Die Tür quietschte, und im Gegenlicht zeichnete sich die Silhouette Bruder Stephanus' ab, der sich bekreuzigte.

»Glasvogt, Ihr versündigt Euch«, sagte er und trat ein.

»Eure Scheinheiligkeit, Ihr habt mir heute noch gefehlt, was treibt Euch schon wieder ins Dorf?« Michael blieb nichts erspart.

»Ich komme, Euch zu warnen, der Abt will Euch abstrafen, wenn Ihr nicht bald Eure säumigen Lieferungen weißen Glases nachreicht. Habt Ihr noch nichts von Eurer Tochter Marie gehört? Wann ist der Blaufärber sie suchen? Er hat sich doch schon auf den Weg gemacht, oder?«

»Ja, er ist vor drei Tagen in den frühen Morgenstunden aufgebrochen. Ich warte selbst auf ihre Rückkehr. So lange wird sich der Abt noch gedulden müssen. Ich kann nicht hexen. Augustinus hat ihr die Urkunde ausgestellt, nicht ich.« Michael stieß Klara von sich weg.

»Ihr wisst, dass sich der Abt nicht vertrösten lässt. Sorgt dafür, dass Franziska ihrer Arbeit, der Pottaschesiederei, nachkommt, und stellt noch diese Woche auf weißes Glas um.«

»Ich brauche sie im Haushalt. Die hier«, Michael deutete auf Klara, »ist zu blöd zum Kochen.«

»Ihr stellt Euer leibliches Wohl über das Wohl des Dorfes? Das kann nicht sein, Vogt. In Notzeiten müsst Ihr Euren Gürtel enger schnallen und Euch der Situation anpassen. Klara kann nicht kochen? Gebt sie der Wirtin in die Lehre und esst mit den Mädchen im Gasthof, bis Marie wieder zu Hause ist. Mein Gott, so schwer ist das doch nicht.«

Michael musste sich eingestehen, dass die Idee gar nicht so übel war. Er schnaubte, schickte Franziska, die Asche zu brennen, die sie gestern eingesammelt hatte, und Klara in den Stall, die Ziegen melken.

»Bruder, setzt Euch. Ich muss mit Euch reden. Wir haben hohen Besuch im Dorf, und ich brauche Eure Meinung.«

Dann vertraute er Stephanus das Angebot der Schweizer – Glasmacher für die Gründung einer Glashütte im Entlebuch bei Luzern abzuwerben – an. Ohne das klösterliche Joch, freier Handel, annehmbare Pachtzinsen. Man würde sogar mit dem Abt verhandeln und ihn sowie zwei, drei weitere Glasmachermeister freikaufen.

Wem sonst hätte er davon berichten sollen? Dem Abt und Cajetano war er nicht gewachsen, sie hätten ihn über den Tisch gezogen statt freigegeben. Er mochte den Sekretarius zwar nicht sonderlich, aber Stephanus hatte noch immer zur Siedlung der Glasbläser gehalten. Einen Versuch war es wert.

»Wie werdet Ihr Eure Nachfolge regeln?«, wollte Stephanus wissen.

»Hmm, ich habe noch einen Bruder und einen Neffen, außerdem die Greiner-Brüder und die Raspillers aus der Glashütte beim Schluchsee am Ofen stehen. Sie alle sind fähig, selbstständig Glas herzustellen. Zwei, drei Knechte, die bald auch so weit sind, um die Arbeit zu übernehmen. Äule stirbt nicht aus, wenn Ihr das befürchtet.«

»Es braucht einen fähigen Vogt«, sagte Stephanus trocken.

»Ich weiß, ich habe leider keinen Sohn, und die Männer aus der Verwandtschaft sind zu jung. Der Raspiller-Thomas ist ein Rebell, außer einem großen Maul geht da nichts, sein Bruder schlägt ihm nach. Anfangs dachte ich, dass ich einen mit Marie verheiraten könnte. Aber das war nichts, wie Ihr wisst.«

»Mir scheint, Borromäus wäre nicht abgeneigt, und soweit ich es beurteilen kann, ist auch Marie ihm wohlgesonnen.«

»Hat er Euch *das* gesagt?«, fragte Michael verwundert.

»Ich habe es so gedeutet.«

»Er ist ein Wilder, ein Fahnenflüchtiger und hat lange in einer Höhle unterhalb des Klosters gehaust. So was kann nicht von heute auf morgen zum Ehrenmann werden. Einen Hallodri brauche ich nicht in der Familie.« Michael stand abrupt auf, sein Stuhl kippte nach hinten, er schlug mit der Faust auf den Tisch. »Meine Antwort ist: *Nein.*«

»Er hat Eurem Enkel das Leben gerettet, hat es zu etwas gebracht und ist nun wer. Einen Blaufärber könnte Äule gut gebrauchen.«

»Man munkelt, dass er dafür dem Abt einen Dienst erwiesen habe, dabei soll es sogar Tote gegeben haben. Männer, die dem Abt ein Dorn im Auge waren.«

»Ich halte Borromäus für einen rechtschaffenen Menschen. Sicherlich hat er die Männer nicht wissentlich in den Tod getrieben. Soweit ich weiß, war es ein unglücklicher Zufall. Ich glaube an seine Unschuld.«

»Eure Scheinheiligkeit, das Glauben überlasse ich Euch. Ich halte mich lieber an die Fakten. Erst muss Marie wieder in Äule sein. Wenn sie die nächsten Tage nicht auftaucht, gehe ich selbst über den Berg. So ein Hirngespinst, dem alten Theis einen Wunsch erfüllen zu wollen. Hätte auch noch Zeit bis zum Frühjahr gehabt. Der Winter steht vor der Tür, und täglich, ach was, stündlich kann es zumachen. Wenn es richtig schneit, sind die Übergänge für Monate dicht.«

»Ich glaube, sie musste handeln. Denkt an den Fremden, das abgebrannte Aschenhaus, Franziskas Entführung. Noch wissen wir nicht, wo der Kerl steckt und ob er weiteren Schaden anrichtet, was seine Beweggründe sind. Dass die Zeit drängte, war kein Hirngespinst, Glasvogt. Theis war einem Geheimnis auf der Spur, einem Geheimnis, das der Glashütte gute Geschäfte versprach. Seid stolz auf den Mut Eurer Tochter. Sie wird bald kommen.«

»Versteht Ihr Euch neuerdings auch auf das Hellsehen? Vielleicht könnt Ihr auch prophezeien, wie es weitergeht mit Äule. Wenn der Abt einwilligt und mich ziehen lässt, werde ich das Angebot der Schweizer annehmen. Ich wäre ein freier Mann.«

»Pachtzins werdet Ihr dem Grundbesitzer trotzdem zahlen müssen.«

»Zins und Abgaben sind zwei Paar Stiefel. Und wenn man beides zahlen muss, tut das doppelt weh.«

»Ich schaue mir die Gäste erst einmal an. Sind sie noch im Gasthaus drüben?«

Michael nickte.

***

Raureif lag auf der Bettdecke, als Marie erwachte. Dort, wo ihr Atem das Leinen befeuchtet hatte. Die Kälte kam von der Fensterluke. Sie war mit Stroh ausgestopft, Glas war für ein einfaches Gebäude zu kostbar.

Nachdem sie sich orientiert hatte, fiel ihr Borromäus wieder ein. Sie griff neben sich, der Platz war leer.

Marie setzte sich auf, sie trug noch ihre Kleidung, nur die Schuhe fehlten.

»Ich habe mir erlaubt, sie dir auszuziehen«, sagte Borromäus, der in der dunklen Ecke saß.

Marie erschrak.

»Es ist unbequem, mit Schuhen zu schlafen. Wie geht es dir heute Morgen?«

»Was treibst du da? Ich habe prächtig geschlafen, vielen Dank.«

»Ich bin schon eine Weile wach, habe nach unseren Buben geschaut. Sie schlafen selig, haben sich nicht die Köpfe eingeschlagen«, entgegnete Borromäus.

»Du hast meine Frage nicht beantwortet.«

»Ich habe dich beobachtet, wie du schläfst. Wollte dich nicht wecken oder gar erschrecken, wenn ich unter die Decke gekrochen komme.«

»Ist dir nicht kalt?«

»Doch. Vielleicht warte ich auf eine Einladung, es ist noch früh am Tag.«

Marie lächelte und hob die Decke an. »Komm.«

***

Die alte Wirtin reichte frische Ziegenmilch mit eingebrocktem Brot, als die ersten Lichtstrahlen über den Berg gekrochen kamen. Der Tag war heller als die vergangenen, denn es lag Schnee, der Himmel war stahlblau.

»S-sind die beiden immer noch im Bett?«, fragte Johann Jakob, der schon länger im Haus herumgeisterte und alles inspizierte. Er hatte sogar geholfen, die Ziegen zu füttern.

»Vielleicht muss er ausschlafen.«

»S-soso, darauf wäre ich auch gekommen, du Grünschnabel und Hurensohn.«

Johann fühlte sich elend. Er hatte sein Leid vorletzte Nacht gegen das Tosen des Wasserfalls gebrüllt und sich seither still und passiv verhalten, abhauen konnte er immer noch. Hunger und Kälte rieten ihm, vorerst bei der Gruppe zu bleiben.

»Ha, was soll das heißen?«, fragte Jakob gereizt zurück.

»Dass deine Mutter es mit dem Kerl da oben im Bett treibt. Das meine ich. Sie ist eine Hure.« Johann spuckte die Worte verächtlich dem verwunderten Jungen entgegen, um ihn zu verletzen. So wie er verletzt worden war. Im selben Moment erntete er von hinten eine heftige Ohrfeige, sodass er vom Stuhl fiel.

»Das höre ich nie wieder aus deinem Mund, sonst binde ich dich unterwegs an den nächsten Baum«, sagte Borromäus.

Eine Entschuldigung stammelnd, stand Johann auf und warf Jakob einen feindlichen Blick zu.

Marie kam die Stufen herunter. Ein seltener Glanz lag in ihren Augen. Borromäus hatte ihre Bedenken und Ängste zerstreut. Sich als einfühlsamer Liebhaber entpuppt.

Sie hatte das Geplänkel der Burschen nicht mitbekommen, schwebte regelrecht an den Tisch und wünschte allen einen wunderschönen Tag.

Die Buben erwiderten den Gruß und beugten sich murmelnd über ihre Milchsuppe.

Marie wollte schon fragen, ob etwas vorgefallen sei, als Borromäus ihr zuzwinkerte. Da entspannten sich ihre Züge, und sie widmete sich dem Morgenmahl.

»Packt zusammen, wir gehen gleich weiter. Vielleicht schaffen wir es vor der Dunkelheit auf die Wacht.« Borromäus wandte sich an die Wirtin und bat um Wegzehrung, die er extra entrichtete.

In der Kammer angekommen, nahm er Marie in die Arme und küsste sie. Umständlich zog er schließlich ein kleines Kästchen und einen Umschlag mit Siegel aus der Krätze.

»Habe ich dir schon erzählt, dass ich nicht mehr vogelfrei bin? Das sind meine Urkunde und meine Papiere, man hat sie mir unten in Freiburg ausgestellt. Die Anklage wegen Fahnenflucht wurde fallen gelassen. Ich bin jetzt ein anerkannter Geselle«, sagte er stolz. »Und wie es sich für einen edlen Mann gehört, dem die Unschuld einer holden Maid geschenkt wurde, ist es Brauch, ihr eine Morgengabe als Dank zu entrichten.«

Feierlich reichte er ihr das Kästchen.

»Ganz die Unschuld war es nicht.« Marie errötete bis an die Ohren.

»Für mich schon.«

Marie hob den Deckel und bekam große Augen, schnell schloss sie ihn wieder. »Das kann ich nicht annehmen.« Unwillkürlich kam ihr die Erinnerung an Kilian in den Sinn, der ihr ein Amulett geschenkt hatte, das sie seit einiger Zeit in der Aschenküche verwahrte. Jakob sollte es eines Tages bekommen, als Erinnerung an seinen Vater. Sie fühlte sich plötzlich bezahlt.

»Ich … Borromäus, wie soll ich das sagen?« Sie nestelte an ihrem Kleid und senkte beschämt ihren Kopf.

»Gefällt dir der Ring nicht?«, fragte Borromäus sichtlich enttäuscht.

»Er ist …« Marie liefen die Tränen. »Ein Ring bedeutet auf alle Ewigkeit.« Sie schaute zu ihm auf.

»Zumindest, bis dass der Tod uns scheidet.« Borromäus versuchte ein aufmunterndes Lächeln.

Marie öffnete erneut den Deckel und holte den Ring heraus. Er war aus Gold gefertigt und hatte drei kleine eingelassene Kobaltsteine. Sie streifte ihn über den Ringfinger, er hatte nur wenig Luft, passte nahezu perfekt.

»Darf ich dich um deine Hand bitten?«

»Da fragst du mich? Das musst du mit meinem Vater ausmachen, Borromäus.«

»Das mache ich, wenn wir wieder in Äule sind. Wichtiger ist mir dein freier Wille.«

Marie fiel ihm um den Hals. »Natürlich! Ja!« Sie schniefte in seine breite Schulter.

***

Stephanus betrat die Gaststube, um nach den Fremden Ausschau zu halten. Auf einen Schlag erstarben die Stimmen, und die Anwesenden starrten nun unverhohlen auf ihn.

Nur wenige Einheimische vertrauten Stephanus, wussten, dass er zwar zu ihnen hielt, aber auch die Interessen St. Blasiens vertreten musste. Es war niemandem entgangen, dass Äule seinen Lieferungen nicht nachgekommen war. Sie schauten ihn gespannt an, warteten auf die Übermittlung der Sanktionen.

»Das göttliche Strafgericht kommt über uns!« Das Großmaul Thomas Raspiller hatte die Lacher auf seiner Seite.

Stephanus ignorierte ihn und wandte sich an die Wirtin Emma. »Ich suche die Gesandten aus der Schweiz.«

Ein Raunen ging durch die Runde. Noch wusste niemand aus dem Dorf, was das Begehren der fremden Gäste war. Der Vogt hatte sich bedeckt gehalten. Was bedeutete dieser Besuch für Äule, wenn sogar St. Blasien einen Abgeordneten geschickt hatte?

»Peter«, rief sie in die Küche, »bringe Bruder Stephanus ins Stüble zu den Gästen!«

Stephanus folgte dem Buben wortlos, in seinem Rücken begann die Gerüchteküche zu brodeln.

Das Stüble war kleiner und schmucker als die Schänke, für höhere Besucher gedacht. Auf dem Tisch lagen eine Leinendecke und für jeden eigenes Besteck, dazu weiße gerutschte Gläser.

Die Schweizer blickten erstaunt auf. Sie saßen bei Brot und kaltem Schinken, dem Z'nüne, wie man im alemannischen Sprachraum, zu dem auch die Schweiz gehörte, zum zweiten Frühstück am Vormittag sagte. Das erste Frühstück bestand aus einer Mehlsuppe oder Haferbrei.

»Ein Gesandter aus St. Blasien? Da hat sich unser Anliegen aber schnell herumgesprochen«, sagte Beat erstaunt. »Ich wusste nicht, dass der Abt über unseren Wunsch, mit der Hilfe St. Blasiens eine Glashütte zu errichten, schon in Kenntnis gesetzt war.«

»Der Vogt hat mich eben informiert, ich bin aus einem anderen Grund im Dorf«, erklärte Stephanus. »Da ich aber schon da bin, würde ich mir gern Euer Begehren selbst anhören und den Abt im Vorfeld informieren. Ich gehe davon aus, dass die Herrschaften auf ihrer Rückreise eine Audienz beim Abt anstreben. Ich könnte ihn vorbereiten, wenn Ihr das wünscht.«

Die Schweizer berichteten ausführlich von den Absichten des Patriziers Johan Baptist Rusconi, in der ländlichen Gemeinde Entlebuch des Kantons Luzern eine Glashütte einzurichten. Auch erwähnten sie, dass jener Herr bereit sei, die Ausreise und Ablösesumme für zwei bis drei Glasmacher samt ihren Familien zu finanzieren.

»Es ist das Bestreben unseres Herrn, die abgelegenen Wälder einer besseren Nutzung zuzuführen. Man wäre nicht mehr auf Glasimporte angewiesen«, sagte Beat Süberli, »es entfiele nur die übliche Pacht. Keine weiteren Abgaben in Form von Glaswaren. Die Herrschaft will die Produkte rechtmäßig entlohnen, behalte sich aber das Vorkaufsrecht ein. Dafür müssten die neuen Pächter die Hütte aufbauen und eine Selbstversorgung durch eine eigene Landwirtschaft anstreben. Eine gut florierende Glashütte bringt Arbeit in die Region. Die Bauern leben sehr ärmlich, die Kindersterblichkeit ist hoch. Sie könnten sich als Holzhauer und Kohlebrenner verdingen, um ihre Familien besser zu versorgen.«

»Es hört sich gut an, den Menschen aus ihrer Armut zu helfen. Ich werde mit dem Abt das Anliegen besprechen. Vielleicht wollen die Herrschaften in ein oder zwei Tagen im Kloster vorbeikommen?«

Als Bruder Stephanus gehen wollte, kam Justus aufgebracht hereingestürmt. Hinter ihm tauchte Peter auf, der sich schulterzuckend entschuldigte: »Er wollte nicht draußen warten.«

»Hunger …« Justus deutete bettelnd auf die Speisen der Gäste.

»In die Küche mit dir! Ich frage Emma, ob sie dir etwas richtet. Es gehört sich nicht, im Nachtgewand herumzulaufen, Justus.« Stephanus wandte sich entschuldigend an die amüsierten Gäste. »Es tut mir leid, er weiß es nicht besser.«

»E liäbe Cherli. Es isch öbber chai Problem«, sagte Ricarda lächelnd. Sie hatte einen Narren an Justus gefressen.

»Trotzdem muss er lernen, sich zu benehmen. Ich danke für das offene Gespräch.« Stephanus deutete auf den eben entschwundenen Justus. »Und die Fürsorge meinem Bruder gegenüber, ich bin im Kloster aufgehalten worden.«

In der Küche sprach Stephanus Emma auf Klara und die dringliche Lage des Aschenhauses an, während sich Justus schmatzend über die Reste des Vorabends hermachte.

»Der Abt verlangt eindringlich seine Lieferung weißen Glases, sonst entzieht er Euch die Schanklizenz. Franziska kann nicht die Aschenhütte betreiben und den Haushalt für die ganze Sippe führen. Wir brauchen eine Lösung, bis Marie wieder die Geschäfte übernimmt. Ich dachte da an Klara, sie ist in der Hausarbeit wohl unbeholfen. Könntet Ihr dem Mädchen etwas unter die Arme greifen?«

»Hm, eine Küchenhilfe wäre mir willkommen, aber Lohn kann ich nicht bezahlen. Klara ist etwas schwer von Begriff, müsst Ihr wissen«, sagte Emma nachdenklich.

»Es wäre wichtig, sie im Kochen und in der Haushaltsführung zu unterweisen. Klara braucht eine Aufgabe, die sie erfüllt. Sie hat Flausen im Kopf, sagt ihr Vater.«

»Die Flausen kenn ich.« Emma verzog ihr Gesicht, bis sich eine steile Falte auf der Stirn bildete. »Gut, ich will es versuchen. Normalerweise erhalten die Mägde Kost und Logis. Da sie daheim wohnen kann, gebe ich ein Drittel Preisnachlass für die ganze Familie für eine warme Mahlzeit am Tag. Das ist mein Angebot, sagt das dem Vogt.«

Stephanus schlug ein und bedankte sich. Er war sicher, im Sinne des Vogts und des Klosters gehandelt zu haben.

***

Pater Cajetano hatte sich mit seiner Situation arrangiert. Er betete und schlief, kümmerte sich nicht weiter um die Belange des Klosters, sie gingen ihn nichts mehr an. Zumindest für die nächste Zeit nicht. Den Besuch des Abtes hatte er abgelehnt, gemeint, es gebe keine Sünden zu beichten. Was sollte er ihm auch beichten? Die Gedanken waren frei, für die Taten war der Abt zuständig.

Der war in den letzten Jahren fett und kurzatmig geworden. Seit seinem Besuch in der Bäderstadt im Markgräflerland sah er schlechter aus denn je. Sein Gesicht war blaurot und aufgedunsen. Hatte sich Augustinus mit dem Teufel eingelassen, dem Teufel im Messwein? Vielleicht war er sein einziger weltlicher Trost, der ihm noch blieb.

Cajetano schätzte, dass Augustinus die Manneskraft schon länger abhandengekommen war. Man hörte keine diesbezüglichen Klagen mehr aus dem Frauenkloster bei Berau. Sogar die Besuche bei der Nachfolgerin von Priorin Wiltrudis, der nach Macht strebenden Adelstochter Magdalena Tröndlin von Greiffenegg, waren selten geworden. Dabei schienen sich die beiden anfangs einig gewesen zu sein. Konnte es sein, dass sie sich zu sehr ähnelten und sich deshalb nicht mehr verstanden?

Die Nonnen im Kloster Berau fristeten ein abgeschiedenes Leben, sie hatten sich einem lebenslänglichen Schweigegelübde unterworfen. Die Flure waren geisterhaft still. Hatte man früher hin und wieder das herzerfrischende Lachen junger Novizinnen gehört, herrschte nun Grabesruhe. Der Wandel war bei seinem letzten Besuch mit Stephanus spürbar gewesen.

Cajetano genoss die Stille in seiner Zelle, er lebte in seiner Welt – einer künftigen, die sich ihm bald erschließen würde. Er spürte es, das Ende der Ära Augustinus nahte. Der Abt kränkelte.

Er hatte Zeit, sie wurde ihm geschenkt. Zeit, um sich Gedanken zu machen. Gedanken um seine Zukunft. Was, wenn Augustinus nicht mehr war? Es würde Wahlen geben, und er hätte eine wichtige Position inne – als klösterlicher Oberrechner waren ihm die internen Abläufe der Klosterführung geläufig. Eine gute Ausgangsposition. Wäre da nicht Stephanus gewesen, der Favorit des Abtes. Ein Zahlengenie, das musste Cajetano zugeben, aber aus einer einfachen Abstammung, einer Bauernfamilie, verwandt mit der Glasmachersippe. Wohlhabend und gut situiert zwar, aber ein ungehobelter Mensch, um nicht zu sagen: ein Trampel.

Seine Schwester Berte würde es mit Stolz erfüllen, wenn er Abt werden würde. Da war er wieder, dieser Stich in der Herzgegend! Was hatte das zu bedeuten?

»Berte«, flüsterte er, »sag, was dich bewegt? Was willst du mir mitteilen?«

Bei dem Gedanken an sie empfand er wieder dieses wohlige Gefühl. Wie er sich als Jugendlicher an sie geschmiegt, den Duft ihrer Brüste eingesogen hatte. Ein Schauer der Erregung überkam ihn, ähnlich wie beim Studium jener verbotenen Schrift des Dominikaners. In seiner Zelle konnte er er selbst sein, diese Mischung von Macht und Erregung auskosten. Niemand, der ihn störte.

Seine Tagträume führten ihn auf den Abtstuhl. Er sah sich die Huldigung der Mönche annehmend, die vor ihm auf dem Boden lagen. Wieder erreichte ihn eine Welle der Erquickung. Auch die Untertanen mussten sich ihm unterwerfen, ihm Treue und Gehorsam schwören. Er durfte in letzter Instanz über Recht und Unrecht entscheiden.

Seine Schätze in der dunklen Kammer neben der Gruft der Äbte würde er ans Licht holen. Schätze, die er im Laufe der Jahre gesammelt hatte: kostbare Gläser aus allen Ecken des Reiches, goldene Kelche und Kruzifixe, die vor vielen Jahren mit den Kreuzfahrern aus dem Heiligen Land gekommen waren, kostbare goldbestickte Gewänder. Das Kloster würde in einem nie da gewesenen Kulturschatz erstrahlen. Einen, den er über die Zeiten gerettet hatte. St. Blasien würde im alten Glanz auferstehen.

Niemand – so glaubte er – wusste von dem Schatz, außer Bruder Stephanus. Dieser hatte ihn entdeckt, als er ihn für einige Zeit in den Katakomben hatte wegsperren müssen. Nicht nur den Schatz hatte dieser Bastard gefunden, leider auch den Notausgang. Trotzdem war sich Cajetano seiner Verschwiegenheit sicher, seines behinderten Bruders wegen. Justus wurde vom Abt geduldet, solange Stephanus über ihn wachte. Unzählige Vergehen gegen die klösterliche Ordnung hatte Cajetano schon beobachtet, die ausgereicht hätten, den Dubel aus dem Kloster zu entfernen. Ein Leben im Armenhaus wäre ihm beschert.

Noch schwieg Cajetano. Ein weiteres Stück Macht. Er fühlte sich auserwählt.

Kapitel 8

Die Sonne war schon lange im Westen verschwunden, und die Silhouette des Mondes tauchte zwischen den Baumspitzen auf der gegenüberliegenden Bergseite auf, als die kleine Wandergruppe um Marie den normalen Handelsweg nach Bernau erreichte. Nun ging es zügiger und bequemer voran. Sie erhöhten das Schritttempo; bis zur hohen Wacht und dem ersten Gasthaus war noch ein langer Weg. Ein Wettlauf mit der Dunkelheit.

Von Nordwesten zogen Wolken auf. Dunkle, tief hängende Wolken, die sicherlich Schnee im Gepäck hatten. Borromäus schaute wiederholt über seine Schultern an den Himmel. Auf seiner Stirn bildete sich eine steile Sorgenfalte, die Marie nicht entging. Die Buben waren still geworden, setzten einen Fuß vor den anderen. Auch Borromäus und Marie gingen schweigend.

In der klaren Kälte funkelten die ersten Sterne wie spitze Eiskristalle am östlichen Himmel. Ihr Gastspiel dauerte nicht lange, das Gewölk schob sich weiter über den Abendhimmel. Plötzlich war es schlagartig dunkel, der Pfad kaum noch auszumachen. Seit Tagen war auf dem Pfad niemand mehr gegangen, dessen Spuren man hätte folgen können.

Nach der letzten Rechtskurve erkannte Borromäus gegen das schwindende Licht endlich die kahle Kuppe des Blößlings. Sie hatten die Anhöhe erreicht.

»Wir sind oben, es ist nicht mehr weit«, sagte er beruhigend und blieb kurz stehen, um zu verschnaufen.

Schwarz und unheimlich war die Stelle des Murenabgangs weiter unten im Tal zu erkennen.

»Ich habe Hunger«, jammerte Jakob.

Borromäus griff in die Jackentasche und zog eine Rauchwurst heraus. Er brach sie in vier Stücke und reichte jedem ein Stück.

»Wenn wir da sind, gibt es mehr, wir müssen los.« Er deutete auf die bedrohliche Wand, die sich auf sie zubewegte.

Die Wolken hatten sich geöffnet. Ein leichter Wind kam auf. Binnen weniger Atemlängen wirbelten dichte weiße Flocken um sie herum, dass sie die Hand vor Augen kaum sahen. Schließlich übernahm der Wind die Macht, und aus den weichen Flöckchen wurden spitze eisige Kristalle, die schmerzhaft die Gesichter trafen. Es war nahezu unmöglich, die Richtung zu halten. Mit heruntergezogenen Mützen versuchten sie, sich zu schützen.

Marie sandte ein Stoßgebet gen Himmel, hielt Jakob fest an der Hand, Borromäus' Rücken im Blick und das knirschende Geräusch von Johanns Schritten hinter ihr in den Ohren. Hatten sie die Orientierung verloren? Weit und breit entdeckten sie keinen Anhaltspunkt für einen Pfad oder gar Handelsweg. Der Boden unter den Füßen schien nicht befestigt.

Plötzlich stand wie durch Zauberhand neben ihnen eine große kräftige Tanne, die ihre Äste bis auf den Boden ausbreitete. Ohne Worte schlüpften sie nacheinander unter die schützenden Zweige. Der Wind heulte über ihnen hinweg. Es war deutlich wärmer im Schutz der Tanne.

Borromäus brach ein paar Zweige ab, verteilte sie auf dem gefrorenen Boden und legte eine kleine Wolldecke darüber. Sie rückten eng zusammen.

»Wir sollten etwas zu uns nehmen, damit uns die Kräfte nicht ausgehen«, sagte Marie und kramte in ihrem Umhängebeutel.

Zum Vorschein kamen Käse und Brot.

***

Lautes Schnarchen empfing Bruder Stephanus, als er am frühen Abend, von Äule zurückkehrend, den Kreuzgang entlangeilte. Sein Ziel war das Arbeitszimmer des Abtes.

Er hielt inne, klopfte an und wartete.

Die Atemzüge setzten kurz aus, um gleich darauf umso kräftiger wieder einzusetzen.

Er klopfte nochmals und vernahm nach einem weiteren Aussetzer ein kurzes »Herein«. Er wartete einen Moment, um dem

Abt die Möglichkeit zu geben, sich geschäftig zu zeigen. Dann drückte er die schwere Klinke.

Aus verquollenen Augen schaute Augustinus von einem Schriftstück auf. Neben ihm ein leerer Zinkbecher, der Raum roch schwer nach Messwein.

»Euer Begehr um diese Zeit?«, knurrte er.

»Verzeiht, Euer Gnaden, ich komme mit einer Anfrage die Glasmacher betreffend.«

Abt Augustinus winkte unwirsch ab. »Am Samstag ist die Lieferung da. Gebt Euch keine Mühe. Das faule Pack soll sehen, dass es beikommt. Was zum Teufel ist denn da los? Hat man die Aschenbrennerin inzwischen gefasst?«

»Ich wusste nicht, dass man sie suchen lässt«, erwiderte Stephanus, »ich habe mit dem Glasvogt verhandelt, Ihr bekommt die Lieferung pünktlich.«

»Hm«, murmelte der Abt ungehalten, »was stört Ihr mich dann?«

Es schien ihn nicht zu interessieren, wie Stephanus es geschafft hatte, dass die Lieferung pünktlich eintreffen würde.

»Eine wichtige Anfrage aus den eidgenössischen Landen, genauer aus Luzern. Man ist auf der Suche nach tüchtigen Glasmachern.«

Augustinus hob den Kopf, kniff die Augen zusammen, so als ließe sein Augenlicht nach, und blickte sein Gegenüber auffordernd an. »Redet. Wer will was und zu welchem Preis?«

»Der Patrizier Johann Baptist Rusconi schickt eine Abordnung und lässt anfragen, ob zwei oder drei Glasmacher mit ihren Familien abkömmlich seien. Er sei bereit, die Ausreise und Ablösesumme zu bezahlen.«

»Wie viel?«

»Er erwartet Euer Angebot. Die Herrschaften werden in den nächsten beiden Tagen eintreffen.«

Augustinus massierte seine Nasenwurzel. »Woher habt Ihr die Kunde?«

»Sie sind bereits in Äule.«

»Verflixt und zugenäht. Äule? Sie sind in Äule? Herrgott, was suchen die Leute dort? Ich bin der Landbesitzer und das geistige Oberhaupt.«

»Das Kloster«, verbesserte Stephanus.

»Lasst mich mit Eurer Haarspalterei in Ruhe. Es wird nichts über meinen Kopf entschieden!« Augustinus hielt seine Hand an die Schläfe. Offensichtlich hatte er Kopfschmerzen, was Stephanus nicht wunderte. Er trank zu viel in letzter Zeit.

»Es ist nichts entschieden, es war lediglich eine Anfrage, die ich hiermit an Euch weiterleite, Euer Gnaden.« Stephanus gab sich unterwürfig, um das geistige Oberhaupt wieder zu besänftigen.

Augustinus holte zweimal tief Luft, schließlich fragte er deutlich ruhiger: »Was hat der Glasvogt gesagt?«

»Ich habe das Gefühl, er hadert seit dem Tod seiner Frau und des Neugeborenen mit dem Schicksal. Im Dorf scheint er an Einfluss zu verlieren, eine neue Aufgabe täte ihm mit Sicherheit gut.«

»Er hat außer der Aschenbrennerin noch drei unverheiratete Töchter? Ihr spracht von zwei bis drei Glasmachern, wer käme noch in Frage?«

»Das liegt in Eurem Ermessen«, sagte Stephanus, um den Abt weiterhin bei Laune zu halten. Er wusste, dass ihm die Sigwarth-Brüder ein Dorn im Auge waren. Sie galten als aufsässig und wenig unterwürfig.

»Wir könnten die Glashütte neu ausrichten, wären die Sigwarth-Brüder weg. Sie sind Querköpfe. Es bräuchte dann allerdings ein neues Oberhaupt. Warten wir das Angebot ab, sicherlich hat die Abordnung schon eine vage Vorstellung.« Der Abt verharrte in seiner Stellung mit geschlossenen Augen, die Hand an die Stirn gestützt.

»Gut«, sagte Stephanus nach einer Weile, verneigte sich und verließ den Raum.

Der Abt massierte abwechselnd seine Nasenwurzel und seine Schläfen, stand auf und riss das Fenster auf. Die kalte Luft tat ihm gut. Spontan beschloss er, einen kleinen Rundgang im Klosterhof zu machen. Wann hatte er zuletzt nach dem Rechten geschaut? Es wurde Zeit, dass er sich kümmerte. Er durfte sich nicht länger gehen lassen.

Er griff nach dem Brief, den er seit einigen Wochen bei sich trug. Sein Herz schmerzte, wenn er an die Handschrift dachte. All seine Mühen und Hoffnungen waren vergebens gewesen. Die Nachricht aus Rom machte ihn wütend.

Er zerknüllte das Schreiben und verwarf die düsteren Gedanken, lenkte sich ab. Die Glashütte neu aufstellen. Das war nicht der schlechteste Plan.

***

Im Laufe der Nacht flaute der Sturm ab, gegen Morgen wurde es ruhiger.

Jakob erwachte als Erster. Eine unheimliche Stille und diffuses Licht umgaben ihn. Er hob den Kopf und konnte die Äste über sich erkennen. Sie wirkten wie eine Wendeltreppe, die in den Himmel führte. Manchmal flog ein Fetzchen Schnee herunter und traf die Schlafenden.

Sie lagen ganz dicht beieinander, um sich gegenseitig Wärme zu spenden. Es schien, als wären sie nicht die Einzigen, die in dieser Sturmnacht Schutz unter der mächtigen Trauftanne gefunden hatten. Im Geäst bewegte sich etwas, ein Eichhörnchen oder ein Vogel? Schwupp, landete eine Ladung Schnee auf Jakobs Nase.

Er wühlte sich aus der Schlafhöhle, Johann stöhnte, und Marie schlug kurz die Augen auf.

»Schlaf noch ein bisschen«, flüsterte sie.

»Ich muss mal.«

Jakob kroch auf die andere Seite der Tannenhöhle, um sachte einen Ast zu heben. Wie befürchtet, stürzte eine Ladung Schnee zu Boden.

Als er nach draußen kam, traf ihn grelles Tageslicht. Die

Sonne schien, und alles um ihn herum war im Tiefschnee versunken. Weit und breit kein Weg zu sehen, rechts oben der Blößling, der wohl so genannt wurde, weil sein Gipfel bloß, also baumfrei war. Vor sich konnte er ein paar eingeschneite Bauernhöfe erkennen, in der entgegengesetzten Richtung fand er den Murenabgang, über den sie geklettert waren. Der See, der sich hinter dem Abgang gebildet und der gestern noch verlockend silbern geglänzt hatte, war zugeschneit. Eine ebene weiße Fläche.

Jakob entfernte sich ein paar Schritte, um sich zu erleichtern. Was nicht einfach war, weil er bis zu den Hüften im Schnee versank. Luftiger, weicher Pulverschnee. Er nahm eine Handvoll und leckte ihn auf. Er hatte Durst. Dies musste er ein paarmal wiederholen, denn kaum im Mund, zerschmolzen die Kristalle zu winzigen Wassertröpfchen.

Als er zurückstapfte, kam Borromäus aus der Höhle gekrochen, gefolgt von Marie und Johann. Sie hielten sich geblendet die Hand vor die Augen.

»Sieht aus, als hätte uns der Baum vor dem Erfrierungstod bewahrt. Bei dem Sturm wären wir nicht bis ins Dorf gekommen«, stellte Marie fest.

»Wir werden zu kämpfen haben, dass wir überhaupt dort ankommen. Haben wir noch Proviant?«, fragte Borromäus.

»Reicht noch fürs Frühstück. Wasser ist leer, zur Not könnt ihr den Mund mit Schnee benetzen, bis wir an einen Bach kommen«, sagte Marie.

Jakob streckte die Zunge raus und rief: »Habe schon fünf Handvoll getrunken.«

Johann ging ein paar Schritte zurück und musterte den Murenabgang genau. Seine Augen suchten einen winzigen Punkt im Geröll, der sich bewegte. Er hatte sich gestern nicht geirrt. Da war jemand. Schweigend schloss er zu den anderen auf.

Kurz darauf setzte sich die kleine Gruppe wie eine Karawane in Bewegung. Borromäus übernahm wieder die Führung, gefolgt von Marie und Jakob, zum Schluss ging Johann. Er hatte seinen Plan zu fliehen vorerst auf Eis gelegt.

***

Die Luft am anderen Morgen war nasskalt, ein bissiger Schneewind fegte vom Feldberg herunter. Er jagte durch das Menzenschwandertal und staute sich im Kessel von St. Blasien, das als Kälteloch galt. Abt Augustinus kam es vor, als drehe die Kälte eine Runde um das Kloster, es zog an jeder Ecke. War er empfindlicher geworden? Der Winter hatte ihm nie etwas anhaben können. Die Gelenke schmerzten, er war nicht mehr der Jüngste.

Seit nunmehr dreiundzwanzig Jahren stand er dem Kloster als Abt vor. Eine lange Zeit, in der er viel erreicht hatte. Er blickte an den Kirchtürmen hoch. Sein Werk.

Er hatte das Klostergebäude aus dem Nebel der Vorzeit geholt. Die alte Kirche abreißen lassen und mit zwei Türmen – nach der neuesten Mode, dem Barock – ausgestattet. Nicht ganz ohne Murren der Untertanen, manche hatten sogar geglaubt, den Aufstand proben zu müssen. Allen voran die Einung der Salpeterer. Sie hatten die ganze alte Grafschaft Hauenstein aufgewiegelt, eine Weile war es stiller geworden, aber seit einiger Zeit musste es einen neuen Vorstand geben. Die Kunde von einzelnen Unruhen war nach St. Blasien gedrungen. Augustinus kümmerte sich nicht, sie würden sich wieder beruhigen, man durfte nur nicht auf sie eingehen.

Dann das Kloster Berau. Er hatte die lose Gemeinschaft der Nonnen unter eine strenge Herrschaft befohlen. Wiltrudis eine neue Vorsteherin vor die Nase gesetzt.

Seufzend dachte er an die Anfangszeiten. Die Sturm-und-Drang-Jahre waren auch an ihm und einigen Getreuen nicht spurlos vorübergegangen.

Im fernen Rom lebte ein junger Mann, Pius, den er einst als Säugling aus Berau hatte entführen lassen. Der Sohn einer Novizin, der späteren Priorin. Es war ein weitverbreiteter Irrglaube, dass in den Klöstern nur Jungfrauen lebten. Genauso, dass die Mönche nur beteten und arbeiteten. Pius war sein Sohn. Er hatte ihn gezeugt und einer gut situierten Familie übergeben, mit dem Ziel, ihn als seinen Nachfolger einzusetzen.

Augustinus befühlte den zerknüllten Brief, den er am Vorabend in die Tasche unter seiner Kutte geschoben hatte, und setzte sich auf die Bank bei der kahlen Ulme, wo der Wind nicht ganz so stürmisch pfiff. Weit und breit war niemand zu sehen. Er zog den Brief heraus und überflog die Schrift. Nein, er kannte den Text auswendig.

Ehrwürdiger Vater und Abt,
seit fast zwei Jahren bin ich in Rom und studierte am Germanicum, wie von Euch vorgesehen und erwünscht.
Es tut mir leid, Euch sagen zu müssen, dass mein Leben eine andere Wendung genommen hat. Die Erkenntnis meiner verleugneten Herkunft hat mich stärker belastet als vermutet. Ich kann nicht mit reinem Gewissen in Eure Fußstapfen treten, ich muss mein eigenes Leben finden. Darum habe ich das Studium abgebrochen und arbeite als Hauslehrer einer adligen Familie. Ich unterrichte Latein und Musik, meine neue Leidenschaft. Seit einigen Monaten habe ich Besuch, meine Mutter ist hier. Ich habe sie schmerzlich vermisst. Wir müssen eine sehr lange Zeit der Abstinenz nachholen.
Euer Pius

Nicht einmal »Euer Sohn Pius« hatte er schreiben können. Sicherlich hatte Wiltrudis ihm diesen Floh ins Ohr gesetzt. Hauslehrer! Sie wollte sich an ihm, dem Vater, rächen. War aus dem Kloster ausgetreten, nach Rom gepilgert, um irgendwelchen animalischen Muttergefühlen nachzurennen. Um sein Werk zu zerstören. Wer war sie schon? Eine dumme Novizin, die sich nach einem Glas Wein gefügig machen ließ. Ein Gefäß für die

Austragung seines Thronfolgers. Mehr nicht. Sie hatte das Kind nach der Geburt nicht einmal zu Gesicht bekommen und in dem Glauben gelebt, es sei bei der Geburt gestorben.

Warum, oh Herr, warum lässt du mich so leiden?

Augustinus rang nach Luft. Er spürte die Enge in seiner Brust. War dieser Zerfall die Strafe Gottes? Seit dem Eintreffen des Briefes litt er unter Atemnot und ruhelosen Nächten. Nicht einmal die längere Bäderkur in Badenweiler hatte ihn heilen können, obwohl es genügend Ablenkungen und weltliche Genüsse gegeben hatte.

Kaum in den Schwarzwald zurückgekehrt, waren sie wiedergekommen, jene dunklen Gedanken, die wie Geister der Vergangenheit auf ihn einschlugen. Nachts wie riesige Vögel am Himmel dahinjagten und das Gestirn verdunkelten. Manchmal half der Geist des Weines, sie zu verjagen, um eine Woge von Stille und Gleichgültigkeit über sein schweres Gemüt gleiten zu lassen.

Selbst seine Geliebte Magdalena, die Vorsteherin des Ordens von Berau, konnte er nicht mehr ertragen. Er wollte seine Ruhe. Die Reize des anderen Geschlechts verblassten allmählich.

***

Stephanus beobachtete Augustinus vom Skriptorium aus. Etwas schien ihn zu beschäftigen, ja, zu belasten. Schon vor Wochen hatte er sich verändert, war nachdenklich, in sich gekehrt. Hing es mit dem Besuch von Bruder Angelo zusammen, dem umherziehenden Schreiber im Auftrag Roms, der von Zeit zu Zeit die Klöster nördlich der Alpen besuchte und Schriften auslieh oder Abschriften verteilte, damit in allen Benediktinerabteien dieselben Kopien der Heiligen Schrift und der Korintherbriefe vorlagen? Oft fungierte er dabei auch als Bote persönlicher Briefe. Ein kleiner, wenn auch unerlaubter Nebenerwerb.

Ob der Abt Nachricht von seinem Schützling Pius erhalten hatte? Oder von Wiltrudis, die nach Rom gepilgert war? Es hatte von Weitem so ausgesehen, als habe er etwas gelesen. Es mussten schlechte Nachrichten gewesen sein. Mit Sicherheit keine neuen, denn sein Zustand der Depression hielt schon länger an.

Stephanus war sich nun sicher: Es war seit dem Besuch Bruder Angelos. Damals hatte er sich wegen einer angeblichen Magenverstimmung in seine Zelle zurückgezogen. War Pius gar ums Leben gekommen?

Das hieße auch für Wiltrudis schlechte Nachrichten. Seine Cousine hatte ihn damals eingeweiht. Ob sie auf dem Heimweg war?

Je mehr er darüber nachdachte, desto mehr wunderte er sich, dass sie ihm keine Botschaft hatte zukommen lassen oder ihrem Bruder Theis, ihrer Nichte Marie. Hatte Augustinus sie einbehalten? Oder fürchtete sie, dass er es getan hätte, und suchte deshalb andere Wege? Aber welche?

Ihm fiel Waldemar ein, Stallbursche aus Klingnau – der Ort, an dem Pius aufgewachsen war –, sein einziger Freund. Auch der Einzige, der das Geheimnis kannte.

Stephanus kam plötzlich ein Gedanke. Was, wenn Waldemar schon da gewesen war und man ihn nicht zu ihm vorgelassen hatte?

Er wandte sich ab und eilte in die Stallungen. Dort würde Waldemar als Erstes versuchen, Kontakt aufzunehmen.

Wenig später ging er die Stellplätze der Pferde ab und schaute sich nach einem der Stallarbeiter um. Endlich entdeckte er Jos, den klösterlichen Oberjäger. Dieser war in ein sehr hitziges Gespräch mit einem jungen Novizen vertieft, den er nicht kannte. Stephanus hielt inne und blieb unentdeckt stehen. Gewollt oder nicht, bekam er Gesprächsfetzen mit.

»Strikte Anordnung … kein Wort … die anderen Brüder … Glasmacherdorf Äule.«

Stephanus versuchte angestrengt, mehr zu hören, und trat näher. Zu nahe. Er streifte eine Mistgabel. Sie fiel um und verriet ihn. Er musste aus der Deckung kommen, um nicht als Lauscher ertappt zu werden.

»Bruder Stephanus, Ihr hier? Was gibt es so Dringliches?« Jos war sichtlich erschrocken und schickte den Jungen weg.

»Ich brauche die Liste der Pferde, die dieses Jahr gefohlt haben.« Stephanus schaute dem Novizen nach, bis er die Stallungen verlassen hatte. »Und die Botschaft von Waldemar«, setzte er leise, aber bestimmt hinterher, ohne zu wissen, ob er mit seiner vagen Vermutung richtiglag.

Schweigen.

»Woher …«, stammelte Jos schließlich.

Nun wusste Stephanus Bescheid. Es existierte eine Nachricht, die abgefangen worden war. Er streckte die Hand aus. »Her damit, sie war für Theis bestimmt – und für Marie.«

Jos schwieg. Zögerlich deutete er auf die Truhe mit dem Zaumzeug. Er öffnete sie, zog einen Brief aus dem Spalt zwischen dem Schloss und dem Deckel hervor und reichte ihn Stephanus. Das Siegel war noch intakt.

»Warum ist die Botschaft bei Euch versteckt und nicht bei Augustinus?« Stephanus konnte sich keinen Reim darauf machen. Der Abt hätte eine abgefangene Botschaft niemals den Angestellten überlassen.

»Waldemar hat sie dem Novizen mitgegeben. Er kam gestern Abend an und hat nach einem Nachtquartier gefragt. Er müsse nach Äule. Wie er denn dahin käme, wollte er heute Morgen wissen. Ich habe ihn nach dem Grund gefragt. Er meinte, das dürfe er nicht sagen. Es sei wichtig und er müsse Theis persönlich sprechen, oder Marie. Als ich ihm sagte, dass Theis tot sei und Marie für unbestimmte Zeit verreist, hat er fast geheult. Ich habe ihn gefragt, ob er mit Euch, Bruder Stephanus, sprechen wolle, da Ihr gute Beziehungen nach Äule habt. Davon habe Waldemar nichts gesagt, war seine Antwort, er müsse ins Dorf.«

»Und was wollte er von Euch? Wieso ist er noch hier?«, fragte Stephanus.

»Ich habe ihm angeboten, den Brief zu verwahren, bis Marie wiederkäme, und ihn heute früh mit besten Grüßen ohne die Botschaft nach Klingnau zurückgeschickt. Aber er hat auf halbem Weg kehrtgemacht und gemeint, er will in dem Fall das Schriftstück lieber mit zu Waldemar nehmen. Darum ist er wieder hier.«

»Gewissenhaft ist er. Weiß er, dass ich der Cousin von Wiltrudis bin?«

»Nein.«

»Dann kläre ihn auf und sage ihm, ich verwahre das Schreiben und werde es persönlich an Marie weitergeben. Er kann sicher sein.«

Stephanus steckte den Brief unter seine Kutte und verließ den Stall. Der junge Novize stand zitternd in der Kälte.

»Keine Sorge, bei mir ist die Botschaft vor dem Abt sicher. Grüße Waldemar von mir, ich bin Bruder Stephanus. Jos wird dich aufklären.«

Dann ließ er den verwunderten Jungen stehen und eilte in seine Zelle. Er brannte vor Neugier.

Er warf die Tür hinter sich zu und brach hektisch das Siegel auf.

»An meinen Bruder Theis«, stand dort in der Handschrift Wiltrudis'.

Während er die Tür hinter sich abschloss, fragte er sich, warum der Brief so lange unterwegs gewesen war, da Augustinus doch schon vor Wochen seine Nachricht erhalten haben musste. Hatte Wiltrudis erst später geschrieben?

Stephanus holte tief Luft, setzte sich auf den Stuhl und bekreuzigte sich. Es konnte nicht schaden, göttlichen Beistand zu erbitten. Endlich entfaltete er den ganzen Papyrusbogen.

Mein lieber Bruder Theis, meine liebe Nichte Marie,
nun bin ich schon seit einiger Zeit in Rom und wohne inzwischen bei meinem Sohn Pius.
Die Pilgerreise ist anstrengend gewesen und für Frauen nicht ungefährlich. Ich durfte mich einer Gruppe aus Schwaben anschließen und bin nach drei Monaten Wanderschaft heil angekommen. Anfangs habe ich mehrere Wochen in der Pil-

gerunterkunft gewohnt und in der Armenküche gearbeitet, wo wir Speisen an Bedürftige verteilt haben.
Pius als Student zu finden, war nicht schwierig, er hat zu der Zeit sein Theologiestudium am Germanicum besucht. Mit ihm allein zu sprechen, war kaum möglich. Familienkontakt ist in der Vorbereitungszeit zum Priester nicht erwünscht. So haben wir uns heimlich nach den Gottesdiensten verabredet.
Unter den Studenten sind viele Kommilitonen adliger Abstammung. Er ist mit einem Sohn der Fürstenfamilie Borghese in Kontakt gekommen. Die beiden verbindet seither eine enge Freundschaft. Pius hatte sich schon länger gefragt, ob das Studium seinen Wünschen entsprach oder ihm eher auferlegt war. Die Entscheidung fiel, als er ein Angebot jener Familie als Hauslehrer erhielt. Nebenbei unterrichtet er einmal pro Woche kostenfrei Kinder von armen Familien. Das waren sein Herzenswunsch und die Bedingung für die Anstellung.
Wir wohnen nun beide in einem Angestelltenhaus der Familie in den weiten Parkanlagen der Villa Borghese. Pius unterrichtet Latein und Musik, ich unterweise die Töchter des Hauses in Stick- und Handarbeiten.
Und noch eine Neuigkeit gibt es: Pius wird sich mit einer entfernten Verwandten des Hauses vermählen. Das Mädchen heißt Chiara. Rom ist eine wunderschöne sonnige und vielseitige Stadt. Ich durfte bisher fast alle Jahreszeiten hier erleben. Es gefällt mir sehr gut. Wir sind glücklich.
Seid herzlichst gegrüßt und vermeldet die Neuigkeiten auch meinem Cousin Stephanus.
Eure Wiltrudis

Stephanus schluckte, ihm rollten ein paar Tränen über die Wangen. Seine Cousine schien endlich ihr Glück und ihren Seelenfrieden im entfernten Rom gefunden zu haben. Sogar Pius war im Begriff, seinen eigenen Weg zu gehen, einen bürgerlichen.

Kam da ein wenig Schadenfreude auf? Immerhin war Augustinus' Lebensplan gescheitert, was wohl auch der Grund für seine Depression war.

Stephanus faltete das Papier, steckte es wieder in den Umschlag und vergrub es unter seiner Matratze mit dem Gedanken, dass Augustinus nicht Gott war. Nur dessen Wille geschehe. Und das war gut so.

Er überlegte kurz, ob er einen Brief an Wiltrudis schreiben sollte, entschied sich jedoch dagegen, da er ihr nur die Todesnachricht von Theis und das Verschwinden von Marie hätte mitteilen können. Traurige Nachrichten wollte er nicht weiterleiten.

Er beschloss, zunächst abzuwarten, bis Marie zurück war. Sicherlich konnte er bald Erfreulicheres berichten. Angelo würde nächstes Frühjahr wieder durch die Gegend reisen, Zeit genug, um ihm heimlich einen Brief mitzugeben. Waldemars Boten waren ihm unbekannt und somit zu unsicher.

***

»Herrgott noch mal, passt auf! Rühren, habe ich gesagt, nicht träumen. Der Haferbrei brennt unten an. Mach etwas Wasser dazu, damit er sich löst.«

Die Wirtin Emma aus Äule hatte ihre liebe Not mit Klara. Sie taugte tatsächlich nicht zum selbstständigen Arbeiten, alles musste man ihr sagen. So war ihre Mutter Ludwina selig auch gewesen. Nicht einmal die einfachsten Dinge beherrschte das Mädchen. Dagegen konnte sie gut mit den Gästen umgehen und bediente liebend gern. Doch der Auftrag des Mönchs lautete, ihr das Kochen beizubringen. Eine zähe Aufgabe.

»Lass uns einen Handel machen, Klara. Morgens wird gekocht, und wenn du es gut gemacht hast, darfst du am Abend bedienen und auch die Trinkgelder behalten«, schlug Emma vor. Sie war keine, die gleich die Flinte ins Korn warf.

»Wirklich?« Klaras Augen leuchteten. »Ich darf auch die Fremden bedienen?«

Emma seufzte, es war ihr nicht entgangen, dass Klara dem dürren Anton schöne Augen machte. Sie hatte Michael versprochen, auf die guten Sitten seiner Tochter zu achten, und daher abends, wenn sie Klara nach Hause schickte, unter der Tür stehend gewartet, bis sie im Sigwarth-Haus verschwunden war.

»Solange du mir keine Schande machst, meinetwegen«, antwortete sie.

Tagsüber lungerte Anton bei Franziska im Aschenhaus herum. Ihn interessiere ihre Arbeitsweise, erklärte er.

Außer Pottasche brennen, meinte Franziska, könne sie nichts.

Selbst dabei ließ er sich nicht abschütteln und half ihr beim Schleppen der schweren Wassereimer. Sie zeigte ihm, wie man die Lauge herstellte, indem sie das Bachwasser in die Weidenkörbe mit Holzasche goss und die milchige Flüssigkeit wieder auffing.

»Und wie lange wird die Lauge gesotten?«

»Bis die Flüssigkeit verdampft ist. Das weiße Pulver ist die Pottasche für die Glasmacher«, erklärte Franziska geduldig.

Sie wusste, die Konkurrenz schlief nicht, man versuchte sich mit Kobalt und Mangan. Statt Arsenik hatte man einst Mangan, aus Braunstein gewonnen, als Glasseife eingesetzt, weil es den Grünstich des Waldglases zu einem Gelbton auswusch. Durch die violette Eigenfärbung des Braunsteins entstand so ein graues entfärbtes Glas. Seit der Pottaschesiederei war diese Methode eher in Vergessenheit geraten.

Franziska hörte sich die Ratschläge des fremden Aschenbrenners an und versprach, das eine oder andere an Marie weiterzugeben. Doch die brennendste Frage Antons konnte und wollte sie nicht beantworten: was Marie denn drüben am Berg suche.

Allmählich war ihr der Schnüffler aus der Schweiz lästig. Er steckte seine Nase in alle Tiegel und Töpfe, die auf dem Regal standen, roch, rührte darin herum und fragte sie ein Loch in den Bauch. Sie kannte die wenigsten der dort gelagerten Erze.

»Wie viel nehmen die Glasmacher davon für einen Tonhafen voll Gemenge?« Anton deutete auf die Pottasche.

»Das müsst Ihr sie selbst fragen, ich brenne die Pottasche nur«, erwiderte Franziska, ohne aufzusehen. Er hielt sie von der Arbeit ab.

Sehnsüchtig blickte sie zum Gasthaus. War noch nicht bald Essenszeit? Seit der Vogt wusste, dass Anton der Aschenbrenner war, hatte er seine Erlaubnis, sich umzusehen.

Als die Mittagsglocke läutete, war Franziska den Quälgeist endlich los, der alles bis ins Detail wissen wollte. Sie hatte gelernt, dass man Glasmacherrezepte nicht weitergeben durfte. Darum verstand sie ihren Vater nicht. Er hatte ihr ausdrücklich gesagt, dass sie Anton Süberli Auskunft über alles und jedes geben solle.

Dabei wartete sie sehnsüchtig darauf, allein zu sein, um etwas zu erkunden, das weder ihn noch sonst jemand etwas anging. Beim Putzen des Aschenküchenbodens hatte sie die lose Platte entdeckt, von der ihr Entführer gesprochen hatte. Es hatte plötzlich unter dem Stein geknirscht.

Als sie nun die Fliese anhob, entdeckte sie ein zerbrochenes Glas mit filigranen Verzierungen und einem matten Glanz, den sie noch nie zuvor gesehen hatte, einer Blumenwiese gleich. Es wirkte anders als geschliffenes Glas. Es war eine ebene, gleichmäßige und durchsichtige Fläche. Des Weiteren waren da noch ein Fläschchen mit einer stechend riechenden Flüssigkeit und gemörsertes violettes Gestein gewesen.

Sie war von Natur aus neugierig und intelligent, konnte eins und eins zusammenzählen. Dieser Schatz musste der Grund für Maries Aufbruch gewesen sein. Theis hatte etwas Neues entdeckt.

Da sie nun Ruhe hatte, wollte sie den Fund nochmals genau inspizieren. Vorsichtig lugte sie aus dem Fenster der Aschenküche. Ihr Vater und ihre jüngste Schwester Martha waren auf dem Weg zum Wirtshaus.

Sie schob die Tür zu, um keine ungebetenen Gäste hereinzulocken. Dann wuchtete sie die Platte zur Seite. Sorgsam legte sie alles auf den Boden neben der Vertiefung. Auf das Öffnen des Fläschchens verzichtete sie. Es schien ihr ein giftiges Mittel zu sein. Onkel Theis war viel zu schnell gestorben. Sie glaubte nicht, dass ihn die Hüttenkrätze dahingerafft hatte.

Jetzt bei Tageslicht fiel ihr auf, dass eine weitere Bodenfliese unter der ersten eingelassen war. Ob es noch ein Versteck gab?

Sie versuchte, die Fliese anzuheben, doch sie brachte ihre Finger nicht zwischen die engen Fugen. Nach einem geeigneten Werkzeug suchend, fiel ihr Augenmerk auf den Schürhaken. Er war aus Eisen und stabil genug, um die Platte anzuheben. Nun konnte sie den Stein herausnehmen.

Ein Lächeln ging über ihr Gesicht. Sie hatte richtig vermutet – unter dem Stein befand sich ein zweites Geheimfach. Sie entdeckte gemörsertes Gestein und ein weißes Pulver in zwei kleinen Schälchen, ein drittes stand daneben, es war leer, oder?

Nein, es enthielt eine Flüssigkeit, durchsichtig, klar, geruchslos. Wasser? Ringe am Schalenrand deuteten darauf hin, dass es einmal voll gewesen sein musste. Inzwischen war es fast ausgetrocknet.

Das Gestein leuchtete im Gegensatz zu dem aus dem ersten Zwischenboden gelb. Franziska roch an beidem und kam zu dem Schluss, dass das erste gröbere Mittel Schwefel sein musste. Das zweite konnte sie nicht einordnen. Warum hatte Theis die Zutaten getrennt aufbewahrt, quasi auf zwei Stockwerken? Fürchtete er, sie könnten miteinander reagieren? Oder wollte er damit seiner Nachfolgerin andeuten, dass man nicht alles zusammenmischen durfte? Es wirkte, als habe jemand die Zutaten für ein Brotrezept exakt so zusammengestellt, dass ein ungeübter Bäcker wusste, wie man verfuhr.

Das Rezept! Hatte nicht ihr Entführer danach gesucht?

Mit Sicherheit waren dies die Zutaten, die das Glas so matt erscheinen ließen. Franziska inspizierte die Anordnung. Hatte es etwas zu bedeuten, dass die Pulver nahe beieinanderstanden und das Wasserschälchen etwas Abstand hielt? Auf der Steinfliese schien etwas eingeritzt.

Es war zu dunkel in dem aufgetanen Loch. Franziska stand auf, holte einen Kienspan und entzündete ihn. Vorsichtig, um durch die Hitze der Flamme keine Reaktion auszulösen, leuchtete sie in die Vertiefung.

Sie hatte das Geheimnis entdeckt. Theis konnte zwar nicht schreiben, aber er hatte eine Möglichkeit gefunden, sich auch ohne Buchstaben mitzuteilen. Unter den beiden Schalen war eine Flamme mit einer Pfanne darüber gezeichnet. Das konnte nur heißen, dass man die Pulver zusammen erhitzte. Sollte man das Wasser im Anschluss dazugeben? Aber was kam dabei heraus? Könnte sie es versuchen?

Ein Knarzen der Tür schreckte sie aus ihren Gedanken.

»Franziska?«, rief Martha.

»Ich komme gleich, mir ist nur etwas heruntergefallen. Ich wische es weg, dann bin ich bei euch.«

»Gut, bis gleich.«

Sie hörte, wie Martha davonrannte, und atmete erleichtert auf. Rasch hob sie den schweren Stein an und achtete darauf, dass sie ihn passgenau wieder einfügte. Anschließend legte sie die anderen Utensilien in das obere Geheimfach und schob die Bodenplatte darüber.

Sie rieb die Hände an der Schürze ab. Was sollte sie mit dem Fund anfangen? Niemand schien etwas zu wissen, außer Marie. Ob sie die unterste Platte auch angehoben hatte?

Bruder Stephanus hatte gesagt, dass ihre Schwester sich aufgemacht habe, Theis' letzten Willen zu erfüllen. Ob er mehr wusste? Mit Sicherheit. Wer noch? Ihr Vater bestimmt nicht, sonst hätte er nicht zugelassen, dass der Schweizer überall herumschnüffelte. Oder hoffte er, dass Anton, der selbst Aschenbrenner war, etwas fand, das Marie zum Aufbruch veranlasst haben könnte. War sie auf der Suche nach der Herkunft der Zutaten, nach dem Rezept oder nach beidem?

Schwefelpulver bekamen die Glasmacher von den Salpeterern. War das weiße Pulver vielleicht Salpeter? Die violetten Steine und die stechend riechende Flüssigkeit? Dieses Gestein hatte sie noch nie gesehen. Woher bekam man das? War Marie dorthin gegangen?

Kannte der schreckliche Kerl, der sie entführt hatte, die Herkunft? Offenbar, denn er hatte nur das Rezept verlangt. Was war ihr noch an ihm aufgefallen? Der Dialekt. War es nicht ein Wiesentäler Zungenschlag gewesen?

Franziska rauchte der Kopf. Sie beschloss, das Geheimnis vorläufig für sich zu behalten, bis Marie wieder daheim war.

Als sie den Vorplatz der Aschenküche betrat, fing es heftig an zu schneien. Die Front kam von Nordwesten, vom Feldberg her. Das bedeutete nichts Gutes. Der Winter brach an.

Wo blieben Marie und Jakob? Wenn sie nicht innerhalb der nächsten Stunden oder Tage eintrafen, würden sie vor dem Frühjahr nicht zurückkehren. Über den Winter waren die meisten Dörfer von der Umwelt abgeschnitten und eingeschneit. Jeder auf dem Wald wusste das. Seit Jahrhunderten legten die Menschen Vorräte an, um zu überleben.

Franziska hoffte, dass die beiden irgendwo unterkamen und dass ihnen nichts passiert war.

Da fiel ihr Borromäus ein, der urplötzlich aufgetaucht war. Sie hatte ihn fast nicht wiedererkannt, das Wilde an ihm war nicht mehr vorhanden gewesen. Er schien gepflegter und zivilisierter, als sie ihn in Erinnerung gehabt hatte.

Er würde sie finden! Wer sonst?

***

Konrads Schädel hämmerte. Er wusste nicht, wo er war. Ihm war kalt. Es tropfte. Seine Kleider waren nass, er lag in einer Pfütze. Seine Lippen waren spröde, er hatte Durst. Schmeckte das Blut in seinem Mund.

Angestrengt versuchte er, sich zu erinnern. Er hatte mit seinem Sohn beim Abendbrot gesessen, mehr wusste er nicht mehr, sosehr er sich auch bemühte.

Außer rabenschwarzer Nacht konnte er nichts erkennen. Er

griff um sich, fühlte nasse Erde, eine raue Grasnarbe, Steine und Brennnesseln. Wo um Himmels willen wuchsen bei Wintereinbruch noch Brennnesseln? Er rieb sich die schmerzende Hand. Sie konnten sich höchstens in windgeschützten Hausecken halten. Direkt über ihm schien sich ein Dachvorsprung am dunklen Himmel abzuzeichnen. Ein Haus? Sein Haus? Er hatte nicht gewusst, dass Brennnesseln um die Schindelhütte wuchsen.

Vorsichtig streckte er die Arme aus und stieß gegen eine Bretterwand. Er bemühte sich aufzustehen. Ein jäher Stich im Brustkorb nahm ihm die Luft zum Atmen. Er hustete und schmeckte Blut. Es war, als wären sämtliche Knochen in seinem Leib gebrochen. Die Rippen krachten beim Versuch, sich hinzusetzen.

»Benedikt«, wollte er rufen, doch seine Stimme versagte. Nur ein heiseres Krächzen kroch aus seinem Schlund. Der Hals schmerzte und war rau.

Er griff sich an die Kehle. War er gewürgt worden? Wo steckte sein Sohn? Das linke Bein brannte. War es gebrochen, verwundet? Panik überkam ihn.

Ein Geräusch in der Ferne ließ ihn aufhorchen. Der Wasserfall? Das hieße, er war nicht weit von zu Hause weg.

Er streckte die Hand aus und kroch vorsichtig aus der Pfütze. Schnee! Es hatte geschneit, und er lag anscheinend geschützt unter einem Dachvorsprung.

Fieberhaft überlegte er, bei welchem Schuppen er sich befinden mochte. Ihm fiel ein Viehunterstand am unteren Brunnen ein, da, wo der Stollenbach den Toten ausgespuckt hatte. Wie war er hierhergekommen?

Er nahm alle Kräfte zusammen, robbte aus der Pfütze und lehnte sich mit dem Rücken an die Wand. Seine Glieder schlotterten vor Kälte, die Zähne klapperten. Wie sollte er den steilen Hang hoch zur Hütte kommen? Was erwartete ihn oben?

Mühsam formten seine Lippen die Worte: »Benedikt! Hilf mir!«

Dann verlor er das Bewusstsein.

Wilde Träume jagten ihn. Er rannte und kam nicht vorwärts, ein Wiedergänger verfolgte ihn. Der Händler? Rupert? Seine Schwester Berte? Nein, es war ein Mann, und er hatte keine guten Absichten.

Er sah zurück, stolperte und fiel in ein unendlich tiefes Loch, immer weiter in die Tiefe. Er hörte das Lachen der Wesen aus dem Totenreich.

Dann trat Stille ein, unendliche Stille.

***

»Und, Süberli, seid Ihr schon fündig geworden?«, fragte Michael Sigwarth augenzwinkernd über den Tisch.

Anton Süberli fühlte sich sichtlich unwohl dabei, allein mit dem Glasvogt und seinen Töchtern in der Nebenkammer zu essen. Worauf wollte Michael hinaus? Was sollte er gefunden haben? Etwas, das niemand mitbekommen durfte? Die Sigwarths schauten ihn alle erwartungsvoll an.

»Ich weiß ja nicht, was Ihr von mir erwartet, Glasvogt«, sagte er verlegen.

Klara setzte sich so, dass er ihre Reize nicht übersehen konnte. Er räusperte sich. Was hatte das Mädchen ihrem Vater erzählt von ihrer Begegnung neulich in der Aschenküche? Er hatte sich sehr distanziert gegeben im Gegensatz zu Klara. Ihm konnte der Vogt nichts vorwerfen.

Die Tür ging, und Franziska gesellte sich schweigend dazu.

»Ihr seid doch der Alchemist. Gibt es in unserem Laboratorium Stoffe, die Ihr nicht kennt? Ich habe Euch die Möglichkeit gegeben, alles genauestens zu inspizieren. Es stehen Neuerungen an, und ich wollte Euer Wissen testen«, verkündete Michael geheimnisvoll.

Während Franziska erwartungsvoll auf Anton starrte, stand Klara auf und warf die Serviette beleidigt auf den Tisch.

»Ihr redet von der Giftküche, da weiß ich nicht, warum ich dabei sein soll.« Sie war sichtlich enttäuscht.

Martha prustete unbedarft hinaus. »Hast du etwa geglaubt, der Anton soll dich heiraten?«

Anton rutschte unruhig auf der Bank hin und her. »In Eurem Aschenlabor habe ich alles vorgefunden wie bei uns auch. Oder zumindest ähnliche Substanzen.« Offensichtlich erwartete der Glasvogt etwas Bestimmtes von ihm.

»Unser Aschenbrenner war einem Geheimnis auf der Spur«, erklärte Michael. »Ich muss wissen, ob Euch etwas aufgefallen ist.«

»Ahm, nein, keine Auffälligkeiten«, antwortete Anton wahrheitsgemäß.

»Gut.« Michael schien zufrieden.

Anton schaute fragend von einem zum anderen. Der Glasvogt schien nun zu wissen, was er wissen wollte. Was auch immer das gewesen sein mochte, er wollte nicht neugierig wirken. Wenn es wichtig war, würde er es erfahren.

Michael war einerseits zufrieden. Sollte es ein Geheimnis geben – und dessen war er sich sicher –, hatte Theis es gut versteckt, wenn selbst ein Aschenbrenner nichts Außergewöhnliches entdecken konnte. Denn er glaubte nicht, dass der Entführer und mutmaßliche Brandstifter gefunden hatte, was er gesucht hatte. Andererseits war er genauso schlau wie zuvor. Wie konnte er an die Entdeckung kommen? Ob Marie erfolgreich gewesen war?

Ohne sich weiter um Anton Süberlis fragende Miene zu kümmern, widmete auch er sich der ausgekühlten Mahlzeit.

Kurz darauf kam das Ehepaar Süberli von der guten Stube, wo sie gespeist hatten, an den Tisch der Sigwarths. Beat deutete durch das Fenster.

»Es hat heftig zu schneien begonnen. Wir sind zwar eingerichtet und haben Kufen dabei, aber es ist besser, wenn wir sofort aufbrechen. Bis Luzern ist es ein weiter Weg. Außerdem wollen wir dem Abt noch einen Besuch abstatten.«

Geschirr schepperte zu Boden. Die Köpfe drehten sich zur Tür, wo Klara mit offenem Mund stand.

»Aber …«, stammelte sie.

»I-ich bin gleich so weit«, stotterte Anton, nickte kurz in die Runde und verschwand.

»Was war das?«, fragte Michael entrüstet in die Runde seiner Töchter, als auch Ricarda und Beat den Raum verlassen hatten. »Ich sage euch nur eines: Wenn die Sache wegen euch platzt, verbanne ich euch Weiber allesamt nach Berau hinter die Klostermauern.« Er warf seinen Löffel hin und rannte zur Tür hinaus.

Die frische Luft tat ihm gut, kühlte seinen Zorn.

Vielleicht war die Idee mit Berau gar nicht so schlecht, überlegte er. Besser als dauernd auf der Hut zu sein, dass keine seiner Töchter einen weiteren unehelichen Balg ins Haus brachte.

***

Am Abend saßen die Wirtsleute von Bernau mit ihren einzigen Gästen beim Essen. Das Ehepaar Franz und Magda Ketterer hatte Schinken zum Brot aufgefahren, in der Hoffnung, die Fremden noch eine Weile bewirten zu können. Die winterlichen Gäste bedeuteten ihre einzige Einnahmequelle um diese Jahreszeit. Und neugierig, was die Leute über die Wacht trieb, waren sie natürlich auch.

Geduldig wartend, ob sie von sich aus erzählten, goss Magda Tee nach.

»Wie seid ihr überhaupt an dem Murenabgang vorbeigekommen? Es heißt, der Weg sei unpassierbar«, fragte sie dann doch nach einer Weile bei den, für ihre Begriffe, wortkargen Gästen nach, um ein Gespräch in Gang zu bringen.

Die Burschen gehörten nicht zusammen, das hatte sie gleich bemerkt. Der Kleine könnte zu der Frau passen. War der Größere vielleicht der Sohn des Mannes?

»Der Schatzhauser, äh Borromäus, kann zaubern, wir sind geflogen«, erwiderte Jakob vorlaut.

»Schatzhauser?«, fragte Franz. »Du bist wohl ein Glasmacherkind?«

»Ja«, sagte Jakob etwas eingeschnappt, »wir sind Glasmacher, mein Onkel hat mir nämlich die Geschichten vom Schatzhauser erzählt. Nur die Glasmacher kennen sie.«

Der Bann war gebrochen. Glasmacher. Keine Landstreicher. Magda sah die Erleichterung in den Augen ihres Mannes. Der Bub wärmte sein kaltes Herz.

Franz nickte mit einem Lächeln zu Borromäus. »Aha, der Onkel.«

Borromäus unterließ es, die Verhältnisse richtigzustellen.

Johann rutschte unruhig auf dem Stuhl hin und her, er blickte auffallend oft aus dem Fenster. Im Sichtfeld lagen die hohe Wacht und der Blößling. Das Einheitsweiß der Schneelandschaft hatte sich rosa gefärbt, dem Abendhimmel angepasst.

»Warum zieht man um diese Zeit mit einer Familie umher, guter Mann?« Die Neugier von Franz siegte über die guten Manieren, die Gäste nicht auszufragen.

»Meine Frau ist die Nichte und Nachfolgerin des Aschenbrenners von Äule. Ich war zwei Jahre in Wittichen, um Blaufärbergeselle zu werden. Wir wollten uns bei Aftersteg treffen und haben uns verpasst. Die Hirtenpfade über den Feldberg sind zu. So einfach.«

»Aha«, war die knappe Antwort von Franz. Seine Gesichtszüge verrieten, dass er sich wieder einmauerte.

Für seine Frau Magda ein sicheres Zeichen, dass er ihm nicht glaubte. Da kam wieder sein Schwarzwälder Misstrauen gegenüber Fremden auf. Eine schwierige Angewohnheit für einen Gastwirt, mit der sie im Laufe der Jahre gelernt hatte umzugehen.

Die weitere Unterhaltung drehte sich um das Wetter und die Möglichkeit, bald weiterzukommen.

»Wenn es morgen nicht mehr schneit, fangen die Riggenbacher an zu pfaden und wir auch. Zwei, drei Tage, dann sind die Verbindungen zwischen den Dörfern wieder offen«, sagte Franz und verabschiedete sich ins Bett.

Die Gäste taten es ihm gleich.

Marie war die Letzte, die die Stufen hoch zur Schlafkammer stieg. Sie hatte noch den Abtritt hinter dem Haus aufgesucht. Das Licht im Gasthof war gelöscht. Sie trug eine Kerze und schlich leise den oberen Flur entlang. Durch die Tür der Schlafkammer der Eheleute drangen Stimmen. Ohne es zu wollen, schnappte sie die letzten Sätze auf.

»... hast du gesehen, wie der Bursche immer aus dem Fenster geschaut hat? Ich sage dir, da kommt noch einer heute Nacht und schlägt uns tot.«

»Du immer mit deinen dunklen Vorahnungen.«

»Weib, du wirst noch an mich denken. Ich gehe runter und hole die Axt.«

»Warum das?«

»Die lege ich mir unters Bett, für alle Fälle.«

»Du spinnst doch.«

Marie huschte schnell davon und glitt in ihre Schlafkammer, die sie mit Borromäus teilte. Sie hörte noch, wie die Tür des Nachbarzimmers aufging.

»Was hat dich denn so erschreckt?«, fragte Borromäus.

»Die trauen uns nicht, glauben, dass da noch jemand kommt und sie überfällt. Ich habe sie reden hören.«

»Man soll nicht lauschen«, tadelte er sie lächelnd. »In den abgelegenen Bauernhäusern ist man misstrauisch. Lass nur, die werden sich wieder beruhigen. Komm, ich will dir etwas zeigen.«

»Schon wieder? Was beinhaltet denn dein Zauberrucksack noch alles? Einen Hexenbesen, mit dem wir über die Berge fliegen?« Marie vergaß die Wirtsleute und lachte schallend.

Borromäus mimte den Zauberer und griff ganz nach unten in die Rückenkrätze, die an der Wand lehnte. Zum Vorschein kam ein Anzug, etwas zerknittert zwar, aber aus feinstem Tuch.

Marie wurde ernst, befühlte den Frack. »Welch edler Wollstoff, gehört der dir? Woher hast du ihn? Gestohlen?«

»Die Zeit des Vagabundenlebens ist vorbei. Ich will ein ordentlicher Mensch werden, auch äußerlich. Ich habe ihn in Freiburg schneidern lassen, er hat ein kleines Vermögen gekostet. Eine Aschenbrennerin, dachte ich, kann keinen Lumpen ehelichen. Oder wie seht Ihr das, edles Fräulein?« Er verneigte sich tief.

Johann lag stocksteif in seinem Bett und lauschte. Eben hatte er noch gehört, wie Franz die knarzenden Treppen hinuntergestiegen war und den Riegel zum Abtritt vorgeschoben hatte. Er, Johann, hatte sich zu auffällig benommen, als er während des Abendbrots immer wieder aus dem Fenster geschaut hatte. Franz war misstrauisch geworden.

Endlich war im Haus Ruhe eingekehrt, alle schienen zu schlafen. Johann schob sachte die Decke zur Seite, um Jakob nicht zu stören, und schlich mit klopfendem Herzen aus der Kammer die Treppe hinunter. Er hatte beim Zubettgehen aufgepasst, welche Stufen knarrten und welche nicht.

Lautlos erreichte er das Erdgeschoss, öffnete die hintere Tür und schlich zum Abtritt. Dort stand er eine Weile schlotternd, bis sich endlich die dunkle Gestalt, die sie den ganzen Tag verfolgt und die er beobachtet hatte, vom Holzschuppen löste und auf ihn zukam.

»Johann?«, fragte die Person, deren Gesicht im Dunkeln noch nicht erkennbar war.

Johann trat hervor. Er hatte die Stimme erkannt.

Der Mann drehte sich ihm zu, sein nun mondbeschienenes Antlitz hatte etwas Gespenstisches. Johann erschrak.

Der andere lachte auf. »Totgesagte leben länger. Ich hatte einen Schutzengel, bin nicht ganz nach unten gestürzt. Bringen wir die Sache zu Ende, Bruderherz.«

»Zu Ende?«

Wieder ertönte das blecherne Lachen, das Johann Gänsehaut über den Rücken jagte.

Die Erscheinung wirkte irreal. Er wusste nicht, ob er mit dieser Begegnung glücklich sein sollte. Die neuen Lebensaussichten hatten ihm zu gefallen begonnen. Er glaubte auch nicht mehr daran, ausgeliefert zu werden. Weder Marie noch Borromäus hatten ihn eingeschränkt oder ihm misstraut. Und Jakob? Ein Dreikäsehoch, der sich glücklich schätzte, diesen bärigen Kerl wieder in seiner Nähe zu haben.

Was es mit dem Riesen wirklich auf sich hatte, wusste er noch nicht, und wie er zu Marie stand, ahnte er nur. War sie seine Hure, oder waren sie wirklich Mann und Frau, die länger getrennt gewesen waren? Und wem gehörte dieser Grünschnabel? Er passte nicht zu dem Riesen.

»Was zögerst du? Besorge mir etwas zu essen und eine Decke. Ich richte mich im Schuppen ein«, sagte der andere.

»Was hast du vor? Willst du länger bleiben?«

»Bring mir, was ich dir gesagt habe. Ich komme klar. Besser, du weißt nicht alles.«

Johann verschwand im Innern des Hauses.

Der Schatten stellte sich wieder in die dunkle Ecke beim Schuppen, um nicht gesehen zu werden.

Johann gelang es, auf leisen Sohlen, ohne von Franz bemerkt zu werden, das Gewünschte zu holen und neben der Hintertür abzulegen. Der nächtliche Besucher nahm die Sachen schweigend auf und verzog sich hinter die Bretterwand.

Für einen Moment überlegte Johann, ob er weglaufen sollte, allein. Die Sache wurde ihm unheimlich.

Er blickte gen Himmel. Eine dunkle Wolke schob sich vor den Mond. Schlagartig war es dunkler, die Konturen verschwammen. Alles war still, als wäre nichts gewesen.

Ein scheinheiliger Friede lag über dem Hof und ließ ihn das Grauen erahnen. Eiseskälte zog an ihm hoch, als wolle sie sich seiner Seele ermächtigen, ihn hinabziehen in die Hölle. Es gab kein Entrinnen. Er war in mehrfacher Hinsicht ein Gefangener.

Wie weit würde er kommen, allein und mittellos in frostiger Nacht?

***

Die Verhandlungen im Kloster dauerten nun schon den ganzen Vormittag an. Egbert, der Cellarius, wie man den Mundschenk nannte, brachte bereits zum zweiten Mal Tee und Gebäck. Die Abordnung der Schweizer saß beim Abt im Arbeitszimmer. Bruder Stephanus hatte die Landkarten über die Gebiete St. Blasiens bringen müssen, nun auch noch die der Landschaft Luzern. Er klopfte an und wartete.

»Er kann kommen!«, brüllte der Abt.

Kein gutes Zeichen. Und tatsächlich. Augustinus' Gesicht verriet seine Stimmung. Stephanus hätte den Besuchern sagen können, dass bei dieser Gemütslage kein Ergebnis zu erwarten war. Der Abt war schlecht gelaunt. Stephanus wusste, dass das Angebot bei Weitem nicht den Vorstellungen des Abtes entsprach. Er war es gewohnt, das Maximum herauszuschlagen. Doch Beat Süberli packte seine Papiere bereits zusammen. Das hieß, das Angebot war ausgereizt.

»Wir werden morgen wiederkommen. Bleibt Herr Ehrwürden bei seinem Nein, sind wir angehalten, bei den Fürstenbergern in Neuglashütten anzufragen«, verkündete Beat Süberli gereizt und erhob sich. Seine Frau Ricarda und sein Bruder Anton taten es ihm gleich. Die Gesellschaft verneigte und verabschiedete sich.

Bruder Stephanus geleitete den Besuch hinaus und bedauerte das Scheitern der Verhandlungen. Im Hintergrund hörte er, wie der Abt das Teeservice zu Boden schmiss.

Augustinus' Launen wurden immer unerträglicher. Keiner wollte länger als nötig mit ihm zu tun haben. Niemand konnte es ihm recht machen. Er war mit sich und der Welt unzufrieden.

Stephanus eilte in die Studierstube des Abtes zurück und bückte sich, um die Scherben aufzulesen.

»Das lass Er liegen, das ist die Aufgabe des Cellarius«, schnaubte Augustinus wütend.

Es war noch nie die Aufgabe des Kellermeisters und Mundschenks gewesen, die Scherben zusammenzukehren, aber manchmal war es besser, sich dem Willen des Abtes zu beugen, als weiteren Zorn auf sich zu ziehen.

»Alles Halsabschneider, diese Eidgenossen!«, brüllte er und massierte sich die Nasenwurzel.

Bruder Stephanus nutzte den Moment, um über den Schreibtisch zu lugen. Er musste zwar über Kopf lesen, aber das Schreiben des Patriziers enthielt ein verlockendes Angebot, wie er fand. Er verstand den Abt nicht, was gab es da zu überlegen – und zu riskieren, dass andere den Zuschlag erhielten?

»Das ist mehr als der Gewinn eines Jahres. Berechnet man nur die Abgaben der Glaswaren, ohne Pacht und ohne Verkaufszuschlag.« Er war schnell im Kopfrechnen, Zahlen waren sein Spezialgebiet.

Der Abt horchte auf. »Wirklich?«

»Hm, fast zwei Jahre, wenn ich es mir genau überlege.« Stephanus deutete sein Gehen an.

»Halt«, befahl der Abt, »nimm Er das mit und berechne es nochmals.« Er reichte ihm das Schreiben der Schweizer und nickte.

Stephanus verkniff sich ein Grinsen, er würde den Ertrag so gegenrechnen, dass es passte. Schließlich hatte er noch die Möglichkeit, über einen Zeitraum von zwei bis drei Jahren eine Gewinnminderung durch den Verlust der Arbeitskräfte einzufordern. Dabei würde keine der Parteien das Gesicht verlieren, wie es bei den ungebührenden Forderungen des Abtes gewesen wäre.

Um die Glashütte Äule weiter in Betrieb zu halten, war es wichtig, dass Marie und der Blaufärber bald mit ihrer Arbeit anfingen. Stephanus musste dem Abt beipflichten: Michael Sigwarth schadete mit seinem Dickschädel der Sippe mehr, als dass er ihr nützte. Seine Führungsqualitäten ließen nach. Das zeigte sich in seinem abwartenden Handeln in Bezug auf das Aschenhaus. Er hatte noch nicht einmal damit begonnen, die Brandruine aufzuräumen, die brauchbaren Balken vor dem Winter einzulagern und den Neubau vorzubereiten. Es ging ihn nichts an. Er überließ einem Fremden die Suche nach seiner Tochter Marie, stellte die erst zwölfjährige Franziska an, die Asche zu brennen, und jammerte, dass ihm niemand etwas kochte. So verhielt sich kein Glasvogt. Außerdem war er mit der Erziehung der Mädchen überfordert. Klara kannte keine Sittenmoral, Martha träumte in den Tag.

Ein frischer Wind war dringend nötig, nicht nur im Glasmacherdorf. Stephanus dachte an die Launen des Abtes und die Selbstherrlichkeit des Oberrechners Cajetano, der seinen Lebenssinn in seiner Zelle überdachte. Mit Sicherheit empfand er sich schon als neuen Abt und Weltenretter.

Kapitel 9

Es war sein Hund, der ihn am frühen Morgen entdeckte und wärmte. Winselnd setzte sich Harro neben den alten Schindler-Konrad, der in der Kälte lag und mit seinem Herrgott feilschte. Das Leben war fast gänzlich aus ihm gewichen. Sein Licht flackerte noch leicht, wie das Flämmchen einer Kerze im eisigen Winterwind.

Seine verstorbene Lisbeth stand am Ende eines Tunnels und rief nach ihm. Herzliche Wärme strahlte von ihr aus. Ihre Hand berührte fast die seinige. Nur einen Schritt und er wäre drüben, in der anderen Welt.

Im letzten Moment vor dem Übertritt berührte ihn etwas. Es kam aus dem Diesseits, denn es war kalt und feucht.

Konrad öffnete widerwillig die Augen und schaute in die treuherzigen dunklen Augen seines Hundes.

»Was willst du, alter Geselle? Lass mich gehen. Der Tod wartet.«

»Der hat Zeit.«

Woher kam die Stimme? Schickte Lisbeth ihn zurück?

Ein heftiger Schmerz durchfuhr ihn. Plötzlich hatte er das Gefühl zu schweben. Sie nahm ihn auf, zu sich. Gemeinsam gingen sie durch den Tunnel zum Jenseits, stolperten, fingen sich wieder. Es wurde wärmer. Dankbar sank er auf eine weiche Unterlage. Er hatte wohl die andere Seite erreicht.

Doch statt eines hellen Lichts umgab ihn Dunkelheit. In der Ferne brannte lediglich eine Kerze. Der Geruch von Kräutertee stieg in seine Nase. Gierig sog er die heiße Flüssigkeit in sich und spürte, wie sie den Hals hinunterrann, sich in seinen Eingeweiden ausweitete und eine wohlige Schwere verbreitete. Er schlief ein.

Dann huschte wieder ein Engelsgesicht herbei, und die flüssige Wärme durchflutete ihn erneut. Er ließ es dankbar geschehen. Es tat unendlich gut. Alle Gedanken und Sorgen waren weg, er sah sie irgendwo zusammengepfercht in einer Ecke sitzen. Sie beäugten ihn, doch der Engel bannte sie. Er musste sich nicht fürchten.

»Kreszentia, meint Ihr, er kommt durch?«

Er kannte die Stimme. Benedikt? War er auch da?

Erneut entschwand er in die Welt zwischen Diesseits und Jenseits. Entdeckte seine Frau, den Schwiegervater Severin, sogar der fremde Händler lächelte ihm zu. Sie hatten alle die Schwelle übertreten, nur seine Beine waren noch zu schwer für den Schritt ins Licht. Oder war es sein Wille? Irgendetwas hielt ihn.

»Er braucht Zeit«, sagte eine weibliche Stimme.

»Danke«, hauchte er erleichtert und driftete wieder weg.

Er tanzte über den Wolken, betrachtete die Erde und die Menschen von oben. Sie waren klein und unbedeutend. Seine Aufmerksamkeit richtete sich auf ein helles Flackern, anfangs schimmerte es nur ganz zart, wie ein kleiner Punkt. Allmählich wurde es kräftiger und blendete schließlich. Es war ein Gegenstand, der in der Sonne aufblitzte. Er versuchte, danach zu greifen, griff ins Leere. Das Leuchten verschwand. Enttäuscht legte er seinen Arm wieder ab.

»Er sucht etwas«, sagte die Stimme, die wie Benedikt klang.

Das konnte nicht sein. Benedikt war weg, er war auf dem Weg, das Geheimnis zu lüften. Oder war er schon wieder hier?

Da war wieder das Blinken. Dieses Mal fasste er nicht danach, um es nicht zu verscheuchen. Stattdessen beobachtete er es. Es kam näher, seine Konturen wurden deutlicher. Eine Dose. Sie öffnete sich. Sie enthielt einen Schatz. Er wusste nicht, wie er aussah, denn er war formlos. Doch dass es ein Schatz war, das sagte ihm eine innere Eingebung.

***

Die Nacht auf der Hochebene von Bernau war eisig gewesen. Schon im Morgengrauen waren Magda und Marie aufgestanden. Während Magda einheizte, zog Marie den Esstisch vor den Kachelofen. Es wollte in der Stube nicht richtig warm werden.

»Der Größere ist nicht dein leiblicher Sohn, oder?«, fragte Magda.

»Er ist ein Waisenjunge aus Aftersteg, wir haben den Auftrag, ihn nach St. Blasien zu bringen«, antwortete Marie, die gemeinsam mit ihr das Frühstück bereitete, wahrheitsgemäß.

»Aha.«

»Warum?«

»Er kommt mir so verdruckst vor, stille Wasser sind tief. Pass auf, der tut nicht gut.«

»Er wird schon nicht abhauen bei den Verhältnissen.« Marie nickte zum Fenster.

»Was hat er denn ausgefressen? Warum soll er nach St. Blasien? Etwa ins Kloster?«

Magda war neugierig, zu neugierig. Marie fühlte sich unwohl und beschloss, nicht weiter darauf einzugehen.

»Ob er etwas ausgefressen hat? Davon weiß ich nichts. Der Bergvogt Schwörer von Todtnauberg hat uns gebeten, ihn mitzunehmen, da wir sowieso denselben Weg haben.« Sie nahm die Schüssel mit Haferbrei und ging in die Stube, um der Befragung zu entgehen.

Misstrauisch geworden, beobachtete sie Johann, der nun die Stiege herunterkam und Platz nahm. War er so hinterhältig, wie Magda behauptete? Er wurde sichtlich nervös, als er ihren Blick auf sich spürte. Und wieder schaute er auffallend oft aus dem Fenster. Diesmal nach hinten, Richtung Schuppen.

Marie nahm sich vor, dort nachzusehen, wenn sie den Abtritt aufsuchte. Ihr kam das belauschte Gespräch von gestern Abend in den Sinn, die Vermutung des Wirts, dass da noch jemand käme. Doch wer sollte das sein?

Nach und nach kamen alle zum Morgenmahl. Franz sprach ein kurzes Gebet. »Es schneit nicht mehr, wir werden heute anfangen, uns nach Innerlehen freizuschaufeln. Kann ich auf euch zählen?« Er schaute streng in die Runde der männlichen Anwesenden.

Jakobs Augen leuchteten, Johann blickte zu Boden, und Borromäus nickte zusagend.

»Ich muss mal«, sagte Johann und stand auf.

»Herrgott, hast du keinen Anstand? Während des Essens wird nicht davongerannt. Setz dich«, bestimmte Franz gereizt.

Kurzes Aufschauen und Innehalten am Tisch, was hatte den Ketterer so geärgert?

»Er hat recht, setz dich«, sagte Borromäus.

Johann leistete stumm Folge und stocherte lustlos in seinem Brei herum. Etwas schien tatsächlich nicht zu stimmen.

Marie schüttelte unmerklich den Kopf. Borromäus verstand und schwieg.

Genauso wortlos, wie das Morgenmahl verlaufen war, wurde der Tisch abgeräumt.

Jakob kam mit Handschuhen und Mütze aus der Kammer und fragte freudig den Wirt, ob er helfen dürfe, den Weg ins nächste Dorf freizuschaufeln.

»Natürlich, das darfst du, geh in den Schuppen hinter das Haus und hol die Schaufeln«, erwiderte Franz.

Johann eilte zur Tür hinaus und rief dem Jungen hinterher, er würde das machen. Marie und Borromäus stürzten gemeinsam zum hinteren Eingang. Warum verhielt sich Johann so seltsam? Als Marie und Borromäus den Hofplatz hinter dem Haus erreichten, stand er dort und erwartete sie.

»Bitte lasst mich in den Schuppen! Passt lieber auf den Kleinen auf.«

Borromäus packte Johann am Kragen. »Raus mit der Sprache: Wer ist dort?«

Johann schniefte, zog den Rotz hoch und flüsterte heiser: »Das kann ich Euch nicht sagen. Er schlägt mich sonst tot.«

Borromäus riss mit Wucht die Tür auf, während Marie die beiden Jungs festhielt und gebannt auf den gähnenden Eingang schaute. Nichts. Langsam schlich Borromäus hinein, einen Kienspan zur Erleuchtung in der Hand.

Die Ketterers schauten vom Küchenfenster aus zu.

»Habe ich es dir doch gesagt, da kommt noch einer. Und der Kerl hat es gewusst«, schnaubte Franz.

»Er ist nicht ihr Sohn. Ein Waisenjunge angeblich, den sie nach St. Blasien bringen sollen«, erwiderte Magda.

»Ins Kloster?«

»Weiß ich nicht. Order vom Bergvogt Schwörer.«

»Das Kloster hat die Gerichtsbarkeit über Todtnauberg und die Talgemeinden. Der hat was ausgefressen.«

»Sie sagt, sie weiß nichts.«

»So?«

»Ja.«

Plötzlich stieß sich der Wirt von der Fensterbank ab und rannte zum hinteren Eingang. Er stolperte zur Tür hinunter und warf dabei Marie mit den Buben um.

»Hinten! Dahinten rennt er!«, brüllte er in den Schuppen zu Borromäus und watete in den Tiefschnee, um das Gebäude zu umrunden. Dabei ruderte Franz mit den Armen, wankte und kam zu Fall. Mühsam kämpfte er sich durch den Schnee zurück. Er hatte keine Chance.

Unterdessen kam Borromäus aus dem Verschlag.

»Da!«, schrie Marie und deutete zum Waldrand.

Der Schnee stiebte auf, die Person sprang behände mit großen Schritten, sank ein und sprang weiter.

Borromäus sah noch, wie der Mann im Wald verschwand. Der andere war im Vorteil, selbst wenn er Spuren hinterließ. Allein war es zu gefährlich, den Wirt konnte er nicht mitnehmen. Er war zu alt für eine Verfolgung. Borromäus wandte sich Johann zu. »Raus mit der Sprache! Wer war das? Was weißt du?« Er löschte den Kienspan zischend im Schnee.

Franz kam wankend zu ihnen und klopfte sich den Schnee von der Kleidung. »Die Krätze über dich, du Hurensohn, du hast mir gestern schon nicht gefallen!« Er packte Johann am Kragen und presste ihn gegen die Bretterwand. Dabei wandte er sich an Borromäus. »Wie konntet Ihr mir diese Filzlaus ins

Nest setzen? Ums Haar wären wir ausgeraubt, wenn nicht gar totgeschlagen worden. Kein Hahn hätte danach gekräht. Wir sind eingeschneit und von den nächsten Dörfern abgeschnitten. Jetzt ist er auf der Flucht. Wer sagt uns, dass er es nächste Nacht nicht wieder probiert? Da draußen überlebt der nicht.«

»Du weißt, wer es war, Johann, oder?« Borromäus hatte sehr wohl mitbekommen, dass der Junge schon den ganzen Morgen nervös gewesen war.

»M-mein Bruder.« Johann sah betreten zu Boden.

»Rupert? Der ist tot. Hast du noch einen Bruder?« Borromäus versuchte, sich die Nacht am Wasserfall ins Gedächtnis zu rufen. Kein Zweifel, Rupert musste abgestürzt sein.

»N-nein, es ist Rupert«, sagte Johann. »I-ich dachte auch, er sei tot.«

»Und seit wann weißt du, dass er es nicht ist?«, fragte Marie. Noch standen sie alle hinter dem Haus, geschockt von dem, was gerade geschehen war.

»I-ich habe ihn kurz beim Murenabgang gesehen, h-hinter uns, w-war mir aber nicht ganz sicher.«

»Ich hatte da das Gefühl, dass du dich davonmachen wolltest. Was hat dich abgehalten?«

»D-die Aussicht, bei euch bleiben zu dürfen. I-ich habe Angst vor ihm.«

»Du bist ein Strafgefangener, Herrgott noch mal, wir machen uns auch strafbar, wenn wir dich nicht abliefern!«, rief Borromäus ungehalten. Er wollte Johann keine falsche Hoffnung machen, vor allem nicht vor Zeugen.

Franz nickte Magda wissend zu. Die bestätigte seine Vermutung, ebenfalls durch ein leichtes Nicken. Sie waren in der wortlosen Unterhaltung geübt.

Borromäus strich sich durch den Bart. »Gut, es nützt uns nichts, hier in der Kälte zu stehen. Den Kerl finden wir im Wald nicht. Ihm allein zu folgen, ist zu gefährlich. Wir sollten schauen, dass wir die Verbindungswege beigeschippt bekommen.«

»Hm«, antwortete Franz, »da habt Ihr recht. Ihr Frauen haltet den Waldrand im Auge. Schließt die Türen, und nächste Nacht stellen wir eine Wache auf.«

Er ging in den Schuppen und holte Schaufeln für jeden der männlichen Anwesenden, einschließlich Johann.

***

Michael Sigwarth raufte sich die Haare. Konnte das gut gehen? Wie würde der Abt reagieren? Sollte er gar selbst ein Gesuch zur Ausreise einreichen?

Nein, er war der Glasvogt. Er rannte niemandem hinterher. Er war das Oberhaupt des Dorfes, schließlich waren die Fremden auf ihn zugekommen, sollten sie sich auch bemühen.

Er betrachtete aus dem Küchenfenster die verkohlten Reste des Aschenhauses. Würde jemand es wiederaufbauen, wenn er weg wäre? Er fühlte sich nicht zuständig, es widerstrebte ihm sogar, sich um den Aschenhaufen zu kümmern. Theis war nie sein Freund gewesen, warum sollte er seinen Schutt entfernen? Er war vermutlich selbst schuld an seinem Tod.

Die Pottaschesiederei war vorläufig gesichert. Franziska hatte genug gebrannt, um die erforderliche Menge Glas für diesen Samstag im Kloster abliefern zu können. Der Abt würde zufrieden sein.

Wie ging es weiter, wann – wenn er die Ausreisegenehmigung erhalten würde – dürfte er wegziehen? Sollte er seine Töchter im Kloster zu Berau anmelden? Oder mitnehmen? Vielleicht nahm ihm dieser Süberli zumindest Klara als Gattin ab?

Ihm war klar, dass er sich kümmern musste, egal wie. Aber er hatte keine Energie, etwas in die Hände zu nehmen, sich zu entscheiden. Es war, als wäre ihm alles über den Kopf gewachsen, die Glashütte, das Aschenhaus, die Töchter.

Er wollte nur noch weg. Die Schweizer hatten in ihm eine Begehrlichkeit geweckt, die er bisher nie verspürt hatte. Neu anfangen, vielleicht sogar eine neue Familie gründen.

Er lehnte sich zurück und ließ seine Gedanken treiben.

Als die Schürbuben klopften, weil es Zeit war, das Gemenge auszuarbeiten, schickte er sie unwirsch weg. Sie sollten einen anderen suchen, ihm sei nicht gut.

Warum hatte ihm das Schicksal einen eigenen Sohn verwehrt, einen, der jetzt die Geschäfte für ihn übernehmen könnte? Seine beiden Frauen lagen auf dem Friedhof; Gret seit Maries Geburt in St. Blasien, Ludwina samt Neugeborenem in Schluchsee. Letztere hatte die Nacht bei Schneetreiben zwischen Windbergtal und Äule nicht überlebt. Die Sippe war dabei gewesen, ins neue Dorf zu ziehen. Es wäre noch genügend Zeit bis zur Geburt geblieben. Dazu ein gutes Omen, das erste Neugeborene in Äule, das Kind des Glasvogts. Doch die Natur hatte sich nicht daran gehalten. Der ersehnte Junge kam in der Wildnis zur Welt und starb noch in der Geburtsnacht. Theis hatte ihm, Michael, die Schuld gegeben und seiner Sturheit, nicht abwarten zu können. Schließlich hatten die Wehen noch im alten Dorf eingesetzt. Nicht einmal getauft war das Kind. Trotzdem hatte man seine sterblichen Reste auf dem Gottesacker beerdigt; heimlich, im Sarg der Mutter.

Er war müde, es schien, als liefe ihm einiges aus dem Ruder. Äule hatte ihm bisher kein Glück gebracht. Zumindest redete Michael sich das ein. Früher war alles besser gewesen, da hatte man noch auf sein Wort gehört.

Die Sippe der Raspillers machte ihm das Leben schwer, sollte er ihnen die Glashütte überlassen? Diesem Pack? Beim Gedanken an diese Familie fielen ihm gleich mehrere Episoden ein, die ihn an den Rand der Verzweiflung gebracht hatten. Nein, diese Meute würde nicht seine Glashütte ruinieren.

Er stand auf und stapfte wütend durch den Schnee zu seinem Arbeitsplatz.

»Vorsicht, er kommt!«, rief Thomas Raspiller seinen Kumpanen zu, die daraufhin an ihre Stände eilten und die Bierstangen verschwinden ließen. Die langen Gläser – einer Stange ähnlich – wurden so genannt, weil sie gut in der Hand lagen. Damit sie nach regem Gebrauch nicht so schnell aus derselben rutschten, waren sie mit pockenartigen Noppen aus aufgesetztem Glas versehen.

Es hatte sich schnell herumgesprochen, dass die Schweizer versucht hatten, Michael Sigwarth abzuwerben. Der Vogt war für seinen rauen Führungsstil bekannt und gefürchtet. Aus dem Nichts heraus konnte er abkommen, wie man sagte, wenn einer die Beherrschung verlor. Die Aussicht, ihn loszuwerden, mussten die Glasbläser darum erst einmal begießen.

Thomas stand am vordersten Feuerloch und blies mit hochrotem Kopf ein Glas aus. Es wurde krumm. Die anderen versuchten ebenfalls, eifrig zu wirken.

»Was glaubt ihr denn, was das werden soll? Ihr seid ein besoffener Sauhaufen! Diese schiefen Gläser können wir nicht verkaufen, damit blamieren wir uns. Ihr meint wohl, ihr habt mich schon los? Nein, Freunde, so schnell mahlen die Mühlen nicht. Noch ist nichts entschieden. Bis dahin arbeitet ihr unter meiner Aufsicht.«

Er wischte über die angefangenen Arbeiten, dass sie klirrend zu Boden gingen.

»Nach Hause mit euch, schlaft euren Rausch aus!«, brüllte er und drehte sich zu den eingeschüchterten Knaben um. »Ihr Schürbuben leert den Rest der Häfen in die Grube, heizt den Ofen neu auf und weckt die Männer heute Abend. Es wird eine Nachtschicht gefahren. Sakrament.«

»Amen«, lallte Raspiller.

Michael holte im Affekt aus, sein Gegenüber ging zu Boden. Die anderen wurden schlagartig nüchtern, sahen sich verlegen an und verdrückten sich. In diesem Zustand war es besser, dem Vogt nicht zu nahe zu kommen. Wenn er tobte, dann richtig.

Thomas spuckte einen Zahn aus, wischte sich das Blut vom Mund und taumelte davon.

Michael prüfte sein Gemenge, es war nicht mehr zu gebrauchen. Wenn es zu lange blubberte, wurde es blind und brüchig. Die Glasmacher hatten ein eigenes Wort dafür: gispig.

Die Buben begannen, die zähe Masse aus den Häfen zu kratzen, im Wasser abzukühlen und die Klumpen in Kübeln zu sammeln. In Äule wurde selten Abfallglas produziert. Im Dorf arbeiteten die besten Glasmacher und Bläser der Umgebung.

Michael lenkte seine Aufmerksamkeit in die hinteren Räume der Glashütte, die meist offen standen. Dort versorgten sich die Rutscherinnen mit Glaswaren, die sie aus dem Abkühlofen holten. Das Gravieren war ein mühevoller Vorgang. Sie ritzten mit einem spitzen Stein Blumenornamente auf das fertige Glas.

Es gab noch eine andere, neumodische Verarbeitungsweise, den Gravurapparat. Er wurde mit einem Tretpedal angetrieben. Dadurch bewegte sich eine Kupferscheibe. Mit viel Fingerspitzengefühl wurde das Glas an die Scheibe gehalten, und der Schleifer schliff vorgezeichnete Muster ein.

Diese komplizierte und teure Apparatur besaß die Glashütte Äule noch nicht. Sie war in Böhmen verbreitet. Michael hatte davon gehört. Um an diesen Apparat zu kommen, wäre eine größere Reise vonnöten gewesen. Die hatte er bislang gescheut.

So wurde von Hand gerutscht, was meist Frauen zu Hause übernahmen, genauso die Malerei. Die aufgetragenen Farben wurden im Anschluss eingebrannt.

»Und was ist mit euch Weibern? Habt ihr die Waren schon ausgearbeitet?«, brüllte Michael in den hinteren Raum. Da er schon dabei war, konnte es nicht schaden, den Arbeiterinnen auch etwas Dampf zu machen.

»Wir holen Nachschub, Meister«, antwortete eine der jüngeren Frauen und deutete auf die fertigen Gläser in der Vitrine.

»Also, lasst es laufen und glotzt nicht so dumm. Eure Männer werden euch heute Nacht nicht von der Arbeit abhalten.«

Michael rieb sich die Hände, er gefiel sich in der Rolle des Herrschers. Da es keine weiteren Arbeiten gab, beschloss er, in der Schänke einzukehren. Damit vertrieb er auch die Saufkumpane, die gehofft hatten, er würde wieder nach Hause gehen und sie könnten weitertrinken.

Er setzte sich an den Stammtisch und hörte, was die Zulieferer, die Köhler und Holzhauer, zu erzählen wussten. Drüben am Feldberg, bei Todtnauberg, sollte ein Hof abgebrannt sein. Der Büreten. Die Bäuerin, eine Tante und die Magd seien umgekommen. Die Boten wussten aus zweitem oder drittem Mund, dass Fremde auf dem Hof übernachtet hatten.

Kurz darauf war man sich einig, dass es nie gut war, fremdem Volk Herberge zu bieten. Man wusste schließlich nicht, ob sie einen nicht ausraubten oder den Hof anzündeten.

Michael starrte auf seine Bierstange und hörte nur halbwegs zu. Was interessierte es ihn, wenn ein Hof drüben am Berg abbrannte. Das war weit weg und deren Schicksal.

»Bei der Kreszentia oben soll die Aschenbrennerin gesehen worden sein«, erzählte einer der Holzhauer aus dem Menzenschwandertal.

Mit einem Schlag wurde Michael hellhörig. »Wer sagt das?« Er versuchte, so unbeteiligt wie möglich zu klingen, obwohl er bei dieser Nachricht einen Stich im Herzen verspürte.

Dieser Stich galt vor allem seinem Enkel Jakob. Er vermisste ihn, selbst wenn er das niemals zugegeben hätte. Seine Tage waren einsam geworden, seit der muntere Bub nicht mehr kam und ihn ein Loch in den Bauch fragte. Anfangs hatte er den Bastard stets abgelehnt, doch seit dem Unglück und dem Tod seines leiblichen Sohnes war das anders. Er war schließlich der einzige seiner direkten Nachkommen, der den Namen Sigwarth weitertragen würde. Und er war wissbegierig und vorwitzig.

»Einer der Holzmacher hat sie gesehen, wie sie mit dem Kind hoch ist zur Menzenschwander Viehhütte. Er hat Scheitholz zum Flößen gerichtet. Sie hat ihn wohl nicht bemerkt.«

»So?« Michael bestellte eine weitere Stange und starrte ins Glas.

***

Bruder Stephanus hatte alles gegengerechnet und nach ein paar kleinen Schönheitskorrekturen für ordentlich befunden. Nun war er auf dem Weg zum Abt. Gedankenverloren eilte er durch die Kreuzgänge, als er einen feinen Gesang vernahm.

Woher kam diese liebliche Stimme? Weit und breit war niemand zu sehen. Kam sie von der Studierstube des Abtes?

Vor der Tür hielt er inne. Eindeutig. Wer war bei Augustinus?

Wieder hob die jugendliche Stimme zu einem Psalm an: »Wer bei Dir Schutz sucht, oh mein Herr, und unter Deinem Schatten bleibt …«

Es war der Psalm 91 in deutscher Übersetzung. Stephanus lief ein Schauer über den Rücken, noch nie hatte er eine solch schöne klare Stimme gehört. Sang ein Knabe vor dem Stimmbruch, oder war es eine junge Frau?

Ein weiterer Mönch, der Schulmeister, kam den Kreuzgang entlang und blieb ebenfalls vor der Kammer stehen. Als der Sänger, oder die Sängerin, verstummte, sahen sich die Brüder mit Tränen in den Augen an.

»Wer ist das?«, fragte der Mönch.

»Ich weiß es nicht«, antwortete Stephanus.

Er wartete noch einen Moment, und als nichts mehr zu hören war, klopfte er an.

»Ja, bitte«, erklang die Stimme des Abtes.

Stephanus trat ein und war überrascht, als er den etwa siebzehnjährigen Novizen erkannte. Es war jener, der vor Kurzem die Botschaft von Wiltrudis gebracht hatte. Er hätte wetten können, dass der Sänger vor dem Stimmbruch war. Furcht flackerte in den Augen des Novizen auf, als er Stephanus sah.

»Ich höre, Ihr habt Besuch, Abt Augustinus, und sehr begabten sogar. Es war nicht zu überhören.«

Stephanus nickte dem Burschen mit einem Zwinkern zu. Dieser verstand und wirkte erleichtert.

»Ja, ein talentierter junger Mann. Er kommt aus Klingnau, ist ein Oblate und würde gern bei uns in den Orden eintreten. Der Probst dort schickt ihn mir. Leider ist seine Familie sehr arm und kann sich weder den weiterführenden Unterricht noch einen Eintrittsobolus leisten. Was haltet Ihr von ihm, Stephanus?«

Es war eindeutig, dass Augustinus einen Narren an dem Jungen gefressen hatte.

»Er scheint mir eine Bereicherung für unseren Chor zu sein. Es wäre eine Sünde, ihn wegzuschicken. Gott hat ihm die Gabe zu unser aller Freude geschenkt. Was überlegt Ihr noch, Hochwürden?«

Der Junge strahlte dankbar.

Es kam immer wieder vor, dass arme Familien eines ihrer Kinder unter den Schutz der Kirche stellten. Entweder fielen sie durch besondere Intelligenz oder Talente auf, oder eine Familie gelobte ein Versprechen, nach einem Schicksalsschlag ein Kind als Dank in die Hände Gottes zu übergeben.

Stephanus war sich sicher, dass Waldemar dahintersteckte. Sollte der Junge als Botschafter eingeschleust werden? Denkbar war es. Waldemar selbst besaß keinerlei Bildung, war nur klösterlicher Stallknecht, doch er war äußerst intelligent. Er hatte Pius vor zwei Jahren ermöglicht, seine leibliche Mutter kennenzulernen.

»Also, mein Freund, du hast gehört. Melde dich beim Schulmeister.«

»Ich bin hier«, sagte der Mönch, der mit Stephanus dem göttlichen Gesang gelauscht hatte und ebenfalls eingetreten war.

»Noch besser, nimm Er ihn gleich mit«, sagte Augustinus und wandte sich an Stephanus. »Ihr habt die Berechnungen wegen des Auszugs der Glasmacher? Zeigt her.« Er studierte die Papiere, die Stephanus ihm reichte. »Sind die Abgeordneten noch hier?«

»Ja.«

»Gut, lasst sie wissen, dass wir unter der Bedingung zustimmen, dass wir eine Übergangsfrist von, sagen wir, zwei Jahren brauchen, bis wir einen neuen Vogt haben.«

»An wen habt Ihr gedacht?«

»Sagtet Ihr nicht, dass mein Mündel Borromäus wieder auf dem Weg nach Äule sei? Ich meine, auch vernommen zu haben, dass er der Aschenbrennerin zugetan ist. Warten wir es ab.«

Bruder Stephanus versuchte sich zu erinnern, ob er dem Abt gegenüber Bemerkungen hatte fallen lassen. Woher mochte er seine Informationen haben?

Er würde es herausbekommen. Wie so vieles.

Augustinus entließ seinen Sekretär. Er war zufrieden. Seine Machenschaften – in diesem Fall die Sturheit gegen die Abordnung aus Luzern – zahlten sich aus. Bruder Stephanus war ein genialer Rechner.

Und dieser kleine Sänger war ein weiterer Faden in seinem Spinnennetz. Hell im Kopf wie sein älterer Bruder, aber die Kirche nahm nur ein Kind einer armen Familie an. Der andere musste sich weiter als Stallknecht verdingen. Es war besser, die göttliche Gnade nicht zu großzügig zu streuen, die Menschen wurden zu schnell gierig. Gelegentlich eine mildtätige Geste erhöhte die Dankbarkeit gegenüber der geistlichen Obrigkeit.

So war er auch mit dem Wilden in den Katakomben verfahren. Es hatte nicht lange gedauert, bis er ihn bemerkt hatte. Oder besser Jos, sein Oberförster, ihn entdeckt und ihm vermeldet hatte. Ein Fahnenflüchtiger ohne Zukunft war ein dankbarer Wächter, ließ man ihm das Leben und hielt seine Hand ein wenig über ihn. Im letzten unterirdischen Raum vor dem Ausgang des alten Fluchtstollens schadete er keinem, so seine damalige Überlegung. Im Gegenteil, mit seiner Anwesenheit hatte er den heimlichen Zugang zum Klostergelände vor fremdem Zugriff abgeschottet. Die Salpeterer waren zu einer Gefahr geworden, seit der Einungsmeister Albiez den Aufstand vorantrieb.

Ein weiterer Vorteil war, dass Cajetano nicht unbemerkt das Klostergelände verlassen konnte. Ihm traute er neben seiner heimlichen Sammlung an Schätzen zu, dass er sich mit Freigeistigen verbinden würde, nur um an seinem Stuhl zu sägen. So gesehen war es eine göttliche Vorsehung gewesen, die ihm diesen Hünen von Wächter beschert hatte. Damals vor zwei Jahren. Ihm war auch nicht entgangen, dass er sich mit den

Glasmachern, vom Buben der Aschenbrennerin ausgehend, angefreundet hatte.

Ein kluger Mensch, dieser Borromäus Spindler, denn er erkannte den Wert der blauen Steine in seiner Höhle. Und deren Bedeutung für die Glasmacher. Zeit, ihm die Brocken vor die Füße zu werfen, um seine Dankbarkeit zu erlangen. Für das Kloster waren die rohen Steine wertlos. Und er, der Abt, hatte noch eine Rechnung mit den Pröbsten aus Gurtweil und Bürgeln offen. Sie waren ihm lästig geworden.

Ein teuflischer Plan war in seinem Hirn gereift.

***

Es schneite in dicken Flocken. Magda Ketterer sah besorgt aus dem Fenster. Die Männer waren fast nicht mehr auszumachen. Sie verschwanden hinter einer weißen Wand. Das Licht nahm früh ab.

»Das wird nichts, die kommen bei dem Wetter nicht voran«, sagte sie zu Marie gewandt.

»Was, wenn wir länger hierbleiben müssen?«, fragte Marie zurück. Ihre Miene schien seit dem Morgen verschlossen.

»Daran denke ich schon die ganze Zeit. Ihr werdet wohl nicht genug Geld für mehrere Monate haben. Wir waren schon von Martini bis Palmsonntag eingeschneit, aber über einen so langen Zeitraum haben wir noch nie Gäste beherbergt. Selbst wenn wir sparsam haushalten, reicht es nicht für vier Mäuler mehr.« Magda seufzte und schaute Marie ernsthaft in die Augen.

»Wie sieht es mit den Nachbarn aus? Können die uns etwas abgeben?«

»Hm, im Winter ist sich jeder selbst der Nächste. Ihr werdet Euren Beitrag leisten müssen.«

»Sagt mir, wie ich helfen kann.«

»Wir gehen in den langen Wintermonaten abends zu Licht. Das heißt, wir treffen uns abwechselnd auf einem unserer Höfe«, erklärte Magda. »So sparen wir Kerzenlicht, sitzen zusammen, erzählen Geschichten, singen und beten. Die Frauen machen Handarbeiten, die Männer schnefeln. Was nicht selbst gebraucht wird, verkaufen wir im Sommer auf den Märkten. Ihr könnt uns und die Nachbarn bei diesen Arbeiten unterstützen. So kämen wir durch, sollte es nicht zu schneien aufhören. Aber schau raus, der Winter lässt sich nicht mehr vertreiben.«

»Ihr habt recht, sie geben auf, seht.« Marie deutete auf die sich schüttelnden Personen. Ihre Jacken und Mützen waren weiß. Pustend und polternd erreichten sie die Haustür, rissen sie auf und schneiten mit einer Schneewolke herein.

»Hunger.«

Jakob sprach aus, was alle quälte, außer der Erkenntnis, sich umsonst abgekämpft zu haben.

Borromäus brachte die Sache auf den Punkt. »Es scheint, wir müssen eine weitere Nacht bleiben.«

»Stärkt euch erst einmal, dann sehen wir weiter.«

Magda war praktisch veranlagt, wenngleich sie die verschwiegene Miene ihres Mannes richtig deutete. Er fürchtete, die Gäste nicht mehr loszubekommen. Das anfängliche Vertrauen war seit heute Morgen dahin.

Sie reichte eine Suppe aus Wurzelgemüse und Rüben. Stumm schaufelten sie die wärmende Mahlzeit in sich hinein.

Dann stand Johann auf und räusperte sich. »Ihr denkt sicherlich, dass wir Euch ausrauben wollten. Mein Bruder und ich. Aber ich schwöre Euch, ich wusste nicht, dass er lebt und uns verfolgt hat. Ich dachte, er sei in jener Nacht abgestürzt, genau wie Ihr.« Er sah zu Borromäus, der Zeuge des vermeintlichen Absturzes gewesen war. »Wenn Ihr wollt, dass ich gehe, packe ich mein Bündel und versuche mein Glück.«

»Du meinst, du bringst dich um?«, knurrte Franz. »So einfach schleicht man sich nicht davon. Du bleibst und arbeitest für Kost und Logis, wie jeder am Tisch.«

»Ich dachte, Ihr …«, murmelte Johann kleinlaut.

»Hier wird nicht gedacht, sondern getan. Amen.«

Das Thema war für Franz erledigt.

Johann atmete sichtlich auf. Die Stimmung entspannte sich langsam, wie Magda erleichtert feststellte.

***

Der Winter hatte auch Äule ereilt und unter sich begraben, die Waldsiedlung versank im Schnee. Die Produktion wurde gedrosselt, weil niemand mehr die Asche bei den Holzmacherfamilien einsammeln konnte. Die Quarzplätze waren eingeschneit. Das Pochwerk stand still, weil das Mühlrad, das die Klopfvorrichtung antrieb, eingefroren war. Statt zu Licht gingen die Glasmachermeister ins Gasthaus, nur die Frauen trafen sich reihum in ihren Stuben. Eine ruhige Zeit, in der die Natur alle zwang, die Arbeit auf das Minimum zu reduzieren.

»Meister, mir scheint, Ihre Marie ist irgendwo abhandengekommen. Wie wollt Ihr die Glashütte weiterbetreiben? Außer Pottasche sieden kann Ihre Franziska nichts. Sie kennt keine Rezepte für die Färbungen. Ihr reitet uns mit Euren Weibergeschäften ins Unglück«, lispelte Raspiller durch seine Zahnlücke.

»Im Frühjahr werden wir weitersehen«, sagte Michael ausweichend.

Er hatte sich selbst gefragt, wie er die Glashütte ohne Marie betreiben sollte. Vielleicht wäre es klug gewesen, den Schweizer Aschenbrenner zu behalten. Doch eine fremde Laus setzte er sich nicht gern ins Nest. Das war noch nie seine Art gewesen. Er vertraute nur der eigenen Familie. Außerdem, so bemitleidete er sich selbst, hatte Stephanus den Mann bestimmt schon ziehen lassen, statt ihn vorübergehend in Äule abzustellen. Das Kloster war schuld an seiner misslichen Lage. Er, der Glasvogt, konnte nichts dafür. Er sehnte die Zeit herbei, in der er ausreisen und neu anfangen durfte.

Noch wusste er nicht, wie lange er warten musste. Seit den Schneefällen war niemand mehr von St. Blasien hierhergekommen, genauso wenig wie andersherum. Das Kloster würde seine

Lieferung erst bekommen, wenn die Wetterverhältnisse wieder besser wurden.

»Ihr glaubt wohl, Ihr könnt Euch aus dem Staub machen bis dahin, was?«, stichelte Thomas Raspiller weiter.

»Mensch, Thomas, halt doch einfach deinen Rand, das bringt uns auch nicht weiter«, sagte Josef.

Er und Peter waren zu Besuch aus dem Windbergtal gekommen und wegen des Wetters vorläufig in Äule gestrandet. Sie hatten gehört, dass eine Abordnung aus der Schweiz um Glasmacher warb. Als die Glashütte vor zwei Jahren vom Windbergtal weggezogen war, waren sie als Siedler zurückgeblieben. Das Angebot des Klosters, von der Leibeigenschaft befreit zu werden, hatte sie damals gelockt. Dieses Leben war jedoch karger, als Glasmacher und somit Pächter von St. Blasien zu sein. Daher erwogen auch sie eine Übersiedlung in den Kanton Luzern. Sie versprachen sich ein besseres Auskommen. Erfahrene Glasmacher waren sie immer noch.

»Marie wird schon wiederkommen. Sie ist schließlich eine Sigwarthin. Und eine gute Aschenbrennerin, das hat sich herumgesprochen bis weit über die Grenzen des Blasiwaldes. Theis war ein Meister auf seinem Gebiet.« Das beteuerte Michael nur ungern. »Ohne ihn wären die Waren nicht so begehrt in den herrschaftlichen Häusern. Also rede nicht gleich den Ruin herbei.«

»Theis ist tot und die Nachfolgerin verschwunden. Das ist Tatsache und kein Gerede, und die Sigwarths sehen sich nach einem neuen Geldtopf um. Da soll man als Glasmacher nicht misstrauisch werden? Wahrscheinlich ist Marie schon längst in der Schweiz und Ihr haltet uns für blöd.«

Mit seiner Aussage sorgte Thomas Raspiller für ein Murren in den Reihen der Glasmacher. Darauf war noch keiner gekommen. Was, wenn er recht hatte?

Die Diskussion wurde hitziger, nach weiteren Schankrunden handgreiflicher. Bis der Wirt die Meute rauswarf. Dazu packte er einen nach dem anderen am Kragen und schob sie ins Freie.

»Kühlt euer Mütchen da draußen im Schnee, Saubande, versoffene! Sakra!«

***

Den Schweizern erging es nicht anders. Sie saßen in St. Blasien fest und warteten darauf, dass die Schneefälle nachließen.

Besorgt schaute Beat Süberli aus den Butzenscheiben auf den Vorplatz des klösterlichen Gästehauses und sah zu, wie die Schneemengen allmählich alles unter sich begruben. Der Gartenzaun, am Vormittag noch sichtbar, war nun weg. Der Schnee erreichte inzwischen die ersten Fensterbänke des unteren Stockwerks.

»Besser, als wenn es uns unterwegs erwischt hätte«, sagte seine Frau Ricarda aufmunternd. »Uns geht es doch gut, es mangelt an nichts.«

»Ja, du hast recht. Und doch fühle ich mich eingesperrt und tatenlos.«

Es klopfte.

»Bitte?«, fragte Beat.

Bruder Stephanus trat ein. »Ich habe mit dem Abt nachverhandelt. Es sieht gut aus, er erkennt die Vertragsklauseln an, will sich aber noch die nächsten zwei Jahre Zeit nehmen, bis er einen geeigneten Nachfolger als Vogt gefunden hat.«

»Zwei Jahre?« Beat Süberli pfiff durch die Zähne. »Das ist eine lange Zeit. Gibt es denn keinen geeigneten Mann?«

»Leider nein, der Vogt hat nur Töchter. Marie ist zwar in die Materie des Aschenbrennens eingeführt. Aber Ihr wisst selbst, eine Frau und Mutter würden die Meister nie als Vögtin akzeptieren. Sie hat es so schon schwer genug, sich durchzusetzen. Es gibt nicht nur Befürworter. Vielleicht kann sie sich im Laufe der Zeit den nötigen Respekt verschaffen, dass man auf sie hört. Aber wenn nicht einmal ihr Vater hundertprozentig hinter ihr steht …« Stephanus hob entschuldigend die Arme.

»Sie scheint ihr Handwerk zu verstehen, soweit mein Bruder

Anton das beurteilen konnte. Er durfte sich in der Aschenküche umschauen und war erstaunt über die Fülle der Zutaten, die er vorgefunden hat. Leider sitzen wir nun fest und können nichts weiter tun.«

»Ich habe eine Idee«, sagte Stephanus plötzlich. »Unser Oberrechner Pater Cajetano hat eine Glassammlung. Ich will den Abt fragen, ob ich Euch welches zeigen darf, das würde Euch sicher gefallen.«

Kurz darauf kam er wieder ins Gästehaus und brachte eine Kiste mit. Er hatte fünf Gläser, die er für ausgefallen hielt, in Tuch gewickelt. Nun packte er sie vor den staunenden Augen der Süberlis aus. Auch Anton hatte sich dazugesellt.

»Darf ich?«, fragte der eher schüchterne Aschenbrenner, dessen Augen mit jedem Exemplar, das Stephanus auswickelte, mehr leuchteten.

»Bitte.«

Er nahm das rubinrote Glas in die Hände, hielt es gegen das Kerzenlicht. »Woher stammt das?«

»Wo Pater Cajetano es erworben hat, entzieht sich meiner Kenntnis. Er befindet sich zurzeit in Klausur, ich kann ihn leider nicht befragen.«

»Es ist ein Bleikristallglas und wird mit Goldpurpur gefärbt. ›Die blühendste Farbe der Rose wirst du im Glas erblicken, wenn du Gold als Bestandteil verwenden kannst.‹ Diesen Satz hat Giambatistta della Porta 1589 in seinem Buch ›Magia Naturalis‹ erwähnt. Johannes Kunckel hat um 1680 die Rezeptur verfeinert. Er kann es nur aus seiner Produktion haben. Es ist eine Besonderheit und in der Tat sehr wertvoll. Ich habe mich in diesem Verfahren schon probiert, aber diesen Glanz habe ich bislang noch nicht hinbekommen.«

Stephanus war überwältigt vom Wissen des Aschenbrenners. Offensichtlich konnte er lesen, wenn er ein Buch zitierte.

»Und dieses«, Anton deutete auf ein verziertes Glas, »wurde maschinell geschliffen. Mit einem Gravurapparat. In Äule wird noch von Hand gerutscht, wie ich gesehen habe.« Er strich mit den Fingern über die anderen Gläser. »Kobalt, sehr schön. Venezianisch. Mir scheint, Euer Oberrechner Cajetano weiß, was wirklich kostbar ist.«

»Und mir scheint, Ihr kennt Euch gut aus«, erwiderte Stephanus.

Er packte die Gläser noch sorgsamer ein, als er es zuvor getan hatte, verabschiedete sich und eilte zum Abt. Anton Süberlis Wissen konnte für Äule nur von Vorteil sein, er musste Augustinus überzeugen, ihn dort anzustellen, bis Marie und ihr Blaufärber wiederkamen – und vielleicht noch eine Weile darüber hinaus. Er war die Rettung und Entlastung für die arme Franziska.

***

»Vater, könnt Ihr Euch erinnern? Was ist passiert? Warum wart Ihr unten am Brunnen? Wer hat Euch so zugerichtet?«, fragte Benedikt zum wiederholten Mal.

»Wo bin ich?«, fragte Konrad.

»Daheim, wo sonst?«

»Im Himmel.«

»So schnell stirbt es sich nicht. Also, könnt Ihr Euch erinnern? Wer war das?«

Benedikt konnte sich keinen Reim auf den Überfall machen. Es war der dritte Tag, seit die Aschenbrennerin mit den Ihren und Johann aufgebrochen war. Sicherlich waren sie schon über dem Berg in ihrem Glasmacherdorf angekommen, wenn das Wetter es zugelassen hatte. Was also war geschehen?

Er hatte vorgestern gemeinsam mit seinem Vater Abendbrot gegessen. Danach war er rausgegangen, um die Ziegen zu versorgen. Als er zurückgekommen war, war sein Vater weg gewesen. Er hatte sich nichts dabei gedacht, es kam zwar selten vor, aber manchmal ging er auf einen Schoppen ins Wirtshaus hinüber.

Doch auch tags darauf war er nicht nach Hause gekommen. Benedikt hatte sich gefragt, ob er zu seinem Schwager Clewi gegangen war. Warum hatte er nichts gesagt?

Erst als heute Morgen der Hund angeschlagen hatte, hatte er gewusst, dass etwas passiert sein musste. Harro hatte ihn zur Viehhütte am unteren Brunnen geführt, wo er seinen Vater vorgefunden und geglaubt hatte, er sei tot. Hilflos war er zu Kreszentia gerannt.

»Rupert«, antwortete Konrad.

»Das kann nicht sein. Rupert ist tot.«

»Rupert lebt. Er wird sich rächen, er will den Jungen – Jakob …« Konrad stöhnte auf. Das Reden viel ihm sichtlich schwer. Er keuchte, bekam einen Schweißausbruch, es folgte ein Hustenanfall.

Kreszentia, die auf der Ofenbank eingeschlafen war, eilte in die Küche und brachte einen hustenstillenden Sirup. Schließlich half sie ihm, aufrechter zu sitzen, damit er besser Luft bekam.

»Deine Rippen sind gebrochen, ich habe den Brustkorb bandagiert. Das wird dich noch eine Weile plagen, mein Lieber. Tut mir leid. Dein Bein scheint auch zumindest angebrochen zu sein.« Sie deutete auf die Verbände.

»Danke«, keuchte Konrad. »Wie können wir Marie warnen?«

»Der Schnee liegt gut hüfthoch, und es hört noch nicht auf zu schneien. Ich kann nur hoffen, dass Rupert sie bisher nicht eingeholt hat. Seid Ihr Euch wirklich sicher, dass er es war?«, fragte Benedikt.

»Absolut, er muss bei seinem Absturz in den Brombeerhecken gelandet und am Felsen hochgeklettert sein. Es gibt eine Stelle am Wasserfall, da ist das möglich.«

Erschöpft ließ sich der Alte ins Kissen fallen. Er schloss kurz die Augen, da fiel ihm noch etwas ein. Er befühlte sein Bein. »Wo ist meine Hose?«

Kreszentia deutete auf den Stuhl. »Entschuldige, ich musste sie dir ausziehen.«

»Ist die Tabakdose noch drin? Und mein Messer?«

Benedikt stand auf, tastete die Hose ab und griff in die Taschen.

»Nein, warum? Seid Ihr Euch sicher, Vater, dass Ihr sie bei Euch hattet?«

»Ja, ganz sicher. Er muss sie mitgenommen haben – und das Messer auch.«

»Rupert? War sie kostbar?«

»Sie hat einen Zwischenboden, und darin stand etwas, aber ich weiß nicht, was.«

»Und das sagt Ihr mir erst jetzt?«

»Ich habe es an dem Abend entdeckt, als die Äulemer gegangen sind, und dann vergessen. Dachte nicht, dass es wichtig ist.«

»Verdammt.«

»Eins ist sicher«, sagte Kreszentia, »ihm nachlaufen kannst du bei dem Wetter nicht. Außerdem haben die Äulemer den Johann. Rupert muss vorsichtig sein, will er seinen Bruder nicht ans Messer liefern. Was kann er schon mit der Dose anfangen? Um die Botschaft lesen zu können, braucht er einen Amtmann oder Mönch. Davor wird er sich hüten.«

»Marie kann lesen«, sagte Konrad.

»Marie? Weiß er das?«, fragte Kreszentia erstaunt.

»Eine gute Frage. Keine Ahnung. Ich weiß nicht einmal, ob er deshalb die Dose mitgenommen hat oder nur, um sie zu veräußern.«

»Das klären wir jetzt nicht. Benedikt, dein Vater muss sich ausruhen, ich bleibe diese Nacht noch bei ihm. Schau zu, dass du im Gasthaus drüben etwas erfährst.«

»Ihr schickt mich zum Saufen?«

»Nein, zum Loschoren«, antwortete Kreszentia und grinste verschwörerisch.

»Zum Aushorchen?«, antwortete Benedikt verschmitzt.

Er suchte sich ein paar Münzen im Küchenschrank und entschwand in die Dunkelheit. Zum Wirtshaus war es nicht weit.

»Aha, da kommt ein ganz Fremder«, sagte einer der Stammtischbrüder aus einer dunklen Ecke, als Benedikt den Schankraum betrat. »Hock dich her.«

Die Einladung kam einem Kreuzverhör gleich, das wusste

Benedikt. Er war entschlossen, nichts von dem Überfall auf seinen Vater zu sagen.

Die erste Frage ließ nicht lang auf sich warten. »Wer bekommt bei euch ein Kind?«

Benedikt wurde klar, dass er bereits verloren hatte. Die Hebamme war bei ihrem Gang ins Schindelmacherhaus beobachtet worden.

»Vater ist die Treppe runtergefallen und hat sich wohl die Rippen gebrochen.«

»So.«

»Ja.«

»Ein Bier?«

Benedikt nickte.

»Der Bach hat den Toten noch nicht ausgespuckt«, sagte eine andere Stimme – es war die des Bergvogtes Berthold Schwörer, der wohl, um Neuigkeiten zu erfahren, von Todtnauberg heruntergekommen war – schon fast vorwurfsvoll. »Es ist viel passiert, seit du die Aschenbrennerin angeschleppt hast. Kurz davor war dieser Blaufärber da. Der Büreten ist abgebrannt, und danach bringt mir der Kerl einen der Abele-Brüder als Zeugen, bezichtigt den anderen des Mordes an dem fremden Händler und erklärt mir dessen Absturz.«

»Die wilde Jagd hast du vergessen«, tönte es aus einem bärtigen Gesicht gegenüber.

»Du meinst die Vorboten der Raunächte? Da hast du recht. Damit ist nicht zu spaßen.«

Die Schankmagd Alma brachte das Bier und bat Benedikt, doch bitte unauffällig in den Vorratsraum zu kommen, sie müsse ihm etwas zeigen.

Er prostete dem Spender zu und nahm zwei Schlucke. Während sich die Stammtischler über die Gefährlichkeit der wilden Jagd und deren Gefolge ausließen, ging er sich erleichtern.

»Pst, hier«, flüsterte Alma und lotste ihn in die Speisekammer. »Rupert war hier, er war sehr wütend auf den Blaufärber und hat gesagt, dass er ihm das Fürchten lehren werde.«

»Und was noch? Hat er noch etwas gesagt?«

»Nein, nur dass es Tote geben werde. Und er hat mir etwas gegeben, ich soll es verwahren, bis er wiederkommt. Ich glaube, es gehört euch. Ich habe Angst vor ihm. Er war so grob zu mir. Ich dachte, der bringt mich um.«

Benedikt wusste, dass Rupert manchmal die Nächte bei der Magd verbrachte – und nicht nur er.

Sie zog etwas aus dem Rocksaum und reichte es ihm.

»Ich will es nicht, es klebt Blut daran.«

***

Das Versteck war gut gewählt, im Wald windgeschützt zwischen zwei Felsbrocken. Ringsum hatte Rupert sich eine Schneemauer gebaut, ein klares Bächlein floss in der Nähe vorbei. Im Schutze der Dunkelheit entzündete er ein Lagerfeuer in der Mitte seiner kleinen Trutzburg, niemand sah den Rauch aufsteigen. Rupert war es gewohnt, sich in allen Lebenslagen durchzuschlagen.

Er hatte die Höfe bei Einbruch der Dunkelheit ausgekundschaftet und gewusst, wo er einsteigen konnte, ohne den Hofhund auf sich aufmerksam zu machen; hinten über die Tenne und den Heustock. Er war die Treppen hinunter in die Küchen geschlichen, wo die Köstlichkeiten über der Feuerstelle im Rauch gehangen hatten, und hatte nur so viel mitgenommen, dass es nicht auffiel. So konnte er sich auch über einen längeren Zeitraum bedienen.

Außer seiner Fluchtspur, die inzwischen zugeschneit war, existierten keine Spuren von ihm. Wenn er ins Dorf schlich, ging er das Stück zwischen Wald und Häusern im flach abfallenden Bach auf den Steinen. Am ersten Hof war das Wasser angestaut worden, um das Vieh zu tränken. So waren seine Fußtritte innerhalb der Tierspuren nicht aufgefallen. Von Hof zu Hof führten kleine Pfade, die Bauern besuchten sich abends gegenseitig.

Marie und die ihren waren heute Abend auch dabei gewesen, er hatte sie beobachtet. Sie saßen in Bernau fest, da die Schneefälle noch nicht nachgelassen hatten. Es bestand bislang keine Verbindung zwischen den Dörfern. Der Schnee lag durch die Verwehungen in dem breiten Tal so hoch, dass nicht einmal die Schlitten durchkamen. Bei Wetterberuhigung musste erst von Hand geschippt werden, um für die Zugpferde eine freie Gasse zu bilden.

Rupert würde nicht weiterziehen, ohne sich gerächt und Johann befreit zu haben. Er war nur knapp dem Tod entkommen. Ausgerutscht und abgestürzt, hatte er sich im letzten Moment in einer Brombeerhecke halten und mühsam wieder hochziehen können. Johann war alles, was ihm geblieben war. Mehr gab es nicht in seinem Leben. Keine Familie.

Seinen Vater hatte er nie gekannt, wusste nicht einmal, ob sein Bruder denselben hatte. Die Mutter lebte in Basel, wo sie angeblich in einem Haushalt arbeitete. Besucht hatte sie die Kinder nie. Er und Johann waren bei den Großeltern abgestellt worden, die keinen Hehl daraus gemacht hatten, dass sie das Hurenpack der in Ungnade gefallenen Tochter aufziehen mussten. Schläge und Hunger waren ihr tägliches Brot gewesen, als diese noch lebten.

Nach dem Tod der Großeltern waren sie allein nach Basel gezogen, um die Mutter zu suchen. Doch sie arbeitete in keinem der besseren Haushalte, auch nicht in den einfacheren. Sie teilte sich eine Kammer mit einer anderen Frau in einem verruchten Gasthaus, wo zwielichtige Gesellen verkehrten. Mit den Worten, das sei kein Platz für Kinder, hatte sie ihre Buben weggeschickt. Mit Betteln und Gaunereien hatten sie sich seither über Wasser gehalten.

Rupert machte Borromäus für seinen Beinahe-Tod verantwortlich, doch mit ihm konnte er es nicht aufnehmen, dieser Mann war groß und stark wie ein Bär.

Er musste sich rächen, sonst fand er keine Genugtuung. Sein Augenmerk lag deshalb auf dem schwächsten Glied der Familie: Jakob.

Kapitel 10

Abt Augustinus massierte sich nachdenklich die Nasenwurzel. Bruder Stephanus hatte – wieder einmal – recht, die Schweizer saßen fest, vermutlich wie die Aschenbrennerin und der Blaufärber irgendwo. Dass sie sich gefunden hatten und unterwegs waren, wusste er von einem Wandermönch, der über die Wacht gekommen war, kurz bevor das Wetter umschlug. Und nicht nur das. Es hatte ein Unglück gegeben über dem Berg, oben am Büreten; ein abgebrannter Hof und drei tote Frauen.

In Äule wurden nur noch einfache Gläser hergestellt, wenigstens weiße Gläser. Oder nahezu weiße, manchmal waren noch Schlieren drin. Warum also nicht diesen Aschenbrenner verpflichten, zumindest, bis die eigene wieder da war. So wäre allen geholfen.

Er rief seinen Sekretarius. »Schickt die Schweizer wieder nach Äule, der Aschenbrenner soll dem Glasvogt unter die Arme greifen, wenn er so begabt ist, wie Ihr mir glauben machen wollt.«

»Bei dem Wetter? Sie haben nur einen Zweispänner. Über den Höhenweg geht nichts, und Menzenschwand ist zu.«

»Menzenschwand ist ein enges Tal, die Verwehungen sind nicht so schlimm wie auf den freien Flächen. Gebt ihnen noch zwei Pferde mit. Besser, als wenn sie rumhocken und nichts tun. Es wird schon wieder aufhören zu schneien. Sagt ihnen das morgen, spätestens übermorgen will ich sie weghaben.« Augustinus erhob sich schwerfällig. »Dieser Beat und sein Weib, die sollen sich in Äule einquartieren. Sonst bleiben die den ganzen Winter auf unsere Kosten im Gästehaus. Der Glasvogt soll sich darum kümmern. Schließlich ist seine Tochter Hals über Kopf aufgebrochen, ohne sich die offizielle Erlaubnis des Klosters zu holen.«

Bruder Stephanus behielt seine Bedenken für sich und machte sich an der Seite des Abtes auf den Weg zur Matutin, dem Gebet zwischen Mitternacht und dem frühen Morgen. Schweigend gingen sie den Kreuzgang entlang, die Kälte durchdrang inzwischen alle ungeheizten Räume. Einzig das Refektorium – der Speisesaal – und das Skriptorium – die Schreibstube – neben dem Schreibzimmer des Abtes waren geheizt, abgesehen von der Küche und einmal wöchentlich der Badstube.

»Bruder Stephanus, was macht eigentlich unser Oberrechner Pater Cajetano?«, fragte Augustinus und rieb sich die Hände, weil er fror.

»Er betet«, antwortete Stephanus.

»Es ist sehr kalt, lasst ihn die Mahlzeiten im Refektorium einnehmen, damit er sich aufwärmen kann. Und gebt ihm eine weitere Decke in die Zelle.«

»Ich werde gleich nach dem Gebet bei ihm vorbeischauen.«

Schweigend gingen sie zur Kapelle zur Matutin.

Mit einem Federbett über dem Arm eilte Stephanus danach zur Klosterzelle des Paters und klopfte an. Es war still. Eigentlich hielt Cajetano die Gebetsstunden auch in seiner Zelle ein.

Stephanus klopfte ein zweites Mal. Nichts. Schließlich zog er ungebeten den Schlüssel aus seinem Gürtel.

Als er die schwere Tür öffnete, schlug ihm eisige Kälte entgegen. Das Fenster stand sperrangelweit offen. Im Raum war es stockdunkel. Normalerweise zündete Cajetano eine Kerze zum Gebet an.

Stephanus eilte auf den Flur und nahm eine der Fackeln aus der Halterung. Im Schein des Lichts betrat er erneut den Raum, der Luftzug drohte die Flamme auszupusten. Er eilte zum Fenster und schloss es.

Als er sich umdrehte, erschrak er fast zu Tode. Cajetano lag splitternackt auf seinem Bett, die Hände vor der Brust gefaltet, den Rachen und die Augen vor Entsetzen weit geöffnet. Als blicke er in die Hölle.

Stephanus bekreuzigte sich, trat näher und leuchtete dem Pater in die Augen. Sie waren trüb. Er schloss sie, bedeckte seine

Scham mit der dünnen Wolldecke, die über dem Stuhl hing, und griff sicherheitshalber an die Halsschlagader. Er brauchte sie nicht zu suchen – der Körper war bereits eiskalt und steifgefroren.

Stephanus beleuchtete die spärliche Einrichtung. Auf dem Schreibtisch lag ein Brief. Er nahm ihn und las:

Im Tod sind wir wiedervereint, meine liebste Schwester.

Mehr stand nicht auf dem Blatt, auch nicht auf der Rückseite. Bruder Stephanus konnte sich keinen Reim darauf machen und legte das Papier wieder hin. Daneben befand sich Cajetanos Mittagessen, kaum angerührt und gefroren.

Was war geschehen? Wer hatte ihm heute das Essen gereicht? Wer war seine liebste Schwester? Hatte er eine leibliche Schwester?

Stephanus stellte fest, dass er nichts über das Leben des Paters wusste. Wiederum betrachtete er das Schreiben. Es war Cajetanos Handschrift, eindeutig. Er hatte oft genug die Zeit mit ihm im Skriptorium verbracht.

Der Pater war zwar manchmal sehr seltsam gewesen und hatte wiederholt seine psychisch labilen Phasen gehabt, aber nie war er Stephanus lebensmüde oder depressiv vorgekommen. Im Gegenteil, er hatte oft den Eindruck gehabt, dass Cajetano es insgeheim auf den Stuhl des Abtes abgesehen hatte.

Etwas passte nicht zusammen. Sollte er Augustinus rufen? Eine innere Stimme warnte ihn. Wieso hatte der Abt ihn ausgerechnet heute mit einer Decke zu Cajetano geschickt? Es war schon seit Tagen sehr kalt. Wusste er etwas? *Sollte* er den Pater finden?

Stephanus beschloss, alles so zu belassen, wie er es vorgefunden hatte. Er öffnete das Fenster wieder, deckte Cajetanos Geschlecht auf und verließ den Raum. Dann schloss er ab, legte die Decke auf den Boden vor die Zelle, steckte die Fackel in die Halterung und schlich in seine Schlafkammer.

War ihm jemand gefolgt oder hatte ihn beobachtet? Ihm wurde bei dem Gedanken ganz heiß. Nein, da war niemand. Der Abt war nach dem Stundengebet gleich in seiner Kammer verschwunden, die anderen Mönche wohl auch. Jeder war darauf bedacht, ein paar Stunden Schlaf zu finden.

Während er sich auszog, überlegte er fieberhaft, wen der Küchenmeister Egbert mit den Speisen zu Cajetano geschickt hatte. War es nicht der neue Novize gewesen? Für wen arbeitete er?

Stephanus beschloss, ihn sich vorzuknöpfen.

***

Der Lobgesang zur Laudes durchbrach die Stille des Tagesbeginns, als Bruder Stephanus in die Kapelle des Klosters St. Blasien eilte. Er hatte lange nicht einschlafen können, war erst in den Morgenstunden weggesackt und hätte schließlich beinahe verschlafen.

Damit er seinen Platz erreichen konnte, mussten die anderen zur Seite rücken, was für Unruhe sorgte und die Aufmerksamkeit des Abtes auf sich zog. Stephanus schaute nur kurz auf. Für den Bruchteil eines Augenblickes glaubte er, Genugtuung im Gesichtsausdruck Augustinus' zu erkennen.

Demut wegen des Zuspätkommens war angesagt, deshalb senkte er sein Haupt, bis die Andacht vorüber war. Danach suchte er in den Reihen der Mönche vergebens nach dem Abt. War dieser bereits durch den Zwischengang entschwunden?

Stephanus beschloss, Normalität walten zu lassen und abzuwarten. Wie würde Augustinus reagieren?

Bei der Morgensuppe sprach ihn schließlich der Cellarius Egbert an, er möge doch Cajetano holen. Es sei beschlossen, ihn beim Essen wieder in die Gemeinschaft zu integrieren.

»Wer sagt das?«, fragte Stephanus arglos.

»Der Abt sagt, er habe es mit Euch abgesprochen.«

»Wo ist Augustinus?«

»Er fühlt sich unpässlich und hat sich zurückgezogen.«

»So.«

»Ja.«

»Na dann.« Stephanus erhob sich, um das Spiel mitzumachen. Er war sich sicher, dass Augustinus zumindest etwas wusste, wenn er nicht gar die Finger im Spiel hatte.

Kurz überlegte er, ob er gleich zum Abt eilen solle, doch dann beschloss er, den Unwissenden zu mimen.

Die Decke lag noch am Boden vor der Zellentür. Stephanus klopfte, für den Fall, dass er beobachtet wurde, wartete kurz und zog den Schlüssel aus seinem Bund, drehte ihn im Schloss um. Er machte sich auf den schrecklichen Anblick gefasst.

Die Tür knarzte. Vorsichtig betrat er den Raum. Das Fenster war geschlossen, der Leichnam abgedeckt. Das Papier auf dem Tisch war weg. Erschrocken sah er sich um und zuckte zusammen, als der Abt auf ihn zutrat. Er musste in der Zelle auf ihn gewartet haben.

»Va-Vater«, stotterte Stephanus, »was hat das zu bedeuten? Warum seid Ihr hier?«

»Er ist tot, erfroren. Ihr seid verwundert?«, fragte Augustinus. »Das Federbett, das ich Euch für ihn gegeben habe, liegt vor der Tür.«

Erst jetzt merkte Stephanus, dass er in eine Falle getappt war. Es würde nichts nützen zu sagen, dass Cajetano gestern bereits tot gewesen war. Damit hätte er sich verraten. Am Vorabend wäre er derjenige gewesen, der den Freitod entdeckt hatte, heute schob Augustinus ihm den Erfrierungstod in die Schuhe.

»Wieso seid Ihr bei ihm in der Zelle, Euer Hochwürden?«, fragte er so belanglos wie möglich.

»Weil heute Morgen die Decke noch vor der Tür lag, als ich auf dem Weg zur Laudes war. Cajetano entzündete zu den Gebetszeiten stets eine Kerze. Aber heute früh war es dunkel unter der Türritze. So habe ich geklopft und geöffnet.«

»So.«

»Ja.«

Augustinus ging kommentarlos aus dem Raum und ließ Stephanus stehen.

Für den roch es nach Mord. Cajetano war dem Abt schon immer ein Dorn im Auge gewesen. Er war der letzte Augenzeuge der alten Verbrüderung gewesen. Stephanus kannte die unrühmlichen Geschichten nur vage aus Erzählungen seiner Cousine Wiltrudis.

Vorsichtig hob er das Linnen an. Cajetano trug ein Nachtgewand.

»Du warst zwar nie mein Busenfreund, Cajetano, aber ich finde heraus, wer das zu verantworten hat«, schwor er.

***

Im Laufe des Tages hörte es endlich auf zu schneien, am Nachmittag kam sogar die Sonne heraus. Sowohl die Bernauer als auch die Riggenbacher kämpften sich mit Schaufeln im Tiefschnee aufeinander zu. Wer konnte, schippte.

Marie und Magda hatten für das ganze Dorf Bernau gekocht, um alle Helfer beim Einbruch der Dunkelheit mit Eintopf versorgen zu können. Die Gaststube war brechend voll gewesen, als sich der Tag dem Ende geneigt hatte. Müde waren sie nach dem Mahl nach Hause gegangen, auch in der Herberge waren alle ins Bett gesunken.

Marie und Borromäus lagen sich noch in den Armen, als es im Haus schon still war.

»Was meinst du, Borromäus? Sollen wir morgen weiterreisen? Was sagen die Riggenbacher? Kommt man auf der Landstraße weiter bis zur Abzweigung Menzenschwand und St. Blasien?«

»Die Dörfer Innerlehen und Kaiserhaus sind noch nicht so weit. Dort wollen wir morgen mithelfen. Im Anschluss geht es gemeinsam Richtung St. Blasien. Menzenschwand wird meist von einem Bauern mit Fährschlitten aufgemacht, manchmal auch erst im Frühjahr. Wir müssen sowieso nach St. Blasien, wegen Johann.«

»Willst du ihn wirklich ausliefern?« Ein Hauch von Mitleid schwang in Maries Stimme mit.

»Warten wir ab, wie er sich weiter verhält. Er hätte sagen müssen, dass sein Bruder uns auf den Fersen ist. Das laste ich ihm an.«

»Er hat Jakob beschützt und wäre allein losgezogen, um uns nicht zur Last zu fallen. Obwohl er keine Chance gehabt hätte.«

»Ich vertraue ihm noch nicht ganz, wer weiß, wo der andere sich rumtreibt und ob er sich ihm wieder anschließen will. Es ist besser, wir bleiben beisammen und achten aufeinander, egal wohin wir gehen – und wenn es nur auf den Abtritt ist. Rupert ist unberechenbar.«

»Meinst du, er ist noch in der Nähe?«

»Ich bin mir sicher, dass er uns sogar beobachtet.«

Marie hielt die Hand vor den Mund, damit ihr kein Ton entwich. So ernst hatte sie die Lage nicht eingeschätzt.

»Wirklich? Was will er noch von uns? Wir haben kein Rezept, das muss er doch endlich kapiert haben.«

»Insgeheim glaubt er sicherlich immer noch, dass du das Rezept kennst. Aber in erster Linie will er Rache und seinen Bruder zurück. Allein ist es schwieriger für ihn. Johann war ihm bislang hörig.«

»Du sagst ›war‹, denkst du, dass er sich von Rupert lösen will.«

»Im Moment ist es bei uns bequemer. Ich will sehen, ob er es ernst meint. Oder ob er nur so tut, weil er sich einen Vorteil erhofft. Schlaf jetzt, ich will noch einen Rundgang im Haus machen und nach draußen spähen.«

»Warum?« Marie war plötzlich unheimlich zumute.

»Im Wald gibt es nichts zu essen, er muss sich in die Höfe schleichen, will er nicht verhungern.«

»Lass uns morgen weiterziehen. Ich habe Angst.«

Borromäus küsste sie auf die Stirn. »Schlaf gut, ich bin gleich wieder da.«

Marie nickte, zog die Decke bis unters Kinn und lauschte in die Dunkelheit, als Borromäus über den Flur schlich.

»Gute Nacht, ihr beiden, bei euch alles in Ordnung? Ihr habt heute gut gearbeitet. Schlaft jetzt, morgen ist wieder ein harter Tag«, rief Borromäus in die Bubenkammer neben der Gaststube.

»Gute Nacht«, tönte es zweistimmig aus der Bretterkiste.

Er prüfte die Türen, schob – wenn nötig – die Riegel vor und schlich wieder zu Marie ins warme Bett.

»Alles ruhig, du kannst unbesorgt sein, die Burschen sind müde«, raunte er ihr ins Ohr, »aber ich noch nicht.«

»Und du glaubst, ich könnte daran etwas ändern?«, flüsterte sie.

»So ein Betthupferli ginge noch.«

»Das habe ich befürchtet.«

»Befürchtet?«

»Gehofft.«

»Gut. Ich auch.«

Johann war eingeschlafen und bemerkte nicht, dass Jakob neben ihm aufstand. Er musste zur Toilette. Zwar gab es im Winter für diese Fälle einen Topf, doch Jakob fand, dass dieser nur für kleine Kinder taugte.

Leise schlich er in die Küche, wo ihm der Duft der geräucherten Speisen über dem Herd in die Nase stieg. Alles war dunkel, nur die sternenklare Nacht beschien den Fußboden in der Mitte des Raumes durch das Fenster. Die dunklen Ecken wirkten furchterregend. Ihm kam es vor, als stünden überall finstere Gestalten. Er dachte an die Warnung Borromäus', nicht allein rauszugehen.

Ein Kribbeln lief ihm über den Rücken, als er die quietschende Tür öffnete und in die kalten Holzpantoffeln stieg, die für den Gang zum Abtritt bereitstanden. Sie waren ihm viel zu groß, er klapperte in ihnen die Stufen hinunter, ging über die verschneiten

Bretter, die bis zum Häuschen ausgelegt waren, und öffnete die Tür zum Abtritt.

Ein beißender Wind zog durch die Bretterwand, während er sich erleichterte. Es war stockdunkel und still. Durch die Luke betrachtete er den Sternenhimmel, der in der Eisnacht besonders hell leuchtete, im Anschluss polterte er über die Bretter zurück Richtung Haus.

Hatte sich da etwas am Schuppen bewegt? Ein Schatten, wie von einer Person, lag im Schnee. Jakob hielt inne, sein Herz klopfte bis zum Hals. In der eisigen Nacht konnte er eine Atemwolke erkennen.

Panisch rannte er los, um die Stufen zur Eingangstür zu erreichen. Er rutschte aus und fiel hin. Da kam der Schatten auf ihn zu, stülpte eine Decke über ihn, warf ihn über die Schulter und flüchtete.

Jakob konnte nicht schreien, die Decke war eng um seinen Kopf geschlungen, er strampelte und rang nach Luft. Seine nackten Füße hatten die Pantoffeln verloren und wurden kalt. Eiskalt. Der Fremde sagte nichts, hielt Jakob fest und lief immer weiter in die klirrende Kälte.

Jakob wimmerte.

Der Entführer rannte über den harschen Schnee, schließlich wurden seine Schritte langsamer, etwas streifte Jakob, ein Ast? Er war schon halb erfroren, als er auf den Boden geworfen wurde. Jakob stöhnte leise.

»Deck dich zu, tot nützt du mir nichts«, sagte der Entführer, den er als Rupert erkannte, barsch und warf ihm eine Decke hin.

Jakobs Finger waren so steif, dass er fast nicht fähig war, den groben Wollstoff aufzufalten.

Rupert entzündete ein Feuer, es wurde wärmer. Er hängte einen Kessel über die Flammen und warf Schnee und Tannennadeln hinein.

»Es gibt gleich heißen Tee.«

»Warum machst d-du das?« Jakobs Zähne klapperten aufeinander.

»Ich brauche dich als Pfand. Johann und das Rezept, deine Mutter hat es mit Sicherheit.«

»Nein.«

Rupert griff in die Hosentasche und zog ein Messer hervor.

»Das gehört dem alten Konrad! Du hast es ihm gestohlen!«, rief Jakob.

»Du bist ganz schön vorlaut, in deiner Lage ist das nicht besonders klug.«

»Was ist mit Konrad?« Jakob kam ein schrecklicher Gedanke.

»Er braucht es nicht mehr, dort, wo er jetzt ist.«

»Ist er tot?«

»Das geht dich nichts an, hier, der Tee ist heiß. Ich will schauen, was du wert bist.« Rupert stand auf und schickte sich an zu gehen.

»Und ich?«

»Du wartest.«

»Und wenn ich abhaue?«

Rupert lachte auf. »Ohne Schuhe? Wohin willst du in dieser Kälte?«

Er hatte recht. Jakob war gefangen. Er hörte, wie Ruperts Schritte im harschen Schnee knirschten und sich entfernten. Dann war es unheimlich still.

Zitternd hob er den Becher an den Mund, atmete den heißen Dampf ein und trank schluckweise. Dabei liefen ihm Tränen über die Wangen. Aus Wut, denn der Wald machte ihm keine Angst. Er hatte sich schon oft allein in der Wildnis herumgetrieben.

Schließlich machte er sich daran, die Habseligkeiten seines Peinigers zu durchsuchen. Weder Strümpfe noch Schuhe fanden sich. Barfuß hatte er keine Chance.

Er schöpfte sich noch einen Becher Tee und rückte Holz nach. Nur nicht erfrieren.

Er griff in seine Hosentasche – da war sie noch, die Flöte, die Konrad für ihn geschnitzt hatte. Sie war etwas angetrocknet, die Rinde ließ sich nicht mehr so geschmeidig bewegen. Jakob tupfte heißes Wasser auf die geschälten Stellen und bewegte die Rinde so lange darüber, bis sie sich wieder verschieben ließ.

Er blies hinein. Es dauerte eine Weile, bis er ihr eine Melodie entlocken konnte.

»Schaaatzhaaauser«, spielte er.

***

Marie schreckte auf. Hörte sie Stimmen auf dem Flur? Es war noch stockdunkel, neben ihr lag Borromäus und schlief.

Sie hob den Kopf aus dem Kissen und versuchte angestrengt zu lauschen.

»Wenn ich es dir doch sage, die Schuhe sind weg. Ich kann doch nicht barfuß durch die Kälte aufs Klo«, mäkelte Franz.

Sie senkte den Kopf wieder, was interessierten sie die Holzpantoffeln, sie würden irgendwo sein. Vielleicht hatte einer der Buben sie übergestreift, um rauszugehen, und vergessen, sie wieder abzustellen.

Sie lauschte dem gleichmäßigen Atem ihres Geliebten und wähnte sich schon fast wieder in süßen Träumen, als sie erneut hochfuhr. Draußen?

Sofort war sie hellwach, lauschte angestrengt. Nichts, die Tür der Wirtekammer war wieder verschlossen.

Marie stand auf, schlich aus dem Raum die Stiege hinunter und schaute zum hinteren Ausgang. Im Schein des Mondes konnte sie auf dem Küchenboden die Abdrücke von nackten feuchten Fußspuren ausmachen, großen Fußspuren. Franz schien doch barfuß auf dem Abtritt gewesen zu sein.

Sie schob die Tür auf und sah ins Freie. Auf dem Brettersteg zum Abtritt befanden sich zweierlei Abdrücke im Schnee, mit und ohne Schuhen. Die Pantoffelabdrücke zeigten einen sehr geringen Abstand auf, als sei ein Kind getrippelt. Hin und auch zurück, auf halbem Weg verloren sie sich. Dafür entdeckte sie mehrere andere Spuren, sie führten zum Schuppen.

Jakob!

Sie schob die Tür wieder zu und rannte in die Bubenkammer. Alles war still.

Sie zögerte einen Moment. Zu lange.

Ein brennender Schmerz, ein Geräusch, als krachten Knochen, sie rang verzweifelt nach Atem, hustete, es schmeckte metallisch auf der Zunge, sie spuckte. Schließlich sackte sie in sich zusammen.

Alles war fast geräuschlos vonstattengegangen. Im nächsten Moment knarzte die Hintertür, und ein Schatten mit einem übergeworfenen Sack verschwand in der Dunkelheit.

»Hast du das gehört?«, flüsterte Magda und rüttelte ihren Mann, der schon wieder eingeschlafen war und ob der nächtlichen Störung ärgerlich grunzte.

»Die Tür!«, raunte sie.

»Ist zu, ich hör nichts, gib Ruhe.« Franz wälzte sich stöhnend auf die andere Seite, hielt aber kurz inne.

»Herrgott noch mal«, rief er plötzlich, als sei ihm ein Gedankenblitz gekommen. Er schlug das Deckbett zurück und lief über den Flur zum Abgang in den unteren Stock.

Ein eisiger Wind fegte die Treppe hoch, Franz konnte bis zu den verschneiten Brettern hinter dem Haus sehen. Ärgerlich lief er die Stufen hinunter und stolperte über etwas Weiches am Boden.

Was folgte, war ein heller, lang gezogener Schrei des Entsetzens.

Borromäus und Magda stießen zusammen, als sie aus ihren Kammern auf den Flur stürmten. Sie polterten über die Stufen abwärts und stoppten gleichzeitig.

Da lag Marie. Blut. Ein Messer daneben.

Borromäus hob es geistesabwesend auf und bückte sich über Marie. »Liebste, was ist passiert?«

Sie röchelte und spuckte wieder Blut. »Die Buben.«

Erst jetzt fielen Borromäus die Jungs ein. Er nickte dem Wirt zu, verstand und schaute in die Betten.

»Tatsächlich. Sie sind weg. Beide!«

»Mein Gott!« Magda bekreuzigte sich, als könne sie damit das Unheil noch abwenden.

»Sakrament, wir hätten diesen Johann wegjagen sollen. Dem habe ich von Anfang an nicht getraut«, fluchte Franz.

»Johann? Wo soll der hin sein? Mit Jakob?«, fragte Borromäus. »Marie, wer war das?«

Er bekam keine Antwort, Marie war wieder ohnmächtig geworden.

»Legt sie doch endlich in die Stube auf die Ofenbank, sie holt sich ja den Tod. Die Tür steht auch noch offen«, bemerkte Magda sachlich, die sich als Erste gefangen zu haben schien.

Gemeinsam hoben sie Marie an und trugen sie in die Wärme. Dort entzündete Franz einen Kienspan, um das Ausmaß der Verletzung besser beurteilen zu können.

Magda rollte Marie zur Seite und begutachtete den Einstich. »Ich hoffe, dass er nicht zu tief war. Es blutet nicht überstark, das ist gut. Wir sollten ihr einen Verband anlegen und sie mit dem Oberkörper etwas höher lagern, damit sie genug Luft bekommt.«

Die Therapie war so einfach wie wirksam. Marie hustete Blutschleim ab, atmete oberflächlich und kurz, kam aber wieder zu sich.

»Was ist passiert?« Sie blickte verwirrt in die besorgten Gesichter.

Borromäus zeigte ihr das blutverschmierte Messer.

Marie betrachtete es verstört. »Das gehört dem alten Konrad, er hatte es Jakob ausgeliehen, damit er sich eine Pfeife schnitzen kann, woher …«

»Konrads? Ausgeliehen ja, aber er hat es Jakob nicht geschenkt, oder? Ich habe es nicht mehr bei ihm gesehen.«

»Das kann ich mir auch nicht vorstellen, es ist zu wertvoll für ein Kind. Meinst du, Johann hat es ihm gestohlen?« Borromäus beantwortete seine Frage selbst. »Rupert.«

Marie wurde noch blasser. »Oh nein, Jakob. Ihr müsst ihn suchen, bitte.«

Borromäus sah Franz auffordernd an.

»Wir sollten die Nachbarn zusammenrufen und die Hunde mitnehmen«, sagte dieser.

***

Die Dunkelheit des Waldes wich allmählich dem eisigen Beginn eines neuen Tages. Das Feuer war niedergebrannt, es glimmte nur noch. Jakob war enttäuscht eingenickt, niemand hatte sein Flötenspiel gehört. Er dämmerte zwischen Schlaf und Wachzustand hin und her.

Im Traum war ihm eben ein weißer Hirsch begegnet. Ein helles und warmes Leuchten ging von ihm aus. Er bot sich als Reittier in die andere Welt an.

»Welche Welt denn?«, wollte er ihn eben fragen, als er ein sanftes Rascheln hörte. Er schlug die Augen auf und sah geradewegs in die großen braunen Augen eines Rehs. Wo kam es her?

Beide, Reh und Kind, hielten erschrocken inne. Das Reh ging langsam zwischen den Zweigen davon. Es floh nicht, es ging einfach.

Jakob fand den Traum und die Begegnung merkwürdig. Er verharrte kurz, fror nicht mehr. Eine seltsame Ruhe breitete sich in ihm aus. Er fand es schade, dass das Reh ihn geweckt hatte. Er wäre gern mit dem leuchtenden Hirsch durch die Wälder geritten.

Es blieb ihm keine Zeit, weiter darüber nachzudenken. Er hörte Rupert, der mit jemandem redete, näher kommen. Kurz flackerte Hoffnung in seinen Augen auf, doch dann kam Rupert zwischen den Felsbrocken durch und warf Johann von seinem Rücken, genau wie ihn Stunden zuvor.

»So, du bist wieder in Freiheit«, sagte er.

Auch Johann war nur dünn bekleidet, ohne Schuhe.

»Komm«, sagte Jakob und hob die Decke.

Dankbar kroch Johann zu ihm.

»Rupert«, sagte er mit zitternder Stimme, »i-ich weiß nicht, w-was du willst. Du bist allein besser dran, a-als wenn du mich mitschleppst. Die Sache mit dem Rezept i-ist so verfahren, es gibt für dich a-andere Möglichkeiten.«

»Genau, und eine sitzt neben dir«, entgegnete Rupert und schaffte neues Geäst heran, das er auf die Glut warf. Im Nu entflammte unter lautem Brassen ein wärmendes Feuer.

»S-sie werden uns suchen«, sagte Johann.

»Das hoffe ich doch. Zu zweit können wir besser verhandeln, wenn du nicht wieder weiche Knie bekommst. Ich werde dafür sorgen, dass wir mit vollen Taschen aus der Sache rauskommen, dann können wir nach Basel und lassen es uns bei Kilian gut gehen.«

Jakob tat, als interessiere ihn nicht, was die Brüder besprachen, aber er sog jedes Wort auf. Basel, Kilian. War das nicht auch der Name seines leiblichen Vaters? Seine Mutter hatte ihn schon erwähnt. Doch die war nie in Basel gewesen. Es gab sicher noch mehr Männer mit dem Namen.

Während sich die Brüder stritten, hörte er Hunde jaulen und hecheln. Wo konnten die herkommen? Hatte der weiße Hirsch sie aus der anderen Welt geschickt? Oder hatte der Schatzhauser sein Flötenspiel doch vernommen?

Plötzlich waren sie umzingelt, mindestens fünf Hunde kläfften und fletschten die Zähne. Rupert griff in die Hosentasche.

»Verdammt, ich habe mein Messer verloren!«, schrie er panisch und beugte sich nach vorn, als wolle er den Kampf gegen die Meute mit bloßen Händen aufnehmen.

Da fiel ein Schuss. Er verhallte in den Weiten der Wildnis, Schnee rieselte von den Bäumen. Die Hunde duckten sich verwirrt.

Borromäus sprang nach vorn und landete direkt vor den Füßen der Buben. Die Glut zischte und erlosch. Bald war die Sicht wieder klar, soweit es das erste Morgenlicht zuließ. Nur von Rupert fehlte jede Spur. Borromäus bedeutete den erschrockenen Buben, sich still zu verhalten.

»Such!«, rief einer der Bauern seinem Hund zu.

Daraufhin scherte ein Tier aus und sprang jaulend davon. Die anderen folgten winselnd, doch sie wussten nicht, was sie suchen sollten. Die Meute raste tiefer in den Wald. Ihre Fellleiber verschwanden im Tiefschnee, um gleich wieder an der Oberfläche aufzutauchen, wie Fische im See, die nach Mücken schnappten.

Die Männer horchten gebannt. Nichts. Schließlich pfiffen sie die Hunde zurück.

»Das kann doch nicht wahr sein, wo steckt der Sauhund!«, schrie Franz.

»Bringt die Buben zurück, ich will ihn suchen gehen!« Borromäus schulterte sein Gewehr. Er sah zu Jakob und zwinkerte ihm zu.

»Schatzhauser?«, jammerte Jakob traurig. Er hätte sich gewünscht, auf Borromäus' starken Schultern nach Bernau getragen zu werden. So, wie es einem geretteten Helden gebührte, der den Schatzhauser als Freund hatte.

»Ich komme nach, geh zu deiner Mutter. Sie braucht dich.«

Entschlossen stapfte Borromäus los.

Dann war Totenstille im Wald.

Unweit seines Lagers klammerte sich Rupert mit aller Kraft an einem Ast schräg über dem Felsen fest. Er hatte sich vor dem Angriff der Hunde retten wollen, doch die blöden Viecher hatten ihn nicht einmal gewittert und waren weiter in den Wald gerannt, einem Hasen hinterher. Er grinste trotz seiner misslichen Lage.

Lange würde er sich nicht mehr halten können, seine Finger waren steif gefroren. In der Ferne entdeckte er Borromäus, der stehen geblieben war und lauschte. Jetzt drehte er sich um und blickte in seine Richtung. Offenbar sah er ihn aber nicht.

Gebannt krallte sich Rupert an dem Tannenzweig fest, bis seine Finger schmerzten. Er biss sich auf die Lippen und konzentrierte sich – festhalten, festhalten.

Endlich drehte sich Borromäus wieder um und stapfte Richtung Bächlein. Sicherlich würde er dort seine Spuren von der letzten Nacht entdecken und hoffentlich ins Tal hinunterlaufen.

Rupert konnte nun versuchen, sich zum Felsen zu schwingen. Als seine Zehenspitzen Halt fanden, balancierte er sein Gewicht aus und ließ den Zweig los, der zurückschwang. Er verharrte und hoffte, dass sein Verfolger das sanfte Geräusch nicht gehört hatte.

Seine Vermutung ging auf. Borromäus folgte den Spuren zum Gewässer und verschwand schließlich aus seiner Sichtweite.

Rupert ließ sich lautlos vom Felsblock gleiten, bis er festen Boden unter den Füßen hatte. Er formte seine Hände zu einem Hohlraum und hauchte hinein. Sie hornigelten, als wieder Leben in die gefrorenen Gliedmaßen kam. Er ging in die Hocke, um die Körperwärme besser zu nutzen, und blickte sich lauernd um. Von Borromäus war nichts mehr zu sehen.

Borromäus wiederum hielt nach einigen Schritten talabwärts inne. Sein Gefühl sagte ihm, dass der Kerl irgendwo auf ihn lauerte. Ganz in der Nähe, er würde sicherlich nicht über das freie Feld rennen und sich der Gefahr aussetzen, von ihm gesehen zu werden. Er musste nur warten, bis Rupert seine Flucht fortsetzte. Er würde sich nicht trauen, seinen Bruder zu befreien. Nicht jetzt.

Talabwärts verschwanden die Bernauer mit ihren Hunden zwischen den ersten Gehöften. Wenigstens waren die Burschen in Sicherheit und wohlauf, soweit er das beurteilen konnte.

Seine Gedanken gingen zu Marie. Er seufzte kurz auf, zwang sich, seine Sinne auf den Moment zu richten. Hätte er einen Hund bei sich behalten sollen? Er verwarf den Gedanken wieder – keines der Tiere hätte in der kurzen Zeit Vertrauen zu ihm gefasst.

Da entdeckte er den Flüchtenden auf den Spuren, die die Hunde vorher eingeschlagen hatten. War Rupert so lebensmüde, weiter in den Wald zu flüchten? Er musste sich über den Höhenrücken kämpfen, um nach Menzenschwand ins nächste Tal zu gelangen. Kannte er sich aus? Wusste er, dass sich dort eine Siedlung befand? Nun war er an der Stelle angekommen, an der die Hunde zuvor kehrtgemacht hatten.

Borromäus schüttelte den Kopf über so viel Dummheit. Rupert lief weiter und versank hüfthoch im Schnee, er ruderte mit den Armen, um sich zu halten, versank und rappelte sich wieder auf. Auf diese Weise hatte er keine Chance. Er würde nie lebend ins nächste Dorf kommen.

Borromäus verließ seine Deckung und nahm die Verfolgung auf.

***

Die Süberlis kämpften sich seit Tagesanbruch durch die hüfthohen Schneemassen. Nur auf den freien Flächen war die Schneedecke durch die kalten Stürme so verdichtet und gefroren, dass sie den Schlitten trug. Die Pferde dagegen brachen immer wieder ein und waren bald erschöpft.

Oberjäger Jos, der sie begleitete, fluchte wiederholt über die verrückte Idee des Abtes. Sie hatten das Tal von Menzenschwand, das zwischen Bernau und Äule lag, erst erreicht, als die Sonne bereits ihren höchsten Stand aufwies. Es war aussichtslos, an diesem Tag noch über den Pass, das Äulemer Kreuz, ins Glasmacherdorf reisen zu wollen.

Im Vorderdorf von Menzenschwand angekommen, konnten sie nicht ahnen, dass sich unweit von ihnen – links auf dem Bergkamm – dramatische Szenen abspielten: die Befreiung des Jakob Sigwarth, Enkelsohn des Glasvogts von Äule. Während Michael Sigwarth rechts über dem Bergkamm seine Vormachtstellung im Glasmacherdorf verteidigte.

Zwischen Vorder- und Hinterdorf, also Nord und Süd, hatten die Bewohner schon einen schlittenbreiten Pfad gezogen, um sich gegenseitig und den Gottesdienst besuchen zu können.

»Einfacher wird es nicht werden«, sagte Jos, »wir fahren ins Hinterdorf, damit wir gleich morgen in aller Frühe, wenn der Schnee noch hart gefroren ist, den Anstieg nehmen können.«

Die Fremden wurden hinter den Fenstern kritisch beäugt, als ihr Schlitten mit den vier Pferden durch die Ortsstraße zog. Vier Pferde, das konnten sich nur sehr betuchte Gesellschaften leisten. Fremde kamen selten vorbei, im Winter nie, und solche schon gar nicht. Vermutlich hätten sich die Menzenschwander verbarrikadiert und mit Mistgabeln bewaffnet, hätten sie den ihnen bekannten klösterlichen Reiter nicht gesehen, der der seltsamen Reisegesellschaft einen seriösen Anstrich gab. Was Augustinus sicherlich auch bezweckt hatte.

»Die Leute werden uns hinterrücks überfallen«, prophezeite Beat, der die Menschen sehr wohl sah. Sie waren ihm unheimlich, und er verfluchte am heutigen Tag wiederholt seine Entscheidung, in St. Blasien Station gemacht zu haben. Der Abt war schon eine harte Nuss, und diese Waldbewohner schienen ein kampfbereites wildes Volk zu sein, das auf eine Gelegenheit wartete, sie mit ihren Viehzinken abzustechen. Wer wusste schon, ob sie nicht noch Kannibalen waren. Wovon sollten sie in dieser gottverlassenen Gegend auch leben?

Endlich war eine Herberge erreicht, eigentlich ein Bauernhof mit Notbetten im Heustock. Die Süberlis waren ob der Bescheidenheit der Unterkunft nicht überrascht. Bei ihnen im Luzerner Raum lebten die Bauern nicht besser.

***

»Rupert«, schrie Borromäus dem Flüchtenden hinterher, dem er sich bis auf zwei Baumlängen genähert hatte, »gib auf, das ist sinnlos und selbstmörderisch!«

»Hahaha, alter Mann, du kommst mir nicht hinterher? Ich gebe niemals auf. Lieber verbringe ich den Winter in der Wildnis, als wochenlang am Galgen zu baumeln. Lebend bekommst du mich nicht.«

Borromäus drückte einen weiteren Warnschuss in die schneeschweren Bäume ab, sodass für kurze Zeit nichts zu sehen war. Doch statt irritiert zu sein, nutzte Rupert die Gelegenheit und schlug einen Haken. Letztendlich verschwand er in einer Senke im Tiefschnee.

Borromäus hielt inne. Dieses Katz-und-Maus-Spiel hatte

keinen Sinn, er brachte sich selbst in Gefahr. Je weiter er in den Wald vordrang, desto größer war die Wahrscheinlichkeit, sich zu verirren und dem sicheren Tod in die Arme zu laufen.

»Rupert, du hast es selbst in der Hand! Renn in den Wald und erfriere oder komm mit und stell dich! Man wird dich früher oder später sowieso erwischen!«

»Soll das heißen, du gibst auf? Willst du deine Liebste nicht rächen? Oder den blonden Bastard?«, hallte es von rechts.

»Ich warte! Komm freiwillig, und ich lege ein gutes Wort bei Gericht für dich ein!«

»Du kannst warten, bis du schwarz wirst!«, rief Rupert.

Borromäus wollte abdrehen, da hörte er ein tiefes Grunzen. Hatten sie unwissend ein Wildschwein gestört?

Wieder grunzte es, dann sah er ihn, rechts, ganz in der Nähe der Stelle, an der er Ruperts Stimme zuletzt vernommen hatte. Der Keiler neigte den Kopf und griff an. Was folgte, war ein lang gezogener Schrei.

»Rupert?«

Keine Antwort.

Ohne nachzudenken, kämpfte sich Borromäus durch den Schnee, das Gewehr im Anschlag. Beim Näherkommen sah er, dass Rupert blutend am Boden lag.

Der Keiler setzte erneut zum Angriff an, als sich ein Schuss löste. Das Schwein kippte zur Seite und zappelte mit den Vorderläufen.

Borromäus stand wie angewurzelt und beobachtete die Szenerie. Hatte er geschossen?

Der Keiler kam wieder auf die Beine und schien erneut angreifen zu wollen. Borromäus legte das Gewehr an. Als er den Hahn durchdrückte, klackte es nur. Das Magazin war leer. Er griff in seine Jacke, nichts. Er hatte die Patronen im Rucksack gelassen, der im Schlafzimmer der Herberge stand.

Blitzschnell drehte er sich um, griff nach einem dürren Ast und versuchte, ihn abzureißen, als das Tier vor ihm zusammensackte. Ungläubig starrte er es an.

Erst jetzt bemerkte er den Mann. Dieser schulterte sein Gewehr und rief: »Blaufärber, seid Ihr verletzt? Was ist mit dem Mörder, lebt er noch?«

Hatte er geschossen? Gar ein zweites Mal? Borromäus hatte in seiner Todesfurcht nichts gehört. Wer war er? Er stand gegen die Sonne, die sich in der kleinen Senke Bahn durch die Bäume brach und ihn blendete.

»Wer seid Ihr?« Er beschirmte die Augen gegen das blendende Sonnenlicht.

»Das Gesetz.«

Nun erkannte er die Stimme des Mannes. Es war der Bergvogt vom Herrihof in Todtnauberg.

»Was verschafft mir die Ehre? Wie kommt Ihr hierher?«, fragte Borromäus.

»Der alte Schindelmacher, der Hungerleider. Dieser Kerl da, ein Tunichtgut und Abschaum«, Berthold Schwörer kam auf ihn zu und deutete zu dem verletzten Rupert neben dem erschossenen Keiler, »hätte ihn beinahe umgebracht, wäre der Hund des alten Konrad nicht eine so treue Seele gewesen. Rupert bediente sich der gleichen Methode, mit der er Benedikt und wohl auch den Händler entsorgt hat. Das haben meine Nachforschungen in dem Fall zwingend ergeben: ein Loch im Stollen, ein Durchlass zum Brunnengang. Er muss Konrad niedergestreckt und in das Loch geworfen haben. Es ist ein Wunder, aber der Alte hat schwer verletzt überlebt. Der Verbrecher, dieser Sauhund, ist nicht zu Tode gestürzt, wie Ihr mir sagtet, sondern hat sich am alten Schindler gerächt. Mir war klar, dass er Euch folgen würde. Ich, als der Vertreter des Gesetzes, habe mich auf den Weg gemacht, um Recht und Ordnung wiederherzustellen. Nun bin ich da. Wohl noch rechtzeitig, wie ich sehe. Ich habe Euch das Leben gerettet. Ihr dürft mir dankbar sein.«

Für Borromäus klang dieser Bericht des Bergvogts eine Spur zu großmäulig. Nach seinem Gefühl war er beim letzten Besuch froh gewesen, Johann loszuhaben. Nun spielte er sich wie ein

Weltenretter auf. Hatte er Konrad gegenüber ein schlechtes Gewissen? Oder Angst, es könne ihn jemand anschwärzen, dass er seine Aufgabe nicht ernst genug nahm? Oder – und das war wahrscheinlicher – er witterte ein Geschäft. Was war geschehen?

Mit großen Schritten ging Schwörer auf den am Boden liegenden Rupert zu, wollte an seine Halsschlagader greifen, ließ aber von seinem Vorhaben ab, als er das warme Blut in den weißen Schnee fließen sah. Es war keine Hilfe mehr vonnöten.

»Mir scheint, da hat schon jemand Richter gespielt. Das erspart uns zwar nicht den Gang zum hohen Gericht, aber die Mühe eines Prozesses und den Galgen. Abt Augustinus kennt keine Gnade, er hätte ihn hängen lassen. Gott sei seiner Seele gnädig. Habt Ihr den anderen noch in Eurer Gewalt?«

Borromäus schwindelte leicht angesichts der Ereignisse. Ihm wurde bewusst, dass er diesem Mann zwar sein Leben verdankte, sein Gefühl ihn aber warnte.

»Er ist bei uns in der Herberge, ja.« Er wischte sich den Schweiß von der Stirn und hob sein Gewehr. »Euch schickt der Himmel. Meine Büchse ist leer. Die Munition liegt in der Herberge. Ich habe sie vergessen.«

»Das war dumm von Euch. Fast tödlich dumm. Ihr habt in die Luft geschossen und mir dadurch Euren Standort verraten. Schließlich konnte ich den Spuren folgen«, erklärte Berthold Schwörer. »Ich werde Euch vor Gericht als Zeugen brauchen. Kommt man schon durch bis St. Blasien?«

»Nein, nur bis Riggenbach.«

»Dann sollten wir daran arbeiten. Wir nehmen den Toten gleich mit, bevor wir noch die Wölfe anlocken.«

»Und das Schwein? Es wäre genug Fleisch für das Dorf.«

»Wir schicken einen der Bauern.«

»Gut, gehen wir.«

Sie packten jeweils einen Arm und zogen Rupert hinter sich her.

Borromäus war froh, dass er die Entscheidungen nicht selbst

fällen musste. Einerseits. Andererseits glaubte er, aufkommenden Ärger zu spüren.

***

Während Konrad einen Mittagsschlaf hielt, machte Benedikt sein Vorhaben wahr. Er ging in den geheimen Teil des Schuppens, dorthin, wo sich einst das Laboratorium seines Großvaters und seiner Mutter befunden hatte. Er musste es versuchen, wohl wissend, dass das Unterfangen sehr gefährlich war. Er wollte die rauchende Schwefelsäure selbst herstellen, was laut der Formel ganz einfach sein sollte. Er war sich sicher, dass die nötigen Mittel hinter der verschlossenen Tür steckten – der Tür, von der sein Vater glaubte, er wisse nichts von deren Existenz.

Die Formel hatte ihm der Bergvogt vorgelesen, neulich in der Schänke, nachdem er der Magd für einen Kreuzer die Dose abgekauft und gewartet hatte, bis der Bergvogt betrunken genug gewesen war.

Fünf Teile Schwefel und einen Teil Salpeter in einem offenen Glasgefäß brennen, dann einen Teil des gewonnenen Pulvers mit vier Teilen Wasser mischen. Fertig war die rauchende Schwefelsäure. Es schien so einfach, wenn man es wusste. Und er musste es wissen, jetzt und heute. Er hatte lange genug gezögert. Sich viele Gedanken gemacht, das Für und Wider abgewogen, um nicht den gleichen Fehler wie sein Großvater und seine Mutter zu begehen – und wie dieser Theis Schmiden, der Aschenbrenner aus Äule.

Aufregende Wochen lagen hinter ihm und der Aschenbrennerin, in denen sie alles darangesetzt hatten, das Rezept zu entschlüsseln. Dabei hatte es der Händler Severin Hösl, vermutlich sogar unwissend, in seiner Tasche gehabt. In der Tabakdose.

Auch wie man an die begehrte Flusssäure kam, stand in der Dose: Zu der rauchenden Schwefelsäure musste man nur noch das zermahlene Flussspatpulver hinzugeben und das Ganze hoch erhitzen. Die Säure war sehr ätzend und giftig, man sollte sie fast hälftig mit Wasser verdünnen. Diese Flüssigkeit nannte man Flusssäure. Hinter der Rezeptur habe der Zusatz »glänzend« gestanden, so der Bergvogt Schwörer. Neben eine weitere Bemerkung, laut derer das zermahlene Flussspatpulver mit Schwefelsäure nur erwärmt werden sollte, bis ein Ätzbrei entstand, hatte der Verfasser das Wort »matt« gekritzelt. Demnach konnte man die Ätzungen mit Hilfe von Hitzezufuhr in eine glänzende und eine matte Variante verarbeiten. Das wäre tatsächlich ein Meilenstein in der Glaskunst!

Benedikt wollte sich fürs Erste mit der Herstellung von rauchender Schwefelsäure begnügen. Er knackte das Schloss zum geheimen Laboratorium, eine einfache Übung, die er in seiner Zeit mit den Abele-Brüdern gelernt hatte. Schließlich machte er sich daran, die unterschiedlichen Pulver, die in Tiegeln auf einem Bretterregal standen, zu untersuchen. Er nahm sie herunter und roch daran. Schwefel erkannte er an Farbe und Geruch. Das andere Pulver konnte nur Salpeter sein, schlussfolgerte er, da ja sein Großvater und seine Mutter die Säure hergestellt haben mussten.

Es fand sich auch ein offenes Glasgefäß. Vorsichtig mischte Benedikt die beiden Pulver in das Behältnis und zündete es an. Dabei ging er einen Schritt zurück und hielt sich ein Stück Leder vor das Gesicht, das im Regal gelegen hatte. Die Flamme brannte hell, dann knackte es, und das Glas zerbarst.

Er kratzte das Gemisch mit einem Löffel von den Scherben und füllte es in ein neues Glas, in das er zuvor Wasser gegeben hatte. Es kam ihm vor wie ein Wunder, als es aus dem Glas rauchte. Vorsichtig fächerte er sich den Rauch zu und roch daran. Schnell stieß er zurück, es war, als steche jemand mit einem Messer in seine Nase. Der Reiz zog bis in die Stirn.

Panik erfasste ihn. Hatte er sich vergiftet? Allmählich verflog die Wirkung. Glück gehabt, außer Scherben nichts passiert, dachte er. Oder wirkte das Gift nach? Ihm war mulmig zumute.

Im Eifer des Gefechts hatte er die Zeit vergessen und wunderte sich, dass es draußen schon dämmerte. Er wollte die Glasscherben verschwinden lassen, als er das Gefühl hatte, beobachtet zu werden. Langsam, auf alles gefasst, drehte er sich um.

***

Die Mönche standen in der Kapelle um den geöffneten Sarg des Oberrechners Cajetano und beteten. Bruder Stephanus musterte die Gesichter der Anwesenden. Als sein Blick den neuen Novizen streifte, sah dieser auf und schaute ihm direkt in die Augen. Er senkte nicht den Kopf, wie es ein Ertappter getan hätte. Deutete er sogar ein knappes Nicken in Richtung des Seitenaltars an?

Stephanus hatte verstanden. Das Lager für die Messeutensilien.

Nach der Gebetsrunde blieben zwei der Brüder bei Cajetano zurück, die anderen verließen demütig die Kapelle. Bruder Stephanus und der Novize reihten sich als Letzte in die schweigende Menge ein. Lautlos und unbemerkt glitten sie nacheinander in den Lagerraum. Es roch muffig und abgestanden.

»Bruder Stephanus, ich muss Euch etwas beichten«, flüsterte der Novize. »Ich wurde beauftragt, dem Oberrechner die Suppe zu bringen.«

»Das habe ich angenommen. Warum erzählst du mir das?«

»Der Abt hat dem Cellarius Egbert den Teller abgenommen und ihn mir gereicht. Mir war, als hätte einer der beiden etwas hineingemischt. Ich konnte es nicht richtig sehen, aber ich bin mir fast sicher. Deshalb blieb ich auch bei Cajetano, während er aß, sagte, ich müsse den Teller wieder mitnehmen. Doch nach einigen Löffeln kam der Abt in die Zelle und befahl mir zu verschwinden. Er müsse dem Pater eine traurige Nachricht überbringen.«

»Eine traurige Nachricht? Welche?«

»Das weiß ich nicht. Aber am Vortag war ein Wandermönch über die hohe Wacht bei Bernau gekommen. Ich habe beobachtet, dass er beim Abt zur Audienz gewesen und später weitergereist ist.«

»Seltsam. Mehr weißt du nicht?«

»Nein.«

»Und was willst du mir damit sagen?«

»Wurde der Oberrechner ermordet?«

Stephanus schwieg eine Weile, dann räusperte er sich. »Das ist eine schwerwiegende Vermutung, ich kann es dir nicht sagen, aber ich werde der Sache nachgehen. Sprich mit niemandem darüber, hörst du? Wie war dein Name?«

»Konstantin.« Der Novize nickte und verließ den Lagerraum.

Durch den offenen Türspalt beobachtete Stephanus die beiden Totenwächter, die links und rechts des Sarges saßen und murmelnd den Rosenkranz durch ihre Finger gleiten ließen. Als sie Konstantin bemerkten, sahen sie kurz auf und versanken wieder im Gebet.

Stephanus wartete. Er konnte nicht riskieren, auch gesehen zu werden. Er setzte sich auf einen Stuhl und warf ein Messgewand über sich, um der Kälte zu trotzen. Irgendwann würden die Mönche abgelöst werden, dann konnte er ungesehen verschwinden.

Lange musste er nicht warten. Abt Augustinus erschien.

»Bruder Antonius und Bruder Markus, geht euch aufwärmen, ich übernehme die Wache für die nächste Stunde«, bekundete er.

Die Mönche erhoben sich und verließen schweigend die Kapelle.

Stephanus beobachtete Augustinus, der sich mit dem Rücken zu ihm setzte. Erleichtert atmete er auf, vielleicht konnte er nun endlich den Raum verlassen. Seine Hände waren eiskalt, die Füße spürte er kaum noch. Doch nun geschah etwas, das ihn sein Vorhaben vergessen ließ.

Der Abt näherte sich dem Leichnam und hob das Leichentuch an. Es schien, als röche er an ihm. Was um Himmels willen sollte das?

Stephanus überlegte fieberhaft. Plötzlich kam ihm die Erleuchtung: Knoblauch! Er hatte es als Gewürz in der Suppe vermutet, als er in Cajetanos Kammer getreten war und einen Hauch davon wahrgenommen hatte.

Er erinnerte sich an die Todesfälle in Äule vor gut zwei Jahren. Eine ehemalige Freundin seiner Cousine und ein Glasmachermeister waren Opfer von Arsenikvergiftungen geworden. Auch damals hatte man Knoblauchgeruch wahrgenommen.

Das offene Fenster – hatte es nur so aussehen sollen, als habe sich Cajetano selbst dem Kältetod ausgesetzt? Oder sollte einfach für den Eintreffenden – in diesem Fall für ihn, Stephanus – der Geruch verschwinden?

Schon eine Prise Arsenik war tödlich. In Tirol sollte es sogar Sitte sein, minimale Mengen einzunehmen, um eine aufputschende Wirkung zu erzielen. Vor allem bei der harten Arbeit im Bergbau. Der Körper gewöhnte sich daran und vertrug mit der Zeit mehr von dem Gift. Stephanus hatte auch gehört, dass manche Herrscher diese Praxis anwendeten, um einem Giftmord vorzubeugen. Neben der Verabreichung von Brennnesselsamen waren Arsenikgaben eine gängige Methode, alte Ackergäule für den Verkauf aufzupäppeln. Sie wirkten nach dem Verzehr kräftiger, und ihr Fell glänzte.

»*Mea culpa, mea culpa, mea maxima culpa*«, betete Abt Augustinus.

Stephanus blieb der Mund offen stehen. Das normalerweise zur Einleitung der Liturgie verwendete Gebet erhielt eine ganz andere Bedeutung. Hatte Konstantin womöglich richtig geschlussfolgert? War Abt Augustinus Cajetanos Mörder?

Gebannt lauschte er in die Kapelle hinein.

»Möge deine geschundene Seele Ruhe finden und dir das ewige Licht leuchten.« Augustinus' Stimme wurde nun tiefer und aggressiver. »Es kann meinetwegen auch das Höllenfeuer sein, du Satansbraten. An meinem Stuhl wirst du nicht mehr sägen und mich in meinen Werken behindern. Mit dir hat der letzte Zeuge den Jordan übertreten. Dem einen hat das eigene Herz zu schaffen gemacht, dem anderen der Alkohol, und unglücklicherweise sind die übrigen Weggefährten beim Überqueren des

Rheins abgesoffen, als sie mit Borromäus auf dem Floß waren. Ich weiß nicht, wie du es herausbekommen hast, aber erpressen kannst du mich nicht mehr mit deinem Wissen um das marode Seil der Floßfähre.«

Allem Anschein nach hatte es mehrere ungereimte Todesfälle gegeben. Hatte tatsächlich Augustinus das Ableben der Zeugen eingefädelt?

Soweit Stephanus es mitbekommen hatte, haderte Borromäus bis heute mit seinem Schicksal, dass er die geladenen Herrschaften aus den Klöstern und Propsteien nicht vor dem Ertrinken im reißenden Strom hatte bewahren können. Er hatte als Einziger schwimmen und sich ans Ufer retten können.

Stephanus wurde schlagartig bewusst, dass er sich in größter Gefahr befand. Er durfte den Abt unter keinen Umständen auf sich aufmerksam machen. Sollte er leise hinausschleichen, in der Hoffnung, dass er sich nicht umdrehte?

Da vernahm er das Knarzen der Eingangstür und danach eine glockenhelle Stimme, die zu einem Psalm anhob: »Meine ewige Ruhe finde ich bei Gott; geduldig begebe ich mich in seine Hand. Nichts kann mir mehr schaden.«

Es war Konstantin. Stephanus nutzte die Ablenkung des Abtes und verließ raschen Schrittes die Kapelle.

***

»Du hast den Glaskolben kaputt gemacht«, mahnte Konrad, »du hättest ihn in Sand setzen sollen. Woher weißt du von den Dingen? Sie haben deiner Mutter und deinem Großvater gehört. Ich habe alles so unter Verschluss belassen, zu ihrem Gedenken.«

Benedikt drehte sich um und schaute in das schmerzverzerrte Gesicht seines Vaters. »Ich habe immer gewusst, dass sich hinter dem Gerümpel eine geheime Kammer befindet, aber jetzt erst verstanden, was passiert ist. Sie haben die Flusssäure hergestellt, Vater. Sie hätten ein Geschäft machen können. Großvater muss die Rezeptur aus Böhmen mitgebracht haben. Der Händler Severin, sein unehelicher Sohn, kannte vermutlich auch das Rezept. Sicherlich ist er gekommen, um seine Familie kennenzulernen. Er wollte bestimmt mit uns zusammenarbeiten. Leider ist er Rupert über den Weg gelaufen. Und ich bin ihm ein Stück weit auf den Leim gegangen.«

»Woher hast du das Rezept?«

»Es steht in der Tabakdose.«

»Wer sagt das?«

»Ich habe den Schwörer gefragt, ob er es mir vorliest.«

»Bist du wahnsinnig?«

»Aber es funktioniert, riech und schau: Es raucht. Rauchende Schwefelsäure.«

»Du hättest es dem Bergvogt nicht zeigen dürfen. Ich traue ihm nicht. Er ist ein Speichellecker des Abtes von St. Blasien. Er hat sein Amt nur durch die Hintertür erhalten. Da haben Berte und Pater Cajetano nachgeholfen. Sie hatten sich alle gegen deinen Großvater verbündet. Teufelswerk. Ich bin mir nicht sicher, ob der Abt das auch so bezeichnen würde, wenn es um Geld und Macht geht.«

Benedikt wurde übel. Lag das an der Erkenntnis oder am Experiment? Er lief an seinem Vater vorbei ins Freie und übergab sich.

»Hast du dich jetzt auch schon vergiftet?« Konrad sackten die Beine weg, er ließ sich an der Bretterwand auf den Boden gleiten.

Benedikt wischte sich den sauren Speichel aus den Mundwinkeln, eilte zu seinem Vater und zog ihn mühevoll ins Haus. Die gebrochenen Rippen schmerzten den Alten, dass ihm der Schweiß ausbrach. Benedikt bettete ihn so bequem wie möglich auf die Ofenbank.

»Wann hast du den Bergvogt getroffen?«, fragte Konrad schwach.

»An dem Abend, als Kreszentia da war. Sie hat mich ins Gasthaus geschickt, ich sollte mich umhören. Rupert hat dir die Tabakdose gestohlen und sie der Schankmagd gegeben. Sie wiederum hat sie mir anvertraut, weil sie wusste, dass sie uns gehört. Ich habe die Inschrift im zweiten Boden gesehen und überlegt, wer sie mir vorlesen könnte. Da ist mir nur der Bergvogt eingefallen. Ich habe gewartet, bis er betrunken war, dachte, er weiß später nicht mehr, um was es geht.«

»Das war ein Fehler. Überlege dir einen Grund, um zu ihm zu gehen. Wir müssen herausbekommen, ob er sich an etwas erinnern kann.«

»Ich könnte ihn fragen, ob er etwas über Rupert weiß, und den Überfall auf dich anzeigen. Es ist seine Aufgabe, Verbrecher dingfest zu machen.«

»Du hast recht, das hätten wir gleich tun können. Aber man kennt sich mit solchen gesetzlichen Dingen nicht aus. Besser, man hat nichts damit zu tun. Die drehen einem das Messer im Sack um. Da fällt mir ein: Kann man Diebstahl auch anzeigen?«

»Natürlich, ich mach mich gleich auf den Weg«, sagte Benedikt.

Die Sonne war schon hinter den Bergen verschwunden, als er den steilen Stieg über den Wasserfall nahm und nach Todtnauberg zum Herrihof eilte. Er musste einige Male Umwege durch das Gelände machen, weil der Stieg unter dem Schnee nicht einsehbar und zu gefährlich war. Er sputete sich, denn es galt, denselben Weg noch vor Einbruch der Dunkelheit zurückzugehen.

Nass geschwitzt kam er hoch über dem Dorf an, dort, wo der Herrihof auf der Abraumhalde der Bergwerkssiedlung von einst thronte.

Er klopfte an und wartete. Erst nach dem zweiten Klopfen vernahm er Schritte im Haus, die Tür wurde aber nicht geöffnet. Stattdessen rief eine Frauenstimme: »Wer seid Ihr, und was wollt Ihr?«

»Ich bin der Schindler-Benedikt aus Aftersteg und habe dem Bergvogt eine Anzeige zu vermelden.«

»Kommt nächste Woche wieder, der Bergvogt ist nicht da.«

»Wo ist er?«

»Auf dem Weg zum Abt.«

»Seit wann? Und wann will er zurück sein?«

»Etwa in einer Woche, wenn das Wetter mitmacht. Er ist gestern aufgebrochen.«

»Hat er gesagt, was er beim Abt will?«

»Über seine Geschäfte spricht er nicht. Tut mir leid, junger Mann. Geht jetzt.«

»Danke.«

Benedikt atmete tief ein. Und jetzt? Sein Vater hatte recht gehabt, der Vogt würde das Rezept dem Abt zutragen, und dieser würde wiederum versuchen, Kapital daraus zu schlagen. Das hieße, Marie müsste dem Kloster Abgaben für die Erlaubnis bezahlen, das Rezept nutzen zu dürfen. Und das schmälerte auch seine eigenen Möglichkeiten, in das Geschäft einzusteigen. Womöglich fiel dem Abt ein altes Bergbaurecht des Klosters ein und die Schindlers durften nicht einmal das Gestein – das im Innern ihres eigenen Grund und Boden lagerte – nutzen. Wie konnte er das verhindern?

Auf dem Rückweg kam ihm eine Idee.

Kapitel 11

Abt Augustinus hatte ein gewisses Leuchten in den Augen, als er die Stimme des singenden Novizen vernahm. Wer auch immer dieser Junge sein mochte, er erfreute sein Herz.

»Du kommst, um ihm einen letzten Dienst zu erweisen? Das nenne ich lobenswert. Ich danke dir im Namen des Herrn.«

»Was kann ich mehr tun, als meine Stimme zu erheben. Sie ist mein ganzes Kapital«, antwortete Konstantin und stellte sich so, dass Augustinus die Abstellkammer nicht einsehen konnte.

»Ein göttliches Kapital«, pflichtete ihm Augustinus bei.

»Der Herr ist mir Hirte«, begann Konstantin nun, lautstark Psalm 23 zu rezitieren.

Da knarzte die Kapellentür.

»Halt deinen Mund!«, herrschte Augustinus ihn an. »Da war jemand.«

»Oh, ich glaube, ich habe die Tür nicht richtig verschlossen, der Wind …«

»Der Wind trägt keine Kutte«, sagte der Abt und lief zur Tür. Konstantin hinterher.

Eine beleibte Gestalt in Kutte verschwand im Kreuzgang, der sich der Kapelle anschloss.

»Stephanus, kommt her, was hattet Ihr drüben zu schaffen?«, rief Augustinus.

»Verzeiht, Vater, ich hörte den Novizen singen und habe gelauscht. Er muss seine Stimme von einem Engel haben.«

»So? Und warum rennt Ihr davon wie ein Strauchdieb? Mir scheint, Ihr habt ein schlechtes Gewissen. Ich schlage vor, Ihr kehrt in Euch und begebt Euch in Klausur. Was eignet sich besser als die Zelle unseres Verstorbenen? Ihr enttäuscht mich, Stephanus.«

Stille, nur der Wind fegte über den Vorplatz.

Plötzlich fasste sich der Abt ans Herz, stöhnte, suchte mit der freien Hand Halt an der Wand und ließ sich zu Boden gleiten.

»Das Herz«, sagte Stephanus und eilte dem am Boden Liegenden zu Hilfe. Konstantin tat es ihm gleich. »Zur Krankenstation.«

***

Benedikt hatte einen Entschluss gefasst. Mühsam hangelte er sich am Wasserfall zurück nach Aftersteg, mehr als einmal rutschte er aus, fing sich im Geäst oder an den Baumstämmen auf.

Er nahm nicht den Weg zum Haus, sondern umging das kleine Gehöft großzügig Richtung Aftersteg. Sein Ziel war Kreszentia. Er klopfte an ihrer Hütte an.

Sie empfing ihn verwundert. »Ist etwas mit deinem Vater?«

»Nein, aber wäre es möglich, dass Ihr Euch um ihn kümmert? Ich muss den Bergvogt aufsuchen, er ist auf dem Weg über die Wacht, sagt das meinem Vater. Es ist wichtig, er wird es verstehen.«

»Benedikt, du wirst dem Bergvogt aber nicht mehr heute Abend hinterherrennen. Das verbiete ich dir. Überhaupt, hast du kein Gepäck dabei? Komm rein und raus mit der Sprache. Willst du meine Hilfe, musst du mir verraten, um was es geht.«

Er folgte ihr in den dunklen Raum, es war angenehm warm und roch nach getrockneten Kräutern. Er erzählte ihr, was er wusste, auch die Geschichte von dem Rezept, das in die Dose eingraviert war. Und dass er und sein Vater vermuteten, dass der Bergvogt auf seinen Vorteil aus war. Seltsamerweise vertraute er ihr, das wäre ihm früher nie passiert.

»Da ist guter Rat teuer«, erwiderte Kreszentia. »Dein Vater hat recht, ich wäre dem Schwörer gegenüber auch misstrauisch. Wenn es so ist, wie wir denken, wird er sich hüten, Marie davon zu erzählen, selbst wenn er sie auf dem Weg nach St. Blasien noch antrifft. Im Moment ist das Wetter kalt, aber stabil. Es wäre möglich, über den gefrorenen Schnee zu gehen.«

»Ihr habt es erfasst. Ich muss jetzt los. Vielleicht bin ich auch schon zu spät und er hat den Abt bereits eingeweiht.«

»Jetzt wird es Nacht. Du kannst morgen in aller Frühe los. Ich komme mit und bleibe bei deinem Vater, bis es ihm besser geht.«

»Ich danke Euch, Kreszentia.«

Die Sterne funkelten bereits, es schien eine eiskalte Nacht zu werden. Als Benedikt und Kreszentia vom Dorf Richtung Schindelhalde gingen, kam ihnen Harro schwanzwedelnd entgegen. Sicher war er vom alten Schindler losgeschickt worden, um zu sehen, wo der Sohn blieb.

***

Berthold Schwörer traf mit Borromäus und dem toten Rupert in der Herberge ein, als sich der Tag dem Ende neigte.

Die Ketterers eilten hinter das Haus. Magda legte die Hand auf den Mund, als sie den Toten sah.

»Mein Gott, wer hat ihn so zugerichtet?«, fragte sie vorwurfsvoll. Den anderen kannte sie nicht.

»Ein Wildschwein«, raunte Borromäus.

»Verdammt«, fluchte Franz, »und Ihr seid unverletzt?«

»Meine Munition war leer, Bergvogt Schwörer hat mich gerettet, für Rupert kam jede Hilfe zu spät.« Borromäus wirkte deprimiert. »Wir müssen es Johann sagen. Holt ihn bitte heraus und achtet darauf, dass Jakob nicht mitkommt. Das Kind muss so etwas nicht sehen.«

Johann wich die Farbe aus dem Gesicht, als er seinen Bruder erkannte. Wortlos drehte er sich um und entfernte sich ein Stück vom Haus. Der Bergvogt wollte ihn fassen, doch Borromäus hielt ihn zurück.

Die Bergspitzen wurden von den letzten Sonnenstrahlen beschienen. Johann setzte sich auf ein Brett hinter dem Schuppen und betrachtete den abendlichen Horizont mit Tränen in den

Augen. Ein schöner Wintertag, ungenutzt, was das Freischippen ins nächste Dorf betraf, unnötig, was den Tod seines Bruders anging. Warum hatte er keine Ruhe gegeben? Es wäre ein Leichtes für ihn gewesen, nach Basel zu gehen. Dort hatten sie sich schon öfter herumgetrieben. Vielleicht hätte er eines Tages nachkommen können.

Insgeheim hatte er gehofft, bei Borromäus und seinem Gefolge bleiben zu können. All seine Mühen, sich nützlich zu machen, waren nun dahin. Rupert hatte sich in seine Rachegelüste verrannt. Und ihn mit hineingezogen. Der Bergvogt sann auf Genugtuung, wollte einen Erfolg im Mordfall des Händlers vorweisen können. Konnte er ihn an seines Bruders Stelle an den Galgen liefern? Solche Menschen mussten sich darstellen, das hatte er gleich gespürt.

Im Gegensatz zu Rupert war er ein feinfühliger Mensch, weshalb er dessen Karriere als Tunichtgut nie hatte gutheißen können. Gleichzeitig fehlte ihm aber der Mut, sich zu lösen. Rupert war dominant gewesen und hatte ihm keine andere Wahl gelassen. Wie konnte er sich aus der jetzigen Situation befreien? Weglaufen? Mitten im Winter und bei anbrechender Nacht?

Er lehnte seinen Kopf an die Bretterwand und ließ den Tränen nun freien Lauf. Das Sonnenlicht auf den Bergen verblasste, es wurde kälter. Die ersten Sterne erschienen am Himmel. Ob Rupert schon dort war? Nein, sicherlich nicht, er kam in die Hölle, das behaupteten zumindest die Pfaffen.

»Auf die Pfaffen kannst du pfeifen.« Das waren seine Worte gewesen.

Ein leichtes Lächeln ging über Johanns Gesicht. Er wünschte ihm alles Gute auf seinem Weg ins Jenseits und hoffte, dass er auch von dort hin und wieder auf ihn schaute.

Ihm wurde kalt. Sollte er hineingehen? Die Entscheidung schien ihm abgenommen zu werden, denn er hörte Schritte auf dem harschen Schnee.

Jakob setzte sich wortlos neben ihn, zog die Pfeife aus der

Hosentasche und spielte seine einfache und eindringliche Melodie. Danach steckte er sie wieder in die Hosentasche.

»Ich habe für deinen Bruder gespielt. Die Melodie zeigt ihm den Weg in den Himmel.«

»D-du bist ein Spinner«, sagte Johann und legte ihm den Arm um die Schultern. »M-mein Bruder k-kommt nicht in den Himmel.«

»Du meinst, er kommt in die Hölle?« Jakobs Frage klang entsetzt.

»Sch-schlechte Menschen kommen wohl dorthin, s-sagt man. H-hast du eine andere Idee?«

»Hm, sicher muss er sich ganz schön anstrengen bei den Heiligen. Vielleicht lassen die ihn blöde Arbeiten machen, um ihn auf den rechten Weg zu bringen.«

»D-du hast vielleicht eine blühende Phantasie. Welche blöden Arbeiten w-wären das denn in deinen Augen?«

»Onkel Theis hat immer gesagt, bevor man geboren wird, sitzt man hinter dem Mond und muss Sterne putzen, damit sie schön blinken.« Jakob deutete zum Polarstern. »Schau mal, den hat Rupert schon geputzt.«

»D-du meinst, das gilt nach dem Tod auch, wie vor der Geburt?«

»Hast du schon gezählt, wie viele Sterne das sind? Die da oben brauchen alle Hilfe. Die können es sich nicht leisten, die Toten in die Hölle zu schicken.«

Jakob sagte das so sicher und bestimmt, dass Johann sich getröstet fühlte. Vielleicht war die kindliche Sichtweise in solchen Dingen hilfreicher, als Abbitte zu leisten.

»K-komm mit, es wird kalt. Rupert muss jetzt allein klarkommen d-da oben«, sagte er.

Der Bergvogt saß in Lauerstellung am Esstisch, vor ihm Brot, Speck und Most. Es schien, als wolle man diesen wichtigen Amtmann bei Laune halten.

»So, hat das Bürschchen ausgeheult? Jetzt raus mit der Sprache: Wie war das mit dem inszenierten Tod deines Bruders am Wasserfall? Was hast du gewusst? Hast du ihn auf eure Fährte gelockt? Sollte er dich befreien und den Kleinen dafür entführen? Hä? Ihr habt doch immer alles gemeinsam ausbaldowert.«

»Nicht heute Abend, habe ich gesagt.« Borromäus sah sein Gegenüber bedrohlich an. »Die Burschen und auch wir gehen nach dem Essen ins Bett. Für heute ist es genug.«

»Dann muss ich mich doch fragen, was Ihr in Aftersteg und vor allem oben am Büreten gesucht habt. Dazu noch mit Eurer, wie soll ich sagen, unsittlich Angetrauten?«

»Ich wüsste nicht, was Euch das angeht«, antwortete Borromäus mürrisch.

Alle Augen waren plötzlich auf die Tür zur Stube gerichtet. Dort stand Marie. Sie klammerte sich am Rahmen fest und war fahl wie der Schnee im Mondlicht.

»Das kann ich Euch sagen: Seit dem Tod meines Onkels, dem Aschenbrenner aus Äule, bin ich auf der Suche nach einer Zutat für die Glasmacher. Die Spur hat mich über den Feldberg getrieben. Dort musste ich feststellen, dass der Händler, der im Besitz dieses Wissens war, ermordet worden ist und es niemanden interessiert hat. Es wäre wohl Eure Aufgabe gewesen, Herr Schwörer, sich um das Verschwinden des Mannes zu kümmern. Aber Ihr habt weggeschaut, er war ja nur ein Fremder. Einer weniger von den umherziehenden Burschen. Ihr könnt mir nicht erzählen, dass die Nachricht in Eurem Fünfzig-Seelen-Dorf nicht an Euch gedrungen ist. Wie nennt man das? Vertuschen einer Straftat. Und jetzt kommt Ihr und spielt das Gesetz. Da frage ich mich doch, was ist Euer wahrer Grund, uns zu folgen?« Sie hustete und beugte sich nach vorn.

Magda sprang auf und stützte sie. Als sie das Blut an ihren Lippen sah, reichte sie ihr ein Tuch.

»Seid Ihr des Wahnsinns?«, rief sie in Richtung des Bergvogts und drängte Marie zurück in den Nebenraum, wo sie sich hinlegen sollte.

Eine solche Unverschämtheit war dem Bergvogt noch nie

untergekommen – und schon gar nicht von einer Frau. Wer glaubte diese Marie Sigwarth wohl zu sein? Eine Aschenbrennerin? Das konnte sie sonst wem erzählen. Allein deshalb musste er den Abt nach der Richtigkeit befragen. Noch nie war es vorgekommen, dass das Kloster einer Frau die Brennrechte übertragen hatte. Einem unverheirateten Weib, das gegen Sitten und Moral verstieß und mit einem Färbergesellen umherzog, einem unehelichen Kind dazu. Sodom und Gomorrha! Wenn das der Abt wüsste, wäre sie ihre Lizenz, sollte sie denn eine haben, gleich los.

Sein Augenmerk fiel auf Johann. Er überlegte, wie er ihn am schnellsten der Gerichtsbarkeit überstellen konnte. Gelänge es ihm vorzuweisen, dass er einen der Diebe und Mörder gefasst hatte, und würde er die Neuigkeit in Sachen Glaskunst demütig dem Abt übergeben, konnte er vielleicht den Handel selbst beaufsichtigen und Zölle darauf einführen. Er musste die Dörfler morgen dazu bringen, die Pfade bis St. Blasien freizuschippen. Damit er mit seinem Pferd und dem Sträfling Einzug halten konnte.

»Vergesst es, Bergvogt«, raunte Borromäus, der die Gedankengänge seines Gegenübers richtig deutete, »den Jungen gebe ich nicht in Eure Hände, und wenn ich persönlich beim Abt vorspreche. Wir haben einen Handel getroffen, und daran halte ich mich.«

»Man kann Euer Verhalten auch als Behinderung der Justiz bezeichnen«, sagte der Bergvogt überheblich. »Ihr könntet mir den Jungen geraubt haben.«

»Ich habe Eure Papiere.«

»Ich kann Euch alles aufgeschrieben haben.«

»Habt Ihr aber nicht.«

»Könnt Ihr etwa lesen?« Der Vogt verzog sein Gesicht zu einem spöttischen Lachen.

»Nein, aber Marie.« Nun war es an Borromäus, sich ein überlegenes Lächeln abzuringen.

Dem Bergvogt fror zuerst das Gesicht ein, ehe ihm die Zornesröte in die Wangen schoss. »Dann kann es sich nur um Hexerei handeln, dafür ist Pater Cajetano zuständig.«

Da stand Franz Ketterer auf und schrie: »Schluss jetzt, ich habe genug gehört. Die Herberge hat im Winter geschlossen, raus mit euch! Und zwar alle!«

»Im Namen des Gesetzes beschlagnahme ich Euer Gebäude, Ihr habt die Pflicht, einen Mann des Gerichts zu beherbergen.« Berthold Schwörer stand auf und schlug mit der Faust auf den Tisch, dass die Wirtin vom Nebenraum herbeilief.

Die Anwesenden verstummten, alle Augen richteten sich auf Magda: Sie hatte Borromäus' Gewehr im Anschlag. »Raus!« Sie zielte direkt auf den Bergvogt.

Dieser erholte sich schnell von seinem Schock und meinte mit einem mitleidigen Grinsen: »Gute Frau, legt das weg, das ist nichts für zarte Hände. Außerdem ist die Büchse nicht geladen.«

Magda zog den Lauf nach oben und schoss, Holzsplitter fielen auf den Tisch. Im Affekt hob der Bergvogt seine Hände.

Sie wiederholte noch einmal bestimmt: »Raus mit Euch!«

Berthold Schwörer musterte die Anwesenden reihum, niemand kam ihm zu Hilfe. Hektisch kam er um den Tisch herum. »Seid doch vernünftig. Ihr behindert einen Mann des Gesetzes bei der Ausübung seiner Amtsgewalt. Das ist strafbar. Legt die Büchse weg.«

»Verschwindet aus meinem Haus«, wiederholte Magda. »Die Wälder sind weit und die Wildtiere hungrig. Sie lassen nicht viel von ihrer Beute übrig. Niemand würde Euch vermissen.«

Berthold Schwörer versuchte unmerklich, in die Nähe seiner Waffe zu kommen, da hüpfte Jakob von der Bank und schnappte sie sich.

Schwörer wollte eingreifen, als sich ein Schuss löste.

Die Anwesenden stierten entsetzt auf den Bergvogt, der über Jakob am Boden lag. Marie, die den Schuss gehört hatte, schleppte sich vom Nebenzimmer herein.

»Jakob! Mein Gott, Jakob!«, schrie sie.

»Ich kann nichts dafür, das Ding ist von allein losgegangen.« Der Junge kroch unter dem schweren Leib des Bergvogts hervor.

Dieser umklammerte stöhnend seine rechte blutende Hand. »Das war ein Mordanschlag auf einen Gesetzesdiener.«

»Habt Ihr Zeugen?« Borromäus schaute sich in der Runde um. Alle schüttelten den Kopf.

Magda holte Verbandsmaterial. Dazu riss sie ein ausgedientes Leinen in Stücke und brachte eine Flasche mit einer Flüssigkeit, in der noch Blüten schwammen.

»Mit was wollt Ihr mich vergiften?«, fragte Schwörer und stöhnte erneut auf.

Magda zog den Glaspfropfen und ließ ihn riechen.

»Schnaps?«

»Arnikatinktur. Es brennt, wird aber die Wunde reinigen. Damit Ihr keine Blutvergiftung bekommt.«

Der Bergvogt streckte ihr die verletzte Hand hin. Es war nur ein Streifschuss zwischen Daumen und Zeigefinger. Magda wickelte die Leinenfetzen um die Hand und zog fest zu, um die Blutung zu stillen.

»Ich schlage vor, Ihr schlaft hier unten in der Stube. Ich bringe Marie hoch, und die Buben kommen zur Sicherheit mit in unsere Kammer. Morgen schauen wir, wie weit die Dorfverbindungen offen sind, und helfen, falls nötig, beim Schippen.« Niemand widersprach Borromäus. Er wollte Marie stützen, doch sie wehrte ab.

»Lass mich, mein Lieber, ich weiß am besten, wie ich mich bewegen muss, dass es nicht so sehr schmerzt.« Sie zog sich tapfer am Geländer in den oberen Stock, wo die Schlafkammern lagen. »Und wenn der Hüter des Gesetzes heute Nacht verschwindet?«, fragte sie, als sie oben angekommen waren.

»Warum sollte er? Ohne Johann?«

»Hast du nicht die Gier in seinen Augen gesehen? Irgendetwas treibt den an. Ich bin mir sicher, dass es nicht die Gerechtigkeit ist«, flüsterte Marie.

Sie richteten sich in der Kammer notdürftig für die Nacht zu viert ein. Magda reichte Jakob und Johann je eine Wolldecke. Schließlich hob Borromäus die Decke und legte sich wohlig stöhnend ins Bett, Marie rutschte vorsichtig von der Bettkante aus in seine Nähe.

»Bestimmt will er das Rezept!« Jakob hatte sich auf einem eilig gestopften Strohsack breitgemacht.

»Stimmt. Wie kann er davon erfahren haben?«

»Hast du nicht selbst gesagt, dass er in seinem Fünfzig-Seelen-Dorf alles mitbekommen müsse, was wichtig ist? Schließlich ist er der Bergvogt.« Borromäus drehte sich um und begann im selben Moment zu schnarchen.

***

In aller Frühe, es war noch stockdunkel, bereitete Jos in Menzenschwand den Schlitten für die Weiterreise vor. Die Bäuerin heizte den Küchenherd und kochte Haferbrei. Zur Feier des Tages und als Dank für die Entlohnung rührte sie noch einen Schlag Rahm unter den Brei. Kurz darauf verabschiedete sich die fremde Gesellschaft mit dem seltsamen Dialekt.

In Serpentinen kämpften sie sich den Hang Richtung Pass hoch, den Marie vor zwei Wochen mit Jakob heruntergekommen war, um nach dem Wasserfall den nördlichen Anstieg auf den Feldberg zu nehmen.

Allmählich wurde es heller. Die Insassen der Kutsche stiegen auf der Steilstrecke aus, damit die Tiere besser vorankamen. Bis sie auf dem Kamm waren, schwitzten alle ordentlich.

»So, und jetzt dasselbe hinunter ins Tal von Äule«, sagte Jos und ließ seine Gäste einen Moment verschnaufen.

Die Bergspitzen Richtung Westen leuchteten, von der aufgehenden Sonne bestrahlt, in einem kräftigen Orange. Der Himmel war klar, die letzten Sterne funkelten wie Eiskristalle am dunkelblauen Firmament. Hinter den Bergen lag Bernau.

Die Schweizer durften nun wieder einsteigen, und die Pferde kamen im Schutz des Waldes gut voran. Als sie den Waldsaum erreichten, ging die Sonne über den unendlichen Wäldern im Osten auf und blendete sie. Unter ihnen – noch im Schatten – lag das winzige Dorf Äule. Mittendrin die Glashütte: Herz und pulsierender Lebensquell der Siedlung. Eine steile Rauchfahne stieg von ihr auf. Das hieß nicht nur Windstille, sondern auch, dass die Schürbuben ordentlich eingeheizt hatten. Sie produzierten.

Die Süberlis kamen zur Ausarbeitung des Glases noch rechtzeitig.

***

Michael Sigwarth kniff die Augen zusammen, als er aus dem Haus kam und zur Glashütte hinübereilen wollte. Sein Blick blieb am Waldrand Richtung Äulemer Kreuz hängen. Was bewegte sich da den Buckel herunter? Ein Vierspänner mitten im Winter? Die Pferde quälten sich mühsam durch den Schnee. Ein heikles Unterfangen. Voraus ein Reiter. Wer konnte so hirnverbrannt sein?

Zwar war erst November, was noch zum Herbst zählte, doch auf dem Wald existierten nur zwei Jahreszeiten: kühl, das war der Bergsommer, und kalt, das war der Winter. Winter war für die Einheimischen ab dem Zeitpunkt, ab dem der Schnee liegen blieb, bis er wieder schmolz, also fünf Monate lang.

»Sakra Halleluja«, fluchte Michael, als er die Gruppe erkannte. Ihm war gleich klar, was das bedeutete: Die Schweizer würden überwintern und er sie verköstigen müssen.

»Augustinus, du Hurensohn, das zahle ich dir heim!«

Es dauerte nicht lange, bis die anderen Glasmacher das Gefährt entdeckten und stirnrunzelnd stehen blieben.

»Ich verwette eine Runde Bier, dass die da nicht heil runterkommen!«, brüllte Thomas Raspiller in die Runde, wobei er mit der Zunge in die Zahnlücke stieß und es sich anhörte, als habe er den Mund voll.

»Ich halte dagegen«, entgegnete Greiner, der Glasbläser.

Im Nu war ein wilder Wettbewerb entstanden. Wichtig war dabei nicht, wer gewann, sondern wer am Schluss die Zeche bezahlte.

Michael Sigwarth raufte sich die letzten Haare, die sein Kranz noch übrig gelassen hatte. »Saubande! Nix als Saufen im Hirn, ab mit euch an den Ofen, bevor mir das Glas wieder gispig wird«, brüllte er und war wieder in seinem Element – dem Kommandieren. Er hatte die letzten Vorräte zusammengekratzt, um noch einmal Glas zu machen. Die Arbeiter brauchten Beschäftigung und das Gefühl, dass er noch alles im Griff hatte.

Murrend trotteten die Glasmacher wieder an ihre Arbeit. Poldi, Thomas Raspillers Sohn, erkannte die Situation und bot sich an – für einen kleinen Obolus –, die Sache im Auge zu behalten und die Arbeiter zu rufen, sobald sich Spektakuläres ereignete.

Kurz vor der letzten Kehre, die unter einer dicken Schneewechte versteckt war, passierte es: Der Schlitten mit den Süberlis kippte um und begrub die Reisenden unter sich.

Jos sprang vom Pferd und versuchte, das Gefährt anzuheben. Es war zu schwer. Er koppelte die strauchelnden Pferde los. Sie galoppierten mit erhobenen Schweifen in einer Schneewolke davon. Der Schlitten rutschte noch ein Stück und blieb schließlich kopfüber liegen.

Poldi erfasste von Weitem die Lage und stürmte in die Glashütte, um Meldung zu geben. Sogleich rannten der Glasvogt, die Glasmacher, Bläser und Schürbuben nach draußen und warfen sich noch im Laufen ihre Jacken über. Geistesgegenwärtig reichte der Wirt Hilari ihnen zwei Schaufeln, mehr hatte er nicht. Die Rutscherinnen und Malerinnen blieben unter der Glashüttentür stehen und beschirmten die Augen.

»Das sieht nicht gut aus«, sagte die Greinerin, deren Mann soeben losgerannt war, »die Personen liegen unter dem Schlitten begraben.«

»Da, die Frau krabbelt hervor.« Ihre Tochter deutete zur Steilhalde, wo eine Person sich taumelnd an den zum Himmel ragenden Kufen festhielt und nach Luft rang.

Die Männer kämpften sich durch die weißen Massen den Berg hoch. Es wirkte, als habe eine unsichtbare Macht sie plötzlich ausgebremst. Sie zappelten wie kleine Käfer, die eine Steilwand erklimmen wollten und zurückkullerten.

Mit bloßen Händen versuchte Jos, den Schnee wegzugraben, da bemerkte er, dass die Äulemer ihm zu Hilfe eilten, und reichte den ersten die Hand. Sie suchten mit den Füßen Halt und drückten den Schlitten mit vereinter Kraft nach oben, um ihn in die Spur zu stellen. Es misslang.

»Alle weg da unten, wir werfen ihn talwärts!«, brüllte Jos und sprang zur Seite.

»Hau ruck!«, riefen die Ersten, die sich um das Gefährt gekämpft hatten.

Nichts.

Zwei weitere erreichten die obere Kante.

»Noch mal: Hau ruck!«

Endlich quietschte und knarzte es, kurz darauf kippte das Gefährt schwerfällig wie eine trächtige Kuh zur Seite.

Die Augen von Beat Süberli starrten die Umstehenden leblos aus dem Schnee an. Seine Beine waren seltsam abgewinkelt, sein Mantel bereits blutgetränkt.

Ricarda schrie aus Leibeskräften, sackte schließlich neben ihrem Gatten in den Schnee. Sie riss seinen Mantel auf, eine Rippe hatte sein Hemd und zuvor den Leib durchbohrt.

»Wo ist Anton?« Jos sah, dass dem Mann nicht mehr zu helfen war.

Erneut kam Leben in die bestürzten Helfer, und sie fingen an, mit Schaufeln und Händen zu graben.

»Da, da ist was!«, brüllte Michael Sigwarth aufgeregt und zog an einem schlaffen Arm.

Greiner kam herbei und zog ebenfalls. Stück für Stück tauchte der Oberkörper auf. Gebannt starrten sie auf Antons Gesicht. Er zuckte, dann spuckte er blutigen Schnee. Erleichtert gruben die Männer ihn frei.

Anton schaute seine Retter verwirrt an. »Was ist los, wo bin ich?«

»Willkommen in Äule«, lispelte Thomas Raspiller.

Bis auf ein paar Schrammen fehlte den beiden Überlebenden nichts. Mit vereinten Kräften geleiteten die Äulemer sie ins Dorf. Den Toten zogen Michael Sigwart und Thomas Raspiller gemeinsam hinter sich den Berg herunter. Die Buben schleiften die Gepäckstücke mit, den Schlitten ließ man vorerst liegen.

»Bahrt den Süberli in der Kapelle auf und organisiert die Totenwache«, kommandierte Michael Sigwarth. »Und ihr Buben streut Heu hinter dem Stall der Schänke aus. Wenn sie hungrig sind, kommen die Gäule von allein zurück.«

An die Ausarbeitung des Glases war nicht mehr zu denken. Der Ofen war erloschen, das Gemenge wurde zäh und erstarrte schließlich. Danach konnte man nicht einmal mehr die Tonhäfen gebrauchen.

»Die Glasproduktion wird bis auf Weiteres eingestellt«, stellte Michael zerknirscht fest, als er den Innenraum der Glashütte betrat und sich das Chaos ansah, das die eiligen Arbeiter hinterlassen hatten.

»Was wird das Kloster dazu sagen?«, fragte Rogg, einer der Meister, der neben ihn getreten war.

»Das Kloster kann mich am Arsch lecken!«, brüllte Michael, stapfte raus in den Schnee und schlug die Tür hinter sich zu.

Die ersten Sonnenstrahlen hatten inzwischen die Talsenke erreicht. Abermillionen von Eiskristallen glitzerten auf, als müssten sie dem Elend zu neuem Glanz verhelfen.

Michael schlug mit seinem Fuß wütend gegen die Brettertür der Glashütte, dass sie splitterte. Dann trottete er ins Gasthaus, wo die anderen schon saßen, um sich den Kummer hinunterzuspülen.

***

Ricarda und Anton standen allein in der Kapelle und beweinten schlotternd den Verunglückten.

Nach einer Weile kam die Wirtin Emma herein und zog die Trauernden sanft zu sich.

»Ich habe Euch die Badstube eingeheizt, kommt erst einmal aus den nassen Klamotten. Ihr holt euch sonst den Tod.«

»Er wäre ein willkommener Gast gewesen«, schluchzte Ricarda.

»Ihr seid heute mein Gast und Euer Schwager auch. Ich habe Euch frische Kleidung gerichtet. Die Sachen aus Euren Reisetaschen lagen im Schnee und sind nass. Sie hängen zum Trocknen über der Ofenstange, falls Ihr sie sucht.«

»Ich danke Euch«, sagte Ricarda.

Die beiden ließen sich in die Badstube führen, wo zwei Wannen mit heißem Wasser gefüllt wurden. Um der Keuschheit willen waren sie durch aufgespannte Tücher voneinander getrennt. Emma hatte Klara angehalten, sich um Ricarda Süberli zu kümmern und ihr zu helfen. Klara wäre zwar lieber dem Aschenbrenner zu Diensten gewesen, fügte sich aber angesichts des schrecklichen Unfalls.

»Ich dachte immer, eine Badstube sei etwas Unanständiges«, flüsterte Ricarda ihr zu, als sie bis zum Hals in die heiße Wanne tauchte. Die Wärme taute sie auf.

Klara kicherte kurz, hielt sich aber den Mund zu, als ihr bewusst wurde, wie unpassend der Gedanke gerade war.

Ricarda lächelte sie trotzdem an. Ob aus Anstand oder weil sie sich über ihre eigene Unwissenheit amüsierte, war nicht zu erkennen.

»Ich hole Euch noch ein Öl, es riecht nach Kiefernadeln. Meine Chefin legt sie selbst ein. Es durchblutet und wärmt.« Klara fragte gegen das Leintuch, ob der Herr auch etwas davon wolle.

»So 'ne Schmeckwässerli isch eher ebbis für die Wiibervölcher als für die Manne.«

Klara hob kurz den Vorhang an und sagte: »Wie der Herr meint!«

Sie eilte davon und suchte in der Wäschekammer hinter der Badstube sowohl Seife als auch das Kiefernadelöl. Zurück in der Badstube, reichte sie Letzteres der Schweizerin. Die Seife schob sie unter dem Vorhang hindurch.

»Achtung, die Seife kommt!«

»Klara!«, rief Emma aus der hinteren Kammer. »Was treibst du so lange? Die Herrschaften können wohl allein baden. Du hast noch die Rüben zu schälen und die Schweine zu füttern.«

Klara trottete missmutig davon, während die beiden eine Weile schweigend in der Wanne sitzen blieben.

»Dös isch mir z' bled.« Anton stieg aus dem Wasser, als er sich vor den einheimischen Frauen in Sicherheit wähnte, und verschwand. Ricarda wollte es ihm gleichtun, als sie die Wirtin Emma kommen hörte.

»Euer Schwager soll sich morgen beim Glasvogt melden«, rief sie in die Badstube. »Er würde ihn gern einstellen, bis seine Tochter und der Blaufärber wieder hier sind. Wenn Ihr wollt, könnt Ihr hier wohnen und mir dafür etwas zur Hand gehen«, schlug Emma vor.

Ricarda nahm dankbar an. Hier würde sie eine Freundin finden.

***

Der Morgen war auch jenseits des Feldbergs in Aftersteg klar und kalt. Benedikt trat vor die Hütte und schaute zum Himmel. Es versprach ein guter Tag für sein Vorhaben zu werden.

Er befühlte seine Hosentasche und spürte die Tabakdose. Ein Lächeln umspielte seine Lippen. Im Rucksack hatte er Proviant für mehrere Tage. Dazu wenige Münzen für den Notfall.

Sein Vater trat hinter ihn. »Bub, du bist verrückt. Es ist gefährlich, allein im Winter, unbewaffnet gegen einen Mann des Gesetzes.«

»Vater, ich habe lange genug geglaubt, ich müsse aus deinem engen Loch ausbrechen und das große Glück machen. Heute weiß ich, dass ich den falschen Weg eingeschlagen habe. Ich hatte ja keine Ahnung, was passiert war. Nun muss ich für uns und unser Recht sorgen, auch im Namen meiner Mutter und meines Großvaters. Das Rezept gehört uns, es hat uns schon immer gehört, erst durch die Aschenbrennerin und ihre Suche ist es ans Tageslicht gekommen. Ohne ihr Wissen und Können nützt es uns nichts. Wir müssen uns zusammentun. Und das, bevor ein windiger Amtmann es dem Abt verkauft. Nun gibt es für mich keine andere Wahl: Ich muss Marie finden, bevor es zu spät ist. Und wer weiß, vielleicht ist auch Rupert ihr schon auf den Fersen.«

»Gott schütze dich.«

»Danke.«

Kreszentia kam dazu und drückte ihm wortlos die Hände. Ihre Augen waren feucht, Benedikt fühlte sich seltsam beglückt. Sie hätte seine Mutter sein können. Von ihr ging ein Vertrauen aus, das ihn bestärkte, als er den Weg ins Tal nach Todtnau nahm.

Der Schnee war harsch und trug ihn. Er kam schnell voran. Millionen von Eiskristallen blinkten ihm zu, als er aus dem Schatten auf das freie Feld trat, das schon von der Sonne beschienen wurde.

Er war ein ganzes Stück gegangen, als er plötzlich das Gefühl hatte, verfolgt zu werden. Abrupt drehte er sich um. Harro kam winselnd herangesprungen.

»Hallo, mein Freund, willst du mich etwa begleiten?«

Er sah hoch zur Hütte, wo Konrad und Kreszentia noch unter der Tür standen und winkten.

»Nimm den Hund zu deiner Sicherheit mit!«, rief sein Vater.

Benedikt kniete dankbar nieder und begrüßte seinen Freund.

***

Abt Augustinus hatte sich überraschend schnell von seinem kleinen Schwächeanfall erholt und war am Vormittag schon wieder auf dem Weg zu seinem Widersacher Stephanus. Es galt, ihn unschädlich zu machen, und zwar so schnell wie möglich. Der Sekretarius war zum Risikofaktor geworden. Zwar könnte er, der Abt, alles abstreiten, was Stephanus glaubte, gehört zu haben, aber sicher war sicher. Er musste ihn vorerst wegschließen.

In diesem Moment kam ein Reiter auf den Hof des Klosters geprescht. Jos, der klösterliche Oberförster.

»Euer Hochwürden, es gab einen Unfall drüben in Äule. Der Schlitten, er ist umgestürzt und hat den Schweizer Süberli unter sich begraben.«

»Ist er tot?«

»Ja.«

»Welcher Süberli? Der Aschenbrenner?«

»Nein, Beat.«

Der Abt war erleichtert. Der Verlust des Aschenbrenners hätte ihn mehr geärgert.

»Wo sind die anderen untergekommen?«

»Vorläufig im Gasthaus.«

»Übermittelt seinem Weib mein Beileid, ich werde für ihre Logis aufkommen, für die Kost soll sie mitarbeiten. Den Anton quartiert beim Glasvogt ein.«

Jos nickte und schwieg.

»Soll ich die Stute in den Stall bringen?« Ohne auf eine Antwort zu warten, nahm der Novize Konstantin den Sattel vom Rücken des Pferdes und drückte ihn Bruder Stephanus in die Hand.

Wo kamen die beiden her? Augustinus sah verwundert zuerst zum Novizen, dann versuchte er, im steinernen Gesicht des Sekretarius zu lesen. Er konnte vor Jos keine Diskussion anfangen – und schon gar nicht Stephanus in die Arrestzelle schicken.

Statt sein plötzliches Erscheinen zu erklären, inspizierte Konstantin geschäftig das Pferd. »Hier, haltet mal.« Er reichte dem wartenden Jos das Halfter. »Das Tier hat Scheuerstellen. Seht Ihr, wir brauchen Harzsalbe, fragt den Bruder Apotheker, sonst entzündet sich die Stelle.«

Zähneknirschend ließ Augustinus den Novizen gewähren, der sich mit Pferden auszukennen schien, und lud den erschöpften Jos in seine Schreibstube ein, um Bericht abzugeben. Beim Gehen wandte er sich an Stephanus: »Ich erwarte Euch nachher in meinem Schreibzimmer. Und jetzt seht zu, dass Ihr den Apotheker erreicht. Das Tier ist wertvoll.«

Bruder Stephanus keuchte dem Novizen hinterher. Er trug den schweren Pferdesattel. Die Angst, in Cajetanos Zelle gesperrt zu werden, ließ ihn dem Jungen vertrauen. Ihm war, als führe er etwas im Schilde.

»Bruder Sekretarius«, flüsterte Konstantin, »Ihr müsst noch heute aus dem Kloster verschwinden. Euer Leben ist in Gefahr.«

Stephanus blieb stehen und holte tief Luft. »Was? Wie stellst du dir das vor? Ich kenne kein anderes Zuhause als das Kloster.«

»Ich erkläre es Euch unterwegs.«

»Unterwegs? Wo gehen wir hin?«

»Folgt mir einfach, ich habe alles vorbereitet.«

»Vorbereitet? Wieso vorbereitet?«

»Ich habe eine Mission. Kommt jetzt und schlagt keine Wurzeln im Schnee. Das tut Euch nicht gut. Ich habe alles im Stall gerichtet. Jos ist eingeweiht.«

»Ich verstehe nicht …«

Konstantin nahm ihm den Sattel ab und zog ihn wie ein bockiges Kind hinter sich her Richtung Stallungen. Dort ging alles sehr schnell, und ehe Stephanus überlegen konnte, wie ihm geschah, saß er auf einem Pferd, eingehüllt im schweren Wollreisemantel, und begann allmählich, seine Füße wieder zu spüren. Sie steckten nun statt in Sandalen in dicken Wollstrümpfen und Lederstiefeln. In den Gepäcktaschen Reiseproviant, eine warme Decke, Kerzen, Feuersteine, Kochgeschirr und die Bibel.

»Wohin gehen wir?«, wiederholte er.

»Wir folgen dem Flusslauf, dort löst sich der Nebel nicht auf, wir sind vor fremden Blicken geschützt. Es ist besser, wenn wir die nächste Zeit nichts reden.«

Der Pfad wurde enger, Konstantin übernahm die Führung. Schweigend bogen sie nach dem Klosterkomplex in ein Waldstück.

Sie hatten den Raum St. Blasien bereits hinter sich gelassen und ritten weiter nach Süden an der Alb entlang. Immer im seichten Wasser, um keine Spuren zu hinterlassen.

Stephanus wurde bewusst, dass er auf der Flucht war. Das hätte er sich gestern Abend noch nicht träumen lassen.

An einem Gehöft verließen sie den Fluss und ritten auf ein Gebäude zu, eine Schmiede. Konstantin saß ab und bedeutete Stephanus zu warten, während er in das Haus ging.

Nach einer Weile kam er mit dem Schmied heraus. »Wir bleiben eine Nacht.«

Stephanus rutschte vom Pferd, das der Schmied daraufhin wortlos mitnahm und zusammen mit dem Tier des Novizen in eine Stallung führte. Konstantin begrüßte die Frau, die nun unter der Tür erschien, freundschaftlich.

»Verwandtschaft«, erklärte er Stephanus, »hier sind wir sicher.«

»Wo befinden wir uns, wenn ich fragen darf?«

»In Immeneich.«

»Hört sich fast an wie ›Himmelreich‹«, sagte Stephanus. Es sollte ironisch klingen, war aber eher sarkastisch.

»Ihr kennt die Alternative: die Todeszelle Cajetanos«, konterte Konstantin.

Die winzige Siedlung Immeneich, so wusste Stephanus, gehörte zum Einzugsgebiet des Klosters.

Sie folgten der kleinen rundlichen Frau in die Wohnstube und ließen sich am Tisch nieder. Die Gattin des Schmieds war eine Tante Konstantins. Sie brachte kurz darauf Suppe mit Brot und verdünnten Apfelmost.

»Die Immeneicher gehören zu der althergebrachten Hauensteiner Grafschaft«, erzählte Konstantin, als sie allein waren. »Genau gesagt zur Einung Höchenschwand. Diese Verwaltungseinheit des Hotzenwaldes besteht schon seit dem 14. Jahrhundert. Die Hauensteiner wählen in ihren acht Einungsbezirken je einen Einungsmeister. Wahlberechtigt ist jeder Mann mit eigenem Hausstand, egal ob frei oder leibeigen, und sie haben eine eigene Miliz: die Landfahnen. Aus den acht Meistern wird ein Redmann gewählt. Er ist der Sprecher der Hauensteiner mit

Stimme und Sitz der Landschaft bei den Breisgauer Ständen in Freiburg. Neben der Landschaft haben auch die Städte und der Adel Vertretungen. Zusammen mit dem Waldvogt, der seinen Sitz in Waldshut hat und direkt dem Kaiserhaus unterstellt ist, setzen sie sich für die Freiheit und Rechte der Bauern ein. Dem Abt sind sie mit ihrer Gesinnung ein Dorn im Auge. Es schwelen immer wieder kleinere Aufstände.«

Stephanus ahnte, wo er gelandet war: bei den Aufständischen. Gespannt lauschte er den Ausführungen des Novizen.

»Zu den größten Aufwieglern gehören die Stände der Salpeterer. Also derer, die im Salpeterhandel tätig sind. Sie weigern sich, dem Abt zu huldigen. Sie fühlen sich nicht ihm, sondern dem Kaiser in Wien untertan. Alte Rechte prallen aufeinander.«

»Du meinst, man wird uns nicht verraten? Konstantin, wer bist du wirklich, und warum hat man dich nach St. Blasien geschickt? Du hast von einer Mission geredet, welche ist das?«

»Ich bin tatsächlich ein Klosterschüler. Konstantin ist auch mein bürgerlicher Name, ich habe das Gelübde noch nicht abgelegt. Waldemar aus Klingnau ist mein Halbbruder.«

»Waldemar?«

»Ja. Der Freund von Pius.«

»Pius? *Dem* Pius?«

»Ja, dem Sohn Eurer Cousine und der illegitime Sohn des Abtes.«

»Weiß der Abt, wer du bist?«

»Er weiß, dass Waldemar mein Halbbruder ist. Mehr nicht.«

»Und warum hilfst du mir?«

»Wir brauchen Euch als Zeugen.«

»Zeuge? Ich verstehe nicht.«

»Ihr wisst von den Verfehlungen des Abtes. Seine zügellosen Gelage; er und seine Freunde haben sich der Novizinnen in Berau bedient, wie Ihr von Eurer Cousine ja wisst. Die so entstandenen Abkömmlinge wurden weggegeben oder ausgesetzt. Wäre der Abt nicht größenwahnsinnig geworden und hätte seinen Sohn Pius als seinen Erben erdacht, wären die Dinge vermutlich nie ans

Tageslicht gekommen. Die Einung will die Macht des Abtes in die Schranken weisen. Noch werden die Äbte gewählt, das Amt nicht weitervererbt. Daran soll sich nichts ändern. Die damaligen Mitwisser um die heimliche Erziehung von Pius in Klingnau sind nun alle aus dem Leben geschieden, mehr oder weniger natürlich. Cajetano war bisher der letzte. Nun seid Ihr es.«

Stephanus schluckte trocken.

»Justus, ich habe Justus vergessen«, hauchte er. »Er wird mich mit meinem Bruder erpressen.«

***

Jos war bemüht, dem Abt den Unfall des Schlittens lang und breit zu schildern. So konnte er Konstantin einen Vorsprung verschaffen.

»Genug jetzt, wo steckt eigentlich Stephanus? Er wird für einige Zeit in Klausur gehen. Cajetanos Tod hat ihm doch mehr zu schaffen gemacht, als er zugeben wollte. Ihm wird es guttun, in sich zu gehen.«

»Stephanus? Ich weiß nicht«, log Jos. »Wollte er nicht den Apotheker aufsuchen und das Pferd verarzten?«

»Dazu braucht es wahrlich keinen Sekretarius, das kann der Junge. Sagt ihm das und schickt ihn her, er kann sich seine Decke mitbringen, die Zelle ist kühl.«

»Gut, ich schaue, wo er ist.«

Jos verabschiedete sich und hörte, wie der Abt Wein in seinen Becher goss. Sollte er warten, bis dieser seine Wirkung tat?

Er schlich in die Stallungen, wo erwartungsgemäß alles dunkel war, es roch nach Pferd. Zwei Tiere fehlten, samt Notgepäck. Das war gut so.

Jos setzte sich auf die Truhe und lauschte in die Stille. Er nahm sich eine der Decken und lehnte sich an die Wand. Möge der Abt noch einen weiteren Becher trinken, dachte er und schlief ein, der Ritt war anstrengend genug gewesen.

Von weit her hörte er seinen Namen rufen, einen unkeuschen Fluch hinterher.

Der Abt. Er schien angetrunken.

Wie lange hatte er geschlafen? Jos setzte sich auf, ihm taten alle Glieder weh. Kiste und Bretterwand waren ein ungemütliches Lager. Kalt dazu.

Er ging nach draußen. Dort lehnte Augustinus an der Kirchenmauer und fuchtelte mit den Armen. »Herrgott noch mal, wo bleibt Ihr denn so lange? Und wo ist Stephanus?« Er drehte sich Richtung Kapelle und rief: »Die Totenwache! Hält jemand Totenwache?« Seine Stimme klang verwaschen.

»Ich weiß nicht, Euer Hochwürden. Soll ich nachsehen?« Jos eilte zur Kapelle, jede Ablenkung von den beiden Flüchtlingen war ihm willkommen.

Er öffnete die Tür einen Spaltbreit und konnte im Schein des ewigen Lichts die Gestalten zweier Mönche ausmachen. Sie schienen zu beten oder zu schlafen.

Jos schloss die Tür und wollte den Abt informieren. Doch der war nicht mehr draußen, er stand nun wankend im Kreuzgang.

»Jäger, komm«, lallte er und winkte Jos, ihm zu folgen, »mal schauen, ob er im Bettchen schlummert.«

Jos folgte stumm.

Die Kammer des Sekretarius war unverschlossen, sie traten ein.

»Wo ist er?« Augustinus drehte sich schwungvoll zu seinem Begleiter um, dabei verlor er das Gleichgewicht und fiel auf die Schlafpritsche. Er setzte sich aufrecht hin. »Ob er schon in Exerzizen, äh Exerzitien ist?«

Von einer plötzlichen Müdigkeit übermannt, streckte er sich auf dem Bett aus. Jos deckte ihn zu und zog die Tür ins Schloss, damit ihn keiner der Mönche so sehen konnte. Sollte der Abt seinen Rausch ausschlafen.

***

Bis zum Mittag war der Weg zwischen Riggenbach und Kaiserhaus, den kleinen Ortschaften zwischen Bernau Dorf und St. Blasien, freigeschaufelt. Borromäus und die Buben halfen den Einheimischen, der Bergvogt stand dabei – er war ja nur an der Hand verletzt – und erteilte Anweisungen. Die Stimmung der Bauern erreichte den Tiefpunkt.

»Wenn der no eimol sine Gosche uffmacht, stopf ich en Bolle Schnee inne«, fluchte einer der schwitzenden Männer. Die anderen raunten zustimmend.

Borromäus entschied, nicht einzugreifen. Er kannte den Unmut der Untertanen gegen die klösterliche Allmacht und fand nicht, dass der Bergvogt es wert war, beschützt zu werden.

Der Mann, der die Drohung ausgesprochen hatte, setzte sich nun provokativ auf das Schild der Schaufel und zog eine Rauchwurst heraus, in die er genüsslich hineinbiss. Die anderen blieben stehen und warteten ab, was passieren würde.

»Ich vermelde dem Abt Behinderung bei der Gesetzesausübung, wenn Ihr nicht sofort Eure Arbeit wieder aufnehmt. Ich habe diesen«, Bergvogt Schwörer deutete auf Johann, »Verbrecher im Kloster abzuliefern.«

Während die eingeschüchterten Bauern noch ängstlich zu Johann schauten, schoss der aufmüpfige Bauer auf und machte seine Ankündigung wahr. Er riss Berthold Schwörer zu Boden, nahm eine Handvoll Schnee und stopfte sie ihm ins Maul.

»Verbrecher! Es isch e Chind! Du Großmuuli!« Schwörer zappelte und schlug um sich.

Da ergriffen die anderen Bauern die Gunst und schlugen mit allen Gerätschaften auf ihn ein. Malträtiert ließen sie ihn liegen, nahmen ihre Schaufeln und folgten dem Anführer.

»Mein Weib gibt Euch eine Suppe aus!«, brüllte er.

Übrig blieben Borromäus und die Buben.

»Ihr habt mir nicht geholfen«, blaffte Schwörer und spuckte in den Schnee, »das ist Gesetzesbehinderung.«

»Das habt Ihr Euch selbst zuzuschreiben. Ich kann nur raten, macht Euch aus dem Staub, bevor der Mob wiederkommt. Sie sind in der Überzahl, und ich kann sie nicht zurückhalten«, erwiderte Borromäus.

Wütend und leicht benommen stand der Bergvogt auf, klopfte den Schnee aus der Kleidung und deutete Richtung Süden. »Hier lang?«

»Bis zum Zufluss der Alb.«

Als Berthold Schwörer davonwankte, verzichtete Borromäus darauf, ihn aufzuklären, dass er sich danach rechts halten müsse. Links ging es nach Menzenschwand.

***

Justus, der Dubel, irrte nach seinem Ausflug ins Glasmacherdorf im Kloster umher und suchte seinen Bruder. Stephanus war mit ihm zurückgekehrt und hatte ihn in der Küche abgeliefert, wo er sein Dasein als Küchenhelfer fristete.

Er fand Stephanus weder in seiner Zelle noch im Refektorium oder Skriptorium. Nur dem Abt war er eben begegnet, der übernächtigt ausgesehen und den Geruch an sich gehabt hatte, den die Stammtischler in den Wirtsstuben ausdünsteten. Besser, man fragte ihn nicht. Die falsche Frage zur falschen Zeit bedeutete Schläge. Das hatte er schon oft und bitter erfahren müssen.

Justus stand auf dem Hof zwischen Kapelle und Pferdestall. In der Kapelle wollte er nicht nachschauen, da lag dieser tote Cajetano, der gruselte ihn. Da der Wind ungemütlich über den Hof fegte, entschied er sich für den warmen Stall.

»Justus? Wo treibst du dich rum?« Jos reichte den Tieren ihre Haferration.

Fasziniert schaute Justus ihm zu und stammelte: »Ha-haferbrei für Pferd?«

»Ja, die haben auch Hunger.«

»Stephanus nix finden, wo?«

»Er ist mit Konstantin weggeritten. Ich kann dir nicht sagen, wohin.«

»Wann kommt?«

Justus blickte aus dem Fenster und entdeckte Augustinus auf dem Weg zur Kapelle. Er rief nach Stephanus. »Abt sucht Stephanus«, stellte er fest.

»Hast du auch Hunger, Justus?«

Der Dubel nickte, seine Augen leuchteten, denn wer so fragte, hatte sicher etwas für ihn.

»Bleib schön hier und füttere die Pferde, ich hole dir etwas aus der Küche. Hast du das verstanden?«

Justus nickte. »Kapiert!«

Jos lief in die Küche. Fieberhaft überlegte er, wie er Justus in Sicherheit bringen konnte. Sie hatten ihn in der Eile vergessen! Es würde nicht lange dauern, bis der Abt nach ihm suchte.

Er kannte Konstantins genauen Zielort nicht. Sollte er Justus zu den Glasmachern bringen? Der Glasvogt würde sich bedanken.

»Hast du Stephanus gesehen?«, fragte ihn der Küchenmeister Egbert. »Der Abt sucht ihn.«

»Nein, er hat mir geholfen, die Tiere in den Stall zu bringen, danach ist er in seine Zelle, wie ich annehme. Hast du noch etwas Haferbrei übrig? Eine Stute frisst nicht richtig.« Jos wunderte sich über sich selbst, mit welcher Leichtigkeit er schwindelte. Es reute ihn nicht einmal.

Egbert richtete ihm eine Schüssel mit dampfendem Brei. »Hier, und wenn du den Dubel siehst, der Abt hat auch schon nach ihm gefragt.«

»Ich schicke ihn, wenn ich ihn sehe. Sag das dem Abt.«

»Gut.« Egbert sah grinsend auf die dampfende Schüssel. Man verstand sich auch zwischen den Worten.

Jos eilte in den Stall und versorgte den Dubel mit der einfachen Mahlzeit. Noch während er seinen Brei in sich hineinschaufelte, glaubte Jos, Hufgetrampel zu vernehmen.

»Iss auf, ich muss nur schnell um die Ecke. Du bleibst hier, hörst du?«

»Dubel kapiert, Reiter kommt ihn holen.«

Jos blieb der Mund offen stehen. So blöd der Kerl war, er hatte einen siebten Sinn.

Es dauerte nur wenige Augenblicke, bis Justus, eingepackt in eine dicke Pferdedecke, hinter Konstantin auf dem Pferd das Klostergelände durch den hinteren Ausgang der Stallungen Richtung Albtal verließ.

***

Am späten Nachmittag kam Benedikt zum Murenabgang. Er besah sich die bedrohliche Erdlawine. Die Spur führte auf den verschneiten Schotterhang. Der Pfad wirkte gefährlich. Im Tal machte er eine glatte, verschneite Fläche aus. Es musste ein künstlicher See sein, vom Gebirgsbach angestaut. Die gegenüberliegende Felswand war noch weniger einladend. Es führte kein anderer Weg um das Hindernis herum.

Vorsichtig kletterte er hoch, jeden Schritt abwägend. Hund Harro sprang behände um ihn herum. Zum Glück war das Geröll festgefroren, sodass nichts nachrutschte. Endlich erreichte er den Scheitel und sah in die Tiefe. Ihm schwindelte. Ein Habicht zog seine Kreise und stieß einen Schrei aus. Benedikt konnte das gefleckte Gefieder erkennen. Majestätisch glitt das Tier mit seinen breiten Schwingen dahin. Er beneidete ihn um diese Fortbewegungsart. Was hätte man von da oben nicht alles im Blick, und wie schnell käme man voran.

Es nützte nichts, er musste sich beeilen, um noch vor Einbruch der Nacht den Höhenrücken zu erreichen. Das Licht war bereits gedämpft. Er stieg auf der anderen Seite der Schutthalde vorsichtig herunter, nun waren auch die Spuren seines Vorgängers wieder erkennbar. Er trat in die großen Abdrücke, um nicht zu versinken und Energie zu sparen.

Im letzten Tageslicht erreichte er endlich die hohe Wacht. Ab da musste er seinen Pfad allein suchen, der Wind hatte alles verweht.

In der Ferne glaubte er, Gehöfte zu erkennen. Nicht weit

von ihm stand eine riesige Trauftanne, deren ausladende Äste ihn anlockten. Ein windgeschütztes Plätzchen.

Benedikt war von der Anstrengung nass geschwitzt und daher dankbar, aus dem Wind gehen zu können. Er kroch in das natürliche Tannenzelt und schaute auf in die Krone des Baumes, durch dessen Zweige das späte Licht drang und den Schnee in abendliche Orangetöne tauchte. Ein wohliges Gefühl umgab ihn. Der Boden war gefroren, aber schneefrei.

Spontan beschloss er, zu bleiben und morgen frisch gestärkt auf die weitere Suche zu gehen. Ein langer Tagesmarsch lag hinter ihm, die Schwere in den Beinen war zu spüren.

Kaum hatte er seine Decke ausgebreitet, schlief er vor Erschöpfung ein. Harro drückte sich an ihn.

Kapitel 12

Bruder Stephanus spähte aus dem Fenster seiner kleinen Dachkammer. Neben ihm schlummerte Justus auf einem eilends aufgefüllten Strohsack. Die Flucht zu Pferd mit einem fremden Novizen in eine unbekannte Gegend war aufregend für ihn gewesen. Stephanus dagegen fand noch keinen Schlaf, vielleicht verhalf ihm die frische Luft am offenen Fenster dazu.

Hätten Mond und Sterne nicht den Schnee angestrahlt, es wäre stockdunkel gewesen. Weit und breit war kein Licht und keine Behausung zu erkennen, von den Schuppen und Stallungen einmal abgesehen. Das Rauschen des Wassers ließ die Alb ganz in der Nähe vermuten. Es lag eine seltsame Stille über diesem Ort.

Stephanus kam sich fremd und fehl am Platz vor. Keine Klostermauern, die ihn umrahmten und vor der Außenwelt abschirmten. Er fühlte sich nackt mitten in der Wildnis.

Je länger er am Fenster verharrte, desto besser konnte er die Geräusche der Nacht wahrnehmen. Der Wald schlief nicht. Kurze scharfe Tierlaute durchbrachen die nächtliche Stille, ein Flattern und Flügelschlagen. Jäger und Opfer. Dafür hätte er das Kloster nicht verlassen brauchen, das erlebte er auch innerhalb der Mauern. Sein Gemüt wurde schwer.

Er wollte das Fenster schließen und sich zur Ruhe begeben, als er knirschende Schritte im Schnee hörte. Kurz bevor sie in sein Sichtfeld gerückt wäre, blieb die Person stehen. Ein kleiner Lichtkegel flackerte auf und erlosch wieder. Gespannt lauschte Stephanus in die Nacht, bis erneut Schritte an sein Ohr drangen, leiser als die vorigen.

»Hast du ihn?«

Stille, vielleicht hatte der andere nur genickt. Stephanus ging davon aus, dass er selbst der Grund des Treffens und der andere Konstantin war.

»Wo ist er?«, fragte die fremde Stimme, sie hatte einen harten Hotzenwälder Dialekt.

»In Sicherheit, samt seinem Bruder«, erwiderte Konstantin.

Stephanus hielt den Griff des Fensters instinktiv fester.

»Wird der Abt nach ihm suchen lassen? Glaubst du, wir können ihn für unsere Sache gewinnen, deinen Sekretarius?«

»Du meinst, wir würden zwei Fliegen mit einer Klappe schlagen? Wir brauchen ihn als Zeugen für die Schandtaten des Abtes und als klösterlichen Überläufer.«

»Beides würde der Sache der Hauensteiner Einungen dienen, der Loslösung aus der Leibeigenschaft des Klosters. Wenn wir vorweisen könnten, dass der Abt nicht unfehlbar, sondern berechnend auf seinen Vorteil aus ist ... Wir sind nur dem Kaiser untertan.«

»Das ist euer Kampf, der der Hauensteiner, meiner ist die Bekennung der Schuld durch den Abt. Er hat nicht nur die Unschuld und Keuschheit der Novizinnen befleckt. Er hat auch die Zeugen der Orgien ausgeschaltet, einer von den Opfern auf dem Floß war mein Vater, Verwalter der Propstei zu Klingnau. Er hatte nichts damit zu tun, geleitete lediglich die beiden anderen.«

Die Stimmen entfernten sich. Den Rest der Unterhaltung konnte Stephanus nicht mehr hören.

Der Verwalter der Propstei war also Konstantins Vater, damit war er weder ein Kind aus ärmlichen Verhältnissen noch berechtigt, als Oblate im Kloster angenommen zu werden. Er war ein Gesandter, kein Dargegebener.

Stephanus lauschte noch eine Weile in die Stille der Nacht.

Das Aufbegehren der Untertanen; es war nicht das erste Mal, dass Abt Augustinus Ziel der wütenden Bauern wurde. Schon zweimal hatte er in die eidgenössischen Lande flüchten müssen, um dem Zorn des Mobs zu entgehen. Er presste ihnen Abgaben ab, die er in die Verherrlichung seiner Prachtbauten steckte. Ohne Not hatte er den Kirchturm des Klosters abtragen lassen, um ihn mit zwei Türmen – dem modernen Weltbild des Barocks gleich – auszustatten.

Wo sollte er aussagen, was hatten die Rädelsführer mit ihm vor? Die Gerichtsbarkeit oblag dem Abt. Wollten sie ihn gar nach Freiburg – der hohen Gerichtsbarkeit der Habsburger – zerren?

Ihm schwindelte. Dann dachte er an die letzten Stunden, daran, was er gestern in der Kapelle gehört hatte.

Er schloss das Fenster und legte sich aufs Bett. Durch das Leinen pikste Stroh, eine eilig zurechtgemachte Besucherkammer. Wenigstens das Leinen war sauber und frisch.

Stephanus faltete die Hände über seinem mächtigen Bauch. Ihm war es bisher gut gegangen, dank seiner Stellung im Kloster. Der Abt hielt große Stücke auf ihn. Wenn er richtig überlegte, vor allem deshalb, weil er seinen Widersacher Cajetano in Schach gehalten, ihm auch einmal eine Urkunde geschönt hatte. Sein Geschick für Zahlen und Verträge, alles zum Nutzen des Klosters.

Hatte er seine Vorfahren – Bauern und Glasmacher – im Stich gelassen? Nein, er war stets bemüht, sie zu unterstützen, soweit es seine Position erlaubte.

Er fühlte sich schwer und müde. Je mehr er über die Situation nachdachte, desto hoffnungsloser wurde er. Waren es die Mächte der Dunkelheit, die an seinem Glauben zerrten? Was war richtig, was falsch? Gab es Gut und Böse, oder waren es die Menschen? Nach welchen Gesetzen wurde die Welt regiert?

Seine Sinnsuche endete mit der Einsicht, dass die Erhaltung der Macht das war, was die Mächtigen gefährlich machte. Je höher das Amt, desto schärfer die Waffen. Mitwisser wurden von jeher ausgemerzt.

Mit einem flehenden Gebet schlief er endlich ein.

***

Marie streckte den Rücken durch, dann wickelte sie den Verband ab.

Die Wirtin Magda reichte ihr ein mit Johanniskrautöl getränktes Tuch. »Die Wunde ist dank der Harzsalbe geschlossen, ohne sich entzündet zu haben, jetzt hilft dir das Öl beim Heilen. Du wirst sehen. Du hattest großes Glück, dass die Lunge nicht stärker verletzt wurde. Manchmal passiert es, dass Luft von außen eindringt und die Lunge zurückdrängt. Das habe ich schon einmal von einem Gast gehört, der im Krieg war. Er bekam nur schwer Luft und musste immer schnappen, wie ein Fisch, den man aufs Trockene wirft. Kam kaum die Stiege hoch.«

»Erzähl keine Schauergeschichten.« Franz Ketterer war froh, dass sie wenigstens den Amtmann los waren. Ihm passte nicht, dass seine Frau sich so sehr um diese Marie kümmerte. Gott hatte ihnen keine eigenen Kinder geschenkt, warum auch immer, deshalb brauchte sie aber nicht diese dahergelaufene Bande zu bemuttern. Wer wusste schon, was die wirklich ausgefressen hatten. Er war von Natur aus misstrauisch.

Er hatte das Gefühl, dass seine Frau sich in den einsamen Wintertagen ohne Gäste sehr langweilte. Sie war eine gute Wirtin, die es liebte, die Besucher und Reisenden zu verwöhnen, ganz zu seinem Leidwesen. Ja, er war manchmal eifersüchtig. Sie musste es bemerken, scherte sich aber nicht darum. Im Gegenteil, sie bemutterte die Gäste umso intensiver. Das wurmte ihn. Dieses Gefühl war jetzt wieder da, als Marie dankbar seine Frau anstrahlte.

»Ich denke, dass ich heute Nacht wieder die Stiege allein hochkomme und bei meinem Verlobten schlafen kann. Die Buben sollen in der Stube bleiben«, sagte Marie.

»Falls Ihr glaubt, in meinem Haus einen Bastard zeugen zu können, dann verschwindet. Bei uns herrscht Anstand.« Franz ging das weibische Getue mächtig auf den Senkel.

»Wir gehen, sobald es der Gesundheitszustand meiner Angetrauten erlaubt. Wir bezahlen mit unserer Arbeit und haben dafür ein Anrecht auf die Gastlichkeit einer Herberge. Wenn Euch das nicht passt, müsst Ihr die Konzession abgeben und als Bauer und Schnefler Euer Leben fristen, Ketterer!«, erwiderte Borromäus gereizt.

Franz zuckte zusammen, er hatte Borromäus nicht hereinkommen gehört.

»Wir sollten dankbar sein, dass wir so glimpflich davongekommen sind. Ein oder zwei Tage, mein Lieber, und wir können aufbrechen«, sagte Marie.

»Na also«, knurrte Franz versöhnlicher.

Magda knallte ihm den Holzteller hin und schöpfte die heiße Suppe so, dass sie spritzte.

»Du bist dran mit dem Tischgebet«, herrschte sie ihn an.

***

Die Nacht senkte sich über das Kloster von St. Blasien. Noch immer keine Spur von Stephanus. Merkwürdig war, dass der Novize und der Dubel ebenfalls unauffindbar waren. Das deutete auf eine gemeinsame Flucht hin.

Hatte er sich vom singenden Knaben blenden lassen? War er zu weit gegangen, dem Bruder Arrest anzudrohen?

Im Stall fehlten zwei Pferde. Darauf angesprochen, schien Jos überrascht gewesen zu sein und hatte geschworen, die Tiere am Morgen noch alle gefüttert zu haben.

Wem konnte er noch trauen? Keiner wusste etwas über den Verbleib der drei.

Stöhnend ließ sich Abt Augustinus an seinem Schreibtisch nieder und massierte seine Nasenwurzel mit Daumen und Mittelfinger, um nachzudenken. Er kam jedoch nicht dazu. Draußen hörte er plötzlich Stimmen und Hufgetrampel. Er eilte zum Fenster. Kamen sie zurück? War etwas geschehen?

Zwischen Tor und Kapelle drangen Reiter. Es waren Bauern, mit Mistgabeln und Spaten bewaffnet. Die wenigen Mönche, die gleich zur Stelle waren, wurden weggedrängt.

»Augustinus, du Menschenschinder, komm raus!«, brüllte der Anführer. »Wir sind nur dem Kaiser untertan, keine Prachtbauten mehr mit unserem Geld, unsere Familien hungern!«

Augustinus wurde wütend und wollte das Fenster öffnen, um

den Mob zu verjagen, als ein brennender Pfeil die Fensterscheiben durchschlug. Geistesgegenwärtig trampelte er die Flamme aus. Da ging die Tür auf, und Jos stand im Rahmen.

»Ich habe die Pferde gerichtet, wir müssen über die Grenze. In Klingnau wird man uns Schutz bieten.«

»Soll ich etwa schon wieder davonlaufen vor diesem Bauerngesindel?«, fragte Augustinus empört. »Ich berufe mich auf die alten Rechte. Die Bauern sind meine Leibeigenen und haben dem Kloster zu dienen. Nur die erste Generation, die das Land gerodet hat, ist frei. Das war schon immer so.«

»Ehrwürdiger Vater, Ihr seid im Recht, das nützt Euch aber nichts vor diesem aufgebrachten Bauernhaufen. Ihr müsst Euch in Sicherheit bringen und diplomatisch vorgehen. Ich geleite Euch. Kommt!«

Wieder krachte eine Fensterscheibe. Nun schrie der ganze aufständische Haufen seine Parolen.

Jos nahm den Abt an die Hand wie ein kleines Kind und lief mit ihm durch den Kreuzgang über den Innenhof zu den Stallungen. Dort sattelten sie die Pferde und verschwanden durch den Hintereingang, ehe die Aufständischen sich Zugang zum Klosterhof verschaffen konnten.

Im Schutz der Dunkelheit geleitete der klösterliche Oberjäger seinen Herrn sicher über Trampelpfade durch den Wald.

Ein erneuter Angriff der Hauensteiner Bauern. Sie gaben nicht nach. Es wäre an der Zeit gewesen, ihnen ein Eingeständnis zu geben. Den Erlass der doppelten Kriegsabgabe vielleicht. Der war schon lange nicht mehr gerechtfertigt, aber für den Kirchenbau nötig. Augustinus wusste das, wollte aber nicht verzichten. Noch nicht.

Jos schlug einen weiten Bogen um die Gegend bei Göhrwihl, dem Hauptort der Einungen. Er vermutete, dass Stephanus dorthin gebracht worden war.

Im Kloster blieben die schutzlosen Mönche zurück, die der Wut der Bauern zum Opfer fielen, bis diese bemerkten, dass der Abt geflohen war. Unverrichteter Dinge kehrten die Aufständischen um, jedoch nicht, ohne erhebliche Schäden an den Gebäuden zu hinterlassen.

***

Erschöpft schlief der Bergvogt Berthold Schwörer in einem Heuschober ein. Er war vor Stunden schon an dem Ort vorbeigekommen, auf seinem irrtümlichen Weg nach St. Blasien. Der Schober lag am Zusammenfluss der beiden Gebirgsbäche, der Bernauer Alb und der Menzenschwander Alb. Von dieser Stelle flossen sie geeint nach Süden, dem Rhein entgegen.

Er war dem falschen Abzweig, einer verwehten Schlittenspur, gefolgt. Wohin, wenn nicht nach St. Blasien, reiste man um diese Jahreszeit? Die Rundungen der Pferdehufe zeigten nach Norden. Es waren mindestens vier Tiere und ein Schlitten. Ein wichtiger Besuch, der von einem Reiter begleitet wurde? Wer wollte dem Abt seine Aufwartung machen und konnte nicht abwarten, bis die Wege freigeschaufelt waren? Er war sich sicher gewesen, dass der Schlitten zum Kloster gefahren war.

Beim ersten Gehöft hatte man ihn aufgeklärt. Mitleidig dem Fremden eine Mehlsuppe angeboten und seine Wunden notdürftig verbunden. Vielleicht waren die Bewohner auch nur gastfreundlich gewesen, weil der Mann ein Gewehr dabeigehabt hatte.

Mitten in der Nacht wachte Schwörer durstig auf, zugleich fror er heftig. Seine Blessur am Arm pochte. Einer der Bauern hatte ihn mit der Schaufel heftig am Oberarm verletzt.

Zitternd ging er nach draußen in die sternenklare, eisige Nacht. Er formte seine Hände zu einem Hohlraum und schöpfte das kalte Wasser der Alb, es war wohl noch die Menzenschwanderalb, die direkt vom Feldberg kam. Gierig trank er und benetzte seine Stirn, dann ging er wieder in den Schober und legte sich erneut ins Heu.

Der Morgen dämmerte bereits, als er abermals durstgeplagt

erwachte und den Gang ans Wasser wiederholte. Sein Oberarm war heiß und geschwollen, er befeuchtete ihn. Er musste so schnell wie möglich das Kloster erreichen, ehe ihm die Entzündung den Verstand nahm. Die Mönche kannten sich in der Kräutermedizin aus.

So wankte er noch vor Tagesbeginn nach Süden, wo er die verwehten Schlittenspuren wiedererkennen konnte. Der Bauer aus dem Vorderdorf von Menzenschwand hatte ihm berichtet, am Vortag einen Schlitten mit einer klösterlichen Eskorte beobachtet zu haben. Sie sei weiter talaufwärts gefahren, aber nicht wieder zurückgekommen. Mehr konnte er nicht sagen, nur dass die drei Gäste fremdartige Trachten getragen hätten.

Der Bergvogt konnte sich darauf keinen Reim machen. Seine ganze Anstrengung war vonnöten, das Kloster zu erreichen.

Der Schnee knirschte unter seinen Füßen, rechts floss die Alb und versorgte ihn mit kaltem Wasser, das er immer wieder schöpfte und trank. Die Glieder schmerzten, die Hitze des Armes breitete sich im ganzen Körper aus. Immer öfter fiel er hin, raffte sich wieder auf. Das Kloster! Er musste zum Kloster!

***

Anton Süberli meldete sich am nächsten Morgen beim Glasvogt zum Dienst. Er wolle seine neue Stelle als Aschenbrenner gleich antreten, denn er hielte nichts vom Leben eines Bittstellers.

»Das nenne ich Arbeitseifer. Wir haben kaum noch Asche, der Sturm hat es uns nicht gestattet, die Hütten der Köhler abzugehen und die Asche einzusammeln. Nehmt Franziska mit, sie kennt sich aus. Der Schnee scheint mir harsch und gefroren genug, dass er Euch trägt.«

Anton verschwand im Laboratorium, wo Franziska schon ein Feuer im Herd entzündet hatte. Die Kälte war in jeden Winkel gekrochen. Franziska war informiert, dass der neue Aschenbrenner kommen würde.

Michael rieb sich die Hände und aß mit den Mädchen Klara

und Martha den Morgenbrei zu Ende. Auf die Idee, den neuen Mitarbeiter an den Tisch zu bitten, war er nicht gekommen. Dieser Anton musste erst beweisen, dass er eine Mahlzeit wert war. Hungerleider waren im Hause Sigwarth nicht erwünscht.

Während Martha das Geschirr spülte und Klara sich zur Arbeit ins Gasthaus aufmachte, beobachtete Michael, wie Anton und Franziska mit übergroßen Krätzen beladen den Berg hochstiegen, zu den Köhlern und Waldarbeitern. Er hatte recht behalten, der Schnee trug die beiden Leichtgewichte.

Dann machte er sich daran, die Schürer in die Pflicht zu nehmen, die mit den Kindern des Ortes bereits im Schnee herumtobten und sich eine Rodelbahn zwischen den Häusern gebaut hatten. Es nützte nichts, dass die Hausbesitzer, allesamt Glasmachermeister mit ihren Familien, aus den Fenstern riefen und der wilden Horde das Schlittern verboten. Keiner könne sich mehr aus der Tür trauen, ohne auszurutschen, so ihre Begründung. Doch die Kinder, mit Poldi als Anführer, lachten die Alten nur aus. Es war selten genug, dass sie Zeit zum Spielen und Toben fanden. Die Schürbuben waren kaum älter als zehn oder zwölf Jahre.

»Her mit euch, ihr Saubande!«, brüllte Michael Sigwarth. Augenblicklich herrschte Ruhe. »Alle Schürbuben an die Arbeit, der Ofen wird wieder hochgefahren. Die anderen streuen sofort die Schlitterbahn, es kann ja kein Mensch mehr laufen, ohne sich den Fuß zu brechen!«

Widerwillig und murrend stellten die Jungen ihre Rodelschlitten in die Ecken und eilten, Einstreu aus den Ställen zu holen und die Bahn fußgängertauglich zu machen.

»Ihr hört«, rief Poldi großspurig seinen Freunden zu, »unser Vogt besinnt sich wieder auf seine Aufgaben. Statt in die Schweiz zu gehen, hat er die Schweizer nun angestellt. Also macht den Platz frei, ich werde in der Glashütte nach dem Rechten sehen.«

Während die Kinder mit der Bahn beschäftigt waren, ging Poldi in die Hütte und teilte die Buben ein. Da alle jünger waren, ließen sie sich die Bevormundung gefallen, wenn auch mürrisch.

Michael indes ging mit seinen Meistern zur Besprechung ins Gasthaus.

»Der glaubt doch auch, er hätte das Schießpulver erfunden«, knurrte sein Cousin Marx, der eigentlich Markus hieß und sich stets erfolgreich gegen die Verniedlichung seines Namens zu Mäxle wehrte. »Dabei weiß er nicht einmal, was das ist.«

»Aber du weißt das, ja? Du Hosenscheißer«, konterte Poldi und schubste ihn zu Boden. Breitbeinig und mit verschränkten Armen stand er über ihm, in Erwartung, ein Handgemenge auszutragen. Marx war ein willkommenes Opfer, um seinen Frust – ausgelöst durch das Verbot der Schlitterpartie – abzureagieren.

»In der Aschenküche lagert genug, um die ganze Bude in die Luft zu sprengen«, sagte Marx.

»Woher willst du das wissen, du Schwätzer?« Poldi stemmte die Hände in die Hüfte.

»Der lange Friedolin hat mir gesagt, was es dazu braucht.« Marx stellte sich seinem älteren Cousin gegenüber und schaute angriffslustig zu ihm auf.

»So, dann zeig uns doch mal, wie man Schwarzpulver macht. Franziska ist mit dem Aschenbrenner zu den Köhlern.«

»Nichts leichter als das«, posaunte Marx.

Poldi ging vor die Hütte und testete, ob die Luft rein war. Kurz darauf winkte er aufgeregt. Fünf junge Schürbuben und ein Mädchen huschten hinter der Glashütte durch und eilten der Aschenküche zu. Daneben ragten mahnend die verkohlten Balken des Aschenhauses in den stahlblauen Morgenhimmel.

Die Tür war unverschlossen, das hätte es zu Theis' Zeiten nie gegeben.

Im Ofen knisterte noch das Feuer. Sie besahen sich die unterschiedlichen Pulver und Gesteine. Natürlich wusste niemand, welche Stoffe für welche Arbeitsgänge gedacht waren.

»So, und jetzt?«, fragte Poldi.

»Ich brauche Salpeter, Kohle und Schwefel«, tönte Marx großspurig.

Poldi begann, in den Tiegeln, die hoch oben im Regal des Laboratoriums standen – dort, wo Theis die gewöhnlichen Zutaten für die Glasseifen gelagert hatte –, zu suchen und zu schnuppern. Er hatte Theis schon des Öfteren beobachtet. Hinter einem Brett versteckt, das er zur Seite legte, fand er ein seltsames dunkles Glasfläschchen, in dem eine Flüssigkeit schwappte. Es schien so, als habe Theis es vor den Augen Fremder verbergen wollen.

Er öffnete den Stopfen. Ein stechender Geruch entwich, aus dem Fläschchen rauchte es.

Ein Raunen ging durch die Menge, jeder wollte schauen.

Poldi hielt seinem Cousin die Flasche unter die Nase. »Da, riech mal, ist es das?«

Marx taumelte zurück. »Oh, das sticht wie Nadeln im Hirn«, brüllte er, »und stinkt nach faulen Eiern. Bäh, das ist es ganz sicher nicht. Es kommen keine Flüssigkeiten rein, nur Pulver. Flüssiges brennt doch nicht.«

»Das schon, aber bei dir im Hirn.«

Poldi hatte die Lacher auf seiner Seite.

Irgendwann glaubten sie, Salpeter und Schwefel gefunden zu haben. Was fehlte, war die Kohle. Die gab es in der Glashütte. Bestückt mit ihren Schätzen, wollten sie zur Tat schreiten, doch wo ließ sich ein solches Experiment heimlich ausprobieren? Draußen liefen sie Gefahr, gesehen zu werden. Sie eilten zurück in die Aschenküche und mischten die Zutaten in einem leeren Aschenbecken.

»Wie geht's weiter?«, fragte Poldi.

»Anzünden«, antwortete Marx.

Sie suchten Feuerstein und Zunder, bald schlugen die ersten Funken. Der Schwamm kokelte.

Poldi warf ihn ins Becken, fünf Köpfe beugten sich darüber. Erst schien es, als ginge der Funken aus, endlich knisterte es.

»Weg!«, schrie Marx.

Ein ohrenbetäubender Knall ließ die Glasmacher von ihrem Schoppen aufschrecken. Sie sahen dicke schwarze Rauchwolken aus Tür und Fenster der Aschenküche aufsteigen. Selbst durch das mit Schindeln gedeckte Dach kräuselten sich schwarze Wölkchen. Dann herrschte Stille.

Michael war der Erste, der sich fing. Sein Stuhl kippte nach hinten. Er stürmte hinaus, die anderen folgten. Kurz vor dem Laboratorium verlangsamte er seinen Schritt, stieß die Tür auf und sah – nichts.

Qualm und ein beißender Gestank drangen aus der Aschenküche. Jemand hustete, das Geräusch kam von drinnen.

»Wer ist da?«, brüllte Michael gegen die Rauchwand.

Stille, schließlich ein Flüstern. Ein Rascheln und Trippeln.

»Dahinten!«, rief der alte Greiner und deutete mit dem ausgestreckten Finger seitlich zum Laboratorium.

Michael reagierte und lief um das Gebäude herum. Er erwischte eben noch den letzten der Flüchtenden. Es war das Mädchen, sieben- oder achtjährig, die Tochter eines Glasbläsers und einer Rutscherin. Ihre Haut war von schwarzem Ruß überzogen.

Michael hob sie grob an ihren Zöpfen. »Hiergeblieben! Was habt ihr da drinnen getrieben? Wer sind die anderen?«

»Ich habe nichts gemacht, nur geguckt. Ehrlich, ich schwöre es«, wimmerte sie hustend und hob zum Zeichen die Hand.

»Wer dann?« Michael schubste sie von sich.

Die Kleine fiel in den Schnee und hinterließ einen schwarzen Abdruck. »Marx und Poldi haben gewettet.« Sie senkte schluchzend den Kopf, stand auf und rieb sich den Schnee aus dem Rock.

»Was haben sie gewettet, und wie viele wart ihr? Ist jemand verletzt, oder seid ihr alle aus dem Fenster geklettert?«

»Wir sind alle raus. Sie haben Schießpulver hergestellt.« Die Augen des Mädchens begannen zu leuchten.

»Schießpulver?«, fragten mindestens drei Hüttenarbeiter gleichzeitig und schauten sich ungläubig an.

»Ja, Schwefel, Salpeter und Kohle. Alles anzünden und es macht *wumm*!« Zur Verdeutlichung ihrer Erzählung breitete sie die Arme aus und strahlte.

»Wer hat den Quatsch erzählt?«

»Marx hat gesagt, er weiß, wie es geht, und Poldi hat ihm nicht geglaubt.«

Michael drehte sich zu den Glasmachern und ihren Familien um. »Sucht mir sofort die Halunken! Die Aschenküche wird aufgeräumt und geputzt, und dazu gibt es zwei Tage Strafarbeiten. Jeder arbeitet eine Extraschicht am Ofen – ohne Bezahlung.«

Betretenheit nun auch vonseiten der betroffenen Familien. Sie waren auf die Mitarbeit der Kinder angewiesen. Ohne Lohn zu arbeiten, war ein Verlust für die ganze Familie. Das bedeutete eine Tracht Prügel für die Kinderbande.

Anton und Franziska beschleunigten ihre Schritte, als sie von ihrer Tour zurück den Berg herunterkamen und das Desaster sahen.

»Was ist da passiert?« Ohne eine Antwort abzuwarten, ging Anton ins Laboratorium und kam hustend heraus. »Vitriolöl.«

»Was?«, fragte Michael Sigwarth.

»Rauchende Schwefelsäure«, erklärte Anton. »Riecht Ihr das nicht?«

»Es stinkt nach faulen Eiern«, bemerkte Franziska. »Woher kommt das?«

Anton band sich das Halstuch um den Mund und lief erneut in die Aschenküche. Die anderen folgten ihm.

Franziska entdeckte das herausgenommene Brett und die Scherben. Im selben Moment wusste sie, dass diese rauchende Schwefelsäure mit Theis' geheimen Machenschaften zu tun hatte. »Kennt Ihr Vitriolöl?«, fragte sie Anton Süberli. »Wozu benutzt man das?«

»›*Visita interiora terrae, rectificando invenies occultum lapidem* – Betrachte, was im Innern der Erde liegt: Indem du es läuterst, wirst du einen zuvor verborgenen Stein erhalten.‹ Basilius Valentinus. Die Anfangsbuchstaben ergeben das Wort ›Vitriol‹.«

»Hä?«, fragte Thomas Raspiller.

»Die Freimaurer und Rosenkreuzer nennen den Vitriol ›Stein des Weisen‹.«

»Was schwafelt der für einen Mist daher?«

»Was genau meint Ihr mit dem ›Stein des Weisen‹?«, fragte Michael Sigwarth und gab Thomas zu verstehen, er solle den Mund halten.

»Die Salze der Schwefelsäure. Die Steine sind meist Eisen- oder Kupfersulfate, je nachdem grün oder blau gefärbt und durchsichtig«, erklärte Anton. »Man kennt dieses Gestein, das eigentlich nicht natürlich vorkommt, schon seit dem 8. Jahrhundert. Wenn man es verdampft, entweicht ein weißer öliger Rauch, der Geist der Steine. Daraus kann man mit Wasser Vitriolöl, die rauchende Schwefelsäure, herstellen. Das, was hier so stinkt. Schwefel und Salpeter haben die gleiche Wirkung.«

Inzwischen waren auch die Ausreißer mit ihren rußverschmierten Gesichtern aus der Deckung gekommen und lauschten Antons Ausführungen.

»So einen Krampf hat die Welt noch nicht gehört, schick den Quacksalber wieder zu den Eidgenossen.« Thomas plusterte sich auf wie ein Gockel, der soeben einen Hahnenkampf für sich entschieden hatte.

Nur die Hälfte der Umstehenden lachte. Die anderen waren beeindruckt von dem Wissen des dürren Schweizers. Sollten sie ihm glauben?

»Wir warten, was Marie und der Blaufärber herausgefunden haben«, bestimmte Michael Sigwarth und lenkte damit das Wissen und die Macht wieder auf die Familie.

Die kleine Versammlung löste sich auf, und die Äulemer gingen an ihre Arbeit, die sie kannten.

***

Stephanus und sein Bruder Justus saßen in der guten Stube des Amtshauses in Göhrwihl beim Frühstück; Eier mit Speck. Justus schmatzte gierig, so etwas bekam er im Kloster nur an Weihnachten und Ostern. Daher glaubte er, etwas Besonderes oder in einem Märchenreich zu sein.

»Schmatz nicht so, das gehört sich nicht«, rügte ihn Stephanus ärgerlich.

»Wenn's doch schmeckt.«

Stephanus verdrehte die Augen, ihm war die Sache eher unangenehm. Justus war nicht der Auslöser seines Ärgers, er diente ihm nur als Ventil. Man erwartete etwas von ihm. Die Sache der Einungen, er war ein Mann des Klosters und kein Verräter des Abtes. Wie sollte er sich verhalten?

In der Frühe war er in ihren Kampf eingeweiht worden. Er wusste, dass nicht alle Einungsmeister hinter den radikalen Forderungen der Salpeterer standen. Sein Rat war gefragt, seine Diplomatie. Die Hauensteiner begehrten auf. Sie glaubten der löblichen Regierung in Freiburg nicht, die sie anhielt, dem Abt zu huldigen und ihm Abgaben zu leisten. Sie waren überzeugt, dass Augustinus dahintersteckte und der Kaiser in Wien nichts davon ahnte, dass sie zwei Herren dienen sollten. Das Kloster fraß die freien Bauern auf, unter ihnen waren kaum mehr Freie. Heiratete ein Leibeigener oder eine Leibeigene einen Freien oder eine Freie, wurden die Kinder automatisch Untertanen des Klosters, auch diejenigen, die ein Stück Land von Augustinus pachteten. Es gab kaum noch unabhängige Richter. Sie unterstanden fast alle dem Kloster und seiner Gerichtsbarkeit. Der Abt konnte die Aufständischen hängen oder verbannen.

Erst 1704 hatte der Kaiser den Abt angehalten, die Untertanen nicht mehr »leibeigen« zu nennen. Doch Augustinus hatte die Hauensteiner wissen lassen, dass ihm die Benennung einerlei sei, solange sie ihm nur die Praestanda – die Leistungen – zukommen ließen.

Die Tür ging auf und sein Gastgeber, der Einungsmeister, trat ein.

»Hat es Euch gemundet?«, fragte er und setzte sich neben Stephanus. »Ich biete Euch und Eurem bedauernswerten Bruder Asyl, wenn Ihr bereit seid, zwischen dem Kloster und den Einungen zu verhandeln. Konstantin hat mich über Eure missliche Lage informiert. Der Abt ist Euch nicht mehr hold und will

Euch mundtot machen. Mir sind seine persönlichen Schandtaten einerlei, mir geht es um das Volk und seine Rechte, die Augustinus mit Füßen tritt.«

»Ich habe mich noch nie mit der Politik des Landes befasst. Ich entstamme einer armen Bauernfamilie«, erwiderte Stephanus.

»Der Zehnte dem Kloster, gehe ich richtig in der Annahme, dass Ihr das zehnte Kind seid?«

»Es ist nicht nur Leid, es ist ein Privileg, aufgenommen zu werden und lernen zu dürfen. Ich habe es als Bereicherung empfunden.«

»Das kann ich sogar verstehen, das Kloster nimmt den kinderreichen Familien eine Last ab und hat gleichzeitig dankbare Untergebene. Aber was ist mit den anderen, die nur neun Kinder haben, denen die Mutter wegstirbt, weil sie ausgezehrt ist von den vielen Geburten? Oder denen, die ihr Hab und Gut an das Kloster verlieren, weil sie einen Leibeigenen heiraten? Der Abt hat nicht das Recht, sie zu unterjochen. Nur für seine Prunkbauten.«

»Da muss ich Euch zustimmen und zugeben, dass ich bislang nur die Seite des Klosters gesehen habe. Ich kenne es nicht anders.«

Stephanus schnaubte und lehnte sich zurück. Dass Augustinus über Leichen ging, hatte er selbst erfahren. Die Absolutheit jedoch nie hinterfragt. Diese kritischen Gedanken wären einer Ketzerei gleichgekommen. Gotteslästerung, wer nahm diese Schuld schon auf sich?

Als habe der Einungsmeister seine Bedenken gespürt, setzte er erneut den Stachel der Freiheit an: »Die Abwendung vom Abt hat nichts mit der Abwendung von Gott zu tun. Augustinus hat den Kaiser beraubt, ein Kleinod seines Erblandes verdorben. Gott ist unser allerhöchster Richter und Zeuge, dass wir keine Rebellen sind.«

»Gut. Was erwartet Ihr von mir?«

***

Benedikt erwachte und reckte seine steifen Glieder. Ihm war, als hätte er auf einem Brett geschlafen. Neben ihm gähnte Harro, sein treuer Begleiter. Durch das Geäst schimmerte trotz des Schnees golden die Sonne. Allmählich wurde ihm wieder bewusst, wo er sich befand; unter der ausladenden Trauftanne bei der hohen Wacht.

Er kroch durch die Luke, durch die er gestern Abend hereingekommen war. Dicht gefolgt von Hund Harro.

Kurz darauf bahnten sie sich den Weg zu den ersten Gehöften. Eines der Häuser mit den tief gezogenen Dächern schien eine Schenke oder Herberge zu sein, ein verwittertes Messingschild wies darauf hin. Ob das abgebildete Tier, auf den Hinterbeinen stehend, ein Pferd oder einen Hirsch darstellen sollte, war nicht mehr auszumachen. Zumindest spiegelte sich die Sonne darin und machte auf sich aufmerksam.

Benedikt blieb stehen und überlegte. Wenn die Reisenden tatsächlich an dieser Stelle durchgekommen waren, wusste man in dieser Herberge sicherlich etwas über ihren Verbleib oder ihre Weiterreise. Vielleicht konnte er eine heiße Milch oder einen Tee bekommen.

Kurz entschlossen zog er an der Glocke und wartete. Nach einer Weile erschien ein älterer Mann. »Wir haben im Winter geschlossen«, sagte er unfreundlich und wollte die schwere Holztür schon wieder zuschlagen, als ein blonder Lockenkopf herangerannt kam und rief: »Benedikt! Du hier? Komm rein.«

»Jakob, mein Gott, ist Marie da? Ich muss mit ihr reden.«

»Du hast Glück, wir packen gerade und wollen weiter.«

»Noch so einer?«, keifte Franz und schlurfte zurück in die Stube.

Benedikt folgte ihm unaufgefordert. Geblendet durch die Helligkeit der Winterlandschaft, konnte er zuerst nichts im Raum erkennen. So stolperte er über den großen Rucksack von Borromäus.

»Hoho, nur langsam mit den wilden Pferden!«, rief dieser aus der dunklen Ecke und kam auf ihn zu. »Setz dich, was gibt es so Dringliches, dass du den weiten Weg auf dich nimmst? Ist etwas passiert?«

»Benedikt?« Noch leicht gebückt kam Marie in die Stube.

»Junger Mann, ich kenne Euch zwar nicht, aber Ihr scheint bekannt zu sein. Also setzt Euch und esst mit uns.« Magda stellte die Holzteller, die sie abräumen wollte, erneut auf den Tisch.

Franz warf ihr einen mahnenden Blick zu und verschwand.

***

Jos und sein vermeintlicher Schützling, der Abt, waren fast die ganze Nacht unterwegs gewesen. Jos war ihm als Untergebener zur Loyalität verpflichtet, er hatte sich aber mit Konstantin abgesprochen, dass er den Abt im Falle einer Gewalteskalation aus der Schusslinie bringen würde.

In den frühen Morgenstunden erreichten sie die Propstei Klingnau an der Aare auf dem eidgenössischen Gebiet. Dort waren sie zunächst in Sicherheit vor den Hauensteiner Freischärlern. Doch die Freude über die Ankunft Augustinus' hielt sich in Grenzen. Man gab sich reserviert.

Waldemar, inzwischen Stallmeister, beobachtete die Ankömmlinge mit Argwohn.

Die Menschen in Klingnau vergaßen nicht so schnell. Sie wirkten versteinert, zugeknöpft. Nur wenige verneigten sich überschwänglich vor Seiner Eminenz – und das lag nicht daran, dass sie ihn nicht erkannt hätten. Er trug einen Mantel, der ihn als Oberhaupt des Klosters von St. Blasien auswies.

Waldemars Erinnerungen gingen zurück zu jenem stürmischen Tag, der die Wogen der Gewässer aufgepeitscht hatte. Der hünenhafte Borromäus war aufgetaucht, eine Liste von Personen in den Händen haltend, die er noch am selben Tag übersetzen und nach St. Blasien hatte bringen sollen.

Ein Unglück sei es gewesen, hatte man später behauptet, das Seil des voll besetzten Fährfloßes sei gerissen, alle Mann – bis auf den Gesandten des Abtes, der als Einziger schwimmen konnte –

gingen unter. Darunter Waldemars Stiefvater, der Verwalter dieser Propstei, als unbeteiligter Begleiter.

Die Knechte hatten später das Floß an Land gezogen, samt Seil. Es war bis über die Hälfte eingeschnitten gewesen. Ein Mordanschlag. Und man glaubte auch zu wissen, wer dahintersteckte: Augustinus. Er hatte die Männer, alles alte Weggefährten, zu dem Treffen geladen. Senil und geschwätzig, waren sie zur Gefahr geworden in einer Zeit, in der man die Unfehlbarkeit des Abtes anzweifelte.

»Waldemar, können wir die Pferde bei dir einstellen und ausruhen lassen?«, fragte Jos den alten Bekannten, der früher öfter zu Gast in St. Blasien gewesen war, und riss ihn aus seinen Gedanken. »Wir wollen drüben im ›Salmen‹ ein Morgenmahl einnehmen.«

»Wohin des Weges, alter Freund?«

»Die Hauensteiner haben letzte Nacht das Kloster gestürmt, wir suchen eine Bleibe, bis die Aufrührer wieder Ruhe geben.«

»Hier ist kein guter Platz für den Abt«, sagte Waldemar. »Ihr wisst, warum.«

»Euer Bruder hat mir so etwas erzählt. Wer kann das getan haben?«

»Ein langer Arm des Abtes«, flüsterte Waldemar und schaute sich um.

»Seid Ihr sicher?«

»Absolut. Der eigentliche Fährmann, der alte Säufer, war angeblich krank, dabei saß er im ›Salmen‹. Ausgerechnet im ›Salmen‹, der arme Schlucker. Ein Edelmann habe ihn und sein Weib an diesem Tag freigehalten. So hat er erzählt.«

»Und wer dieser Edelmann war, weiß man nicht?«, fragte Jos, der dieses Detail der Geschichte noch nicht kannte.

»Nein, aber es waren St. Blasianische Münzen, mit denen bezahlt wurde.« Waldemar deutete auf den Abt, der vor dem Gasthof offensichtlich auf Jos wartete. »Ich rate Euch, zieht weiter zur Propstei Wislikofen, dann seid auch Ihr sicher, mein Freund.«

»Habt Ihr Kunde von Eurem Bruder, dem Novizen Konstantin?«, fragte Jos, während er Waldemar das Geld für die Versorgung der Tiere reichte.

»Er müsste in Göhrwihl sein, so war der Plan. Danach wollten sie den Waldvogt in Waldshut aufsuchen, um Stephanus als Zeugen zu befragen und als Diplomaten zu gewinnen.«

»Danke für Eure offenen Worte. Ich werde versuchen, den Abt zum Aufenthalt in Wislikofen umzustimmen.«

»Sagt ihm einfach, seine Gemächer in Klingnau werden renoviert.« Waldemar zwinkerte Jos zu, ehe er sich in Richtung des wartenden Abts verbeugte.

***

Die Sonne war schon über die Berge gestiegen und wärmte die Senke des Albtals. An dem Flüsschen kauerte zitternd vor Fieber eine Gestalt, die Augen glasig und starr auf das Wasser gerichtet. Der Bergvogt war nicht mehr Herr seiner Sinne. Er sah die Wasserfeen tanzen. Sie schienen ihn zu locken, er solle ihnen folgen. Er erkannte auch, wohin sie mit ihren durchsichtigen Flügeln flatterten: zu einem gähnenden Loch mitten im Wasser. Das Sonnenlicht brach sich darin. Es wirkte einladend, aber etwas hielt ihn zurück. Er hatte einen Plan gehabt, einen dringenden, doch welchen?

Eines der geflügelten Wesen kam zurück und hob den Arm. Sein Finger zeigte nach Süden.

Vor seinem geistigen Auge tauchte das Kloster auf, und plötzlich war ihm wieder klar, wohin er wollte: nach St. Blasien. Das gleißende Loch im Bach verschwand allmählich. Er hatte noch eine Aufgabe zu erfüllen.

Er stand auf und ging wankend weiter. Er hatte jegliches Gefühl für Zeit und Raum verloren. Seine Gedanken schwirrten irr wie die wild gewordenen Bienen eines ganzen Stockes um seinen Kopf. Einmal glaubte er, ein Wildschwein zu sehen, einmal einen jungen toten Mann, dann eine Tabakdose mit einer Inschrift.

Genau, es war die Inschrift, die ihn hatte aufbrechen lassen. Das Kloster, aber warum das Kloster?

Wieder führte ihn der unsägliche Durst ans Wasser. Er formte seine Hand zu einem Hohlraum und schöpfte von dem kalten Nass. Die Sonnenstrahlen tanzten erneut und blendeten ihn.

»He, du da! Wohin des Weges?«, rief plötzlich ein Mann von hinten.

Der Bergvogt drehte sich um. Es war keine Erscheinung, sondern ein Bauer aus Fleisch und Blut. An einem Seil führte er einen Ochsen, in der anderen Hand hatte er einen Stock.

»Ist dir nicht gut?« Er kam näher. »Du bist fiebrig. Da kannst du nicht bleiben.«

Der Bauer zog ihn am Arm hoch, woraufhin Schwörer aufstöhnte. Der Mann trat einen Schritt zurück und sah, dass sein Ärmel gelbrot verfärbt war.

»Das war ich nicht«, stotterte er erschrocken. Inzwischen hatte er auch das Gewehr entdeckt, das im Schnee neben dem Vogt lag.

Berthold Schwörer krempelte seinen Ärmel hoch. Die Wunde war aufgegangen, Blut und Eiter liefen heraus.

»Mein Gott, Ihr seid schwer verletzt. Könnt Ihr Euch auf dem Bock halten? Ich bin auf dem Weg nach St. Blasien. Im Kloster gibt es einen heilkundigen Mönch und eine Apotheke.« Der Bauer deutete hinter den Ochsen.

Erst jetzt entdeckte der Bergvogt den Pfadschlitten. Er hatte eine Bahn durch den Schnee gezogen, der besagte Weg nach St. Blasien wurde frei gemacht.

Er nickte und setzte sich auf den Schneepflug, der am spitz zulaufenden Ende ein Brett als Querverstrebung hatte.

***

Stephanus und Justus schwangen sich auf das tänzelnde Pferd. Die Stute schien nicht erpicht darauf, gleich zwei Reiter aufzunehmen. Stephanus allein wäre schon Last genug gewesen, aber Justus war noch nie selbst geritten. Er fürchtete sich. Mit seinem Bruder oder einem Vordermann, an dem er sich festhalten konnte, fühlte er sich sicherer.

Der Einungsmeister ritt voran. Als sie auf freiem Feld waren, verfielen sie in Galopp. Justus jammerte und krallte sich im Umhang von Stephanus fest.

»Sei tapfer, Justus, wir fliegen über die Felder, siehst du nicht?«, sagte Stephanus, um ihn aufzumuntern.

»Justus kein Habicht, keine Flügel.«

»Halte dich einfach fest. Es passiert dir nichts.«

»Aaangst.« Justus verbarg sein Gesicht im Rücken seines Bruders.

Stephanus nahm kurz eine Hand vom Zügel und tätschelte ihn beruhigend am Oberschenkel. Er hing seinen Gedanken nach. Der Novize Konstantin hatte sich in der Frühe mit der Begründung verabschiedet, dass er unter diesen Umständen doch lieber wieder in seinem Heimatkloster bleiben wolle, statt nach St. Blasien zu gehen, und dass er – Stephanus – bei den Einungsmeistern in guten Händen sei. Sein Ziel sei das Kloster Sion bei Klingnau.

Dem jungen Klosterschüler war zu verdanken, dass er nicht in Cajetanos Todeszelle saß, der Willkür Augustinus' ausgeliefert. Ihm blieb keine andere Wahl, als das Angebot der Einungsmeister anzunehmen und den Versuch zu wagen, zwischen den Parteien zu vermitteln.

Der Schnee stob auf und umhüllte sie wie eine Wolke. In den Niederungen lag die weiße Pracht höchstens knöchelhoch, kein Vergleich zu den Mengen, die der Himmel in den Schwarzwaldbergen abgeladen hatte. Sie kamen gut voran und erreichten über die Orte Tiefenstein und Buch bis zur Mittagszeit Albbruck und schließlich Dogern am Rhein, wo sie eine Pause einlegten.

Stephanus wollte schon die Treppe zum Eingang des Gasthauses »Hirschen« nehmen, als ihn der Einungsmeister festhielt.

»Hintenherum ins Stüble. Dort treffen sich die Einungsmeister zu den Besprechungen. Niemand muss mitbekommen, in welcher Mission wir unterwegs sind. Die klösterlichen Spione sind überall.«

Der hintere Eingang war ebenerdig und schien in den Stall zu führen. Sie gingen den dunklen Gang entlang und bogen in einen Seitengang, der bei einer Holztür endete. Im Innern war eine rustikale Bauernstube eingerichtet.

»Ihr seid früh«, begrüßte sie ein Bärtiger, »setzt Euch, sicherlich habt Ihr Hunger.« Ohne auf eine Antwort zu warten, gab er ein Zeichen in Richtung Küche.

Der Einungsmeister verschwand, er und Justus waren dem Fremden ausgeliefert.

***

»Das ist in der Tat unglaublich.« Marie gab Benedikt die Tabakdose zurück. Alle Augenpaare waren auf sie gerichtet. Sie schwieg einen Moment, dann strahlte sie.

Die Erleichterung ging auf die anderen über. Waren sie am Ziel ihrer Reise angelangt?

Sogar Franz Ketterer ließ es sich nicht nehmen zu hören, was der Wanderer zu vermelden hatte, und starrte gebannt auf die junge Frau, die bei ihnen zu Gast war und die er beinahe für eine Fahrende gehalten hatte.

Dieser Jakob mit seinen blonden Locken und blauen Augen würde in seine Theorie passen. Eine wilde Spekulation, die er sich in den letzten turbulenten Tagen zusammengereimt hatte. Er gestand es sich nur ungern ein, aber Marie schien tatsächlich lesen zu können.

Mit zusammengepressten Lippen verfolgte er das weitere Geschehen. Noch war er nicht ganz überzeugt.

»Ich habe es ausprobiert, in Vaters Schuppen«, sagte Benedikt.

»Was ist passiert?«, fragte Marie.

»Der Glaskolben ist beim Brennen geplatzt, aber die Flüssigkeit war ätzend, hat gestunken und geraucht.«

»Wie faules Eierwasser?« Jakob hatte die Unterhaltung neugierig verfolgt.

»Wie faules Eierwasser«, bestätigte Benedikt.

»Das heißt, wir haben einen Teil des Rezeptes und müssen den Rest nur noch ausprobieren. Benedikt, das ist eine Revolution in der Glasverarbeitung.« Marie reichte ihm die Hand zum Einschlag. »Willkommen, mein Partner.«

Erstaunt öffnete sich der Mund des Wirts, doch er wagte nichts zu sagen.

»Sie ist die Aschenbrennerin, nicht ich«, erklärte Borromäus.

»Und wer seid Ihr dann?«

»Der Blaufärber, ein anderer Geschäftspartner«, erwiderte Borromäus.

»Marie, ich muss dir leider einen Fehler gestehen. Das ist auch der Grund, warum ich euch nachgelaufen bin.« Benedikt zupfte nervös am Tischtuch. »Ich kann nicht lesen und wollte unbedingt wissen, was da stand. Ich befürchte, ich habe den Falschen gefragt.«

Marie entfuhr ein entsetztes »Nein!«.

»Doch, war er schon hier?«

»Berthold Schwörer ist auf dem Weg nach St. Blasien, wollte unbedingt Johann vors Gericht bringen, das konnten wir zum Glück verhindern. Mir war gleich klar, dass da noch etwas anderes ist, das ihn bewegt: das Rezept! Wenn er damit beim Abt anklopft, war alles umsonst.« Marie sah zuerst zu Borromäus und dann zu Benedikt. »Wir sollten keine Zeit verlieren, vielleicht können wir ihn noch aufhalten.«

»Wenn ihn nicht die Wildtiere gefressen haben«, unkte Magda.

***

Seit dem frühen Morgen werkelte Anton Süberli im Laboratorium. Als Franziska kam, hatte er schon fast alles gesäubert und die verschiedenen Mineralien in Reih und Glied auf dem Regalbrett zurechtgerückt.

»Ich mag keine Unordnung«, erklärte er entschuldigend.

»Danke, das müsst Ihr nicht tun, ich mache das.« Franziska heizte zuerst den Ofen ein.

»Deine Schwester, diese Marie, hat von ihrem Onkel gelernt und arbeitet selbstständig?«, fragte Anton.

»Ja, sie führt seine Arbeit fort, ich helfe ihr manchmal beim Aschebrennen.«

»Sie ist, soweit ich das mitbekommen habe, auf der Suche nach einem neuen Rezept. Um was genau geht es da?«, fragte er so beiläufig wie möglich.

»Das hat sie nicht verraten. Sie wird es finden und bringen. Ich kenne Marie, wenn die sich was in den Kopf gesetzt hat, macht sie es. Da kann Vater toben, wie er will. Marie sucht sich ihren eigenen Weg.«

»Du scheinst sie zu bewundern. Ich hoffe, ich darf sie bald auch kennenlernen. Was ich bisher gehört habe, ist beeindruckend für eine Frau. Die eigenen Brennrechte – alle Achtung!«

»Sage ich doch.«

»Meinst du, sie lässt mich mitarbeiten? Denn wie es aussieht, werden wir noch eine Weile festsitzen. Der Schlitten ist hinüber.«

»Der Schreiner ist dabei, ihn zu reparieren«, erwiderte Franziska kurz angebunden.

»Ja schon, aber der Winter ist noch lang. Wir werden auf bessere Bedingungen warten müssen.«

»Reiten kann man.«

»Wenn man kann.«

Anton spürte, dass Franziska die Fragerei und wohl auch ihn nicht mochte. Ob sie mehr wusste, als sie sagte? Sie gab sich verschlossen wie die Tür einer Grabkammer. Er würde wohl auf Marie warten müssen.

Franziska entdeckte ihren Vater, der auf das Laboratorium zukam. Wie nicht anders zu erwarten war, fiel er mit der Tür ins Haus.

»Ist die Pottasche so weit? Die Öfen sind hochgefahren.«

»Wir haben die Asche erst gestern geholt, es sieht aus wie im

Krieg. Ich muss sie erst auslaugen und kalzinieren, das müsstet auch Ihr wissen«, erwiderte Franziska genervt. Zwei Männer in ihrer Aschenküche waren zu viel.

»Das Kloster will weißes Glas.«

»Das weiß ich. Erstens bin ich nicht die Aschenbrennerin, sondern nur die Aushilfe, und zweitens ist es Winter. Wir können sowieso nur bedingt liefern. Die Wege sind zu.«

»Ich habe drei Burschen abgestellt. Sie sind mit dem Bahnschlitten aufgebrochen. In drei Tagen ist der Weg bis St. Blasien offen, wenn es nicht wieder schneit.«

»In drei Tagen ist die Pottasche gebrannt.«

»Das dauert zu lange.«

Franziska stemmte die Arme in die Hüften und schrie: »Dann brennt selbst!«

»Du hast doch jetzt Hilfe«, brüllte Michael wütend zurück und zeigte auf den dürren Schweizer. »Für was füttern wir den Hungerhaken denn durch?«

Anton holte tief Luft und wollte sich wehren, doch Franziska schnitt ihm die Worte ab: »Der Schweizer putzt. Sollten das nicht Eure Schürbuben machen? Stattdessen lasst Ihr sie für Euch unentgeltlich schuften. Sie haben das Laboratorium zerstört, nicht die Glashütte.«

Michael stampfte wütend auf. Er blickte kurz in Anton Süberlis entsetztes Gesicht, drehte um und lief zur Glashütte. Schon von Weitem rief er: »Wo sind die Schürbuben?«

»Benissimo«, sagte Anton anerkennend.

Franziska lächelte ihn zum ersten Mal an.

***

Der Bauer aus Menzenschwand stand mit seinem Ochsen und dem Bahnschlitten vor dem Klosterportal und pochte gegen die schwere Eichentür. Endlich vernahm er schlürfende Schritte.

Der Bruder Pförtner öffnete ein kleines Guckloch. »Was kann ich für Euch tun, mein Bruder?«

»Ich habe auf meinem Schlitten einen Kranken, er spricht nicht mehr, und ich weiß überhaupt nicht, ob er noch lebt. Er saß an der Alb und hat versucht, die Hitze in seinem Körper zu kühlen. Wie ich gesehen habe, ist er am Oberarm verletzt. Ich weiß nicht, wer er ist. Seid vorsichtig, er hat ein Gewehr dabei.«

»Vergelte dir Gott deine Samariterdienste. Ich hole nur schnell den Apotheker, er ist für die Siechstube zuständig.«

Die Klappe ging zu, und die Schritte entfernten sich.

Der Bauer stand in der Kälte und fröstelte. Er sah auf den Mann, der wie angefroren auf dem provisorischen Kutschbock saß. Vorsichtig stupste er ihn an: »He du, lebst du noch? Wir sind da.«

Der Bergvogt hob die Lider und blickte ihn aus geröteten fiebrigen Augen an. »Wo sind wir?«

»Im Kloster St. Blasien.«

Er schloss die Augen wieder und blieb stumm.

»Ein Dank wäre nicht verkehrt, schließlich habe ich wegen dir einen weiteren Weg gemacht. Ich muss nur bis zum Grenzstein pflügen.«

»Vergelt's Gott«, murmelte der Bergvogt.

»Davon habe ich jetzt zwei und kann mir nichts kaufen.«

Endlich kam der Pförtner mit einem weiteren Mönch, sie hatten eine Trage dabei und baten den Bauern mitanzupacken.

»Vergelt's Gott«, sagte der Apotheker.

»Drei.«

»Was drei?«

»Drei ›Vergelt's Gott‹, was gibt es dafür?«

»Geht in die Küche und lasst euch eine Suppe geben, sagt, Korbinian schickt euch«, entgegnete der Apotheker. »Und den Ochsen stellt so lange in den Stall. Ohne Bewegung ist es für das Tier zu kalt.«

»Vergelt's Gott«, entgegnete der Bauer und trottete davon.

Die Mönche trugen den Bergvogt in einen warmen und stickigen Raum. Es roch nach diversen Kräutern und Tinkturen, ebenso nach Schweiß und Urin. Ein alter, zahnloser Mönch lag auf einem Krankenbett und wurde von einem Bruder gefüttert.

Sie betteten den Halberfrorenen auf eine Pritsche daneben.

»Ich danke Euch, Bruder Pförtner, Ihr könnt gehen, und nehmt bitte das Gewehr in Gewahrsam. Ich weiß nicht, ob ich noch etwas für den Mann tun kann.« Der Apotheker Korbinian hob den Ärmel des Bergvogts hoch. Ein beißender Eitergeruch machte sich in der Wärme breit. Er wandte sich an den Pfleger. »Bruder, macht einen Kamillensud und wascht ihm die Wunde aus. Flößt ihm heißen Holundersaft ein und kocht drei Stängel getrocknete Scharfgaben in Wein. Legt ihm die warmen feuchten Pflanzen auf die Wunde und bedeckt sie. Den Wein könnt Ihr ihn nach und nach trinken lassen.«

***

Der Abschied war kurz und zwischen Marie und Magda herzlich. Franz Ketterer war erst verschwunden, dann kam er mit einem Hornschlitten zurück, wie ihn die Waldarbeiter in den Wintermonaten benutzten, um das Holz zu transportieren. Man konnte ihn an den nach oben geschwungenen Holzkufen gut anpacken und ziehen. Auf ihm lag Ruperts tiefgefrorener Körper, eingewickelt in eine Pferdedecke.

»Übergebt den Leib des Mörders den Klosterbrüdern. So kann sich der Abt ein Bild machen von den Dingen, die Euch widerfahren sind. Der Bergvogt wird seine Geschichte schon erzählt haben. Den Schlitten und die Decke lasst im Kloster stehen und sagt, dass ich beides nach dem Weihnachtsgottesdienst holen komme. Gutes Gelingen.«

Benedikt schaute mit großen Augen auf das Bündel. »Mörder? Das ist jetzt aber nicht Rupert? Oder?« Er drehte sich zu Johann, der stumm nickte. »Dein Bruder? Was ist passiert?«

»Komm, wir laufen vor, ich erzähle dir die Geschichte.«

Johann zog Benedikt am Ärmel und vertraute ihm seine Trauer, seine Wut und seine Hoffnung auf ein neues Leben an.

Er und Benedikt hatten sich eigentlich immer gemocht, aber Rupert hatte das Sagen gehabt.

»Ich weiß, dass du unschuldig bist. Du musst dem Abt die Wahrheit sagen, es nützt keinem etwas, wenn du versuchst, Rupert in Schutz zu nehmen. Er hat sein Leben selbst verwirkt.«

Johann nickte und zog die Nase hoch.

Benedikt drehte sich um, der Schlitten folgte ihnen. Marie saß hinten auf, bedacht darauf, nicht zu nahe an den Leichnam zu kommen.

Die Wege waren inzwischen nicht nur von den Verwehungen freigeschaufelt, sondern auch mit Bahnschlitten gepflügt worden und breit genug für ein gutes Vorankommen. Sie passierten bald die Ortschaften Riggenbach und Kaiserhaus und erreichten bereits am Mittag den Heuschober am Zusammenfluss der Bernauer und Menzenschwander Alb.

»Da sind Fußspuren am Wasser«, sagte Jakob und folgte ihnen. »Sieht aus, als habe da jemand gesessen.«

»Bei der Kälte sitzt man doch nicht am Wasser, selbst wenn man seine Trinkvorräte füllt«, entgegnete Marie. Doch ihr vorwitziger Sohn bestand auf seine Spurendeutung und lief zum Heuschober.

»Hier hat jemand übernachtet!«, rief er herüber.

Marie und Borromäus sahen sich an.

»Der Bergvogt?«, sagten beide gleichzeitig.

Borromäus ging auf den Heuschober zu und vermeldete kurz darauf: »Ich denke, Jakob hat recht. Hier hat jemand geschlafen, der verletzt war. Es gibt Blutspuren.«

»Viel Blut?«, fragte Marie.

»Nein, nicht so viel, dass man sich Gedanken machen müsste. Wundern tut es mich allerdings schon, es ist ein halber Tagesmarsch hierher. Warum hat er im Schober geschlafen und ist nicht weitergezogen?«

»Vielleicht ist er falsch gelaufen?«, sagte Johann, der bis hierher nur mit Benedikt geredet hatte.

»Nach Menzenschwand ist frisch gebahnt, man sieht keine

Spuren.« Borromäus schickte sich an, wieder den Schlitten zu ziehen. »Vielleicht treffen wir ihn noch.«

Es ging immer leicht bergab oder zumindest recht eben dahin. Je näher sie dem Kloster kamen, desto mehr nahm der Verkehr zu. Sie trafen auf zwei Bäuerinnen, die Waren in Form von Lebensmitteln nach St. Blasien trugen. Ein Bursche zog einen Hornschlitten, voll beladen mit Heu, das er in eine Decke eingeschlagen und festgebunden hatte. Schließlich kamen Kinder, die drei Ziegen vor sich hertrieben.

Mit allen wechselte Borromäus kurze Worte, so erfuhr die Gruppe, dass die Bauern zum großen Markttag vor Martini in St. Blasien unterwegs waren.

Nur die Kinder mit den Ziegen fragten neugierig, ob denn unter der Decke ein Toter liege.

Kapitel 13

Im Gasthaus »Zum Hirschen« zu Dogern ließen Justus und Stephanus es sich munden. Denn: »Was man im Bauch hat, kann einem keiner mehr nehmen.« Im Moment lebten beide nach dem Motto des einfältigen Bruders. Sie waren auf ihre Gastgeber angewiesen.

Die Mahlzeit war einfach und schmackhaft. Dazu schenkte man ihnen verdünnten Wein ein, der vor Ort angebaut wurde. Entlang des Rheins waren fast alle Siedlungen mit dem Weinbau vertraut. Die Römer sollten ihn schon in dieser Gegend kultiviert haben. Er war am Hochrhein das, was das Bier im Schwarzwald war – neben Wasser und Tee das Hauptgetränk. Die meisten Klöster auf dem Wald verstanden sich auf das Bierbrauen, war es doch vor allem ihr Fastengetränk. Nur zur Wandlung während des Gottesdienstes wurde verdünnter Wein gereicht, den das Kloster aus eigenen Propsteien bezog, die in den Niederungen lagen, zum Beispiel aus Bürgeln im Markgräflerland. Ob die Propstei Bürgeln sich nach dem Tod des dortigen Bruders Eberhardt im reformierten Gebiet halten konnte?

Ehe Stephanus weiter darüber sinnieren konnte, trat der Einungsmeister mit dem Bärtigen ein. Sie schienen sich beraten zu haben.

»Wir haben Neuigkeiten. Die Aufständischen sind in St. Blasien eingefallen. Der Abt ist mit dem Oberjäger in die eidgenössischen Gebiete geflüchtet. Dort will er abwarten, bis sich die Lage beruhigt. Wir bringen Euch wie vorgesehen zum Waldvogt nach Waldshut. Dort sehen wir weiter. Vermutlich schicken wir einen Boten mit Verhandlungsvorschlägen zum Abt. Keine Angst, er wird vorläufig nicht erfahren, dass Ihr in unserer Obhut seid. Der Plan ist, dass wir uns mit ihm, so er bereit für Verhandlungen sein sollte, treffen. Dann erst kommt Ihr als Unterhändler ins Spiel.«

»Und Ihr glaubt, der Abt lässt sich darauf ein?«, fragte Stephanus nach einer Weile.

»Ansonsten erfolgt eine Anklage vor dem habsburgischen Hohen Gericht in Freiburg, wegen der mysteriösen Todesfälle. Auch ein Abt muss sich an Recht und Ordnung halten, selbst wenn er die Gerichtsbarkeit über Bonndorf, Gutenburg, Bettmaringen und Blumegg innehat«, erklärte der Bärtige. »Er ist nicht in allen Belangen reichsunmittelbar, sondern immer noch vorderösterreichischer Untertan des Kaisers. Der Novize Konstantin wird im Fall Cajetano aussagen. Man wird versuchen, den Blaufärber anzuhören, wegen des Unfalls bei Klingnau. Und vielleicht könnt Ihr Euch für die Sache der Gerechtigkeit erwärmen. Soweit ich weiß, seid auch Ihr, Bruder Stephanus, ein Zeuge.«

Stephanus befand sich in einer Zwickmühle. »Wenn ich den Abt zu einem Zugeständnis bringe, können wir dann die Zeugenaussage meinerseits fallen lassen? Ich bin Mönch und möchte es bleiben. Mein Bruder genießt im Kloster ein Bleiberecht. Ich wüsste nicht, wie ich sonst für ihn Sorge tragen kann.«

»Es ist einen Versuch wert«, sagte der Einungsmeister rasch. »Ich danke Euch für Eure Mithilfe. Gehen wir, der Waldvogt erwartet uns.«

Der Bärtige schien nicht ganz zufrieden, schnaubte aber nur und beließ es bei dem Vorstoß des Meisters.

***

Am späten Nachmittag erreichte die kleine Gruppe um Marie das Kloster St. Blasien und klopfte an die Pforte. Das Türchen öffnete sich.

»Wer seid Ihr, und was ist Euer Begehr?«, fragte der Pförtner.

»Wir möchten Bruder Stephanus sprechen, er ist ein Verwandter meinerseits. Ich bin die Aschenbrennerin aus Äule und Tochter des Glasvogts. Und das ist meine Familie.«

Der Pförtner, dessen Augen getrübt waren, schien nachzudenken. Schließlich sagte er: »Es tut mir leid, aber Bruder Stephanus ist nicht zu sprechen.«

»Was heißt das?«, fragte Borromäus.

»Er weilt nicht im Kloster.«

Marie insistierte. »Wo ist er, und wann kommt er?«

»Ich kann weder zum einen, noch zum anderen genaue Auskunft geben«, sagte der Pförtner vage.

»Und die ungenaue?«, fragte Borromäus.

»Er und sein Bruder sind verschwunden. Mit dem neuen Novizen aus der Klosterschule Sion bei Klingnau an der Aare.«

»Und der Abt? Kann ich ihn sprechen? Ich bin Borromäus, er hat mich vor etwas mehr als zwei Jahren nach Wittichen geschickt, wo ich mich zum Blaufärber ausbilden ließ.«

»Tja«, der alte Mönch seufzte, »ich erinnere mich. Der Abt hielt große Stücke auf Euch. Es tut mir leid, es sagen zu müssen, aber auch er hat gestern Abend die Abtei verlassen.«

»Wohin?«

»Das weiß ich nicht. Die Aufständischen haben das Kloster überfallen und den Abt bedroht. Jos begleitete ihn ins Exil zu den Eidgenossen. Aber eigentlich darf ich das nicht sagen, sonst kommen sie wieder – und wer weiß, was sie bei einem zweiten Angriff treiben.«

»Ist der Bergvogt von Todtnauberg zufällig bei Euch vorbeigekommen?«, fragte Benedikt, der die Unterhaltung schweigend verfolgt hatte.

»Ein Bergvogt? Nein, so einer hat sich nicht vorgestellt.«

Jakob stellte sich auf die Zehenspitzen, um den Pförtner zu sehen. Er ragte mit der Nasenspitze an die geöffnete Luke des Pförtnerhauses. »Da, dahinten steht sein Gewehr!«, rief er.

Der Pförtner schien verwirrt. »Gewehr? Ach so, das gehört dem Fremden, den wir in der Siechstube aufgenommen haben. Wir kennen ihn nicht, er leidet an Fieber, hat eine Wundinfektion. Der Mann mit dem Bahnschlitten hat ihn aufgelesen und abgegeben.«

»Wann war das? Können wir zu ihm?«, fragte Borromäus.

»Kennt Ihr ihn?«

»Wenn es der Bergvogt ist, ja.«

»Da muss ich Bruder Korbinian fragen, wartet hier.«

Der Pförtner schloss die Luke und schlurfte davon.

Hinter ihnen formierte sich auf dem Vorplatz der Kirche der Martinimarkt. Die Bauern richteten ihre Stände und Unterkünfte. Händler pferchten ihre Tiere in Gatter und bauten notdürftige Unterkünfte. Sie würden die Nacht vor dem Kloster verbringen, um am Morgen nach dem Gottesdienst gleich vor Ort zu sein.

»Ihr wollt mich aber jetzt nicht dalassen, oder?« Johann sah besorgt auf das Markttreiben. Einen Verbrecher zu hängen, würde einen willkommenen Höhepunkt bieten.

»Keine Sorge, wir lassen deinen toten Bruder hier. Das müsste genügen, um die Sache abzuschließen. Schauen wir erst einmal, ob es sich wirklich um den Bergvogt handelt«, sagte Borromäus beruhigend.

»Wird er im Klosterfriedhof bestattet?«

»Mörder werden hinter der Friedhofsmauer beigesetzt.«

Johann erwiderte nichts. Er wollte nicht auffallen und so schnell wie möglich von diesem Ort wegkommen.

Endlich kam der Pförtner, mit ihm der Apotheker.

»Ihr kennt den Fremden?«, fragte Korbinian.

»Wir haben in derselben Herberge übernachtet, er ging einen Tag vor uns. Er wollte dem Abt und Pater Cajetano eine Botschaft übermitteln«, erklärte Borromäus.

»Pater Cajetano ist nicht mehr unter den Lebenden und der Abt außerhalb des Klosters. Kann ich etwas ausrichten?«, fragte Korbinian.

Marie und Borromäus glaubten ihren Ohren nicht zu trauen.

»Können wir nicht mit dem Bergvogt reden?«, fragte Borromäus.

»Der Bergvogt, wenn er es denn wirklich ist, hat sein Bewusstsein verloren. Wir versuchen, seine Entzündung zu behandeln, aber das liegt in Gottes Hand. Und es sieht nicht gut aus.«

»Lasst mich zu ihm.«

»Nur Ihr, bitte«, sagte Korbinian und nickte Borromäus zu.

»Wir haben einen Toten dabei. Er wurde von einem Wildschwein angefallen. Kann er bei Euch bestattet werden?«, fragte Marie.

»Kennt Ihr ihn?«

Johann trat einen Schritt vor. »Er ist … er war mein Bruder. Rupert Abele aus Aftersteg.«

»Ich schicke Euch jemanden.«

Dann öffnete Korbinian die Tür und ließ Borromäus hinein.

Ein übler Geruch empfing die beiden, als sie die Siechstube betraten. Hinter einem Vorhang drang das Gemurmel von Gebeten an sie heran.

»Einer unserer Brüder macht sich auf zum Herrn, wir begleiten ihn«, erklärte Korbinian und deutete nach oben. »Hier.«

Er hob einen weiteren Vorhang. Dort lag, in sich zusammengefallen, der Bergvogt Berthold Schwörer. Sein Gesicht war aufgedunsen und rot vom Fieber.

Borromäus kniete sich nieder und berührte ihn an der Brust. »Hört Ihr mich? Ich bin es, Borromäus Spindler, der Blaufärber.«

Der Bergvogt reagierte nicht.

»Ihr kennt ihn also, so wissen wir wenigstens, wer er ist. Ihr sagtet, er habe eine Nachricht? Wisst Ihr, was er wollte?«, fragte Korbinian.

»Nur so viel: Es gab einen Hofbrand am Büreten in Todtnauberg, dabei kamen die Bäuerin, eine Tante und eine Magd ums Leben. Die Bäuerin Berte war wohl die Schwester Pater Cajetanos.«

»Da war sein Weg umsonst, wie gesagt, auch Cajetano ist verschieden«, antwortete der Apotheker.

Borromäus beschloss, zumindest vorläufig den wahren Beweggrund des Bergvogts zu verschweigen, es war mehr als zweifelhaft, dass er sein Bewusstsein wiedererlangen würde.

»Er wollte neben der Kunde vom Ableben der Schwester Cajetanos die Erlaubnis vom Kloster, Holz einschlagen zu dürfen, damit man den Hof möglichst rasch wieder aufbauen kann«, sagte er ausweichend.

»Da hätte er auch selbst entscheiden oder in der Talvogtei nachfragen können, die sind für Rechtsangelegenheiten zuständig.«

Borromäus war überrascht. »Ich dachte, die Gerichtsbarkeit obliege dem Kloster?«

»Schon, aber nur die niedrige. Das Blutgericht obliegt der herrschaftlichen Obrigkeit. Es sei denn, er hatte Zweifel wegen Brandstiftung und Mord.«

»Mord? So weit bin ich nicht informiert. Tut mir leid.«

»Bei Mord wäre das habsburgische Gericht in Freiburg zuständig gewesen.«

»Ach, nicht St. Blasien?«

»Das ist etwas komplizierter. In dem Fall nicht.«

»Ja, dann weiß ich auch nicht.« Borromäus gab sich ahnungslos.

»Ihr wolltet zum Martinimarkt?«, fragte Korbinian, der die Frage nach der Gerichtsbarkeit offenkundig als beendet ansah.

»Eigentlich wollten wir mit Bruder Stephanus reden. Es geht um die Brennrechte und das Aschenhaus in Äule. Und, wie soll ich sagen, die Aschenbrennerin und ich, wir wollen uns vermählen«, erklärte Borromäus verlegen, um vom Thema abzulenken. Er hatte genug erfahren.

»Mit den Verträgen der Glasmacher kenne ich mich in der Tat nicht aus. Eilt es? Ansonsten würde ich vorschlagen, kommt im Frühjahr wieder.«

»Wir bräuchten noch eine Bleibe für die Nacht.«

»Meldet Euch in der Herberge.«

»Vergelt's Gott.«

»Segne es Gott.«

***

Der Waldvogt, Freiherr Franz Leopold Beck von und zu Willmendingen, räusperte sich, ehe er Bruder Stephanus einen Platz vor seinem Schreibpult anbot. Justus beachtete er nicht weiter.

»Ihr seid also bereit, zwischen den Salpeterern und dem Abt zu vermitteln?«, fragte er ohne Umschweife.

Justus setzte sich ungefragt auf den freien Stuhl, während der Einungsmeister und der Bärtige neben der Tür stehen geblieben waren. Er erntete dafür einen missbilligenden Augenaufschlag des Waldvogts.

»Ich kann mit dem Abt reden, wenn Ihr das wollt. Mehr kann ich Euch im Moment nicht anbieten«, sagte Stephanus.

»Einen Versuch wäre es wert, um den schwelenden Streit endlich zu beenden. Ich schicke einen Boten. Ich habe Kunde, dass der Abt sich auf dem Weg nach Wislikofen befindet.«

»Wislikofen?« Stephanus hob seine Augenbrauen.

»Auch in Klingnau wird die Luft für ihn immer dicker«, fuhr der Waldvogt fort, als hätte er seine Gedankengänge erraten. »Man weiß, dass das Seil der Unglücksfähre manipuliert war. Er wird Zugeständnisse machen müssen.«

Damit war die Unterredung auch schon vorbei. Der Waldvogt nickte dem Einungsmeister und dem Bärtigen zu, dass ihre Audienz beendet sei.

Leopold Beck lehnte sich zurück, ihm wäre lieber gewesen, der Sekretarius hätte sich dazu entschlossen, gegen Abt Augustinus auszusagen. Doch jemandem seine Loyalität abzuringen, war nicht seine Art. Nicht mehr. Entweder handelten sie aus freien Stücken oder gar nicht. Er würde nicht noch einmal einen Menschen zu etwas zwingen.

Er versuchte, seinen Groll gegen den Abt zu unterdrücken. Er war persönlicher Art. Vor etwa zwei Jahren hatte er Augustinus seine Tochter anvertraut, aus Verzweiflung. Gertrud interessierte sich zunehmend für den freiheitlichen Geist der Hauensteiner. Schwärmte sogar für den Sohn von Albiez, dem Rädelsführer unter den Einungsleuten. Für einen habsburgischen Beamten, wie er es war, ein Unding. Es hätte ihn den Titel kosten können. So kam das Angebot des Abtes, Gertrud eine Karriere als Klostervorsteherin zu Berau zu bieten, mehr als recht. Gegen ihren Willen brachte er sie hinter die Mauern der Betschwestern, weggeschlossen von der Welt.

Zunächst hatte der Abt sie auch tatsächlich als Meisterin für die Novizinnen eingesetzt. Sie war schnell beliebt gewesen unter den jungen Anwärterinnen und bei der Priorin Wiltrudis. Diese Freundschaft wiederum war dem Abt ein Dorn im Auge. Wiltrudis war ihm nicht mehr treu ergeben, darum hatte er den Frauen die herrschsüchtige Magdalena Tröndlin von Greiffenegg als Vorsteherin vor die Nase gesetzt.

Dass er sich damit in die Abhängigkeit Augustinus' begeben hatte, war Beck erst später bewusst geworden. Denn Augustinus erwartete von ihm als Gegenleistung für das Wohlergehen Gertruds eine harte Hand gegen die Freiheitlichen.

Er atmete tief ein und wieder aus. Sein Amt war ein Spagat, er musste die Interessen Vorderösterreichs als Machthaber vertreten, zugleich hatte er sich verpflichtet, den Sonderstatus der Freien in der Grafschaft anzuerkennen, was auch von den Habsburgern respektiert wurde. Wenn Gertrud schon nicht das Amt der Vorsteherin innehatte, sollte sie zumindest als Meisterin bestehen. Was ihr bislang auch noch zugestanden wurde. Soweit er wusste, gefiel ihr der Umgang mit den jungen Frauen. Das war das Mindeste, was er für sie und sein schlechtes Gewissen tun konnte.

Er klingelte und verlangte einen Boten. Sogleich setzte er ein Schreiben an den Abt auf, er möge sich zu Verhandlungen nach Dogern begeben. Er selbst wolle die Besprechung leiten. Von Bruder Stephanus schrieb er, wie abgemacht, nichts.

***

Klara kam nach ihrer Arbeit im Gasthaus in der Aschenküche vorbei, wo sie ihre Schwester Franziska und Anton einmütig über den Kupferkessel gebeugt sah. Sie unterhielten sich wohl angeregt. Ihre Köpfe flogen herum, als seien sie bei einem verbotenen Spiel ertappt worden.

»Klara, du? Was treibt dich ins Laboratorium?«, fragte Franziska sichtlich überrascht.

»Der Herr Anton möge sich zum Mahl ins Gasthaus begeben«, log Klara, denn eigentlich war noch nicht Essenszeit. »Ich soll ihn abholen.«

»Er wird den Weg wohl selbst finden, oder?«, konterte Franziska.

»Streitet euch nicht, ich komme mit«, sagte Anton Süberli, zog seinen Lederschurz aus und folgte Klara wortlos.

Als sie außer Hörweite der Aschenküche waren, drehte sie sich um und sagte: »Ich kann Euch gern ein heißes Bad einlassen.«

Anton zögerte.

»Die Badstube ist eingeheizt, das Wasser warm«, sagte Klara lockend, als sie seine Zweifel bemerkte.

Zähneknirschend stimmte er zu.

Sie gingen über den Hintereingang des Gasthauses direkt in die unteren Räume, die die Badstube beherbergte.

»Ihr könnt Euch Eurer Kleider entledigen«, sagte Klara geschäftig und deutete auf einen Hocker hinter dem Vorhang, »ich lasse derweil das Wasser ein.«

Anton verharrte verlegen hinter dem Vorhang, bis Klara verschwand. Dann kam er hervor und stieg in die Wanne. Das Wasser war angenehm warm und duftete sanft nach Rosenblättern.

Doch plötzlich stand Klara vor ihm. »Ich habe auch noch eine Seife.«

Anton erschrak und versuchte panisch, seine Scham zu bedecken.

Klara ließ die Seife fallen, bückte sich nach ihr und gewährte ihm dabei Einsicht in ihre locker gebundene Bluse.

Klara lächelte, warf die Seife zu ihm in den Bottich und griff mit einem aufreizenden »Och« danach.

Nach der anfänglichen Abwehr ließ der hagere Aschenbrenner sie gewähren.

***

Korbinian, der Apotheker und Heilkundige, hatte sich Ruperts Leichnam angenommen. Er hatte ihn genau angesehen und seine Verletzungen dokumentiert. Die Aussage Borromäus' über die Umstände ebenso. Somit schien einer Beisetzung auf dem bürgerlichen Friedhof nichts im Wege zu stehen, und er erteilte die entsprechenden Anweisungen.

Noch im Laufe des Abends musste er zwei weitere Bestattungsbescheide weitergeben. Der alte Klosterbruder, der in der Siechstube noch am Vormittag mit seinem Herrgott gefeilscht hatte, war verstorben, er würde auf dem Klosterfriedhof seine Ruhe finden. Außerdem war der Verletzte, den der Blaufärber Borromäus als den Bergvogt aus Todtnauberg identifiziert hatte, seinen Verletzungen erlegen.

Korbinian suchte die Gäste auf und brachte ihnen die Todesnachricht. Er würde morgen den Amtmann neben Rupert beisetzen lassen, ließ er sie wissen und verabschiedete sich.

»Werde ich nicht mehr angeklagt?«, fragte Johann erstaunt.

»Kein Bergvogt, kein Abt, keine Anklage. Und Rupert wird nicht wie ein Mörder unehrenhaft hinter der Friedhofsmauer verscharrt«, antwortete Borromäus mit einem Lächeln.

Marie hatte von Korbinian Feder, Tinte und Pergament erbeten. Darauf notierte sie die Angaben zu Benedikts Versuchen.

»So«, sagte sie strahlend, »ich habe alles aufgeschrieben. Wir werden ein Buch anlegen. Da kommen auch die Rezepte für deine Färbeverfahren hinein, mein Liebster. Auch die Verfahren, die wir schon anwenden, wie das Rutschen.« Sie schaute zu Borromäus auf.

»Meine Rezepte habe ich sicher hier drin verwahrt.« Er tippte sich an den Kopf.

»Nein, wir werden sie schriftlich festhalten und unter Siegel verwahren. Vielleicht kann uns Stephanus dabei helfen, wenn er wieder da ist. Sollte einem aus unserer Sippe etwas zustoßen, können die anderen Glasmacher der Familie um Einsicht bitten. So werden unsere Rezeptgeheimnisse gewahrt, und kein Fremder hat das Recht, sie einzusehen.«

»Hm«, Borromäus kratzte sich am Bart, »so habe ich das noch nicht bedacht. Ich muss zugeben, das ist kein schlechter Gedanke.«

»Wir haben erst die Herstellung eines Teils des Rezepts, wir werden experimentieren müssen«, sagte Benedikt.

»Ich hoffe auf deine Hilfe«, erwiderte Marie.

»Versprochen.«

Marie faltete das Pergament sorgsam zusammen und verstaute es sicher in ihrer Tasche, die Tabakdose mit der Inschrift reichte sie Benedikt zurück.

»Das ist euer Eigentum, deines und deines Vaters, und Teil unseres Vertrags.«

***

»Mein lieber Schwager«, sagte Ricarda Süberli beim Abendmahl, »du scheinst mir irgendwie beglückt. So kenne ich dich noch gar nicht. Hat die Schwester der Aschenbrennerin, diese Franziska, dich mitarbeiten lassen? Ich habe das Gefühl, der Glasvogt und seine Sippe fürchten sich vor Spionen in Sachen Glasproduktion. Dabei könnten sie von deinem enormen Wissen profitieren. Du hast hoffentlich nicht erzählt, dass du auf Murano gearbeitet hast. Darauf steht die Todesstrafe.« Die letzten Worte hatte sie Anton vertraulich ins Ohr geflüstert.

»Nein, meine werte Schwägerin. Ich weiß, dass das Weitergeben der Rezepte der Venezianer unter schwerer Strafe steht. Ich schweige wie ein Grab. Aber du hast recht, Franziska hat ihre Abwehr aufgegeben und mich beim Kalzinieren zuschauen lassen. Diese Methode kannte ich in der Tat noch nicht. Auf Murano verwendet man weißen, reinen Sand, man muss die Mineralerze nicht ausfärben. Das Kalzinieren können wir uns nun aneignen. Du siehst, ich habe heute in der Tat eine neue Erfahrung gemacht.«

Ricarda war zufrieden, und Anton strahlte weiter sein Glück aus. Er überlegte sogar, ob er um Klaras Hand anhalten sollte, sie war eine Quelle der Freude. Sie war sehr jung und er im Verhältnis schon ein alter Mann. Das würde der Glasvogt sicherlich nicht gutheißen. Andererseits wäre sie gut versorgt, und Michael Sigwarth würde sie innerhalb der Glasmachersippe vermählt wissen. So könnte er sie in die Schweiz mitnehmen.

Er verabschiedete sich nach dem Mahl von Ricarda mit der Aussage, er wolle sich noch im Dorf die Beine vertreten. Tatsächlich wollte er allein sein, seinen Gedanken freien Lauf lassen.

***

»Wir werden Euch und Euren Bruder in der Nähe auf einem Gehöft bei Freunden der Einung unterbringen. So seid Ihr in Sicherheit. Sobald der Waldvogt Beck sich meldet, geben wir Bescheid«, sagte der Einungsmeister.

Der Bärtige nickte und deutete an, dass sie ihm folgen sollten, während der Einungsmeister sich verabschiedete.

»Linus«, sagte er knapp, um sich vorzustellen.

Stephanus ließ Justus aufsitzen und überhörte sein Gejammer. Zum Glück verfiel Linus nicht in Galopp, sondern ritt neben den beiden her. Zum ersten Mal wandte er sich direkt an Stephanus.

»Ihr entstammt einer Glasmacherfamilie?«

»Fast, Glasmacher gehören in unseren Familienzweig, wir selbst sind und waren Bauern«, erklärte Stephanus.

»Freie?«

»Ursprünglich. Durch Heirat von Freien und Unfreien sind meine Großeltern, und damit die Nachkommen, in den Zwing und Bann St. Blasiens gekommen«, antwortete er wahrheitsgetreu und bereute es im selben Moment. Wollte Linus ihn beeinflussen oder ihm gar einen Strick drehen?

»Seht Ihr? St. Blasien versucht, die Freiheit nach und nach auszuhöhlen. 1704 hat der Kaiser gesagt, dass es keine Leibeigenen mehr gebe. Doch der Abt lässt nach wie vor huldigen. Wir können doch keinen zwei Herren dienen? Wir sind Österreich Untertan und dürfen uns freiheitlich selbst verwalten.«

Stephanus schwieg. Er wollte nicht darüber diskutieren. Er wusste, wie der Abt mit den Aufständischen verfuhr. Augustinus verfügte über die hohe Gerichtsbarkeit in seiner eigenen Landeshoheit, es hatte schon Hinrichtungen gegeben. Mehrere.

Linus schien ihn verstanden zu haben. »Ich sehe, Ihr seid Mönch und auf die Gunst des Abtes angewiesen, schon wegen Eures Bruders. Aber wenn es darauf ankommt, wird Euch der Abt opfern, um seinen Kopf zu retten. Denkt an meine Worte. Die Einung würde Euch aufnehmen.«

»Ich danke Euch«, murmelte Stephanus zerknirscht.

»Euren Bruder auch«, ergänzte Linus.

Stephanus fühlte sich etwas erleichtert. Er überdachte seine Situation, die er bis eben noch als sehr bedrohlich empfunden hatte. Sollte er das Lager wechseln? Den Abt anklagen? Er war der oberste Gerichtsherr und genoss Immunität. Könnte der Kaiser sie angreifen? Er wusste es nicht, hatte sich nie Gedanken darüber gemacht.

Aber in einem Punkt hatte Linus recht: Augustinus rettete vor allem seinen Kopf. Dafür ließ er andere rollen.

Die Dunkelheit brach schon herein, als sie ein Gehöft erreichten. Stephanus wusste nicht genau, wo sie sich befanden. Aber das war einerlei, sie waren in den Händen der Aufständischen.

***

Marie musste in der klösterlichen Herberge getrennt von Borromäus schlafen. Er hatte verlauten lassen, dass er sich erst vermählen wolle. Die halbwüchsigen Burschen wurden den Männern zugeteilt.

Jakob hingegen durfte sie in die Unterkunft der Frauen mitnehmen. Es war ein großer Gemeinschaftssaal, den sie mit ein paar Bauernfrauen teilte, die den Markt beschickten und zum Teil von weit her angereist waren.

Ihre anfängliche Enttäuschung entpuppte sich als ungerechtfertigt. Die Frauen waren allesamt guter Dinge und schienen ihre Freiheit zu genießen. Selbst die Alten gingen aus sich heraus und lästerten über ihre Herren zu Hause, denen sie ein Schnippchen schlagen wollten.

Wie dieses aussehen sollte, erfuhr Marie bald. Die Frauen zogen Flaschen mit Selbstgebranntem aus ihren Röcken. Als die Kinder eingeschlafen waren, wurden sie immer ausgelassener und lauter.

Plötzlich erschien einer der Mönche. »Hier werden keine Saufgelage geduldet«, sagte er streng.

Die Frauen schienen sich jedoch nicht zu fürchten, denn sie kicherten weiter.

»Sagt wer?«, rief eine.

»Der Abt.«

»So? Und was machen wir jetzt? Wollt Ihr uns verraten?«

»Oder uns bestrafen«, lallte eine andere, drehte sich um und hob den Rock. »Das ist es doch, was Ihr wollt!«

Der Mönch kam näher, einen seltsamen Glanz in den Augen. Die Frauen kreischten auf.

Dann ging alles ganz schnell.

»Sag mal, was war denn gestern Abend los?«, fragte Borromäus am anderen Morgen. »Gab es Streit unter den Marktweibern?«

Marie grinste amüsiert. »Nein, die waren sich sehr einig. Hatten nur etwas Schnaps dabei.«

»Die haben einen Mönch verdrescht!«, rief Jakob.

Drei männliche Augenpaare starrten ihn entsetzt an.

»Erzähl«, forderte Benedikt ihn auf.

»Der kam und wollte die Frauen bestrafen, aber die haben den am Schlafittchen gepackt, nackt ausgezogen, verdrescht und die

Treppe hinuntergestoßen, die Kutte hinterher. Und sie haben gerufen: ›Heute Nacht haben wir frei!‹«

Borromäus' Mund blieb offen stehen.

»Tja, mein Lieber. Mönche sind auch nur Männer.«

»Hast du draufgeschlagen?«

»Hätte ich den Rock heben sollen?«

Borromäus errötete.

***

»Sakrament noch mal«, fluchte Michael Sigwarth, als er seine Tochter Klara im Schweinestall überraschte, wie sie sich übergab.

»Ist es das, was ich vermute?«, brüllte er. »Welcher Sauhund war das?«

»Was, Vater?«, keuchte Klara, während sie zum Schutz vor Schlägen die Arme vor das Gesicht hob.

Die Geste kam für Michael einem Geständnis und einer Aufforderung gleich, zuzuschlagen. »Sag mir seinen Namen! Los!«

»Welchen wollt Ihr hören, Vater?«

»Welchen? Waren es mehrere?«

Sie nickte, während ihr die Tränen herunterrollten. »Ich kann nichts dafür, es … es ist halt passiert. Marie hat doch auch …«

Den Rest brachte sie nicht mehr heraus, ein Schlag traf sie ins Gesicht.

Der Glasvogt stand mit geschwollener Halsschlagader keuchend vor ihr, er hatte es geahnt. Vermutet, dass sie sich von jedem nehmen ließ, der es darauf anlegte. Er griff zum Stock und hieb blindlings auf sie ein.

»So viel Blödheit auf einem Haufen!«

»Halt!«, schrie der dürre Anton, der plötzlich in der Tür stand. »Das Mädchen kann wirklich nichts dafür. Ich, ich …« Er senkte sein Haupt beschämt zu Boden.

»Du? Du Hungerhaken hast dich über meine Tochter hergemacht? Du solltest dich schämen, du alter Bock. Weißt du, wie alt sie ist? Das wirst du mir bezahlen, auf Kreuzer und Heller.«

Er warf den Stock ins Eck und schubste Klara hinterher. Bedrohlich schritt er auf Anton Süberli zu. Sein Faustschlag ließ den Schweizer erst taumeln, ehe er stürzte. Am Boden kauernd hustete er, spuckte Blut und schoss so plötzlich hoch, dass Michael nicht reagieren konnte. Sein Schlag traf ihn in der Magengegend und ließ ihn gekrümmt zu Boden sinken.

»Wir sind quitt, mein Schwiegervater in spe, ich werde Klara zur Frau nehmen. Das lasse ich mir nicht nachsagen.«

»Und wenn ich dich aber gar nicht will?«, kreischte Klara.

Die beiden Schläger sahen sich wie Kampfhähne an. Dann riefen sie einmütig: »Das werden wir sehen!«

***

»Da ist der lange Friedolin!«, rief Jakob und riss sich von Marie los.

Sie hatten beschlossen, ihre Vorräte vor der Weiterreise auf dem Markt aufzufüllen, und schlenderten gemeinsam mit Borromäus und den Burschen zwischen den Ständen. Zuvor waren Rupert und der Bergvogt in einer kleinen Zeremonie auf dem Gemeindefriedhof beigesetzt worden.

»Welcher Friedolin ...«, fragte Marie.

Da entdeckte sie ihn. Sie kannte den Mann, nur sein Name war ihr nicht geläufig. Er war öfter bei Onkel Theis gewesen. Die beiden hatten geheimnisvoll getan. Der Kerl stellte sich für ihr Empfinden gern unter das Licht und führte vermutlich nicht nur Gutes im Schilde.

»Ach, sieh an, die Nichte des Aschenbrenners, wie geht es deinem Onkel? Ist er schon so weit?«

»Wie weit?«, fragte Marie geistesgegenwärtig und versuchte, verwundert zu klingen.

Borromäus horchte auf.

»Hat er das Rezept entschlüsselt?«

»Oh, darüber bin ich nicht informiert. Welches Rezept meint Ihr?«, fragte Marie vage zurück.

Der Mann schien mehr zu wissen. Sein Blick hatte etwas Lauerndes. Er glich einem Luchs vor dem Angriff.

»Ich dachte, du bist seine Assistentin? Hat er dich nicht in seine Geheimnisse eingeweiht? Er wollte eine neue Art der Glasbearbeitung ausprobieren, dazu musste ich ihm rauchende Schwefelsäure besorgen. Es würde mich interessieren, ob er damit Erfolg hatte.«

»Er hat mir nichts verraten.« Marie stellte sich weiter unwissend. »Rauchende Schwefelsäure, sagtet Ihr? Und woher bezieht Ihr die?«

»Das ist ein Handelsgeheimnis«, entgegnete Friedolin mit einem seltsamen Gesichtsausdruck. »Falls dein Onkel weiter daran interessiert ist, ich komme im Frühjahr wieder ins Dorf.«

»Ich werde es ihm ausrichten, was kostet denn diese Schwefelsäure?«

»Zehn Gulden das Maß.«

»Zehn Gulden? Seid Ihr verrückt? Dafür kann ich unsere Hochzeit samt Hausstand ausrichten!«, rief Borromäus erregt dazwischen.

»Oder eine Umsatzbeteiligung.« Der lange Friedolin grinste siegessicher und stieß seinen Begleiter an. »Für mich und meinen Bruder Samuel.«

»Ich werde das weitergeben.« Marie drängte zum Gehen, ehe sich noch jemand in ihren Handel einmischte.

»Was fällst du mir in den Rücken, Borromäus?«, fauchte sie, als sie außer Hörweite waren.

»Das ist Wucher, eine Unverschämtheit!«

»Das lass meine Sorge sein, ich werde dir auch nicht ins Handwerk pfuschen. Hast du gesehen, wie er innerlich triumphiert hat? Jetzt weiß er, dass wir interessiert sind. Wir gehen.«

Sie lief los und ließ Borromäus stehen, der verärgert zum Salpeterhändler blickte, der ihnen überlegen nachwinkte.

»Ja, jetzt weiß er es.«

***

»Auf gar keinen Fall!« Abt Augustinus schmiss das Schreiben mit der Bitte des Waldvogts Beck wütend auf den Boden und zermalmte es mit dem rechten Fuß auf den Planken, als wolle er einer lästigen Fliege den Garaus machen.

Der Bote erschrak und trat vorsichtshalber einen Schritt zurück.

Augustinus kam bedrohlich auf ihn zu und packte ihn am Kragen. »Ihr seid einer von denen? Den Aufständischen? Den Salpeterern? Ich bin der Abt, und Ihr seid meine Untertanen. Ich werde meine Abgaben fordern, wie es mir als Landesherr gebührt. Das neue Gotteshaus ist fast fertig, mein Werk für Gott. Die Menschen jammern und fordern und sehen nicht, was St. Blasien für sie tut. Das bisschen Ehrtauen ist keine so große Bürde, wie sie immer sagen, dafür erhalten sie sogar zwei Maß Wein und zwei Mäßle Mehl, Speis und Trank nicht eingerechnet. Das Kloster sorgt für die Seinen wie ein Vater für sein Kind. Bei der Geburt eines solchen gibt es sogar Wein und Mehl als Geschenk. Auch die Abgabe für das Fastenhuhn bringt keine große Not. Es wurde dem Gotteshaus von alters her verbrieft, dass keiner vom Wald davonlaufen darf, um sich in Waldshut oder anderswo frei zu machen. Niemand kann sich von der Leibeigenschaft loskaufen. Wo er sich auch niederlässt, er bleibt immer dem Gotteshaus eigen. Egal was die Regierungsvertretung in Freiburg sagt. Das gilt für alle Hauensteiner, die dem Gotteshaus unterstehen.« Er schnaubte, holte tief Luft.

»Eure Heiligkeit …«

»Ich bin nicht der Papst!«, herrschte Augustinus sein Gegenüber an.

»Verzeiht, Euer Ehren, ich bin nur der Bote. Der Waldvogt Beck aus Waldshut schickt mich persönlich.«

»Der Waldvogt!«, äffte Augustinus ihn gereizt nach. »Was mischt sich der überhaupt ein? Brauchen die Verbrecher jetzt schon einen Rechtssprecher?«

»Er möchte vermitteln und bittet deshalb um Eure Bereitschaft, dem Treffen beizuwohnen.«

»Ich werde den Teufel tun und nach Dogern reisen. Sagt das dem Beck. Ich bin doch nicht lebensmüde!«

Augustinus hielt kurz inne, blickte aus dem Fenster, massierte mit Daumen und Mittelfinger seine Nasenwurzel. Er musste sich beruhigen. Sein Herz zog sich in letzter Zeit bedenklich oft zusammen, polterte und setzte bisweilen auch einen Takt aus. Er war nicht mehr der Jüngste.

»Nein, sagt, ich setze eine Stellungnahme auf. Kommt morgen wieder, dann könnt Ihr meinen Brief gleich mitnehmen.«

Der Bote murmelte ein »Gewiss doch« und verschwand.

Augustinus klingelte seinem Bediensteten, den er auch im Exil von der Propstei gestellt bekam, und bat um Tinte und Pergament. Der junge Bursche brachte kurz darauf das Gewünschte und verneigte sich. Er wollte schon wieder verschwinden, doch Augustinus hielt ihn zurück.

»Halt, bringt mir noch einen Becher Rotwein für mein Herz, ich bin für niemanden zu sprechen, habt Ihr gehört?«

Der Junge nickte eifrig und ging verbeugt rückwärts aus der Tür.

Augustinus war zufrieden. Normalerweise hätte er den Sekretarius angewiesen, das Schreiben aufzusetzen.

Das war das nächste Problem, das er angehen musste: Stephanus ausfindig und dingfest machen. Er war zu einer Gefahr für ihn geworden. Es schien, als spitze sich die Lage zu. Wer wusste schon, ob sich sein ehemaliger Sekretarius, dieser Bauerntrampel, nicht seiner Wurzeln erinnerte und ihm in den Rücken fiel.

Er war der Abt und Landesherr. Wenn die Aufständischen einen Krieg wollten, sollten sie ihn haben, er würde keinen Zoll breit von seinen Rechten abweichen.

Beschwingt machte er sich an seine Verlautbarung.

***

Als die Gruppe die Anhöhe des Wittemle erreicht hatte, machte sie eine kurze Pause. Unter ihnen, im Windbergtal, lag ihre ehemalige Glashütte. Sie hatten sie vor zwei Jahren auf Geheiß des Klosters aufgegeben und waren nach Äule weitergezogen.

Die Anhöhe war kahl geworden. Zwei, drei Ahornbäume zeichneten den Schleifweg. Die Glasmacher waren zu einem waldfressenden Volk geworden, seit sie helles Glas herstellten und dazu Pottasche in rauen Mengen brauchten.

»Mama, ich weiß noch, als wir dort unten gewohnt haben.« Jakob deutete auf eine der verbliebenen Hütten am Rande. »Und hier oben standen noch Bäume. Da habe ich immer den Dubel, den Justus, getroffen.« Er klang wehmütig. »Ich habe ihn schon lange nicht mehr gesehen. Meinst du, es geht ihm gut? Der Apothekermönch hat gesagt, Stephanus ist mit einem Novizen geflüchtet. Ob er Justus mitgenommen hat?«

»Geflüchtet?«, fragte Marie verwundert und sah zu Borromäus. Sie hatten seit ihrer Meinungsverschiedenheit kein Wort mehr gewechselt.

»Das habe ich auch gehört«, erwiderte dieser versöhnlicher.

»Weshalb?«

»Ich weiß nicht, man ist mir ausgewichen. Etwas stimmt da nicht.«

»Der Abt wollte den Sekretarius einsperren«, antwortete Johann.

»Wer sagt das?«, fragten Borromäus und Marie wie aus einem Mund.

»Wir waren im Pferdestall des Klosters«, beichtete Jakob. »Wir wollten eigentlich nur die schönen Tiere sehen.«

Johann setzte die Geschichte fort. »Und haben die Knechte belauscht, die Aufständischen sollen den Sekretarius entführt und der Oberjäger den Abt dagegen in Sicherheit gebracht haben.«

»Und mein Onkel, Pater Cajetano, ist keines natürlichen Todes gestorben, man hat ihn wohl vergiftet«, ergänzte Benedikt.

»Ich glaub's ja nicht. Seid ihr von Sinnen? Wenn die euch erwischt hätten!« Marie war außer sich.

»Haben sie aber nicht«, sagte Jakob trotzig.

»Was habt ihr noch gehört?«, fragte Borromäus neugierig.

»Dass man in Klingnau glaubt, du bist ein Mörder.« Jakob verschränkte seine Arme.

»Wer sagt das? Und warum?«

»Weil du ein Floß mit Besuchern für den Abt über den Rhein gezogen hast und alle ertrunken sind. Nur du nicht, weil du als Einziger schwimmen kannst und das andere Ufer erreicht hast. Stimmt das? Dann bist du ab sofort nicht mehr mein Schatzhauser, einen Mörder will ich nicht zum Vater haben.«

»Beruhige dich, es ist eine lange Geschichte, ich will sie euch erzählen.«

Borromäus begann mit seiner Flucht beim Heerlager und endete, wie er nach dem Fährunglück nach St. Blasien gekommen war.

»Der Abt hat meinen unglücklichen Bericht angehört. Ich habe ihm beteuert, dass ich versucht habe, die Männer zu retten. Die Strömung war sehr stark, das Wetter stürmisch. Wir hätten gar nicht auf den Fluss gedurft. Doch Augustinus hat ausdrücklich darauf bestanden und gemeint, wenn einer das kann, dann ich. Er gab mir sogar ein paar Münzen für den Verdienstausfall des Fährmannes. Der sei ein Säufer und Jammerlappen und würde seinen Wünschen sicherlich nicht nachkommen. Er hat das Unglück als Willen Gottes abgetan, ich sollte mich nicht grämen. Als er mir im Gegenzug, als Entschädigung für die Gefahr an Leib und Seele, den Abbau der Kobaltsteine erlaubt hat, kam ich mir gekauft vor. Aber ich habe es verdrängt. Das Angebot, Blaufärber und ein freier Geselle zu werden, hat mich mehr gelockt als meine Zweifel. Aber wie kommen die Stallknechte darauf, dass ich deshalb ein Mörder sei, Jakob?«

An dessen Stelle antwortete Benedikt: »Das Seil war manipuliert, sagen die Klingnauer.«

Borromäus wurde blass. Er stand auf und entfernte sich einige Schritte von den anderen.

***

Friedolin rieb sich die Hände.

»Du wirst sehen, wir machen mit den Glasmachern das Geschäft unseres Lebens. Theis hat mir für das Vitriolöl einen Schweinepreis bezahlt. Da ist etwas im Gange. Dieses Weib stellt sich zwar blöde, will aber wissen, was es kostet. Und hast du gehört, wie entsetzt der Riese über den Preis war? Die sind heiß darauf, das sage ich dir. Der gehört dazu, ist wohl ihr Zukünftiger. Klingelt es da nicht bei dir?«

Er schlug seinem Bruder auf die Schulter, dass dieser wankte.

»Sie haben aber nichts wissen wollen.« Samuel bestellte sich ein weiteres Bier am Stand der Klosterschänke.

»Wart's ab. Die kommen nicht aus Äule, sondern über die hohe Wacht. Vielleicht aus Basel oder sonst wo. Theis hat sicher die neue Methode entwickelt und seine Helferin auf die Suche nach Abnehmern geschickt. Basel, Freiburg, die großen Städte, wo man solche Kostbarkeiten außerhalb der Klöster verkaufen kann. Vermutlich weiß der Abt noch nichts davon.«

»Wie kommst du darauf?«

»Der Bub der Sigwarthin ist ein vorwitziges Kerlchen und ein Lausbub. Ich kenne ihn. Er hätte sicherlich etwas gesagt, vom Schwarzpulverfeuerwerk. Wenn er dabei gewesen wäre.«

»Schwarzpulver? Wo dabei gewesen? Wovon redest du?«

»Ich habe den Schürbuben bei meinem letzten Besuch erzählt, wie man ein kleines Feuerwerk veranstalten kann. Glaub mir, diese Bande hat das ausprobiert und der Bub weiß nichts davon. Warum? Weil er mit den anderen unterwegs war.«

»Und wenn?«

»Du warst schon immer etwas langsam im Denken. Die haben Handelsbeziehungen ausgekundschaftet«, sagte Friedolin betont langsam, damit die Worte in das biergeschwängerte Hirn seines Bruders Eingang fanden. »Was die Glasmacher jetzt brauchen, ist das Vitriolöl. Es gibt im Hotzenwald nur einen, der es herstellen kann: der Tintenmacher. Und ich kenne ihn. Sie müssen auf meine Bedingungen eingehen. Darauf trinken wir einen.«

»Ich finde immer noch, dass du spinnst. Aber einen trinken, das können wir gern.«

***

»Heul nicht, Klara, du wolltest den Anton doch, oder?«, sagte Franziska in dem Versuch, ihre Schwester aufzumuntern.

»Aber der ist doch so alt.« Klara schluchzte erneut auf.

»*Dazu* war er dir aber nicht zu alt, oder?«

»Ich wollte doch nur wissen, wie so ein Schweizer ist. Vielleicht machen die das anders?«

»Jetzt weißt du es, und er hat sogar den Anstand und will dich heiraten. Was Besseres konnte dir doch nicht passieren in deiner Situation. Wer ist denn der richtige Vater?«

»Hm, ich weiß es nicht. Es könnte der Kohlen-Hans, ein Glasträger oder der Wirt gewesen sein.«

»Der Wirt? Da wärst du aber deine Arbeit los.«

»Meinst du?«

»Vater würde dich totschlagen, wenn es nicht schon die Wirtin macht. Es ist besser für alle. Heirate ihn.«

»Und wenn er wieder geht?«

»Als seine Frau würde er dich wohl mitnehmen.«

»In die Schweiz? Ist das weit?«

»Ich war noch nicht dort, aber Vater will dorthin, und vielleicht muss ich mit. Aber jetzt komm, hilf mir, die Eimer vom Brunnen zu holen. Ich muss noch zwei Körbe voll auslaugen.«

Klara wischte sich die Tränen am Schurz ab, ehe sie vor die Aschenküche trat. Dort glaubte sie, ihren Augen nicht zu trauen.

»Marie! Schau doch, Franziska, da kommen Marie und Borromäus. Und Jakob! Und wer sind die anderen beiden?«

Franziska stürzte aus dem Laboratorium und wäre beinahe mit Jakob zusammengestoßen, der vorausgerannt war. Sie strich ihm eilig über den Kopf und lief auf Marie zu, die ihre Arme ausbreitete.

»Marie! Endlich, ich dachte schon, ihr kommt nicht mehr!«,

rief sie erfreut. Die fremden Burschen sah sie nur aus dem Augenwinkel.

»Oh, die vermeintliche Aschenbrennerin«, entfuhr es Benedikt.

Franziska wirbelte herum. Sie brauchte nur einen Wimpernschlag, bis sie wusste, wem die Stimme mit dem Wiesentäler Dialekt gehörte. Sie sah in die eisgrauen Augen des Cajetano-Neffen, ein Schauer lief ihr bei dieser Ähnlichkeit über den Rücken. Es half nichts, dass er entschuldigend lächelte.

Sie griff beherzt zum Wassereimer und schüttete dem Fremden zum Entsetzen aller den Inhalt ins Gesicht.

»Jetzt sind wir quitt.«

Michael hob erschrocken den Kopf. Wer um alles in der Welt veranstaltete solch einen Aufstand auf dem Dorfplatz? Ein Schreien, als wären die legendären Hunnen eingefallen.

Er legte sein Werkzeug hin und lief zum Fenster. Als Erstes entdeckte er Borromäus, der die anderen Personen überragte.

Borromäus war da! Marie? Wo war seine Tochter? Er reckte und streckte sich. Es half nichts, er musste vor die Tür, um etwas zu sehen.

Der Blaufärber fuchtelte mit den Armen, verfiel in ein schallendes Gelächter und hielt seinen Bauch. Die anderen schienen sich ebenfalls vor Lachen zu krümmen. Was gab es da?

Michael ging auf die Menschenansammlung zu.

Jetzt hob Marie einen Eimer und schüttete einem fremden Burschen Wasser über den Kopf. »Und der ist von mir, nicht ganz unverdient, wenn ich es mir genau überlege! Mögest du immer einen klaren Kopf bewahren, auf eine freundschaftliche Zusammenarbeit mit meiner Familie!«

»Was treibt ihr hier? Seid ihr noch ganz gescheit, bei der Kälte? Wer ist der Halunke?«, fragte Michael in die Runde. Es war seine Art, die Freude über die offenbar glückliche Ankunft der Vermissten samt ihrer fremden Begleiter zu zeigen. Freudige Emotionen könnten ihm als Schwäche ausgelegt werden, so glaubte er – und so lautete auch die landläufige Meinung der Waldbewohner.

»Benedikt von der Schindelhalde in Aftersteg, mein neuer Partner, ich wollte ihn Euch vorstellen, Vater.« Marie unterdrückte glucksend einen neuen Lachanfall, als sie das betretene Gesicht ihres Vaters sah, der verwirrt vom begossenen Schindler zu Borromäus blickte.

Aus allen Türen kamen die Äulemer, um zu schauen, was es da zu glotzen und zu schreien gab.

»Was hat der Mann verbrochen?«, fragte schließlich Anton, der mit seiner Schwägerin etwas abseits stand.

»Oh, und wer seid Ihr?«, fragte Marie. »Kommt, das müsst Ihr mir erzählen, lasst uns in die Wärme gehen.«

»Hat jemand ein Handtuch? Ich will meine Frevel gleich gestehen.« Benedikt zitterte vor Kälte und deutete zur Brandruine des Aschenhauses. »Das war auch ich. Dabei wollte ich das Haus gar nicht anzünden. Ich war nur auf der Suche nach dem Rezept. Bin vom Stall her eingestiegen und habe versehentlich die Tür offen gelassen, als ich die Schränke durchsucht habe. Da kam der Ziegenbock aus dem Stall und stieß mit seinen Hörnern auf mich ein. Die Kerze fiel um, ich konnte mich noch durch die Vordertür vor dem wild gewordenen Tier retten. Die Schürbuben haben mich entdeckt. Da habe ich das Weite gesucht, ehe sie mich erwischt hätten. Tut mir aufrichtig leid. Ich will es wiedergutmachen und beim Aufbau helfen.« Er blickte in das steinerne Gesicht des Vogts. »Wenn ich darf.«

Bevor die Einwohner die Fäuste gegen den Brandverursacher erheben konnten, kam Ricarda, reichte ihm ein Handtuch und drängte den frierenden Jüngling ins Wirtshaus.

»Und wer ist der andere?« Michael deutete unwirsch auf Johann.

»Ein Tagedieb, der vielleicht zum Schürbuben taugt. Kommt, wir gehen zu den anderen ins Gasthaus.« Borromäus klopfte Michael auf die Schulter.

»Vater, wir sind auf den Spuren einer neuen Entwicklung

in Sachen Glaskunst einen großen Schritt weitergekommen«, erklärte Marie beim Betreten der Wirtstube.

Anton trat neben sie und verneigte sich. »Darf ich mich jetzt vorstellen? Anton Süberli, ich bin Aschenbrenner aus der Schweiz. Wir sind im Auftrag unseres Herrn, des Patriziers Johann Baptist Rusconi aus Luzern, gekommen. Leider halten uns verschiedene Umstände in Äule fest. Ihr seid also die legendäre Marie? Ich habe schon viel von Euch gehört und würde gern die Zeit nutzen und bei Euch lernen.«

Marie musterte ihn fragend, er war sicherlich zwanzig Jahre älter als sie. »Aber …«

»Danke, es ist mir eine Ehre, Frau Sigwarth.«

***

Bruder Stephanus las die Mitteilung, die ihm der Waldvogt Beck wortlos auf den Tisch gelegt hatte. Sie war mit den Worten »Die Stimme des Abtes« überschrieben. Darin zählte Augustinus nicht nur die Aufgaben seiner Untertanen auf, sondern machte sich auch noch lustig über sie, weil sie glaubten, dass der Erlass des Kaisers, sie nicht mehr leibeigen nennen zu dürfen, einen besonderen Schutz bedeuten würde. Es sei nichts als eine hohle Phrase gewesen. Er sei der Abt und sie seine Untertanen, und es gebe für sie keine Möglichkeit, sich frei zu machen, weder durch Heirat noch durch Loskauf oder Wegzug.

»Das ist ein Schlag ins Gesicht der Hauensteiner«, bemerkte Stephanus.

»Augustinus hat Sonderrechte, die ihm die Habsburger zugestanden haben, er hat einen reichsunmittelbaren Staat im Staat damit aufgebaut«, erwiderte Beck sachlich.

»Den er untergräbt, indem er Gebiete zukauft oder Freie durch Vermählung mit Klosteruntertanen zu Leibeigenen macht.«

»Der Abt beruft sich auf alte Rechte. Wir haben keine Handhabe.«

Stephanus seufzte. Was sollte er tun? »Schickt mir den Redmann der Einungen. Er muss antworten, ich erkläre mich bereit, ein solches Gegenschreiben mit ihm aufzusetzen. Als ›Die Stimme der Wälder‹. Wir haben keine rechtlichen Möglichkeiten gegen einen reichsunmittelbaren Landesherrn. Ich habe letzte Nacht die wenigen Schriftstücke dazu studiert, die man mir aus der Bibliothek Göhrwihl gebracht hat.«

»Ihr habt recht, nur Kaiser Karl hätte die Macht, ihm Einhalt zu gebieten. Ich habe die Gesetze auch studiert, Bruder Stephanus. Ich bin an die bestehenden Rechte gebunden und kann keine Partei ergreifen, selbst wenn ich wollte. Falls es zu einer Anfrage beim Kaiser kommt, wäre eine Stellungnahme der Wälder wichtig. Da stimme ich Euch bei. Augustinus ist nicht angreifbar, auch nicht mit irgendwelchen unbewiesenen Anschuldigungen. Er hat das Amt des hohen Gerichts auf seiner Seite. Ihr würdet alle Euren Kopf riskieren. Es tut mir leid, mein Sekretarius.«

Beck war die Aufrichtigkeit in Person. Stephanus glaubte, hinter der steifen Fassade des Mannes einen kleinen Lichtschimmer zu erkennen.

»Ja?«, fragte er deshalb.

»Es ist eigentlich nichts, aber das Kaiserhaus hat ein großes unbewohntes Gebiet zwischen Serbien, Ungarn und Rumänien erhalten, das Banat. Es ist nur Sumpf und Wildnis. Aber ich habe gehört, dass man sich überlegt, Auswanderer dort anzusiedeln. Es wäre vielleicht eine Möglichkeit, sich frei zu machen, für die Salpeterer, meine ich.«

»Wolltet Ihr Eure Lieben verlassen für ein freies Leben im Sumpf?«, fragte Stephanus ungläubig.

»Ich möchte es nur gesagt haben.«

»Danke.«

***

Die Wirtin Emma, ihr Gatte und Klara waren bemüht, eine Mahlzeit für alle auf den Tisch zu bringen. Selbst Ricarda Süberli hatte sich eine Schürze umgebunden und schälte Rüben.

Der große Kupferkessel wurde auf die Feuerstelle in der Küche gehievt, das Fleisch einer eilends geschlachteten Ziege angebraten, das Gemüse dazugegeben, alles mit Wasser abgelöscht. Bald brodelte eine dicke Suppe und ließ der Gesellschaft das Wasser im Munde zusammenlaufen.

»Ich habe beschlossen«, Michael Sigwarth hob sein Glas mit dem edlen Wein aus Hilarius' Keller, den er für besondere Anlässe vorhielt, »dass der Blaufärber und meine Tochter, die jetzt die offizielle Nachfolge von Theis Schmiden antritt, zunächst bei uns wohnen, bis wir im Frühjahr das Aschenhaus neu errichten können. Dazu verpflichte ich alle abkömmlichen Glasmacher am Thomastag zum Schwenden. Mit dem Richtfest wird Hochzeit gefeiert, ich übergebe meine Töchter Marie und Klara an meine künftigen Schwiegersöhne Borromäus, den Blaufärber, und Anton, den Aschenbrenner.«

»Du hast uns nicht gefragt!«, riefen beide Töchter gleichzeitig. Es klang jedoch nicht nach Vorwurf, eher nach Verwunderung über den Sinneswandel des Vaters.

Die erstaunten Blicke der Anwesenden ruhten nur kurz auf Marie und Borromäus, wanderten dann aber überrascht zu Anton und Klara.

Die schaute beschämt zu Boden. Als Marie sie aber in den Arm nahm und ihr zu dieser offensichtlich guten Partie gratulierte, strahlte sie.

Das ganze Dorf hatte sich in die Gaststube gequetscht, denn jeder wollte wissen, was Marie über den Berg getrieben haben mochte, welche Neuigkeiten sie mitbrachte und wie sich Borromäus vom Höhlenmenschen zum Blaufärber gemausert hatte.

Niemand ahnte, dass sich zwei Fremde oberhalb des Dorfes in einer Waldhütte eingefunden hatten und auf einen günstigen Moment warteten.

***

Die Kerze auf seinem Pult war schon niedergebrannt, als Bruder Stephanus die Feder beiseitelegte und sein Werk betrachtete.

Die Stimme der Wälder.

Justus lag laut schnarchend auf seiner Matratze. Stephanus hatte ihm geboten zu schlafen, um sich für den nächtlichen Ritt zu wappnen. Neben ihm saß, oder besser lag, der Redmann aus Göhrwihl. Er war, den Kopf auf die Arme gestützt, am Tisch eingeschlafen. Sie hatten sich lange beraten, ehe Stephanus das Pergament genommen und zu schreiben begonnen hatte.

»Wir haben den Wald gerodet. Der Graf Hans hat uns die Freiheit gegeben. Der Einzelne vermag nichts, darum haben wir uns zu Einungen zusammengeschlossen. In unserem Bundesbrief steht: Wir, die Einungsmeister und das ganze Land vor und hinter dem Haag mitsamt den Tälern Todtnau und Schönau, tun kund …«

Darauf folgte eine ganze Seite mit alten Rechten und Verpflichtungen; von der eigenen Landwehr, dem Sinnbild des eigenen Wappens – der Tanne –, der Benennung der Meister, bei der der Waldvogt nicht anwesend sein durfte, dem anschließenden Brauch der Landesrechnung unter freiem Himmel über den Schwur des Waldvogtes, das alte Herkommen zu schützen, bis zu der Anerkennung des Landesfürsten von Österreich als obersten Hirten, dem man geschworen habe, keinen anderen als ihn anzuerkennen.

Im Gegenzug seien die Hauensteiner mit Freiheiten und Privilegien ausgestattet worden. Diese gegenseitige Treue hätten sie im Gegensatz zu den Eidgenossen immer eingehalten. Sogar während die Brüder über dem Rhein dem Hause Habsburg das Land stahlen, seien sie zu ihrem österreichischen Landesfürsten gestanden. Wäre nicht Augustinus gekommen und hätte die Gebäude des Klosters niedergerissen und seine Untertanen dafür bezahlen lassen, gäbe es keinen Grund zur Klage. Er aber habe erreicht, dass die Regierungsvertretung in Freiburg die Hauensteiner angehalten habe, ihm als neuen Herrn zu huldigen.

Des Weiteren beklagten sie, dass St. Blasien die Gerichtsbarkeit an sich gebracht hatte. 1704 habe der Kaiser den Abt gemahnt, die Untertanen nicht mehr leibeigen zu nennen, doch er würde sich darüber hinwegsetzen und sie als Rebellen bezeichnen. Er habe gar Soldaten geschickt und sie gezwungen, ihm zu huldigen. Die, die sich weigerten, wurden in Armut gestürzt, nach Freiburg, Belgrad und Ungarn in die Gefangenschaft geführt oder gehängt. Augustinus habe somit den Kaiser beraubt, so die Klage der Hauensteiner.

Das waren harte und deutliche Worte, die den Abt mit Sicherheit noch eine Weile im Exil halten würden. Stephanus selbst wollte nicht weiter in der Fremde auf Kosten der Einung leben und sich weiter in den Konflikt ziehen lassen. Sein Leben war das Kloster, die Nähe zu Gott, die man sonst nirgends so eindrücklich fand. Als Lohn für sein Schreiben hatte ihm der Redmann freies Geleit ins Kloster versprochen.

Ohne Abt würde er dort seines Amtes walten können, denn der Konvent war ohne jegliche Führung. Ihm zollte man Respekt, und die Aufständischen würden sicher nicht mehr angreifen, wussten sie doch um seine Loyalität und das Exil des Abtes.

Stephanus rollte das Schreiben zusammen und weckte den Redmann und seinen Bruder.

Weit nach Mitternacht machten sich die Reiter auf den Weg in die Berge des Hochschwarzwaldes, dem Kloster St. Blasiens zu. Sie ritten schweigend, lauschten den nächtlichen Geräuschen der Wälder, den gurgelnden Bächen, dem Knarzen des gefrorenen Schnees unter den Hufen. Heimatliche Gefühle erfüllten Stephanus' Herz.

St. Blasien war sein Zuhause, solange er denken konnte. Sein Vater hatte ihn als Junge abgegeben, da genug Kinder auf seinem Hof gelebt hatten, Kinder, die er kaum satt bekommen hatte. Das Zehnte dem Kloster, auch ohne Mitgift. So die Regel.

Kapitel 14

Beim ersten Morgenlicht näherten sich die Fremden dem Dorf. Sie hatten in der Hütte oberhalb genächtigt.

»Siehst du die Brandruine dort unten, Samuel? Das war das Aschenhaus. Mein Gott, haben die Schürer das Aschenhaus hochgehen lassen?«

Friedolin hielt inne. Sollte er sich überhaupt im Dorf sehen lassen?

Samuel hielt ihn am Ärmel fest. »Wenn das dein Schwarzpulver war, ist es besser, du suchst dir andere Handelspartner. Die ziehen dir das Fell ab. Sollen wir umkehren?«

»Ich muss es wissen. Lass uns zur Aschenküche schleichen, das ist das Gebäude daneben. Ich will mich umhören, vielleicht ist der alte Theis schon bei der Arbeit.«

»Der Kamin raucht nicht, aber meinetwegen …«

Die Tür war zu, Friedolin drückte sich dagegen, bis sie nachgab. Leise huschten die Männer hinein.

»Sieht alles ordentlich aus. Aber da oben, siehst du? Da ist noch Ruß an den Deckenbalken«, erklärte Friedolin. »Ich hoffe, die Buben haben nur hier drinnen gezündelt und nicht das Wohnhaus nebenan abgefackelt.«

»Das kann auch der Aschenbrenner gewesen sein.« Samuel ließ sich auf einer Bank nieder, während Friedolin sich suchend umsah.

»Ich muss den Aschenbrenner fragen, aber wo wohnt er im Moment, wenn sein Haus abgebrannt ist?«, fragte Friedolin.

Samuel hatte es sich auf der Bank zwischen zwei Weidenkörben mit Asche gemütlich gemacht und starrte desinteressiert vor sich hin.

Ärgerlich stupste Friedolin ihn an. »He, hörst du mir überhaupt zu?«

»Ich bin den weiten Weg über die Höhe von St. Blasien mit

dir gelaufen, wir haben uns die bissig kalte Nacht um die Ohren geschlagen. Ich bin müde, was willst du?«

»Ich muss die Schürbuben erwischen, sie sind die Ersten, die im Dorf aufwachen und die Glasmacher und Bläser wecken. Ich will wissen, ob sie das Haus abgefackelt haben. Dann muss ich in Erfahrung bringen, ob Theis erfolgreich war. Ich warte nicht bis zum Frühjahr, wer weiß, ob die nicht andere Vitriolhändler aufgetan haben. Ich will das Geschäft machen. Vielleicht brauchen sie noch andere Stoffe? Wer weiß. Salpeter oder Schießpulver?«

»Schießpulver!« Samuel winkte ab. »Du hast vielleicht Schießpulver im Hirn. Das sind Glasmacher, keine Aufständischen.«

Friedolin sah sich unbeirrt im Raum um, während Samuel es sich weiter bequem machte. Er schaute in das Versteck, in das Theis seine rauchende Schwefelsäure gestellt hatte. Es war leer. Das konnte nur bedeuten, dass er damit gearbeitet hatte.

Hin und wieder äugte er durch das Fenster rüber zur Glashütte, er wollte die Burschen nicht verpassen. Nichts, noch war alles ruhig.

Tiegel für Tiegel öffnete er, roch an den verschiedenen Pulvern, Gesteinsmehlen und bunten Steinen, zerrieb sie zwischen den Fingern. Bei einem schnüffelte er zweimal. War dies Schwefel?

Er griff hinein, roch abermals und war sich sicher. Schnell nahm er zwei Hände voll und stopfte die groben Brocken in seine Tasche. Schwefel war nicht einfach zu bekommen, aber für die Schwarzpulverherstellung unerlässlich.

In dem Moment kam einer der Buben aus der Glashütte und erleichterte sich neben der Hauswand. Friedolin lief hinaus, schnappte sich den Buben und fragte ihn nach dem Feuerwerk.

»Ja, das hat einen Riesenknall gegeben, der Rauch war überall«, bestätigte der Bub, nachdem er sich vom ersten Schrecken erholt hatte. »Seid Ihr der Friedolin, von dem Marx erzählt hat?«

»Ja, der bin ich. Was hat er denn erzählt?«

»Dass er von Euch weiß, wie man Schießpulver macht.«

»So, hat er das? Das Haus des Aschenbrenners ist abgebrannt, wart ihr das?«

»Nein, das war der Benedikt aus Aftersteg, er hat sich gestern gestellt und versprochen, beim Aufbau zu helfen.«

»Aha, und der Aschenbrenner? Was sagt der dazu? Warum hat Benedikt das Haus abgebrannt? Er kommt aus Aftersteg, sagst du? Das ist drüben am Berg.«

»Ja, die Marie hat ihn mitgebracht; und der Borromäus. Aber der Theis lebt nicht mehr, wisst Ihr das nicht? Er ist schon länger tot, zwei oder drei Wochen. Bevor das Unwetter kam.«

»Woran ist er gestorben?«

»Das weiß niemand. Er war schon alt.«

»War er schon tot, als Marie wegging?«

»Ja.«

»Aha, danke. Und warum hat sie den Benedikt und den Borromäus mitgebracht? War da nicht noch ein Junge? Älter als du?«

»Ja, der Johann, der hat wohl niemanden mehr. Der spricht kaum. Benedikt und Borromäus wollen mit Marie arbeiten. Sie haben blaue und violette Steine mitgebracht. Sie wollen etwas Neues ausprobieren.«

»Und was?«

»Geheim«, flüsterte der Bub und legte einen Finger auf die Lippen.

»Aha, aber du weißt, worum es geht?«

»Nein. Das weiß niemand.«

»Sag den anderen nicht, dass ich da bin. Ich will zuerst den Glasvogt aufsuchen.«

Friedolin legte zum Zeichen der Verschwiegenheit ebenfalls einen Finger auf die Lippen.

***

»Hast du gestern die Tür nicht richtig verschlossen?«, fragte Franziska.

»Natürlich habe ich zugemacht, warum? War jemand im Laboratorium?« Anton sah sich genau um, konnte aber nichts feststellen. Er ging einmal im Kreis herum, es stand alles an seinem Platz.

Unter seinen Schuhen knirschte es. Schwefelgestein. Er nahm den entsprechenden Tiegel herunter.

»Schwefel fehlt«, stellte er fest.

»Die Schürbuben! Sicherlich dieser Poldi, der es auch krachen lassen wollte.« Franziska lief schnurstracks zur Glashütte hinüber, um den Verlust zu melden.

»Sag deinem Alten, von uns hat niemand etwas genommen!«, rief ihr Thomas Raspiller zu. »Bestimmt waren es die Burschen, die deine Schwester mitgebracht hat. Die kommen mir sehr verschlagen vor. Zumindest der stillere. Der hat Dreck am Stecken, das sage ich dir.«

Franziska ging ohne Worte und schlug die Tür.

Da sah sie zwei fremde Männer auf das Haus ihres Vaters zueilen. Den größeren hatte sie schon im Dorf gesehen, den anderen nicht. Wo kamen die beiden so früh am Morgen her? Jede Siedlung in der Umgebung lag mindestens einen halben Tagesmarsch entfernt. Waren sie schon am Vorabend angekommen?

Neugierig geworden, hielt sie auf das Sigwarth-Haus zu und erreichte kurz nach ihnen den Eingang. Die Männer standen noch im Flur.

»Uns wurde Schwefel gestohlen!«, rief sie, ehe der Glasvogt oder einer der beiden Männer etwas sagen konnte.

Stille.

Friedolin hob die Arme. »Wir wissen von nichts, wir kommen in einer anderen Mission. Ich habe vor einigen Wochen Geschäfte mit Theis Schmieden gemacht, nun hörte ich von seinem Ableben und wollte Euch fragen, ob Ihr weiter an den Lieferungen von Vitriolöl interessiert seid?«

»Vitriolöl?«, fragte Michael überrascht. »Franziska, frag die Marie, ob sie interessiert ist.« Er wandte sich den Männern zu: »Ihr könnt gleich mitgehen.«

»Das ist nicht nötig. Wir waren nur auf der Durchreise und dachten …«

»Durchreise? Jetzt, mitten im Winter? Da stimmt doch etwas nicht. Halt, stehen geblieben!«

Die beiden waren im Begriff, fluchtartig das Haus zu verlassen. Doch Michael packte geistesgegenwärtig den langen Friedolin, sodass dieser strauchelte und zu Boden fiel. Samuel versuchte, Michael abzuwehren. Als sich Friedolin aufrichtete, traf ihn der Besen der jüngsten Glasmachertochter Martha im Genick.

Es dauerte nicht lange, bis aus allen Häusern die Bewohner herausstürzten, um zu sehen, was los war. Sie fragten die Umstehenden, erhielten keine Antwort, sahen, dass sich Michael Sigwarth mit zwei Fremden schlug, und mischten sich ein. Kurz darauf hatten sie die Männer in ihrer Gewalt. Bei dem Tumult war Friedolins Tasche eingerissen, die Schwefelkiesel rieselten zu Boden.

»Schwefeldiebe also.« Michael sah die beiden eindringlich an.

»Wir … ich wollte nur sehen, wie weit Theis gekommen ist und ob er die rauchende Schwefelsäure gebrauchen kann. Ähm, das Schwefel? Es lag da rum, und ich habe es aufgehoben. Für Schießpulver, braucht Ihr welches? Ich kann Euch beliefern«, stammelte Friedolin.

»Du kannst dir das Schießpulver sonst wo hinschieben! Ich zünde es auch gern an! Her mit dem Gestein. Ich will euch hier nie wieder sehen, sonst melde ich euch. Abt Augustinus macht mit Dieben kurzen Prozess!« Michael Sigwarth schnaubte vor Wut.

»Du lässt sie laufen?«, fragte Thomas Raspiller. »An den nächsten Baum mit ihnen!«

»Hier habe ich das Sagen. Mein Wort gilt!«, brüllte Michael.

Die Glasmacher ließen Friedolin und Samuel los, die daraufhin davonrannten, als könnten sie ihr Glück kaum fassen.

»Halt, das Schwefelgestein bleibt hier!« Michael bedeutete Friedolin, zurückzukommen und die Steinchen vor ihm auf den

Boden zu legen. Schließlich jagte er die beiden mit wüsten Beschimpfungen – darin war er gut – aus dem Dorf.

»Vater«, fragte Marie, die eben erst hinzugekommen war, »weshalb lasst Ihr sie ungeschoren davonkommen?«

»Du wirst dieses Vitriolzeug brauchen, die Burschen haben mit ihrer Explosion die Flasche zerstört. Woher sollen wir es bekommen, wenn die beiden am Galgen baumeln? Wenn ich sie anzeige, wittert der Abt etwas und hält die Hände auf! Reiner Selbstschutz.«

»Welche Explosion? Vitriolöl? Wir haben doch die Möglichkeit, es selbst herzustellen«, sagte Benedikt. »Ein Familienrezept sozusagen. Marie hat uns darauf gebracht.«

»Wie bitte? Auf was wartet ihr noch? Ran an die Arbeit«, gebot Michael.

Das galt für alle.

***

Bruder Stephanus streckte sich, er hatte die Morgenandacht verschlafen. Er und Justus waren erst bei Sonnenaufgang im Kloster angekommen. Ihr Begleiter hatte kurz vor St. Blasien kehrtgemacht. Sicherheitshalber.

Doch es schien ruhig im Gebäudekomplex, die Schäden durch die Aufständischen waren überschaubar. Man hatte am Vortag sogar den Martinimarkt abgehalten.

Ein leises Klopfen gegen seine Zellentür ließ Stephanus aus dem Bett springen. Wer konnte das sein?

Besorgt sah er zu Justus, der noch auf seinem Strohsack schlief, und öffnete die Tür einen Spaltbreit. Vor ihm stand Korbinian, der Apotheker.

»Ich habe vernommen, dass Ihr wieder hier seid. Wo ist der Abt?«, flüsterte er.

»In Sicherheit.«

»Die Aufständischen waren da.«

»Ich weiß.«

»Wo wart Ihr so lange?«

»Bei den Einungsleuten.«

Korbinian pfiff durch die Zähne, Stephanus öffnete die Tür weiter und ließ ihn durchschlüpfen.

»Der Abt geht zu weit. Ich weiß, dass er sogar Euch festsetzen wollte. Fürchtet Ihr Euch nicht? Wenn er zurückkommt, seid Ihr nicht mehr sicher. Jos hat mich informiert.«

»Er wird so schnell nicht kommen«, erwiderte Stephanus. »Die Aufständischen geben nicht auf. Sie formieren sich. Er wird eine Weile im Exil bleiben. Ich bin gekommen, um das Kloster so lange zu leiten.«

»Das ist gut. Die Aschenbrennerin und der Blaufärber waren gestern hier. Sie haben nach Euch gefragt.«

»Marie? Und? Wo kamen sie her?«

»Über die Wacht, die Säumerpfade sind wohl zugeschneit. Sie hatten zwei junge Burschen dabei, die ich nicht kenne. Kurz zuvor haben wir einen Schwerverletzten aufgenommen, der, ohne sein Bewusstsein wiederzuerlangen, verstorben ist. Borromäus hat ihn als Bergvogt von Todtnauberg identifiziert. Es gab wohl einen Hofbrand dort, wobei die Schwester Cajetanos ums Leben kam«, berichtete Korbinian.

Stephanus erinnerte sich an den kurzen Abschiedsbrief, den er entdeckt, aber liegen gelassen hatte, als er das erste Mal in der Kammer des toten Cajetanos gewesen war.

»Marie und ihre Begleiter sind nach Äule«, sagte Korbinian.

»Äule? Ich muss zu ihnen, Korbinian, ich bitte Euch, haltet noch geheim, dass ich wieder in St. Blasien bin.«

»Aber was wollt Ihr von der Aschenbrennerin?«

»Das kann ich Euch nicht sagen. Ich brauche Tinte und Feder und ein Pergament.«

»Wollt Ihr eine Urkunde ausstellen?«

»Bitte.«

***

Jakob stand an der Tür und passte auf, dass kein ungebetener Zuschauer kam. Er war aufgeregt. Benedikt und Marie brauten das Stinkewasser. Franziska, Borromäus und Anton standen dabei und beobachteten den Versuch. Ebenso Johann.

»Komm, ich löse dich ab, du willst doch sicher zuschauen, Jakob«, sagte er.

Als Marie und Borromäus zustimmend nickten, übergab Jakob Johann den Beobachtungsposten. Anton legte ihm die Hand auf die Schulter, damit er den Versuchen nicht zu nahe kam.

Eine Stichflamme loderte auf und ließ die Neugierigen einen Schritt rückwärts treten. Benedikt hatte vorgesorgt und den Glaskolben – nach dem Ratschlag seines Vaters – in Sand gesetzt, damit er nicht zerbarst. Langsam ließ er das so entstandene Pulver in ein mit Wasser gefülltes Glasgefäß rieseln. Es begann zu rauchen und roch nach faulen Eiern.

»Das Stinkewasser! Ihr habt es geschafft, jetzt brauchen wir den Friedolin nicht mehr!« Jakob klatschte begeistert in die Hände.

Benedikt füllte einen Teil ab und stellte ihn zur Seite. »So, und jetzt der gemahlene Flussspat. Geht zurück!«

Er hatte einen Löffel mit einem Stab verlängert, um Abstand halten zu können. Vorsichtig kippte er nun das violette Pulver in das Vitriolöl und hielt mit einer langstieligen Glasmacherzange das Glasgefäß über die Flammen, bis das Gemisch zu köcheln anfing.

»Ich weiß nicht, wie lange es erhitzt werden muss«, sagte er.

»Versuche es.« Anton reichte ihm die Wasserflasche.

Benedikt stellte das Glasgefäß zur Seite, dann spannte er die Flasche in die Zange und ließ den Inhalt in die Säure laufen. Nachdem sie etwa eins zu eins verdünnt war, sah er die Umstehenden fragend an.

»Du musst es gleich in den Kupfertopf füllen, schau, es greift schon das Glas an«, sagte Anton.

Das Reagenzglas wurde milchig.

Benedikt füllte die Säure in den Kupferkessel, um das Glasgefäß nicht zu zerstören.

Marie holte die beiden Glasplatten, die sie extra für die Versuchsreihe hatte wälzen lassen. Sie waren erst am frühen Morgen hergestellt worden und noch nicht ganz ausgekühlt. Sie legte sie in eines der Steinbecken und träufelte Säure über die erste. Es geschah nichts. Die Gesichter wurden lang vor Enttäuschung.

»Lasst uns mit dem anderen Teil des Vitriolöls noch die Paste herstellen.« Sie übernahm das langstielige Werkzeug und mischte eine cremige Konsistenz nach Benedikts Anleitung.

Nun kam die zweite Glasplatte zum Einsatz. Marie verrieb mit dem Löffel die fertige Paste. Beide Glasplatten lagen nun nebeneinander. Die Umstehenden starrten gebannt auf die Glasscheiben, aber es geschah nichts.

»Vielleicht braucht es einfach eine Weile. Lasst uns in der Zwischenzeit essen gehen«, sagte Marie. »Wer hält Wache?«

Borromäus bot sich an. »Geht ihr, ich möchte derweil meine Versuchsreihe mit den Kobaltgläsern vorbereiten.«

***

Obwohl er noch todmüde war, schwang sich Stephanus auf sein Pferd, um den Stall des Klosters St. Blasien zu verlassen, als Justus um die Ecke kam.

»Wohin ohne Dubel?«, fragte er vorwurfsvoll.

»Zu den Glasmachern.«

»Jaköble wieder da?« Seine Augen leuchteten voller Erwartung.

Stephanus gab sich geschlagen. »Komm, zieh dir den Wollmantel über und steig in die Lederstiefel.« Er zeigte auf die Reisegarderobe an der Stallwand.

Justus hüpfte vor Freude und schwang sich die Sachen über.

»Sitz auf. Du hast Glück, soweit ich gehört habe, soll dein kleiner Freund Jakob wieder im Dorf sein.«

Strahlend sprang Justus behände auf das Pferd. So schnell war er noch nie oben gewesen. Stephanus staunte.

Korbinian öffnete ihnen das Tor und verschloss es wieder. Niemand sah, wie das Pferd durch die Furt an der Alb watete.

Sie ritten in den anbrechenden Tag, umgingen St. Blasien in einem großen Bogen, um dann den Anstieg zum Wittemle zu nehmen. Der Weg über den Bergrücken war vorgespurt, vermutlich von den Heimkehrern. Bis auf die Eiseskälte hatte das Wetter sich beruhigt.

Justus rutschte auf, um sich am breiten Rücken seines Bruders zu wärmen. Der monotone Gang des Tieres ließ sie dösen, das Pferd kannte den Weg bereits.

Die Sonne stand schon am Scheitelpunkt, als sie den Höhenweg verließen.

Stephanus erinnerte sich an seinen ersten Besuch, als sie mit der klösterlichen Abordnung von der Seeseite des Schluchsees durch die Moorlandschaft gezogen waren und dieses Fleckchen Erde erblickt hatten, das ihnen nun zu Füßen lag. Die kleine Aue, das Äule. Die Entzückung und die alemannische Verniedlichung hatten dem Dorf den Namen gegeben.

Sie hielten auf die Aschenküche zu, aus der Rauch aufstieg. Es wurde gearbeitet.

Stephanus saß ab und klopfte an.

»Wer da?«, rief jemand wenig erfreut von innen.

Stephanus kannte die Stimme. »Borromäus, mein Freund, ich bin es, Stephanus.«

Die Tür wurde einen Spaltbreit geöffnet, Borromäus zog ihn am Ärmel herein, auch Justus glitt ungesehen ins Laboratorium. Zwei Glasplatten lagen über dem Becken, es schien, als wirke eine Substanz auf sie ein. Besser gesagt zwei, denn die eine schien flüssig, die andere eher zäh. Borromäus hantierte mit verschiedenen Utensilien.

»Das Geheimnis?«, fragte Stephanus und nickte zu den Glasscheiben. »Ihr habt die Rezeptur gefunden? Das sieht mir nach einer Studienreihe aus.«

»Die Ätzversuche von Marie. Ich bereite die Kobaltfärbungen vor.«

»Genial, da komme ich doch gerade noch rechtzeitig, um Zeuge einer neuen Erfindung zu werden.«

»Fast neu, erfunden waren sie schon, wir haben sie nur wiederentdeckt. Und das in Äule, einem kleinen Dorf mitten im Schwarzwald.« Es klang feierlich.

»Aber deshalb bin ich nicht gekommen. Die Zeiten sind unstet. Der Abt ist außer Landes, die Aufständischen haben das Kloster überfallen. Ich bin gekommen, um Euch zu Euren Rechten an den neuen Verfahren zu verhelfen. Sicher ist sicher.«

»Stephanus, wie wollt Ihr das machen?«

Der Sekretarius zog Tinte und Pergament aus seinem Beutel, grinste verschwörerisch und meinte: »Erst die Beweise.«

***

Die Wirtin Emma hatte den Leuten vom Aschenhaus extra die gute Stube, abseits von den Arbeitern und Händlern, frei gehalten. Nur der Glasvogt mit seinen Töchtern und die Witwe Süberli durften an dem »Geheimbundtreffen« teilnehmen.

»Und?« Michael konnte es kaum erwarten. Er sah von Marie zu Benedikt und Anton, die eben den Raum betraten.

Deren Gesichter waren verschlossen, es gelang ihm nicht, etwas aus ihnen abzulesen. War das Experiment gescheitert? Seine Mundwinkel sackten nach unten.

»Benedikt hat das Stinkewasser gezaubert und Mama eine Hexensalbe«, verkündete Jakob strahlend.

»Funktioniert es?«

»Wir warten die Ergebnisse ab. Es wirkt noch ein. Etwas Geduld braucht es, Vater«, erklärte Marie.

Doch Michaels Ungeduld wuchs. »Wo ist Borromäus?«

»Passt auf und bereitet die Blaufärbeversuche vor«, sagte Anton.

Es pochte an die Stubentür, die Anwesenden erschraken, Borromäus hätte nicht angeklopft.

»Ja?«, rief Michael knapp.

Die Tür ging knarzend auf, und Stephanus füllte den Rahmen fast vollständig aus.

»Wenn Ihr im Namen des Abtes kommt, macht kehrt. Es gibt nichts zu spionieren«, raunte Michael ihn unwirsch an, »Eure Scheinheiligkeit!«

»Der Abt ist vor den Aufständischen zu den Eidgenossen geflüchtet. Ich komme, um Euch einen Vorschlag zu machen«, erklärte Stephanus unbeirrt.

Borromäus kam nach und schob ihn in den Raum. Er schaute sich im Flur um, ehe er die Tür von innen verschloss. Dann holte er die beiden Glasplatten, die er zur Sicherheit in Leder eingewickelt hatte, heraus und legte sie vorsichtig auf den Tisch, ohne sie mit bloßen Händen zu berühren. Sie waren gleichmäßig geätzt, die eine Platte glänzend, die andere matt.

»Es hat geklappt!« Marie sprang auf und klatschte begeistert in die Hände wie ein kleines Kind.

Benedikt fiel ihr in die Arme. Anton unterdrückte seine Freude, sodass nur ein merkwürdiges Glucksen seinen Rachen verließ. Klara nahm es als Aufforderung, ihm öffentlich einen Kuss auf die Wange zu geben.

»Und wozu bringst du den Scheinheiligen mit?« Michael deutete amüsiert auf Stephanus.

»Der Scheinheilige wird uns die Rechte an dem Verfahren bekunden, das Rezept wird verwahrt«, erklärte Borromäus. »Nur Äulemer Glasmacher dürfen es anwenden.«

»Und was sagt der Abt?« Michael war skeptisch.

»Der Abt weiß nichts davon. Aber er wird einverstanden sein, wenn das Kloster ein Vorkaufsrecht bekommt«, sagte Stephanus.

»Nein! Das Kloster kann es bei uns kaufen, aber zu handelsüblichen Preisen und gleichen Bedingungen wie jeder Kunde«, erwiderte Michael.

»Ich kann es ihm nur vorschlagen. Der Handel ist eine andere Sache, aber die Rechte an der Methode würde ich Euch verbriefen – unter der Bedingung, dass St. Blasien eine Abschrift des Rezepts bekommt.«

»Darüber müssen wir beraten.« Michael schickte Stephanus in die Gaststube.

Franziska und Marie sahen sich verschwörerisch an. Franziska deutete mit einem leichten Kopfnicken an, mit ihr hinauszugehen.

»Ich habe die Versuche von Onkel Theis entdeckt«, flüsterte sie, als sie außer Hörweite waren. »Er hatte Ornamente auf dem Glas, wie bekommen wir die hin?«

»*Du* hast sie auch gefunden? Wir waren wohl nicht die Einzigen. Aber das ist eine gute Frage«, sagte Marie. »Die Blumenornamente, ich habe mich auch schon gefragt, wie Theis das hinbekommen hat. Eine Überlegung wäre, die Pflanzenteile unter die Paste zu legen, als Abbild sozusagen. Ich befürchte nur, die Auflage zerläuft uns. Vielleicht hat er die Blumen auf den Platten festgepresst, aber wie? Ohne Ornamente bringt uns die Ätzkunst wenig.«

»Meinst du, Theis hat lesen und schreiben können?«

»Theis? Nein, das glaube ich nicht, wie kommst du darauf?«

»Ich habe unter der Platte mit den Versuchen noch etwas anderes gefunden.«

»Was?«, fragte Marie ungläubig.

Sie eilten gemeinsam in die Aschenküche. Während Marie an der Tür stehen blieb, damit ihnen niemand heimlich folgte, öffnete Franziska die Bodenplatte und hob die Schätze hervor.

Marie glaubte, ihren Augen nicht zu trauen, als Franziska einen weiteren Stein darunter mit Hilfe des Schürhakens anhob und etwas zum Vorschein brachte, das sie noch nie zuvor gesehen hatte. Weitere Zutaten, dazu die Zeichnungen in Stein geritzt.

»Er hat alles für dich aufgemalt, sieh dir das an.«

Marie vergaß alle Vorsicht und eilte zu ihrer jüngeren Schwester. Gemeinsam nahmen sie die Gefäße und Steinplatten sachte heraus und stellten sie so auf, wie sie im Versteck angeordnet gewesen waren. Es ergab die exakte Reihenfolge ihrer Versuche zuvor.

»Aber das Geheimnis der Ornamente kennen wir immer noch nicht«, beklagte sich Marie. »Wenn er alles so deutlich für uns gemacht hat, muss es doch noch etwas geben.«

Franziska dachte scharf nach. Sie griff zu dem Brett im Regal, hinter dem das Vitriolfläschchen gestanden haben musste, das Theis vom langen Friedolin gekauft hatte. Es war bei der Explosion zerborsten, die Scherben lagen am Boden.

Marie rückte den Hocker heran und stieg hinauf. Sie tastete die Wand dahinter ab. Plötzlich rief sie: »Hier ist etwas!«

Es war ein Pergament, das zwischen Wand und Regalschacht klemmte. Sie rollte es auf und las:

Liebe Marie,
manchmal ist es besser, nicht sein ganzes Wissen preiszugeben. Ich habe dir und Wiltrudis beim Lernen über die Schulter geschaut und getan, als interessiere es mich nicht. Ich habe heimlich geübt.
Bist du mit der Suche nach den Zutaten vorangekommen? Hast du Rupert gefunden? Sicher verzweifelst du jetzt, weil du nicht weißt, wie man die Ornamente auf die Platten bekommt, ohne dass sie zerlaufen. Die Blumenwiese! Du musst das Glas vorher behandeln, einen Ätzgrund aufziehen, die Ornamente ausschaben. Lege eine Vorlage an, die du immer wieder auflegst, so kannst du die Muster schneller und gleichmäßiger ausarbeiten.
Für den Ätzgrund brauchst du Folgendes:
Vier Teile Bienenwachs
Zwei Teile Kolophonium
Einen Teil Pech
Vier Teile Asphalt
Ich höre dich stöhnen!
Kolophonium ist Baumharz, am besten nimmst du es von der Kiefer. Pech kennst du, es ist der Rückstand von Birkenrinde, wenn man sie destilliert, frage den Schnapsbrenner. Asphalt oder Bergteer ist das zähflüssige Öl des Schieferge-

steins. Am Bildstein gibt es Schiefer. Man muss ihn zerkleinern und in Wasser kochen, bis dunkles Öl oben schwimmt. Schöpfe es ab. Einfacher ist, du fragst den Bootsbauer, er dichtet seine Boote damit ab.
Ich weiß, wie ungeduldig du bist, meine liebe Nichte. Du hast auf deiner Reise – die du mit Sicherheit angetreten hast – vieles gelernt, darum habe ich dir für die ersten Versuche alles gemischt. Den Lack habe ich extra versteckt. Du findest ihn vergraben neben der Ulme. Erwärme ihn und streiche ihn über die Glasplatte. Lass alles trocknen, schabe frei, was du nachher auf dem Glas sehen willst: Blumen, Tiere, Namen. Jetzt musst du nur noch ätzen. Führe die neue Methode in Äule ein, es ist mein Herzenswunsch und sicherlich inzwischen auch deiner.
Theis

Marie konnte es nicht glauben. Sie las ein weiteres Mal, welches Erbe der alte Theis ihr hinterlassen hatte.

Schließlich schlichen sie um das Laboratorium, wischten den Schnee um den Baum weg und gruben an der graslosen Stelle die Erde auf.

Ein Fläschchen kam zum Vorschein. Marie öffnete es und roch an der zähen Paste. Es erinnerte sie an die Karrenschmiere der Wagner.

Ihr liefen Tränen der Rührung über die Wangen. Als sie aufsah, standen Jakob und Borromäus vor ihr.

Nachwort

Liebe Leserinnen und Leser,
geht es Ihnen manchmal auch so? Man klappt das Buch zu und muss aus einer Geschichte wieder auftauchen. Gern hätte man noch gewusst, was aus dem einen oder anderen geworden ist. Vielleicht verharrt man noch einen Augenblick und überlegt, wie es weitergehen könnte.

Wer »Die Glasmacherin« gelesen hat, hat sich vielleicht gefreut, manch bekannte Figur wiederzutreffen. Den vorwitzigen Jakob, seinen cholerischen Großvater Michael, den berechnenden Augustinus oder Marie auf der Suche nach ihrer Berufung. Manche Figuren sind Kinder meiner Phantasie – wie Marie, Borromäus, Theis oder die Personen aus Aftersteg/Todtnauberg. Auch Kilian, Maries ehemaliger Geliebter und Vater von Jakob, ist eine reine Romanfigur. Er wird nur am Rande erwähnt, um nicht ganz in Vergessenheit zu geraten, hat für diesen Band jedoch keine Bedeutung. Genauso bin ich mit Wiltrudis und Pius verfahren.

Andere wiederum, wie Cajetano, Augustinus und Michael, hat es wirklich gegeben. Auch Jos und Stephanus, obwohl Letzterer nicht namentlich überliefert ist.

Von Michael weiß man, dass er tatsächlich nach Entlebuch in die Schweiz ausgewandert ist. Die Namen Raspiller und Greiner stammen von Tiroler Einwanderern unter den Glasmachern. Augustinus hatte sich mit den Hauensteiner Einungen, vor allem den Salpeterern, überworfen. Letztendlich mussten viele ihre Heimat verlassen, sie wurden ins Banat abgeschoben. Augustinus regierte noch weitere zwei Jahre.

Und Cajetano? Wusste er von dem Rezept? Wenn ja, hat er es mit ins Grab genommen. Es gäbe noch viele Geschichten zu erzählen.

Es war mir eine Freude, diesen Roman für Sie und mich zu schreiben, zu recherchieren und die Orte aufzusuchen. Darum danke ich Ihnen, dass Sie mit mir unterwegs waren. Ohne Sie, liebe Leserinnen und Leser, hätte es nur halb so viel Spaß gemacht.

Ein besonderer Dank geht an meine Lektorin Susann Säuberlich, die so manche Kante geschliffen und für einen besseren Lesefluss gesorgt hat. Auch Dir, liebe Beate Riess, als meiner Agentin ein Vergelt's Gott fürs Brückenbauen. Ebenso ein herzliches Dankeschön an den Emons Verlag, der mir die Möglichkeit gibt, meine Ideen zu träumen.

Birgit Hermann
www.birgit-hermann.de